JOHN KATZENBACH

Américain, John Katzenbach a longtemps été chroniqueur judiciaire pour des quotidiens et des magazines tels que le *Miami Herald* ou le *Miami News*. Cette expérience lui a inspiré de nombreux romans à succès – notamment *L'affaire du lieutenant Scott* (Presses de la Cité, 2001) et *Une histoire de fous* (Presses de la Cité, 2005) dont plusieurs ont été adaptés par Hollywood comme *Un été pourri* avec Kurt Russell et *Juste Cause*, avec Sean Connery. *L'analyste* (Presses de la Cité, 2003) a reçu le Grand Prix de Littérature Policière en 2004. John Katzenbach vit aujourd'hui dans le Massachusetts.

AUX COUPABLE

JOHN KATZENBACH

FAUX COUPABLE

Traduit de l'anglais (Etats-Unis)
par Jean Charles Provost

PRESSES DE LA CITÉ

Titre original :
THE WRONG MAN

© 2006, John Katzenbach.
Tous droits réservés
© 2008, Presses de la Cité, un département de place des éditeurs,
    pour la traduction française
ISBN 978-2-266-19282-5

Aux suspects habituels :
l'épouse, les enfants, le chien

PROLOGUE

— Vous voulez entendre une histoire ? Une histoire peu ordinaire ?

Bien sûr.

— D'accord. Mais d'abord, vous devez me faire une promesse : vous ne direz jamais à personne où vous l'avez entendue. Et si vous devez la raconter à votre tour, quelles que soient les circonstances, quel que soit l'endroit, sous quelque forme que ce soit, vous tairez les éléments qui permettraient de remonter jusqu'à moi ou aux personnes dont je vais parler. Nul ne saura jamais si elle est vraie ou non. Nul ne sera jamais en mesure de découvrir son origine précise. Et tout le monde se dira qu'elle est exactement comme toutes les histoires que vous racontez : imaginée de toutes pièces. Une pure fiction.

— Ça me semble un peu trop dramatique. Quelle sorte d'histoire est-ce là ?

— Une histoire de meurtre. Elle s'est passée il y a quelques années. Mais je vous le répète, il se peut qu'elle ne soit jamais arrivée. Vous voulez l'entendre ?

— Oui.

— Alors donnez-moi votre parole.

— D'accord. Je vous donne ma parole.

Elle avait un regard bizarrement inquiet, et sa voix recelait une profonde appréhension. Elle se pencha vers moi, inspira à fond.

— Disons que ça a commencé au moment où il a trouvé la lettre d'amour.

1

Le professeur d'histoire et les deux femmes

Dès que Scott Freeman commença à lire la lettre froissée qu'il avait trouvée dans un tiroir de la commode de sa fille, fourrée derrière quelques vieilles chaussettes blanches, il sut que quelqu'un allait mourir.

C'était une sensation difficile à définir, qui l'envahit comme une angoisse et se logea dans un coin glacé de sa poitrine. Il resta figé sur place tandis que ses yeux parcouraient plusieurs fois les mots sur la feuille de papier.

Personne ne peut t'aimer comme je t'aime. Personne ne le pourra jamais. Nous étions faits l'un pour l'autre, et rien ne pourra empêcher cela. Rien. Nous serons ensemble pour toujours. D'une manière ou d'une autre.

La lettre n'était pas signée.

Elle était imprimée sur un papier banal. Le texte était en italique, comme si on avait voulu lui donner un caractère presque classique. Il ne trouva pas l'enveloppe qui l'avait accompagnée, de sorte qu'il n'avait ni adresse d'expéditeur ni cachet postal. Il la posa sur la commode, essaya de la lisser pour faire disparaître les plis qui lui donnaient cet air agressif, urgent. Il contempla une fois encore les mots imprimés et tenta de se convaincre qu'ils étaient inoffensifs. Une déclaration d'amour de gosse. Une amourette éphémère, d'un camarade de classe d'Ashley, un béguin qu'elle avait caché, sans raison précise, sinon par un sens exacerbé du romanesque.

Vraiment, tu dramatises, se dit-il.

Mais il était incapable de repousser la sensation qui le glaçait intérieurement.

Scott Freeman ne se voyait pas comme un homme irréfléchi. Il n'était pas prompt à se mettre en colère, ni enclin à prendre des décisions impulsives. Il aimait examiner tous les aspects d'un problème, comme au microscope. C'était un universitaire, de métier et de nature. Il laissait pousser ses cheveux en souvenir de sa jeunesse, à la fin des années soixante, portait des jeans, des baskets et une veste de velours râpée, renforcée aux coudes par des pièces de cuir. Il possédait des lunettes pour lire, d'autres pour conduire, et il veillait à avoir les deux paires sous la main en permanence. Il se maintenait en forme grâce à des exercices quotidiens, courait dehors lorsque le temps le permettait et à l'intérieur, sur un tapis de course, pendant les longs hivers de la Nouvelle-Angleterre. C'était en partie pour compenser toutes les fois où il s'adonnait à la boisson en solitaire, ajoutant parfois un joint de marijuana à son whisky on the rocks.

Scott était très fier de ses cours, et il ne se lassait pas de faire le spectacle face à des auditoriums bondés. Il adorait les matières qu'il enseignait. Chaque mois de septembre, il attendait la rentrée avec un enthousiasme très éloigné du cynisme qui caractérisait nombre de ses collègues. Pour compenser une existence trop rangée à son goût, il s'autorisait quelques contradictions à l'occasion : il possédait une vieille Porsche 911 qu'il sortait tous les jours, sauf par temps de neige, en écoutant du rock'n'roll à fond sur son autoradio. Il possédait également, pour l'hiver, un vieux pick-up cabossé. Il avait une liaison de temps en temps, mais seulement avec des femmes de son âge, aux attentes plus réalistes, qui respectaient sa passion pour les Red Sox, les Patriots, les Celtics et les Bruins, et toutes les équipes de l'université.

Il se considérait comme un homme d'habitudes et se disait parfois qu'il n'avait vécu que trois vraies aventures au cours de sa vie adulte. Une fois, alors qu'il faisait du kayak avec des amis le long de la côte rocheuse du Maine, un courant violent et un brouillard soudain l'avaient éloigné de ses compagnons. Il avait dérivé pendant des heures dans une épaisse soupe de pois grise. Les seuls sons qui lui parvenaient étaient le clapotis des vagues contre la coque en plastique du kayak et, de temps en temps, le bruit d'un phoque ou d'un marsouin qui faisait surface non loin de lui. Le froid et l'humidité l'enveloppaient, resserraient leur emprise, brouillaient sa vision. Il avait compris qu'il était en danger, et que le problème était plus grave qu'il ne l'imaginait, mais il avait gardé son calme, jusqu'au moment où une vedette des gardes-côtes avait émergé de la brume. Le capitaine lui ayant fait remarquer qu'il se trouvait à quelques mètres d'un puissant courant de terre qui l'aurait probablement entraîné vers le large, il avait été beaucoup plus effrayé après son sauvetage que lorsqu'il se trouvait réellement en danger.

Les deux autres avaient duré plus longtemps. En 1968, en première année d'université, Scott avait refusé de bénéficier d'un sursis étudiant, car il trouvait moralement inacceptable de ne pas partager les dangers que d'autres allaient devoir affronter. Cet accès de romantisme lui avait semblé très noble à l'époque, mais cette sensation avait été réduite en poussière par l'arrivée de la lettre du conseil de révision. Il avait été mobilisé du jour au lendemain, et on lui avait fait suivre un entraînement poussé avant de l'embarquer vers une unité de combat au Vietnam. Il avait servi pendant onze mois dans une section d'artillerie. Son travail consistait à recevoir des coordonnées par radio et à les relayer au commandant responsable des tirs, qui réglait l'élévation et la distance des canons puis ordonnait des salves plus assourdissantes qu'un coup de tonnerre. Plus tard, il eut des cauchemars dans lesquels il prenait part à un massacre qui se déroulait hors de sa vue, hors de sa portée, presque hors d'écoute. Réveillé au milieu de la nuit, il se demandait s'il avait tué des dizaines, peut-être des centaines de personnes, ou bien aucune. On l'avait renvoyé chez lui au bout d'un an, sans qu'il eût jamais fait usage de son arme contre un homme en particulier.

À son retour, il avait évité la politique, qui captivait le pays, pour s'immerger dans ses études avec une détermination qui l'avait surpris lui-même. Après avoir vu la guerre ou, du moins, un aspect de la guerre, il avait trouvé du réconfort dans l'histoire : là, les décisions étaient déjà prises, et les passions n'avaient d'influence que sur un passé révolu. Il ne parlait jamais de son séjour à l'armée, et à présent qu'il avait la cinquantaine et jouissait d'un respect bien mérité, il doutait qu'un seul de ses collègues sache qu'il avait fait la guerre. En fait, il avait souvent l'impression que tout cela n'avait été qu'un rêve, peut-être un cauchemar, jusqu'à douter de la réalité de cette année de conflit et de mort.

Sa troisième aventure n'était autre qu'Ashley.

La lettre à la main, Scott Freeman alla s'asseoir sur le bord du lit de sa fille. Trois coussins étaient posés dessus, dont l'un brodé d'un cœur. Il le lui avait offert pour la Saint-Valentin, plus de dix ans auparavant. Il y avait aussi deux ours en peluche, baptisés Alphonse et Gaston, et un édredon effiloché qui avait été un objet de plaisanterie durant les semaines précédant la naissance d'Ashley, chacune de ses deux grand-mères en ayant offert un au futur nouveau-né. Le deuxième se trouvait à présent sur un lit semblable à celui-ci, dans une chambre semblable, chez la mère d'Ashley.

Il promena son regard autour de la pièce. Les photos de sa fille et de ses amis collées sur les murs avec de l'adhésif, les bibelots, les petits mots tracés à la main, d'un écriture fluide et précise d'adolescente, les posters de sportifs et d'écrivains, un poème encadré de Yeats s'achevant sur ces vers : *Je soupire après tes baisers, car je sais que tu me manqueras quand tu seras grande.* Il le lui avait offert pour son cinquième anniversaire, et lui avait souvent murmuré ces mots avant qu'elle s'endorme. Il y avait des photos de ses équipes successives de football et de softball, et une photo du bal du lycée, qui reflétait la perfection de son adolescence. Sa robe épousait chacune de ses courbes naissantes, ses cheveux tombaient librement sur ses épaules nues et son visage rayonnait. Scott Freeman réalisa que la

15

collection de souvenirs qu'il contemplait reconstituait une enfance somme toute classique, sans doute guère différente de ce qu'on trouvait dans n'importe quelle autre chambre de jeune fille, mais unique à sa façon. Une archéologie du passage à l'âge adulte.

Il y avait aussi une photo de leur famille en vacances au bord de la mer, prise un mois avant que sa femme ne le quitte. Ashley avait alors six ans. Les sourires qu'ils affichaient tous les trois cachaient mal la tension et le désarroi qui les habitaient. Ce jour-là, Ashley avait construit un château de sable avec sa mère. La marée montante et les vagues avaient anéanti leurs efforts, emportant leur œuvre en dépit de leurs tentatives frénétiques pour creuser des douves et élever des remparts de sable.

Son regard balaya à nouveau les murs, le bureau et le dessus de la commode. Tout était parfaitement à sa place, ce qui aviva son inquiétude.

Scott posa les yeux sur la lettre. *Personne ne peut t'aimer comme je t'aime.*

C'est faux, pensa-t-il. Tout le monde aime Ashley.

Ce qui l'effrayait, c'était que quelqu'un puisse éprouver les sentiments exprimés dans la lettre. L'espace d'un instant, il essaya de se convaincre qu'il se montrait exagérément protecteur. Ashley n'était plus une ado. Elle n'était même plus étudiante. Elle s'apprêtait à entamer un troisième cycle en histoire de l'art à Boston et menait une vie indépendante.

La lettre n'était pas signée, ce qui voulait dire qu'Ashley connaissait son auteur. Cet anonymat était aussi éclairant qu'un nom écrit en toutes lettres.

Un téléphone rose était posé près du lit d'Ashley. Il décrocha, composa le numéro du portable de sa fille.

Elle répondit à la deuxième sonnerie.

— Salut, papa ! Quoi de neuf ?

Sa voix exprimait la jeunesse, l'enthousiasme, la confiance. Scott fut aussitôt rassuré.

— Quoi de neuf de ton côté ? Je voulais simplement entendre le son de ta voix.

Une hésitation, très brève.

Il n'aima pas ça.

— Pas grand-chose. La fac, ça va. Le travail… bon, c'est le travail. Mais tu sais déjà tout ça. En fait, rien n'a changé, je crois, depuis que je suis venue à la maison, l'autre semaine.

Il inspira profondément.

— Je t'ai à peine vue alors, et nous n'avons pas eu beaucoup l'occasion de bavarder. Je voulais m'assurer que tout allait bien. Pas de problèmes avec ton nouveau patron, ou avec un de tes professeurs ? Tu as des nouvelles de ce programme pour lequel tu as postulé ?

De nouveau, elle marqua un temps d'arrêt. Puis :

— Non. Rien, vraiment.

Il toussota.

— Et les garçons ? Les hommes, je veux dire. Rien que je devrais savoir ?

Elle ne répondit pas immédiatement.

— Ashley ?

— Non, dit-elle très vite. Rien, vraiment. Rien de spécial. Rien que je ne puisse gérer.

Il attendit, mais elle se taisait.

— Il y a quelque chose dont tu voudrais me parler ?

— Non. Pas vraiment. Hé, papa, pourquoi cet interrogatoire ?

Elle avait posé la question avec une légèreté qui s'accordait mal avec son inquiétude à lui.

— Tout change tellement vite dans ta vie que parfois j'ai besoin de te courir après pour ne pas te perdre de vue.

Le rire d'Ashley sonna un peu faux.

— Eh bien, ta vieille bagnole est assez rapide.

— Il n'y a rien dont nous devrions parler ? répéta-t-il.

Il grimaça : Ashley ne manquerait pas de remarquer son insistance.

— Non, je te l'ai dit, répondit-elle d'une traite. Pourquoi cette question ? Tout va bien ?

— Oui, oui, je vais bien.

— Et maman ? Et Hope ? Elle va bien, n'est-ce pas ?

Après toutes ces années, Scott était toujours décontenancé par le ton familier avec lequel Ashley prononçait le nom de la compagne de sa mère. Pourtant, il aurait dû y être habitué.

— Elle va bien. Elles vont bien toutes les deux, je suppose.

— Alors pourquoi ce coup de fil ? Quelque chose te tracasse ?

Il regarda la lettre posée devant lui.

— Non, pas du tout. Aucune raison particulière. Juste pour savoir. Les pères sont ainsi, toujours à se faire du souci et à s'imaginer le pire. Nous redoutons en permanence de voir la fatalité, le désespoir et la détresse s'abattre sur nos chères têtes blondes. C'est ce qui fait de nous les gens les plus ennuyeux et les plus mortellement tristes au monde.

Le rire d'Ashley le soulagea quelque peu.

— Ecoute, j'entre dans le musée, nous allons être coupés. On se reparle dès que possible, d'accord ?

— Sûr. Je t'aime.

— Je t'aime, papa. Salut.

Il raccrocha, songeant que certains silences étaient plus éloquents que les mots. Et les silences d'Ashley lui laissaient craindre les pires ennuis.

Hope Frazier surveillait le demi-centre de l'équipe adverse. La jeune fille, très attirée vers l'avant, avait tendance à délaisser ses tâches défensives. La joueuse que Hope avait affectée à son marquage ne parvenait pas pour autant à en profiter. Hope envisagea un instant de mettre quelqu'un d'autre à sa place. S'étant ravisée, elle sortit un petit carnet et un bout de crayon de sa poche et griffonna quelques remarques en prévision du prochain entraînement.

Derrière elle, les filles assises sur le banc murmuraient. Elles avaient l'habitude de la voir sortir son carnet. Cela pouvait annoncer aussi bien des compliments que des tours de terrain supplémentaires, le lendemain après l'entraînement. Hope se tourna vers elles.

— Quelqu'un voit ce que je vois ?

Il y eut un moment de flottement. C'étaient bien des lycéennes, à toujours osciller entre la bravade et la timidité. Une fille leva la main.

— Oui, Molly ?

Molly s'approcha de la ligne de touche opposée.

— Elle nous cause toutes sortes de problèmes à droite, mais on devrait pouvoir en tirer parti…

Hope acquiesça :

— Absolument !

Les autres filles sourirent, heureuses d'avoir échappé aux tours de terrain.

— Bien, Molly, va t'échauffer. Une fois sur le terrain, va trouver Sarah au centre, demande un maximum de ballons et tente quelque chose dans l'espace.

Hope alla s'asseoir sur le banc à la place de Molly.

— Essayez d'avoir une vue d'ensemble du terrain, mesdemoiselles. Le jeu ne se limite pas au ballon à vos pieds. C'est aussi affaire d'espace, de temps, de patience et de passion. Comme aux échecs. Il s'agit de transformer un désavantage en…

Un coup de sifflet, aussitôt suivi d'éclats de voix, lui fit lever la tête. Le jeu était arrêté, à l'opposé du terrain, et plusieurs spectateurs faisaient des gestes en direction de l'arbitre, l'incitant à sortir un carton jaune. Un parent d'élève, visiblement très en colère, allait et venait le long de la ligne de touche en agitant furieusement les bras. Hope se leva du banc, essayant de comprendre ce qui se passait.

— Coach…

L'arbitre de touche le plus proche lui faisait signe d'approcher.

— Je crois qu'elles ont besoin de vous…

Le coach de l'équipe adverse traversait déjà le terrain, presque au pas de course. Hope se précipita, attrapant au passage une bouteille de Gatorade et la trousse de secours sous le banc. En chemin, elle s'arrêta près de Molly.

— Je n'ai rien vu. Qu'est-ce qui s'est passé ?

— Elles se sont heurtées de plein fouet, tête contre tête, coach. Vicki a été sonnée, mais ça a l'air plus grave pour l'autre fille…

Quand Hope arriva sur les lieux, sa joueuse s'était

assise, mais celle de l'équipe adverse restait allongée à terre. Hope entendit des sanglots étouffés. Elle se dirigea tout d'abord vers sa joueuse.

— Ça va, Vicki ?

La jeune fille acquiesça en silence. Elle semblait avoir eu peur.

— Tu as mal quelque part ?

Vicki fit non de la tête. Plusieurs joueuses s'étaient approchées. Hope les renvoya à leurs postes.

— Tu peux te lever ?

Hope prit la jeune fille par le bras et lui fit faire quelques pas.

— Va t'asseoir sur le banc.

Vicki allait refuser, mais Hope resserra sa prise sur son bras.

Sur la ligne de touche, le père criait de plus en plus fort, apostrophant l'arbitre. Aucune insulte n'avait encore été proférée, mais Hope savait qu'on n'en était pas loin. Elle se tourna vers la ligne de touche.

— Calmez-vous, lui dit-elle. Vous connaissez le règlement, concernant les injures.

Le père la regarda, ouvrit la bouche comme pour dire quelque chose, puis la referma. L'espace d'un instant, il sembla prêt à déverser sa fureur, mais il se maîtrisa et tourna les talons, après avoir fusillé Hope du regard. L'autre coach haussa les épaules, et Hope l'entendit marmonner :

— Quel con !

Tandis que Hope la raccompagnait vers le banc de touche, Vicki parvint à articuler :

— C'est mon père, il pète les plombs.

C'était dit si simplement, avec une telle résignation, que Hope comprit instantanément qu'il y avait bien plus en jeu qu'une altercation sur un terrain de foot.

— Tu devrais peut-être venir m'en parler après le prochain entraînement, ou passer chez le conseiller d'éducation quand tu auras une heure de libre…

Vicki secoua la tête.

— Désolée, coach, mais il ne me laissera pas faire.

Hope accentua sa pression sur le bras de la jeune fille.

— Nous en reparlerons une autre fois.

Si c'était possible… Pleine d'amertume, elle fit asseoir Vicki sur le banc avant d'envoyer une remplaçante sur le terrain. Elle jeta ensuite un coup d'œil au père de Vicki, de l'autre côté du terrain. Un peu à l'écart des autres parents, les bras croisés, le regard mauvais, il semblait prêt à rentrer dans le lard du premier venu. Hope était plus forte, plus rapide, sans doute plus instruite, et connaissait certainement mieux le jeu que cet homme. Elle avait brillamment décroché sa licence d'entraîneur, participé à un nombre impressionnant de séminaires de formation, et, balle au pied, elle aurait laissé sur place ce gros balourd à tous les coups. Elle aurait pu faire étalage de ses qualités et de ses nombreux trophées, mais cela n'aurait rien changé. Une fois de plus, elle ne put que réprimer sa colère et son sentiment d'injustice.

Au même moment, son avant-centre feinta le tir à l'entrée des dix-huit mètres, mystifiant les deux arrières qui venaient sur elle, s'avança et mit la balle, du droit, sous la barre, hors de portée de la gardienne adverse. Tandis que l'équipe se levait et applaudissait, Hope comprit que la victoire était peut-être la seule chose qui la maintenait en vie.

Sally Freeman-Richards s'attarda dans son bureau après que sa secrétaire et ses deux associés l'eurent saluée de la main et eurent quitté les lieux. A certains moments de l'année, surtout en automne, le soleil tombait brutalement derrière les flèches blanches de l'église épiscopale, à l'extrémité du campus, et son éclat aveuglant pénétrait par les fenêtres des immeubles de bureaux voisins. A cette saison incertaine, la luminosité était une source de surprises et de dangers. A plusieurs reprises, des conducteurs éblouis avaient renversé des étudiants impatients de regagner leur domicile après la fin des cours. Dans l'exercice de son métier, Sally avait pu observer le phénomène des deux côtés, que ce soit en défendant un chauffeur malchanceux ou en poursuivant une compagnie d'assurances au nom d'un étudiant qui avait eu les deux jambes brisées.

La lumière du soleil envahit brusquement la pièce, découpant des ombres et projetant sur les murs des formes bizarres. Sally appréciait ce moment de la journée. Elle trouvait étrange qu'une lumière en apparence si bienveillante puisse receler un tel danger. Tout dépendait de l'instant et de l'endroit où on se trouvait.

On aurait pu dire la même chose du droit, du moins en partie. Sally grimaça à la vue du paquet d'enveloppes en papier kraft et des dossiers qui s'entassaient sur un coin de sa table. Il y avait là une demi-douzaine d'affaires, qui relevaient toutes plus ou moins de la routine juridique. Une promesse de vente. Un accident du travail. Un litige entre voisins à propos d'un bout de terrain. Dans un classeur séparé, elle rangeait les affaires les plus intéressantes à ses yeux, impliquant d'autres lesbiennes, originaires de la région : adoptions, annulations de mariage, et même une affaire d'homicide involontaire. Elle gérait ses dossiers avec compétence, pratiquait des tarifs raisonnables, soutenait beaucoup ses clientes et se considérait comme l'avocate des causes rebelles. Elle savait parfaitement qu'elle y mettait une certaine soif de revanche, le souci de rembourser une dette, aussi, mais elle n'aurait pas aimé se pencher sur sa propre vie autant qu'elle était amenée à le faire sur celle des autres.

Elle prit un crayon et ouvrit un dossier particulièrement ennuyeux qu'elle repoussa très vite. Elle jeta le crayon dans une chope sur laquelle on pouvait lire : *LA MEILLEURE MAMAN DU MONDE*. Elle doutait de la justesse de cette opinion.

Sally se leva, se disant que rien n'était assez urgent pour l'obliger à travailler tard. Elle se demandait vaguement si Hope était déjà rentrée, et ce qu'elle allait leur préparer pour dîner, quand le téléphone sonna.

— Sally Freeman-Richards.

— Salut, Sally. C'est Scott.

Elle fut surprise d'entendre la voix de son ex-mari.

— Salut, Scott. J'allais partir…

Scott imagina le bureau de son ex-femme. Sans doute parfaitement organisé, aux antipodes du fouillis et du chaos qui régnaient dans le sien. Il se passa la langue sur les lèvres. Il détestait le fait qu'elle ait gardé son nom à lui (elle prétendait à l'époque que ce serait plus facile pour Ashley quand elle grandirait) pour l'accoler à son nom de jeune fille.

— Tu as un moment ?

— Tu as l'air inquiet.

— Je ne sais pas. Peut-être devrais-je l'être. Peut-être pas.

— Quel est le problème ?

— Ashley.

Sally Freeman-Richards retint son souffle. Ses conversations avec son ex se limitaient généralement à des dialogues succincts sur quelque détail resté en suspens dans les débris de leur divorce. Les années passant, depuis leur séparation, seule Ashley maintenait vraiment le lien entre eux, et leurs seuls sujets de conversation concernaient ses déplacements entre leurs domiciles respectifs, le paiement des factures de l'école ou l'assurance de sa voiture. Ils avaient défini une sorte d'entente cordiale qui leur permettait de gérer ces problèmes avec indifférence et efficacité. Ils parlaient rarement de ce qu'ils étaient devenus, encore moins de la manière dont ils en étaient arrivés là. Comme si leurs vies, dans leurs souvenirs et leurs perceptions respectives, s'étaient figées au moment du divorce.

— Qu'est-ce qui se passe ?

Scott Freeman hésita. Il ne savait pas vraiment comment exprimer ce qui le tracassait.

— J'ai trouvé dans ses affaires une lettre qui m'inquiète.

Sally ne répondit pas tout de suite. Puis :

— Pourquoi fouillais-tu dans ses affaires ?

— Ça n'a vraiment aucun rapport. Le problème, c'est que je l'ai trouvée.

— Je ne suis pas sûre que ça n'ait aucun rapport. Tu devrais respecter sa vie privée.

Scott fut immédiatement en colère, mais il décida de ne pas le montrer.

— Elle avait laissé traîner des chaussettes et des

sous-vêtements. Je les rangeais dans son tiroir. J'ai vu la lettre. Je l'ai lue. Ça m'a inquiété. Je suppose que je n'aurais pas dû la lire. Mais je l'ai lue. Qu'est-ce que ça fait de moi, Sally ?

Celle-ci ne répondit pas, même si plusieurs réponses lui vinrent à l'esprit.

— Quel genre de lettre ? demanda-t-elle simplement.

Scott s'éclaircit la voix, une technique qu'il utilisait en classe pour gagner quelques secondes.

— Ecoute, fit-il.

Il lui lut la lettre.

Un silence s'installa.

— Ça ne m'a pas l'air si grave que ça, dit enfin Sally. On dirait qu'elle a un admirateur secret.

— Un admirateur secret ! Ça a un côté désuet, victorien…

Sally ignora le sarcasme. Scott attendit quelques instants, puis :

— D'après ton expérience, dirais-tu que cette lettre révèle une obsession ? De la compulsion, peut-être ? Quelle sorte d'individu écrit ce genre de lettre ?

Sally se posa mentalement la question.

— Est-ce qu'elle t'a dit quelque chose à ce sujet ? insista Scott.

— Non.

— Tu es sa mère. Est-ce qu'elle ne se tournerait pas vers toi si elle avait je ne sais quel problème avec un homme ?

Les mots *avec un homme* flottèrent un instant devant Sally, brûlant l'énergie de leur colère mutuelle. Elle n'avait pas envie de réagir.

— Si. Je suppose. Mais elle ne l'a pas fait.

26

— Lors de sa dernière visite, elle t'a dit quelque chose ? Tu n'as rien remarqué dans son attitude ?

— Non, non. Et toi ? Elle a passé plusieurs jours chez toi…

— Je l'ai à peine vue. Elle a rendu visite à des amis de lycée. Tu sais bien comment ça se passe… Dîner à l'extérieur, retour à deux heures du matin, au lit jusqu'à midi, puis traîner dans la maison jusqu'à ce qu'il soit l'heure de recommencer.

— Scott, dit lentement Sally, je ne suis pas sûre que cela doive nous tracasser. Si elle a un problème, quel qu'il soit, elle s'en ouvrira tôt ou tard à l'un de nous. Jusque-là, peut-être devrions-nous la laisser respirer. Et je ne pense pas qu'il soit raisonnable de penser qu'il y a un problème avant qu'elle ne nous en parle. Je crois que tu te montes le bourrichon.

Quelle réponse raisonnable, se dit Scott. Très éclairée. Très large d'esprit. Tout à fait conforme à ce qu'ils étaient, et à l'endroit où ils vivaient. Et totalement à côté de la plaque.

Elle se leva et se dirigea lentement vers le meuble ancien dans un coin du salon. Elle prit une seconde pour ajuster une assiette chinoise sur son support, puis elle recula d'un pas et la considéra en fronçant les sourcils. J'entendais des enfants jouer au loin. Mais dans la pièce où se poursuivait notre conversation, seul le silence battait au rythme de la tension ambiante.

— Qu'est-ce qui avait pu éveiller les soupçons de Scott ? demanda-t-elle.

— Bonne question. La lettre, telle que vous la rapportez, pourrait passer pour anodine. Son ex-femme a été assez raisonnable pour ne pas en tirer des conclusions hâtives.

— Une approche de juriste ?

— Si ça veut dire « prudente », oui.

— Et raisonnable, vous croyez ?

Elle agita la main, comme pour écarter ma réponse.

— Scott savait parce qu'il savait. On pourrait appeler cela l'instinct, mais ça paraît un peu trop simpliste. Ce vieil instinct animal qui est tapi quelque part au fond de chacun de nous…

— Ça me semble un peu tiré par les cheveux.

— Vraiment ? Vous n'avez jamais vu ces documentaires sur les animaux des plaines du Serengeti, en Afrique ? Quand la caméra saisit le moment où la gazelle lève la tête, brusquement inquiète ? On ne voit pas le moindre prédateur à proximité, mais…

— D'accord. Je vais essayer de vous suivre, un peu, même si je ne vois pas comment.

— Peut-être que si vous connaissiez l'homme en question…

— Il est probable que cela m'aiderait, oui. Tout comme cela aurait aidé Scott, j'imagine…

— Oui. Lui, bien sûr, ne savait rien au départ. Il n'avait pas de nom, pas d'adresse, pas d'âge ni de description, pas de permis de conduire, de carte de Sécurité sociale, d'information sur son emploi. Rien. Tout ce qu'il avait, c'était un sentiment exprimé sur une feuille de papier. Et une profonde inquiétude.

— De la peur.

— Oui. De la peur. Une peur pas totalement raisonnable, comme vous le faites remarquer. Il était seul avec sa peur. N'est-ce pas la forme la plus dure de l'angoisse ? Un danger indéfini, inconnu. Il se trouvait dans une situation difficile, hein ?

— Oui. La plupart des gens n'auraient rien fait.

— Scott, dirait-on, n'était pas comme la plupart des gens.

Je gardai le silence. Elle respira profondément avant de poursuivre :

— Mais s'il avait su dès le départ qui il avait en face de lui, il aurait peut-être été…

Elle s'interrompit.

— Oui ?

— Paumé.

2

Un homme extraordinairement coléreux

L'aiguille du tatoueur bourdonnait avec une insistance qui lui évoquait un frelon tournant autour de sa
tête. L'homme – trapu, très musclé – était couvert de
dessins multicolores entrelacés, qui rampaient
comme des lianes sur ses deux bras, remontaient
jusqu'aux épaules et s'enroulaient autour de son cou
pour s'achever en crocs de serpent sous son oreille
gauche. Il se pencha sur son travail, comme s'il
s'apprêtait à prier, l'aiguille à la main, et leva les
yeux vers lui.

— Vous êtes sûr, mec ?

— Je suis sûr, répliqua Michael O'Connell.

— Je n'ai jamais fait ça à personne.

— Il y a un début à tout, dit O'Connell avec
raideur.

— J'espère que vous savez ce que vous faites.
Vous allez avoir mal pendant plusieurs jours.

— Je sais toujours ce que je fais.

O'Connell serra les dents et se carra dans le
fauteuil du salon de tatouage tandis que l'homme se
remettait au travail sur son dessin. Michael

O'Connell avait choisi un cœur écarlate traversé d'une flèche noire d'où s'écoulaient des larmes de sang. Au centre du cœur se dessinaient les initiales *AF*. Le plus inhabituel, c'était l'emplacement du tatouage. Il regarda un moment l'artiste se démener. Il était plus difficile de tracer le cœur et les initiales sur la plante du pied droit d'O'Connell que, pour celui-ci, de garder la jambe levée et immobile. C'est un endroit sensible. C'est là qu'on chatouille un enfant, ou caresse un amant. On s'en sert aussi pour écraser un insecte. C'était l'endroit qui convenait le mieux à la multiplicité de ses sentiments, décida-t-il.

Michael O'Connell avait peu de liens avec l'extérieur, mais il était verrouillé de l'intérieur par de grosses cordes, du fil de fer barbelé et des serrures de sécurité. Il mesurait un mètre quatre-vingt-deux et avait d'épais cheveux noirs bouclés. Il devait ses larges épaules et sa taille mince aux heures passées à soulever des poids quand il faisait de la lutte, au lycée. Il savait qu'il était beau, que sa manière de lever les sourcils et la nonchalance avec laquelle il s'adaptait à n'importe quelle situation lui conféraient un certain magnétisme. Son style vestimentaire suggérait de la décontraction. Il préférait la fibre polaire au cuir, ce qui lui permettait de se mêler plus facilement à la foule des étudiants, et il évitait de porter quoi que ce soit qui rappellerait l'endroit où il avait grandi, comme des jeans trop étroits ou des tee-shirts aux manches relevées très serrées.

Pour l'heure, il descendait Boylston Street vers Fenway. Le vent l'enveloppait, faisant tourbillonner les feuilles mortes et annonçant le mois de novembre.

Il y avait dans l'air un froid piquant qui lui rappelait un peu le New Hampshire et sa jeunesse.

Son pied lui faisait mal, mais c'était une douleur agréable.

Le tatoueur lui avait donné quelques cachets de Tylenol et avait placé une compresse stérile sur le tatouage, mais il l'avait prévenu que la pression exercée par son poids, s'il marchait, pourrait être difficile à supporter. Cela n'avait aucune importance, même s'il était handicapé pendant quelques jours.

Il n'était pas loin du campus de l'université de Boston, et il connaissait un bar qui ouvrait tôt. Il prit une rue latérale en boitant, les épaules rentrées, essayant à chaque pas de mesurer les élancements qui irradiaient dans sa jambe. Il avait l'impression de jouer à un jeu. Au prochain pas, la douleur remontera jusqu'à la cheville. Au suivant, elle atteindra le mollet. Est-ce qu'elle remontera au genou, ou plus haut ? Il poussa la porte du bar et attendit un moment que ses yeux s'habituent à l'obscurité enfumée.

Assis au bar, deux ou trois clients âgés faisaient durer leur verre d'alcool. Des habitués, se dit-il. Des hommes dont les besoins se limitent à la possession d'un dollar et d'un verre à vider.

O'Connell s'approcha, lâcha quelques dollars sur le comptoir et lança au barman :

— Bière et whisky !

Avec un grognement, le barman lui servit d'un geste expert un petit verre de bière surmonté d'un demi-centimètre de mousse et un autre rempli de whisky ambré. O'Connell avala d'un coup l'alcool, qui lui brûla rudement la gorge, le fit passer avec une gorgée de bière.

— Un autre, fit-il en montrant son verre.

— Faites d'abord voir votre argent, répliqua le barman.

O'Connell pointa le verre du doigt.

— Un autre.

Le barman ne répondit pas. Il avait dit ce qu'il avait à dire.

O'Connell sentit monter l'adrénaline. Dans ces moments-là, peu lui importait de gagner ; seul comptait le soulagement qu'il ressentait à distribuer des coups de poing. Une sensation plus enivrante que l'alcool, qui gommerait la douleur de son pied et lui donnerait de l'énergie pour plusieurs heures. Il observa le barman. Celui-ci était nettement plus âgé que lui, pâle, avec un ventre proéminent.

Ça va pas me prendre dix secondes, se dit-il en contractant ses muscles.

Le barman plissa les yeux. Les années passées derrière son comptoir lui avaient appris à lire les intentions d'un homme sur son visage.

— Vous croyez que je n'ai pas de fric ? demanda O'Connell.

— Il faut que je le voie, répliqua le barman.

Il avait fait un pas en arrière. O'Connell remarqua que les types, autour du bar, avaient reculé et levaient les yeux vers le plafond sombre. Ils avaient eux aussi l'habitude de ce genre de scène.

Il regarda de nouveau le barman. L'homme était trop vieux et trop expérimenté pour se laisser prendre au dépourvu. Il disposait certainement d'un moyen de rétablir l'équilibre. Une batte de base-ball en aluminium, une matraque en bois à manche court… Ou bien quelque chose de plus sérieux, un 9 mm chromé ou un calibre 12. Non, pas un 9 mm. Trop difficile à recharger. Quelque chose de plus vieux, plus antique, comme un Police Special 38 chargé avec des balles wadcutter pour causer le maximum de dommages à sa cible et le minimum au décor. Hors de vue mais à portée de main. O'Connell n'aurait pas le temps de bondir par-dessus le bar avant que le barman se saisisse de son arme, quelle qu'elle soit.

Il haussa les épaules, fixa l'homme accoudé au bar à quelques mètres de lui.

— Qu'est-ce que tu regardes, espèce de vieux con ? fit-il, hors de lui.

L'homme refusait de croiser son regard.

— Vous voulez un autre verre ? demanda le barman.

Ses mains étaient hors de vue.

O'Connell se mit à rire.

— Certainement pas dans un endroit aussi nase !

Il se leva et sortit, laissant derrière lui les hommes silencieux. Il se promit de revenir, sentit monter en lui une vague de plaisir. Rien n'est plus agréable que de flirter avec les limites. La rage était comme une drogue. A petites doses, elle le faisait planer. Mais, de temps en temps, il avait besoin d'une bonne défonce. Il regarda sa montre. L'heure du déjeuner était passée de peu. Ashley aimait parfois aller au Common Park, manger un sandwich à l'ombre d'un arbre avec quelques amis de son cours d'arts plastiques. C'était un endroit qu'on pouvait facilement surveiller sans se faire voir. Il décida d'aller y jeter un coup d'œil.

Michael O'Connell avait fait la connaissance d'Ashley Freeman par hasard, quelque six mois plus tôt. Il travaillait à temps partiel comme mécanicien dans une station-service à la sortie de la

Massachusetts Turnpike. Il prenait des cours d'informatique pendant son temps libre et gagnait de quoi joindre les deux bouts en tenant le bar d'un troquet pour étudiants durant les week-ends. Ashley revenait du ski avec ses colocataires lorsque leur pneu arrière droit avait éclaté à cause d'un nid-de-poule – un incident assez fréquent en hiver. La conductrice avait réussi à amener la voiture jusqu'au garage, et O'Connell avait changé le pneu. La carte Visa de l'étudiante, lessivée par les excès du week-end, ayant été rejetée, O'Connell avait lui-même payé le pneu, un geste généreux et apparemment désintéressé qui n'avait pas échappé aux quatre passagères du véhicule. Ignorant qu'il s'était servi d'une carte volée, c'est bien volontiers qu'elles lui avaient donné leurs adresse et numéro de téléphone, promettant de le rembourser quelques jours plus tard s'il voulait bien faire un saut à l'appartement pour chercher son argent.

En plus d'être joli garçon et vif à la détente, O'Connell possédait une vue exceptionnellement perçante. Il n'eut aucun mal à repérer la silhouette d'Ashley à une rue de distance. Il se glissa derrière un chêne et se mit à la surveiller vaguement. Il savait que personne ne le remarquerait. Il était trop loin, et il y avait trop de promeneurs, trop de voitures qui passaient, trop de lumière. Il avait également développé une aptitude à se fondre dans son environnement digne d'un caméléon. Il aurait pu devenir acteur, grâce à ce talent qui lui permettait d'avoir toujours l'air d'être un autre.

Dans le pire des bouges, au milieu des alcooliques

et des petits voyous, il passait pour un dur. De la même manière, il n'avait aucun mal à se fondre dans l'importante population étudiante de Boston. Son sac à dos plein à craquer de livres d'informatique renforçait l'illusion. Michael O'Connell naviguait avec aisance d'un monde à l'autre, comptant sur le fait que les gens ne consacraient jamais plus d'une seconde à le jauger.

S'ils l'avaient considéré avec plus d'attention, ils auraient eu peur.

Il distinguait au milieu du groupe les cheveux blond-roux d'Ashley. Assis en cercle, une demi-douzaine de jeunes gens mangeaient leur déjeuner, riaient, se racontaient des histoires. S'il s'était joint à eux, il aurait gardé le silence. Il était très doué pour mentir sur ce qu'il était, d'où il venait, ce qu'il avait fait, mais, en groupe, il avait toujours peur d'aller trop loin, de dire des choses invraisemblables, de perdre la crédibilité qui avait tant d'importance à ses yeux. En tête à tête, il n'aurait eu aucun mal à séduire une fille telle qu'Ashley et à susciter sa sympathie.

Michael O'Connell sentit la rage l'envahir.

C'était une sensation familière, de celles qu'il accueillait avec plaisir et détestait tout à la fois. Différente de la colère qu'il ressentait lorsqu'il se préparait à se battre, ou qu'il se disputait avec son patron, dans n'importe lequel de ses innombrables emplois intermittents, ou avec son propriétaire, ou avec la vieille dame de l'appartement d'à côté, qui l'énervait avec ses chats et ses regards fureteurs. Il pouvait se disputer avec des tas de gens, en venir aux coups sans que ça ait la moindre importance. Mais ses sentiments à l'égard d'Ashley étaient autres.

Il savait qu'il l'aimait.

Il bouillait tout en l'épiant de loin, sans être vu ni reconnu. Il essaya de se détendre, en pure perte. Comme la douleur devenait trop forte, il se détourna, puis se retourna aussitôt, car il souffrait encore plus de ne pas la voir. Il était à la torture chaque fois qu'elle riait et rejetait la tête en arrière, faisant voler ses cheveux, ou se penchait en avant pour écouter. Chaque fois qu'elle tendait le bras, que sa main frôlait celle d'un autre, même sans y penser, il avait l'impression qu'on enfonçait des aiguilles dans sa poitrine.

Il retint sa respiration pendant presque une minute.

Cette fille lui gelait le cerveau.

Il mit la main à sa poche de pantalon, où il gardait un couteau. Pas un de ces couteaux suisses que des centaines d'étudiants de Boston traînaient au fond de leur sac à dos, mais un couteau pliant de dix centimètres, volé dans un magasin d'équipement pour le camping. Il empoigna l'arme, qui pesait son poids, serrant si fort que la lame, quoique repliée, le meurtrit. Rien de tel qu'un supplément de douleur pour s'éclaircir les idées.

Avec son couteau, Michael O'Connell se sentait dangereux.

Quelquefois, il lui semblait que le monde était rempli d'êtres en devenir. Les étudiants tels qu'Ashley étaient engagés dans un processus qui ferait d'eux quelqu'un d'autre. La fac de droit pour les futurs avocats, celle de médecine pour ceux qui voulaient devenir docteur, l'école des beaux-arts, celle de cinéma, l'UER de langues ou de philosophie… Tout le monde était occupé à devenir quelqu'un.

Il regrettait parfois de ne pas s'être engagé dans

l'armée. Il aurait pu faire bon usage de ses talents sous l'uniforme, mis à part ses difficultés à obéir aux ordres. Il aurait peut-être dû essayer la CIA. Il aurait fait un excellent espion, du genre James Bond. Ou un tueur à gages. Ça, ça lui aurait plu.

Au lieu de quoi, il était destiné à être un criminel. Ce qu'il aimait étudier, c'était le danger.

Les étudiants s'étaient levés presque à l'unisson, brossant leurs vêtements, inconscients de tout ce qui n'appartenait pas à leur halo de rires et de joyeux bavardages.

Il entreprit de les suivre à distance, se mêlant aux passants sur le trottoir, jusqu'au moment où ils montèrent quelques marches et pénétrèrent dans un bâtiment.

Le dernier cours d'Ashley finissait à quatre heures et demie. Après, elle passerait deux heures au musée, où elle travaillait à temps partiel. Il se demanda si elle avait des projets pour la soirée.

Lui, il en avait toujours.

— Il y a quelque chose que je ne saisis pas bien…
— Quoi ?

Elle répondait patiemment, comme une institutrice s'adressant à un élève un peu lent.

— Si ce type…
— Michael. Michael O'Connell. Un beau nom irlandais, typique de Boston. Un nom qui évoque les enfants de chœur portant l'encensoir, une chorale, et des pompiers en kilt jouant de la cornemuse à la Saint-Patrick…

— Ce n'est pas son vrai nom, n'est-ce pas ? C'est

une pièce du puzzle ? Si je devais creuser, je ne trouverais pas de Michael O'Connell, hein ?

— Peut-être. Ou peut-être pas.

— Vous compliquez inutilement les choses.

— N'est-ce pas à moi d'en juger ? Si ça se trouve, je me dis qu'au bout d'un moment vous cesserez de me questionner pour avancer tout seul, poussé par le désir de connaître la vérité. Vous en savez déjà assez, en tout cas pour commencer. Vous comparerez alors les éléments que je vous aurai fournis à ceux que vous découvrirez. C'est la raison pour laquelle je vous raconte tout cela, en rendant la chose un peu plus difficile. Vous parliez de puzzle ; l'image est bien choisie.

— Très bien, dis-je, continuons. Si ce Michael s'enfonçait dans une sorte de marginalité, gravissant un à un les échelons de la petite délinquance, Ashley aurait dû le démasquer en deux secondes, non ? Avec sa bonne éducation, elle devait connaître l'existence de ces obsédés qui harcèlent les femmes. Bon Dieu, on en parle même dans la brochure sur la santé publique qu'on distribue aux lycéens, quelque part entre les dangers de la drogue et la prévention des maladies vénériennes ! Elle aurait dû le repérer et faire le nécessaire pour s'en libérer. Vous avez parlé d'une sorte d'amour obsessionnel. Mais ce type, O'Connell, il a plutôt l'air d'un psychopathe, et…

— Un futur psychopathe. Un psychopathe en devenir.

— Je le vois bien, mais d'où lui venait cette obsession ?

— Bonne question. Et il faudra y répondre. Cependant, vous auriez tort de croire qu'Ashley, malgré ses nombreuses qualités, était équipée pour affronter le genre de problèmes que peut poser un Michael O'Connell.

— D'accord. Mais dans quoi croyait-elle être embarquée ?

— Du cinéma, répondit-elle. Elle n'avait pas lu le scénario avant de signer.

3

Une jeune fille ignorante

A deux tables de celle qu'occupaient Ashley
Freeman et ses trois amis, une demi-douzaine de
joueurs de l'équipe de base-ball de la Northeastern
University, une université privée, discutaient avec
véhémence des qualités des Yankees et des Red Sox.
Ils se livraient à une estimation bruyante, souvent
grossière, de chacune des équipes. Ashley aurait pu
être gênée par ce brouhaha qui couvrait tout le reste,
sauf qu'après avoir passé des heures innombrables
dans les bars pour étudiants durant ses quatre années
à Boston, elle avait entendu cette discussion une
multitude de fois. Elle se concluait parfois par
une bousculade, voire un bref échange de coups, mais
le plus souvent elle donnait simplement lieu à des
torrents d'obscénités, concernant principalement les
pratiques sexuelles, après leurs heures de travail, des
Yankees et des Red Sox. Divers noms d'oiseaux
revenaient de manière assez récurrente dans ces
empoignades verbales.

Les amis d'Ashley poursuivaient eux aussi une
discussion passionnée. Le sujet du jour était une

exposition, à Harvard, des célèbres dessins de Goya sur les horreurs de la guerre. Plusieurs d'entre eux avaient pris le « T », le métro bostonien, et traversé la ville pour se rendre à l'exposition, où ils avaient déambulé, perplexes, au milieu des dessins en noir et blanc montrant démembrements, tortures, assassinats, la souffrance sous diverses formes.

Ashley s'agita sur son siège, un peu mal à l'aise. Certaines images, surtout des images de violence, la choquaient profondément depuis qu'elle était une petite fille. Elles se fixaient, indésirables, dans sa mémoire, qu'il s'agisse de Salomé admirant la tête de saint Jean-Baptiste dans une représentation épouvantable datant de la Renaissance, ou de la mère de Bambi essayant d'échapper aux chasseurs qui la poursuivent. Même les meurtres kitsch de *Kill Bill*, le film de Tarantino, la dérangeaient.

Son cavalier de facto, ce soir-là, était un certain Will – un garçon dégingandé, aux cheveux longs, étudiant en troisième cycle en psychologie au Boston College. Penché au-dessus de la table, il était en train d'expliquer quelque chose tout en s'efforçant de rapprocher son épaule du bras d'Ashley. Dans le flirt, se dit-elle, les contacts les plus insignifiants sont importants. La sensation la plus légère, si elle est partagée, peut mener à quelque chose d'intense. Elle ne savait trop que penser de lui. Clairement, il était brillant et semblait attentionné. Il s'était présenté à son appartement, un peu plus tôt, avec six roses – ce qui, selon lui, était l'équivalent psychologique de la carte « Sortez de prison » au Monopoly. Cela signifiait qu'il pouvait dire ou faire des choses choquantes ou stupides, et qu'elle devrait lui pardonner sur-le-champ. Une douzaine de roses, ça aurait été trop.

Elle aurait sans doute décelé l'artifice dans un tel présent, alors que la moitié annonçait au moins autant de promesses que de mystère. Elle avait trouvé cela drôle, et sans doute aussi approprié. Elle était donc disposée d'emblée à bien l'aimer, bien qu'elle n'eût pas tardé à se rendre compte qu'il était peut-être un tout petit peu trop imbu de lui-même, et moins enclin à écouter qu'à pérorer, ce qui la rebutait.

Ashley écarta les cheveux qui lui tombaient sur le visage et essaya d'écouter :

— ... l'intention de choquer. Il voulait jeter toute la réalité de la guerre au visage des politiciens et des aristocrates qui la romançaient. La rendre incontestable...

Les derniers mots de cette déclaration se perdirent dans le tumulte d'une explosion de voix à la table voisine :

— ... te dire à quoi Derek Jeter est bon ! Il est bon à se pencher en avant et à...

Ashley ne put s'empêcher de sourire intérieure ment. Elle avait l'impression d'être prisonnière d'une version très bostonienne d'une sorte de quatrième dimension, à mi-chemin entre le pompeux et le plébéien.

Elle continua à s'agiter sur son siège, maintenant entre elle et Will une distance de neutralité qui ne le décourageait ni l'encourageait – tout en se disant qu'elle avait toujours été follement malchanceuse en amour. Elle se demandait si cela passerait, comme tant de moments quand on grandit, ou si c'était au contraire un avant-goût de son avenir. Elle sentait qu'elle était au bord de quelque chose, sans savoir de quoi il s'agissait.

— ... mais le paradoxe, quand on choque en

montrant la véritable nature de la guerre grâce à l'art, c'est que cela n'arrête pas la guerre, mais la célèbre en tant qu'art. Nous nous pressons pour voir *Guernica* et nous nous délectons de la profondeur de sa vision, mais que ressentons-nous vraiment pour les villageois qui se trouvent sous les bombes ? Eux, ils sont réels. Leur mort est réelle. Mais leur vérité est subordonnée à l'art.

C'était Will-rencard-du-jour qui parlait. Ashley se dit que la remarque était sensée. Mais un million d'étudiants politiquement corrects auraient pu dire la même chose. Elle regarda les joueurs de base-ball braillards. Même attisée par l'alcool, leur discussion était exaltée. Elle éprouva un doute, tout à coup. Elle aimait venir boire une bière à Fenway. Elle adorait flâner au musée des Beaux-Arts. Pendant un long moment, elle se demanda laquelle de ces deux activités elle préférait.

Ashley jeta un regard en coin à Will. Il devait s'imaginer que le moyen le plus rapide de la séduire était de déployer toutes sortes de théories ronflantes. Une manière de penser classique chez les étudiants de troisième cycle. Elle décida de lui compliquer les choses.

Elle repoussa brusquement son siège et se leva.

— Hé ! s'exclama-t-elle. Vous venez d'où, vous autres ? Du Boston College ? De l'université de Boston ? De la Northeastern ?

A la table des joueurs de base-ball, tout le monde se calma. Une jolie fille qui harangue des jeunes gens, se dit-elle, ça attire l'attention.

— Northeastern, répondit l'un d'eux.

Il s'était levé à demi en faisant une courbette

– avec un semblant de courtoisie asiatique, un geste de bienséance déplacé dans ce bar tumultueux.

— Soutenir les Yankees, reprit Ashley, c'est soutenir General Motors, IBM, ou le Parti républicain. Etre un fan des Red Sox, c'est de la poésie. Aux moments importants, tout le monde doit choisir, dans la vie. Ça suffira pour aujourd'hui.

Autour de la table, les garçons firent entendre une explosion de rires et d'insultes moqueuses.

Will se renversa en arrière avec un grand sourire.

— Voilà qui est clairement énoncé ! fit-il.

Ashley sourit. Elle se dit qu'il n'était peut-être pas si nul que cela, après tout.

Quand elle était jeune, elle croyait qu'il valait mieux être ordinaire. Elle savait que les filles ordinaires peuvent se cacher, se rendre invisibles.

A l'âge de douze ans, elle avait traversé une phase dramatique d'opposition à presque tout. Pour montrer son désaccord, bruyant et obstiné, avec sa mère, son père, ses professeurs, ses amies, elle portait des vêtements flottants, du genre sacs, couleur de terre, ajoutant à ses cheveux une mèche rouge sang à côté d'une mèche aile de corbeau ; elle écoutait du grunge, buvait du café noir sans sucre, se mit au tabac et eut envie de tatouages et de piercings. Cette phase n'avait duré que quelques mois, juste assez pour entrer en conflit avec tout ce qu'elle faisait jusque-là à l'école, tant en classe que sur le terrain de sport. Elle perdit quelques amis, bien sûr, et ceux qui restèrent étaient un peu méfiants.

A sa grande surprise, la seule adulte avec laquelle elle put parler pendant cette période de sa vie fut

Hope, la compagne de sa mère. Elle en était surprise, car une partie d'elle-même en voulait secrètement à Hope d'avoir provoqué la rupture entre ses parents, et elle avait souvent répété à ses amies qu'elle la haïssait à cause de cela. Ce mensonge l'avait embêtée, entre autres parce qu'elle pensait que c'était ce que ses amies voulaient entendre de sa bouche. Et elle était perturbée par l'idée qu'elle pouvait, pour cette mauvaise raison, se conformer à leurs lubies. Après le grunge et le gothique, elle avait traversé une période BCBG « kaki et tissu écossais », puis une période sportive suivie de quelques semaines à la sauce végétalienne, pendant lesquelles elle n'absorba que du tofu et des burgers de légumes. Elle avait tâté de l'art dramatique, interprétant une Marian passable dans *The Music Man*, noirci des rames entières de journaux intimes, s'était identifiée successivement à Emily Dickinson, Eleanor Roosevelt et Carry Nation (suffragette antialcoolique), mâtinées de Gloria Steinem (journaliste et féministe) et Mia Hamm (demi-centre de l'équipe nationale de football). Elle avait contribué à l'édification d'une maison pour Habitat pour l'humanité. Un jour, elle avait été filmée par des policiers en planque en compagnie du plus gros dealer de son collège, au cours d'une virée éprouvante dans une ville voisine pour y récupérer une certaine quantité de crack. Un inspecteur avait téléphoné à sa mère pour la prévenir. Hors d'elle, Sally Freeman-Richards l'avait privée de sortie pendant des semaines, hurlant qu'elle avait eu une chance extraordinaire de n'avoir pas été arrêtée et qu'elle aurait du mal à regagner la confiance maternelle. Chacun de son côté, Hope et le père d'Ashley étaient parvenus à des conclusions plus modérées, où il était question de rébellion adolescente – Scott Freeman se rappelant quelques stupidités commises durant sa propre jeunesse. Cela avait rassuré Ashley : elle ne pensait pas qu'elle entreprenait délibérément des choses dangereuses, mais elle savait qu'à l'occasion elle avait pris certains risques et elle était plutôt contente d'en avoir évité jusqu'à présent les conséquences réelles. Elle se disait souvent qu'elle était comme l'argile sur le tour du potier, tournant sans cesse sur elle-même pendant qu'on la façonnait, attendant l'explosion de chaleur du four qui annoncerait qu'elle était terminée.

Elle se sentait à la dérive. Elle n'appréciait pas particulièrement son emploi à temps partiel au musée, où elle aidait à dresser le catalogue des collections. C'était le genre de boulot où l'on est condamné à rester dans la coulisse, derrière un écran d'ordinateur. Elle n'était pas encore fixée sur son programme de troisième cycle d'histoire de l'art, et se disait parfois qu'elle ne s'était retrouvée là que parce qu'elle maniait correctement le crayon, l'encre et le pinceau. Ce qui la troublait profondément, car, comme beaucoup de jeunes gens, elle se disait qu'elle ne devrait faire que ce qu'elle aimait, et jusque-là elle n'avait pas encore une idée bien affirmée de ce que ça pouvait être.

Ils avaient quitté le bar. Ashley se serra dans son manteau pour se protéger de la fraîcheur du soir. Elle réalisa qu'elle aurait sans doute dû prêter plus d'attention à Will. Il était beau garçon, attentionné, et peut-être avait-il le sens de l'humour. Il marchait à ses côtés d'un drôle de pas élastique – tout compte fait, c'était quelqu'un à qui elle devrait marquer un peu plus d'intérêt. Ils avaient franchi près de deux pâtés de maisons, n'étaient plus qu'à une cinquantaine de mètres de chez elle, et elle sentit qu'une question brûlait les lèvres du jeune homme.

Elle décida de jouer à un petit jeu. Si la question était intéressante, elle lui accorderait un second rendez-vous. S'il lui demandait simplement s'il pouvait monter chez elle, elle le laisserait tomber.

— Quand des types se disputent dans un bar à propos de base-ball, demanda-t-il soudain, crois-tu qu'ils le font parce qu'ils aiment le jeu, ou parce qu'ils aiment se disputer ? Parce que, au fond, il n'y a pas de bonnes réponses, il n'y a que la loyauté qu'on doit à une équipe. Et la loyauté aveugle n'est pas vraiment favorable au débat, hein ?

Ashley sourit. Il venait de gagner son second rendez-vous.

— Peut-être que mon amour pour les Red Sox, ajouta-t-il, intéresserait mes condisciples du séminaire de « psychologie déviante »…

Elle se mit à rire. Un autre rendez-vous, incontestablement.

— Je suis arrivée, dit-elle. J'ai passé une excellente soirée.

Will la regarda.

— Nous pourrions essayer une soirée un peu plus calme ? Il serait peut-être plus facile de faire connaissance sans être obligés de rivaliser avec des éclats de voix et des spéculations hallucinées sur le goût de Derek Jeter pour les fouets en cuir, les gadgets sexuels géants, et les orifices où ils peuvent être employés… ou déployés.

— Cela me ferait plaisir, dit Ashley. Tu m'appelleras ?

— Oui, bien sûr.

Elle monta la première marche vers son appartement, réalisa qu'elle lui tenait toujours la main, se retourna et l'embrassa longuement. Un baiser presque chaste, au point qu'il sentit à peine la langue d'Ashley frôler ses lèvres. Un baiser prometteur, qui annonçait plus pour les jours à venir, mais pas d'invitation pour ce soir-là. Il sembla l'accepter, car il recula d'un demi-pas, fit une courbette très élaborée et, tel un courtisan du dix-huitième siècle, lui baisa la main.

— Bonne nuit, dit-elle. J'ai vraiment passé un bon moment.

Ashley fit demi-tour et se dirigea vers son immeuble. Entre les deux portes vitrées, elle se retourna pour regarder derrière elle. Un petit cône lumineux tombait d'une ampoule placée au-dessus de la porte extérieure, Will se tenait juste à l'arrière du cercle jaune pâle, qui laissait bien vite la place à la profonde obscurité de la nuit de la Nouvelle-Angleterre. Une ombre plissa son visage, comme si une flèche d'obscurité l'avait touché. Elle lui fit un petit signe de la main et rentra chez elle, en proie à une euphorie naturelle, heureuse de n'avoir même pas envisagé une coucherie sans lendemain, ce cliché si populaire en milieu étudiant. Elle secoua la tête. La dernière fois qu'elle avait cédé à cette tentation, le résultat avait été odieux. Ça lui était revenu à l'esprit quand son père l'avait appelée, de façon si inattendue. Très vite, tandis qu'elle fourrageait dans son sac en quête de sa clé, elle repoussa le souvenir de toutes les mauvaises nuits du passé et se laissa emporter par la modeste lueur d'espoir de la présente soirée.

Elle se demanda combien de temps s'écoulerait avant que Will-premier-rencard l'appelle et devienne Will-deuxième-rencard.

Après qu'Ashley eut disparu de l'autre côté de la deuxième porte, Will Goodwin s'attarda un instant dans l'obscurité. Il se sentait plein d'enthousiasme, envahi par une excitation mêlée d'insouciance en pensant à la soirée qui s'achevait, et surtout à la prochaine.

Il était un peu perdu. La copine d'un de ses amis, qui lui avait donné le numéro d'Ashley, l'avait bien prévenu qu'elle était belle, brillante, voire un peu mystérieuse, mais elle avait dépassé ses rêves à tous points de vue. Il se dit qu'il était parvenu à éviter, mais de justesse, qu'elle ne lui accole l'étiquette « casse-pieds ».

Penché en avant pour résister au vent qui avait forci, Will enfonça les mains dans sa parka et se mit en route. L'air avait quelque chose d'antique, comme si chaque frisson était semblable au précédent, exactement le même, pour toutes les générations qui s'étaient succédé dans les rues de Boston. La fraîcheur nocturne d'octobre commençait à lui piquer les joues, et il se hâta vers la station de métro. Il avançait rapidement, ses longues jambes dévorant des longueurs de trottoir.

Elle est grande, se dit-il. Dans les un mètre soixante-dix-huit, un corps souple de top-model que même un jean et un sweater flottant en coton ne parvenaient pas à dissimuler.

Tout en traçant sa route au plus court, il s'étonnait qu'une fille comme elle ne soit pas entourée de garçons : cela devait avoir un rapport avec une liaison malheureuse, ou une mauvaise expérience. Il décida de ne pas spéculer plus avant, remercia simplement sa bonne étoile de lui avoir fait connaître Ashley. Dans ses études, il était toujours question de probabilité et de prévisions. Il n'était pas sûr que les statistiques valables pour son travail clinique sur des rats de laboratoire s'appliquent aux possibilités, pour un gars comme lui, de rencontrer une fille comme Ashley.

Will sourit intérieurement et dévala quatre à quatre les marches menant au T.

Le métro de Boston, comme celui de la plupart des villes, a un côté un peu surnaturel, qu'on découvre en franchissant les tourniquets pour s'enfoncer dans le monde souterrain du transit. Les lampes font miroiter les parois carrelées de blanc. Des ombres se faufilent entre les colonnes d'acier. Il y a là un bruit constant, des rames arrivent ou repartent en grondant dans le lointain. On est isolé du monde extérieur, enfermé dans un univers disjoint où le vent, la pluie, la neige, voire la lueur et la chaleur du soleil semblent appartenir à une autre planète et à un autre temps.

Son métro apparut, dans un concert de grincements suraigus. Will embarqua rapidement, avec une douzaine d'autres voyageurs. L'éclairage du wagon donnait à chacun un teint terreux, maladif. Pendant un moment, il essaya d'imaginer la vie des autres passagers – celui-ci, dissimulé derrière son journal, celui-là, le nez dans un livre, cet autre, qui fixait la paroi devant lui, le regard vide.

La tête renversée en arrière, Will ferma

brièvement les yeux, se laissant bercer par la vitesse et le balancement du train, comme un enfant dans les bras maternels. Il décida de l'appeler le lendemain. Il l'inviterait à dîner et essaierait d'établir le dialogue au téléphone. Il passa en revue quelques sujets de conversation, essaya d'en trouver un qui serait inattendu. Il se demanda où il pouvait l'emmener. Dîner et cinéma ? Prévisible. Il avait le sentiment qu'Ashley était le genre de femme qui voulait des choses spéciales. Une pièce, peut-être ? Un cabaret avec un numéro comique ? Puis un souper dans un endroit plus agréable que les habituels hamburgers-bière. Mais pas trop snob, se dit-il. Un endroit calme. Après le rire, quelque chose de romantique.

Ce n'est peut-être pas le plan le plus génial, se dit-il, mais c'est bien l'idée.

Il était arrivé à sa station. Il descendit de la rame, grimpa les escaliers vers la sortie, déboucha dans la rue. Les lumières de Porter Square déchiraient l'obscurité, créant un sentiment d'activité factice. Il rentra les épaules pour résister aux rafales de vent glacé, sortit du square et prit une rue transversale. Il habitait à quatre rues de là. Il fit travailler sa mémoire, afin de décider du restaurant où il l'emmènerait.

Il ralentit en entendant un chien aboyer, soudain sur ses gardes. Au loin, la sirène d'une ambulance déchira le silence de la nuit. Les lueurs des téléviseurs éclairaient les fenêtres de quelques duplex ou appartements, mais la plupart étaient plongés dans l'obscurité.

A sa droite, dans une allée coincée entre deux immeubles, Will crut entendre un grattement, et il se tourna dans cette direction. Il vit alors une forme sombre se ruer vers lui. Surpris, il recula d'un pas et leva les bras pour se protéger. Il se dit qu'il devait crier, appeler à l'aide, mais tout alla beaucoup trop vite, le choc et la peur ne durèrent qu'une seconde, et une vague de terreur l'envahit parce qu'il savait que quelque chose se précipitait vers lui. Un tuyau de plomb, qui fendit l'air en sifflant comme un sabre avant de s'abattre sur sa tête.

Il me fallut près de sept heures pour trouver, à l'issue d'une longue journée passée à m'abîmer les yeux, le nom de Will Goodwin dans le *Boston Globe*. Sauf que c'était un autre nom, sous le titre *LA POLICE RECHERCHE L'AGRESSEUR DE L'ÉTUDIANT*, dans les nouvelles locales, en bas de page. L'article ne couvrait que quatre paragraphes et fournissait peu d'informations, sinon que l'étudiant, âgé de vingt-quatre ans, était grièvement blessé et qu'il se trouvait dans un état critique au Massachusetts General Hospital. Il avait été découvert au petit matin par un passant qui avait repéré un corps ensanglanté abandonné derrière des poubelles métalliques au fond d'une allée. La police en appelait au témoignage de quiconque aurait vu ou entendu quoi que ce soit de suspect dans le voisinage de Somerville.

C'était tout.

Aucun suivi journalistique, ni le lendemain, ni dans les semaines qui suivirent. Ce n'était qu'un incident de violence urbaine, dûment noté, archivé et aussi vite oublié, digéré dans la succession ininterrompue des nouvelles.

Il me fallut deux jours de plus, au téléphone, pour trouver l'adresse de Will. L'Association des élèves du Boston College m'apprit qu'il n'avait jamais fini le programme d'études auquel il s'était inscrit. On me donna une adresse familiale, à Concord, dans la banlieue de Boston. Le numéro de téléphone était sur liste rouge.

Concord est un endroit charmant, avec d'anciens hôtels particuliers qui respirent l'odeur du passé. On y trouve un grand parc municipal, une imposante bibliothèque publique, un collège privé et un centre-ville pittoresque plein de magasins branchés. Quand j'étais plus jeune, j'emmenais mes enfants visiter les champs de bataille proches et leur récitais le fameux poème de Longfellow. Comme dans tant d'endroits du Massachusetts, le passé avait pris le pas sur le développement. L'histoire, ici, semblait s'être arrêtée. La maison où demeurait le jeune homme nommé pour moi Will Goodwin était ancienne : un corps de ferme de style colonial, moins tape-à-l'œil que les maisons plus récentes, en retrait d'une petite rue transversale, au bout d'une allée de gravier de cinquante mètres de long. Dans le jardin en façade, quelqu'un avait passé beaucoup de temps à planter des fleurs. Je vis une plaque, portant la date de 1789, sur le mur extérieur blanc luisant. Et, devant une porte latérale, une rampe pour un fauteuil roulant. J'allai à la porte de devant, où je sentais les hibiscus en fleur tout proches, et frappai avec précaution.

Une femme mince aux cheveux gris (mais qui n'avait pas encore l'air d'une grand-mère) ouvrit la porte.

— Oui ? Puis-je vous aider ?

Je déclinai mon identité, présentai mes excuses pour débarquer ainsi chez elle sans m'être annoncé, lui expliquai que je n'avais pas pu l'appeler car son numéro était sur liste rouge. Je lui dis que j'étais écrivain, que j'enquêtais sur quelques crimes commis ces dernières années dans les zones de Cambridge, Newton et Somerville. Pouvais-je lui poser quelques questions sur Will – ou, mieux encore, lui parler en personne ?

Je vis qu'elle était interloquée, mais elle ne me ferma pas tout de suite la porte au nez.

— Je ne vois pas en quoi nous pouvons vous être utiles, dit-elle d'une voix polie.

— Pardonnez-moi de venir à l'improviste. J'aimerais simplement poser quelques questions.

Elle secoua la tête.

— Il n'est pas... commença-t-elle, avant de s'interrompre en croisant mon regard.

Sa lèvre se mit à trembler, les larmes brillèrent dans ses yeux.

— Cela a été...

Une voix, derrière elle :

— Maman ? Qui est là ?

Elle hésita, comme si elle ne savait que répondre. J'aperçus un jeune homme dans un fauteuil roulant, qui sortait d'une pièce contiguë. Il avait le teint pâle, exsangue. Ses cheveux bruns formaient une masse emmêlée, mal peignée. Longs et raides, ils tombaient sur ses épaules. Une cicatrice en Z, d'un rouge terne, barrait la partie supérieure droite de son front et descendait presque jusqu'au sourcil. Ses bras semblaient secs et musclés, mais il avait le torse creux, presque décharné. Il avait de grandes mains, de longs doigts élégants. En l'observant, je me dis que je décelais quelques traces de celui qu'il avait été jadis. Il avança son fauteuil vers nous.

La mère me regarda.

— Cela a été très dur, dit-elle doucement, avec une familiarité surprenante.

Les roues de caoutchouc du fauteuil grincèrent quand il s'immobilisa.

— Bonjour, dit-il d'un ton amène.

Je lui dis mon nom, et lui expliquai brièvement pourquoi je m'intéressais à l'agression qui l'avait laissé estropié.

— Mon agression ? fit-il.

Il n'attendait aucune réponse de ma part, car il la donna lui-même :

— Je crois qu'elle n'avait rien de spécial. Une agression ordinaire. En tout cas, je ne peux pas vous dire grand-chose. Deux mois dans le coma. Puis ceci…

Il montra son fauteuil.

— La police a-t-elle arrêté quelqu'un ?

— Non. J'ai bien peur de ne pas leur avoir été très utile. Je ne me rappelle rien de ce qui s'est passé ce soir-là. Pas le moindre foutu détail. Un peu comme lorsque vous enfoncez la touche « Retour » sur un clavier, et que vous voyez les lettres de votre texte disparaître une à une. Vous savez qu'il se trouve probablement quelque part dans l'ordinateur, mais vous ne le retrouvez pas. Il est tout simplement effacé.

— Vous rentriez chez vous après être sorti avec une fille ?

— Oui. Nous n'avons plus repris contact. Pas étonnant. J'étais une loque. Je le suis toujours.

Il rit légèrement. Puis il eut un sourire ironique.

Je hochai la tête.

— Les flics n'ont jamais rien trouvé, hein ?

— Oh, si. Deux ou trois choses bizarres.

— Lesquelles ?

— Ils ont arrêté des gosses, à Roxbury, qui essayaient de se servir de ma carte Visa. Pendant un ou deux jours, ils ont cru qu'il s'agissait peut-être de mes agresseurs, mais ce n'était pas le cas. Apparemment, les mômes avaient trouvé la carte près d'une benne à ordures.

— D'accord, mais qu'est-ce que ça a de si étrange…

— Quelqu'un d'autre a trouvé mon portefeuille et mes papiers, permis de conduire, cartes de restau U, de Sécurité sociale, de mutuelle… à Dorchester. A des kilomètres de la benne où les gosses avaient vu la carte de crédit. Comme si quelqu'un s'était mis à éparpiller à travers Boston tout ce qu'il m'avait pris.

Il eut un sourire.

— Un peu comme mon cerveau.

— Que faites-vous, maintenant ? demandai-je.

— Maintenant ?

Will jeta un coup d'œil vers sa mère.

— Maintenant, j'attends.

— Vous attendez quoi ?

— Je ne sais pas. Les séances de rééducation au centre de traumatologie crânienne. Le jour où je pourrai quitter ce fauteuil. Je n'ai pas grand-chose d'autre à faire.

Je reculai, sa mère commença à refermer la porte.

— Hé ! fit Will. Vous croyez qu'ils finiront par trouver le type qui m'a fait ça ?

— Je l'ignore. Mais si j'apprends quelque chose, je vous préviendrai.

— Il ne me déplairait pas d'avoir son nom et son adresse, dit-il doucement. Je crois que j'aimerais régler certaines choses moi-même.

4

Une conversation qui va au-delà des mots

Le crime, se disait Michael O'Connell, est affaire de connexions. Si on ne veut pas se faire prendre, il faut faire disparaître tous les liens visibles. Ou du moins les masquer pour qu'ils ne sautent pas aux yeux du premier flic lourdingue venu.

Il sourit mentalement, ferma les yeux un instant, laissant le balancement du métro le calmer. Un flot d'énergie parcourait son corps. Frapper un homme lui procurait une curieuse sensation de calme, même si ses muscles étaient contractés et tendus. Il se demandait si la violence physique serait toujours aussi excitante.

A ses pieds était posé un sac de marin en toile bon marché, dont la lanière détendue était passée autour de son bras. Il contenait une paire de gants de cuir, une paire de gants de chirurgien en caoutchouc, un tuyau de plomb ordinaire de cinquante centimètres de long et le portefeuille de Will Goodwin (même s'il ignorait encore le nom de ce dernier).

Cinq objets, se dit O'Connell, cela signifiait cinq arrêts sur le T.

Il savait qu'il était exagérément prudent, mais il se disait qu'une précision absolue ne pouvait être que bénéfique. Le tuyau était sans aucun doute couvert du sang de l'homme qu'il avait rossé. De même pour les gants de cuir. Il se doutait que ses vêtements présentaient aussi des traces de matière organique – ainsi, peut-être, que ses chaussures de course –, mais d'ici le milieu de la matinée plusieurs lessives au Lavomatic le plus proche les auraient fait disparaître. Autant pour les liens microscopiques qui l'unissaient à cet homme. Le sac de marin était destiné à une benne à ordures à Brockton, le tuyau de plomb à un chantier de construction du centre-ville. Le portefeuille, une fois qu'il l'aurait délesté de l'argent liquide, serait abandonné dans une poubelle devant une station de Dorchester, et les cartes de crédit seraient dispersées dans les rues de Roxbury où, espérait-il, des jeunes Noirs les trouveraient et essaieraient de s'en servir. Boston était toujours découpé en fonction de la couleur de ses habitants, et il présumait que ces jeunes seraient punis pour ce qu'il avait fait.

Quant aux gants de chirurgien (qu'il avait portés sous les gants de cuir), il pouvait s'en débarrasser sans aucun risque sur le chemin en rentrant chez lui. Surtout s'il les jetait dans une poubelle proche du Massachusetts General Hospital, ou de Brigham and Women's. Même si quelqu'un les repérait, ils n'attireraient pas particulièrement l'attention.

Il se demanda s'il avait tué l'homme qui avait embrassé Ashley.

C'était probable. Le premier coup l'avait atteint à la tempe, et il avait entendu l'os craquer. L'homme était tombé presque tout de suite et avait heurté un arbre – ce qui était heureux, car cela avait étouffé le bruit de sa chute. De toute façon, si quelqu'un avait entendu quelque chose et avait eu la curiosité de regarder par sa fenêtre, lui-même et l'homme qui avait embrassé Ashley étaient dissimulés par le tronc de l'arbre et plusieurs voitures en stationnement. Traîner le type dans l'allée obscure avait été un jeu d'enfant. La raclée à coups de poing et de pied n'avait pris que quelques secondes. Une explosion de sauvagerie proche de l'orgasme sexuel, implacable, explosive, et puis c'était fini. Il avait poussé l'homme inconscient derrière des caisses métalliques, pris son portefeuille et, très vite, s'était enfoncé dans l'obscurité pour regagner la station de métro de Porter Square.

Cela avait été incroyablement facile. Bref. Anonyme. Brutal.

L'espace d'une ou deux secondes, il se demanda qui était cet homme. Il haussa les épaules. Cela n'avait pas vraiment d'importance. Il n'avait même pas besoin de connaître son nom. Depuis une heure ou deux, la seule personne qui, théoriquement, pouvait établir un lien entre lui et l'homme qu'il avait laissé dans l'allée dormait dans son propre appartement, ignorant tout de ce qui venait de se passer. Quand elle saurait, elle irait peut-être voir la police. Il en doutait, mais le risque, léger, existait. Mais que pourrait-elle dire ? Il avait dans sa poche la souche d'un ticket de cinéma. Ce n'était pas le meilleur des alibis, mais cela couvrait le moment du baiser et serait suffisant pour n'importe quel policier qui ne la croirait pas d'emblée, surtout après que le portefeuille et les cartes de crédit auraient réapparu en plusieurs endroits de la ville.

Il renversa la tête en arrière et écouta le bruit du métro – une musique bizarre, en filigrane sous le son implacable du métal sur le métal.

Il était presque cinq heures du matin quand Michael O'Connell s'arrêta pour l'avant-dernière fois. Il choisit une station plus ou moins au hasard et sortit près de Chinatown dans les derniers instants précédant l'aube, non loin du quartier financier du centre-ville. La plupart des magasins étaient fermés, rideaux de fer baissés, et les trottoirs étaient déserts. Il ne lui fallut pas longtemps pour trouver un téléphone public en état de marche. Le froid le fit frissonner. Il se couvrit la tête avec la capuche de son sweat-shirt, ce qui lui donna un air anonyme, monacal. Il fallait faire vite. Il ne voulait pas être repéré par une voiture de patrouille opérant paresseusement sa dernière tournée dans les rues étroites, ni qu'on vienne lui poser des questions.

O'Connell introduisit cinquante cents et composa le numéro d'Ashley.

Le téléphone sonna cinq fois avant qu'il n'entende sa voix ensommeillée.

— Allô ?

Il ne dit rien, afin de lui donner une ou deux secondes pour s'éveiller.

— Allô ? répéta-t-elle. Qui est là ?

Il se souvint du téléphone portable blanc bon marché posé à la tête de son lit. Pas d'identification de l'appelant. De toute façon, ça ne changerait rien.

— Tu sais qui c'est, dit-il d'une voix douce.

Elle ne répondit pas.

— Je te l'ai dit. Je t'aime, Ashley. Nous sommes

faits l'un pour l'autre. Personne ne peut s'interposer entre nous.

— Michael, cesse de m'appeler. Je veux que tu me fiches la paix.

— Je n'ai pas besoin de t'appeler. Je suis toujours avec toi.

Il raccrocha, avant qu'elle ait le temps de le faire. La meilleure menace n'est pas celle qu'on formule, se dit-il, mais celle qu'on imagine.

L'aube était là quand il rentra enfin chez lui.

Une demi-douzaine des chats de sa voisine tournaient en rond dans le couloir, miaulant et produisant d'autres sons tout aussi agaçants. L'un d'eux souffla à son approche. La vieille dame qui habitait l'appartement en face du sien en possédait une vingtaine, chacun affublé d'un nom, et elle disposait des gamelles pour les chats errants qui s'avisaient de monter jusque-là. *Posséder* étant d'ailleurs un mot très relatif : ils semblaient aller et venir selon leur bon vouloir. La vieille dame avait même installé une caisse de sable dans un coin du couloir pour qu'ils y fassent leurs besoins, et il régnait en permanence une odeur aigre et désagréable. Les chats connaissaient Michael O'Connell, et il ne s'entendait pas mieux avec eux qu'avec leur maîtresse. Il les considérait comme des parasites, un degré au-dessus de la vermine. Ils le faisaient éternuer et pleurer, et à chaque fois qu'il entrait dans l'immeuble ils étaient là à le fixer. Il n'aimait pas que quiconque, humain ou animal, prête attention à ses allées et venues.

O'Connell donna un coup de pied à un calicot qui passait à sa portée, mais le manqua. Je me ramollis, se dit-il. Résultat d'une nuit longue mais excitante. Le calicot et ses congénères s'égaillèrent devant lui tandis qu'il avançait vers la porte de son appartement. Baissant les yeux, il en vit un, noir et blanc avec une bande orange, à l'arrêt devant une des gamelles. Il devait être nouveau, ou stupide, pour ne pas imiter les autres en se tenant prudemment à distance. La vieille femme ne se lèverait pas avant une heure, au moins, et il savait qu'elle était presque sourde. Il jeta un coup d'œil dans le couloir. Aucun des autres locataires n'avait l'air de bouger. Il ne comprendrait jamais pourquoi aucun d'entre eux ne se plaignait des chats, et il les détestait pour cela. Il y avait un couple de vieux, du Costa Rica, qui parlaient à peine l'anglais. Un Portoricain, qui devait arrondir son salaire de machiniste (O'Connell en était persuadé) avec un cambriolage de temps de temps, occupait un autre appartement. A l'étage au-dessus logeaient un couple d'étudiants, des adeptes de la marijuana, dont l'odeur âcre descendait parfois jusqu'à chez lui, et un représentant de commerce aux cheveux gris et au teint cireux qui passait son temps libre à pleurnicher, lorsqu'il n'était pas occupé à téter sa bouteille. Sauf pour se plaindre des chats auprès du concierge (un homme d'un certain âge, aux ongles incrustés de plusieurs années de crasse, qui s'exprimait avec un accent indéterminé et détestait par-dessus tout qu'on vienne l'entretenir d'une quelconque réparation à effectuer), O'Connell n'avait pas grand-chose à faire de tous ces gens. Il se demanda si un seul des locataires connaissait son nom. Ce n'était qu'un endroit calme, miteux, quelconque et froid, le bout de la route pour les uns, un lieu de passage pour d'autres, et il avait ce caractère provisoire qu'O'Connell aimait bien. Il baissa les yeux en ouvrant sa porte et se demanda si la vieille femme s'occupait vraiment de ses chats. Il doutait qu'elle en connaisse le nombre exact.

Et qu'elle puisse se rendre compte qu'il en manquait un.

Il se baissa très vite, attrapa brusquement le noir et blanc par le milieu du dos. Surpris, le chat poussa un cri aigu et le griffa.

Il regarda la trace rouge apparue immédiatement sur le dos de sa main. Cette fine marque sanglante allait lui faciliter la tâche.

Ashley Freeman s'allongea sur son lit.

— Je suis dans de beaux draps, murmura-t-elle.

Elle resta là, presque sans bouger, jusqu'à ce que la lumière du soleil pénètre par la fenêtre, à travers les stores fantaisie qui donnaient à la pièce un air de chambre de petite fille. Elle suivit des yeux un rayon de lumière qui se déplaçait lentement sur le mur devant le lit. Quelques-unes de ses propres œuvres y étaient accrochées, des esquisses au charbon réalisées lors du cours de dessin d'après nature, un torse d'homme qu'elle aimait bien, un dos de femme formant sur la feuille blanche une courbe voluptueuse. Il y avait aussi un autoportrait assez inhabituel : elle n'avait dessiné que la moitié de son visage et laissé l'autre dans l'obscurité, comme s'il était caché.

— Ce n'est pas possible… dit-elle, d'une voix un peu plus forte.

Bien sûr, elle ne savait pas ce qui se passait. Pas encore.

Je l'ai appelée plus tard, ce jour-là. Je ne perdis pas de temps avec les plaisanteries et les lieux communs. J'ai tout de suite posé ma première question :

— D'où venait exactement l'obsession de Michael O'Connell ?

Elle soupira.

— Vous allez devoir le découvrir tout seul. Mais avez-vous oublié ce courant électrique qui vous traverse quand vous êtes jeune et que vous vivez, sans vous y attendre, un moment de passion unique ? Une coucherie sans lendemain, une rencontre liée au hasard. Etes-vous trop vieux pour vous rappeler que de telles choses arrivent ?

— D'accord. Oui, répondis-je, peut-être un peu trop vite.

— Il n'y a qu'un problème. Tous ces moments sont plus ou moins sans importance, ou, au mieux, embarrassants. Des erreurs qui vous font rougir, des moments que vous gardez pour vous, dont vous ne parlez à personne. Mais, cette fois-là, ce n'était pas le cas. Ashley a trébuché une seule fois, dans un moment de faiblesse, puis elle s'est retrouvée brusquement empêtrée dans un buisson de ronces. Sauf qu'un buisson de ronces n'est pas toujours mortellement dangereux, et que Michael O'Connell, lui, l'était.

Je fis une pause, puis :

— J'ai trouvé Will Goodwin. Sauf qu'il ne s'appelait pas Goodwin.

Elle répondit d'une voix entrecoupée, hésitante, et les mots venaient lentement :

— Bien… Vous avez probablement appris des choses importantes. Du moins, cette rencontre a dû vous aider à comprendre le… ah, le potentiel de

Michael O'Connell. Mais ce n'est pas là que tout a commencé, et ce n'est sans doute pas là que tout finit. Je ne sais pas. A vous de le découvrir.

— D'accord, mais...

— Je dois y aller, maintenant. Vous comprenez, vous êtes en quelque sorte au point où en était Scott Freeman avant que les choses ne deviennent... quel est le mot correct ? Tendues ? Difficiles ? Il savait un certain nombre de choses, mais il avait surtout des lacunes. Il croyait qu'Ashley pouvait être en danger, mais il ne savait pas comment, ni exactement où, ni quand, ni aucune des choses que nous nous demandons quand nous percevons une menace. Tout ce dont Scott Freeman disposait, c'était quelques éléments troublants sur lesquels il devait s'interroger. Il savait que ce n'était pas le début, et il savait que ce n'était pas la fin. Il était comme un savant jeté au milieu d'une équation et qui se demande comment procéder pour trouver la solution... Je dois y aller, répéta-t-elle. Nous nous reparlerons.

— Mais...

— L'indécision. Un mot simple. Mais elle peut entraîner des horreurs, n'est-ce pas ? Il en est de même, bien sûr, quand on fait preuve d'un volontarisme imbécile. C'est plus ou moins le dilemme, hein ? Agir. Ou ne pas agir. C'est toujours une question fascinante, vous ne croyez pas ?

5

Sans-Nom

Quand elle rentrait chez elle, Hope avait l'habitude de claquer deux fois des mains. Elle entendait alors la cavalcade du chien qui accourait depuis le salon où il passait l'essentiel de son temps, attendant son retour en regardant par la grande baie vitrée. Les bruits étaient toujours les mêmes. D'abord un bruit sourd, quand il sautait du canapé où il ne pouvait pas s'installer quand un humain était là pour le lui interdire. Puis le grattement des griffes sur le plancher, le glissement du tapis oriental qui se déplaçait et enfin les bonds empressés autour d'elle dès qu'il la rejoignait dans l'entrée. Elle connaissait assez la routine pour poser les journaux ou les courses, en prévision de cet accueil.

Rien ne procure une émotion aussi simple, se disait-elle, que l'accueil que vous réserve votre chien. Elle s'agenouillait et le laissait lui couvrir le visage de coups de langue, la queue battant un tempo régulier contre le mur. Tous les gens qui possèdent un chien savent bien que même si tout va de travers l'animal remue la queue quand il vous entend rentrer.

Le sien était un mélange assez bizarre. Un vétérinaire avait avancé qu'il pouvait être le fils illégitime d'un golden retriever et d'un pitbull, ce qui expliquerait à la fois son poil blond ras, son nez retroussé, sa loyauté farouche et absolue (moins l'agressivité dangereuse), et une intelligence qui étonnait toujours. Hope l'avait déniché dans le refuge où on l'avait abandonné alors qu'il n'était qu'un chiot. Quand elle avait demandé son nom au gérant, celui-ci lui avait répondu qu'il n'avait pas été baptisé, pour ainsi dire. Dans un accès de créativité un peu cruelle, elle l'avait donc appelé Sans-Nom.

Quand il était petit, elle lui avait appris à rapporter les ballons de football à la fin de l'entraînement, spectacle qui ne manquait pas d'amuser les filles, quelle que soit l'équipe qui l'avait engagée. Sans-Nom attendait patiemment près du banc de touche avec une sorte de sourire idiot, jusqu'à ce qu'elle lui donne le signal d'un geste de la main. Alors il fonçait sur le terrain, récupérait les balles qu'il poussait avec le nez et les pattes antérieures, et revenait aussi vite à l'endroit où elle l'attendait avec un filet. Elle disait souvent aux joueuses que, le jour où elles seraient capables de contrôler la balle aussi vite que Sans-Nom, elles seraient championnes d'Amérique.

Il était beaucoup trop vieux maintenant, ne voyait ni n'entendait plus très bien, il avait un peu d'arthrite, et courir après une douzaine de ballons dépassait largement ses capacités. Elle l'emmenait donc de moins en moins souvent à l'entraînement. Elle n'aimait pas penser au jour où il mourrait. Il était avec elle depuis aussi longtemps qu'elle était avec Sally Freeman.

Elle se disait souvent que sans le petit Sans-Nom elle aurait peut-être échoué, dans son couple avec Sally. C'est grâce à lui qu'elle avait trouvé un terrain d'entente avec Ashley. Les chiens, se disait-elle, réussissent ce genre de choses sans effort apparent. Juste après le divorce, quand Sally et Ashley étaient venues habiter chez elle, Hope avait attiré sur elle toute la froideur dont est capable une fillette maussade de sept ans. Enchanté de voir arriver un enfant, surtout doté de l'énergie d'Ashley, Sans-Nom avait superbement ignoré sa colère et son chagrin. Hope avait embrigadé Ashley, de force dans les premiers temps, pour l'aider à dresser et entraîner le chiot, avec des résultats mitigés. Il adorait rapporter les objets qu'on lui lançait, mais pour ce qui était de respecter les meubles, il ne voulait rien entendre. C'est ainsi, en parlant de leurs succès et de leurs échecs avec le chien, qu'elles avaient connu d'abord une certaine détente dans leurs relations, puis une compréhension mutuelle, et enfin un sens du partage qui avait fini par briser la plupart des obstacles dressés devant elles.

Hope gratta Sans-Nom derrière les oreilles. Elle se dit qu'elle lui devait beaucoup plus qu'il ne lui devait, à elle.

— Tu as faim ? C'est l'heure de manger ?

Sans-Nom aboya une seule fois. Question stupide pour un chien, se dit Hope. Mais il est certainement content de l'entendre.

Elle passa dans la cuisine et prit la gamelle par terre, tout en réfléchissant à ce qu'elle allait préparer pour leur dîner, à Sally et elle.

Un menu intéressant, décida-t-elle. Une tranche de

saumon sauvage avec une sauce à la crème et au fenouil, et du risotto.

Hope était un vrai cordon-bleu, ce dont elle tirait une certaine fierté.

Sans-Nom s'assit, sa queue balayant le sol, et attendit.

— Nous sommes pareils, toi et moi, lui dit-elle. Tous les deux, nous attendons quelque chose. La différence, c'est que toi, tu sais que c'est ton dîner, mais moi, je ne suis pas sûre de ce qu'on me réserve.

Scott Freeman regardait autour de lui en pensant aux moments, dans la vie, où la solitude s'impose de manière totalement inattendue.

Avachi dans un vieux fauteuil d'époque, il regardait par la fenêtre l'obscurité se glisser entre les dernières feuilles qui s'accrochaient aux arbres en ce mois d'octobre. Il avait quelques devoirs à corriger, un cours à préparer, et largement de quoi lire : le manuscrit d'un de ses collègues était arrivé le jour même des presses de l'université, et il siégeait au comité de lecture des pairs.

Il se trouvait lui-même au milieu d'un travail personnel, un essai sur un aspect pour le moins étrange des combats pendant la guerre d'Indépendance, qui se caractérisaient par une sauvagerie absolue et, un instant plus tard, par une sorte de chevalerie médiévale, comme le jour où Washington, au beau milieu de la bataille de Princeton, avait fait rapporter chez l'ennemi le chien égaré d'un général anglais.

Beaucoup à faire, se dit-il.

— Tu as du pain sur la planche, fit-il à voix haute.

Ce qui ne voulait rien dire du tout, à ce moment-là. En y réfléchissant un peu, il réalisa que *peut-être* ça ne voulait rien dire.

Cela dépendait de ce qu'il allait faire ensuite.

Il tourna le dos à la lumière déclinante de l'après-midi, chercha des yeux la lettre qu'il avait trouvée dans le bureau d'Ashley. Il la relut de A à Z pour la centième fois et se sentit aussi piégé que la première fois, lorsqu'il l'avait découverte. Puis il se repassa mentalement chaque mot, chaque inflexion, chaque intonation de la conversation qu'il avait eue avec elle au téléphone.

Scott se renversa en arrière et ferma les yeux. Il devait essayer d'imaginer ce qu'il ferait à la place d'Ashley.

Tu connais ta fille, se dit-il. Alors ?

Le question résonna longtemps dans son esprit.

La première chose à faire, décida-t-il, est de découvrir qui a écrit la lettre.

Il pourrait alors se faire une idée, en toute objectivité, de l'individu en question, sans s'immiscer dans la vie de sa fille. S'il se débrouillait bien, il pourrait parvenir à une conclusion sur cette personne sans impliquer quiconque. Personne en tout cas qui pourrait dire à Ashley qu'il était en train de fouiner dans sa vie privée. S'il découvrait que la lettre était simplement troublante et inopportune, rien de plus, il pourrait se détendre et laisser Ashley se libérer à sa manière de ces attentions indésirables et mener tranquillement sa vie. En fait, il pourrait sans doute régler tout cela sans mettre dans le coup la mère d'Ashley ou sa compagne. Ce qui serait d'ailleurs son scénario préféré.

La question était de savoir comment s'y prendre.

Un des avantages que procure l'étude de l'histoire, se répétait-il, résidait dans la connaissance des actions des grands hommes au long des siècles. Scott se savait enclin à un romantisme tranquille qui lui faisait aimer l'idée de livrer des combats désespérés, de s'associer à des causes perdues. En matière de films et de romans, ses goûts l'entraînaient dans cette direction, et il réalisait qu'il y avait dans ces histoires une certaine grâce puérile qui contredisait la sauvagerie des épisodes de l'histoire réelle. Les historiens sont pragmatiques. Froids et calculateurs. Les romanciers et les cinéastes se souviennent volontiers du « *Nuts !* » qu'un général avait lancé à l'ennemi, à Bastogne, pendant la Seconde Guerre mondiale. Les historiens s'intéressent plus aux engelures, aux mares de sang qui gèlent sur le sol, au désespoir absolu qui anéantit l'esprit et l'âme des hommes.

Il était persuadé qu'il avait transmis une bonne partie de cette exaltation pour le romanesque à Ashley, qui avait profité de sa verve de conteur et passé beaucoup de temps à lire *La Petite Maison dans la prairie* et les romans de Jane Austen.

Il avait un goût légèrement acide sur sa langue, comme s'il avait avalé un liquide amer. Il n'aimait pas penser qu'il avait contribué à la rendre sûre d'elle, confiante et indépendante. Maintenant, parce qu'elle était tout cela, il était profondément inquiet.

Scott secoua la tête et dit à voix haute :

— Tu tires des conclusions un peu trop hâtives. Tu n'es sûr de rien. En fait, tu ne sais rien du tout.

Commencer, simplement, se répéta-t-il. Trouver un nom.

Le problème était d'y parvenir sans que sa fille le

sache. Il fallait qu'il s'immisce dans sa vie sans se faire prendre.

Tout en ayant un peu l'impression d'être un malfaiteur, il tourna les talons et monta l'escalier de sa petite maison en bois, vers la vieille chambre à coucher d'Ashley. Il allait procéder à une fouille plus approfondie, à la recherche d'indices qui lui en diraient plus que la lettre. Il se sentait vaguement coupable en franchissant la porte. Il se demanda brièvement pourquoi il devait violer ainsi la chambre de sa fille pour mieux la connaître.

Sally Freeman-Richards leva les yeux de son assiette.

— J'ai reçu un coup de fil bizarre de Scott, cet après-midi, dit-elle négligemment.

Hope émit une sorte de grognement, et tendit le bras pour attraper le pain au levain. Elle avait l'habitude de la manière détournée dont Sally aimait lancer certaines conversations. Elle se disait parfois que sa compagne, après toutes ces années, restait une énigme à ses yeux. Elle pouvait être si énergique et agressive au tribunal et puis, dans le calme de leur foyer, presque timide. Hope pensa que leurs vies étaient pavées de nombreuses contradictions. Et les contradictions génèrent de la tension.

— Il a l'air inquiet, dit Sally.

— Inquiet ? A quel sujet ?

— Ashley.

Hope posa son couteau sur son assiette.

— Ashley ? Comment ça ?

Sally eut une brève hésitation. Puis :

— Il semble qu'il a fouillé dans ses affaires, et qu'il est tombé sur une lettre qui l'inquiète un peu…

— Qu'est-ce qu'il faisait dans ses affaires ?

— C'est la première question que je lui ai posée, fit Sally en souriant. Les grands esprits se rencontrent.

— Alors ?

— Il ne m'a pas vraiment répondu. Il voulait parler de la lettre.

Hope haussa légèrement les épaules.

— Bon, et alors, cette lettre ?

Sally réfléchit quelques secondes avant de se lancer :

— Il ne t'est jamais arrivé, disons quand tu étais au collège, ou à l'université, de recevoir une lettre d'amour, tu vois le genre, qui parle de dévotion, d'amour, de passion immortelle, d'engagement total, avec des formules à l'emporte-pièce, du genre « je ne peux pas vivre sans toi » ?

— Eh bien… non, je n'en ai jamais reçu. Mais sans doute pour des raisons différentes. C'est ça, la lettre qu'il a trouvée ?

— Oui. Une déclaration d'amour.

— Ça me semble assez inoffensif. Qu'est-ce qui te fait dire qu'il se tracassait ?

— Quelque chose dans le ton, je pense.

— Et ça serait quoi, précisément ? demanda Hope d'une voix légèrement exaspérée.

Sally pesa soigneusement ce qu'elle allait dire. Déformation d'avocate.

— Elle avait l'air, je ne sais pas… *possessive*. Peut-être un peu dingue. Le genre : *Si je ne peux pas t'avoir, personne ne t'aura*, tu vois… Je pense que Scott extrapole un peu trop…

Hope hocha la tête. Elle aussi choisit ses mots avec soin. Déformation de compagne d'avocate.

— Tu as probablement raison… Bien sûr, ajouta-t-elle lentement, est-ce que sous-estimer une lettre de ce genre ne serait pas une erreur de jugement peut-être lourde de conséquences ?

— Tu crois que Scott a raison de s'inquiéter ?

— Je n'ai pas dit cela. J'ai dit qu'ignorer quelque chose, c'est rarement la bonne manière de répondre à une question.

— Maintenant, tu parles comme une conseillère psychologique, fit Sally en souriant.

— Peut-être parce que *je suis* une conseillère psychologique. Ce n'est donc pas si dingue que ça si je m'exprime ainsi.

Sally fronça les sourcils.

— Je ne voudrais pas que ça provoque une scène…

— Bien sûr, fit Hope en hochant la tête.

— Il semble pourtant qu'à chaque fois que le nom de Scott apparaît dans nos conversations nous finissons par nous disputer, sur une chose ou une autre, dit Sally. Après toutes ces années…

Hope secoua la tête.

— Eh bien, ne parlons pas de Scott. Après tout, il n'a pas grand-chose à voir avec ce que nous sommes, n'est-ce pas ? Mais il fait toujours partie de la vie d'Ashley, alors nous ne pouvons pas faire comme s'il n'existait pas. En tout cas, même si je ne m'entends pas vraiment avec lui, ça ne veut pas dire que je pense qu'il est cinglé.

— D'accord, répondit Sally. Mais la lettre…

— Tu as eu l'impression qu'Ashley n'était pas

dans son assiette, récemment, ou distante, ou quoi que ce soit d'anormal ?

— Tu le sais aussi bien que moi. La réponse est non. Sauf si toi, tu as remarqué quelque chose.

— Je ne crois pas être très compétente pour détecter les soucis cachés des jeunes filles, dit Hope tout en sachant que c'était parfaitement faux.

— Qu'est-ce qui te fait penser que *moi*, je le suis ? demanda Sally.

Hope haussa les épaules. Toute cette conversation tournait mal, et elle ne voyait pas quoi faire pour enrayer le mouvement. Elle regarda Sally, de l'autre côté de la table. Il régnait entre elles une tension qu'elle avait du mal à définir. Comme si elle contemplait des hiéroglyphes gravés dans une pierre. Une langue parfaitement claire, mais hors de sa portée.

— La dernière fois qu'Ashley est venue ici, tu as remarqué quelque chose de bizarre ?

Comme Hope attendait une réponse, Sally passa mentalement en revue les faits et gestes d'Ashley lors de sa dernière visite. Celle-ci allait et venait, avec son énergie et sa confiance en soi coutumières, et des millions de plans à réaliser en même temps. Rester à côté d'elle, parfois, c'était un peu comme si l'on essayait de saisir le tronc d'un palmier au plus fort de l'ouragan. Elle était simplement l'incarnation de la vie.

Sally secoua la tête en souriant.

— Je ne sais pas. Elle avait tout le temps quelque chose à faire, ou bien elle devait aller retrouver Untel ou Untel, des amis du collège qu'elle n'avait pas vus depuis des années. J'avais l'impression qu'elle avait à peine un moment à consacrer à sa vieille et ennuyeuse maman. Ou à la compagne de sa vieille et ennuyeuse maman. Et, je suppose, à son ennuyeux vieux papa.

Hope acquiesça.

Sally écarta sa chaise de la table.

— Attendons de voir ce qui va se passer. Si Ashley a un problème, elle est censée appeler pour demander conseil, ou de l'aide, ou je ne sais quoi. N'essayons pas de voir ce qui n'existe pas, OK ? En fait, je m'en veux d'avoir soulevé le problème. Si Scott n'avait pas été si bouleversé… Non, pas bouleversé. Inquiet, plutôt. Je crois qu'il devient un peu parano en vieillissant. Bon Dieu, nous le sommes tous, non ? Et Ashley, eh bien, elle a toute cette énergie… Le mieux est de s'effacer et de la laisser trouver son chemin.

— Voilà qui est parlé avec toute la sagesse maternelle possible, fit Hope en hochant la tête.

Elle commença à débarrasser la table. Un des grands verres à vin se brisa entre ses doigts. Le pied se fracassa sur le sol. Elle baissa les yeux, constata que le bout de son index saignait. Pendant un instant, elle contempla la goutte de sang se former puis couler sur sa paume. Le sang sourdait de la plaie au rythme de ses battements de cœur.

Sally regarda un peu la télévision, puis annonça qu'elle allait se coucher. C'était une information, pas une invite, pas même accompagnée par la bise obligatoire sur la joue. Hope leva à peine les yeux des rédactions qu'elle était en train de corriger. Mais elle demanda à Sally si elle pensait pouvoir l'accompagner à un ou deux matches dans les semaines à venir. Sally lui répondit de manière évasive, en montant l'escalier vers la chambre qu'elles partageaient à l'étage.

Hope se laissa tomber sur le canapé. Sans-Nom se dirigea vers elle de sa démarche traînante. Dès qu'elle entendit l'eau couler dans la salle de bains, à l'étage, elle tapota le canapé à côté d'elle, invitant le chien à s'y installer. Elle ne le faisait jamais en présence de Sally, qui désapprouvait l'attitude cavalière de Sans-Nom à l'égard des meubles.

Sally aime que chacun se cantonne à un rôle soigneusement défini, se dit Hope. Les chiens par terre. Les gens sur les sièges. Le moins de désordre possible.

C'était l'avocate, en elle, qui s'exprimait ainsi. Son boulot consistait à démêler les désordres et les conflits et à imposer l'empire de la raison sur des situations données. Créer des règles et des paramètres, élaborer des stratégies, définir les choses et leur place.

Hope était beaucoup moins sûre qu'organisation soit synonyme de liberté.

Elle aimait qu'il y ait un peu de pagaille dans sa vie, et manifestait ce qu'elle croyait être une légère inclination à la révolte.

Elle caressa distraitement Sans-Nom, qui battit une ou deux fois de la queue et se mit à rouler des yeux. Elle entendait Sally aller et venir, puis l'ombre projetée dans l'escalier par la lampe de la chambre disparut.

Hope rejeta la tête en arrière. Elle se dit que leur couple allait peut-être beaucoup plus mal qu'elle ne l'imaginait, même si elle aurait eu des difficultés à dire exactement pourquoi. Il lui semblait que pendant la plus grande partie de l'année qui venait de s'écouler Sally avait été distraite, l'esprit ailleurs, en permanence. Elle se demanda si l'on pouvait tomber amoureux aussi vite qu'elles, la première fois. Elle expira lentement, s'agita sur le canapé, et son inquiétude passa de Sally à Ashley.

Elle ne connaissait pas très bien Scott, à qui elle n'avait pas adressé la parole plus de six ou huit fois en près de quinze ans – ce qui, elle l'admettait, était assez inhabituel. L'idée qu'elle se faisait de lui venait surtout de Sally et d'Ashley. Mais elle se disait qu'il n'était pas le genre de type à se planter, en particulier sur quelque chose d'aussi banal qu'une lettre d'amour anonyme. Dans son travail, comme coach et comme conseillère d'orientation, Hope avait vu tellement de relations bizarres et dangereuses qu'elle était encline à se montrer méfiante.

Elle caressa de nouveau Sans-Nom, qui réagit à peine.

Il était banal, se dit-elle, pour une femme ayant ses préférences sexuelles, de se méfier de *tous* les hommes. D'un autre côté, elle connaissait les dégâts que peuvent provoquer des sentiments aussi excessifs, en particulier chez les jeunes gens.

Elle fixa le plafond, comme si elle pouvait voir à travers le plâtre et les poutres, et deviner à quoi Sally pensait, allongée sur son lit. Hope savait que sa compagne avait des insomnies. Et quand elle s'endormait enfin, elle s'agitait, se retournait sans arrêt et semblait perturbée par ses rêves.

Hope se demanda si Ashley avait les mêmes problèmes pour dormir. Elle réalisa qu'elle devrait connaître la réponse à cette question. Mais elle ne voyait pas du tout comment y parvenir.

Elle ignorait alors que la même interrogation, plus ou moins, maintenait Scott éveillé.

Boston a un côté caméléon, et diffère en cela de nombre d'autres villes. Par un clair matin d'été, elle semble déborder d'énergie et d'idées. Elle respire le savoir et la culture, la constance, l'histoire. Une exaltation qui indique de quoi elle est capable. Mais prenez les mêmes rues quand le brouillard monte du port, quand le gel approche, ou quand les rues sont jonchées des restes salis de la neige hivernale, et Boston devient un endroit glacé et rude, avec une âpreté qui révèle un côté beaucoup plus sombre.

Je regardais l'ombre de la fin de l'après-midi s'étendre lentement sur Dartmouth Street, et sentais l'air chaud monter de Charles Street. Là où je me trouvais, je ne pouvais voir le fleuve, mais je savais que quelques rues seulement nous séparaient. Newbury Street, avec ses boutiques branchées et ses galeries haut de gamme, était non loin. De même que le Berklee College of Music, où se côtoyaient toutes sortes de futurs musiciens : punks en herbe, chanteurs folk, pianistes classiques en formation. Cheveux longs, cheveux hérissés, cheveux aux mèches colorées. J'aperçus un sans-abri, il marmonnait dans sa barbe, se balançant d'avant en arrière, adossé à un mur dans une ruelle, en partie dissimulé dans l'ombre. Au carrefour le plus proche, une BMW klaxonna à l'intention de quelques étudiants qui traversaient en dehors des clous, puis accéléra dans un crissement de pneus.

Je m'arrêtai un instant. Je me fis la réflexion que Boston était unique par sa capacité à abriter en même temps une telle variété de courants. Pas étonnant qu'un Michael O'Connell ait trouvé un foyer dans une ville qui présente un si grand nombre d'identités différentes.

Je ne le connaissais pas encore très bien. Mais je commençais à avoir une idée de ce qu'il était.

6

Un avant-goût de ce qui allait suivre

Elle attendit jusqu'à midi, incapable de se lever, jusqu'à ce que la lumière du soleil se déverse par les fenêtres et que les rues de la ville, à l'extérieur de l'appartement, émettent leur fredonnement et leur bourdonnement rassurants. Pendant quelques instants, elle regarda à travers une vitre couverte de zébrures, comme pour se convaincre qu'en cette journée comme les autres rien d'important ne pouvait aller de travers. Elle suivit une personne des yeux, puis une autre, à mesure que les passants entraient dans son champ de vision. Elle ne reconnaissait personne, mais tout le monde lui semblait familier. Chacun appartenait à un type identifiable. L'homme d'affaires. L'étudiant. La serveuse. Il y avait tout un monde résolu, hors de sa portée. Les gens savaient où ils allaient, et ils y allaient avec détermination.

Ashley avait l'impression d'être une île au milieu de tous ces gens. Pendant un instant, elle regretta de n'avoir pas une colocataire, ou une meilleure amie. Quelqu'un à qui se confier, quelqu'un qui s'assoirait sur le lit à côté d'elle, siroterait du thé, prêt à rire, à pleurer ou à lui témoigner de la sollicitude dès la première confidence. Elle connaissait un million de personnes à Boston, mais personne en qui elle aurait assez confiance pour partager un fardeau – et certainement pas le fardeau Michael O'Connell. Elle avait cent amis, mais pas d'Ami.

Elle se dirigea vers son bureau, couvert de travaux à moitié finis, de textes sur l'histoire de l'art, d'un ordinateur portable et de quelques CD. Elle farfouilla jusqu'à ce qu'elle trouve un petit bout de papier portant quelques numéros de téléphone.

Elle inspira à fond, composa celui de Michael O'Connell.

Il décrocha après deux sonneries.

— Oui ?

— Michael, c'est Ashley.

Elle laissa le silence s'étirer sur la ligne. Elle aurait dû préparer ce qu'elle allait lui dire, des phrases énergiques et des formules sans équivoque. Au lieu de quoi, elle se laissa dominer par l'émotion.

— Je ne veux plus que tu m'appelles, lâcha-t-elle.

Il ne dit rien.

— Quand tu as appelé ce matin, je dormais. Tu m'as fait une peur bleue.

Elle attendit des excuses. Un prétexte, peut-être, ou une explication. Rien ne vint.

— S'il te plaît, Michael.

Comme si elle lui demandait une faveur.

Il ne répondit pas.

— Ecoute, c'était juste une nuit, bafouilla-t-elle. Rien de plus. Nous nous amusions, nous avons bu quelques verres, et c'est allé un peu plus loin que ça aurait dû, même si je ne le regrette pas, ce n'est pas ce que je veux dire. Si tu t'es mépris sur mes sentiments, je suis désolée. Est-ce qu'on ne peut pas simplement se quitter en amis ? Aller chacun de son côté ?

Elle l'entendait respirer au bout du fil, mais il ne disait mot.

— Alors ne m'envoie plus jamais de lettres, reprit-elle, consciente que ce qu'elle disait était de plus en plus vaseux, lamentable. Surtout comme celle de l'autre semaine. C'était toi, n'est-ce pas ? Ça ne pouvait être que toi. Je sais que tu es très occupé, que tu as beaucoup de choses en tête, et je suis absorbée par mon boulot, j'essaie de progresser sur mon diplôme de troisième cycle, et je n'ai pas de temps à consacrer à une liaison sérieuse pour le moment. Je sais que tu comprendras. J'ai simplement besoin d'espace. Ce que je veux dire, c'est que nous sommes impliqués l'un et l'autre dans tant de choses différentes… Ce n'est pas le bon moment pour moi, et je parie que ce n'est pas vraiment le bon moment pour toi. Tu le sens bien, non ?

Elle laissa planer la question, prit conscience de son silence. Et elle s'accrocha à ce silence comme si c'était la preuve qu'il acquiesçait.

— J'apprécie vraiment le fait que tu acceptes de m'écouter, Michael. Et je te souhaite ce qui peut t'arriver de mieux, vraiment. Peut-être, dans un avenir proche, pourrons-nous être bons amis. Mais pas maintenant, d'accord ? Pardonne-moi si tu es déçu. Mais si tu m'aimes vraiment, comme tu dis, alors tu comprendras que j'aie besoin d'être seule, et que je ne veuille pas me lier pour le moment. On ne sait jamais ce que l'avenir nous réserve, mais aujourd'hui, au présent, je ne peux pas gérer ça, d'accord ? J'aimerais que nous y mettions fin comme des amis. D'accord ?

Elle entendait sa respiration. Régulière, lente.

— Ecoute, dit-elle, d'une voix où commençaient à percer l'exaspération et un léger désespoir, nous ne nous connaissons pas vraiment. Ce n'est arrivé qu'une fois, et nous avions un peu bu, OK ? Comment peux-tu dire que tu m'aimes ? Comment peux-tu dire toutes ces choses ? Que nous sommes faits l'un pour l'autre ? C'est dingue. Que tu ne peux pas vivre sans moi ? Cela n'a pas de sens. Aucun sens. Je veux simplement que tu me fiches la paix, OK ? Ecoute, je sais que tu trouveras quelqu'un qui sera parfait pour toi. Mais ce n'est pas moi. Je t'en prie, Michael, fiche-moi la paix. D'accord ?

Michael O'Connell ne dit pas un mot. Il se contenta de rire. Cela remonta le long de la ligne téléphonique comme un bruit étranger, distant – alors que rien, dans ce qu'elle lui avait dit, n'était drôle, ni même ironique. Cela lui glaça le sang.

Puis il raccrocha.

Ashley resta immobile quelques secondes, les yeux fixés sur le combiné qu'elle tenait toujours à la main, se demandant si cette conversation avait vraiment eu lieu. Pendant un instant, elle ne fut plus très sûre qu'il s'était trouvé là, au bout du fil.

Elle raccrocha en jetant des regards éperdus autour d'elle, comme si elle s'attendait à ce que quelqu'un lui saute dessus. Elle entendait le bruit étouffé de la circulation, mais cela ne suffisait pas à tempérer son sentiment de solitude absolue.

Elle se laissa tomber sur le bord de son lit, soudain épuisée, les larmes aux yeux. Elle se sentait incroyablement vulnérable. Petite.

Elle n'avait aucune prise sur la situation. Rien que le sentiment que quelque chose commençait à prendre de la vitesse, à progresser dangereusement – pas encore incontrôlable, mais c'était limite. Elle se tamponna les yeux, se dit qu'elle devait maîtriser ses émotions. Elle essaya de repousser son sentiment d'impuissance, de réactiver sa résistance et sa détermination.

Elle secoua la tête avec énergie.

— Tu aurais dû préparer ce que tu allais dire, fit-elle à haute voix.

Entendre sa propre voix résonner dans l'espace étroit du petit appartement la perturba. Elle avait essayé de se montrer énergique (c'était ce qu'elle pensait faire, en tout cas), au lieu de quoi elle avait eu l'air faible, implorante, pleurnicharde, tout ce qu'elle voulait ne pas être. Elle fit un effort pour se lever.

— Qu'il aille se faire foutre, murmura-t-elle. Saloperie de bordel de merde !

Elle ajouta un torrent délirant d'obscénités, vomissant dans le calme de la pièce les mots les plus laids, les plus durs et les plus incongrus qui lui venaient à l'esprit. Un véritable flot de rage et de frustration. Puis elle essaya de se rassurer.

— Ce n'est qu'un sale type, dit-elle à haute voix. Et ce n'est pas le premier que tu rencontres.

Ce qui n'était pas tout à fait vrai, elle le savait. Mais entendre sa voix retentir ainsi, rageuse et déterminée, la fit se sentir mieux. Elle chercha autour d'elle, trouva une serviette et se dirigea d'un pas résolu vers sa petite salle de bains. Il ne lui fallut que quelques secondes pour faire couler une douche chaude et ôter ses vêtements. Elle passa sous le jet d'eau fumante, en se disant qu'elle se sentait sale après la conversation avec O'Connell. Elle se frotta jusqu'à ce que sa peau soit rouge, comme si elle essayait d'ôter une odeur inopportune, ou une tache qui lui collait à la peau en dépit de ses efforts.

Quand elle sortit de la douche, elle leva les yeux vers le miroir, essuya un peu de la vapeur qui recouvrait la glace et se regarda au fond des yeux.

Dresse un plan, se dit-elle. Ignore ce monstre et il disparaîtra de lui-même.

Elle grogna, banda les muscles de ses bras. Elle laissa son regard s'attarder sur son corps, comme si elle voulait mesurer la courbe de ses seins, son ventre plat, ses jambes musclées. Elle se dit qu'elle était bien fichue, mince et belle. Elle trouvait qu'elle était forte.

Ashley retourna dans sa chambre et s'habilla. Elle avait une envie irrésistible de porter quelque chose de neuf, de différent, quelque chose dont elle n'aurait pas l'habitude. Elle fourra son ordinateur dans le sac à dos, s'assura qu'elle avait de l'argent liquide dans son portefeuille. Ses projets pour la journée étaient plus ou moins les mêmes que d'habitude : étudier un peu à la bibliothèque du musée, au milieu des étagères de livres d'histoire de l'art, avant d'aller au travail. Les articles à lire ne manquaient pas, et elle se disait que l'immersion dans les textes, les œuvres et les reproductions des grandes toiles l'aiderait à se libérer l'esprit de Michael O'Connell.

Certaine de n'avoir rien oublié, elle attrapa ses clés et ouvrit en grand la porte donnant sur le couloir.

S'immobilisa.

Baissa les yeux, et sentit un horrible courant froid la parcourir. Elle avait l'impression d'avoir de la glace dans la gorge.

Une douzaine de roses étaient collées au mur, juste devant sa porte. Des roses mortes. Fanées, abîmées.

Tandis qu'elle les contemplait, un pétale rouge sang presque noirci se détacha et voltigea vers le sol, comme s'il était dirigé non pas par un souffle d'air mais par la simple force de son regard. Elle fixait la scène, désespérée.

Scott était assis à sa table, dans son petit bureau à l'université. Il faisait tourner un crayon entre les doigts de sa main droite et se demandait comment on peut s'introduire dans la vie privée d'une jeune fille sans qu'elle le sache. Si Ashley était encore adolescente, ou plus jeune encore, il aurait pu faire preuve de son autorité naturelle. Il aurait exigé qu'elle lui dise ce qu'il voulait savoir, au risque de s'attirer des larmes et des insultes, les composantes de la confrontation classique parent-enfant. Mais Ashley était à mi-chemin de l'adolescence et de l'âge adulte, et il ne savait comment procéder. Et chaque seconde qui s'écoulait ne faisait que redoubler son inquiétude.

Il lui fallait être subtil, mais efficace.

Il était entouré d'étagères couvertes de livres d'histoire et d'une reproduction, sous un cadre des plus banals, de la Déclaration d'Indépendance. Au moins trois photos d'Ashley ornaient le coin de son bureau et le mur en face de lui. La plus saisissante la montrait durant un match de basket-ball, au collège, le visage concentré, sa queue de cheval blond-roux flottant au vent, tandis qu'elle bondissait pour prendre la balle entre deux adversaires. Scott avait une autre photo, qu'il gardait dans le premier tiroir de son bureau. Une photo de lui à l'âge de vingt ans, c'est-à-dire un peu plus jeune que sa fille aujourd'hui. Il était assis sur une caisse de munitions, à côté d'un tas d'obus étincelants, juste derrière un canon de 125 mm. Son casque était posé à ses pieds et il fumait une cigarette – ce qui était sans doute une très mauvaise idée, vu la proximité d'un matériel aussi explosif. Il avait l'air épuisé, absent. Scott se disait parfois que cette photo était sans doute son seul véritable souvenir de la guerre. Il l'avait fait encadrer, et avait fini par la cacher. Il ne l'avait même pas montrée à Sally, pas même quand ils attendaient la naissance d'Ashley et qu'ils croyaient être toujours amoureux l'un de l'autre. Il se demanda si Sally l'avait jamais interrogé sur le temps qu'il avait passé à la guerre. Scott s'agita sur son siège. Penser au passé le rendait nerveux. Il aimait analyser l'histoire des autres, pas la sienne. Il se balança d'avant en arrière.

Il se repassa mentalement les termes de la lettre. Une idée lui vint.

Scott avait une qualité (ce pouvait être aussi un défaut), qui lui interdisait de jeter les cartes de visite et les morceaux de papier où il notait les noms et les numéros de téléphone. Une petite manie propre à ceux qui ont du mal à prendre des décisions. Il fouilla presque une demi-heure dans les tiroirs de son bureau et les classeurs avant de trouver ce qu'il cherchait. Il espérait que le numéro de portable serait encore actif.

A la troisième sonnerie, il entendit une voix légèrement familière.

— Allô ?

— Susan Fletcher ?

— Oui, qui est à l'appareil ?

— Susan, c'est Scott Freeman. Le père d'Ashley… Vous vous rappelez, en première et en deuxième année…

Il y eut une brève hésitation au bout du fil, puis un éclair de compréhension :

— Monsieur Freeman, oui, bien sûr. Ça fait quelques années…

— Le temps passe, n'est-ce pas ?

— C'est sûr. Mon Dieu, comment va Ashley ? Je ne l'ai pas vue depuis une éternité.

— En fait, c'est la raison de mon appel.

— Il y a un problème ?

Scott hésita. Puis :

— C'est possible.

Susan Fletcher était une véritable tornade, toujours en train de brasser une demi-douzaine d'idées et de projets entre sa tête, son portable et son ordinateur. Une jeune femme de petite taille, aux cheveux noirs, l'intensité incarnée, au point que c'en était presque un défaut, et dotée d'une énergie infinie. La First Boston lui avait mis la main dessus dès qu'elle avait reçu son diplôme. Elle travaillait pour leur division « programmes de financement ».

Debout devant la fenêtre de son box, elle regardait dehors, observant les avions qui descendaient l'un après l'autre vers l'aéroport Logan. La conversation avec Scott Freeman l'avait quelque peu perturbée. Elle ne savait pas trop ce qu'elle devait faire, même si elle l'avait rassuré en lui promettant de prendre les choses en main.

Susan aimait bien Ashley, mais elles ne s'étaient pas parlé depuis presque deux ans. Elles avaient été colocataires en première année d'université, d'abord un peu surprises devant tout ce qui les séparait, encore plus étonnées, par la suite, de découvrir qu'elles s'entendaient parfaitement. Elles avaient cohabité une seconde année, avant de quitter l'université. Elles s'étaient perdues de vue, alors que leur cohabitation avait été marquée par énormément de confort et de bonne humeur. Maintenant, elles n'avaient plus grand-chose en commun. Au jeu de la demoiselle d'honneur – choisirait-elle Ashley pour être son témoin de mariage ? –, la réponse était non. Mais Susan ressentait encore beaucoup d'affection pour son ancienne colocataire.

Elle jeta un coup d'œil vers le téléphone.

Pour une raison qu'elle avait du mal à éclaircir, elle était un peu embarrassée, en pensant à ce que le père d'Ashley attendait d'elle. Pour le dire simplement, c'était de l'espionnage. D'un autre côté, il ne s'agissait peut-être de rien de plus qu'une angoisse paternelle injustifiée. Elle pouvait donner un coup de fil, être rassurée, rappeler Scott Freeman, et tout le monde retournerait à ses occupations. La cerise sur le gâteau, c'était la possibilité qu'on lui offrait de reprendre contact avec une amie, ce qui était rarement une mauvaise idée.

S'il y avait des retombées négatives, cela se passerait entre Ashley et son père. Sans trop s'inquiéter, elle prit donc son téléphone, regarda une dernière fois les premières traînées obscures qui tombaient sur le port et composa le numéro d'Ashley.

On décrocha à la cinquième sonnerie, au moment où Susan se préparait à l'idée de laisser un message.

— Oui ? fit Ashley d'une voix cassante qui surprit Susan.

— Hé, *free-girl*, comment ça va ?

Elle employait avec une aimable familiarité un surnom qui datait de leur première année de fac. Le seul cours qu'elles avaient en commun était un séminaire de première année sur « La femme au vingtième siècle ». Un soir, après avoir bu quelques bières, elles avaient décidé que *Freeman* (« homme libre ») était un nom sexiste et déplacé, que *freewoman* (« femme libre ») était prétentieux, mais que *free-girl* (« fille libre ») convenait parfaitement à Ashley.

Ashley attendait dans la rue, devant le Hammer and Anvil, le col de sa veste remonté pour la protéger du vent. Le froid du trottoir s'insinuait dans ses souliers. Elle savait qu'elle était en avance de quelques minutes. Susan n'était jamais en retard. Ce n'était pas dans sa nature, tout simplement. Ashley regarda sa montre, au moment précis où un klaxon retentissait derrière elle.

Dès qu'elle baissa sa vitre, le sourire rayonnant de Susan Fletcher illumina la nuit naissante.

— Salut, *free-girl* ! s'exclama-t-elle avec un enthousiasme non feint. Tu ne croyais tout de même pas que je te ferais attendre, hein ? Entre, et réserve-nous une table. Je vais me garer un peu plus loin. Deux minutes, maxi.

Ashley agita la main et la regarda décoller du trottoir. Une voiture neuve, se dit-elle, assez tape-à-l'œil. Rouge. Elle vit Susan tourner dans un Park & Lock, une rue plus loin. Elle pénétra dans le restaurant.

Susan accéda au troisième niveau du parking, beaucoup moins fréquenté. Il y avait donc moins de chances que quelqu'un se gare à côté de son Audi toute neuve et lui égratigne une aile. Elle ne l'avait que depuis deux semaines (pour moitié un cadeau de ses parents si fiers d'elle, pour moitié payée par elle-même), et qu'elle soit damnée si elle laissait le vandalisme et la pollution du centre-ville abîmer sa carrosserie rutilante.

Elle activa l'alarme et prit le chemin du restaurant. Elle marchait vite, emprunta l'escalier pour ne pas devoir attendre l'ascenseur. Deux minutes plus tard, elle se trouvait au Hammer and Anvil. Elle se débarrassa de son manteau et se dirigea à grands pas vers Ashley, qui l'attendait devant deux grands verres de bière.

Elles s'étreignirent.

— Salut, coloc ! dit Susan. Ça faisait trop longtemps.

— Je t'ai commandé une bière. Mais maintenant que tu es une femme d'affaires, un gros bonnet et une résidente de Wall Street, un scotch on the rocks ou un martini dry seraient peut-être plus appropriés…

— Non, ce sera une soirée bière. Ash, tu as l'air en pleine forme.

En disant cela, Susan était consciente que ce n'était pas tout à fait vrai. Sa vieille amie était pâle et semblait nerveuse.

— Ah bon ? fit Ashley. Je ne crois pas.

— Quelque chose te tracasse ?

Ashley hésita, haussa les épaules, jeta un regard circulaire dans le restaurant. Lampes brillantes, miroirs. On portait des toasts à une table voisine. Une autre abritait l'intimité d'un couple. Un bourdonnement de voix heureuses. Tout cela lui donnait l'impression que ce qui lui était arrivé le matin même s'était déroulé dans un étrange univers parallèle. Rien ne la menaçait pour le moment, elle n'avait que le sentiment vague d'être dans l'expectative.

Elle soupira.

— Oh, j'ai rencontré un sale type. C'est tout. Il me fait un peu flipper. Pas de quoi fouetter un chat.

— Flipper ? Qu'est-ce qu'il a fait ?

— Il n'a pas vraiment *fait* quelque chose. C'est plutôt ce que ça implique. Il me dit qu'il m'aime, que je suis son âme sœur. Qu'il n'y en aura pas d'autre. Qu'il ne peut pas vivre sans moi. S'il ne peut m'avoir, personne ne m'aura. Toutes ces conneries complètement creuses. Ça n'a pas de sens. On n'a couché ensemble qu'une seule fois, et ça a été une grosse erreur. J'ai essayé de le larguer en douceur, sur le thème « Merci, mais non merci ». J'espérais plus ou moins que c'était fini, mais quand je suis sortie de chez moi, aujourd'hui, j'ai trouvé des fleurs devant ma porte.

— Des fleurs... Ça a l'air presque délicat.

— Des fleurs mortes.

Susan marqua le coup.

— Pas cool du tout ! Comment sais-tu que c'est lui ?

— Je ne vois pas qui d'autre aurait pu faire ça.

— Que vas-tu faire ?

— Ce que je vais faire ? Je vais simplement ignorer ce salaud. Il s'en ira. Ils le font tous, tôt ou tard.

— Bon plan, *free-girl*. On dirait que tu y as vraiment réfléchi...

Ashley se mit à rire, même si ce n'était pas drôle.

— Je finirai bien par trouver quelque chose. Tôt ou tard.

Susan lui sourit.

— Cela me rappelle cette UV de maths à laquelle tu t'étais inscrite en première année... Si je me souviens bien, tu comptais dessus pour le milieu de trimestre et, quand tu as vu que ça ne le ferait pas, pour la fin de l'année…

— Je n'aurais jamais dû avoir de bonnes notes en maths, au collège. Ma mère m'a pas mal poussée dans cette direction, mais c'était une erreur. Je crois qu'elle a compris la leçon. Elle ne m'a plus jamais demandé à quels cours je m'inscrivais !

Les deux jeunes filles penchèrent la tête l'une vers l'autre et se mirent à rire. Ashley se disait qu'il existe peu de choses aussi réconfortantes que les retrouvailles avec une amie d'autrefois qui évolue désormais dans un autre univers mais se rappelle les mêmes vieilles histoires. Peu importe alors à quel point elles sont devenues étrangères l'une à l'autre.

— Bon, assez parlé de ce connard. J'ai rencontré un autre garçon, qui a l'air très gentil. J'espère qu'il me rappellera.

— Ash ! fit Susan en souriant. La première chose que j'ai apprise, quand nous vivions ensemble, c'est que les garçons te rappelaient toujours, toi.

Elle ne posa plus de questions. Elle n'avait pas entendu le nom de Michael O'Connell. Mais elle en savait assez. Ou presque assez. Des fleurs mortes.

Quand elles sortirent du Hammer and Anvil, après avoir bien mangé, bien bu et échangé des tonnes de blagues familières, Ashley étreignit longuement son amie.

— C'était bon de te voir, Susie. Nous devrions nous voir plus souvent.

— Quand ton truc de troisième cycle sera en route, appelle-moi. On pourrait sortir toutes les deux régulièrement, peut-être une fois par semaine, pour que tu puisses opposer ta sensibilité artistique à mes doléances sur les patrons stupides et les « business models » débiles…

— Ça me ferait plaisir.

Ashley contempla la nuit de la Nouvelle-Angleterre. Le ciel était dégagé, et elle devinait, au-delà de l'éclairage urbain diffus et des immeubles, la voûte céleste bleu-noir parsemée d'étoiles.

— Une dernière chose, Ash, lui dit Susan en cherchant ses clés dans son sac à main. Ce type qui te harcelait… Ça m'inquiète un peu, je te l'avoue.

— Michael ? Michael O'Connard, dit Ashley avec un geste dédaigneux, d'une voix dont elle savait qu'elle sonnait faux. Dans deux ou trois jours, je serai débarrassée de lui, Susie. Les types dans son genre ont simplement besoin qu'on leur oppose un grand et gros « Non ! ». Après quoi, ils pleurnichent et se plaignent pendant quelques jours, puis ils retrouvent leurs copains buveurs de bière dans les bars pour sportifs, ils s'accordent sur le fait que les femmes sont toutes des salopes, et basta !

— J'espère que tu as raison. Mais je serais une amie plutôt nulle si je ne te disais pas que tu peux m'appeler quand tu veux. De jour comme de nuit. Si ce type ne disparaît pas…

— Merci, Susie. J'apprécie. Mais ne t'inquiète pas.

— Ah ! Rappelle-toi, *free-girl*, l'inquiétude a toujours été ma plus grande qualité.

Toutes deux se mirent à rire et s'étreignirent de nouveau. Un sourire aux lèvres, Ashley tourna les talons et descendit la rue d'un pas tranquille, sur les reflets des néons projetés sur le trottoir par les vitrines des magasins et des restaurants. Susan Fletcher la suivit des yeux un instant, avant de faire elle-même demi-tour. Elle ne savait pas exactement quoi penser d'Ashley. C'était un mélange assez mystérieux de naïveté et de sophistication. Inutile de se demander pourquoi elle attirait les garçons – même si, en réalité, elle était solitaire et insaisissable. Même sa façon de se déplacer, de glisser furtivement dans l'ombre, semblait presque irréelle. Susan inspira à pleins poumons l'air frais de la nuit, goûtant le froid sur ses lèvres. Elle était un peu mal à l'aise de n'avoir pas dit à Ashley que Scott était à l'origine de leur rencontre, et que son coup de fil de la veille n'était pas dû au hasard. Elle frappa du pied, gênée de n'avoir pas été tout à fait honnête avec son amie et de n'avoir pas découvert grand-chose pour son père. Michael O'Connard, se dit-elle. Des fleurs mortes.

Ou bien ce n'était rien du tout, ou bien c'était quelque chose de terrifiant, et elle n'arrivait pas à se faire une opinion.

Doublement mécontente, elle s'ébroua avec un grognement et se dirigea rapidement vers le Park & Lock, à une rue de là. Elle tenait ses clés à la main, le doigt sur la cartouche de gaz incapacitant fixée au porte-clés. Susan avait rarement peur, mais elle savait qu'il vaut mieux prévenir que guérir. Elle regrettait de ne pas porter des chaussures plus discrètes. Elle entendait le claquement de ses talons sur le trottoir, se mêlant aux bruits tout proches de la rue. Elle eut tout à coup le sentiment d'être seule – comme si elle était la dernière personne vivante dans cette rue, dans le centre de la ville, voire dans Boston tout entier. Elle hésita, inspecta les alentours d'un air inquiet. Personne sur le trottoir. Elle ralentit, essaya de regarder dans un restaurant voisin, mais les vitrines étaient occultées par des rideaux. Elle s'arrêta, inspira un grand coup et pivota brusquement.

Personne. La rue, derrière elle, était déserte.

Susan secoua la tête. Elle se dit que le fait d'avoir parlé d'un sale type, et d'y penser, l'avait perturbée. Elle inspira lentement, remplissant ses poumons de l'air vif ambiant. *Des fleurs mortes*. Quelque chose dans ces mots faisait vibrer en elle une corde sensible, et ses pas semblaient hésitants. Elle s'arrêta de nouveau. Elle était surprise, et elle avait froid. Elle serra son pardessus et reprit sa marche, cette fois plus rapide, dans l'obscurité.

Elle tourna la tête à droite et à gauche. Elle ne vit personne, bien qu'elle eût soudain l'impression d'être suivie. Elle se dit qu'elle était seule, mais cela ne la rassura pas. Elle accéléra.

Un peu plus loin, elle eut une sensation bizarre, comme si quelqu'un l'épiait. Elle hésita de nouveau, laissant son regard errer autour d'elle, inspectant les fenêtres des immeubles de bureaux, cherchant les yeux qui, elle en était persuadée, surveillaient chacun de ses gestes. Encore une fois, elle ne trouva rien qui justifiât la peur glacée, nerveuse, paralysante qui s'emparait d'elle.

Sois raisonnable, se dit-elle. Une fois de plus, elle accéléra, marchant aussi vite que ses talons le lui permettaient. Elle avait l'impression d'avoir tout fait de travers, d'avoir violé les règles qu'elle s'était fixées « pour être en sécurité en ville », et de s'être laissé distraire au point de se retrouver dans une position vulnérable. Sauf qu'elle ne voyait rien qui pût représenter une menace. Cela la poussait simplement à avancer encore plus vite, au risque de trébucher.

De fait, Susan perdit l'équilibre et glissa, se rattrapa mais laissa tomber son sac à main. Elle ramassa son rouge à lèvres, le stylo, le carnet et le portefeuille qui s'étaient répandus sur le trottoir. Elle fourra le tout dans le sac qu'elle reprit en bandoulière.

Elle se trouvait à quelques mètres de l'entrée du Park & Lock. Elle courut presque pour rejoindre les portes vitrées. Elle se jeta dans l'entrée étroite, haletante. De l'autre côté de l'épaisse muraille en parpaings se trouvait la cabine où l'employé du parking encaissait l'argent des clients. Susan se demanda s'il l'entendrait, au cas où elle appellerait.

Elle en doutait. Et elle doutait qu'il fasse quoi que ce soit.

Susan se sermonna mentalement. Assume. Retrouve ta voiture. Avance. Cesse de te conduire comme une petite fille.

Pendant un instant, elle regarda fixement l'escalier. Il était obscur, peuplé d'ombres.

Elle fit demi-tour, enfonça le bouton de l'ascenseur et attendit. Elle avait les yeux fixés sur les voyants indiquant la progression de l'ascenseur. Niveau 3. Niveau 2. Niveau 1. Rez-de-chaussée. Les portes s'ouvrirent avec un chuintement et un bruit de métal.

Elle fit un pas en avant, puis s'immobilisa.

Un homme vêtu d'une parka et d'un bonnet de ski, la tête tournée de côté pour l'empêcher de voir son visage, la bouscula soudain avec une telle violence qu'elle faillit tomber.

Elle leva la main, comme pour parer un coup, mais

la silhouette s'était déjà ruée vers la porte menant à l'escalier et avait disparu dans une sorte de brouillard – si vite que Susan eut à peine le temps de remarquer à quoi il ressemblait. Il portait un jean. Un bonnet de ski noir, une parka bleu marine. C'était tout. Elle était incapable de se rappeler sa taille, sa carrure, son âge ou la couleur de sa peau.

— Bon Dieu ! siffla-t-elle. Qu'est-ce que c'est que… ?

Elle tendit l'oreille. N'entendit rien. L'homme avait disparu aussi vite qu'il était apparu. Son sentiment d'être absolument seule redoubla.

— Bon Dieu… répéta-t-elle.

Elle sentait son cœur cogner et l'adrénaline rugir dans ses tempes. La peur semblait avoir envahi tout son corps, occultant sa raison, son intelligence et son amour-propre. Susan Fletcher luttait, essayant de retrouver la maîtrise d'elle-même. Elle adjura chacun de ses membres de réagir. Jambes. Bras. Mains. Elle supplia son cœur et sa gorge de se ressaisir, mais elle ne pouvait plus se fier à sa propre voix.

Les portes de l'ascenseur allaient se refermer. Susan tendit brusquement le bras pour les arrêter. Elle s'obligea à entrer dans l'ascenseur, enfonça le bouton du niveau 3. Un peu soulagée, elle vit les portes se refermer.

L'ascenseur dépassa le niveau 1 en grinçant. Au niveau 2, il ralentit, puis s'arrêta. Il frémit légèrement quand les portes s'ouvrirent.

Susan leva les yeux. Elle voulut hurler, mais aucun son ne vint.

L'homme qui l'avait bousculée était là, devant elle. Le même jean. La même parka. Mais il avait tiré son bonnet pour en faire un masque, et elle ne voyait que ses yeux, fixés sur elle. Elle se jeta en arrière, heurta le fond de la cabine. Elle sentait qu'elle se recroquevillait, à la limite de l'évanouissement, sous l'effet de la tension que produisait cet homme, comme une vague. Une vague de terreur, une lame de fond qui menaçait de l'entraîner et de la noyer. Elle avait envie de riposter, de se défendre, mais elle se sentait impuissante. Comme si le regard de l'homme masqué émettait une lueur aveuglante. Elle prononça quelques mots, en hoquetant, sans savoir ce qu'elle disait. Elle avait envie de crier, d'appeler à l'aide, mais elle en était incapable.

L'homme masqué ne bougeait pas.

Il n'avança pas. Il se contentait de la fixer.

Susan recula dans un coin, levant faiblement la main devant son visage. Elle était incapable de respirer.

Il ne bougeait toujours pas. Il la regardait, simplement comme s'il gravait dans sa mémoire son visage, ses vêtements, la panique dans ses yeux. Puis il murmura :

— Maintenant, je te connais.

Et tout aussi brusquement, les portes de l'ascenseur commencèrent à se refermer.

Cette fois, quand je l'appelai, je ne sentis aucune tension dans sa voix. Elle semblait curieusement neutre, comme si elle avait déjà prononcé mentalement mes questions et ses réponses, et que je suivais un script imposé.

— Je ne suis pas sûr de comprendre l'attitude de Michael O'Connell. Je crois que je m'habitue à lui, et puis…

106

— Vous voyez quelque chose d'inattendu dans ce qu'il fait ?

— Oui. Les fleurs mortes, le message est évident, mais…

— Est-ce que ce qui est compris et attendu ne nous effraie pas plus, parfois, que ce qui est inconnu ?

Parfaitement exact. Elle marqua une pause, reprit :

— Ainsi, Michael O'Connell ne s'est pas conduit exactement comme on pourrait l'imaginer immédiatement. Vous ne voyez pas combien il est important d'instiller la peur ?

— Eh bien… oui, mais…

— Pour que l'autre se retrouve vraiment, complètement désespéré, impuissant, suintant la peur, et puis, en un éclair, la voie disparaître aussi soudainement.

— Comment puis-je être sûr qu'il s'agissait de Michael O'Connell ? demandai-je.

— Vous ne pouvez pas. Mais si le type masqué, dans le parking, avait eu à l'esprit des idées de viol ou de vol, n'aurait-il pas essayé de perpétrer l'un de ces forfaits ? Les circonstances lui étaient parfaitement favorables. Mais quelqu'un qui a des intentions différentes se comporte de manière inhabituelle, imprévisible.

Je ne répondis pas tout de suite. Elle hésita, comme si elle pesait ses mots :

— Peut-être… ne faudrait-il pas regarder seulement ce qui s'est passé, mais aussi l'impact de ce qui s'est passé ?

— D'accord. Orientez-moi dans la bonne direction.

— Susan Fletcher était une jeune femme capable

et déterminée. Elle était futée, prudente, experte en maints domaines. Mais elle était gravement handicapée par sa terreur. Une peur aussi forte provoque ce genre de choses. La terreur est une chose. Le reliquat de la terreur est tout aussi traumatisant. La scène dans l'ascenseur lui a laissé le sentiment d'être vulnérable. Impuissante. Cela lui ôtait toute possibilité d'être vraiment utile à Ashley dans les jours à venir.

— Je crois que je vois…

— Une personne possédant le talent et la détermination qui lui auraient permis de venir en aide à Ashley a été immédiatement rejetée à la périphérie. Simple. Efficace. Terrifiant.

— Oui…

— Que s'est-il vraiment passé, pourtant ? demanda-t-elle brusquement. Qu'est-ce qui était le pire ? Qu'est-ce qui était beaucoup plus terrifiant que tout ce qu'il avait fait jusqu'alors ?

Je réfléchis un instant avant de répondre :

— Michael O'Connell apprenait.

Elle resta silencieuse. Je l'imaginais, serrant le téléphone d'une main, s'appuyant de l'autre pour garder son équilibre. Ses articulations avaient blanchi, alors qu'elle luttait contre quelque chose que je ne comprenais pas encore. Quand elle répondit enfin, c'était presque un murmure, comme si elle devait faire un effort surhumain pour parler :

— Oui. C'est ça. Il apprenait. Mais vous ne savez pas encore ce qui est arrivé à Susan un peu plus tard.

7

Où les choses commencent à s'éclaircir

Scott n'eut aucune nouvelle de Susan Fletcher pendant les quarante-huit heures qui suivirent. Quand elle l'appela enfin, il se dit qu'il aurait préféré rester sans nouvelles.

Il s'était occupé comme le font tous les universitaires, relisant ses programmes de cours du prochain trimestre de printemps, concevant la structure de plusieurs conférences, répondant à des courriers en attente de divers sociétés historiques et groupes de recherche. En réalité, il ne s'attendait pas à recevoir rapidement une réponse de Susan Fletcher. Il savait qu'il l'avait mise dans une situation inconfortable. Une partie de lui-même se préparait à recevoir un coup de fil furieux d'Ashley sur le thème « Pourquoi viens-tu fourrer ton nez dans mes affaires ? », et il n'avait pas vraiment de réponse à lui donner.

Alors il laissa passer les heures, sans trop s'inquiéter. Inutile de s'énerver, se disait-il, quand il se surprenait à chercher du regard le téléphone noir silencieux sur le bord de son bureau.

Quand il sonna enfin, Scott sursauta. Tout d'abord, il ne reconnut pas la voix de Susan Fletcher.

— Professeur Freeman ?

— Oui ?

— C'est Susan... Susan Fletcher. Vous m'avez appelée l'autre jour... à propos d'Ashley.

— Oui, bien sûr, Susan, excusez-moi, je ne m'attendais pas à ce que vous me rappeliez si vite.

C'était faux, bien sûr. Il espérait qu'elle serait rapide.

Elle hésita, et Scott entendit sa voix qui tremblait un peu.

— Quelque chose ne va pas ? demanda-t-il.

— Je ne sais pas. Peut-être. Je ne suis pas sûre.

— Ashley ? lâcha Scott, qui regretta immédiatement de se désintéresser de l'angoisse qu'il décelait dans la voix de Susan.

— Elle va bien, dit lentement Susan. En tout cas, elle a l'air d'aller bien. Mais elle a un problème avec un homme, comme vous le soupçonniez. C'est du moins ce qu'il me semble. Elle ne veut pas vraiment en parler.

Chaque mot venait craintivement, comme si Susan croyait que quelqu'un l'écoutait.

— Vous n'avez pas l'air sûre de vous, tenta Scott.

— J'ai passé plusieurs jours difficiles. Depuis que j'ai vu Ashley. En fait, c'est la dernière bonne chose qui me soit arrivée. Le dîner avec elle, je veux dire.

— Mais que s'est-il passé ?

— Je ne sais pas. Rien. N'importe quoi. Je n'en sais rien.

— Je ne comprends pas. Que voulez-vous dire ?

— J'ai eu un accident.

— Oh, mon Dieu ! dit Scott. C'est terrible. Vous allez bien ?

— Oui. Juste un peu secouée. Ma voiture est assez amochée. Mais rien de cassé. Peut-être une petite commotion. J'ai reçu un coup violent dans la poitrine, et il semble que j'aie des côtes fêlées. Mis à part le fait que j'ai mal partout et que je suis un peu désorientée, tout va bien, je crois.

— Mais que…

— Le pneu avant droit a éclaté. Je roulais presque à cent dix… non, peut-être un petit peu plus, pas loin de cent trente, et un pneu m'a lâchée. J'ai eu beaucoup de chance, car j'ai senti que la voiture faisait une embardée et j'ai pilé aussitôt. Je n'allais plus très vite quand elle est sortie de la route. J'ai perdu le contrôle.

— Mon Dieu…

— Tout s'est mis à tourner, dans un vacarme épouvantable… Comme si quelqu'un était en train de hurler à mes oreilles. J'ai eu un accès d'hypervigilance, car je savais que je ne pouvais rien faire contre ce qui arrivait. Mais j'ai eu vraiment beaucoup de chance. J'ai heurté ces barrières amovibles, vous savez, ces machins jaunes pleins de sable, en forme de barrique, qui servent à amortir les chocs…

— Que s'est-il passé ?

— La roue s'est détachée. C'est ce que m'a dit le flic. Ils l'ont retrouvée sur la route, quatre cents mètres en arrière.

— Je n'ai jamais rien entendu de tel…

— Non. Le flic non plus. Une voiture neuve !

Il y eut un silence.

— Pensez-vous que…

Scott s'interrompit.

— Je ne sais que penser. Je fonçais sur la nationale, et une seconde plus tard…

Scott ne disait toujours rien. Après quelques instants, Susan reprit, très doucement :

— Si j'allais si vite, c'est parce que j'avais peur.

Scott dressa l'oreille. Il écouta en silence Susan Fletcher lui relater sa soirée avec Ashley. Il ne lui posa pas de questions, pas même quand il entendit le nom « Michael O'Connard ». Elle ne se rappelait guère plus. Tout se mélangeait dans sa mémoire. Scott décela plus d'une fois la colère dans sa voix, tandis qu'elle s'efforçait de retrouver les détails. Il se dit que cela résultait de sa commotion. Et elle avait l'air de s'excuser, ce qui, aux yeux de Scott, n'était pas nécessaire.

Elle ignorait si sa mésaventure avait un rapport avec Ashley. Tout ce qu'elle savait, c'était qu'elle était allée la voir, et que des choses terrifiantes étaient arrivées juste après qu'elle eut dit au revoir à son amie. Elle avait de la chance d'être encore en vie.

— Vous croyez que ce type, avec qui Ashley est en relations, a quelque chose à voir avec ce qui s'est passé ? demanda Scott, qui répugnait à croire qu'il y eût un lien mais était pris d'une nervosité qu'il aurait eu du mal à décrire.

— Je ne sais pas. Je ne sais vraiment pas. Ce n'est peut-être qu'une coïncidence. Je ne sais pas… Mais je crois, si vous êtes d'accord, que je n'appellerai pas Ashley pendant quelque temps, ajouta Susan, presque en murmurant, proche des larmes. Pas avant de m'être ressaisie, en tout cas.

Après avoir raccroché, Scott se dit qu'il existait plusieurs hypothèses. Ou bien ce n'était rien du tout. Ou c'était peut-être le pire qu'il pût imaginer.

« Nous sommes faits l'un pour l'autre. »

Il essaya de déglutir. Il avait les lèvres complètement sèches.

Ashley descendait la rue à grands pas, comme si cela lui permettait de rattraper les pensées qui se bousculaient dans sa tête. Les mots « Quelqu'un te suit » ne s'étaient pas vraiment formés dans son esprit, mais elle ne pouvait se débarrasser de l'impression que quelque chose allait de travers. Elle portait un petit sac de provisions et son sac à dos, bourré de livres d'art. Elle était un peu gênée à chaque fois qu'elle s'arrêtait pour examiner la rue, essayant de comprendre ce qui la mettait si mal à l'aise.

Elle ne voyait rien qui semblât sortir de l'ordinaire.

La ville est ainsi, se dit-elle. Chez elle, à l'ouest du Massachusetts, les choses sont un peu moins entassées les unes sur les autres. Quand quelque chose n'est pas à sa place, cela se voit plus facilement. Mais Boston, avec son énergie et son mouvement permanents, l'empêchait de déceler le moindre changement. Elle avait un peu chaud, comme si la température montait – et cela la troublait, car c'était le contraire qui se passait.

Elle balaya la rue du regard. Des autocars. Des bus. Des piétons. Le même paysage familier. Elle tendit l'oreille. Le même bourdonnement, le même battement régulier de la vie quotidienne. Elle interrogea rapidement ses cinq sens. Aucun d'eux ne lui indiquait ce qui aurait pu être à l'origine de son angoisse.

Elle décida de ne pas en tenir compte.

Elle quitta l'avenue pour la rue transversale où se trouvait son appartement.

Il existe une distinction très claire, à Boston, entre les appartements pour étudiants et ceux qu'occupent les adultes jouissant d'un emploi. Ashley appartenait encore au monde estudiantin. Sa rue avait l'air assez minable, avec ce surcroît de saleté qui, aux yeux de la jeunesse, semble ajouter du caractère mais ne fait que souligner, pour les plus âgés, le caractère éphémère de la jeunesse. Les arbres qui poussaient sur de petites étendues herbeuses faisaient un peu rachitiques, comme s'ils manquaient de soleil. La rue semblait en suspens, à l'instar de ses habitants.

Ashley grimpa péniblement jusqu'à son appartement, posa le sac d'épicerie en équilibre sur son genou et ouvrit la porte. Dès qu'elle l'eut refermée à clé derrière elle, elle ressentit brusquement l'effet de l'épuisement.

Elle regarda autour elle, soulagée qu'aucun bouquet de fleurs mortes ne l'attende.

Il lui fallut moins de cinq minutes pour ranger dans son petit réfrigérateur le muesli, les yaourts, l'eau gazeuse et les ingrédients pour la salade. Elle trouva une bouteille de bière dans le bac à légumes. Elle en but une longue rasade. Elle se rendit ensuite dans son petit salon, vit avec soulagement que personne n'avait laissé de messages sur le répondeur. Elle but une autre gorgée, se dit qu'elle était idiote, parce qu'il y avait des tas de gens dont elle aurait aimé entendre la voix. Elle espérait que Susan Fletcher donnerait suite à sa promesse de dîner avec elle. Elle espérait aussi que Will Goodwin l'appellerait pour leur second rendez-vous. En fait, après avoir passé mentalement la liste en revue, elle se dit qu'il était vraiment idiot de laisser Michael O'Connell l'isoler. Elle se répéta qu'elle avait été assez franche avec lui, l'autre jour, et qu'elle avait peut-être mis fin à cette histoire.

Elle envoya valser ses chaussures, se glissa sur son siège derrière son bureau, alluma l'ordinateur et se mit à fredonner pendant que l'appareil se mettait en marche.

Stupéfaite, elle découvrit qu'elle avait reçu plus de cinquante mails. En examinant les adresses, elle constata qu'ils venaient de quasiment tous les gens qui figuraient dans son carnet d'adresses électronique. Elle fit glisser le curseur sur le premier, qui émanait d'une de ses collègues du musée, une certaine Anne Armstrong. Elle ouvrit le message. Ashley se pencha pour découvrir ce que lui voulait sa collègue. Le mail ne venait pas d'Anne Armstrong.

Salut, Ashley,
Tu me manques, plus encore que tu peux l'imaginer. Mais nous serons bientôt réunis pour toujours, et ce sera parfait. Comme tu peux voir, il y a cinquante-six messages après celui-ci. Ne les efface pas. Ils contiennent des informations importantes dont tu auras besoin. Je t'aime aujourd'hui plus qu'hier. Et demain je t'aimerai encore plus.
A toi pour toujours,

Michael

Ashley aurait voulu hurler, mais sa gorge était incapable de produire le moindre son.

Au début, le garagiste ne montra pas beaucoup d'empressement pour m'aider.

— Je vais vous dire franchement, dit-il en essuyant ses mains graisseuses sur un chiffon encore plus sale. Vous voulez me poser des questions sur Michael O'Connell ? Dites-moi pourquoi.

— Je suis écrivain. Il apparaît dans un livre sur lequel je travaille.

— O'Connell ? Dans un livre ? !

Ces mots furent suivis d'un bref éclat de rire.

— Ce doit être une sorte d'histoire criminelle, alors…

— Exact. En quelque sorte. Je serais heureux si vous pouviez m'aider.

— Nous facturons cinquante dollars de l'heure, ici, pour réparer votre voiture. Combien de temps croyez-vous qu'il vous faudra ?

— Ça dépend de ce que vous pourrez me dire.

Il grogna.

— Eh bien, ça dépend de ce que vous voulez savoir. Pendant tout le temps qu'il a été employé ici, j'ai travaillé à côté d'O'Connell. Ça fait quelques années, bien sûr, et il y a un bail que je ne l'ai pas vu. C'est une bonne chose. Mais bon Dieu, c'est moi qui lui ai donné son boulot, alors je peux vous dire des trucs. Mais je pourrais aussi être en train de réparer la transmission de cette Chevrolet, si vous voyez ce que je veux dire ?

Nous tournions autour de ma question. Je me dis que dans quelques minutes nous ne serions nulle part. Je mis la main à ma poche, sortis mon portefeuille et comptai rapidement cent dollars. Je les posais sur le comptoir, devant moi.

— Juste la vérité, lui dis-je. Et rien que vous ne sachiez de première main.

Le garagiste regarda l'argent.

— Sur ce fils de pute, aucun problème !

Il avança la main. Tel un dur à cuire dans un million de films hollywoodiens, je posai la mienne sur l'argent, et la maintins sur le comptoir. Le sourire du mécano mit en évidence les trous entre ses dents.

— Une question, d'abord, dit-il. Vous savez où est O'Connell, maintenant ?

— Non. Pas encore. Mais je le saurai, tôt ou tard. Pourquoi ?

— Ce n'est pas le genre de type que je tiens à mettre en rogne. J'aimerais pas qu'il vienne me poser des questions de son cru. Du genre : pourquoi je vous ai parlé, pour commencer. C'est pas quelqu'un dont on a envie qu'il vous pose ce genre de question. Surtout s'il n'est pas content.

— Cette conversation restera confidentielle.

— Ça, c'est des grands mots. Comment je peux savoir, monsieur l'écrivain, que vous ferez comme vous dites ?

— Je crois que vous allez devoir prendre le risque.

Il secoua la tête, sans quitter l'argent des yeux.

— Un gros risque. J'aimerais pas vendre ma tranquillité d'esprit pour cent foutus dollars.

Il attendit un instant, lâcha un « Et puis merde ! » et haussa les épaules.

Michael O'Connell... Il a travaillé ici pendant près d'un an, et au bout de deux minutes je me suis arrangé pour qu'il bosse aux mêmes heures que moi. Je n'avais pas envie qu'il me saigne à mort. C'était le salopard le plus futé qui ait jamais changé des bougies dans ce garage, c'est foutrement vrai. Et très *cool*, la manière dont il piquait du pognon. Cruel comme l'enfer et vraiment charmant, en même temps, si vous pouvez imaginer ça. Au point que vous ne vous rendiez pas compte que vous vous faisiez pigeonner. La plupart des gars que j'engage ici pour servir l'essence, ce sont des étudiants qui essaient de joindre les deux bouts, ou des types qui sont pas foutus de passer les tests de mécano chez les grands concessionnaires, et qui finissent ici, faute de mieux. Ils sont donc trop jeunes ou trop cons pour voler, vous me suivez ?

Je ne répondis pas, mais j'observais attentivement le patron de la station-service. Il avait plus ou moins le même âge que moi, mais trop de temps passé sous les voitures, dans la chaleur de l'été et pendant les hivers glacés, avait creusé des rides autour de ses yeux et aux bords de son visage. Le tabac n'avait rien arrangé. Il prit d'ailleurs le temps de glisser une cigarette entre ses lèvres, au mépris du panneau INTERDIT DE FUMER qu'il avait lui-même posé, bien en vue sur le mur du fond. Il avait une curieuse façon de parler en me regardant dans les yeux, mais la tête légèrement tournée, de sorte que tout ce qu'il disait semblait venir de côté.

— Ainsi, il a commencé à travailler ici...

— Ouais. Il travaillait ici, mais il ne travaillait pas vraiment ici, vous pigez ?

— Non. Pas vraiment.

Le garagiste roula des yeux.

— O'C, il faisait ses heures. Mais remplacer un vieux carburateur ou faire un contrôle technique, ce n'était pas son truc. Pas vraiment là-dedans qu'il voyait son avenir.

— Où ça, alors ?

— Son truc, c'était plutôt de remplacer une pompe d'alimentation en parfait état par une vieille qu'il avait retapée. Revendre la bonne et empocher la différence. Un autre truc, c'était d'extorquer vingt dollars en liquide au client qui venait ici pour s'assurer que son tacot passerait le test de pollution du Massachusetts. Ou encore de démolir un joint à rotule à coups de marteau, pour faire croire à un môme du Boston College qu'il lui fallait des freins neufs et un parallélisme.

— Un prince de l'arnaque, hein ?

— C'est ça, fit le garagiste en souriant. Mais avec O'Connell, ce n'était que la surface.

— OK. Quoi d'autre ?

— Il apprenait l'informatique aux cours du soir, et il connaissait toutes les saloperies qu'on peut faire avec un ordinateur portable. Ce garçon était un puits d'érudition. Fraude à la carte de crédit. Détournement d'identité. Double facturation. Arnaques au téléphone… Citez-moi une arnaque informatisée, je vous jure qu'il la connaissait. Et pendant son temps libre, il passait en revue tous les foutus sites Internet, journaux, magazines, que sais-je encore, en quête de nouveaux moyens de voler. Il avait des chemises pleines de coupures de journaux, juste pour se tenir au courant. Vous savez ce qu'il disait ?

— Quoi ?

— Qu'on n'a pas besoin de tuer quelqu'un pour qu'il soit mort. Mais si on a vraiment envie, on peut le faire. Et si vous savez exactement ce que vous faites, personne ne vous attrapera. Jamais.

Je pris note de cela.

Quand le garagiste vit mon crayon courir sur le bloc-notes, il tendit la main en souriant et prit l'argent sur le comptoir. Je le laissai empocher les cent dollars.

— Vous savez ce qui est le plus dingue dans tout ça ?

— Quoi ?

— On pourrait croire qu'un type comme ça est à la recherche du gros lot. Qu'il cherche un moyen de s'enrichir. Mais O'Connell, c'était encore autre chose.

— J'écoute.

— Il voulait être parfait. C'était comme s'il voulait être… grand. Mais il voulait aussi rester anonyme.

— Un truand à la petite semaine ? demandai-je.

— Non, pas du tout. Il savait qu'il finirait par être gros. L'ambition. Il y était accro, comme si c'était une drogue. Vous savez ce que c'est, vous êtes à côté d'un type qui a l'air camé, sauf qu'il n'a pas de coke dans le nez, ni d'héroïne dans les veines… Il était ivre, tout le temps, de toutes sortes de projets. Toujours prêt pour le gros coup. Comme si l'occasion était là, qui l'attendait quelque part, et qu'il s'en approchait. Travailler ici, comme tout ce qu'il faisait, ce n'était qu'une manière de tuer le temps, de remplir les blancs, sur le chemin du succès. Mais ce n'était pas vraiment l'argent ou la gloire qui l'intéressaient. C'était autre chose.

— Vous vous êtes perdus de vue ?

— Ouais. Je ne voulais pas qu'il finisse par se servir de moi, le jour où il trouverait enfin ce qu'il avait à faire. Un jour ou l'autre il allait démolir quelque chose. Vous savez ce qu'on dit : la fin justifie les moyens. Eh bien, c'était O'Connell tout craché. Comme j'ai dit, ce garçon avait de grandes idées.

— Mais vous ne savez pas…

— Je ne sais absolument pas ce qui lui est arrivé.

Mais j'en ai vu assez pour avoir encore les jetons aujourd'hui.

Je regardai le mécano. J'avais l'impression qu'*avoir les jetons* ne faisait pas partie de son vocabulaire habituel.

— Je ne comprends pas... Il vous faisait peur ?

Il aspira une longue bouffée de sa cigarette. La fumée formait des volutes au-dessus de sa tête.

— Vous n'avez jamais vu quelqu'un qui fait toujours autre chose que ce qu'il fait en réalité ? Je ne sais pas, peut-être que ça n'a pas de sens, mais O'Connell était comme ça. Et quand vous lui parliez, quand vous lui parliez de n'importe quoi, il vous regardait avec cette manière qu'il avait de vous regarder comme si vous n'étiez pas là, et il avait l'air d'enregistrer quelque chose à votre sujet, de le ranger dans un coin de son cerveau, en prévision du jour où il trouverait le moyen de s'en servir contre vous.

— Contre vous ?

— D'une manière ou d'une autre. C'était simplement le genre de type... bon, vous n'aviez pas envie de vous trouver sur son chemin. Si vous êtes légèrement à côté, ça colle. Mais si vous êtes sur son chemin, ou sur le chemin de ce qu'il cherche... eh bien, vous avez intérêt à vous arracher en vitesse.

— Il était violent ?

— Il était ce qu'il devait être. C'était peut-être cela qui faisait peur, chez lui.

L'homme prit une autre bouffée de sa fumée mortelle. Je n'avais plus de questions à lui poser, mais il reprit :

— Ecoutez, monsieur l'écrivain, je vais vous raconter une histoire. Un jour, il y a une dizaine d'années, je travaillais très tard, il était deux, trois heures du matin, deux gamins débarquent ici, et je me retrouve avec un énorme 9 mm luisant collé sur la figure, et un des gosses se met à gueuler des « Enculé de ta mère ! » et autres « Fils de pute ! », accompagnés d'une tripotée de « Je vais t'en foutre une giclée dans la gueule, le vieux ! », ce genre de conneries. Je me disais simplement que mon heure était venue, pendant que son copain vidait la caisse, et même si je ne suis pas très religieux, je me suis mis à marmonner tous les « Notre Père » et les « Je vous salue Marie » qui me venaient à l'esprit, parce que c'était la fin, aussi sûr que deux et deux font quatre. Puis les deux gosses ont fichu le camp, presque sans un mot de plus, en me laissant couché par terre, derrière le comptoir, dans mon pantalon trempé. Voyez le tableau ?

— Pas très drôle, fis-je en hochant la tête.

— Non, m'sieur, pas drôle du tout.

Il sourit.

— Mais qu'est-ce qu'O'Connell a à voir avec ça ?

— Rien, dit-il en soupirant, l'air circonspect. Absolument rien. Sauf ceci : à chaque fois que je parlais à Michael O'Connell et qu'il ne me répondait pas... qu'il écoutait en me regardant avec cette manière qu'il avait de regarder les gens, je repensais au jour où je regardais dans le trou noir du pistolet de ce gosse. Exactement la même impression. A chaque fois que je lui parlais, je me demandais si je n'étais pas en train de signer mon arrêt de mort.

8

Un début de panique

Penchée sur l'écran de son ordinateur, Ashley pesait chacun des mots qui clignotaient devant ses yeux. Elle était dans la même position depuis plus d'une heure, et elle avait le dos raide. Les muscles de ses mollets tremblaient légèrement, comme si elle avait couru plus longtemps que lors de son jogging habituel.

Les mails constituaient un assortiment ahurissant de déclarations d'amour, de cœurs et de bulles générées électroniquement, de mauvaise poésie due à la plume d'O'Connell, et de poésie incomparable volée à Shakespeare, Andrew Marvell et même Rod McKuen. Tout cela semblait ridiculement banal et infantile, mais c'était surtout effrayant.

Ashley essaya de combiner des mots et des phrases figurant dans les mails, pour en comprendre le sens caché. Elle ne trouva aucun indice capable de lui simplifier la tâche, comme des mots en italique ou en gras. Au bout de deux heures d'examen, elle jeta son crayon, vexée d'avoir consenti ces efforts inutiles. Elle avait l'impression d'être stupide, comme si elle passait à côté de quelque chose que n'importe quel amateur de mots croisés ou d'acrostiches aurait repéré tout de suite. Elle détestait les jeux.

— Qu'est-ce que c'est, bordel ? demanda-t-elle à l'écran, à voix haute. Qu'est-ce que tu essaies de dire ? Qu'est-ce que tu essaies de *me* dire ?

Elle avait conscience que sa voix montait dans des aigus inhabituels.

Elle déroula le texte sur l'écran, reprit tout au début, puis fit défiler les messages, l'un après l'autre.

« Quoi ? Quoi ? Quoi ? » hurlait-elle à chaque fois qu'un message passait devant ses yeux.

Et puis, tout à coup, elle le vit. Le message de Michael O'Connell ne se trouvait pas dans les mails.

Le message, c'était le fait de les lui avoir envoyés.

Chaque mail venait d'une adresse figurant dans son propre carnet d'adresses électronique. Tous émanaient de lui. Qu'il s'agisse de promesses d'amour éternel dignes d'un collégien n'avait guère d'importance. Le plus grave, c'était qu'il était parvenu à s'introduire dans son ordinateur. Et qu'il avait réussi, ensuite, à lui faire lire la totalité de ses messages. Elle comprit qu'en les ouvrant elle avait sans doute ouvert une sorte de porte électronique cachée. Michael O'Connell était comme un virus, et il était aussi proche que s'il avait été assis à côté d'elle.

Avec un petit soupir, Ashley se renversa en arrière sur son siège, à deux doigts de perdre l'équilibre, un peu étourdie, comme si la pièce s'était mise à tournoyer. Serrant les accoudoirs de son fauteuil, elle retrouva vite son aplomb. Elle inspira à fond plusieurs fois pour reprendre le contrôle de son cœur, qui battait de plus en plus vite.

Elle pivota lentement et jeta un regard panoramique sur le petit monde que constituait son appartement. Michael O'Connell y avait passé exactement une nuit, une nuit tronquée, par-dessus le marché. Ils étaient tous les deux un peu ivres, et elle l'avait invité à monter chez elle. Elle essaya de se rappeler ce qui avait traversé à ce moment-là son esprit émoustillé. Elle s'en voulait de ne pas se souvenir combien il avait bu. Un verre ? Cinq ? S'était-il retenu pendant qu'elle s'abandonnait ? Elle avait fait preuve ce soir-là d'un coupable relâchement, d'un laisser-aller dont elle n'avait pas l'habitude et qui ne lui ressemblait pas. Ils s'étaient débarrassés maladroitement de leurs vêtements, puis avaient fait l'amour frénétiquement sur le lit d'Ashley. Cela avait été bref, tendu, sans beaucoup de tendresse. Terminé en quelques secondes. S'il y avait eu la moindre affection dans leur étreinte, elle ne s'en souvenait pas. Il s'était agi pour elle d'une décharge d'énergie, explosive et rebelle, en un moment où elle était vulnérable, capable de faire des choix médiocres. Elle était sous le coup d'une rupture tumultueuse et désagréable avec le petit ami qui était resté avec elle de sa première à sa dernière année de fac, en dépit de quelques disputes et d'une insatisfaction mutuelle. Elle avait une sensation d'isolement par rapport à ses parents et ses amis. Tout, dans sa vie, à cette époque, lui semblait forcé, un peu difforme, désaccordé, à contretemps. C'est au milieu de cette agitation qu'avait pris place cette soirée malheureuse avec O'Connell. Il était beau, séduisant, différent des étudiants avec qui elle était sortie à l'université. Elle n'avait pas compris le regard bizarre qu'il lui avait jeté, à table, comme s'il essayait de mémoriser chaque centimètre carré de sa peau. Et pas dans un sens romantique.

Elle secoua la tête.

Après l'amour, ils s'étaient écroulés sur le lit. Elle avait attrapé un oreiller et, tandis que la chambre tanguait dangereusement, elle avait plongé dans un sommeil sans fond, un goût amer dans la bouche. Qu'avait-il fait ? se demanda-t-elle. Il avait allumé une cigarette. Au matin, en se levant, elle ne lui avait pas proposé une seconde partie de jambes en l'air, prétextant un rendez-vous important. Elle ne lui avait pas offert le petit déjeuner, ni même donné un baiser. Elle avait simplement disparu sous la douche et s'était longuement frottée sous le jet d'eau brûlante, savonnant le moindre centimètre carré de son corps, comme si elle était couverte d'une odeur hostile. Elle espérait qu'il s'en irait, mais il n'en avait rien fait.

Ashley essaya de se rappeler leur brève conversation, ce matin-là. Une suite de mensonges, alors qu'elle prenait ses distances, froide et préoccupée, jusqu'au moment où il lui avait jeté un long regard silencieux, embarrassant. Puis il lui avait souri, il avait hoché la tête et il était sorti, presque sans un mot.

Et maintenant, se dit-elle, il ne parle que d'amour. Où va-t-il chercher ça ?

Elle le revit mentalement passer la porte, le regard froid.

A ce souvenir, elle s'agita, mal à l'aise.

Les autres hommes qu'elle avait connus, même brièvement, s'en étaient allés furieux, ou guillerets, affichant parfois une certaine gloriole à l'issue de leur nuit sans lendemain. O'Connell s'était comporté différemment. Il avait simplement observé un silence glaçant, puis s'était retiré. Comme s'il partait, se dit-elle, en sachant que ce n'était pas pour longtemps.

Elle réfléchit. Le sommeil. La douche. Elle lui avait tourné le dos pendant un long moment. Avait-elle laissé l'ordinateur allumé ? Qu'est-ce qui était en vue sur le bureau ? Ses comptes bancaires ? Quels numéros ? Quels mots de passe ? Qu'avait-il eu le temps de trouver et de voler ?

Qu'est-ce qu'il avait pris d'autre ?

C'était la question évidente, mais elle craignait de se la poser.

Pendant un instant, la pièce se remit à tourner. Ashley se leva brusquement et courut vers sa petite salle de bains. Elle se laissa tomber en avant, la tête au-dessus de la cuvette luisante des W-C. Elle vomit, brutalement, longuement, tout ce qu'elle put.

Après s'être lavée, Ashley tira une couverture sur ses épaules et s'assit sur le bord de son lit. Elle réfléchit à ce qu'elle allait faire. Elle avait l'impression d'être la survivante d'un naufrage, et d'avoir dérivé pendant des jours en pleine mer.

Plus le temps passait, plus elle était furieuse.

Pour ce qu'elle en savait, Michael O'Connell n'avait aucun droit sur elle. Il n'avait pas le droit de la harceler. Ses déclarations d'amour éternel étaient sacrément débiles.

En général, Ashley était quelqu'un de compréhensif, qui détestait la confrontation et évitait la bagarre à presque n'importe quel prix. Mais cette bêtise – elle ne trouvait pas d'autre mot – avec un type d'une nuit dépassait vraiment les bornes.

Elle rejeta la couverture et se leva.

— Merde, dit-elle. Il faut en finir. Aujourd'hui. Ces conneries ont assez duré.

Elle se dirigea vers le bureau et prit son téléphone portable. Sans réfléchir à ce qu'elle allait dire, elle composa le numéro d'O'Connell.

Il décrocha presque immédiatement.

— Salut, mon amour, dit-il presque gaiement, en tout cas avec une familiarité qui la mit en fureur.

— Je ne suis pas ton amour.

Il ne répondit pas.

— Ecoute, Michael. Ça doit cesser.

De nouveau, il garda le silence.

— D'accord ?

Le silence, encore.

— Michael ?

— Je suis là, dit-il froidement.

— C'est terminé.

— Je ne te crois pas.

— C'est fini !

— Sûrement pas.

Ashley s'apprêtait à essayer une nouvelle fois, mais elle comprit qu'il avait raccroché.

— Espèce de salaud ! jura-t-elle.

Elle le rappela.

— Tu veux réessayer ? lui demanda-t-il.

Ashley inspira à fond.

— OK, dit-elle avec raideur, si tu ne veux pas me faciliter les choses, nous le ferons de gré ou de force.

Elle l'entendit rire, mais il ne répondit pas.

— Rejoins-moi pour déjeuner.

— Où ? demanda-t-il d'une voix brusque.

Elle se creusa la cervelle pour décider quel serait le meilleur endroit. Il fallait un lieu familier, public, un endroit où on la connaissait, mais pas lui, un endroit où elle avait plus de chances d'être entourée d'alliés. Tout cela lui donnerait la sérénité nécessaire pour le repousser une fois pour toutes.

— Le restaurant du musée, dit-elle. Treize heures. D'accord ?

Elle devina qu'il souriait, au bout du fil. Elle frissonna, comme si un air glacé s'était glissé par une fente dans le cadre de la fenêtre. L'arrangement devait lui convenir, se dit-elle, car il avait raccroché.

— C'était un problème de compréhension, en quelque sorte. Tout le monde voulait comprendre ce qui se passait.

— Oui, répondit-elle. Plus facile à dire qu'à faire.

— Ah bon ?

— Oui. Vous savez, nous aimons croire que nous sommes capables de reconnaître le danger quand il se présente. N'importe qui peut éviter le danger quand il est annoncé par des cloches, des sifflets, des feux rouges et des sirènes. C'est beaucoup plus difficile quand on ne sait pas exactement à quoi on a affaire.

Elle réfléchit un instant. Je me taisais. Elle approcha de ses lèvres son verre de thé glacé.

— Ashley savait, elle.

Elle secoua la tête, de nouveau.

— Non. Elle avait peur, c'est vrai. Mais elle était autant furieuse qu'effrayée, ce qui l'empêchait de voir à quel point sa situation était désespérée. Et que savait-elle de Michael O'Connell, en réalité ? Pas grand-chose. Quasiment rien, surtout comparé à ce qu'il savait d'elle. Curieusement, même de loin, Scott était plus près de comprendre la véritable nature

129

de ce qu'ils avaient en face d'eux, parce qu'il obéissait beaucoup plus à son instinct, surtout au début.

— Et Sally ? Et Hope, sa partenaire ?

— Elles n'étaient pas encore sur le terrain de la peur. Mais plus pour très longtemps.

— Et O'Connell ?

Elle hésita.

— Ils ne pouvaient pas savoir. Pas encore, du moins.

— Savoir quoi ?

— Qu'il commençait vraiment à s'amuser.

9

Deux rendez-vous

Voyant qu'Ashley ne répondait ni sur son portable ni son téléphone fixe, Scott commença à s'inquiéter, puis il se dit que ça ne prouvait rien. Il était midi, elle était certainement sortie, et il savait qu'il lui arrivait souvent de laisser son portable chez elle, quand il fallait le recharger.

Il laissa de brefs messages, genre : « Je voulais simplement prendre de tes nouvelles », puis il se rassit et se préoccupa de savoir s'il devait s'inquiéter. Au bout de quelques minutes durant lesquelles son pouls accéléra notablement, il se leva et se mit à faire les cent pas dans son petit bureau. Puis il se rassit à nouveau et avança un peu dans son travail, répondant à des mails de ses étudiants et imprimant deux ou trois articles. Il s'efforçait de tuer le temps, alors qu'il n'était pas sûr d'en avoir à tuer.

Un peu plus tard, il se balançait dans son fauteuil en se remémorant certains moments de l'enfance d'Ashley. Des mauvais moments. Âgée d'un peu plus d'un an, elle avait contracté une grosse bronchite. Sa température était au plus haut, et elle toussait sans arrêt. Il l'avait tenue dans ses bras toute la nuit pour la réconforter, essayant avec des mots apaisants de calmer sa toux sèche, écoutant son souffle, qui devenait de plus en plus superficiel, de plus en plus laborieux. A huit heures du matin, il avait appelé le pédiatre, qui lui avait dit de lui amener la fillette sur-le-champ. Le médecin s'était penché sur Ashley, l'avait auscultée, puis il avait demandé froidement pourquoi Scott et Sally n'avaient pas emmené Ashley aux urgences.

« Vous pensiez qu'il suffisait de la tenir dans vos bras toute la nuit pour qu'elle guérisse ? »

Scott n'avait pas répondu, mais oui, il avait effectivement pensé qu'elle irait mieux s'il la tenait dans ses bras.

Les antibiotiques étaient une option plus raisonnable, bien entendu.

Quand Ashley avait commencé à vivre en alternance dans les appartements respectifs de ses parents, Scott se levait et arpentait sa chambre en attendant qu'elle rentre, incapable de s'empêcher d'évoquer les pires scénarios : accidents de voiture, agressions, drogue, alcool, sexe, toutes les horreurs inhérentes à la jeunesse. Il savait que Sally dormait au fond de son lit, pendant les nuits où Ashley, adolescente, traînait dehors, en rébellion contre Dieu sait quoi. Sally avait du mal à gérer la fatigue extrême de l'angoisse. Comme si, en dormant pour tourner le dos à la tension, se disait Scott, on faisait en sorte qu'elle n'avait jamais existé.

Il détestait cela. Il s'était toujours senti seul, même avant leur divorce.

Il s'empara d'un crayon et le fit tourner entre ses doigts. Il finit par le casser en deux.

Il inspira à fond.

« Vous pensiez qu'il suffisait de la tenir dans vos bras toute la nuit pour qu'elle guérisse ? »

Scott se dit qu'il ne servait à rien de s'inquiéter. Il fallait qu'il fasse quelque chose, même si c'était complètement foireux.

Ashley arriva à son travail avec dix minutes d'avance, mue par la colère, tellement préoccupée par Michael O'Connell qu'elle marchait beaucoup plus vite que d'habitude, mâchoires serrées. Elle prit quelques secondes pour contempler les énormes colonnes doriques dignes d'une forteresse qui encadraient l'entrée du musée, puis elle se retourna et balaya la rue du regard. Elle était contente d'elle. L'endroit où elle travaillait était peint aux couleurs de son monde. Elle était à l'aise au milieu des œuvres d'art. Elle comprenait chacune d'elles, sentait l'énergie présente sous chaque coup de pinceau. Les toiles, à l'instar du musée lui-même, étaient immenses et se déployaient sur les grandes surfaces murales. Elles intimidaient beaucoup de visiteurs, qui se sentaient minuscules devant elles.

Ashley ressentait une certaine satisfaction. C'était l'endroit parfait pour s'affranchir des déclarations d'amour dingues de Michael O'Connell. Ici, tout appartenait à son monde à elle. Ici, il n'était pas chez lui. Le musée lui donnerait l'impression d'être petit, insignifiant. Elle s'attendait à ce que leur entrevue soit brève, et relativement indolore pour tous les deux.

Elle essaya de l'imaginer d'avance. Ferme, mais sans compromis. Polie, mais forte. Pas de pleurnicheries proférées d'une voix aiguë. Plus de « je t'en prie » et de « laisse-moi tranquille » plaintifs. Directe, tout simplement. Droit au but. Fin de l'histoire. Terminé.

Pas de débat sur l'amour. Pas de discussion sur les futurs possibles. Rien sur leur coucherie sans lendemain. Rien sur les mails. Rien sur les fleurs mortes. Rien qui pourrait déboucher sur un dialogue ouvert. Une rupture nette et franche. Merci, et rien d'autre. Désolée. C'est fini. Adieu.

Elle s'offrit même le luxe d'imaginer que, dès qu'elle en aurait fini avec cette rencontre, Will Goodwin l'appellerait peut-être. Elle était surprise qu'il ne l'ait pas déjà fait. Ashley n'avait pas l'habitude des garçons qui ne rappelaient pas, et elle ne savait trop qu'en penser. Elle y réfléchit un peu – cela la changeait de Michael O'Connell – en se rendant aux bureaux du musée, saluant ses connaissances d'un signe de tête et se laissant envahir par le sentiment de normalité rassurant de la journée qui commençait.

A l'heure du déjeuner, elle se rendit à la cafétéria, s'installa à une petite table et commanda un verre d'eau gazeuse hors de prix, mais rien à manger. Elle s'était placée de sorte à voir Michael O'Connell quand il apparaîtrait en haut des marches et franchirait les portes vitrées de l'entrée du musée. Elle regarda sa montre : il était exactement une heure. Elle se laissa aller en arrière, sachant qu'il serait ponctuel.

Elle sentit que ses mains tremblaient légèrement, et qu'elle transpirait un peu sous les bras. Pas de bise sur la joue, se rappela-t-elle. Pas de poignée de main. Aucun contact physique. Simplement lui montrer le siège en face d'elle, et faire au plus simple. Ne pas s'écarter du sujet.

Elle prit un billet de cinq dollars – c'était plus que suffisant pour payer son verre d'eau – et le mit dans sa poche pour pouvoir le sortir rapidement. Si elle devait se lever et sortir, elle tenait à se déplacer librement. Elle se félicita d'avoir pensé à prendre cette précaution.

Autre chose ? se demanda-t-elle. Apparemment, elle n'avait rien oublié. Après avoir repassé son plan en revue, elle se sentait excitée, mais vide à l'intérieur.

Elle regarda par les baies vitrées, s'attendant à le voir arriver. Quelques couples apparurent, puis une famille, deux jeunes parents tirant un gamin de six ans apparemment excédé. Il y eut deux hommes âgés à l'air bizarre qui montaient lentement l'escalier et s'arrêtaient comme à un signal, pour se reposer avant de continuer. Son regard balaya le trottoir, et la rue au loin. Aucune trace de Michael O'Connell.

A une heure dix, elle commença à se tortiller sur son siège.

Au quart, le serveur lui demanda, poliment mais d'un ton ferme, si elle voulait commander.

A une heure et demie, elle comprit qu'il ne viendrait pas. Mais elle attendit encore.

A deux heures, elle posa les cinq dollars sur la table et quitta le restaurant.

Elle jeta un dernier coup d'œil autour d'elle. Michael O'Connell n'était nulle part en vue. Prise d'un sentiment de vide, elle retourna au travail. En arrivant à son bureau, elle posa la main sur le téléphone, prête à l'appeler pour lui demander où il était.

Ses doigts hésitèrent.

Pendant un instant, elle se dit qu'il s'était peut-être tout simplement dégonflé. Il avait compris qu'elle allait le larguer une fois pour toutes, et avait décidé de ne pas se l'entendre dire de vive voix. Peut-être est-il déjà sorti de ma vie, se dit-elle. Dans ce cas, il n'était pas nécessaire de l'appeler. En fait, cela irait contre l'objectif qu'elle s'était fixé.

Elle ne croyait pas vraiment avoir cette chance, mais c'était envisageable. Il était possible qu'elle soit soudain, brusquement, délicieusement libre.

Sans être vraiment certaine de ce qui s'était passé, elle se remit au travail, essayant de s'occuper l'esprit avec sa routine quotidienne.

Ashley travailla tard, même si personne ne le lui demandait.

Quand elle sortit du musée, il tombait une petite pluie. Une pluie froide et agressive dont le martèlement sur le trottoir semblait souligner sa solitude. Ashley mit un bonnet de laine et sortit en se serrant dans son manteau, tête baissée. Elle descendit avec précaution les marches glissantes de l'entrée et s'apprêta à tourner dans la rue lorsque ses yeux saisirent le reflet d'un néon rouge dans une vitrine, en face. Les lumières semblaient se diluer dans l'éclat des phares des voitures qui passaient rapidement. Elle ne savait pas vraiment ce qui attira son regard dans cette direction. Mais elle aperçut une silhouette qui ressemblait à un spectre.

Debout sur le côté, de sorte qu'il se trouvait à moitié éclairé, à moitié dans la pénombre, Michael O'Connell attendait.

Ashley s'immobilisa brusquement.

Leurs regards se croisèrent, de part et d'autre de la rue.

Il portait un bonnet de laine sombre et une parka gris-vert de style militaire. Il semblait soucieux de ne pas être vu, et brillait en même temps d'une intensité qu'elle avait du mal à définir.

Elle sentit une bouffée de chaleur monter en elle et se mit à haleter, comme si l'asphyxie la menaçait.

Il ne fit pas un geste. Aucun signe ; seul le regard qu'il fixait sur elle montrait qu'il l'avait reconnue.

Une voiture fit soudain une embardée pour éviter un taxi, et le faisceau de ses phares balaya le trottoir devant Ashley. Il y eut un bref concert de klaxons, un crissement de pneus sur la chaussée mouillée. L'espace d'un instant, son attention fut distraite. Quand elle se retourna, O'Connell n'était plus là.

Elle eut un mouvement de recul.

Elle regarda de tous côtés, mais il avait disparu. Pendant un moment, elle n'était même plus très sûre de ce qu'elle avait vu. Il semblait appartenir plus à une hallucination qu'à la réalité.

Ashley avança d'un pas hésitant. Pas comme une personne qui a trop bu, ni comme une veuve affligée à un enterrement. Plutôt la démarche de quelqu'un qui doute. Elle se retourna de nouveau, essayant de repérer O'Connell, mais sans succès. Elle eut soudain l'impression qu'il se trouvait juste derrière elle. Elle fit brusquement demi-tour et faillit heurter un homme d'affaires qui marchait à grands pas. En faisant un bond de côté pour l'éviter, elle se cogna presque dans un jeune couple.

— Hé ! Regardez où vous mettez les pieds ! lui lança la femme tandis que son compagnon et elle s'éloignaient.

Ashley tourna les talons et les suivit, pataugeant dans les flaques d'eau, aussi vite que possible. Elle ne cessait de tourner la tête de part et d'autre, en pure perte. Elle avait envie de se retourner pour regarder derrière elle, mais elle avait trop peur.

Quelques secondes plus tard, elle était à la station de métro. Elle franchit le tourniquet, à peine rassurée par la présence de la foule et la lumière dure, aveuglante, du quai.

Elle tendit le cou pour essayer de repérer O'Connell au milieu des groupes de voyageurs qui attendaient le métro. Il n'était nulle part. Ashley se tourna pour scruter les gens qui passaient les tourniquets et montaient les escaliers. Il n'était pas parmi eux. Elle ne parvenait pourtant pas à se convaincre qu'il était parti. Des affiches et des piliers lui bouchaient la vue. Elle se pencha en avant, impatiente de voir le train arriver. Elle avait, plus que tout, envie de partir. Elle tenta de se calmer en se répétant que rien ne pouvait lui arriver dans une station de métro bondée. Au moment où elle se disait qu'elle était en sécurité, il y eut un mouvement de foule et elle sentit une poussée dans son dos. En haletant, elle fit un bond sur le côté.

Ashley secoua la tête, la gorge serrée. Elle se raidit, banda ses muscles, comme si Michael O'Connell se trouvait derrière elle, prêt à la pousser. Un train approchait, et la station retentit du hurlement des freins. Ashley lâcha un long soupir de soulagement quand la rame s'arrêta devant elle. Les portières s'ouvrirent avec un chuintement.

Elle se laissa emporter par le flot et se coula dans un siège qui venait de se libérer. Elle se retrouva immédiatement coincée entre une femme plus âgée et un étudiant qui se vautra à côté d'elle dans une odeur de cigarette. Devant elle, une demi-douzaine de voyageurs se tenaient aux poignées métalliques et aux barres fixées au plafond.

Ashley leva les yeux, regarda à gauche et à droite, scrutant les visages.

Les portières se fermèrent avec un nouveau chuintement. La rame démarra dans une secousse.

Sans trop savoir pourquoi, Ashley pivota sur son siège et jeta un coup d'œil sur le quai surélevé, tandis que la rame prenait de la vitesse. Ce qu'elle vit la fit presque suffoquer. Elle eut du mal à ne pas laisser échapper un cri de terreur. O'Connell se tenait exactement à l'endroit où elle-même se trouvait quelques secondes plus tôt. Il ne bougeait pas. Il était aussi immobile et impassible qu'une statue. Tandis qu'elle s'éloignait, à bord du train qui prenait de la vitesse, il garda les yeux fixés sur les siens.

Elle sentait le balancement régulier du métro qui accélérait et l'entraînait loin de l'homme qui l'avait suivie. Ashley comprit cependant que la distance que le train mettait entre eux était trompeuse et, au bout du compte, illusoire.

Le campus de l'université de Massachusetts-Boston se trouve à Dorchester, tout près du port. Ses bâtiments sont aussi dénués de grâce, aussi inexpressifs qu'une fortification médiévale. Par cette chaude journée du début de l'été, les murs de brique brune et les allées de béton gris semblaient absorber la chaleur. C'est une sorte d'école au rabais, de celles qui offrent une deuxième chance à de nombreux étudiants : pas vraiment attrayante, mais d'une importance cruciale si vous en avez vraiment besoin.

J'étais perdu dans cet océan de béton, et j'avais dû demander mon chemin avant de trouver le bon escalier qui descendait vers un salon fatigué près d'une cafétéria. J'hésitai un instant, puis je repérai le professeur Corcoran, qui me faisait signe depuis un des coins les plus éloignés.

Les présentations furent brèves, une poignée de main et quelques mots sur le temps, doux pour la saison.

— Eh bien, fit le professeur après s'être assis, en avalant une lampée d'eau minérale. En quoi puis-je vous être utile, exactement ?

— Michael O'Connell, répondis-je. Il a assisté à deux de vos cours d'informatique, il y a quelques années. J'ai pensé que vous vous souviendriez peut-être de lui.

Corcoran hocha la tête.

— Je me le rappelle, en effet. Je ne devrais pas, en vérité, mais je m'en souviens – ce qui est significatif.

— Comment cela ?

— Des dizaines... non, des centaines d'étudiants ont suivi, ces dernières années, les mêmes cours que lui. Des tonnes d'examens, des tonnes de rapports, quantité de visages. Au bout d'un moment, ils se mêlent tous dans l'image générale de l'étudiant de la seconde chance, en jean, avec une casquette de baseball sens devant derrière et deux emplois pour joindre les deux bouts...

— Mais O'Connell...

— Disons que je ne suis pas du tout surpris que quelqu'un vienne me poser des questions à son sujet.

Le professeur était un petit homme maigre et

nerveux, avec des lunettes à double foyer et des cheveux blond-roux sur un crâne légèrement dégarni. Il avait une rangée de stylos et de crayons dans la poche de sa chemise, et une serviette de toile brune usée et pleine à craquer était posée à côté de lui.

— Et pourquoi n'êtes-vous pas surpris ?

— En fait, je me suis toujours dit qu'un inspecteur de police pourrait débarquer un jour avec une ou deux questions sur O'Connell. Ou le FBI, ou un assistant du procureur. Savez-vous qui vient à mes cours ? Des étudiants qui croient, plus ou moins à juste titre, que les talents qu'ils y développeront pourront améliorer leur situation financière. Le problème, c'est que plus ces étudiants sont compétents, plus il leur est facile d'imaginer mésuser des informations glanées ici.

— Mésuser ? !

— Un mot gentil pour une réalité qui l'est beaucoup moins… Je consacre une conférence entière à la délinquance, et pourtant…

— Oui ?

— La plupart des jeunes qui choisissent… *le côté sombre*, fit-il avec un petit rire, eh bien, ils ressemblent assez à ce que vous pouvez en attendre. Des ringards immatures, des losers au énième degré. Pour la plupart, ils se contentent de faire des bêtises, piratent, téléchargent des jeux vidéo sans payer la licence, volent des fichiers musicaux, copient des films avant leur sortie, ce genre de choses… Mais O'Connell, lui, était différent.

— Expliquez-moi ça.

— Disons qu'il était infiniment plus dangereux, et plus effrayant.

— Comment cela ?

141

— Il voyait l'ordinateur exactement pour ce qu'il est : un outil. De quels outils un vaurien a-t-il besoin ? Un couteau ? Un revolver ? Une voiture pour s'enfuir ? Tout dépend du crime qu'il a en tête, n'est-ce pas ? Dans de mauvaises mains, un ordinateur peut être aussi efficace qu'un 9 mm et croyez-moi, celles d'O'Connell étaient vraiment de mauvaises mains.

— Qu'est-ce qui vous fait dire ça ?

— Je l'ai su dès le premier instant. Il n'avait pas cet aspect débraillé, légèrement « ébahi devant le monde », qu'ont beaucoup d'étudiants. Il se caractérisait plutôt par une sorte de… comment dirais-je, de *relâchement*. Il était beau garçon. Bien mis. Mais il émanait de lui une impression de danger. Comme s'il ne se souciait de rien d'autre que de réaliser un programme que lui seul connaissait. Et quand vous le fixiez de près, il avait ce regard perturbant, qui vous disait : « Ne vous mettez pas en travers de mon chemin. » Un jour, par exemple, il m'a rendu un devoir avec quelques jours de retard. J'ai fait ce que je fais toujours, ainsi que j'en préviens les élèves dès le premier jour : je lui ai ôté un point par jour de retard. Il vient me voir, et me dit que je suis injuste. Ce n'est pas la première fois, vous vous en doutez, qu'un étudiant vient se plaindre à propos d'une note. Mais, avec O'Connell, le ton de la conversation était légèrement différent. Je ne sais pas vraiment comment il s'y est pris. Mais je me suis retrouvé en position de justifier ce que j'avais fait, ce que je ne fais jamais. Et plus je lui expliquais que ce n'était pas injuste, plus ses yeux s'étrécissaient. Parfois, quand il vous regardait, c'était comme s'il vous frappait. Le choc était aussi violent. Vous aviez simplement envie de vous écarter de la trajectoire de son regard. Il ne menaçait jamais, ne suggérait jamais rien, ne faisait jamais rien de visible. Mais pendant notre conversation, j'ai senti exactement ce qui se passait. Il me mettait en garde.

— Cela a fait son effet ?

— Ça m'a empêché de dormir ! Ma femme me demandait ce qui se passait, et je devais lui répondre que ce n'était rien, alors que je savais que ce n'était pas vrai. J'avais l'impression que j'essayais d'esquiver quelque chose de vraiment terrifiant.

— Il n'a rien fait ?

— Eh bien… un jour, il m'a fait comprendre en passant qu'il s'était débrouillé pour savoir où j'habitais.

— Et ?

— Rien de plus. Dès lors, tout a pris fin.

— Comment ça ?

— J'ai violé toutes les règles que je m'imposais. L'échec moral absolu. Je l'ai convoqué, après un cours. Je lui ai dit que je m'étais trompé, qu'il avait absolument raison. Je lui ai donné la note maximale pour ce devoir, et la note maximale pour le semestre.

Je ne fis aucun commentaire.

— Alors, me demanda le professeur Corcoran en rassemblant ses affaires, qui a-t-il assassiné ?

10

Un mauvais départ

Hope était à la cuisine. En attendant le retour de Sally, elle préparait une recette qu'elle n'avait encore jamais essayée. Elle goûta la sauce, se brûla la langue, jura à voix basse. Pas fameux. Elle eut peur d'être condamnée à rater le dîner. L'espace d'un instant, elle ressentit un désespoir qui allait bien plus loin qu'un désastre culinaire. Elle sentit les larmes lui monter aux yeux.

Elle ne savait pas du tout pourquoi Sally et elle traversaient une période aussi difficile.

En surface, elle ne trouvait aucune explication à ces silences prolongés, à ces moments de froideur. Il n'y avait pas de véritables motifs d'inquiétude à son école, ni au cabinet de Sally. Elles gagnaient bien leur vie. Elles disposaient de l'argent nécessaire pour s'offrir des vacances exotiques, acheter une nouvelle voiture, ou même refaire la cuisine. Mais à chaque fois que l'un ou l'autre de ces petits plaisirs était apparu dans la conversation, il avait été éludé. Des bonnes raisons étaient systématiquement invoquées pour qu'elles ne fassent rien. Hope se dit que les objections qui rendaient toute aventure impossible avaient presque toujours été élevées par Sally, et cela l'inquiétait profondément.

Elle avait l'impression qu'elles n'avaient pas partagé quoi que ce fût depuis longtemps.

Même leurs rapports sexuels, jadis si tendres et si propices à l'abandon, s'étaient tempérés ces derniers temps. Cela tracassait Hope. Et les occasions de faire l'amour étaient devenues de plus en plus rares.

L'absence de passion pouvait suggérer que Sally trouvait son bonheur ailleurs. L'idée que Sally pût avoir une liaison était totalement ridicule et, dans le même temps, parfaitement logique. Hope serra les dents. Elle se dit que fantasmer sur un désastre senti- mental ne ferait que le favoriser, et que ressasser ses soupçons ne pouvait qu'accroître son angoisse. Elle détestait le doute. Il ne faisait pas partie de son carac- tère. Cela ne lui ressemblait absolument pas, et le laisser pénétrer son esprit maintenant, comme un hôte non désiré, était une erreur.

Elle leva les yeux vers la pendule accrochée au mur et ressentit soudain un désir impérieux d'éteindre le four, d'attraper ses chaussures de sport et de sortir pour un jogging rapide, à la limite de ses forces. La lumière du jour n'avait pas totalement disparu.

Hope se dit que même si elle était épuisée par sa journée à l'école et par l'entraînement du foot, un sprint de quelques kilomètres était une bonne idée. A l'époque où elle jouait encore au football, la seule chose dont elle pouvait être sûre à la fin d'un match, c'était qu'il lui restait plus d'énergie qu'à ses adver- saires. Elle n'avait jamais pensé, contrairement à ses coaches, que c'était là le résultat d'un entraînement poussé. Plutôt que cela avait à voir avec une force émotionnelle intérieure, quelque chose qui la dirigeait, de sorte qu'à la fin du match, lorsque les autres étaient affaiblies, elle avait encore de la force en réserve.

Elle éteignit le four et monta quatre à quatre l'escalier menant à la chambre. Il ne lui fallut que quelques secondes pour ôter ses vêtements, enfiler un short et un vieux sweat-shirt rouge aux couleurs de Manchester United et mettre ses chaussures. Il fallait qu'elle soit sortie avant l'arrivée de Sally, pour éviter d'avoir à lui expliquer pourquoi elle allait courir à l'heure où, d'habitude, elle préparait le dîner.

En bas des marches, Sans-Nom remuait la queue avec un enthousiasme modéré. Il reconnaissait la tenue de jogging et savait que, désormais, il était rarement invité à y participer. A une époque, il se serait retrouvé instantanément à ses côtés, tournoyant avec frénésie. Désormais, il avait surtout envie de l'accompagner jusqu'à la porte, de s'installer et d'attendre son retour. C'était ainsi, se disait Hope, que Sans-Nom concevait maintenant ses responsabilités de chien.

Elle s'arrêta une seconde pour lui caresser la tête, et le téléphone se mit à sonner.

En cet instant précis, elle ne voulait qu'une chose : fuir les problèmes qui la hantaient, même pour un bref moment. Ce devait être Sally. Peut-être appelait-elle pour la prévenir qu'elle serait en retard. Apparemment, elle n'appelait plus jamais pour dire qu'elle arrivait plus tôt. Hope ne voulait pas entendre cela, et sa première réaction fut d'ignorer la sonnerie.

Qui persista.

Hope se dirigea vers la porte, l'ouvrit, s'immobilisa, fit demi-tour, traversa la cuisine en une dizaine d'enjambées et décrocha.

— Allô, dit-elle d'un ton vif.

— Hope ?

D'un seul coup, elle sut que derrière la voix d'Ashley il y avait un monde de problèmes à venir.

— Salut, Tueuse, dit-elle, utilisant le surnom qu'elles étaient les seules à comprendre. Tout va bien ?

Son ton délibérément enjoué ne démentait pas seulement son propre état d'esprit, mais aussi le vide qu'elle ressentait brusquement au creux de l'estomac.

— Oh, Hope ! Je crois que j'ai un problème, fit Ashley.

Hope entendit, dans sa voix, l'écho lointain de ses larmes.

La station de radio spécialisée dans le rock alternatif qu'elle écoutait dans sa voiture diffusa tout à coup « Poor, Poor Pitiful Me », du regretté Warren Zevon. Pour une raison qu'elle ne comprenait pas vraiment, Sally dut se garer le long du trottoir. Elle écouta le morceau jusqu'à la fin, figée sur son siège, les doigts battant la mesure sur le volant.

Tandis que la musique envahissait la petite voiture, elle leva les mains devant son visage.

Au dos de ses mains, les veines bleues se détachaient comme les autoroutes sur une carte routière. Elle avait les doigts raides : peut-être un peu d'arthrite. Elle les frotta, pour leur redonner un peu de la souplesse qu'ils avaient perdue. Sally se rappelait que quand elle était jeune tout en elle était beau : sa peau, ses yeux, les courbes de son corps. Elle était surtout fière de ses mains, qui semblaient habitées par les notes. Adolescente, elle avait joué du violoncelle. Elle avait même envisagé d'auditionner pour Juilliard ou Berklee, mais avait décidé au dernier moment de poursuivre des études plus classiques, ce qui lui avait procuré au bout du compte un mari, une fille, une liaison avec une autre femme, un divorce, un diplôme de droit, ses clients et son mode de vie actuels.

Elle ne jouait plus du violoncelle. Elle était incapable d'en sortir un son aussi pur et aussi délicat qu'autrefois, et elle préférait ne pas devoir entendre ses couacs. Sally ne supportait pas l'idée d'être maladroite.

Elle était toujours dans sa voiture, et la chanson tirait à sa fin. A la limite du rétroviseur, Sally vit ses yeux. Elle l'ajusta pour se regarder. Elle allait avoir cinquante ans – un âge que certains considèrent comme une étape importante, mais dont la perspective la terrifiait. Elle haïssait les changements que subissait son corps, des bouffées de chaleur à la raideur de ses articulations. Elle haïssait les rides qui se formaient aux coins de ses yeux. Elle haïssait la peau qui se détendait sous son menton et sous ses fesses. A l'insu de Hope, elle s'était inscrite dans un club de fitness et passait beaucoup de temps à courir lourdement sur des tapis de jogging et à tirer sur des appareils de torture.

Elle s'était mise à lire des publicités pour la chirurgie plastique et avait même envisagé de s'éclipser dans quelque centre thermal chic en prétextant un voyage d'affaires. Elle ne savait pas très bien pourquoi elle cachait tout cela à sa compagne, mais elle était assez intelligente pour comprendre ce que cela signifiait.

Sally soupira et éteignit la radio.

Elle se dit que sa jeunesse entière lui avait été dérobée. Elle avait un goût amer dans la bouche, comme si tout ce qui composait son existence était prévisible, établi, gravé dans le marbre. Même sa vie sexuelle – qui, dans certaines régions du pays, aurait paru exotique et dangereuse, et aurait fait murmurer dans les chaumières – ne constituait, dans le Massachusetts occidental, qu'une routine assommante, au même titre que la succession inévitable des saisons. Elle n'était même pas une hors-la-loi sexuelle.

Sally s'agrippa à son volant, avec un bref cri de colère. Pas tout à fait un hurlement, plutôt une sorte de mugissement, comme si elle avait mal quelque part. Puis elle jeta un coup d'œil rapide autour d'elle, pour s'assurer qu'aucun passant ne l'avait entendue.

Haletante, elle mit sa voiture en marche.

Quelle sera la prochaine étape ? se demanda-t-elle en s'insérant dans la circulation, consciente d'être une fois de plus en retard pour le dîner. Une maladie ? Ce pourrait être un cancer du sein, ou de l'ostéoporose, ou de l'anémie. Quoi qu'il en soit, ce ne serait pas plus dur que la colère, la frustration et la folie incontrôlables qu'elle sentait monter en elle et contre lesquelles elle se savait impuissante.

— Ainsi les deux femmes avaient des problèmes ?

— Oui, je suppose qu'on pourrait dire ça, qu'elles avaient des *problèmes*. Mais cela n'augurait en rien ce qui se passerait quand Michael O'Connell entrerait dans leur existence, et la manière dont sa simple présence allait redéfinir la situation.

— Je comprends, fis-je.

— Vraiment ? Ce n'est pas exactement l'impression que vous donnez.

Nous nous trouvions dans un petit restaurant, à l'avant, ce qui lui permettait de regarder par la baie vitrée, vers la rue principale de la petite ville universitaire où nous habitions. Elle eut un bref sourire et se tourna vers moi.

— Nous croyons que beaucoup de choses sont acquises, dans notre vie bien protégée de petits-bourgeois méritants, hein ? Des problèmes se présentent pourtant parfois, non seulement quand nous nous y attendons le moins, mais à des moments où nous sommes le moins bien équipés pour les affronter.

Le ton décidé, la tension dans sa voix semblaient déplacés par ce bel après-midi qui inclinait surtout à la paresse.

— D'accord, soupirai-je. La vie de Scott n'était pas précisément parfaite, même si, tout compte fait, elle n'était pas si mauvaise. Un bon boulot, un certain prestige, un salaire plus que correct, qui devaient compenser au moins en partie sa solitude de quadragénaire. Et Sally et Hope traversaient une période difficile, mais elles avaient des ressources, non ? Des ressources non négligeables. Quant à Ashley… cette jeune fille cultivée et séduisante était dans une dynamique de changement permanent. C'est plus ou moins ainsi que va la vie, n'est-ce pas ? Comment peut-elle…

Elle me coupa, une main levée comme un agent de

la circulation, tout en prenant de l'autre son verre de thé glacé. Elle but un peu avant de répondre.

— Vous avez besoin de recul. Sans quoi l'histoire n'a pas de sens.

J'attendis la suite.

— Mourir est un acte très simple, dit-elle enfin. Mais chacun des instants qui mènent à la mort et chacune des minutes qui suivent peuvent être terriblement compliqués.

11

La première réaction

Sally eut la surprise de découvrir que la porte était grande ouverte. Sans-Nom était vautré devant l'entrée. Il ne dormait pas vraiment et ne montait pas vraiment la garde, il était quelque part à mi-chemin. Il leva la tête et se mit à remuer la queue en la voyant arriver. Elle se baissa pour le caresser derrière les oreilles. La nature de ses relations avec le chien ne lui permettait pas de faire plus. Elle se disait que si Jack l'Eventreur était entré avec un biscuit dans une main et un couteau sanglant dans l'autre, Sans-Nom aurait remué la queue et quémandé le biscuit.

En posant sa serviette dans le vestibule, elle entendit les derniers mots d'une conversation :

— Oui... Oui. D'accord, compris. Nous te rappellerons dans la soirée. Ne t'inquiète pas, tout ira bien... Ouais. A plus tard.

Sally entendit le bruit du téléphone qu'on raccrochait, puis Hope qui soupirait, avant d'ajouter « Bon Dieu ! ».

— Qu'est-ce que c'était ? demanda Sally.

Hope pivota.

153

— Je ne t'ai pas entendue rentrer…

— Tu avais laissé la porte ouverte. Tu sortais ? ajouta-t-elle en remarquant la tenue de jogging. Ou bien tu viens de rentrer ?

Hope ignora les questions de Sally et le ton employé.

— C'était Ashley, dit-elle. Elle était vraiment bouleversée. On dirait qu'elle s'est laissé embarquer dans une drôle d'histoire avec un sale type, à Boston, et qu'elle commence à avoir peur.

— De quel genre d'histoire parles-tu ? fit Sally après un instant d'hésitation.

— Tu devrais lui demander de t'expliquer. D'après ce que j'ai compris, elle a couché un soir avec ce type, et il refuse de la laisser tranquille.

— Celui qui a écrit la lettre que Scott a trouvée ?

— On dirait. Il fait toutes sortes de déclarations, du style « Nous étions faits l'un pour l'autre », alors que ça n'a aucun sens. Ce type a l'air un peu à côté de ses pompes, mais vraiment, tu devrais demander à Ashley de t'expliquer tout ça. Ça te semblera, comment dire, un peu plus réel, si tu l'entends de sa bouche.

— J'ai bien l'impression qu'on est en train de faire une montagne d'une taupinière, mais…

— Ça n'en avait pas l'air, pourtant, la coupa Hope. Bon, nous savons toutes les deux qu'elle dramatise facilement, mais elle avait vraiment l'air perturbée. Je crois que tu devrais la rappeler tout de suite. Cela lui fera sans doute du bien d'entendre sa mère. Pour la rassurer, tu vois…

— Est-ce que ce type l'a frappée ? Il l'a menacée ?

— Pas exactement. Oui et non. C'est un peu difficile à dire.

— Comment ça, *pas exactement* ? demanda Sally d'un ton vif.

Hope secoua la tête.

— Ce que je veux dire, c'est que « Je vais te tuer » est une menace. « Nous serons ensemble pour toujours » peut l'être aussi. C'est simplement difficile à comprendre tant qu'on n'entend pas les mots soi-même.

Hope était étonnée. Sally réagissait un peu trop calmement à ce qu'elle était en train de lui expliquer, au point que c'en était irritant. Cela la surprenait.

— Appelle Ashley.

— Tu as sans doute raison, fit Sally en se dirigeant vers le téléphone.

Scott essaya de joindre Ashley sur son téléphone fixe, mais la ligne était occupée. Pour la troisième fois ce soir-là, il tomba sur le répondeur. Il avait essayé le portable, mais, là aussi, il n'avait rien obtenu, sinon la proposition, sur un ton jovial, de laisser un message. Il en avait assez. A quoi servent tous ces outils modernes de communication, se demandait-il, si on n'atteint pas l'endroit qu'on veut atteindre ? Au dix-huitième siècle, quand on recevait une lettre qui avait parcouru une longue distance, ça voulait foutrement dire quelque chose. On s'est tous rapprochés les uns des autres, mais chacun est devenu beaucoup plus lointain.

Avant que sa contrariété n'augmente encore, le téléphone sonna. Il décrocha.

— Ashley ? fit-il, très vite.

— Non, Scott. C'est moi, Sally.

— Sally. Quelque chose ne va pas ?

Elle hésita, juste assez longtemps pour que l'estomac de Scott se contracte et que le monde autour de lui commence à s'assombrir.

— Lors de notre dernière conversation, commença Sally en faisant appel à toute sa sérénité d'avocate, tu me parlais de ton inquiétude à propos d'une lettre que tu avais trouvée… Il est possible que ta réaction soit justifiée.

Scott attendit. Le ton professionnel, raisonnable, de Sally lui donnait envie de hurler.

— Raconte ! Qu'est-ce qui s'est passé ? Où est Ashley ?

— Elle va bien. Mais il se peut qu'elle ait un problème, en effet.

Avant de rentrer chez lui, Michael O'Connell s'arrêta à un petit magasin qui vendait du matériel pour peintres. Son stock de crayons à charbon étant épuisé, il en glissa une boîte dans la poche de sa parka. Il prit un bloc de papier à dessin de format moyen, qu'il emporta à la caisse. La jeune femme qui se trouvait là avait l'air de s'ennuyer. Elle arborait tout un assortiment de piercings faciaux et des mèches de cheveux noir et rouge, et elle était plongée dans un roman de vampires d'Anne Rice. Son tee-shirt noir clamait *LIBÉREZ LES TROIS DE WEST MEMPHIS*, en grands caractères gothiques. L'espace d'un instant, O'Connell s'en voulut. Vu la négligence avec laquelle la fille surveillait les allées et venues dans le magasin, il aurait pu se remplir les poches. Tout en payant son bloc avec quelques billets froissés d'un dollar, il se promit de revenir plus tard.

Il savait que l'employée n'aurait jamais l'idée de fouiller les poches de quelqu'un qui se présentait à la caisse pour payer.

Dommage, se dit-il. Il se rappelait l'époque où il jouait au football au collège. Ses matches préférés étaient toujours ceux dont le déroulement reposait en partie sur la tromperie. Faire croire une chose à l'équipe adverse quand c'est autre chose qui se prépare. La *screen pass*. La *double reverse*. La tromperie… Faire en sorte que les gens vous sous-estiment. C'était là une clé essentielle de son existence, et il y revenait à chaque fois que l'occasion s'en présentait.

C'est le jeu qui justifie tout le reste, se disait-il.

L'employée lui rendit sa monnaie.

— Qui sont les Trois de West Memphis ?

Elle le regarda comme si le simple fait de communiquer lui infligeait une douleur physique.

— Ce sont trois jeunes qui ont été condamnés à mort, soupira-t-elle. On les a accusés d'avoir tué un autre ado, mais ce n'est pas eux. Ils ont été condamnés plus ou moins à cause de leur look, et à cause de tous les bouffeurs de bibles, là-bas, qui n'aimaient pas leur manière de s'habiller et de parler de ces histoires gothiques et de Satan. Ils sont dans le couloir de la mort, maintenant, et c'est vraiment n'importe quoi. HBO a fait un documentaire sur eux.

— Ils ont été pris ?

— Ce n'est pas juste. Ce n'est pas parce que vous êtes différent que vous êtes coupable.

Michael O'Connell hocha la tête.

— Exact. Ça permet simplement aux flics de vous

repérer plus facilement. Si vous êtes différent, vous ne pouvez jamais agir impunément. Mais si vous êtes comme les autres, vous pouvez faire tout ce que vous voulez. Vous pouvez tout vous permettre.

Il ressortit dans le crépuscule. Il descendit la rue en passant en revue ce qu'il venait d'entendre. Il existe une petite frange de la société, se dit-il, où l'on peut se mouvoir dans une relative impunité. Rester à l'écart des chaînes de magasins bourrées de vigiles. Travailler dans une station-service dont le patron cherche à rogner sur les coûts et regarde de l'autre côté. Eviter de voler dans les Dairy Mart ou les Seven-Eleven, parce qu'on y vole tout le temps, et qu'il y a sûrement, caché derrière une glace sans tain, un flic au noir armé d'un calibre 12. Faire ce qui est inattendu, mais pas plus, ce qui prend les gens à rebours mais sans les alerter.

Ne jamais compter sur les autres.

Il se dit que tout cela lui était venu naturellement.

Michael O'Connell remonta d'un pas lourd la rue menant à son immeuble. Comme d'habitude, le couloir devant sa porte était plein des vagissements des chats de sa vieille voisine. Comme toujours, elle avait sorti des bols d'eau et de nourriture pour ses bêtes. Il baissa les yeux et plusieurs chats se sauvèrent précipitamment. C'étaient les plus malins, ceux qui avaient conscience d'une menace, même s'ils ne pouvaient savoir exactement en quoi elle consistait. Il s'agenouilla et tendit la main, jusqu'à ce que l'un des chats les moins méfiants s'approche, assez pour qu'il puisse lui gratter la tête. D'un geste rapide et adroit, il l'attrapa par la peau du cou et l'emporta à l'intérieur de son appartement.

Le chat résista un moment, se tortilla et griffa, mais

O'Connell le tenait d'une main ferme. Il se rendit dans la cuisine et sortit un grand sac ziploc muni d'une fermeture. L'animal alla rejoindre les quatre précédents dans son congélateur. Quand il en aurait une demi-douzaine, il irait les jeter dans une benne à ordures éloignée. Puis il recommencerait. Il doutait que la vieille femme fût capable de tenir le compte de ses bestioles. Après tout, il lui avait demandé poliment, une ou deux fois, d'en limiter le nombre. En réalité, c'était surtout parce qu'elle ne suivait pas ses conseils, si généreusement formulés, que les chats mouraient. Il était simplement l'ange de la mort.

Scott écoutait son ex-femme, et sa colère montait à chaque seconde.

Ce n'était pas le fait qu'on n'ait pas tenu compte de son intuition, ni le fait qu'il ait eu raison depuis le début. Non, ce qui le mettait hors de lui, c'était le ton professoral avec lequel Sally s'adressait à lui. Mais il décida qu'il ne servirait à rien de se disputer avec elle.

— Ainsi, disait-elle, je pense, et c'est aussi l'avis d'Ashley, que le mieux serait peut-être que tu ailles à Boston et que tu la ramènes à la maison pour le weekend, le temps qu'elle comprenne quel genre de problèmes ce jeune homme est susceptible de lui causer.

— OK. J'irai demain.

— Prendre un peu de distance permet en général d'avoir du recul.

— Tu es bien placée pour le savoir, rétorqua Scott. Comment est ton recul ?

Sally faillit lui renvoyer son sarcasme, mais elle n'en fit rien.

— Scott, peux-tu simplement aller chercher Ashley ? Je pourrais y aller, mais…

— Non, j'irai. Tu as probablement une audience, ou je ne sais quoi, qui ne souffre aucun retard.

— Oui, exactement.

— En tout cas, le voyage du retour me donnera l'occasion de lui tirer les vers du nez. Nous pourrons imaginer un plan, ou je ne sais quoi. Du moins un plan un peu plus élaboré que celui consistant à la ramener à la maison pour le week-end. Peut-être suffira-t-il que je dise deux mots à ce garçon…

— Je crois qu'avant de nous impliquer dans cette histoire nous devrions donner à Ashley toutes les chances de régler elle-même le problème. C'est comme cela qu'on grandit, tu sais.

— C'est le genre de point de vue absolument raisonnable et sensé que je déteste.

Sally ne répondit pas. Elle ne voulait pas que la conversation se dégrade davantage. Et elle devait reconnaître que Scott avait de bonnes raisons d'être fâché. C'était la manière dont fonctionnait son esprit à elle : elle voyait chaque mot comme une lueur se reflétant dans un prisme, et dont chaque rayon avait de l'importance. Ce qui faisait d'elle une excellente avocate… et, à l'occasion, une femme difficile.

— Je pourrais peut-être y aller ce soir, dit Scott.

— Non, répondit-elle très vite. Cela donnerait l'impression qu'il y a de la panique dans l'air. Procédons avec fermeté, tout simplement.

Ils se turent pendant quelques instants.

— Hé, dit brusquement Scott, tu as l'expérience de ce genre de choses ?

Il voulait parler d'expérience juridique, mais Sally l'entendit autrement :

— Non, fit-elle. Le seul homme qui m'ait jamais dit qu'il m'aimerait toujours, c'est toi.

Quelques jours plus tôt, un article paru dans la presse locale avait mobilisé l'attention, dans la vallée où j'habitais. Un petit garçon de treize ans, placé pour la dixième fois dans une famille d'accueil, était mort dans des circonstances douteuses. La police et le bureau du procureur enquêtaient. Mais les faits relatifs à cette affaire étaient troubles, si obscurs et contradictoires qu'on pouvait aussi bien ne jamais connaître la vérité. L'enfant avait succombé à une blessure provoquée par un coup de feu tiré à bout portant. Les parents d'accueil avaient déclaré que le garçon avait trouvé le revolver du père, et qu'il jouait avec lorsque le coup était parti. Il pouvait aussi s'être suicidé. Les marques récentes qu'on avait découvertes à l'autopsie sur les bras et le torse de l'enfant pouvaient signifier qu'on l'avait battu, ou que quelqu'un l'avait maintenu pendant qu'on lui infligeait des choses beaucoup plus graves. Il pouvait s'agir d'un meurtre. Un meurtre commis sous l'emprise de la colère. Un meurtre commis sous l'emprise de la contrariété. Un meurtre commis sous l'emprise du désir. Un meurtre commis tout simplement sous l'emprise des cartes minables que la vie distribue parfois à ceux qui sont les moins bien équipés pour régler leurs problèmes au culot.

Encore une preuve, me semblait-il, que la vérité, souvent, est totalement insaisissable.

Chaque jour pendant une semaine, la photo en noir

et blanc du garçon mort m'avait fixé depuis les pages du journal. Il arborait un sourire merveilleusement narquois, presque timide, et des yeux brillants qui semblaient pleins de promesses. Peut-être était-ce cela qui nourrissait cette histoire, lui donnait sa force, avant qu'elle ne disparaisse, engloutie par la marche irrépressible des événements.

Personne ne se souciait de l'enfant. En tout cas, personne ne s'en souciait assez.

Je suppose que je n'étais pas différent de la plupart de ceux qui avaient lu les articles, ou qui avaient appris la nouvelle le soir aux informations, et qui en discutaient au bureau, devant la machine à café. L'histoire avait frappé tous ceux qui, voyant un jour un enfant endormi, avaient pensé à la fragilité de l'existence et s'étaient fait la réflexion que notre emprise sur ce qui passe pour du bonheur est avant tout illusoire. Je crois que c'est cela, d'une certaine manière, qui est apparu peu à peu aux yeux de Scott, de Sally et de Hope.

12

La première échappée

Le lendemain matin, Scott prit la route vers l'est, assez tôt pour que le soleil levant se reflète sur le réservoir à l'extérieur de Gardner et aveugle un instant le pare-brise. D'habitude, quand il conduisait la Porsche sur la Route 2 – avec ses longs fragments déserts traversant quelques-uns des paysages les moins pittoresques de la Nouvelle-Angleterre –, il laissait sa voiture s'envoler. Un jour, il avait été interpellé par un flic dénué d'humour qui, l'ayant chronométré à plus de cent soixante kilomètres à l'heure, lui avait infligé un sermon aussi ennuyeux que prévisible, que Scott s'était empressé d'oublier. Quand il roulait vite, et non accompagné, c'est-à-dire le plus souvent possible, il se disait que c'était le seul moment où il parvenait à ne pas se comporter comme quelqu'un de son âge. Il passait le reste de son existence à montrer qu'il était adulte et responsable. Il savait au fond de lui-même que l'insouciance dont il faisait montre au volant indiquait la présence d'un problème plus grave, mais il était déterminé à ne pas creuser la question plus avant.

La voiture commençait à faire entendre le ronronnement caractéristique des Porsche, comme pour lui rappeler : « Je peux aller plus vite, si tu me laisses faire. » Il se concentra sur la conduite, tout en repensant à la brève conversation qu'il avait eue la veille au soir avec Ashley.

Ils n'avaient pas discuté de la raison pour laquelle il venait la chercher. Il lui avait posé une ou deux questions, avant de se souvenir qu'elle avait déjà parlé à sa mère et à Hope, et qu'il s'apprêtait à lui demander les mêmes choses. Ils s'étaient simplement dit « J'arriverai tôt » et « Ne perds pas de temps à chercher un parking, klaxonne, je descendrai ». Il se disait que dans la voiture elle lui parlerait, assez en tout cas pour lui permettre de juger de la situation.

Il n'était pas sûr de savoir ce qu'il en pensait, pour le moment. Que sa réaction instinctive, en lisant la lettre, ait été fondée ne lui procurait aucune satisfaction.

Il ne savait pas non plus, alors qu'il fonçait vers Boston pour récupérer sa fille, à quel point il devait s'inquiéter. Non sans une certaine perversité, il était impatient de la voir, car il se disait qu'il n'aurait plus très souvent l'occasion d'agir vraiment en père. Elle grandissait, et elle était loin d'avoir autant besoin de lui, ou de sa mère, que lorsqu'elle était petite.

Scott mit ses lunettes de soleil. De quoi Ashley a-t-elle besoin, maintenant ? D'un peu plus d'argent. Peut-être d'une belle réception pour son mariage, un jour prochain. De conseils ? Peu probable.

Il enfonça l'accélérateur. La voiture fit un bond en avant.

Il est agréable de savoir qu'on a besoin de vous. Mais Scott doutait que ce serait encore le cas bien longtemps. Pas de la manière, en tout cas, dont les enfants réclament leurs parents, quand le plus petit problème peut prendre une grande importance. Ashley était armée pour se sortir de ces problèmes actuels. En fait, Scott s'attendait à ce qu'elle exige de le faire toute seule. Son rôle à lui serait de l'encourager depuis la ligne de touche et se limiterait à une ou deux suggestions.

Au départ, quand il avait vu la lettre, il avait été envahi par un sentiment protecteur qui lui rappelait l'enfance d'Ashley. Maintenant, sur le chemin de Boston, sachant que ses inquiétudes étaient plus ou moins justifiées, il réalisait sombrement que son rôle serait sans doute réduit, et qu'il ferait mieux de garder ses sentiments pour lui. Tandis que les bosquets aux couleurs de l'automne défilaient le long de la route, une partie de lui était pourtant ravie d'être autorisée à pénétrer dans la vie de sa fille autrement que de manière périphérique. Scott et son sourire « Tu ne m'attraperas pas » fonçaient sur l'autoroute.

Quand elle entendit les deux coups de klaxon, Ashley jeta un coup d'œil rapide par la fenêtre et vit la silhouette familière de son père dans la Porsche noire. Il lui fit un petit signe de la main – à la fois pour la saluer et l'inciter à se dépêcher, car il bloquait la rue. A Boston, de nombreux automobilistes sont toujours prêts à échanger des mots sur l'étroitesse des voies de circulation. Ils prennent un plaisir presque sportif à klaxonner et à crier. A Miami ou à Houston, ce genre de confrontation pouvait déboucher sur des échanges de coups de feu. A Boston, c'était plus ou moins considéré comme un signe de reconnaissance entre gens du cru.

Elle prit son nécessaire de voyage et s'assura que l'appartement était bien fermé. Elle avait déjà débranché le répondeur, éteint son téléphone portable et son ordinateur.

Pas de messages. Pas de mails. Pas de contacts, se dit-elle en descendant l'escalier quatre à quatre.

— Salut, ma belle, dit Scott en la voyant courir sur le trottoir.

— Salut, papa, fit Ashley en souriant. Tu me laisses le volant ?

— Ah… hésita Scott. Peut-être une autre fois.

Entre eux, c'était une blague récurrente. Scott ne laissait jamais personne conduire la Porsche. Il prétendait que c'était à cause de l'assurance, mais Ashley n'était pas dupe.

— Tu n'as besoin de rien d'autre ? demanda-t-il en regardant le petit sac.

— Ça suffit. J'ai tout ce qu'il me faut, aussi bien chez toi que chez maman.

Scott secoua la tête en souriant et la serra dans ses bras.

— Il y eut un temps, dit-il d'un ton faussement grandiloquent, je m'en souviens clairement, où je portais des malles, des valises, des sacs à dos et d'énormes paquetages militaires bourrés de fringues absolument inutiles, juste pour être sûr que tu pourrais te changer au moins six fois par jour.

Un sourire aux lèvres, elle se dirigea vers la portière côté passager.

— Descendons avant qu'un camion de livraison se pointe et écrabouille le jouet de ton démon de midi, fit-elle en riant.

Elle se laissa aller contre l'appui-tête en cuir et ferma brièvement les yeux. Pour la première fois depuis des heures, elle se sentait en sécurité. Elle expira, lentement, parfaitement détendue.

— Merci d'être venu, papa.

Peu de mots, mais qui en disaient beaucoup.

Elle fut distraite par leur bref dialogue, tandis que Scott sortait la voiture de sa rue. Lui, bien sûr, ne pouvait pas reconnaître la silhouette qui se glissa dans l'ombre d'un arbre quand ils passèrent devant elle. Elle l'aurait reconnue si elle avait eu les yeux ouverts, si elle avait été sur ses gardes.

Michael O'Connell les suivit des yeux. Il enregistra dans sa mémoire la voiture et le conducteur, prit note mentalement du numéro de la plaque.

— Il vous arrive d'écouter des chansons d'amour ? me demanda-t-elle.

La question semblait venir de nulle part, et j'hésitai un instant avant de répondre :

— Des chansons d'amour ?

— Oui. Des chansons d'amour. Vous savez bien, « Yummy, yummy, yummy, j'ai de l'amour dans mon cœur »... Ou bien « Maria... J'ai rencontré une fille qui s'appelle Maria »... Je pourrais continuer indéfiniment.

— Pas vraiment, répondis-je. Je suppose que c'est ce que tout le monde fait, à des degrés variables. Est-ce que quatre-vingt-quinze pour cent de la pop, du rock, de la country, de je ne sais quoi encore, et même du punk, ne parlent pas de telle ou telle sorte d'amour ? L'amour perdu. L'amour non partagé. Le bon amour. Le mauvais amour. Je ne vois pas quel est le rapport avec ce dont nous parlons ici.

J'étais un peu à cran. Ce que je voulais, c'était découvrir quelle avait été l'étape suivante pour Ashley. Et je voulais comprendre un peu mieux Michael O'Connell.

— La plupart des chansons d'amour ne parlent pas d'amour. Elles parlent de tas de choses. Mais surtout de frustration. De luxure, peut-être. Le désir. L'envie. La déception. Elles parlent rarement de ce que l'amour est vraiment, c'est-à-dire, quand on le dépouille de tous ces autres aspects, une… eh bien, une dépendance réciproque. Le problème, c'est qu'il est souvent très difficile d'en prendre conscience, parce qu'on est obnubilé, parce qu'on ne veut pas savoir, seulement ressentir, se laisser emporter par l'émotion.

— D'accord, dis-je lentement. Et Michael O'Connell ?

— L'amour, pour lui, c'était de la colère. De la rage.

Je restai silencieux.

— Aussi essentielles, pour lui, que l'air qu'il respirait.

13

Un objectif des plus modestes

Bercée par le vrombissement rauque de la Porsche, Ashley sombra presque immédiatement dans le sommeil. Pendant presque une heure, elle ne bougea pas. Puis elle ouvrit brusquement les yeux et se redressa sur son siège avec un léger hoquet, désorientée. Scott la vit regarder autour d'elle d'un air égaré, avant de s'écrouler de nouveau dans le siège ergonomique. Elle se frotta le visage, pour expulser de ses yeux un reste de sommeil.

— Oh mon Dieu ! fit-elle. Je me suis endormie ?

Scott ne répondit pas directement :

— Fatiguée ?

— On dirait. Peut être plus détendue que je ne l'ai été depuis longtemps. Le sommeil est venu d'un seul coup. Je me sens un peu bizarre. Pas dans le mauvais sens, mais pas dans le bon sens non plus. Juste bizarre-bizarre.

— Tu veux qu'on en parle maintenant ?

Ashley sembla hésiter – comme si à chaque kilomètre parcouru par la Porsche, tandis que Boston

disparaissait dans le rétroviseur, ses ennuis dimi-
nuaient et s'éloignaient, eux aussi. Scott reprit :

— Tu devrais peut-être simplement me raconter
ce que tu as déjà expliqué à ta mère et à son amie,
dit-il doucement, conscient qu'il parlait du couple de
Sally et Hope avec une certaine raideur. Au moins
nous serons sur la même longueur d'onde. Ça nous
aidera à réfléchir tous ensemble pour concocter une
riposte raisonnable.

Il n'était pas sûr que c'était exactement cela
qu'Ashley venait chercher chez eux, mais c'était le
genre de choses qu'elle s'attendait à l'entendre dire,
et en soi c'était probablement rassurant.

Ashley haussa les épaules.

— Des fleurs mortes. Des fleurs mortes collées
devant ma porte. Après quoi il m'a suivie, au lieu de
venir au rendez-vous dont nous avions convenu, au
restaurant, et où j'avais l'intention de le larguer. Et
c'était exactement comme si j'étais un animal, et lui
le chasseur qui resserre son filet…

Elle fixa le paysage par la vitre latérale ; on aurait
dit qu'elle essayait d'organiser ses pensées pour les
rendre logiques. Avec un soupir, elle ajouta :

— Pour que tu comprennes bien, je vais
commencer par le commencement.

Scott ralentit jusqu'à la vitesse maximale autorisée
et se plaça, fait exceptionnel, dans la file de droite. En
mode « écoute », en quelque sorte.

Quand ils atteignirent la petite ville universitaire
où vivait Scott, Ashley l'avait plus ou moins mis au
courant de ses relations (si l'on pouvait employer ce
mot) avec Michael O'Connell. Elle avait rapidement

glissé sur leur rencontre initiale. Mal à l'aise quand il s'agissait de parler à son père de sa consommation d'alcool et de sa vie sexuelle, elle usait d'euphémismes apparemment bénins comme « bourrée » ou « accro », au lieu de mots dangereusement plus explicites.

Scott se retint de l'interroger de manière trop agressive. Il sentait qu'il y avait certains détails qu'il préférait ignorer.

Il changea de vitesse plusieurs fois quand ils quittèrent l'autoroute pour prendre les routes de campagne. Ashley, à nouveau très calme, contemplait le paysage. Le temps s'était levé et le soleil brillait dans un ciel haut, bleu pâle.

— C'est chouette, dit-elle. Revenir chez soi. On oublie à quel point nous connaissons un endroit, quand on est impliqué dans tant d'autres trucs. Mais tout est là. Le même vieux parc municipal. Le vieil hôtel de ville. Les restaurants. Les cafétérias. Les gosses qui jouent au frisbee sur la pelouse. Ça donne à penser que rien ne peut aller vraiment mal, nulle part.

Elle souffla, grogna un peu.

— Eh bien, papa, tu sais tout. Qu'en penses-tu ?

Scott sourit, essayant de masquer son trouble.

— Je crois que nous devrions trouver un moyen de décourager M. O'Connell sans trop de problèmes, répondit-il, sans être très sûr de ce qu'il disait.

Il s'efforça pourtant de parler d'un ton confiant :

— Peut-être qu'il suffira d'avoir une conversation avec lui. Ou bien de prendre une certaine distance – cela pourrait te faire perdre un peu de temps, avant le début de ton programme de troisième cycle. La vie est ainsi. Un peu embrouillée. Mais je suis sûr que nous pourrons régler le problème. Ça me semble nettement moins compliqué que je ne le craignais.

Ashley semblait respirer un peu plus facilement.

— Tu crois ?

— Ouais. Je parie que ta mère verra les choses comme moi. Dans son travail, elle a eu affaire à des types assez durs, tu sais, dans des affaires de divorce ou certains crimes de bas étage dont elle s'occupe parfois. Elle a vu sa part de mauvais traitements, même si le mot ne convient pas pour qualifier ce dont nous parlons ici ; elle est donc assez compétente pour résoudre ce genre de choses.

Ashley hocha la tête.

— Je veux dire, il ne t'a pas battue, hein ? poursuivit Scott, bien que sa fille lui eût déjà donné la réponse.

— Je t'ai dit que non. Il prétend seulement que nous sommes faits l'un pour l'autre.

— Oui, eh bien je ne sais pas qui l'a fait, lui, mais je sais qui t'a faite, toi, et je doute que tu sois faite pour lui.

Un sourire plissa le visage d'Ashley.

— Fais-moi confiance, reprit Scott en essayant de détendre l'atmosphère, le problème n'a pas l'air assez complexe pour qu'un historien respecté soit incapable de le démêler. Il faudra faire quelques recherches. Peut-être quelques documents originaux, ou des témoignages directs. Des sources primaires. Un peu de travail de terrain. Et nous serons sur la bonne voie.

Ashley fit entendre un petit rire.

— Papa, nous ne parlons pas d'un article académique, ici…

— Ah bon ?

Ce qui lui arracha un autre sourire. Scott se tourna vers elle, juste assez pour apercevoir ce sourire, qui lui rappela des millions d'instants passés, un sourire qui valait plus que n'importe quoi d'autre dans sa vie.

Dans l'école privée où travaillait Hope, le samedi était jour de match. Elle balançait entre son désir de se rendre sur le campus et celui d'attendre l'arrivée de Scott et Ashley. Elle savait d'expérience que le soleil matinal commencerait à sécher le terrain mais pas totalement, et s'attendait donc à ce que le match de l'après-midi soit dur, et le terrain très boueux. Vingt ans plus tôt, l'idée que les filles puissent jouer dans la boue aurait paru si extravagante que le match aurait été annulé dans la seconde. Aujourd'hui, elle était persuadée que certaines joueuses se réjouissaient d'avance des conditions dégradantes, hautement salissantes, de certains matches. Etre couvert de terre et transpirer étaient devenus des points positifs. Le progrès par la boue.

Elle rôdait dans la cuisine, moitié surveillant la pendule, moitié épiant par la fenêtre. Elle tendait l'oreille, dans l'attente du bruit reconnaissable entre tous de la voiture de Scott, qui devrait rétrograder au coin et ralentir avant de s'engager dans leur rue. Sans-Nom attendait devant la porte. Trop vieux pour s'impatienter, mais refusant qu'on l'abandonne. Il connaissait la phrase « Tu veux aller au match ? », et, quand elle la prononçait, fût-ce à voix basse, il passait instantanément d'un état quasi comateux à une folle excitation.

Les bruits des maisons voisines lui parvenaient par la fenêtre entrouverte. Des bruits si ordinaires en ce samedi matin qu'ils semblaient être autant de clichés : le toussotement, puis le rugissement d'une tondeuse au démarrage ; le gémissement d'une souffleuse à feuilles mortes ; des voix d'enfants en train de jouer dans un jardin proche. Difficile d'imaginer qu'il existait quelque part quelque chose qui constituait, même de loin, une menace pour leurs vies bien ordonnées. Elle ne se doutait pas qu'une pensée similaire avait frappé Ashley quelques minutes plus tôt.

Elle tourna la tête. Sally se tenait derrière elle, dans l'encadrement de la porte.

— Tu ne vas pas être en retard ? demanda-t-elle. A quelle heure est ton match ?

— J'ai encore un peu de temps.

— C'est un match important, aujourd'hui ?

— Ils sont tous importants. Certains le sont un peu plus que les autres, c'est tout. Ça ira.

Elle hésita, avant d'ajouter :

— Ils devraient arriver d'un moment à l'autre. Scott n'avait pas dit qu'il partait tôt ?

Sally attendit un instant, elle aussi, avant de répondre :

— Je pense que nous devrions demander à Scott d'entrer, parce qu'il voudra s'impliquer dans les décisions qui seront prises.

— Bonne idée, fit Hope, qui n'en était pas sûre du tout.

Tout ce qui avait rapport avec Scott la plaçait dans une position qu'on aurait qualifiée jadis d'inconfortable, mais cela allait beaucoup plus loin et c'était beaucoup plus compliqué que ça. Elle était persuadée que Scott la détestait, même s'il n'avait jamais rien dit qui allât dans ce sens.

En tout cas, il ne la supportait pas. Peut-être

détestait-il ce qu'elle représentait. Ou ce qu'elle avait fait pour séduire Sally. Ou ce qui s'était passé entre elles. Quoi qu'il en soit, il était en colère vis-à-vis d'elle, et Hope pensait qu'elle était impuissante à changer cela.

— Je me demande si c'est une bonne chose, pour toi, que tu sois là quand il arrivera et que je l'inviterai à entrer.

Hope sentit sur-le-champ monter sa colère contre Sally, en même temps que de la déception. Elle considérait que c'était totalement injuste. Elles se connaissaient depuis assez longtemps pour que la courtoisie soit la norme, entre elles, même si les sous-entendus étaient encore très forts. L'idée que Sally pouvait vouloir ménager les sentiments de Scott au risque de piétiner les siens la mit dans une fureur noire. Elle s'était dévouée pendant des années à l'éducation d'Ashley, et même si elle ne pouvait pas prétendre qu'elle était de son sang, elle se sentait aussi concernée que quiconque par le bonheur de la jeune fille.

Elle se mordit la lèvre. Ne réponds pas à tort et à travers.

— Eh bien, je ne crois pas que ce soit vraiment juste. Mais si tu penses que c'est important, eh bien, je m'inclinerai.

Sally ne savait pas trop si cette remarque était sarcastique.

Elle recula d'un pas. Elle s'en voulait amèrement d'avoir demandé à Hope de s'éloigner pour l'arrivée de Scott.

Qu'est-ce que je suis en train de faire ?

— Non, je… commença-t-elle, aussitôt

interrompue par le bruit de la voiture de Scott dans la côte menant à leur maison. Ah, les voici !

— Eh bien, on dirait que je suis tout de même là, fit Hope avec raideur.

Sans-Nom bondit en reconnaissant le bruit du moteur. Ils se dirigèrent tous vers la porte d'entrée. Le chien se faufila entre leurs jambes, au moment précis où Scott introduisait la Porsche dans l'allée. Ashley descendit de voiture presque aussi vite que le chien était sorti de la maison. Elle se baissa immédiatement et frotta son visage contre le museau du chien, qui la couvrit du témoignage humide de son affection. Scott descendit de voiture à son tour, pas très sûr de ce qui l'attendait. Il salua Sally d'un geste vague et hocha la tête en direction de Hope.

— A bon port, dit-il.

Sally traversa la pelouse dans leur direction. Elle ne s'arrêta que pour serrer Ashley dans ses bras.

— Tu ne crois pas que tu devrais entrer, afin que nous essayions de définir ensemble un plan d'action ? demanda-t-elle à Scott.

Ashley leva la tête vers son père, vers sa mère, attendit un instant. Elle savait qu'il était très rare qu'ils se trouvent à portée de bras l'un de l'autre. Lorsqu'ils se rencontraient, ils tenaient à marquer une certaine distance.

— A Ashley de décider, répondit Scott. Elle n'a peut-être pas envie de se plonger tout de suite dans cette histoire. Elle a sans doute besoin de déjeuner, et de décompresser un moment.

Ils regardèrent leur fille. Elle acquiesça, avec l'impression de se comporter de manière un peu lâche.

— Parfait, dit Sally, de sa voix autoritaire

d'avocate. A cet après-midi. Disons quatre heures, quatre heures et demie ?

Scott hocha la tête.

— Ici ?

— Pourquoi pas ? dit Sally.

Scott voyait une demi-douzaine de raisons de les retrouver ailleurs, mais il se retint de le faire savoir.

— D'accord, quatre heures et demie. Nous pourrons prendre le thé. Ce sera très civilisé.

Sally ne réagit pas à ce sarcasme. Elle se tourna vers Ashley.

— C'est tout ce que tu as apporté ? fit-elle en montrant le petit nécessaire de voyage.

— Oui, c'est tout, dit Ashley.

Hope, sur le côté, observait et écoutait. Elle se dit qu'Ashley avait apporté bien autre chose avec elle. Mais ce n'était pas visible.

Ashley longea avec précaution la limite du terrain boueux et choisit un endroit d'où elle pouvait voir Hope parler à ses joueuses. Sans-Nom, attaché à sa laisse au bout du banc, remua la queue à son arrivée, puis reposa sa tête par terre. En le regardant, Ashley pensa aux lions d'Afrique ; ils dorment jusqu'à vingt heures par jour. Sans-Nom n'en était pas loin, même s'il n'y avait pas grand-chose de léonin dans son attitude. Ashley se demandait parfois s'ils auraient survécu, sans lui. Elle était toujours déçue de voir que sa mère ne reconnaissait pas vraiment l'importance de Sans-Nom. Chien sauveteur, se dit-elle. Chien à l'œil perçant. Chien de garde. Sans-Nom avait joué tous les rôles, métaphoriquement. Il était vieux, maintenant, presque en retraite, mais presque un frère.

Elle laissa son regard errer sur les collines, au loin. Les gens du coin qualifiaient le Holyoke Range de montagnes, mais c'était très nettement exagéré. Les Rocheuses sont des montagnes. Ces collines étaient créditées d'une splendeur immméritée même si, par les beaux après-midi d'automne, elles compensaient leur manque d'altitude par un mélange généreux de rouge, de marron et de brun-roux.

Ashley se tourna pour regarder le match. Elle n'avait aucun mal à se représenter l'époque (cinq ans plus tôt) où elle aurait été là, en bleu et blanc, courant en tous sens sur le côté gauche du terrain. Elle avait été une bonne joueuse, mais moins que Hope. Celle-ci jouait avec une sorte de liberté insouciante, alors que quelque chose avait toujours empêché Ashley de se laisser aller totalement.

Elle ressentit un curieux frisson quand la fille qui occupait la place qui était la sienne autrefois marqua le but de la victoire, dans les arrêts de jeu de la seconde mi-temps. Elle attendit la fin des acclamations et des échanges de poignées de main. Elle vit Hope détacher Sans-Nom et lancer un ballon vers le centre du terrain. Un seul, réalisa-t-elle, et encore Hope le lançait-elle moins loin que jadis. Elle observa le chien qui récupérait le ballon et le ramenait vers Hope, ravi, en le poussant avec le museau et les pattes avant, tout à son plaisir de chien.

En ramassant le ballon pour le ranger dans son filet, Hope vit Ashley qui attendait sur le côté.

— Salut, Tueuse, tu étais là ? Qu'en dis-tu ?

Ashley sourit en entendant le surnom que Hope lui avait donné durant sa première année de sport universitaire. Hope la trouvait trop réservée sur le terrain, trop timide face aux joueuses plus âgées. Elle l'avait prise à part et lui avait expliqué que lorsqu'elle jouait elle devait cesser d'être l'Ashley qui s'inquiétait des sentiments d'autrui. Elle devait se transformer en une tueuse qui jouerait toujours les coups à fond, ne ferait pas de quartier et n'en attendrait pas, et ferait ce qu'il fallait pour quitter le terrain, à la fin du match, en sachant qu'elle avait donné tout ce dont elle disposait. Elles avaient gardé pour elles cette personnalité secondaire, sans la partager avec Sally ni Scott, ni, bien sûr, avec les autres membres de l'équipe. Au début, Ashley trouvait cela un peu bête, mais elle avait fini par apprécier.

— Tes joueuses ont l'air bien. Fortes.

Hope regarda derrière Ashley.

— Sally n'est pas venue avec toi ?

Ashley secoua la tête.

— Nous sommes trop jeunes. Pas assez d'expérience, fit Hope, sans chercher à dissimuler sa déception. Mais si nous ne nous laissons pas intimider, nous nous en sortirons.

Ashley acquiesça. Elle se demanda si cela valait aussi pour elle.

Un peu mal à l'aise, Scott était assis seul au centre du divan du salon. Les trois femmes étaient sur des chaises, devant lui. La réunion avait un aspect bizarrement formel. C'était comme s'il se trouvait devant un grand jury.

— Eh bien, dit-il vivement, je crois que la première question que nous devons nous poser est la suivante : que savons-nous exactement de ce garçon qui semble harceler Ashley ? Autrement dit : quel genre de type est-il et d'où vient-il ? L'essentiel, quoi.

Il regarda sa fille, qui avait l'impression de se trouver en équilibre sur un fil.

— Je vous ai dit ce que je savais, fit-elle. Ce qui est très peu, en réalité.

Elle attendait froidement que l'un de ses trois interlocuteurs ajoute une remarque, du genre « Oh, tu en savais assez pour l'amener chez toi et coucher avec lui », mais personne ne dit mot.

— Ce que je veux dire, reprit Scott très vite, comblant le silence qui s'installait, c'est que nous ignorons si ce… O'Connell réagira à une simple engueulade. Peut-être. Peut-être pas. Mais une simple démonstration de notre détermination…

— J'ai déjà essayé, dit Ashley.

— Oui, je sais. Tu as fait ce qu'il fallait. Mais maintenant, je suggère un peu plus d'énergie. Vous ne croyez pas que la première étape, ici, est de ne pas surestimer le problème ? Peut-être ne faut-il rien de plus qu'un peu de frime. L'apparition du paternel…

Sally acquiesça.

— Nous pouvons sans doute le jouer de deux manières différentes. Scott, tu vas voir le type, façon « Fiche la paix à ma fille », et en même temps nous essayons de l'amadouer en lui offrant de l'argent. Quelque chose d'assez sérieux, peut-être dans les cinq mille dollars. Ce doit être une somme importante pour quelqu'un qui travaille dans les stations-service tout en essayant d'obtenir un diplôme d'informatique.

— Un pot-de-vin, pour qu'il laisse Ashley

tranquille ? demanda Scott. Ce genre de chose peut marcher ?

— Dans nombre de conflits familiaux, de divorces, d'affaires de garde des enfants, etc., je sais d'expérience qu'un arrangement financier résout bien des problèmes.

— Je le crois volontiers.

Pas là, pourtant. Scott doutait aussi que parler à O'Connell suffise à changer quoi que ce soit. Mais il savait qu'il fallait d'abord essayer la méthode la plus simple.

— Maintenant, supposons…

Sally leva la main, ce qui l'empêcha d'aller plus loin.

— N'allons pas trop vite. Le type s'est conduit comme un salaud. Mais que je sache, il n'a violé aucune loi. En dernier recours, nous pourrions parler de détectives privés, d'appeler la police, de demander une ordonnance restrictive…

— Ce qui sera sûrement très utile, fit Scott d'un ton ironique.

Sally l'ignora.

— … ou envisager d'autres moyens légaux. Nous pourrions même faire en sorte qu'Ashley quitte Boston. Ce serait un revers, bien sûr, mais c'est toujours une possibilité. Mais je pense que nous devrions d'abord essayer le plus raisonnable.

— OK, dit Scott, satisfait que Sally soit plus ou moins sur la même longueur d'onde que lui. Quel est le programme ?

— Ashley, tu appelles ce type pour lui proposer un autre rendez-vous. Tu y vas avec de l'argent et avec ton père. Dans un lieu public. Une brève conversation, raisonnable mais ferme. Si tout va bien, point final.

Scott allait secouer la tête, mais il renonça. C'était logique. Assez logique en tout cas pour essayer. Il décida de suivre le plan de Sally, avec une variante de son cru.

Hope était restée silencieuse durant toute la conversation. Sally se tourna vers elle.

— Qu'en penses-tu ?

— Je pense que c'est la meilleure façon d'aborder les choses, répondit Hope, qui n'en pensait pas un mot.

Scott était furieux, soudain, que Hope ait eu l'occasion de parler. Il avait envie d'assener qu'elle n'avait rien à dire, qu'elle ne devrait même pas être là.

Sois raisonnable, se dit-il. Même si c'est énervant.

— Eh bien, voilà, c'est le plan. Du moins pour commencer, jusqu'à ce qu'on sache que ça ne marche pas.

Sally hocha la tête.

— Dis-moi, Scott, tu voulais vraiment du thé, ou c'était une blague ?

— J'ai du mal à croire… commençai-je, avant de me reprendre : Non, ils devaient avoir une idée…

— De ce qu'ils avaient en face d'eux ? fit-elle. Ils ne savaient rien de l'agression perpétrée sur son copain. Ils ne savaient pas pour… l'*accident* de l'amie d'Ashley. Ils ne savaient rien de la réputation de Michael O'Connell, ni de l'*impression* qu'il avait laissée à ses collègues de travail, ses professeurs, peu importe. Ces informations essentielles qui auraient pu les entraîner… dans une autre direction. Tout ce qu'ils savaient, c'était qu'il était… quel est ce mot qu'Ashley employait ? Ah oui, un sale type. Quel mot innocent !

— D'accord, mais lui parler ? Lui proposer de l'argent ? Comment pouvaient-ils imaginer un seul instant que cette stratégie allait réussir ?

— Pourquoi n'aurait-elle pas réussi ? N'est-ce pas ce que les gens font d'habitude ?

— Si, mais…

— Vous voulez tout de suite anticiper… Les gens croient toujours qu'ils devraient avoir des réponses alors qu'en réalité ils n'en auront pas. Quel choix avaient-ils, à ce moment là ?

— Eh bien… ils auraient pu être plus agressifs.

— Ils ne savaient pas !

Sa voix se fit soudain plus aiguë, plus passionnée. Elle se pencha vers moi. Je voyais ses yeux étrécis, luisants de colère et de frustration.

— Pourquoi a-t-on tant de mal à comprendre la force avec laquelle chacun de nous peut nier la réalité ? Nous ne voulons *jamais* croire le pire !

Elle se tut, reprit son souffle. Voyant que j'allais répondre, elle leva la main.

— Sauf Hope. Elle, elle savait. En tout cas, elle avait une petite idée… une idée très vague. Mais pour je ne sais quelles raisons, toutes plus mauvaises et idiotes les unes que les autres, elle ne pouvait rien dire. Pas à ce moment-là.

14

Une bêtise

Au bar, Scott s'agitait, mal à l'aise. Il faisait durer sa bière en gardant un œil sur la porte du restaurant et l'autre sur Ashley, assise toute seule dans un box isolé. Celle-ci attendait en surveillant les lieux et en jouant avec ses couverts, les doigts pianotant nerveusement sur la table.

Il lui avait fait répéter ce qu'elle devrait dire lorsqu'elle appellerait Michael O'Connell, et ce qu'elle devrait faire lorsqu'il arriverait. Scott avait dans la poche de sa veste une enveloppe contenant cinq mille dollars en billets de cent. L'enveloppe était pleine à craquer. Cela ferait une liasse impressionnante quand il la jetterait sur la table. Scott espérait que cela ferait plus d'effet que la somme elle-même. Il avait l'impression désagréable d'être en train de transpirer à grosses gouttes. Mais il se dit qu'il était bien mieux loti que sa fille, coincée au fond de son box. Il pensait néanmoins que ses talents de comédienne lui permettraient de mener à bien la rencontre. Scott s'éclaircit la gorge et avala une lampée de bière. Il banda ses muscles sous sa veste de sport et se répéta pour la dixième fois qu'un individu qui était prêt à persécuter une femme allait probablement se dégonfler quand il se retrouverait en face d'un homme aussi grand et aussi fort que lui, mais aussi plus vieux et plus ingénieux. Pendant la majeure partie de sa vie adulte, Scott avait eu affaire à des étudiants pas très différents de Michael O'Connell, et il en avait intimidé plus d'un.

Il fit signe au barman de lui apporter une autre bière.

Ashley, quant à elle, ne ressentait rien d'autre qu'un mélange de froid intense et de tension brûlante.

Quand elle était parvenue à joindre O'Connell sur son portable, elle avait été prudente, suivant le scénario que Scott et elle avaient mis au point sur le trajet de retour à Boston. Ni agressive, ni conciliante. Elle gardait à l'esprit que le plus important était de le convaincre d'accepter le face-à-face afin que son père puisse intervenir.

« Michael, c'est Ashley.

— Où étais-tu ?

— J'avais des choses à faire hors de la ville.

— Quel genre de choses ?

— Le genre de choses dont nous devrions parler. Pourquoi n'es-tu pas venu au musée l'autre jour ?

— Je n'aimais pas le décor. Et je n'avais pas envie d'entendre ce que tu allais me dire. Ashley, je crois vraiment que nous vivons quelque chose de génial.

— Si tu crois ça, viens dîner avec moi ce soir. Même endroit que pour notre premier et seul rendez-vous. OK ?

— *Le seul*, avait-il répété. Mais seulement si tu promets que ce ne sera pas la grande scène de rupture.

J'ai besoin de toi, Ashley. Et tu as besoin de moi. Je le sais. »

Il avait eu l'air tout petit. Presque enfantin. Cela avait plongé Ashley dans la confusion.

Elle avait hésité. Puis :

« OK, je te le promets. Huit heures, ce soir, d'accord ?

— C'est génial. Nous avons des tas de choses à nous dire. Parler de l'avenir, par exemple.

— Parfait », avait-elle menti d'un ton jovial.

Elle avait raccroché. Sans un mot sur sa frayeur quand il l'avait suivie sous la pluie, puis dans le métro. Sans un mot sur les fleurs mortes. Sans un mot sur tout ce qui la terrorisait.

Maintenant, elle faisait un effort pour surveiller la porte sans regarder son père, consciente qu'il était presque huit heures, espérant que ce qui s'était passé l'autre jour ne se reproduirait pas. Le plan qu'elle avait concocté avec Scott était simple. Venir au restaurant en avance, s'asseoir dans un box, de sorte qu'O'Connell, quand il arriverait, se retrouverait coincé sur son siège par l'arrivée soudaine de Scott et ne pourrait pas s'en aller avant qu'ils aient le temps de lui parler. Scott et Ashley opéreraient en équipe pour le convaincre de la laisser tranquille. Ils auraient l'avantage du nombre. L'avantage du lieu public. Psychologiquement, avait répété Scott, ils le domineraient, et ils contrôleraient la situation du début à la fin. « Sois forte, simplement. Sois ferme. Sois claire. Ne laisse aucune place au doute. » Scott avait été convaincant en lui décrivant ce qui se passerait. « Souviens-toi : nous sommes deux. Nous sommes plus intelligents. Nous avons plus d'éducation. Nous avons des moyens financiers supérieurs. Point final. » Elle but une gorgée d'eau dans le verre posé devant elle. Elle avait les lèvres sèches. Elle eut soudain l'impression d'être à la dérive sur un canot de sauvetage.

Au moment où elle reposait son verre, elle vit O'Connell franchir la porte d'entrée. Elle se leva à demi et lui fit signe. Elle le vit balayer la salle du regard, très vite, sans savoir s'il avait vu Scott assis au bar. Elle jeta un coup d'œil rapide vers son père. Visiblement, il s'était tendu.

Elle inspira à fond et murmura :

— Allez, Ashley. Lever de rideau. C'est l'heure de la séance.

O'Connell traversa rapidement la salle et se glissa sur le siège, face à elle, dans le box.

— Salut, Ashley, dit-il vivement. Bon Dieu, je suis content de te voir.

Elle était incapable de se contrôler.

— Pourquoi tu n'es pas venu déjeuner comme convenu ? Après, tu m'as filée.

— Tu as eu peur ? répondit-il, comme s'il s'agissait d'une bonne blague.

— Oui. Puisque tu prétends m'aimer, pourquoi fais-tu des choses pareilles ?

Il se contenta de sourire, et Ashley se dit tout à coup qu'elle n'avait peut-être pas envie de connaître la réponse. Michael O'Connell rejeta légèrement la tête en arrière, puis se pencha vers elle. Il tendit le bras pour lui prendre la main. Elle mit vivement ses deux mains sur ses genoux, sous la table. Elle ne voulait pas qu'il la touche. Il émit un bruit, mi-rire mi-grognement, et se redressa.

— J'ai l'impression qu'il ne s'agit pas d'un chouette dîner romantique à deux, hein ?

— Non.

— Et je devine que tu m'as menti, en disant que ce ne serait pas la grande scène de rupture, hein ?

— Michael, je…

— Je déteste que les gens que j'aime me mentent. Ça me met en boule.

— J'ai essayé de…

— Je pense que tu ne me comprends pas vraiment, Ashley, dit-il calmement.

Sans élever la voix. Rien ne suggérait qu'il parlait d'autre chose que de la pluie et du beau temps.

— Tu ne crois pas que j'aie des sentiments, moi aussi ?

Il avait posé la question d'un ton monocorde, presque neutre. *Non, je ne crois pas*, les mots lui traversèrent l'esprit en un éclair. Mais elle lui répondit :

— Ecoute, Michael, pourquoi faut-il que ce soit plus difficile que ça ne l'est déjà ?

Il sourit de nouveau.

— Je ne crois pas que ce soit difficile le moins du monde. Parce que cela n'arrivera pas. Je t'aime, Ashley. Et tu m'aimes. Simplement, tu ne le sais pas encore. Mais tu le sauras, bientôt.

— Non, Michael !

Au moment où elle le disait, elle sut que c'était la mauvaise chose à dire. Elle était concrète, mais elle parlait de ce qu'il ne fallait pas, c'est-à-dire d'*amour*, alors qu'elle aurait dû dire tout à fait autre chose.

— Tu ne crois pas au coup de foudre ? demanda-t-il, presque sur le ton de la plaisanterie.

— Michael, s'il te plaît. Pourquoi ne veux-tu pas me laisser tranquille ?

Il hésita, et elle vit un petit sourire passer sur son visage. Une pensée horrible lui vint. *Il aime ça.*

— J'ai l'impression que je vais devoir te prouver mon amour, dit-il.

Il souriait toujours, c'était presque une grimace.

— Tu n'as rien à me prouver.

— Tu te trompes, fit-il d'un ton suffisant. Tu te trompes totalement. Je pourrais même dire que tu te trompes *mortellement*, mais je ne voudrais pas te donner une impression déplacée.

Ashley inspira à fond. Elle se rendait compte que rien ne se passait comme elle le souhaitait. Elle leva la main droite et repoussa ses cheveux de son visage, à deux reprises. C'était le signal convenu pour que son père intervienne. Du coin de l'œil, elle le vit quitter son siège au bar et traverser la petite salle de restaurant en trois enjambées. Comme prévu, il se planta devant la table, empêchant O'Connell de sortir du box.

— Je crois que vous ne l'écoutez pas, dit-il.

Il parlait calmement, avec la froide détermination dont il faisait preuve avec les étudiants difficiles. O'Connell n'avait pas quitté Ashley des yeux.

— Ainsi tu pensais que tu aurais besoin d'aide ?

Elle acquiesça.

O'Connell pivota lentement sur son siège et leva les yeux sur Scott, comme pour le jauger.

— Salut, professeur, dit-il d'une voix calme. Vous ne vous asseyez pas ?

Hope observait en silence Sally qui faisait les mots croisés de l'édition dominicale du *New York Times*. Elle ne se servait jamais d'un crayon. Elle se tapotait les dents de devant du bout de son stylo, jusqu'au moment où elle avait des groupes de lettres, et remplissait les cases lentement, sans à-coups. Hope se disait que les silences auxquels elle s'était habituée étaient de plus en plus fréquents. Elle regarda Sally, se demandant ce qui la rendait si malheureuse.

— Sally, tu ne crois pas que nous devrions parler du type avec qui Ashley semble s'être liée ?

En entendant la question, Sally leva la tête. Elle s'apprêtait à inscrire le 7 horizontal en quatre lettres répondant à la définition : « clown meurtrier ». *Gacy*. Elle hésita.

— Je ne vois pas de quoi il faudrait parler. Scott devrait être capable de régler cela avec Ashley. J'espère qu'il va appeler dans la soirée pour nous dire que c'est réglé. *Finito. Kaput.* Qu'on peut penser à autre chose. Nous serons juste de notre poche pour une partie des cinq mille dollars.

— Tu n'as pas peur que ce garçon soit pire que ce que nous pensons ?

Sally haussa les épaules.

— Il a plutôt l'air d'un sale type, c'est sûr. Mais Scott est très compétent pour régler les problèmes avec des étudiants. A mon avis, il sera sorti de la vie d'Ashley d'une minute à l'autre.

Hope posa une autre question, avec d'infinies précautions :

— D'après ton expérience, disons, des affaires de divorce et des conflits domestiques, est-ce que les gens se laissent acheter aussi facilement que ça ?

Elle savait que la réponse était négative. A maintes reprises, elle avait entendu Sally pendant le dîner, parfois même au lit, plus tard, se plaindre de l'entêtement de ses clients et de leurs familles.

— Ecoute, fit Sally avec cette patience qui rendait Hope folle, je crois qu'il faut tout simplement attendre, et voir ce qui se passera. Inutile de se préparer à affronter un problème dont nous ignorons l'existence.

Hope secoua la tête. Elle ne put se retenir :

— C'est la chose la plus stupide que j'aie entendue depuis longtemps ! répliqua-t-elle d'une voix plus aiguë que d'habitude. Pourquoi acheter des bougies, des piles et des réserves de nourriture, puisque nous ne savons pas que la tempête va éclater ? Pourquoi se faire vacciner, puisque nous ne savons pas qu'il va y avoir une épidémie de grippe ?

Sally posa ses mots croisés.

— OK, fit-elle d'un ton où perçait l'irritation, dis-moi exactement quel genre de piles tu voudrais acheter ? Quelle sorte de vaccin faut-il ici ?

Hope contempla la femme qui partageait sa vie depuis tant d'années. Elle se dit qu'elle savait vraiment peu de choses sur Sally et elle. Elles vivaient dans un monde où la normalité se définissait autrement, et Hope pensait parfois qu'elles évoluaient dans un véritable champ de mines.

— Tu sais parfaitement que je ne peux pas répondre à cela, dit-elle lentement. Je pense simplement que nous devrions faire quelque chose. Et nous restons là, assises, à attendre que Scott nous dise que la situation est redevenue normale, et je ne crois pas un seul instant que nous recevrons ce coup de fil. Ou, plutôt, je me demande si nous le méritons.

— Si nous le méritons ? !

— Penses-y en finissant ta grille. Je vais lire un peu.

Hope reprit sa respiration, en se disant que Sally

aurait pu se consacrer à des énigmes autrement plus graves.

Sally hocha la tête et revint au journal posé devant elle. Elle avait envie de parler à Hope – de lui dire des mots rassurants, affectueux, des mots capables de désamorcer la tension qui régnait dans la maison. Au lieu de quoi, elle lut la définition du 3 vertical. « Ce que chantait la muse. » Elle se rappela l'ouverture de *L'Iliade* : « Chante, ô muse, la colère d'Achille… » Il lui fallait quatre lettres, la dernière étant un « e ». Elle n'eut aucun mal à trouver le mot *rage*.

Scott se glissa dans le box, comme prévu, ce qui l'obligea à pousser Michael O'Connell dans le fond. Il y avait peu de place. La serveuse s'approcha de la table, les menus à la main.

— Donnez-nous une ou deux minutes, lui dit Scott.

— Apportez-moi une bière, intervint O'Connell qui ajouta, en le regardant : J'imagine que c'est votre tournée.

Il y eut un silence, puis O'Connell se tourna vers Ashley.

— Tu es pleine de surprises, aujourd'hui. Tu ne crois pas que tout cela ne concerne que nous, toi et moi ?

— J'ai essayé de te le dire, répondit-elle, mais tu ne m'écoutais pas.

— Et tu as fait venir ton père…

Il se tourna pour contempler Scott.

— Eh bien, je ne sais pas… Qu'est-ce que je suis censé faire, exactement ?

La question s'adressait à Ashley. C'est Scott qui répondit :

— Je suis ici simplement pour vous faire comprendre que si elle vous dit que c'est fini, eh bien c'est fini.

Une fois de plus, Michael O'Connell le regarda longuement.

— Alors, professeur, que proposez-vous ? Qu'avez-vous en tête ?

— Je crois qu'il est temps que vous fichiez la paix à Ashley. Reprenez votre vie, elle pourra reprendre la sienne. Elle est occupée. Elle travaille. Elle est à l'université. Elle n'a vraiment pas de temps à consacrer à une liaison à long terme. Et certainement pas à celle que vous semblez lui proposer. Je suis ici pour vous aider à le comprendre.

O'Connell ne semblait pas du tout décontenancé par ces propos.

— Qu'est-ce qui vous fait croire que ce sont vos affaires ?

— Cela le devient dès lors que vous refusez d'écouter Ashley.

O'Connell eut un sourire.

— Peut-être. Peut-être pas.

La serveuse lui apporta sa bière. Il en avala la moitié, d'une seule longue rasade. Il sourit de nouveau.

— Et comment allez-vous faire, professeur, pour me convaincre de ne pas aimer Ashley ? Comment savez-vous que nous ne sommes pas faits l'un pour l'autre ? Que savez-vous de moi ? Je vais vous le dire : rien du tout. Je ne ressemble peut-être pas à ce que vous espériez pour elle. Je ne suis pas un de ces jeunes cadres qui roulent en BMW, avec un doctorat de Harvard dans la poche, sur lequel vous comptiez. Mais je suis capable de beaucoup de choses, et elle pourrait avoir bien pire. Je ne corresponds pas à votre profil, mais ça ne veut rien dire du tout.

Scott ne savait que répondre. O'Connell avait amené la conversation dans une direction inattendue.

— Je n'ai pas envie de vous connaître, dit-il enfin. Tout ce que je veux, c'est que vous fichiez la paix à Ashley. Et j'ai bien l'intention de faire tout ce qu'il faudra pour vous le faire comprendre.

O'Connell ne répondit pas tout de suite. Puis :

— Permettez-moi d'en douter. Tout ce qu'il faudra ? Je ne crois pas que ce soit tout à fait vrai.

— Quel est votre prix ? répliqua Scott d'un ton froid.

— Mon prix ?

— Vous avez parfaitement compris. Donnez-moi votre prix.

— Vous voulez que je donne un prix à mes sentiments pour Ashley ? !

— Cessez de faire le con, fit Scott.

Le sourire d'O'Connell et la suffisance dont il faisait preuve étaient insupportables.

— Je ne ferai jamais ça. Et je ne veux pas de votre argent.

Scott sortit de la poche de sa veste l'enveloppe contenant les cinq mille dollars.

— Qu'est-ce que c'est que ça ? demanda O'Connell.

— Cinq bâtons. Juste pour que vous nous promettiez, à Ashley et moi, que vous vous tiendrez à l'écart de sa vie.

— Vous voulez me payer ? !

— Exact.

— Est-ce que je vous ai demandé de l'argent ?

— Non.

— Alors cet argent ne vient pas en réponse à quelque chose que j'aurais demandé, n'est-ce pas ?

— Non. Tout ce que je veux, c'est votre parole.

O'Connell se tourna vers Ashley.

— Est-ce que je t'ai jamais demandé de l'argent ?

Elle secoua la tête.

— Je ne t'entends pas, dit O'Connell.

— Non, tu ne m'as jamais demandé d'argent.

O'Connell tendit la main et prit l'enveloppe.

— Si je l'acceptais, ce serait un cadeau, c'est ça ?

— En échange d'une promesse.

— Très bien, fit O'Connell. Je ne veux pas de cet argent. Mais je vais vous donner la promesse que vous demandez. Je promets.

Il tenait toujours l'argent.

— Vous allez la laisser tranquille ? Vous tenir à l'écart de sa vie ? Vous écarter, ne plus jamais l'importuner ?

— C'est ce que vous voulez, non ?

— Exact.

O'Connell réfléchit un instant, puis :

— Tout le monde a ce qu'il veut, hein ?

— Exact.

— Sauf moi.

Il jeta un coup d'œil en direction d'Ashley, tétanisée par la manière dont il plissait les yeux. Un sourire insouciant – un des plus froids qu'Ashley ait jamais vus – ajoutait à sa dureté.

— Vous ne serez pas venu pour rien, n'est-ce pas, professeur ?

Scott ne répondit pas. Il s'attendait un peu à ce qu'O'Connell jette l'argent sur la table, ou le lui lance au visage. Il tendit ses muscles, s'efforçant de contrôler ses émotions.

Mais O'Connell n'eut pas de geste théâtral. Il se tourna vers Ashley qu'il fixa de nouveau, les yeux vrillés dans les siens, avec une telle intensité qu'elle se tortilla sur son siège.

— Tu sais ce que chantaient les Beatles, quand ton père était jeune ?

Elle secoua la tête.

— « Je me fiche de l'argent/L'argent ne peut m'acheter de l'amour… »

Sans la quitter des yeux, O'Connell glissa l'enveloppe dans la poche de sa veste, ce qui plongea le père et la fille dans la confusion. Le regard toujours fixé sur Ashley, il ajouta :

— Eh bien, professeur, il est temps que je m'en aille. Finalement, je ne resterai pas pour dîner. Merci pour la bière.

Scott s'écarta, debout au bout de la table. O'Connell se glissa hors du box et se leva avec une agilité surprenante. L'espace d'une seconde, il resta là, à fixer Ashley. Un petit sourire aux lèvres, il tourna brusquement les talons et traversa le restaurant à grands pas. Il se dirigea vers la sortie, sans un regard derrière lui.

Ils restèrent silencieux pendant presque une minute.

— Qu'est-ce qui s'est passé ? demanda Ashley.

Scott ne répondit pas. Il n'en savait rien. La serveuse revint et leur tendit les menus.

— Dîner pour deux personnes, finalement ?

Devant l'immeuble d'Ashley, la nuit ressemblait à un tableau où se mêlaient des ombres et de grands traits de lumière tombant, à distance, de lampadaires qui avaient du mal à lutter contre l'obscurité automnale. Il n'y avait nulle part où stationner. Scott gara la Porsche devant une bouche d'incendie, sans couper le moteur. Il se tourna vers sa fille.

— Tu devrais venir passer quelques jours chez nous. Le temps d'être sûrs que ce type tiendra parole. Tu resterais deux ou trois jours chez moi, puis quelque temps chez ta mère. Pour laisser le temps et la distance jouer en ta faveur…

— Je ne veux pas avoir l'air de m'enfuir, dit Ashley. J'ai mes cours. J'ai un boulot.

— Je sais, mais peut-être vaut-il mieux pécher par excès de prudence.

— Je déteste ça. Vraiment, je déteste ça.

— Je sais. Mais je ne vois pas ce que je pourrais dire d'autre, ma chérie.

Ashley soupira, puis regarda son père en souriant.

— Il m'a simplement fait flipper. Ça ira. Tu sais, papa, les types de ce genre sont très lâches, dès qu'on décide de réagir. Peut-être frimait-il un peu en prenant l'argent, mais en réalité il était plutôt pris de court. Il va sortir avec ses copains, il me traitera de tous les noms quand il se saoulera, et il passera à autre chose. Je n'aime pas beaucoup cela, et vous avez dépensé de l'argent…

— C'est tout de même incroyable ! fit Scott. Il a dit qu'il n'en voulait pas, puis il l'a mis dans sa poche. A croire qu'il enregistrait la conversation. On dit une chose, on en fait une autre. A vous ficher les jetons.

— Bon, espérons que c'est terminé.

— Ouais. Ecoute, voici comment on va faire…
Au premier signe de sa part, et j'insiste : quoi que ce soit, tu appelles à la maison. Tu mets ta mère au courant, ou Hope, ou moi, sur-le-champ. A n'importe quelle heure du jour ou de la nuit, pigé ? Tu as compris : au moindre soupçon, qu'il te suive, qu'il t'appelle, qu'il te harcèle ou simplement qu'il te regarde, tu nous appelles. Au premier *doute*, tu appelles, d'accord ?

— Oui. Ecoute, papa, Michael m'a fichu les jetons, à moi aussi. Je n'ai pas envie d'être héroïque. Je veux simplement que ma vie redevienne comme avant, même si elle n'était pas si parfaite que ça…

Elle soupira de nouveau, détacha sa ceinture, prit son sac à main et en sortit les clés de son appartement.

— Tu veux que je monte avec toi ?

— Non. Mais attends que je sois rentrée, si ça ne te dérange pas.

— Rien ne me dérange, ma chérie. Je veux seulement que tu sois heureuse. J'aimerais que tu oublies toute cette histoire, que tu oublies Michael O'Connell. Je veux te voir présenter ta maîtrise ou ton doctorat en histoire de l'art, et que tu aies une vie géniale. Voilà ce que je veux. Comme ta mère, d'ailleurs. Et c'est ça qui va se passer. Crois-moi. Avant longtemps tu vas rencontrer quelqu'un de très spécial, et tout ceci ne sera qu'un petit bug dans ton passé. Tu n'y penseras plus.

— Un petit bug dans un mauvais rêve.

Elle se pencha vers lui pour l'embrasser.

— Merci, papa. Merci pour avoir fait la route, pour être venu m'aider et simplement… oh, je ne sais pas, pour être ce que tu es.

Cela lui donna l'impression d'être un homme formidable. Il secoua la tête.

— Non, c'est toi qui es formidable.

Ashley descendit de voiture. Scott fit un geste en direction de l'immeuble.

— Passe une bonne nuit et appelle-nous demain, juste pour nous tenir au courant.

Elle opina. Une idée subite, qui semblait venir d'un recoin sombre de son cerveau, fusa dans l'esprit de Scott. Incapable de se retenir, il la rappela :

— Hé Ashley, une chose me turlupine…

Elle s'apprêtait à fermer la portière. Elle interrompit son geste, se pencha dans la voiture.

— Quoi ?

— Est-ce que tu as parlé de moi à O'Connell ? Ou de ta mère ?

— Non… fit-elle d'une voix hésitante.

— Lors de cette seule et unique malheureuse soirée, par exemple, tu lui as parlé de nous ?

Elle secoua la tête et demanda :

— Pourquoi ?

— Non, pour rien. Pour rien du tout. Rentre chez toi. Appelle-nous demain.

Ashley lui sourit et acquiesça. Scott sourit à son tour.

— A cette heure de la nuit, fit-il, je serai à la maison dans quelques minutes. Tous les flics sont chez eux, devant leur télé.

— Ne deviens jamais adulte, papa. Je serais déçue.

Elle ferma la portière et franchit d'un bond les marches de son immeuble. Il lui fallut à peine quelques secondes pour ouvrir la porte de la rue, pénétrer dans le vestibule et ouvrir la deuxième porte.

En entrant, elle se retourna et fit un signe à Scott, qui attendit de la voir monter les marches avant de démarrer et de décoller de la bouche d'incendie.

Tout en se demandant à nouveau comment O'Connell savait qu'il devait l'appeler « professeur ».

— Ainsi, ils se sentaient en sécurité ?

— Oui. Suffisamment. Oh, ce n'était pas ce sentiment exaltant, genre : « Nous avons évité une balle », mais c'était assez pour le moment. Ils avaient des doutes, ils étaient encore inquiets. Il y avait un vieux fond d'angoisse. Mais pour l'essentiel ils se sentaient en sécurité.

— Ils n'auraient pas dû ?

— Est-ce qu'on serait là si tout était fini ? Cinq mille dollars et « Salut, à la prochaine » ?

— Bien sûr que non.

— Je vous l'ai dit. C'est une histoire de mort.

Comme je ne répondais pas, elle leva les yeux et regarda par la fenêtre. La lumière du soleil semblait chercher son visage et illumina son profil.

— Est-ce que ça ne vous fait pas réfléchir, dit-elle lentement, sur la manière dont les choses peuvent être si facilement mises sens dessus dessous dans la vie de quelqu'un ? Je veux dire, qu'est-ce qui nous protège ? Je suppose que les fondamentalistes religieux répondraient « la foi ». Les intellectuels diraient « la connaissance ». Le médecin dirait peut-être « le talent et l'éducation ». Le policier dirait « un 9 mm semi-automatique », et l'homme politique « la loi »… Mais en vérité ?

— Vous ne vous attendez pas à ce que je réponde à cette question, hein ?

Elle jeta la tête en arrière et éclata de rire.

— Non. Pas du tout. Pas encore, en tout cas. Et bien sûr, Ashley ne pouvait pas y répondre non plus.

15

Trois plaintes

Chacun, à sa manière, se sentit mal à l'aise durant les jours qui suivirent, un peu comme si une brume grise s'était déposée sur leurs vies. Quand Scott se repassait mentalement le film de sa rencontre avec Michael O'Connell, elle lui semblait à la fois peu probante et étrangement décisive.

Il demanda à Ashley de lui donner chaque jour de ses nouvelles, juste pour être sûr que tout allait bien, et ils prirent l'habitude de se parler au téléphone en début de soirée. Malgré son goût farouche pour l'indépendance, Ashley n'avait rien objecté. Scott ignorait que Sally avait suggéré exactement le même arrangement.

Sally, pour sa part, découvrit subitement que rien dans sa vie ne semblait aller de soi. C'était un peu comme si elle avait rompu toutes les amarres à la seule exception d'Ashley, et même ce lien était ténu. Elle comprit bientôt que ses coups de fil quotidiens à sa fille lui servaient plus à se rapprocher d'elle qu'à s'assurer qu'elle allait bien. Au fond, se disait-elle, l'incident avec O'Connell était le genre de désagrément banal que tous les jeunes gens connaissent un jour ou l'autre.

Beaucoup plus troublantes à ses yeux était son inefficacité dans son travail d'avocate et la tension croissante entre Hope et elle. Clairement, quelque chose n'allait pas, mais elle était incapable de mettre le doigt dessus. Alors, elle s'immergea dans son travail, mais de manière distraite, erratique, consacrant ici trop de temps à une question mineure, ignorant là des problèmes qui auraient mérité toute son attention.

Hope, elle, se traînait péniblement, jour après jour, se demandant ce qui se passait. Sally ne l'informait pas vraiment, elle ne pouvait pas appeler Scott, et, pour la première fois depuis le début de sa vie avec Sally, elle se disait qu'il serait déplacé d'appeler Ashley. Elle se jeta elle aussi à corps perdu dans le travail avec ses joueuses (on était en pleine phase de préparation aux play-offs) et dans son job de conseillère auprès d'étudiantes de première ou deuxième année en difficulté. Elle avait l'impression de marcher sur des tessons de verre.

La convocation du doyen la prit par surprise. Le message était laconique. « Présentez-vous à mon bureau à 14 h 00 précises. »

Quelques nuages légers couraient dans un ciel d'ardoise, quand Hope traversa le campus en toute hâte pour être à l'heure au rendez-vous. Un froid maussade de fin d'automne s'installait dans l'air. Le bureau du doyen se trouvait dans le bâtiment administratif principal, une maison victorienne blanche restaurée, aux grandes portes de bois brun. A la réception, une bûche se consumait dans la cheminée. Aucun étudiant ne venait jamais en ces lieux, sauf s'il avait de graves ennuis.

Elle entra, salua certains employés d'un signe de tête et monta au premier étage, où se trouvait le bureau du doyen. Il avait mené toute sa carrière à l'école, où il enseignait le latin et le grec ancien, s'accrochant à des matières classiques de moins en moins populaires.

— Doyen Mitchell ? fit Hope en passant la tête dans l'entrebâillement de la porte. Vous m'avez demandée ?

Depuis qu'elle était dans cette école, elle n'avait pas parlé à Stephen Mitchell plus d'une dizaine de fois. Ils avaient siégé une ou deux fois ensemble en commission, et elle savait qu'il avait assisté avec plaisir à un match de championnat où elle était coach, même si ses préférences allaient en général à l'équipe masculine. Elle l'avait toujours trouvé assez drôle, à la manière d'un Mister Chips grognon mais jamais enclin à juger autrui – contrairement à l'attitude de la plupart des gens à l'égard de Hope. Si on l'acceptait telle qu'elle était, elle était prête à faire plus que la moitié du chemin pour accepter les gens. C'étaient les risques inhérents au fait d'avoir un « mode de vie alternatif » – une expression particulièrement odieuse qu'on employait à l'endroit de Sally et d'elle, une expression qu'elle méprisait parce qu'elle niait le côté romanesque de leur relation.

— Ah, Hope… je vous en prie, entrez.

Le doyen Mitchell s'exprimait avec la précision d'un amateur d'antiquités. Il n'employait ni mots d'argot ni raccourcis verbaux. Il était connu pour écrire sur les copies des étudiants des remarques

comme « Je désespère souvent de l'avenir intellectuel de l'espèce humaine »… Il désigna le grand
fauteuil rembourré de cuir rouge qui se trouvait
devant son bureau. Le genre de fauteuil qui avalait
celui qui s'y asseyait. Hope s'y sentit ridiculement
petite.

— J'ai reçu votre message, lui dit-elle. En quoi
puis-je vous être utile, Stephen ?

Le doyen Mitchell pivota et regarda par la fenêtre,
comme s'il voulait se concentrer avant de parler. Il ne
la fit pas attendre longtemps :

— Hope, je crois que nous avons un gros
problème…

— Un problème ?

— Oui. Quelqu'un a introduit contre vous une
plainte très sérieuse.

— Une plainte ? ! Quel genre de plainte ?

Le doyen Mitchell hésita, comme s'il était déjà
choqué par ce qu'il allait dire. Il passa une main dans
ses cheveux gris clairsemés, ajusta ses lunettes, puis
répondit enfin, du ton catastrophé que l'on utilise
pour annoncer à quelqu'un la mort d'un parent :

— Une plainte qui a sa place dans la rubrique
malheureuse et pourtant si commune des plaintes
pour harcèlement sexuel.

Plus ou moins au moment où Hope, assise devant
le doyen Mitchell, entendait les mots qu'elle avait
redoutés pendant presque toute sa vie adulte, Scott
était en train d'achever un cours particulier avec un
étudiant de son séminaire « Etudes sur la guerre
d'Indépendance ». L'étudiant avait du mal.

— Ne voyez-vous pas la mise en garde dans les

paroles de Washington ? lui demandait Scott. Mais en même temps n'y a-t-il pas ici l'expression de sa détermination ?

L'étudiant acquiesça.

— Ça me semble encore trop abstrait. Pour déduire le mobile et l'opportunité. Toutes choses dont nous croyons que Washington avait une compréhension innée.

Scott sourit.

— Vous savez, on annonce pour cette nuit une baisse spectaculaire de la température. On a prévu du gel, voire quelques rafales de neige. Et si vous emportiez quelques lettres de Washington, pour les lire dehors à la lueur d'une lampe de poche... non, mieux, à la lueur d'une bougie, vers minuit, au milieu de la cour. Peut-être y trouverez-vous un peu plus de sens.

— Sérieusement ? fit l'étudiant en souriant. Dehors, dans le noir ?

— Absolument. Et, en admettant que vous n'attrapiez pas une pneumonie – car vous ne prendrez qu'une couverture de laine pour vous protéger du froid et vous porterez des souliers aux semelles percées –, nous pourrons poursuivre cette discussion, disons en milieu de semaine. D'accord ?

Sur son bureau, le téléphone sonna. Il décrocha, tandis que l'étudiant disparaissait dans le couloir.

— Oui ? Scott Freeman.

— Scott, c'est William Burris, à Yale.

— Bonjour, professeur. C'est une surprise...

Scott se raidit. Dans le monde des professeurs d'histoire américaine, un coup de fil de William Burris était l'équivalent d'un appel du Très-Haut. Prix Pulitzer, auteur de best-sellers, titulaire d'une chaire dans l'une des principales institutions du pays, conseiller de plusieurs présidents et autres chefs d'Etat, Burris avait un cursus impeccable – et un penchant pour les costumes de Savile Row à vingt mille dollars qu'il se faisait faire sur mesure quand il allait donner une conférence à Oxford ou Cambridge, ou en n'importe quel endroit pouvant payer ses émoluments à six chiffres.

— Oui, cela fait un bout de temps, hein ? De quand date notre dernière rencontre ? D'une réunion de l'une ou l'autre société ?

Le grand homme faisait allusion à l'une des nombreuses sociétés d'histoire dont Scott était membre et qui n'auraient pas hésité à tuer pour avoir le nom de Burris dans leurs registres.

— Plusieurs années, je dirais. Comment allez-vous, professeur ?

— Bien, bien, répondit Burris.

Scott l'imagina, chenu et autoritaire, installé dans un bureau assez semblable au sien mais beaucoup plus grand, et doté d'une secrétaire chargée de prendre les messages des agents, producteurs, éditeurs, rois et Premiers ministres, tout en refoulant les étudiants.

— Oui, je vais bien, même avec l'épée de Damoclès d'une double défaite de notre équipe de football devant les empires du mal de Princeton et Harvard. Une hypothèse terrible mais crédible, cette année.

— Le service des admissions vous trouvera peut-être un meilleur quarterback pour l'année prochaine ?

— Espérons. Mais bon, Scott, ce n'est pas la raison de cet appel.

— Je m'en doutais. Que puis-je pour vous, professeur ?

— Vous vous rappelez sans doute le texte que vous nous avez donné, il y a trois ans, pour le *Journal of American History*. A propos des mouvements d'armée au lendemain des batailles de Trenton et Princeton, où Washington prit tant de décisions fondamentales et, si j'ose dire, prescientes ?

— Bien sûr, professeur.

Scott publiait peu. Mais cet essai avait joué un rôle important dans la décision de sa propre faculté de ne pas amputer les budgets des cours principaux d'histoire américaine.

— C'était un bon texte, Scott, fit lentement Burris. Evocateur, et provocant.

— Merci. Mais je ne vois pas ce que…

— Le travail, heu… l'écriture… avez-vous eu… euh, une aide extérieure pour la mise en forme de vos thèmes et conclusions ?

— Je ne suis pas sûr de comprendre, professeur.

— Le travail, l'écriture, c'était de vous ? Les recherches également ?

— Oui. Un ou deux étudiants de dernière année m'ont assisté pour certaines citations. Mais l'écriture et les conclusions sont de moi. Je ne comprends pas où vous voulez en venir, professeur.

— Nous avons reçu à propos de ce texte une accusation extrêmement fâcheuse.

— Une accusation ?

— Oui. Une accusation de malhonnêteté professionnelle.

— Comment ? !

— De plagiat, Scott. Je regrette de devoir vous le dire.

— Mais c'est absurde !

— L'accusation que nous avons devant nous cite plusieurs similarités troublantes entre votre étude et un texte rédigé dans le cadre d'un séminaire de troisième cycle, dans une autre institution.

Scott inspira à fond. La pièce se mit à tourner autour de lui, et il dut agripper le bord de son bureau pour garder son équilibre.

— Qui a déposé cette plainte ?

— C'est là qu'il y a un problème, répondit Burris. Elle m'est parvenue par e-mail, et elle est anonyme.

— Anonyme…

— Mais quel qu'en soit l'auteur, on ne peut pas l'ignorer. Pas dans le climat qui règne aujourd'hui dans l'université. Et certainement pas vis-à-vis de l'opinion publique. Dès qu'il s'agit de malversations et de tricheries à l'université, les journaux deviennent gourmands. Et enclins, comment dire, à tirer des conclusions erronées, ce qui peut se révéler embarrassant et, au bout du compte, terriblement préjudiciable. Il me semble donc que la meilleure stratégie serait d'étouffer cette accusation dans l'œuf. En supposant bien entendu que vous puissiez retrouver vos notes et vérifier la moindre ligne de l'article, de sorte que le *Journal* sera convaincu que les accusations sont mensongères.

— Bien sûr, mais… bredouilla Scott.

Il était à court de mots.

— En ces jours de critique rampante tous azimuts et d'horrible analyse microscopique, nous devons prouver, hélas, que nous sommes aussi purs que la femme de Loth.

— Je sais, mais…

— Je vous envoie par courrier express la plainte et

le verbiage qui l'accompagne. J'imagine que nous nous reparlerons.

— Oui, oui, bien sûr.

— Et, Scott…

Cette fois, le professeur parlait d'une voix neutre, soudain glacée, presque dénuée de relief et d'énergie :

— Je souhaite vraiment que nous parvenions à régler cela en privé. Mais je vous en prie, ne sous-estimez pas la menace que cela représente. Je vous le dis en qualité d'ami et de confrère historien. J'ai vu des carrières prometteuses anéanties pour moins que ça. Beaucoup, beaucoup moins que ça.

L'emphase qu'il avait mise sur ces derniers mots n'était pas nécessaire, mais elle était indiscutablement sincère.

Scott acquiesça. Tout en s'étonnant que Burris ait employé le mot « ami » : dès que la rumeur commencerait à circuler dans les milieux universitaires, il n'en aurait sans doute plus un seul.

Sally contemplait, par la fenêtre, la lumière déclinante de la fin de l'après-midi. Elle se trouvait dans un état bizarre : elle avait plein de choses en tête et pourtant elle ne pensait à rien de particulier. On frappa à la porte. Elle vit qu'une assistante se tenait dans l'entrée, l'air timide, une grande enveloppe blanche à la main.

— Ceci vient d'arriver par porteur, Sally. Elle vous est adressée. Je me demandais si c'était important…

Sally ne voyait pas du tout pourquoi on lui aurait

envoyé des conclusions, ou n'importe quel autre document, par un moyen si urgent. Elle hocha la tête.

— Cela vient d'où ?

— Le barreau de l'Etat.

Sally prit l'enveloppe et la regarda curieusement, la retournant entre ses doigts. Elle ne parvenait pas à se rappeler la dernière fois où elle avait reçu un courrier du barreau, en dehors des habituels rappels de cotisation et des invitations à des dîners, des séminaires et des conférences auxquels elle n'assistait jamais. Rien de tout cela ne venait par coursier, encore moins avec accusé de réception.

Elle déchira l'enveloppe d'où elle sortit une simple lettre, qui lui était adressée personnellement. Elle venait du bâtonnier local, un homme qu'elle ne connaissait que de réputation, associé éminent d'un cabinet prestigieux de Boston, très actif dans les milieux proches du Parti démocrate et habitué des talk-shows et des pages mondaines des journaux. Sally savait qu'elle était loin de jouer dans la même division que lui.

Elle lut attentivement la lettre. A chaque seconde, la pièce semblait plonger un peu plus dans l'obscurité.

Chère Madame Freeman-Richards,

Nous avons le regret de vous informer que le barreau de l'Etat a reçu une plainte concernant votre gestion des comptes clients dans l'affaire en cours « Johnson contre Johnson », présentement devant le juge V. Martinson, Cour supérieure, Tribunal de la famille.

Les plaignants affirment que des fonds liés à cette affaire ont été détournés vers un compte privé ouvert

à votre nom. Il s'agit d'une violation de MGL 302,
section 43, et constitue également un crime fédéral
en violation de l'article USS 112, section 11.

Nous vous avisons que le barreau de l'Etat devra
recueillir sous huit jours votre témoignage sous
serment à propos de cette affaire. A défaut, celle-ci
sera renvoyée au bureau du procureur du comté de
Hampshire, ainsi qu'au bureau du procureur fédéral
des Etats-Unis pour le district ouest du Massachu-
setts, en vue de poursuites.

Sally avait l'impression que chaque mot de la lettre
restait coincé dans sa gorge et l'étouffait comme une
bouchée de bœuf nerveux

— Impossible, dit-elle à voix haute. Bon Dieu,
c'est foutrement impossible !

Le juron résonna dans la pièce. Sally inspira
profondément et se tourna vers son ordinateur. Elle
tapa très vite sur le clavier pour accéder à l'affaire de
divorce qu'évoquait le bâtonnier dans sa lettre.
« Johnson contre Johnson » n'était d'aucune manière
une affaire complexe, même si elle était entachée par
la violente animosité opposant la cliente de Sally
(l'épouse) au mari dont elle était séparée. Celui-ci,
chirurgien ophtalmologue de la ville et père de leurs
deux enfants préadolescents, trompait sa femme
depuis belle lurette et à tour de bras. Il avait été
surpris en train d'essayer de transférer de l'argent
appartenant au couple sur un compte bancaire aux
Bahamas. Il avait agi très maladroitement, sortant
d'importantes sommes d'argent de leur compte
commun dans une firme de courtage et payant des
billets d'avion pour les Bahamas avec sa carte Visa
afin de bénéficier de kilomètres gratuits. Sally était

parvenue à convaincre le tribunal de saisir les fonds et de les déposer sur son compte client en attendant le prononcé définitif du divorce, attendu pour après Noël. D'après ses calculs, le compte client devait faire apparaître un crédit de quatre cent mille dollars.

Ce n'était pas le cas.

Elle fixa l'écran. Le solde était de moins de la moitié de cette somme.

— Ce n'est pas possible, dit-elle, toujours à haute voix.

Sally n'avait jamais été aussi près de céder à la panique. Elle entreprit de passer en revue tous les mouvements opérés sur ce compte. Durant les quelques derniers jours, plus d'un quart de million de dollars en avait été débité sur instructions données par Internet, et transféré sur une dizaine d'autres comptes. Elle n'y avait pas accès via son ordinateur, car ils étaient enregistrés à des noms différents, à la fois de particuliers qu'elle ne connaissait pas et d'entreprises visiblement douteuses. De plus en plus inquiète, elle découvrit aussi que le dernier transfert avait été effectué au crédit de son propre compte courant. Il s'agissait d'un montant de quinze mille dollars, et l'opération datait d'à peine vingt-quatre heures.

— Ce n'est pas possible, répéta-t-elle. Comment…

Elle s'interrompit. La réponse était complexe, et dans l'immédiat hors de ses capacités d'investigation. Tout ce qu'elle savait, c'est qu'elle se dirigeait droit vers de sérieux ennuis.

— Il y a quelque chose que je ne comprends pas vraiment…

— Quoi ? demanda-t-elle d'un ton patient.

— La raison de l'amour de Michael O'Connell. Il passait son temps à répéter qu'il l'aimait, mais qu'avait-il fait, de quelque manière ou sous quelque forme que ce soit, qui se rapprochât de ce qu'on entend généralement par « amour » ?

— Sûrement pas grand-chose, hein ?

— Apparemment. Ce qui me fait penser qu'il devait avoir en tête quelque chose de tout à fait différent...

— Il se peut que vous ayez raison à ce sujet, répondit-elle, aussi distante – mais aussi séduisante – que d'habitude.

Elle hésita et, comme souvent, elle fit une pause, comme pour mettre ses pensées en ordre. J'eus l'impression qu'elle voulait contrôler l'histoire, mais d'une façon que je ne saisissais pas bien. A cette idée, je remuai sur place, mal à l'aise. J'avais de plus en plus l'impression d'être manipulé.

— Je crois que je devrais vous communiquer le nom d'un homme qui pourrait vous être utile... Un psychologue. Un spécialiste en amour obsessionnel.

De nouveau, elle hésita. Puis :

— Bien sûr, c'est comme ça qu'on l'appelle, mais ça a peu à voir avec l'amour. Quand on parle de l'amour, on pense à des roses le jour de la Saint-Valentin, aux sentiments à l'eau de rose des cartes de vœux. A des chocolats dans des boîtes rouges en forme de cœur, à des cupidons angéliques armés d'arcs et de flèches minuscules. A la romance hollywoodienne. Il me semble qu'il n'a pas grand-chose à voir avec tout cela. L'amour est beaucoup plus proche de toutes sortes de noirceurs que nous avons en nous.

— Je crois détecter comme du cynisme dans vos paroles, fis-je.

Elle sourit.

— Sans doute. Rencontrer un être comme Michael O'Connell peut donner, comment dire, une perspective différente sur ce qui constitue précisément le bonheur. Comme je l'ai dit, il redéfinissait les choses pour les gens.

Elle secoua la tête. Elle tendit la main vers la table et ouvrit un petit tiroir. Elle tâtonna un instant et en sortit un morceau de papier et un crayon.

— Voici, fit-elle en inscrivant un nom. Parlez à cet homme. Dites-lui que c'est moi qui vous envoie.

Elle se mit à rire, la tête rejetée en arrière, bien qu'il n'y eût rien de drôle.

— Et dites-lui que je le libère de tout conflit d'intérêt et du secret professionnel. Non, mieux que ça...

Elle écrivit rapidement quelques mots sur le morceau de papier.

— Je vais le faire moi-même.

16

Une série de nœuds gordiens

Ashley s'écarta prudemment de la fenêtre, un geste devenu habituel depuis près de deux semaines.
Bien qu'elle ignorât ce qui arrivait aux trois personnes qui constituaient sa famille, elle était obsédée par l'impression quasi permanente d'être sous surveillance. Le problème, c'était qu'aucune preuve concrète ne venait jamais justifier cette sensation. Sur le chemin de l'université ou du musée, elle se retournait brusquement, sans autre résultat que de surprendre et d'incommoder les piétons qui se trouvaient derrière elle. Elle avait pris l'habitude de bondir dans les rames de métro au moment où les portes des voitures se refermaient, puis de dévisager les passagers, comme si la vieille dame qui lisait le *Herald* ou l'ouvrier sous sa casquette déformée aux couleurs des Red Sox pouvaient être O'Connell, astucieusement déguisé. Chez elle, elle se glissait furtivement au coin de la fenêtre pour épier les deux côtés de la rue. Avant de sortir, elle écoutait à la porte en quête de bruits révélant une présence éventuelle. Lors de ses déplacements, elle se mit à changer

d'itinéraire, même pour se rendre à l'épicerie ou à la pharmacie. Elle acheta un téléphone muni d'un dispositif d'identification de l'appelant, dota son portable de la même fonction. Elle interrogeait ses voisins pour savoir si quelqu'un avait remarqué quoi que ce soit d'inhabituel, et si par hasard ils avaient vu traîner dans l'entrée, au coin de la rue, voire dans la cour, un homme répondant au signalement de Michael O'Connell. Personne ne se rappelait avoir vu qui que ce soit qui lui ressemblât se comporter de manière suspecte.

Mais plus elle tentait de se convaincre que Michel O'Connell ne se trouvait pas à proximité, plus elle avait l'impression qu'il était là, tout près.

Elle ne pouvait pas mettre le doigt sur quelque chose de concret, mais des dizaines de petites choses, des signes révélateurs, lui disaient que non seulement il n'était pas sorti de sa vie mais qu'il n'était jamais très loin.

Un jour, en rentrant chez elle, elle découvrit que quelqu'un avait gravé un grand *X* dans la peinture de la porte, sans doute à l'aide d'un simple couteau de poche, voire d'une clé. Une autre fois, quelqu'un avait ouvert sa boîte aux lettres et jeté dans l'entrée sa misérable pile de factures et de prospectus.

Au musée où elle travaillait, des objets posés sur son bureau changeaient de place. Un jour le téléphone était sur sa droite, le lendemain il était à gauche. Un autre jour, en arrivant, elle trouva le tiroir supérieur fermé à clé. Elle ne le fermait jamais, car elle n'y gardait rien qui eût la moindre valeur.

Aussi bien au bureau que chez elle, il arrivait souvent que la sonnerie du téléphone retentisse une ou deux fois et s'interrompe. Quand elle décrochait, elle n'entendait que la tonalité. Et le dispositif d'identification de l'appelant affichait la mention « liste rouge » ou un numéro qu'elle ne connaissait pas. Elle essaya plusieurs fois la fonction « rappel », mais n'obtint que le signal « occupé » ou une bonne dose de friture.

Elle ne savait trop ce qu'elle devait faire. Lors de ses coups de fil quotidiens à Sally et Scott, elle évoquait parfois ces incidents, mais pas tous – certains lui semblaient trop bizarres pour qu'elle y fasse allusion. D'autres semblaient appartenir à la catégorie des mésaventures ordinaires qui empoisonnent la vie – comme le jour où l'un de ses professeurs n'avait pu accéder au fichier électronique de son dossier scolaire, et que le service informatique de l'université s'était révélé incapable de comprendre pourquoi certains blocs de caractères apparaissaient dans ses fichiers. Ils finirent par les faire disparaître, au prix d'efforts considérables.

Seule dans son appartement, Ashley se balançait dans son fauteuil en regardant la nuit tomber. Elle se disait qu'O'Connell était partout, et que rien n'était O'Connell. L'incertitude générait en elle la frustration, suivie par de vraies colères.

Après tout, se répétait-elle, il avait donné sa parole. Elle continuait à se le répéter, même si elle n'en croyait pas un mot. Et plus elle y pensait, moins elle était rassurée.

Scott passa une nuit agitée à attendre le courrier du professeur Burris, qui devait lui être livré par porteur.

Il est peu de menaces plus graves, dans une carrière universitaire, qu'une accusation de plagiat. Scott savait donc qu'il devait agir vite et efficacement. Sa première réaction avait été de récupérer dans sa cave le carton où il avait rangé toutes ses notes pour l'article du *Journal of American History*. Puis il avait envoyé un mail aux deux étudiants qu'il avait engagés trois ans plus tôt pour l'aider pour les citations et les recherches. Il avait la chance d'avoir une adresse de contact pour chacun d'eux. Il ne leur expliqua pas exactement de quoi on l'accusait. Il leur dit simplement qu'un confrère historien lui avait posé des questions sur son article, et qu'il aurait peut-être besoin de faire appel à leurs souvenirs de leur travail. C'était simplement une manière de les mettre sur le qui-vive, en attendant l'arrivée des textes litigieux.

C'était tout ce qu'il pouvait faire pour le moment.

Il se trouvait derrière son bureau, à l'université, quand le coursier se présenta, porteur d'une grande enveloppe à son nom. Il signa rapidement l'accusé de réception et entreprit d'ouvrir l'enveloppe, quand le téléphone sonna.

— Professeur Freeman ?

— Oui. Qui êtes-vous ?

— Ted Morris, du journal de l'université.

Scott hésita :

— Vous… suivez un de mes cours, monsieur Morris ? Dans ce cas…

— Non, monsieur, je ne suis aucun de vos cours.

— Je suis assez occupé. En quoi puis-je vous être utile ?

L'étudiant marqua une pause. Scott sentit qu'il répondait à contrecœur.

— Nous avons reçu un tuyau… une allégation, en

fait, et je veux simplement creuser la question avec vous.

— Un tuyau ?

— Oui.

— Je ne suis pas sûr de comprendre, dit Scott.

C'était un mensonge, il savait exactement ce qui allait suivre.

— Une rumeur circule, professeur, selon laquelle vous seriez impliqué dans un… eh bien… faute d'un mot plus correct, disons dans un problème d'intégrité professionnelle.

Ted Morris faisait très attention aux mots qu'il prononçait.

— Qui vous a parlé de ça ?

— Ah… est-ce important, monsieur ?

— Eh bien, oui, c'est possible.

— Cela venait apparemment d'un étudiant de troisième cycle mécontent, dans une université du Sud. C'est plus ou moins tout ce que je peux vous dire.

— J'ignore si je connais le moindre étudiant de troisième cycle dans je ne sais quelle école du Sud, rétorqua Scott avec une légèreté un peu forcée. Mais le mot « mécontent » s'applique malheureusement à presque n'importe quel étudiant de troisième cycle à un moment quelconque de son cursus universitaire. C'est surtout une question de territoire, vous ne croyez pas, Ted ?

Il avait laissé tomber le « Monsieur » formel devant le nom de l'étudiant, histoire de souligner leurs rôles respectifs. Il avait l'autorité et le pouvoir – il voulait en tout cas que Ted Morris, du journal de l'université, le croie.

Ted Morris attendit une seconde. A la grande consternation de Scott, il ne se laissa pas démonter :

— Mais la question qui se pose est très simple. Avez-vous été accusé…

— Personne ne m'a accusé de quoi que ce soit… en tout cas, pas que je sache, bafouilla Scott. Rien qui ne relève de la routine du cercle universitaire…

Scott inspira longuement. Il devinait que Ted Morris notait chaque mot.

— Je comprends, professeur. *La routine*. Je pense néanmoins que je devrais vous parler en personne.

— Je suis assez occupé. Mais j'ai mes heures de permanence le vendredi. Venez à ce moment-là.

Cela lui donnait plusieurs jours.

— Nous sommes pressés par nos délais de publication, professeur…

— Je n'y peux rien. J'ai constaté que quand on opère dans la précipitation on aboutit inévitablement à la confusion, voire à l'erreur.

C'était du bluff. Mais il fallait qu'il dissuade momentanément l'étudiant au téléphone.

— D'accord. Vendredi. Oh, professeur, une dernière chose…

— Oui, Ted, de quoi s'agit-il ? fit-il de sa voix la plus paternaliste.

— Vous devez savoir que je fais des piges pour le *Globe* et le *Times*.

Scott sentit que sa gorge se serrait.

— Excellent ! fit-il avec un enthousiasme qui sonnait faux. Il y a des tas d'histoires formidables sur ce campus, qui doivent être intéressantes pour vos articles. Eh bien, à vendredi, donc !

Il espérait avoir suffisamment dévié la conversation et noyé le poisson pour que l'étudiant attende le vendredi suivant avant d'appeler le bureau local d'un des journaux mentionnés et de prononcer les quelques mots qui briseraient sa carrière.

Il raccrocha en se disant qu'il n'aurait jamais cru que la voix d'un étudiant puisse le terrifier à ce point. Puis il se pencha sur le matériel que lui avait envoyé le professeur Burris, son angoisse grandissant au fil de sa lecture.

Hope s'enferma dans les toilettes des femmes contiguës au bureau des admissions, un des rares endroits de l'école où elle pourrait être seule pendant quelques minutes. Dès que la porte se referma derrière elle, elle s'abandonna à ses émotions et se mit à sangloter.

L'accusation dirigée contre elle consistait en un mail anonyme adressé au doyen, affirmant qu'elle avait acculé une étudiante dans le vestiaire des filles envahi par la vapeur d'eau, juste devant les douches, alors que cette élève se trouvait seule dans les lieux après un entraînement. L'auteur du mail décrivait la manière dont Hope avait caressé les seins de cette fille de quinze ans et essayé de toucher son entre-jambe, sans cesser de lui parler à l'oreille, décrivant les nombreux avantages de l'amour avec une femme. L'adolescente résistant à ses avances, Hope l'aurait menacée de manipuler ses notes si jamais elle se plaignait aux autorités ou à ses parents. Le dénonciateur concluait en pressant l'administration de l'école de « prendre tous les mesures appropriées » pour éviter un procès, voire des poursuites criminelles. Il employait, pour décrire le comportement de Hope, des termes comme « prédatrice », « détournement de mineure », voire « prosélytisme homosexuel ».

Il n'y avait pas un mot de vrai. Rien de ce qui était décrit avec un luxe de détails presque pornographiques n'était arrivé.

Hope doutait que la vérité puisse l'aider le moins du monde.

Ce récit ignoble alimenterait toutes sortes de peurs et de suppositions aberrantes autant qu'injustifiées. Ces descriptions vulgaires et ces images effrayantes feraient vibrer chez beaucoup de gens la corde la plus vile.

Le fait que cela n'était jamais arrivé, qu'elle n'avait aucune idée de l'identité de la jeune fille, qu'elle s'était fait un point d'honneur de ne jamais pénétrer dans le vestiaire des filles hors de la présence d'une autre enseignante, qu'elle avait toujours fait preuve d'une impassibilité digne d'une nonne lors du moindre incident possédant la moindre connotation sexuelle, qu'elle était attentive, enfin, à ne jamais faire étalage de ses relations avec Sally… Rien de tout cela, tout à coup, n'avait de signification.

Le caractère anonyme de la dénonciation était tout aussi incompréhensible. Les rumeurs et les insinuations allaient très vite circuler dans l'école, et chacun passerait son temps à essayer de deviner qui était la « victime », plutôt que de savoir si c'était vraiment arrivé. Dans un collège ou une école privée, rien n'est plus explosif qu'une accusation de comportement sexuel illicite. Hope savait parfaitement que personne ne prendrait le temps d'analyser rationnellement les accusations portées contre elle. Et ses dénégations énergiques au doyen ne changeraient pas grand-chose. Elle s'inquiétait aussi des réactions de la communauté de celles que Sally et elle considéraient comme leurs sœurs. Des femmes formant des couples semblables au leur allaient probablement se rallier à sa cause, avec leur colère et leur énergie. Elle imaginait déjà les réunions de soutien, les discours, les articles de journaux et les manifestations devant les grilles de son école organisées ostensiblement en sa faveur. Beaucoup de femmes comme elle détestaient être victimes d'ostracisme. Elles auraient envie de se lever, et exigeraient qu'on les écoute. C'était inévitable. Hope se dit que cela ruinerait toutes ses chances de se sortir en douceur de la situation où elle se trouvait soudain plongée.

Elle se dirigea vers le lavabo et s'aspergea le visage d'eau froide, longuement, comme si cela pouvait la laver de ces menaces. Elle n'avait aucune envie de devenir une « cause » à défendre, et elle ne voulait surtout pas perdre la confiance de ses étudiantes – confiance qu'elle avait mis tant d'années à mériter.

« Il n'est rien arrivé de tel, avait-elle dit au doyen. Il ne s'est jamais rien passé de semblable. Comment voulez-vous que je prouve mon innocence, si je n'ai pas de noms, de dates, d'heures, aucune information ? »

Il était d'accord avec elle. Il avait accepté, momentanément, de ne pas rendre publique l'accusation, bien que son devoir l'obligeât à en discuter avec la direction de l'école, voire d'en informer le président du conseil d'administration. Hope savait que les rumeurs étaient inévitables. Elle avait commencé à le dire puis s'était interrompue, réalisant qu'elle ne pouvait pas faire grand-chose. Le doyen lui avait suggéré de poursuivre normalement ses activités jusqu'à ce qu'ils aient un peu plus d'informations.

« Continuez à entraîner vos joueuses, Hope. Gagnez le championnat. Ne changez rien à votre agenda de conseillère auprès des étudiantes, mais… »

Il hésita.

« Mais quoi ? avait demandé Hope.

— Laissez votre porte ouverte en permanence. »

Hope contempla ses yeux rougis dans le miroir des toilettes pour femmes. Elle ne s'était jamais sentie aussi vulnérable. Elle sortit, consciente que le monde dans lequel elle se croyait en sécurité était devenu incroyablement dangereux.

Sally se creusait la cervelle pour comprendre les documents qu'elle avait sous les yeux, avec le sentiment que la température dans la pièce avait augmenté. Elle transpirait, comme si elle était au milieu d'une séance de gymnastique particulièrement intense.

Il était évident que quelqu'un était parvenu à s'approprier son mot de passe électronique et s'en était servi pour semer la pagaille dans son compte client. Elle s'en voulait vraiment de n'avoir pas imaginé un mot de passe plus difficile à décrypter. L'affaire en question étant un divorce, elle avait choisi DIVLOI. En appelant les chefs de la sécurité des banques qui avaient reçu les montants retirés sur le compte client soi-disant protégé, elle put récupérer la plus grande partie de l'argent – en tout cas le placer sur un compte bloqué auquel personne ne pouvait toucher. Les banques avaient accepté de placer des

pièges électroniques sur certains fonds afin de localiser quiconque essaierait d'en retirer une partie,
physiquement ou par Internet. Mais ses manipula-
tions ne furent pas entièrement couronnées de succès.
Plusieurs mouvements avaient été effectués grâce à
une série vertigineuse de dépôts et de retraits, et
l'argent avait fini par disparaître sur un compte
bancaire offshore auquel Sally n'avait aucun accès.
Quand elle appela la banque concernée, celle-ci
compatit beaucoup moins qu'espéré à son histoire
d'usurpation d'identité.

Son instinct la poussait à engager un avocat, mais
elle décida de n'en rien faire pour le moment. Au lieu
de quoi elle transféra sur le compte client, pour en
combler le découvert, la totalité du capital de l'assurance vie qu'elle avait souscrite sur la maison qu'elle
partageait avec Hope. Ce faisant, elle s'endettait
assez gravement – elle et sa compagne trop confiante.
Elle savait qu'il lui faudrait des mois pour neutraliser
les dégâts occasionnés. Mais elle se dit qu'au moins
elle était couverte dans l'immédiat.

Elle écrivit une lettre au barreau, qu'elle rédigea
soigneusement. Elle y décrivit certaines des transac-
tions – effectuées par un parti inconnu – et expliqua
qu'elle avait alimenté le compte client avec son
argent personnel et, avec l'aide de la banque, l'avait
protégé contre une nouvelle agression informatique.
Elle espérait que cette lettre préviendrait toute intervention du procureur ou enquête du barreau de l'Etat,
au moins jusqu'à ce qu'on ait identifié l'auteur du
détournement. Elle avait eu l'intention de demander
au barreau des informations sur la source de la
plainte, mais elle savait qu'on ne les lui fournirait pas
– tant qu'ils n'auraient pas décidé de la suite à donner

à cette affaire. Elle allait donc rester dans le noir pendant quelque temps.

Sally ne s'était jamais considérée comme une avocate particulièrement intraitable. Elle privilégiait la médiation, aimait aider les adversaires à trouver un accord. Elle détestait ces moments où le compromis se révèle impossible.

Mais quand elle fit pivoter son fauteuil et que son regard se posa sur les listings d'opérations bancaires qui s'entassaient sur le bureau, elle céda au désespoir.

Celui qui m'a fait cela, quel qu'il soit, doit vraiment me haïr, se dit-elle.

Ce qui amenait une question qu'elle répugnait à se poser. Personne ne dirige un cabinet d'avocat florissant, surtout s'il est spécialisé dans les divorces, gardes d'enfants et actes criminels sans envergure, sans générer des mécontents. Mais la plupart de ceux-ci se contentent de tempêter et de se plaindre. Même si d'autres, parfois, vont plus loin.

Mais qui ? se demanda-t-elle.

Il y avait des mois que personne ne l'avait menacée sous l'effet de la colère, en tout cas pas de manière crédible. A l'idée qu'il existait peut-être quelqu'un, quelque part, armé de la patience et des compétences nécessaires pour organiser une telle agression contre elle, elle se mordit violemment la lèvre.

Sally réalisa qu'elle allait devoir informer Hope de ce qui se passait. Elle ne savait pas trop ce qui en découlerait. Il y avait déjà beaucoup de tension entre elles, et voilà qu'allaient s'y ajouter des problèmes financiers importants.

L'idée lui vint de prévenir la police. Après tout, un vol avait été perpétré.

Mais cela allait à l'encontre de sa nature. Tant

qu'elle n'en saurait pas plus, ou qu'elle n'aurait pas une idée plus claire de l'identité et des mobiles du coupable, elle n'avait pas envie de voir un inspecteur de police décortiquer ses dossiers.

Règle ça, se dit-elle. Règle ça toute seule.

Sally prit sa serviette, la bourra de documents et se leva brusquement. Elle se dirigea rapidement vers la sortie, saisissant son manteau au passage. Les bureaux s'étaient vidés. Elle ferma à clé, descendit prestement l'escalier et sortit dans la rue. Le froid la surprit, et elle mit la main à son front comme si la tête lui tournait. Elle avait oublié où elle avait garé sa voiture. Le monde tournoyait autour d'elle. Elle inspira à fond, comme pour conjurer une crise de panique. Les poings serrés, elle sentit soudain une douleur aiguë. Son cœur tambourinait, le sang battait dans ses tempes et elle dut s'appuyer au mur le plus proche pour ne pas tituber.

Sally s'intima l'ordre d'être rationnelle, organisée. Garde le contrôle, se dit-elle.

Sa voiture se trouvait au parking, comme d'habitude. Elle boutonna son manteau, s'efforça de respirer à un rythme normal tandis que la pression diminuait dans sa poitrine et au creux de son estomac. Alors qu'elle reprenait le contrôle d'elle-même, elle eut soudain le sentiment de n'être pas seule. Elle pivota, mais le trottoir était désert, à l'exception de quelques étudiants qui entraient et sortaient d'une cafétéria proche. Sur la chaussée, la circulation était normale. Elle entendit le chuintement des freins d'un autobus qui s'arrêtait au stop de l'autre côté de la rue, en face d'un vieux théâtre. Tout ce qu'elle voyait était comme il devait être. Chaque chose était à sa place, stable, normale.

Sauf qu'il n'en était rien.

Elle inspira encore une fois et s'éloigna d'un pas régulier vers le parking. Une partie d'elle-même avait envie de courir, et elle fit son possible pour ne pas se mettre à trotter, tandis que la pénombre l'enveloppait et que la faible lueur des réverbères et des vitrines sculptait de petits sanctuaires dans la nuit de plus en plus profonde.

— Vous savez, même avec une prétendue décharge, même signée, je suis un peu mal à l'aise pour aborder des sujets dont on m'a parlé sous le sceau du secret professionnel.

— C'est de votre prérogative, dis-je avec une générosité feinte. Je comprends parfaitement votre point de vue.

Ma phrase suggérait exactement le contraire.

— Ah oui ? demanda-t-il.

Le psychologue était un petit homme à l'air malicieux, aux cheveux frisés grisonnants qui bouclaient en tous sens sur son col, comme s'ils étaient fixés aux idées bizarres et contradictoires qui se pressaient sous son cuir chevelu. Ses lunettes lui donnaient vaguement l'air d'un gros insecte, et il avait un tic curieux : quand il achevait une phrase, il secouait la main en l'air, comme pour souligner ce qu'il venait de dire.

— Après tout, reprit-il, je ne suis pas sûr qu'on ait correctement mesuré l'impact que Michael O'Connell produisait sur ces gens.

— Que voulez-vous dire ?

Il soupira.

— Je crois qu'une manière de considérer tout cela

est de se dire que son irruption dans leur vie s'est produite comme un accident de voiture, peut-être provoqué par un conducteur ivre. Un instant de distraction, un instant de peur, un instant de conflit, selon votre façon de voir ça. Mais les conséquences se feront sentir pendant des années, voire pour toujours. Les vies changeaient. Des cendres et de la douleur, et pour longtemps. Voilà ce que vous avez sous les yeux, dans cette affaire.

— Mais…

— Je ne sais pas si je peux en parler, dit-il brusquement. Certains propos tenus dans ce cabinet doivent être protégés, même si je voulais encourager votre désir de raconter cette histoire. Ce dont je ne suis pas sûr. Je n'y ai même pas vraiment réfléchi. Croyez bien que je n'aimerais pas vous dire une chose ou l'autre et recevoir tout à coup une citation à comparaître des autorités, ou ouvrir ma porte à une paire de flics à la Columbo, dans des costumes mal taillés, qui feraient leur possible pour avoir l'air plus crétins qu'ils ne le sont. Désolé.

Je soupirai à mon tour, ignorant si je devais montrer que j'étais mécontent ou respectueux de sa décision. Avec un grand sourire, il haussa les épaules.

— Dans ce cas, et afin que je ne sois pas venu jusqu'ici tout à fait pour rien, pouvez-vous au moins m'expliquer certains des tenants et aboutissants de l'amour obsessionnel d'O'Connell pour Ashley ?

Le psychologue grogna, brusquement fâché.

— L'amour. *L'amour !* Mon Dieu, qu'est-ce cela avait à voir avec l'amour ? Vous devez savoir une chose à propos de la psychologie d'un Michael O'Connell. Il s'agissait exclusivement de *possession.*

— Oui, je suppose que je peux comprendre ça. Mais qu'est-ce que ça lui apportait ? Il ne s'agissait pas d'argent. Il ne s'agissait pas de désir. Ce n'était pas de la passion. Mais d'après ce que je sais, il pouvait s'agir de tout cela à la fois.

Il se renversa en arrière dans son fauteuil, puis se pencha brusquement en avant.

— Vous êtes beaucoup trop littéral. Un hold-up dans une banque nous parle de choses concrètes. Peut-être aussi le trafic de drogue, ou le meurtre du caissier d'une épicerie de nuit. Les meurtres en série, et les viols à répétition. Tous ces crimes sont faciles à définir. Mais pas celui-ci. Le prétendu amour de Michael O'Connell était un crime sur l'*identité*. C'est pourquoi il est devenu quelque chose de beaucoup plus fort, beaucoup plus profond. Beaucoup plus destructeur.

J'acquiesçai. Je m'apprêtai à répondre, mais il agita la main comme je l'avais déjà vu faire, pour me faire taire.

— En fait… dit-il d'un ton hésitant, il y a autre chose que vous devez garder à l'esprit. Vous devez comprendre que Michael O'Connell était…

Il s'interrompit une seconde, inspira à fond, lâcha :

— Il était *impitoyable*.

17

Un monde de confusion

Pour la première fois de sa brève existence, Ashley avait l'impression que son univers était non seulement incroyablement étroit, mais qu'il était défini par si peu de choses, désormais, qu'il ne lui restait plus le moindre endroit où se cacher, où s'arrêter pour respirer un peu et reprendre ses esprits.

Les signes que quelqu'un la suivait et l'épiait n'avaient pas cessé. Son téléphone était devenu une arme, pleine de silences et de souffles oppressés. Elle ne se fiait plus à son ordinateur. Elle avait renoncé à consulter ses mails, car elle ne savait plus qui les lui envoyait.

Elle déclara à son propriétaire qu'elle avait perdu les clés de son appartement. Bien qu'elle doutât que ce fût très utile, il fit changer les serrures de la porte d'entrée. Le serrurier affirma que les nouvelles serrures arrêteraient la plupart des gens, mais pas ceux qui savaient ce qu'il fallait faire. Il n'était pas difficile de considérer O'Connell comme appartenant à cette dernière catégorie.

Au musée, plusieurs de ses collègues se

plaignaient de recevoir des coups de fil anonymes et des mails troublants, affirmant qu'Ashley leur mettait des bâtons dans les roues, à leur insu, sur certains projets, ou médisait d'eux auprès de la direction. Quand elle essayait de leur expliquer que tout cela était faux, elle s'aperçut qu'ils ne la croyaient pas.

Un matin, de manière totalement inattendue, un de ses collègues, homosexuel, l'accusa, furieux, d'être une homophobe refoulée. L'idée était si ridicule qu'Ashley en resta muette de surprise, incapable de répondre. Le lendemain, une collègue noire lui jeta des regards soupçonneux et refusa de déjeuner avec elle. Ashley la suivit pour tenter de savoir ce qui se passait. Sa collègue lui déclara avec morgue :

— Nous n'avons plus rien à nous dire. Fiche-moi la paix.

Après son cours (sur les impressionnistes modernes européens), ce soir-là, son professeur l'appela dans son bureau et lui déclara d'emblée qu'elle risquait fort de rater son année si elle ne se décidait pas à assister aux cours.

Ashley était interloquée. Bouche bée, elle fixa la femme qui avait à peine levé la tête du tas de documents, de diapositives et de gros livres d'art qui jonchaient son bureau. Ashley regarda autour d'elle, en essayant de se concentrer pour stopper le vertige qui menaçait de l'emporter.

— C'est impossible, dit-elle. J'ai assisté à tous les cours. Ma signature figure sur les feuilles de présence.

— Ne mc mentez pas, fit sèchement le professeur.

— Mais je ne mens pas !

— Une des assistantes les vérifie puis les introduit

dans le système informatique du département. Sur l'ensemble des conférences hebdomadaires et des présentations avec diapositives, ce qui totalise pour le moment plus de vingt séances, votre nom n'apparaît que deux fois. Y compris ce soir.

— Mais j'ai toujours été là, protesta Ashley. Je ne comprends pas. Je peux vous montrer mes notes.

— N'importe qui peut demander à quelqu'un de prendre des notes pour lui. Ou copier celles de quelqu'un d'autre.

— Mais j'étais là ! Vraiment. Je vous le promets. Quelqu'un a commis une erreur.

— Bien sûr. Quelqu'un. Une erreur. D'accord. C'est notre faute, conclut le professeur d'un ton sarcastique.

— Madame, je crois que quelqu'un est en train de saboter délibérément ma fiche d'assiduité.

Le professeur hésita, puis secoua la tête.

— Je n'ai jamais entendu une chose pareille. Pour quelle raison aurait-on…

— Un ancien petit ami, dit Ashley.

— Je répète, mademoiselle Freeman, pour quelle raison ferait-on cela ?

— Il veut me contrôler.

Nouvelle hésitation du professeur.

— Dans ce cas, fit-elle lentement, pouvez-vous prouver cette accusation ?

Ashley inspira lentement.

— Je ne vois pas comment.

— Vous comprenez que je ne peux pas vous croire sur parole ?

Ashley commença à répondre, mais le professeur leva la main, l'interrompant à mi-phrase :

— J'ai prévenu tout le monde, lors de la première

235

conférence, que la présence aux cours était obligatoire. Je ne suis pas sans cœur, mademoiselle Freeman. Si quelqu'un manque une ou deux sessions, je peux le comprendre. Des conflits surgissent. Les gens ont parfois des ennuis. Mais assister aux cours et étudier la matière qu'on y dispense, cela relève de votre seule responsabilité. Je ne pense pas que vous serez capable de réussir cette matière. En fait, je ne suis pas encline…

— Faites-moi faire un test. Par écrit. Quelque chose qui me permette de vous montrer que j'ai retenu les éléments de chacune des conférences.

— Je ne fais pas de dispenses spéciales et je n'accorde aucun traitement de faveur, répondit vivement le professeur. Si c'était le cas, j'aurais dû le faire pour tous les paresseux et tous les élèves peu sérieux qui se sont assis là où vous vous trouvez, mademoiselle Freeman. Tous prêts à mentir effrontément avec les excuses les plus variées, y compris « Mon chien a mangé mes devoirs » et « Ma grand-mère est morte ». Les grand-mères, dans mon cours, semblent mourir à un rythme déprimant, une effroyable régularité… et plus d'une fois chacune. Alors, pas d'arrangement spécial, mademoiselle Freeman. Prenez l'habitude d'assister aux cours. Obtenez la note maximale à l'examen final – si vous le pouvez, ce dont je doute, car personne ne l'obtient jamais – et peut-être pourrai-je arrondir votre note à la moyenne. Ce qui reste à voir. Avez-vous envisagé une autre matière ? Peut-être que l'art, les études de troisième cycle, ce n'est pas exactement ce que vous devriez faire.

— L'art a toujours été…

Le professeur la coupa de nouveau d'un geste de la main.

— Vraiment ? Je me trompe peut-être. En tout cas, mademoiselle Freeman, bonne chance. Vous en aurez besoin.

La chance n'a rien à voir avec tout cela, se dit Ashley, désespérée.

Elle sortit du bureau du professeur et prit un couloir désert. Quelque part, dans une cage d'escalier, ou à un autre étage, elle entendit un rire – mais le son était désincarné, presque spectral. Elle s'immobilisa, presque figée dans cet espace désert. Il était là, qui l'observait. Elle pivota lentement, comme s'il se trouvait à la limite de son champ de vision, telle une ombre dans son sillage. Elle tendit l'oreille en quête d'un bruit, d'un souffle, d'un murmure, n'importe quoi de concret qui lui dirait qu'il était vraiment là. Mais elle n'entendit rien.

Les larmes lui vinrent aux yeux. Elle ne doutait pas qu'O'Connell était parvenu d'une manière ou d'une autre à effacer son nom des listes d'assiduité aux cours. Elle s'affaissa contre le mur, le souffle court. Toutes les heures qu'elle avait passées dans les salles de classe, toute son attention, les notes qu'elle avait prises, les informations, la connaissance, son point de vue sur les couleurs, formes, styles et beautés des artistes étudiés durant ce cours, tout cela serait remis en question. Comme si ces moments avaient eu lieu dans un univers différent, où l'Ashley qu'elle croyait être menait sa vie et progressait pour être la personne qu'elle espérait être.

Il est en train de me faire disparaître.

La colère l'envahit, balayant son désespoir. Elle s'écarta du mur. *Cela doit cesser.*

Scott était resté derrière son bureau, paralysé par ce qu'il venait de lire. Il avait l'impression que quelque chose en lui s'était déchiré. Sur les pages posées devant lui, les mots tremblaient, comme l'air chaud au-dessus d'une autoroute. Il sentait dans sa poitrine les premières crispations de la panique.

Le professeur Burris lui avait envoyé une copie de l'article qu'il avait publié dans le *Journal*, et un imprimé d'ordinateur de la thèse de doctorat d'un certain Louis Smith, de l'université de Caroline du Sud. La thèse avait été défendue au département d'histoire de cette université huit mois avant l'article de Scott et analysait fondamentalement la même matière. Les similitudes étaient inévitables, les deux travaux reposant en partie sur les mêmes sources.

Mais là n'était pas le problème. Il était indéniable qu'une demi-douzaine de paragraphes clés étaient identiques, *mot pour mot*, dans les deux textes. Le professeur Burris avait aimablement surligné en jaune les fragments incriminés.

Ceux-ci ne représentaient qu'un infime pourcentage d'un long article érudit paru dans une revue prestigieuse, et d'une thèse de doctorat de cent soixante pages en double interligne. Et leur contenu, en l'occurrence, n'était pas d'une importance historique majeure. Mais Scott savait que ces deux aspects du problème n'avaient aucune importance. Les extraits étaient identiques, voilà tout.

Il eut une pensée brève pour la Reine rouge, dans *Alice au pays des merveilles*. On exécute d'abord, ensuite on juge !

Scott n'avait aucun doute, c'était bien lui qui avait écrit les phrases qu'il avait sous les yeux. Son espoir que d'une manière ou d'une autre un de ses assistants universitaires ait accidentellement copié les citations dans une note qu'il aurait recopiée sans la vérifier deux fois s'était évaporé. Leur travail était irréprochable. Ce qui n'était pas le cas du sien, apparemment.

Troublé, il se tortilla sur son siège.

Le professeur Burris n'indiquait pas l'origine de la plainte. Scott présuma que ce devait être le doctorant, ou quelqu'un de la faculté, à l'université de Caroline du Sud. Un mordu d'histoire, comme il y en avait des centaines de milliers aux Etats-Unis, avait peut-être comparé les deux textes. Mais Scott doutait qu'il ait eu le bras assez long pour faire bouger un historien aussi éminent que Burris.

Il était presque midi quand Scott, pas rasé, les yeux larmoyants devant sa quatrième tasse de café, joignit enfin au téléphone le président par intérim de la faculté d'histoire de l'université de Caroline du Sud. A sa surprise, l'homme était communicatif et empressé. Visiblement, il n'était pas au courant des questions que l'on se posait sur le travail de Scott. Bien au contraire, il avança immédiatement que l'erreur pourrait aller dans l'autre sens.

— Oui, certainement, je me rappelle cette thèse, lui répondit-il. Tous les membres de la commission lui ont donné de très bonnes notes. Elle était bien documentée et bien écrite, et je crois qu'elle est en attente de publication quelque part. En outre le jeune homme est un excellent étudiant, un chic type, aussi, et je lui prédis une carrière sensationnelle. Mais vous disiez que sa thèse pose un problème ? J'ai du mal à imaginer…

— J'aimerais simplement examiner quelques similitudes. Après tout, nous travaillons globalement sur le même terrain.

— Bien sûr, dit le président par intérim. Mais je serais désolé de découvrir qu'un étudiant a été impliqué dans la moindre irrégularité…

Scott hésita. Il savait qu'il avait donné à son confrère l'impression inexacte que l'ancien étudiant pouvait être coupable d'une tricherie universitaire.

— Si je pouvais parler à ce jeune homme, dit-il, nous pourrions éclaircir tout cela.

— Bien sûr. Laissez-moi vérifier…

Scott resta en attente pendant plusieurs minutes éprouvantes pour ses nerfs. Immobile, il attendait de reprendre la conversation qui lui coûterait peut-être ce qu'il avait mis des années à construire…

— Désolé de vous avoir fait attendre, professeur Freeman. Il n'est pas facile de contacter Louis. Armé de son doctorat tout neuf, le jeune M. Smith a rejoint Teach for America. Il est vrai que ce n'est pas ce que font la majorité de nos étudiants. L'adresse et le numéro de téléphone dont nous disposons renvoient quelque part au nord de Lander, dans le Wyoming, dans une réserve indienne. Je vous les donne.

Scott appela le Wyoming. On l'informa que Louis Smith se trouvait pour plusieurs heures avec une classe de première. Il laissa son nom et son numéro, en signalant que c'était urgent. Quand le téléphone sonna enfin, il décrocha immédiatement.

— Professeur Freeman ? C'est Louis Smith.

— Merci d'avoir rappelé, répondit Scott.

Le jeune homme semblait enthousiaste.

— Je suis flatté de recevoir votre appel, professeur Freeman. J'ai lu toutes vos publications, surtout celles qui traitent des débuts de la guerre d'Indépendance. C'est mon domaine, aussi, je dois avouer que cela m'a toujours fasciné. Les manœuvres militaires, les intrigues politiques, les succès les plus improbables… Il y a tellement de leçons à en tirer pour aujourd'hui. Quand on se trouve dans une réserve indienne, on peut constater combien les gens voient différemment ces conceptions historiques que nous considérons comme acquises.

Le jeune homme parlait vite, sans s'interrompre. Avant que Scott ait le temps de dire un mot, Smith reprit son souffle et lui présenta ses excuses :

— Je suis désolé. Je parle pour ne rien dire. Professeur, je vous en prie, dites-moi ce qui me vaut l'honneur de cet appel ?

Scott hésita. L'énergie inépuisable du jeune enseignant n'était pas ce à quoi il s'attendait.

— J'ai lu votre thèse de doctorat…

— Ah bon ? C'est formidable… enfin, je veux dire, si vous l'avez appréciée… Vous trouvez que je m'en suis bien sorti ?

— Elle est excellente, fit Scott, un peu interloqué. Et vos hypothèses sont parfaitement justifiées.

— Merci, professeur. Je ne peux pas vous dire combien ça compte pour moi. Vous savez, on a fait tout ce travail, il sera peut-être publié un jour par les presses universitaires – je n'ai pas renoncé à cet espoir –, mais presque personne ne l'a lu, sauf mes profs et ma copine. Et découvrir ainsi que vous l'avez vraiment lu…

— Il y a un problème, dit Scott avec raideur. Il existe des similitudes entre votre thèse et un texte que j'ai publié quelques mois plus tard…

— Oui. Dans le *Journal of American History*. Je

l'ai lu avec attention, car nous avons utilisé plus ou moins les mêmes sources. Mais… des similitudes ? Que voulez-vous dire ?

Scott inspira de nouveau.

— On m'accuse d'avoir plagié certains paragraphes de votre texte. Ce n'est pas fondé, mais on m'en accuse.

Il attendit. Louis Smith mit plusieurs secondes à rassembler ses esprits.

— Mais c'est insensé, dit-il enfin. Qui vous a accusé ?

— Je l'ignore. Je pensais que ce pouvait être vous.

— Moi ? !

— Oui.

— Non. Absolument pas. Impossible.

Scott sentait que la tête lui tournait. Il ne savait plus que penser.

— Mais pourtant, j'ai sous les yeux une copie de votre thèse, et certains paragraphes sont identiques, au mot près. J'ignore comment c'est possible, mais…

— C'est impossible, répéta Louis Smith. Votre article est paru des mois après que j'ai écrit ma thèse, mais vous avez dû faire vos recherches et rédiger le texte plus ou moins au même moment que moi. Et il y a eu du retard dans la publication de ma thèse. En fait, il est difficile d'en trouver un exemplaire, sauf sur le site Internet de l'université, qui est en lien avec plusieurs sites d'historiens. L'idée que vous êtes parvenu à le retrouver, et à en reproduire en partie la forme… c'est un vrai mystère. Vous pourriez me lire quelques paragraphes identiques ?

Scott regarda les fragments surlignés en jaune.

— Oui. Dans mon article, page 33, j'ai écrit…

Il lut l'extrait.

— C'est très curieux… répondit lentement Louis Smith. Le paragraphe que vous venez de lire, et qui est censé se trouver dans les deux textes, n'existe pas dans le mien. Je n'ai jamais écrit cela. Ce n'est pas dans ma thèse. Les points sont identiques aux conclusions que j'ai moi-même tirées, mais ce que vous venez de lire n'y figure pas.

— Mais je lis une copie imprimée de votre thèse !

— Je ne peux en être sûr, professeur, mais le soupçon qui me vient immédiatement à l'esprit, c'est que quelqu'un a falsifié le document que vous avez sous les yeux. Vous connaissez quelqu'un qui serait capable d'un tel acte ?

Le vent s'était levé. Il balayait le terrain de sports, coupant comme un rasoir. La lumière du jour faiblissait déjà à l'ouest et le monde baignait dans une lueur vaporeuse, grise et indistincte. Hope rassembla son équipe à la fin de la séance d'entraînement. La sueur collait sur le front des joueuses les mèches de cheveux échappées des queues de cheval. Elle les avait fait travailler dur, plus dur peut-être que d'habitude, à l'approche de la fin de la saison, et elle s'était vidée en courant avec elles, au point de trouver une certaine détente dans l'essoufflement, comme si l'air froid était seul capable de la distraire de son angoisse.

— Bien travaillé, dit-elle. Il reste deux semaines avant les play-offs. Il sera difficile de vous battre. C'est bien. Mais vous savez que sept autres équipes sont sur les rangs pour le titre, et rien ne les empêche de travailler aussi dur que vous. Il s'agit maintenant de quelque chose qui n'est pas seulement physique. Il s'agit de désir. A quel point avez-vous envie que cette année, cette saison, cette équipe restent dans les mémoires ?

Elle regarda, autour d'elle, les visages luisants de ces jeunes filles qui avaient compris qu'on pouvait remporter des victoires à force de travail acharné et de dévouement.

Elle sourit à ses joueuses, mais elle ressentait un vide au fond d'elle-même.

— Ecoutez bien, leur dit-elle en pesant ses mots, si nous voulons gagner, il va falloir nous y mettre toutes ensemble. Y a-t-il quelque chose que quelqu'un voudrait dire devant l'équipe ? Y a-t-il quelque chose dont vous voudriez parler ?

Les filles échangèrent des regards étonnés.

Hope ignorait si les rumeurs à son sujet circulaient déjà. Mais elle avait du mal à imaginer qu'elles ne s'étaient pas parlé. Dans certains cercles, se dit-elle, il n'y a pas de secrets.

Les filles avaient l'air tranquilles. Hope avait envie d'interpréter cela comme un soutien.

— D'accord, fit-elle. Mais si l'une d'entre vous… je dis bien : n'importe laquelle d'entre vous est préoccupée, quelle qu'en soit la raison, là, maintenant, elle peut s'adresser à moi. La porte de mon bureau est toujours ouverte. Ou bien, si vous ne voulez pas me parler, alors voyez le directeur des sports…

Elle avait du mal à croire qu'elle était en train de prononcer ces mots. Elle changea de sujet :

— Je ne vous ai jamais vues aussi calmes… Si calmes en fait que je me demande si vous n'avez pas perdu la voix en travaillant trop dur… Eh bien, laissons tomber la course de fin de séance. On s'applaudit, on se tape dans le dos, on ramasse le matériel et on rentre.

Cela lui valut une volée d'applaudissements. Pas de tour de piste supplémentaire, cela marchait toujours.

D'un geste du bras, Hope les renvoya. Elles sont prêtes, se dit-elle. Elle se demanda si elle, elle était prête.

Quelques secondes plus tard, les filles sortaient du terrain, par petits groupes, et Hope entendit des rires. Elle les regarda s'éloigner puis s'assit sur le banc de touche.

Le vent avait forci et elle rentra la tête dans les épaules pour se protéger du froid. Elle se dit que l'image qu'elle avait d'elle-même, c'était cela, en grande partie : appartenir à un groupe, comme l'école et l'équipe. Désormais, tout cela était menacé. Une ombre se déplaça sur la pelouse, colorant la terre en noir. Peu de choses, ici-bas, sont aussi humiliantes que des accusations mensongères, se dit-elle. Une colère aveugle s'empara d'elle. Elle avait envie de mettre la main sur celui qui lui avait fait cela, et de le bourrer de coups de poing.

Mais le responsable, quel qu'il fût, semblait en cet instant n'avoir pas plus de substance que l'obscurité qui s'épaississait autour d'elle. Malgré sa colère, Hope se prit la tête entre les mains et se mit à sangloter.

— Ashley ? Ashley Freeman ? Je ne l'ai pas vue depuis un moment. Des mois. Peut-être même plus d'un an. Elle vit toujours en ville ?

Je ne répondis pas à sa question :

— Vous travailliez ici, au musée, en même temps qu'elle ?

— Oui. Il y avait un tas d'étudiants de troisième cycle, dans différentes matières ; nous avions tous des boulots à temps partiel.

Je me trouvais dans le hall du musée, non loin du restaurant où Ashley, un midi, avait attendu en vain Michael O'Connell. La jeune femme qui travaillait à la réception avait les cheveux presque rasés sur les côtés et hérissés sur le sommet du crâne, ce qui lui donnait l'air d'un coq. Elle portait une demi-douzaine de boucles d'oreilles d'un côté et un grand anneau orange vif à l'autre oreille, et son visage semblait curieusement asymétrique. Elle me regarda avec un petit sourire juvénile et se décida à poser la question qui lui brûlait les lèvres :

— Pourquoi vous vous intéressez à Ashley ? Quelque chose ne va pas ?

Je secouai la tête.

— Je m'intéresse à une affaire criminelle à laquelle elle a été mêlée. Je fais juste quelques recherches pour me faire une idée du contexte. J'avais envie de voir son lieu de travail. Alors vous la connaissiez, quand elle était ici ?

— Pas très bien…

La jeune fille hésita.

— Qu'y a-t-il ? demandai-je.

— Je crois que peu de gens la connaissaient. Ou l'aimaient.

— Ah bon ?

— Eh bien… j'ai surpris quelqu'un, un jour, qui disait qu'Ashley n'était pas du tout ce qu'elle prétendait être, ou quelque chose comme ça. Je crois que c'était l'avis général. Il y a eu beaucoup de ragots et de spéculations, quand elle est partie.

— Pourquoi ?

— Il y avait une rumeur sur des trucs trouvés dans son ordinateur, et qui lui auraient attiré des ennuis. C'est ce que j'ai entendu dire, en tout cas.

— Des trucs ? Des trucs de quelle sorte ?

— Aucune idée. Est-ce qu'elle a encore des ennuis ?

— Pas exactement, répondis-je. Mais, à l'époque, *ennuis* n'était peut-être pas le mot approprié.

18

Quand les choses empirent

Michael O'Connell se disait que sa plus grande qualité, c'était la patience.

Ce n'était pas simplement une question d'attendre son heure, ou de rester assis patiemment. La véritable *patience* exige toutes sortes de préparatifs et de prévisions, de façon que lorsque se présente le moment attendu on est déjà nettement en avance sur les autres. Il se considérait un peu comme un metteur en scène, le genre de type qui est capable de visualiser une histoire entière, acte par acte, scène par scène, du début à la fin. Il était l'homme qui connaissait toutes les fins, parce que c'était lui seul qui les avait imaginées, l'une après l'autre.

O'Connell était en boxer-short, le corps luisant. Quelques années plus tôt, en fouinant dans une librairie d'occasion, il était tombé sur un livre d'exercices diététiques qui avait été célèbre au milieu des années soixante. L'ouvrage s'inspirait d'un manuel sur la condition physique publié par la Royal Air Force canadienne. Il était illustré de vieux dessins d'hommes en short faisant des accroupissements

suivis de sauts, des flexions sur une main et des étire-
ments du menton. On y trouvait aussi des exercices
nettement plus étranges, comme celui qui consiste à
sauter le plus haut possible en pliant les genoux pour
toucher ses orteils. Tout le contraire des Pilates, Billy
Blank, Body by Jake et autres programmes d'exercices abdominaux de six minutes qui régnaient sur les
émissions de télévision du matin. Il était devenu un
spécialiste des exercices de la RAFC, et, sous ses
vêtements flottants et usagés d'étudiant, il entretenait un physique de lutteur. Pas de carte de membre
de club de gym pour la frime, ni de longs joggings
romantiques le long de la Charles. Il préférait faire
travailler ses muscles seul dans sa chambre, affublé à
l'occasion d'un casque hi-fi dans lequel il faisait
hurler un de ces groupes de rock prétendument sata-
niques, Black Sabbath ou AC/DC.

Couché sur le sol, il leva les jambes au-dessus de
sa tête puis les abaissa lentement, s'arrêta trois fois,
avant de s'immobiliser, les talons quelques centimètres au-dessus du plancher. Il répéta l'exercice
vingt-cinq fois. A la dernière reprise, il maintint la
position, les bras à plat sur le sol. Il resta sans bouger
une minute, puis une autre. Il savait qu'après un peu
plus de trois minutes il commencerait à être mal à
l'aise et que, deux minutes plus tard, la souffrance
apparaîtrait. Au bout de six minutes, ce serait une
véritable douleur.

O'Connell se dit qu'il n'était plus nécessaire de
continuer à développer ses muscles.

Il s'agissait désormais de *surmonter*.

Il ferma les yeux et repoussa la brûlure dans son
ventre, à laquelle il substitua l'image d'Ashley.
Lentement, il en traça mentalement chaque détail,

avec la patience infinie d'un artiste qui reproduit scrupuleusement la moindre courbe, le plus petit délié. Il commença par les pieds, la découpe des orteils, la voûte plantaire, la dureté des tendons d'Achille. Remonta le long de la jambe, captura les muscles du mollet, jusqu'au genou, puis la cuisse.

Les dents serrées, il sourit. En général, il pouvait tenir ainsi jusqu'au-dessus des seins, après s'être attardé longuement sur la contemplation de son sexe, puis il passait à la longue courbe sensuelle de son cou, avant de renoncer et de poser les talons au sol. Mais il savait qu'il deviendrait encore plus fort et qu'il achèverait un jour sa peinture mentale, qu'il dessinerait les traits de son visage et ses cheveux. Il attendait avec impatience le moment où sa force serait assez développée.

Avec un soupir, il se détendit, ses pieds heurtèrent le plancher. Il resta immobile quelques minutes. La sueur coulait sur son torse.

Elle va appeler, se dit-il. Aujourd'hui. Peut-être demain. C'était inévitable. Il avait déclenché des forces qui devaient la prendre au piège. Elle serait fâchée. Furieuse. Plus important encore, se rappelait-il, cette fois elle serait seule. Frénétique et vulnérable.

Il inspira profondément. Pendant un instant, il crut sentir Ashley à son côté, douce et chaude. Il ferma les yeux et s'abandonna à cette sensation. Quand elle s'estompa, il eut un sourire.

Michael O'Connell gisait sur le plancher, fixant d'un regard vide le plafond chaulé et l'ampoule nue de cent watts qui y était suspendue. Il avait lu quelque part que certains moines appartenant à des ordres oubliés des onzième et douzième siècles restaient dans cette position des heures d'affilée, dans un silence absolu, ignorant la chaleur, le froid, la faim et la soif, la douleur, s'abandonnant aux hallucinations, aux visions, à la contemplation des cieux inaltérables et à l'inexorable parole de Dieu. Il comprenait parfaitement cela.

Ce qui inquiétait le plus Sally, c'était ce compte bancaire offshore qui avait été crédité de plusieurs sommes modestes prises sur le compte de son client. Le montant total s'élevait quand même à près de cinquante mille dollars.

Elle avait appelé cette banque à Grand Bahama, où l'on s'était montré peu coopératif. On lui déclara qu'ils avaient besoin d'une autorisation de leur propre autorité de tutelle, en lui faisant comprendre qu'elle était difficile à obtenir, même pour les enquêteurs officiels du fisc ou de la Commission des opérations boursières. Ce serait sans doute impossible pour une simple avocate agissant de son propre chef, sans citations à comparaître ni menaces du Département d'Etat.

Sally ne comprenait pas pourquoi quelqu'un capable de dévaliser son compte client s'était contenté de ne voler qu'un cinquième de la somme disponible. Les autres montants, dispersés grâce à une série étourdissante de transferts allers et retours, vers et depuis des banques disséminées dans tout le pays, étaient pourtant repérables et, pour ce qu'elle en savait, assez faciles à récupérer. Elle était parvenue à obtenir le gel de l'argent déposé dans une dizaine d'établissements différents, où il attendait, intact, sous des noms divers manifestement faux.

Pourquoi, se demandait-elle, ne pas avoir simplement transféré la totalité sur les comptes offshore, où, selon toute probabilité, il aurait été impossible de remettre la main dessus ? L'argent dans sa plus grande partie était simplement là, même pas volé, comme s'il attendait qu'elle s'attelle à la tâche immensément ardue de le récupérer. Cela la troublait profondément. Elle était incapable de définir avec précision le crime dont elle était victime. La seule chose qu'elle savait, c'était que sa réputation professionnelle allait sans doute en pâtir, au mieux, et probablement pendant longtemps.

Et elle ne savait absolument pas qui pouvait être à l'origine de cette agression.

Ses soupçons allèrent d'abord vers son adversaire dans l'affaire du divorce. Mais elle ne comprenait pas pourquoi il aurait envie de lui créer des ennuis aussi graves : cela ne ferait que reculer considérablement le règlement de l'affaire et rendrait les choses encore plus difficiles. Sans parler des éventuelles poursuites, qui coûteraient beaucoup d'argent à tout le monde. Bien sûr, elle avait l'habitude de voir les gens, dans les affaires de divorce, se comporter de manière irrationnelle. Mais là, elle était perplexe. En général, les gens étaient plus ouvertement mesquins et odieux quand ils essayaient de créer des problèmes. Et jusqu'ici, cette agression révélait une subtilité et des connaissances peu communes.

Ses soupçons se posèrent ensuite sur un de ses adversaires dans une autre affaire. Quelqu'un qu'elle aurait battu, dans un passé récent.

Cela l'inquiétait davantage : l'idée que quelqu'un puisse nourrir un désir de vengeance, attendre des mois, voire des années avant d'agir. Cela évoquait la Sicile et semblait sortir tout droit du *Parrain*.

Sally avait quitté son bureau tôt, et était allée à pied à un restaurant du centre qui portait un nom faussement irlandais et disposait d'un bar sombre et tranquille. Elle en était à son second scotch à l'eau. En fond sonore, elle entendait « Friend of the Devil », de Grateful Dead.

Qui me déteste ? se demanda-t-elle.

Quelle que soit la réponse, elle savait qu'elle devait en parler à Hope. Elle redoutait ce moment. Vu la tension qui régnait entre elles, c'était la dernière chose dont elles avaient besoin. Sally but une longue gorgée d'alcool. Quelqu'un, quelque part, me déteste, et je suis lâche, se dit-elle. Un ami du diable est mon ami.

Elle contempla son verre, décida qu'il n'y avait pas assez d'alcool sur Terre pour cacher à quel point elle se sentait misérable. Elle le repoussa et convoqua ce qui lui restait de détermination pour rentrer chez elle.

Scott acheva sa lettre au professeur Burris, et la relut soigneusement. Pour décrire ce qui s'était passé, il employait le mot *canular* – il présentait l'accusation portée contre lui comme s'ils avaient tous été victimes d'une farce d'étudiants, complexe et non encore élucidée.

Sauf qu'en l'occurrence Scott ne riait pas.

La seule partie de cette lettre soigneusement rédigée avec laquelle il était à l'aise était le paragraphe où il recommandait à Burris de se pencher avec attention sur le cas Louis Smith. Scott se disait qu'il pouvait peut-être aider à stimuler la carrière du jeune homme.

Il signa son mail, l'expédia, rentra chez lui. Assis dans son vieux fauteuil, il se demanda ce qui se passait. Il ne pouvait pas croire qu'une simple lettre, même aussi ferme que celle qu'il venait d'écrire, le libérerait de ses problèmes. Il y avait encore le fouineur du journal de l'université, qui devait venir à son bureau à la fin de la semaine. Le jour déclinait, l'obscurité envahissait la pièce. Scott savait qu'à un moment ou à un autre il allait devoir se défendre. Que l'accusation n'ait ni consistance ni crédibilité n'avait pas beaucoup d'importance. Quelqu'un, quelque part, y croirait.

Cela le mettait hors de lui. Il restait assis là, les poings serrés, la tête douloureuse, à se demander qui avait pu lui faire cela. Il était loin de se douter que Sally et Hope étaient hantées par les mêmes questions, et que, s'ils avaient été au courant de leurs ennuis respectifs, l'origine de leurs problèmes leur aurait sauté aux yeux. Mais les circonstances et la malchance voulaient que chacun reste cantonné sur son orbite.

Ashley rassemblait ses quelques affaires et se préparait à quitter le musée, sa journée finie. Quand elle leva les yeux de son bureau, elle vit que le directeur adjoint l'attendait, mal à l'aise, à quelques mètres.

— Ashley, j'aimerais vous dire deux mots, fit-il, un peu raide, en jetant un regard panoramique sur la pièce.

Elle posa son petit cartable et le suivit docilement

dans son bureau. Les bruits de pas résonnèrent dans le musée, qui lui sembla soudain aussi désert qu'un tombeau. L'ombre semblait souiller les tableaux suspendus aux murs, dégradant les formes, modifiant les couleurs.

Le directeur adjoint lui montra une chaise et s'assit derrière son bureau. Il marqua un temps d'arrêt, resserra sa cravate et soupira, avant de la regarder en face. Un tic nerveux le faisait se frotter les mains aux moments les plus inattendus.

— Ashley, nous avons reçu des plaintes à votre sujet.

— Des plaintes ? Quel genre de plaintes ?

Il ne répondit pas directement.

— Avez-vous eu des problèmes, récemment ?

Elle savait que la réponse était oui, mais elle n'avait pas envie de laisser le directeur adjoint s'immiscer plus que nécessaire dans sa vie privée. Elle le considérait comme un homme enjôleur et superficiel. Elle savait qu'il habitait à Somerville et qu'il avait deux enfants encore petits, ce qui ne l'empêchait pas de draguer toutes les nouvelles jeunes employées.

— Non. Rien d'extraordinaire, mentit-elle. Pourquoi cette question ?

— Ainsi, dit-il lentement, vous diriez que tout est *normal* dans votre vie ? Rien de *nouveau* ?

— Je ne comprends pas où vous voulez en venir.

— Vos idées, sur… ah, disons… sur le monde en général… n'ont pas changé, ni emprunté une nouvelle direction… radicale ?

— Mes idées ne regardent que moi, dit-elle lentement.

Il hésita à nouveau. Puis :

— C'est ce que je craignais. Je ne vous connais pas très bien, Ashley. Je suppose donc que je n'ai aucune raison d'être étonné. Mais je dois dire…

Il s'interrompit quelques secondes, reprit :

— Bon, disons-le ainsi. Dans ce musée, vous le savez, nous essayons d'être tolérants quant aux idées et opinions de chacun, ainsi que leur… je suppose qu'on peut dire : leur style de vie. Nous n'aimons pas, comment dire, nous ériger en juges. Mais certaines limites ne doivent pas être dépassées, vous ne croyez pas ?

Elle ne savait absolument pas de quoi il parlait, mais elle hocha la tête.

— Bien sûr. Certaines limites, d'accord.

Le directeur adjoint avait l'air à la fois triste et fâché. Il se pencha vers elle.

— Pensez-vous vraiment que l'Holocauste n'a pas eu lieu ?

Ashley se renversa sur son siège.

— Quoi ?

— Que le meurtre de six millions de Juifs est de la pure propagande, que ce n'est pas arrivé ?

— Je ne vois…

— Les Noirs sont-ils vraiment une race inférieure ? Des sous-mongoloïdes ? A peine plus que des animaux sauvages ?

Elle ne répondit pas. Le choc la laissait sans voix.

— Est-ce que les Juifs contrôlent vraiment le FBI et la CIA ? La pureté de la race est-elle le problème le plus important auquel ce pays doit faire face aujourd'hui ?

— Je ne sais pas ce que vous…

Il leva la main. Il était cramoisi. Il lui montra l'ordinateur posé sur son bureau.

— Entrez votre pseudo et votre mot de passe, fit-il d'un ton brusque.

— Je ne comprends pas…

— Faites-moi plaisir, dit-il sèchement.

Elle se leva, contourna le bureau et fit ce qu'il lui demandait. L'ordinateur s'éclaira et fit entendre une petite musique familière. L'image du musée s'afficha sur l'écran, suivie de l'annonce « Bienvenue, Ashley » et du message « Vous avez des nouveaux messages ».

— Voilà, fit Ashley en se levant.

Le directeur adjoint se glissa brusquement près d'elle et s'empara du clavier.

— Et ceci ? fit-il d'une voix furieuse. Historique des sites consultés.

L'ordinateur ayant identifié le nom et le mot de passe d'Ashley, il frappa rapidement une série de touches. Un fond d'écran rouge et noir remplaça l'image du musée. Les haut-parleurs déversèrent une musique martiale, et une grande croix gammée s'afficha. Ashley ne reconnut pas le « Horst Wessel Lied », mais elle comprit tout de suite de quoi il s'agissait. Bouche bée, elle voulut dire quelque chose. Mais ses yeux restaient fixés sur l'écran, où défilait un documentaire en noir et blanc montrant une rangée d'hommes qui faisaient le salut nazi en criant « Sieg Heil ! » une demi-douzaine de fois. Ashley reconnut *Le Triomphe de la volonté* de Leni Riefenstahl. L'image disparut à son tour, remplacée par une page d'accueil : « Bienvenue sur le site de la Nation aryenne ». Un second écran lui succéda immédiatement, qui proclamait : « Bienvenue au membre des troupes d'assaut Ashley Freeman. Veuillez introduire votre mot de passe pour entrer. »

— Est-il nécessaire de continuer ? demanda le directeur adjoint.

— C'est fou, fit Ashley. Ce n'est pas à moi. J'ignore comment…

— Pas à vous ?

— Non. Je ne sais pas comment, mais…

Le directeur adjoint lui montra l'écran.

— Introduisez votre mot de passe du musée.

— Mais…

— Faites-moi plaisir, répéta-t-il d'un ton sec.

Elle se pencha pour composer le mot de passe. L'écran changea de nouveau tandis qu'on entrait dans le site. Une autre fanfare retentit. Du Wagner.

— Je ne comprends pas…

— Bien sûr. Bien sûr, vous ne comprenez pas.

— Quelqu'un me fait cela. Un ancien petit ami. J'ignore comment il s'y prend, mais il est très fort en informatique, et il doit avoir…

Le directeur adjoint leva la main.

— Vous m'avez dit qu'il ne se passait rien d'inhabituel dans votre vie. C'est la première question que je vous ai posée, et vous m'avez répondu non. *Rien d'extraordinaire*. Un ancien petit ami vous inscrit dans un groupe qui professe la haine, sur un site néonazi… eh bien, je dirais que c'est *inhabituel*.

— Oui, il est… je ne sais pas…

Le directeur adjoint secoua la tête.

— Ne m'insultez pas plus longtemps avec des excuses minables, Ashley. C'est votre dernier jour parmi nous. Même si votre explication est fondée, eh bien… nous ne voulons pas de cela. Quelle que soit l'explication : petit copain ignoble, ou expression de vos opinions personnelles. L'un comme l'autre sont absolument inacceptables, dans l'atmosphère de tolérance que nous essayons d'instaurer ici. C'est la pornographie de la haine. Je ne le permettrai pas. Pour parler franchement, d'ailleurs, je ne suis pas sûr de vous croire. Nous vous enverrons votre chèque par la poste. Bonsoir, mademoiselle Freeman. Ne remettez plus les pieds ici. Et n'attendez pas de recommandations de notre part, ajouta-t-il en lui montrant la porte.

En rentrant chez elle dans le soir qui tombait rapidement, Ashley balançait entre les larmes de frustration et la colère. A chaque pas, elle était un peu plus furieuse, au point de ne pas se rendre compte que l'obscurité l'enveloppait. Elle marchait vite, avec une précision militaire, essayant d'imaginer un plan d'action – mais en vain, tant la colère l'aveuglait. Elle finit par se laisser submerger et se mit à trembler de tout son corps. Elle se dit qu'aucun être sensé ne se laisserait pourrir la vie de la sorte. Et puisque elle-même se considérait comme quelqu'un de sensé, elle décida que cela allait prendre fin. Le soir même.

Elle jeta sa veste et son sac sur le lit et se précipita vers le téléphone. Il ne lui fallut que quelques secondes pour composer le numéro de Michael O'Connell. Il répondit d'une voix lasse, décousue :

— Oui ? Qui est-ce ?

— Tu le sais foutrement bien ! répondit Ashley avec hargne, à la limite du hurlement.

— Ashley ! Je savais que tu appellerais.

— Espèce de salaud ! Tu as bousillé mon travail à l'école. Maintenant tu me fais perdre mon emploi. Quelle sorte de pauvre type es-tu ?

Il gardait le silence.

— Fiche-moi la paix ! Pourquoi refuses-tu de me foutre la paix ?

Il ne disait toujours rien.

Elle monta d'un ton.

— Je te déteste ! Va te faire foutre, Michael ! Je t'ai dit que c'était fini, et c'est fini ! Je ne veux plus jamais te revoir. Je n'arrive pas à croire que tu m'aies fait ça. Et tu dis que tu m'aimes ? Tu es un malade, un type nuisible, Michael, je ne veux pas de toi dans ma vie. Jamais ! Tu comprends ça ?

Il ne répondait toujours pas.

— Tu m'entends, Michael ? C'est terminé. Fini. *Finito. Basta.* Plus rien… Dans quelle langue je dois te le dire pour que tu comprennes ? Fi-ni. Tu m'as comprise ?

Elle attendit une réponse, qui ne vint pas. Le silence ondulait autour d'elle, il l'enveloppait comme une liane.

— Michael ?

Elle se dit tout à coup qu'il n'était plus là, qu'il avait raccroché et que les mots qu'elle prononçait s'évanouissaient simplement dans un immense vide électronique.

Le silence se prolongea.

Elle crut l'entendre respirer.

— Je t'en prie, Michael. Il faut en finir.

Il répondit enfin. Il l'avait prise par surprise.

— Ashley, fit-il d'un ton presque jovial, en riant légèrement, comme s'il venait juste de prendre la communication. C'est tellement merveilleux d'entendre ta voix. Je compte les jours qui nous séparent du moment où nous serons de nouveau ensemble.

Il marqua un arrêt, avant d'ajouter :

— Pour toujours.

Puis il raccrocha.

— Mais il est arrivé quelque chose ? demandai-je.

— Oui, répondit-elle. Il est arrivé quelque chose. Beaucoup de choses, en fait…

Je la regardai. Je vis qu'elle hésitait sur la manière de présenter ce qu'elle avait envie de dire. Elle affichait son peu d'enthousiasme, comme quelqu'un qui enfile un gros pull-over en hiver, se préparant à affronter le vent, le froid, et la possibilité que le temps puisse encore empirer.

— Eh bien, fis-je, un peu exaspéré par son attitude, quel est le contexte, ici ? Vous m'avez entraîné dans cette histoire en me disant que j'étais censé lui donner du sens. Jusqu'ici, je ne suis pas sûr de ce que j'ai vraiment obtenu. Je vois bien les jeux auxquels se livrait Michael O'Connell. Mais dans quel but ? Je vois bien le crime prendre forme… mais de quel crime parlons-nous ?

Elle leva la main.

— Vous aimeriez que les choses soient simples, n'est-ce pas ? Mais un crime n'est jamais simple. Quand on l'examine, on voit que de nombreuses forces sont en action. Est-ce que vous ne vous demandez pas parfois si nous n'aidons pas à créer le climat psychologique, voire émotionnel, dans lequel des choses mauvaises, des choses horribles, prennent racine, s'épanouissent et finalement fleurissent ? Nous sommes une serre pour le mal, totalement. Vous n'avez pas cette impression, parfois ?

Je ne répondis pas. Elle avait les yeux baissés sur sa tasse de café, comme si elle pouvait lui répondre.

— Est-ce qu'il ne vous semble pas que nous vivons des existences incroyablement diffuses, décousues ? En des temps plus heureux, on grandissait et on restait là, là où on était. On achetait à des parents la maison au bout de la rue. On aidait à gérer l'affaire familiale. Ainsi on restait liés, dans la même orbite. Epoque naïve. A la télévision, c'était l'époque de *The Honeymooners* et de *Father Knows Best*. Quelle idée curieuse : Papa sait ce qui est mieux… De nos jours, on reçoit son éducation, et on s'en va.

Elle se tut un instant, puis :

— Que feriez-vous, alors, s'il était évident que quelqu'un a décidé de ruiner votre existence ? Vous ne voyez pas ? ajouta-t-elle aussitôt. De notre point de vue, observant toute l'histoire depuis notre tour d'ivoire, il est facile de voir qu'il y a cette personne, là, qui essaie de ruiner leur existence. Mais eux ne peuvent pas la voir.

— Pourquoi ?

— Parce que ce n'est pas *raisonnable*. Parce que *ça n'avait aucun sens*. Je veux dire, *pourquoi* ? Pourquoi voudrait-il leur faire cela ?

— D'accord. Pourquoi ?

— Pas encore. Il faut que vous le découvriez tout seul. Mais certaines choses sont claires : Michael O'Connell, avec la moitié de leur éducation, la moitié de leurs ressources, la moitié de leur prestige, avait *tout* le pouvoir. Il avait deux fois plus de jugeote qu'eux, parce qu'ils étaient comme tout le monde, et pas lui. Ils étaient là, coincés, pieds et poings liés au milieu de sa malfaisance, et pourtant, ils ne le voyaient pas. Pas pour ce que c'était. Que feriez-vous ? N'est-ce pas la vraie question ? Des choses horribles sont arrivées, mais quelle est la véritable menace ?

Je laissai sa question de côté. Je me contentai de me répéter, désireux d'obtenir une réponse :

— Quelque chose est arrivé ?

— Oui. Un instant de lucidité.

— Comment cela ?

Elle sourit.

— Une phrase heureuse. Dans ce qui allait devenir rapidement une situation des plus malheureuses.

19

Une nouvelle approche

Tout d'abord, Ashley s'abandonna à la colère.

Quelques secondes après que la voix de Michael O'Connell eut disparu, elle jeta son portable à travers la pièce. Il explosa contre le mur avec un bruit semblable à un coup de feu. Ashley se pencha en avant, les poings serrés, le visage déformé, cramoisi, les dents serrées. Elle saisit un de ses livres de cours et le jeta dans la même direction. Il s'écrasa contre le mur et tomba par terre avec un bruit mat. Elle alla dans la chambre, s'empara d'un petit coussin posé sur le lit et se mit à le rouer de coups, comme un boxeur au dernier round, frappant indistinctement des deux poings. Elle enfonça ses ongles dans le tissu et réduisit le coussin en morceaux. Des fragments de bourre synthétique volèrent autour d'elle et se posèrent dans ses cheveux et sur ses vêtements. Les larmes aux yeux, elle émit un gémissement de désespoir et se laissa aller à une profonde détresse.

Elle se jeta sur le lit, en position fœtale, et pleura toutes les larmes de son corps, emportée par un torrent d'émotions. Le corps torturé par l'insatisfaction, secoué par les sanglots, elle haletait, comme si la frustration avait envahi chaque fibre de son organisme, telle une infection virulente.

A court de larmes, elle roula sur elle-même, les yeux fixés au plafond, serrant contre sa poitrine les débris du coussin. Elle inspira profondément. Elle comprit que les larmes ne résoudraient rien. Mais elle se sentait un peu mieux.

Quand son cœur eut retrouvé son rythme normal, Ashley s'assit sur son lit.

— OK, ma fille, fit-elle à voix haute. Maintenant, tu vas ranger tout ce bordel…

Elle jeta un coup d'œil au portable fracassé et décida que sa brusque colère avait été un bienfait. Elle allait le remplacer, et aurait par conséquent un nouveau numéro. Elle se promit que Michael O'Connell ne le connaîtrait jamais. Elle regarda le téléphone fixe, sur le bureau.

— Celui-là, il faut le résilier.

Son ordinateur portable était posé à côté du téléphone.

— OK, répéta-t-elle, comme si elle parlait à un petit enfant. Changer de serveur. Changer d'adresse électronique. Résilier tous les services de paiement des factures. Repartir de zéro.

Elle regarda l'appartement autour d'elle.

— Si tu dois déménager, déménage.

Elle soupira. Elle pouvait aller dès le lendemain matin au bureau des inscriptions du troisième cycle et faire corriger son dossier. Elle savait que ce serait toute une affaire, mais elle avait quelque part des copies papier de ses notes, et quels que soient les dégâts provoqués par Michael O'Connell elle s'en sortirait. Pour les cours de ce trimestre (et ses soi-disant absences), ce serait peut-être impossible. Mais cela ne concernait qu'une matière. Et bien que ce fût un sérieux revers, ce n'était pas mortel.

Son renvoi du musée posait un problème plus grave. Elle savait qu'il était très possible que le directeur adjoint lui mette à l'avenir des bâtons dans les roues. C'était un dilettante rigide et un sexiste refoulé, et il lui répugnait d'avoir encore affaire à lui. Elle décida que la meilleure méthode serait de faire en sorte qu'un de ses professeurs écrive une lettre à ce directeur adjoint, pour lui dire simplement que ses suppositions au sujet d'Ashley étaient erronées, et que son dossier professionnel devrait en tenir compte. Elle était pratiquement sûre de pouvoir trouver quelqu'un qui accepterait de le faire quand il connaîtrait toute l'histoire. Cela n'annulerait pas son renvoi, mais les dégâts seraient en partie réparés.

Après tout, se dit-elle, ce n'est pas comme si mon emploi au musée était le seul boulot disponible. Il devait en exister d'autres, pleins d'art et de couleurs, qui parleraient à ce qu'elle était et à ce qu'elle voulait être.

Plus elle tirait des plans, plus elle se sentait bien. Plus elle avait l'impression de contrôler la situation, plus elle redevenait elle-même, plus elle se sentait forte et déterminée.

Quelques minutes plus tard, elle se leva, s'ébroua de la tête aux pieds et entra dans la salle de bains.

Elle se regarda longuement dans la glace, secoua la tête en voyant ses yeux rouges et gonflés. Elle fit couler de l'eau brûlante et se lava le visage.

— Très bien, dit-elle. Plus de foutues larmes pour ce fils de pute.

Plus de peurs. Plus d'angoisse. Plus de

grincements de dents ni de frustration nerveuse. Elle allait poursuivre sa vie, et que Michael O'Connell aille se faire foutre !

Elle découvrit tout à coup qu'elle était affamée. Après avoir effacé sous l'eau chaude les dernières traces de son moment de déprime, elle se rendit dans la cuisine. Elle ne trouva dans le congélateur qu'un demi-litre de glace Ben & Jerry's Phish Food. Elle s'en servit une large portion et laissa le temps au parfum sucré d'adoucir son humeur, avant d'appeler son père. Alors qu'elle traversait l'appartement tout en finissant sa glace, elle hésita devant la fenêtre, et jeta un coup d'œil dans la nuit avec un pincement au cœur. *Ne plus regarder dans le noir.*

Ashley se retourna, prit le téléphone et composa un numéro, ignorant qu'un regard fouillait la pénombre de son appartement pour apercevoir sa silhouette, à la fois satisfait et mécontent de ne pouvoir qu'évoquer sa présence, totalement à l'aise dans le noir, excité à l'idée d'être si près d'elle en cet instant. Voilà quelque chose qu'elle ne comprendrait jamais, se dit-il. Chaque décision qu'elle prenait pour essayer de s'éloigner de lui ne servait qu'à l'exciter encore plus et à entretenir sa passion, toujours plus forte. Il remonta le col de son manteau et se laissa retomber dans un renfoncement sombre. Il pourrait y rester au chaud toute la nuit s'il le fallait.

Quand elle arriva à la maison ce soir-là, Hope eut la surprise de découvrir que Sally était là, qui l'attendait. Leurs rapports étaient devenus extrêmement froids, et marqués par de longs silences.

Elle contempla la femme qui était sa compagne

depuis tant d'années, et céda soudain à l'épuisement et au désarroi.

Nous y voilà, se dit-elle. C'est ici que nous mettons fin à tout cela.

Une tristesse informe l'envahit, tandis qu'elle jetait un coup d'œil nerveux vers Sally.

— Tu es rentrée tôt, ce soir, dit-elle d'un ton aussi neutre que possible. Tu as faim ? Je peux préparer quelque chose en vitesse, mais cc ne sera pas génial.

Sally réagit à peine. Elle avait un nouvcau verre de scotch à la main.

— Je n'ai pas faim, dit-elle d'une voix un peu pâteuse. Mais il faut qu'on parle. Nous avons un problème.

— Oui, répondit Hope, qui ôta lentement sa vestc et posa son sac à dos. C'est bien ce que je pense.

— Plusieurs problèmes.

— Oui. Plusicurs. Mais je devrais peut-être me servir un verre, moi aussi.

Hope passa dans la cuisine. Pendant qu'elle se versait un grand verre de vin blanc, Sally se demandait par quoi elle allait commencer, et lequel de ses multiples problèmes cllc allait évoquer en premier. Un assemblage bizarre occupait son esprit, liant l'agression perpétrée sur son compte client et la menace que cela faisait peser sur sa carrière avec la froideur inexpliquée qu'elle manifestait depuis quelque temps à l'égard de Hope.

Qui suis-je ? se demanda-t-elle.

Elle était dans le même état d'esprit qu'avant sa séparation avec Scott. Toutes ses pensées baignaient dans une sorte de noire mélancolie. Il lui fallut une énorme force de volonté pour rester assise. Elle avait envie de se lever et de s'enfuir en courant. En tant qu'avocate habituée à un monde où l'on résolvait des problèmes délicats, elle se sentait brusquement incompétente.

Elle leva les yeux. Hope se tenait à l'entrée de la pièce.

— Il faut que je te parle de ce qui s'est passé, dit Sally.

— Tu es amoureuse de quelqu'un d'autre ?

— Non, non...

— Un homme ?

— Non.

— Une autre femme, alors ?

— Non.

— Tu ne m'aimes plus, simplement ? insista Hope.

— Je ne sais pas ce que j'aime. J'ai l'impression de... je ne sais pas, de pâlir, comme une vieille photo.

Hope trouvait cette remarque complaisante et exagérément romanesque. Cela la mit hors d'elle. Elle fit son possible, étant donné la tension à laquelle elle était soumise, pour ne pas éclater.

— Ecoute, Sally, dit-elle avec une froideur qui la surprit, je n'ai vraiment pas envie de discuter dans le détail de ton état d'esprit sentimental. Le monde n'est pas parfait. Quelles sont tes intentions ? J'en ai assez de vivre dans le champ de mines qu'est devenue cette maison. J'ai l'impression que... ou bien on se sépare, ou bien... je ne sais pas, quoi ? Que proposes-tu ? Ce qui est sûr, c'est que je déteste ces montagnes russes psychologiques.

Sally secoua la tête.

— Je n'ai pas vraiment réfléchi à ça.

— Bon Dieu, tu déconnes !

Hope se sentit un peu coupable du plaisir que lui procurait sa propre colère.

Sally commença à dire quelque chose, s'interrompit, reprit :

— Il y a un autre problème. Qui nous affecte toutes les deux. Nous, et notre mode de vie.

Sally lui parla rapidement de la plainte du barreau de l'Etat. Elle lui décrivit la situation financière difficile dans laquelle elles se trouvaient, depuis qu'elles avaient été lessivées (au moins provisoirement) d'une bonne partie de leurs économies, et lui expliqua qu'il lui faudrait un certain temps pour retrouver l'argent et procéder aux démarches nécessaires pour qu'on le lui rende.

Hope l'écoutait, frappée de stupeur.

— Tu plaisantes, n'est-ce pas ?

— J'aimerais bien.

— Mais ce n'était pas *ton* argent. C'était *notre* argent. Tu aurais pu me consulter au préalable…

— Il fallait que je réagisse au plus vite pour éviter une véritable enquête du barreau.

— Belle excuse. Ça n'explique pas pourquoi tu n'as pas décroché ton foutu téléphone pour me raconter tout ça

Sally ne répondit pas.

— Ainsi, non seulement nous sommes au bord du divorce, mais nous sommes fauchées, d'un seul coup ?

Sally hocha la tête.

— Non, pas tout à fait, mais jusqu'à ce que la situation soit éclaircie…

— C'est formidable ! Tout simplement épatant. Foutrement génial. Bon Dieu, qu'est-ce qu'on est censées faire maintenant ?

Hope se mit à aller et venir dans la pièce. Elle était tellement furieuse à l'égard de son amie qu'elle avait l'impression que la lumière avait diminué, puis brillait à nouveau, comme s'il y avait eu une surtension électrique.

Le téléphone sonna.

Hope pivota, fixa l'appareil comme s'il était responsable de son infortune, traversa la pièce à pas lourds pour répondre. Elle murmurait des obscénités à chaque pas.

— Oui ? fit-elle d'un ton agressif. Qui est là ?

Du fond de son fauteuil, Sally se sentait misérable au spectacle de ce que sa vie semblait être devenue. Elle vit le visage de Hope se figer brusquement.

— Qu'est-ce qui se passe ? demanda-t-elle. Quelque chose ne va pas ?

Hope hésita, concentrée sur ce qui lui disait son interlocuteur. Au bout d'un moment, elle hocha la tête.

— Bordel… Attends, je te la passe.

Elle se tourna vers Sally.

— C'est Scott. Le sale type a réapparu dans la vie d'Ashley. C'est du sérieux.

Une heure plus tard, Scott arrivait chez elles. Il sonna à la porte d'entrée, entendit Sans-Nom aboyer et leva les yeux vers Hope venue lui ouvrir. Comme d'habitude, il y eut quelques secondes de silence gêné, puis, d'un geste, elle l'invita à entrer.

— Salut, Scott. Entre.

Il découvrit avec surprise que Hope semblait avoir pleuré. Il avait toujours pensé que dans le couple qu'elle formait avec Sally elle était la plus solide.

Une chose dont il était certain : son ex-femme était la face sombre de toute relation de couple.

Il entra dans le salon et fit l'économie des formules de politesse :

— Tu as parlé à Ashley ?

Sally acquiesça.

— Oui, pendant que tu étais en route. Elle m'a expliqué ce qu'elle t'a déjà dit. Elle n'a plus de boulot et à l'école c'est la pagaille. On dirait que nous avons sous-estimé l'entêtement de Michael O'Connell, soupira-t-elle.

— C'est le moins qu'on puisse dire, fit Scott en haussant les sourcils. Sans doute une erreur que nous ne pouvions pas éviter. Maintenant, nous devons aider Ashley à se sortir de là.

— Je croyais que c'était pour ça que tu étais allé à Boston, répondit froidement Sally. Avec cinq mille arguments en liquide.

— D'accord, dit Scott d'un ton aussi glacé. On dirait bien que notre tentative de corruption n'a servi à rien. Quelle est la prochaine étape ?

Ils restèrent un moment silencieux.

— Ashley est dans de sales draps, lâcha enfin Hope. Il est évident qu'elle a besoin d'aide. Mais comment ? Quoi ? Que pouvons-nous faire ?

— Il doit y avoir des lois… commença Scott.

— Oui, il y a des lois, mais comment les appliquons-nous ? poursuivit Hope. Et jusqu'ici, quelles lois ce type a-t-il violées ? Il ne l'a pas agressée physiquement. Il ne l'a pas frappée. Il ne l'a pas menacée. Il lui a dit qu'il l'aimait. Et il l'a suivie. Tout ce qu'il a fait ensuite, c'est de foutre sa vie en l'air avec des trucs informatiques. De la malveillance, tout au plus.

— Il y a des lois contre cela... fit Sally, qui s'interrompit brusquement.

— Malveillance informatique... dit-il. Le mot est un peu faible, non ?

— Parfaitement anonyme, en tout cas, fit Sally.

Chacun d'eux se demandait ce qu'il pouvait dire. Puis Scott se redressa.

— De mon côté, j'ai eu un problème assez délicat, la semaine dernière. Transmis par ordinateur. Anonyme, là aussi. Je pense l'avoir résolu, mais...

Personne ne dit rien pendant une seconde, puis Hope lâcha :

— Moi aussi, j'ai un problème.

Sally leva les yeux, surprise. Avant qu'elle ait le temps de dire un mot, Hope la montra du doigt.

— Et elle aussi.

Hope se leva.

— Je crois que nous avons tous besoin d'un verre...

Elle alla chercher une autre bouteille de vin.

— Peut-être même de plusieurs verres, jeta-t-elle par-dessus son épaule, en direction de Scott et Sally qui se regardaient, l'air dubitatifs.

De prime abord, l'inspecteur de la police d'Etat du Massachusetts assis en face de moi me fit l'effet d'un type étrangement agréable, loin de l'attitude « dur à cuire », désabusée, de ses équivalents de roman policier. Il était de taille et de carrure moyennes. Il portait un blazer bleu et un pantalon kaki passe-partout. Ses cheveux blond-roux étaient coupés ras, et il arborait une moustache broussailleuse désarmante. Sans le Glock 9 mm noir luisant qu'il portait à l'aisselle dans un holster, on aurait pu le prendre pour un représentant en assurances ou un professeur de collège.

Il se balançait sur son fauteuil, ignorant le téléphone qui sonnait.

— Ainsi, vous voulez des informations sur le harcèlement criminel, c'est cela ?

— Oui, répondis-je. Pour mes recherches.

— Pour un livre ? Pour un article ? Vous n'avez pas un intérêt personnel pour le sujet ?

— Je ne suis pas sûr de comprendre…

L'inspecteur eut un sourire.

— Vous savez bien, comme ce type qui appelle le docteur et qui lui dit : « J'ai un copain, au bureau, qui voudrait connaître les symptômes de… ah, une maladie sexuellement transmissible, disons… ah oui, la syphilis, ou la… la gonorrhée. Et il voudrait savoir comment, je parle de mon ami, où il a pu attraper ça, parce que ça lui fait un mal de chien… »

Je secouai la tête.

— Vous pensez que je suis un harceleur, et que je veux…

Il sourit de nouveau, mais c'était un sourire calculateur.

— Peut-être que vous avez envie de traquer quelqu'un, et vous cherchez des tuyaux pour éviter de vous faire prendre. De fait, c'est tout à fait le genre de trucs tordus qu'un vrai harceleur pourrait tenter. Il ne faut jamais les sous-estimer. Ni ce qu'ils feront quand le moment viendra de passer à l'action. Un harceleur digne de ce nom fait de son obsession une véritable science. Une science et un art.

— Comment cela ?

— Il étudie sa victime, mais aussi le monde dans lequel elle vit. Sa famille. Ses amis. Son boulot. Son école. L'endroit où elle et ses proches aiment aller dîner. Le cinéma qu'ils fréquentent, l'endroit où ils font réviser leur voiture, où ils achètent leurs billets de loterie. Où ils promènent leur chien. Le gars fait appel à toutes sortes de moyens, légaux ou illégaux, pour accumuler les informations. Il est constamment en train de jauger, de mesurer, d'anticiper. Chacune de ses pensées conscientes converge vers sa cible – au point qu'il peut souvent penser avec un temps d'avance, comme s'il lisait dans l'esprit de sa victime. Il finit par la connaître mieux qu'elle ne se connaît elle-même.

— Et on explique ça comment ?

— Les psychologues ne sont pas très sûrs. Le comportement obsessionnel est toujours plus ou moins un mystère. Probablement un passé qui présente… comment dire, des aspérités ?

— C'est sans doute plus que ça.

— Oui, sans doute… J'aurais tendance à dire que si vous grattez un peu la surface, vous trouverez des choses peu ragoûtantes dans leur enfance. Viols. Violence. A vous de choisir.

Il secoua la tête.

— Des types dangereux, les harceleurs. Ce ne sont absolument pas des petits criminels ordinaires. Que vous soyez une réceptionniste d'un camp de mobile homes harcelée au supermarché par son ex-petit ami motard, ou une vedette de cinéma, avec tout l'argent du monde, poursuivie par un admirateur obsessionnel, vous êtes vraiment en danger, car quoi que vous fassiez, s'ils en ont suffisamment envie, ils finiront par vous avoir. Et l'attirail législatif, même avec les ordonnances restrictives temporaires et les lois sur le harcèlement informatique, est conçu pour réprimer les crimes, pas pour empêcher qu'ils se produisent. Les harceleurs le savent. Et le plus terrifiant, c'est que la plupart du temps ils s'en foutent royalement. Ils sont blindés contre les sanctions normales. Scandale. Ruine financière. Prison. Mort. Très souvent, ils ne craignent rien de tout cela. La seule chose qui leur fait peur, c'est de perdre leur cible de vue. Cela triomphe de tout le reste, et cette traque obsessionnelle devient leur unique raison de vivre.

— Que peut faire la victime ?

Il sortit de son bureau une brochure intitulée *Vous êtes harcelée ? Conseils de la police d'Etat du Massachusetts*.

— Nous lui donnons de la lecture.

— C'est-à-dire ?

— Jusqu'à ce qu'un crime soit commis. Et là, en général, c'est trop tard.

— Et les groupes de défense, les…

— Ils peuvent aider certaines personnes. Il y a des abris sûrs, des refuges secrets, des groupes de soutien, tout ce que vous voudrez. Tous peuvent apporter leur aide dans certains cas… et je ne déconseillerai jamais à quelqu'un de contacter ces gens… mais il faut être prudent, car on prend parfois le risque de créer des affrontements qu'on ne désire pas vraiment. Mais c'est généralement trop tard, de toute façon. Vous voulez que je vous dise ce qui est vraiment dingue ?

Je fis oui de la tête.

— Notre Etat est à l'avant-garde pour faire passer des lois destinées à protéger les citoyens. Mais un harceleur imaginatif trouve toujours le moyen de les contourner. Le pire, c'est que si vous faites intervenir les autorités – en déposant une plainte, par exemple, pour faire ouvrir un dossier et demander au tribunal l'ordonnance qui interdira au traqueur de vous approcher –, vous risquez fort de précipiter le désastre. De forcer la main du sale type. De l'obliger à agir. Quelque chose du genre : « Si je ne peux pas t'avoir, personne ne t'aura. »

— Et…

— Faites appel à votre imagination, monsieur l'écrivain. Vous savez ce qui se passe quand un type débarque sur un lieu de travail, ou au domicile de quelqu'un ou je ne sais où, déguisé en Rambo, en treillis, avec un fusil à pompe de calibre 12, au moins deux pistolets et assez de munitions sur le torse pour repousser pendant plusieurs heures une brigade du SWAT… Vous avez lu ce genre d'histoires.

Je ne répondis pas. J'avais lu ça, en effet. L'inspecteur eut un sourire.

— Voici une chose que vous devriez garder à l'esprit : pour ce que nous pouvons en dire à ce jour, autant les flics que les psys de la police, le profil le plus précis qu'on est arrivé à établir pour un harceleur criminel vraiment obsédé est plus ou moins identique à celui d'un tueur en série.

Il se renversa en arrière sur son fauteuil.

— Ce genre de truc donne à penser, hein ?

20

Des actions, justes et injustes

— Est-ce que quelqu'un peut me dire à quoi nous avons affaire, ici ?

La question de Sally resta suspendue au-dessus de leurs têtes.

— A part ce qu'Ashley nous en a dit, et il faut bien admettre que ce n'est pas grand-chose, que savons-nous de ce type qui est en train de bousiller sa vie ?

Sally se tourna vers son ex-mari. Elle faisait durer son verre de scotch. Elle aurait dû être ivre, mais elle était beaucoup trop à cran pour perdre sa sobriété.

— Scott, tu es le seul d'entre nous, à part Ashley bien entendu, à l'avoir vu. J'imagine que tu en as tiré des conclusions, depuis votre rencontre à Boston. Tu t'es certainement fait une opinion sur cet homme. Cela nous ferait un point de départ.

Scott hésita. Il était beaucoup plus habitué à mener les débats dans les séminaires, et le fait qu'on lui demande tout à coup son opinion le laissait un peu désemparé.

— Il ne ressemblait pas aux gens que nous pourrions fréquenter, dit-il lentement.

— Que veux-tu dire ? demanda Sally.

— Eh bien, il était bien bâti, joli garçon et visiblement assez intelligent, mais il était aussi brutal. Un peu l'idée qu'on se fait d'un garçon qui roule en moto, travaille dans un atelier au rythme de la pointeuse et prend des cours du soir dans une université publique. Mon impression, c'était qu'il venait d'un milieu plutôt défavorisé. Pas le genre de type qu'on rencontre normalement à mon université, ni à l'école de Hope. Et certainement pas le genre de type avec lequel Ashley se lie d'habitude, à qui elle promet son amour éternel pour rompre au bout d'un mois. Ces garçons sont toujours du genre « artiste ». Maigrichons, cheveux longs, nerveux… O'Connell semblait dur et malin. Tu en croises peut-être quelques-uns comme lui dans ton cabinet, mais à mon avis tu te trouves à un niveau au-dessus.

— Bon Dieu, mais qu'est-ce qu'Ashley fichait avec lui, pour commencer ? fit Sally après un silence.

— Une erreur, dit Hope.

Elle était restée assise sans rien dire, la main posée sur le dos de Sans-Nom, bouillant intérieurement. Au début, elle s'était demandé si elle avait le droit d'intervenir dans la conversation. Elle avait décidé finalement que oui. Il n'y avait pas de raison. Elle ne comprenait pas pourquoi Sally avait l'air si détachée. Comme si elle était étrangère à tout ce qui se passait – y compris le fait que sa propre situation financière était torpillée.

— Tout le monde fait des mauvais choix, de temps à autre. Des choses qu'on regrette plus tard. La différence, c'est qu'après, on passe à autre chose. Ce type empêche Ashley de passer à autre chose.

Hope regarda Scott, puis de nouveau Sally.

— Peut-être que ton erreur, ça a été Scott. Ou moi. Ou peut-être qu'il y a eu quelqu'un d'autre, dont nous ignorons l'existence, et que tu gardes secret depuis des années. En tout cas, tu es allée de l'avant. Ce type est dans un monde totalement différent.

— D'accord, fit prudemment Sally, après un silence gêné. Comment va-t-on s'y prendre ?

— Pour commencer, dit Scott, sortons Ashley de ce merdier.

— Mais c'est à Boston qu'elle suit ses cours ! Sa vie est là-bas. Tu penses que nous devrions la ramener ici, comme un campeur qui a le cafard et veut rentrer chez lui après une nuit sous la tente ?

— Oui. Exactement.

— Vous pensez qu'elle viendra ? intervint Hope.

— Est-ce que nous avons le droit ? demanda Sally, très vite. Elle est majeure. Ce n'est plus une petite fille.

— Je sais, rétorqua Scott d'un ton irrité. Mais si nous sommes raisonnables…

— Est-ce qu'il y a quoi que ce soit de raisonnable dans tout cela ? demanda brusquement Hope. Est-ce qu'il est juste qu'Ashley rentre à la maison en courant dès qu'un problème se présente ? Elle a le droit de vivre où elle veut, et elle a le droit de mener sa propre vie. Et ce type, O'Connell, il n'a pas le droit de l'obliger à fuir.

— Exact. Mais nous ne parlons pas de droits. Nous parlons de réalités.

— Eh bien, dit Sally, la *réalité*, c'est que nous

devrons faire ce qu'Ashley décidera… et nous ne savons pas ce qu'elle veut.

— C'est ma fille. Je crois que si je lui demande de faire quelque chose, elle le fera, merde ! répondit sèchement Scott, d'une voix où perçait la colère.

— Tu es son père. Ça ne veut pas dire qu'elle t'appartient, dit Sally.

Un silence inquiet s'installa dans la pièce.

— Nous devrions essayer de savoir ce qu'Ashley veut faire.

— Cela me semble une idée assez fade, molle, et politiquement correcte, dit Scott. Je crois que nous devons être plus agressifs. Au moins jusqu'à ce que nous sachions à quoi nous avons affaire.

De nouveau, tout le monde garda le silence.

— Je suis d'accord avec Scott, dit brusquement Hope.

Sally se tourna vers elle, surprise.

— Nous devrions être, comment dire… ? proactifs, poursuivit Hope. Au moins modestement.

— Alors, que proposez-vous ?

— Je crois, dit lentement Scott, qu'il faudrait essayer d'en savoir plus sur Michael O'Connell, tout en mettant Ashley hors de sa portée. Nous ferons ainsi tout ce qui est en notre pouvoir. L'un de nous devrait peut-être commencer à le surveiller…

Sally leva la main.

— Nous devrions engager un professionnel. Je connais un ou deux détectives privés pour qui ce genre d'enquête relève de la routine. Et qui pratiquent des tarifs abordables.

— D'accord, fit Scott, tu engages quelqu'un, et on voit ce qui en sort. Entre-temps, on éloigne physiquement Ashley d'O'Connell.

— La ramener à la maison ? Ça me semble infantile et lâche, dit Sally.

— Moi, ça me semble logique. Elle a peut-être besoin pour le moment de quelqu'un qui veille sur elle.

Scott et Sally échangèrent des regards noirs. De toute évidence, ils revisitaient quelque épisode de leur passé.

— Ma mère, intervint Hope.

— Ta mère ? !

— Oui. Ashley s'entend bien avec elle, et elle habite dans une petite ville où un étranger posant des questions ne passerait pas inaperçu. O'Connell aurait du mal à la suivre là-bas. C'est à la fois assez loin et suffisamment proche. Et je doute qu'il soit capable de découvrir où elle se trouve.

— Mais ses cours… commença Sally.

— Elle pourra toujours récupérer un semestre fichu, dit vivement Hope.

— Je suis d'accord, dit Scott. Eh bien, nous avons un plan. Il nous reste à convaincre Ashley d'y adhérer.

Michael O'Connell écoutait les Rolling Stones sur son iPod. Quand Mick Jagger se mit à chanter « *All your love is just sweet addiction* », il dansait presque en descendant la rue, indifférent aux regards des rares passants, les pieds frappant le trottoir au rythme de la chanson. Il était un peu moins de minuit, mais la musique déversait sur son chemin des éclairs de lumière. Il laissait le son guider ses pas, cherchant le rythme adapté à sa prochaine rencontre avec Ashley. Quelque chose qu'elle n'aurait pas prévu. Quelque chose qui lui montrerait combien la présence d'O'Connell était totale.

Il se dit qu'elle ne comprenait pas vraiment. Pas encore.

Il avait attendu devant son appartement jusqu'à ce qu'il voie les lumières s'éteindre. Il sut qu'elle s'était couchée. Ashley ne comprend pas, se dit-il, comme il est facile de voir dans le noir. Une lumière ne sculpte qu'un endroit précis. Il est beaucoup plus sage d'apprendre à détecter les formes et les mouvements dans l'obscurité.

Les plus grands prédateurs opèrent la nuit.

La chanson s'acheva, il s'arrêta sur le trottoir. De l'autre côté de la rue, il vit un petit cinéma d'art et essai où l'on jouait un film français, *Nid de guêpes*. Il se glissa dans la pénombre et surveilla les gens qui en sortaient. Comme il s'y attendait, il s'agissait surtout de jeunes couples. Ils semblaient très excités. Ils n'avaient pas cet air sombre suggérant « Je viens de voir quelque chose de très important » qu'affichent si souvent les spectateurs de ce qu'O'Connell considérait avec mépris comme du cinéma « artistique ». Ses yeux se posèrent sur un couple qui riait, bras dessus bras dessous.

Cela l'énerva. Son rythme cardiaque accéléra légèrement. Il les observa alors qu'ils passaient devant un néon, sur le trottoir opposé. Les dents serrées, il sentit sur sa langue un goût acide.

Le couple n'avait rien d'extraordinaire et pourtant, ils étaient profondément exaspérants. Il vit la jeune femme se coller contre le garçon et passer le bras sous le sien, liant leurs deux corps qui semblaient ne plus faire qu'un, alors qu'ils marchaient à l'unisson dans cette rue en un moment d'intimité publique. Il ajusta son pas au leur, avançant parallèlement au couple, les observant plus directement, tandis qu'une colère informe, impossible à maîtriser, montait en lui.

Leurs épaules se frottaient au rythme de leur marche, et ils avaient la tête légèrement penchée l'un vers l'autre. O'Connell pouvait les voir qui riaient, souriaient et poursuivaient un dialogue intense.

Il se dit qu'ils n'étaient pas ensemble depuis long-temps. Leur langage gestuel, leurs mouvements l'un vers l'autre, la manière dont ils s'écoutaient mutuel-lement et riaient à ce que l'autre disait, tout indiquait une fraîcheur et une excitation toutes neuves, un couple qui naissait à peine, qui en était encore à faire connaissance. Il vit les doigts de la fille serrer le bras du garçon. Il se dit qu'ils avaient déjà couché ensemble, mais sans doute pas plus d'une fois. Chaque contact, chaque caresse, chaque instant d'exploration activait encore le courant électrique de l'aventure, la drogue grisante de tous les possibles.

Il leur voua une haine totale.

O'Connell n'avait aucun mal à imaginer la fin de leur soirée. Comme il était tard, ils décideraient de ne pas prendre un café chez Starbucks ou une ou deux boules de glace chez Baskin-Robbins, même s'ils s'arrêteraient devant les deux vitrines et feraient mine de peser le pour et le contre alors que la seule chose dont ils avaient envie, c'était de se dévorer mutuellement. Le garçon ne cessait de jacasser sur les films, les livres, les cours qu'il suivait dans Dieu sait quelle université, et la fille l'écoutait, glissait un ou deux mots de temps en temps – elle s'intéressait surtout à ce qu'il était, à ce qu'il voulait être à ses yeux. Le garçon n'avait besoin d'autre encourage-ment que la pression de son bras. Ils rejoindraient l'appartement en riant. Et dès qu'ils seraient entrés, il ne leur faudrait que quelques secondes pour aller vers le lit et se débarrasser de leurs vêtements, toute la fatigue de la journée effacée instantanément, emportée par la spontanéité de leur amour.

O'Connell respirait difficilement, mais calmement.

C'est ce qu'ils croyaient. C'est ainsi que les choses auraient dû se passer. C'était ce qui était prévu.

Il sourit. Mais pas cette nuit.

Il avançait à la même vitesse que le couple, surveillant sa progression depuis le trottoir opposé. Ils arrivèrent à un coin de rue. Dès que le signal pour piétons s'alluma, il traversa très vite le carrefour et vint droit sur eux, les épaules en avant, tête baissée. Ils se dirigeaient vers lui, comme deux cargos dans un chenal : leur route les amènerait tout près de lui, mais ils se croiseraient sans se toucher. O'Connell mesura mentalement la distance qui diminuait, remarqua qu'ils bavardaient toujours, en prêtant une attention distraite à ce qui se passait autour d'eux.

Au moment de les croiser, O'Connell fit un léger pas de côté, juste assez pour que son épaule cogne brutalement celle du garçon. Le choc fit un bruit mat qui le rassura. Il se retourna brusquement vers le couple.

— Hé ! Qu'est-ce que vous foutez ? s'écria-t-il. Regardez où vous allez !

Le couple se tourna à demi dans sa direction.

— Désolé, répondit le garçon. C'est ma faute. Excusez-moi.

Ils reprirent leur route après lui avoir jeté un bref regard.

— Connard ! fit O'Connell, assez fort pour qu'ils

l'entendent mais en leur tournant le dos immédiatement.

Le garçon pivota, sans lâcher le bras de la fille. Visiblement, il s'apprêtait à répondre, puis décida de n'en rien faire. Il ne voulait dire ni faire quoi que ce soit qui aurait pu gâcher l'ambiance. Il se détourna. O'Connell compta lentement jusqu'à trois, pour leur donner le temps de mettre quelque distance entre eux et lui (ils lui tournaient le dos désormais), et se mit à les suivre. Un soudain coup de klaxon fit se retourner la jeune fille, qui regarda par-dessus son épaule et l'aperçut. Il vit une légère inquiétude s'afficher sur son visage.

C'est ça, se dit-il. Avancez encore un peu, mesurez votre surprise, imaginez une menace.

Dès qu'il atteignit le trottoir, voyant que la fille parlait rapidement au garçon, O'Connell se baissa vivement à hauteur d'une devanture sombre, pour sortir de leur champ de vision. En disparaissant dans le renfoncement, il eut envie de rire bruyamment. Il se remit à compter mentalement.

Un, deux, trois…

Le temps que le garçon entende ce que lui disait la fille et s'arrête.

Quatre, cinq, six…

Qu'il se retourne et regarde derrière lui, scrute la pénombre et les arcs des néons.

Sept, huit, neuf…

Scrute l'obscurité et la nuit, mais sans le voir.

Dix, onze, douze…

Se retourne vers la fille.

Treize, quatorze, quinze…

Un nouveau regard, pour être sûr.

Seize, dix-sept, dix-huit…

Ils repartaient.

Dix-neuf, vingt…

Un dernier regard inquiet en arrière, par-dessus son épaule, juste pour se rassurer.

O'Connell fit un pas hors de l'ombre et vit que le jeune couple avait accéléré. Ils avaient parcouru presque la moitié du bloc. Ils les suivit rapidement, traversa pour se retrouver à nouveau sur un trajet parallèle au leur, courant presque jusqu'à ce qu'il soit à leur hauteur.

Une fois encore, ce fut la fille qui le repéra.

Il imagina son angoisse.

De l'autre côté de la rue, la fille trébucha et se tordit le pied. Lorsqu'elle regarda de nouveau vers lui, O'Connell s'arrangea pour qu'elle s'aperçoive qu'il la fixait. Quand leurs regards se croisèrent, le sien n'exprimait rien d'autre que la colère.

Le garçon tourna la tête vers lui ; O'Connell s'y attendait. Il se mit brusquement à courir devant lui, vers le coin de la rue, distançant le couple. Cette attitude soudaine, abrupte, erratique, l'enchantait. Ils ne s'y étaient pas attendus, et il savait que cela les plongerait dans la confusion.

Derrière lui, les deux jeunes gens devaient discuter. Continuer vers l'avant, vers leur appartement ? Ou faire demi-tour, trouver un autre chemin ? Une fois de plus, il se rencogna dans l'ombre et retint son souffle. Un rapide coup d'œil panoramique lui révéla que la ruelle derrière lui était bordée de petits immeubles d'appartements, un peu comme la rue d'Ashley. Les branches des arbres s'étiraient dans la lumière dispensée par l'éclairage municipal, qui leur donnait un aspect fantomatique. Les voitures à l'arrêt, serrées les unes contre les autres, occupaient tout l'espace disponible ; une lumière blafarde se déversait des entrées des immeubles.

Il se glissa hors de l'ombre, parcourut rapidement les trois quarts de la distance qui le séparait du coin et reprit position dans un autre renfoncement obscur. Il attendit. Il y avait un lampadaire à l'entrée de la rue. O'Connell estima qu'ils allaient passer sous son rayon lumineux en se rendant à leur appartement.

Il ne s'était pas trompé. Il vit le jeune couple passer le coin, s'arrêter un instant, puis repartir à grands pas.

Ils ont peur, se dit-il. Pas encore sûrs d'être tout à fait hors de danger. Mais ils commencent à se détendre.

Il bondit, rentra la tête dans les épaules et traversa vivement la rue en diagonale pour les intercepter.

Ils le virent presque en même temps. La fille s'étrangla. Courageux, son compagnon la poussa légèrement derrière lui et fit face à O'Connell. Il serra le poing et se mit en position, comme un boxeur qui attend que la cloche retentisse.

— N'avancez pas ! fit-il d'une voix aiguë, où perçait le doute.

O'Connell entendit la fille hoqueter.

— Qu'est-ce que vous voulez ? demanda le garçon, en s'efforçant de rester entre O'Connell et la fille.

O'Connell s'immobilisa et le regarda.

— Que veux-tu dire ?

— Restez où vous êtes !

— Mollo, mec, fit O'Connell. Quel est le problème ?

— Pourquoi nous suivez-vous ?

Cette fois, c'était la fille qui avait parlé, d'une voix paniquée, presque dans un cri.

— Vous suivre ? Bon Dieu, qu'est-ce que vous racontez ?

Le garçon avait toujours les poings serrés, mais il avait l'air surpris, et surtout confus.

— Vous êtes dingues, les mecs, reprit O'Connell en s'approchant d'eux très vite. Cinglés.

— Laissez-nous tranquilles, dit le garçon.

Pas très convaincant, se dit O'Connell. Il les dépassa, parcourut quelques mètres, s'arrêta et se retourna. Comme il s'y attendait, ils étaient toujours serrés l'un contre l'autre, sur la défensive, les yeux fixés sur lui.

— Vous avez du bol, tous les deux.

Ils le regardèrent, surpris.

— Vous savez que vous avez failli mourir, ce soir ?

Sans leur laisser le temps de répondre, il pivota et s'éloigna aussi rapidement qu'il pouvait sans courir, d'une ombre à l'autre, abandonnant le jeune couple derrière lui. Il se dit qu'ils se souviendraient de leur peur de cette nuit-là bien plus longtemps que de leur bonheur du début de soirée.

— Je crois qu'il me faudrait en savoir plus sur Sally et Scott, puis sur Hope.

— Pas sur Ashley ?

— Ashley semble jeune. Inachevée.

Elle fronça les sourcils.

— C'est assez juste. Mais qu'est-ce qui vous fait croire que Michael O'Connell ne l'a pas « achevée » ?

Je ne savais que répondre, mais je décelai une froideur évidente dans ses paroles.

— Vous m'avez dit que quelqu'un est mort. Vous ne voulez tout de même pas dire que c'est Ashley…

Ma question resta suspendue en l'air, au-dessus de nous.

— C'était elle qui était le plus en danger, dit-elle finalement.

— Oui, mais…

— Et je suppose que vous croyez comprendre, déjà, Michael O'Connell ? me coupa-t-elle.

— Non. Pas totalement. Loin de là. Mais je me demande quelle sera la prochaine étape, et je m'interroge sur ces trois-là.

Elle ne dit rien. Jouant avec son verre de thé glacé, elle tourna la tête et regarda par la fenêtre.

— Je pense souvent à eux. Je ne peux pas m'en empêcher.

Elle tendit la main vers une boîte de mouchoirs en papier. Des larmes perlaient au coin de ses yeux, mais elle souriait. Elle inspira longuement, lentement.

— Vous êtes-vous déjà demandé pourquoi le crime peut être si destructeur ? dit-elle brusquement.

Je savais qu'elle répondrait elle-même à sa question.

— Parce qu'il est tellement inattendu. Il surgit toujours hors des routines de la vie. Il nous prend par surprise. Il devient totalement personnel. Totalement intime.

— Oui. C'est assez juste.

Elle me regarda.

— Un professeur d'histoire dans une université libérale et snob. Une avocate de province, spécialisée dans les divorces à peine contestés et les conflits immobiliers mineurs. Une conseillère en éducation et entraîneur sportif. Et une étudiante en arts un peu tête en l'air. De quels moyens de défense disposaient-ils ?

— Bonne question.

— C'est ce que vous devez découvrir. Pas seulement ce qu'ils ont compris et ce qu'ils ont fait, mais pour quelles raisons ils l'ont fait.

— D'accord, répondis-je d'une voix traînante.

— Avec le recul, ça semble toujours simple. Mais, au moment où cela arrive, ce n'est jamais si précis. Et jamais aussi clair que nous pensons que ça devrait être.

21

Une série de possibles faux pas

Plus Scott lisait, plus il était terrifié. Le lendemain matin de cette réunion si peu satisfaisante avec Sally et Hope, il s'était immergé (comme tout bon universitaire) dans l'étude du phénomène que représentait Michael O'Connell. Il était allé à la bibliothèque la plus proche et s'était lancé dans une recherche sur les comportements compulsifs et obsessionnels. Livres, magazines et journaux s'entassaient sur sa table, dans un coin de la salle de lecture.

Il y régnait un calme oppressant, pesant, et Scott se rendit compte tout à coup qu'il pouvait à peine respirer.

Il leva les yeux, dans un état proche de la panique. Son cœur battait, comme sur le point d'exploser.

Ce qu'il avait appris durant la matinée était une véritable litanie du désespoir.

La mort. La mort partout. Il était littéralement entouré par la mort. Inlassablement, il avait lu les histoires de ces femmes, ici, là, jeunes, d'âge mûr, parfois plus vieilles encore, qui avaient été l'objet de l'obsession monomaniaque d'un homme. Toutes avaient souffert. La plupart avaient été assassinées. Les rares survivantes portaient les marques de l'affrontement.

L'endroit où vivaient ces femmes semblait peu déterminant. Au sud et au nord. Aux Etats-Unis et à l'étranger. Certaines étaient jeunes, des étudiantes, comme Ashley. D'autres étaient plus âgées. Riches ou pauvres, cultivées ou pas, cela ne faisait aucune différence, n'avait aucune importance. Quelques-unes avaient été mariées à l'homme qui les harcelait. D'autres avaient été des collègues de travail, des camarades de classe. D'autres encore, des maîtresses. Elles avaient fait appel à toutes sortes de techniques, s'étaient tournées vers la justice, vers leur famille, leurs amis, vers toutes les sources possibles d'aide, pour tenter de se libérer de cette attention non désirée, impitoyable et obsessionnelle. Ce « désir inlassable », comme il l'avait lu quelque part.

Elles avaient fini par comprendre que c'était inutile.

Elles avaient été tuées à coups de revolver, à l'arme blanche, à coups de poing. Certaines avaient survécu. Elles étaient peu nombreuses.

Des enfants, parfois, mouraient avec elles. Des collègues ou des voisins aussi, victimes collatérales de la folie meurtrière.

Scott chancela sous le poids de ces informations. Quand il commença à comprendre dans quoi Ashley se trouvait embarquée, la tête lui tourna. Dans tous les livres, tous les articles, une page après l'autre, le seul dénominateur commun était *l'amour*.

Il savait, bien sûr, qu'il ne s'agissait pas de l'amour véritable. Plutôt une chose follement perverse, conçue dans les régions les plus noires de l'imagination et du cœur d'un homme. Qui avait sa place dans les manuels de psychiatrie médico-légale, plutôt que sur les cartes de la Saint-Valentin.

Scott avait parcouru les livres l'un après l'autre, une histoire après l'autre, une tragédie après l'autre, en quête de celle qui lui indiquerait ce qu'il fallait faire. Ses yeux survolaient les mots. Il faisait défiler les pages de plus en plus vite, jetant un livre, en reprenant un autre au hasard, mû par une angoisse de plus en plus forte, cherchant inlassablement celui qui lui donnerait la réponse. En sa qualité d'historien, d'universitaire, il pensait que la réponse était écrite quelque part, dans un paragraphe imprimé sur une page quelconque. Il vivait dans un monde où régnaient la raison, le débat structuré. Quelque chose, dans cet univers, devait pouvoir l'aider.

Plus il se le répétait, plus il comprenait combien cette quête était vaine.

Il finit par se lever et s'écarta du bureau si brusquement que le lourd fauteuil de chêne de la bibliothèque s'écrasa sur le sol, un coup de tonnerre dans cette salle silencieuse. Il sentit les yeux des personnes présentes se fixer sur son dos. Il s'éloigna de la table en trébuchant, comme s'il était blessé, étourdi, la main sur la poitrine. Il était incapable de résister plus longtemps à la panique.

La gorge serrée, il agita la main frénétiquement vers les piles de livres, fit demi-tour, abandonnant sur place tous ses documents. Il se mit à courir, passa entre les fichiers, dépassa le bureau des références où les bibliothécaires le regardèrent passer, stupéfaits, n'ayant jamais vu un homme terrifié à ce point par la chose imprimée. L'un d'eux tenta de le rappeler, mais Scott n'entendait rien ; il sortit en trombe sous le ciel d'orage, le cœur plus glacé que l'air ambiant, sachant seulement qu'il devait éloigner Ashley du chemin qu'elle avait pris, et le faire au plus vite. Il n'avait aucune idée de la manière dont il allait s'y prendre, mais il savait qu'il devait agir le plus tôt possible.

Sally commença elle aussi la journée sous le signe d'une série de résolutions qu'elle trouvait éminemment *raisonnables*.

Il lui semblait que la priorité était de savoir vraiment quel genre d'individu sa fille venait d'introduire dans leur existence. Il était probable qu'il maîtrisait l'informatique et qu'il était entré par effraction dans leur vie à tous. Elle repoussa la tentation de transmettre à la police les éléments épars de l'affaire – parce qu'elle n'était pas sûre qu'on ferait autre chose que d'enregistrer sa plainte, et parce qu'elle risquait de compromettre sa relation avec son client. A ce stade, se dit-elle, mettre la police dans le coup était une mauvaise idée.

Ce qui la tracassait, c'était qu'O'Connell – en supposant que c'était lui qui était à l'origine de ces agissements, ce dont elle n'était pas absolument certaine – paraissait faire preuve d'une subtilité et d'un savoir-faire hors du commun. Il semblait savoir comment blesser quelqu'un sans le frapper ni se servir d'une arme à feu, en utilisant des méthodes plus insaisissables, et cela lui faisait peur. Le fait qu'il sache comment leur gâcher la vie était proprement effrayant, et nécessitait qu'elle mobilise toutes ses forces.

Tout de même, se dit-elle, O'Connell n'était pas de taille à lutter contre eux.

Plus précisément, il n'était pas de taille à lutter contre elle. Pour Scott, elle n'était pas sûre. Des années passées dans le monde bien poli d'une petite université de gauche l'avaient dépossédé de cette ténacité et de cette tension qui lui plaisaient tant au début de leur mariage. Il avait été ancien combattant à une époque où ce n'était pas très populaire, et il avait abordé l'enseignement avec une fermeté qu'elle avait trouvée fascinante. Après qu'il eut passé son doctorat, après leur mariage et la naissance d'Ashley, et après qu'elle eut décidé de retourner en faculté pour finir son droit, Sally avait découvert qu'il se ramollissait. Comme si l'approche de l'âge mûr affectait non seulement son tour de taille, mais également son comportement.

— Très bien, monsieur O'Connell, dit-elle à voix haute. Vous avez déconné avec la mauvaise famille. Je vous réserve une ou deux petites surprises…

Elle se tourna, se laissa tomber sur son fauteuil et attrapa son téléphone. Elle avait retrouvé dans son Rolodex le numéro qu'elle cherchait. Elle le composa rapidement. Elle fit même preuve de patience quand une secrétaire la mit en attente. Quand elle entendit la voix au bout du fil, elle se sentit enfin rassurée.

— Murphy. Que puis-je pour vous, maître ?

— Salut, Matthew. J'ai un problème.

— Eh bien, chère madame Freeman-Richards, sachez que c'est la seule raison au monde qui pousse les gens à appeler ce numéro. Pourquoi, sinon, aurait-on envie de parler à un détective privé ? De quoi s'agit-il, cette fois ? Un divorce dans votre jolie petite ville ? Quelque chose a tourné au vinaigre quand personne ne s'y attendait ?

Sally imaginait Matthew Murphy derrière son bureau. Il s'était installé dans un immeuble quelconque, légèrement décrépit, à Springfield, à deux rues du tribunal fédéral et à la lisière d'un quartier assez délabré. Elle savait que Murphy aimait l'anonymat que lui garantissait l'endroit. Le tape-à-l'œil, tout ce qui attirait l'attention, ce n'était pas pour lui.

— Non, Matthew, ce n'est pas un divorce.

Elle aurait pu appeler un enquêteur beaucoup plus réputé. Mais Murphy avait un passé en dents de scie et savait faire preuve d'un pragmatisme qui pourrait lui être utile. D'autre part, en engageant quelqu'un dans une autre ville, elle risquait moins de susciter des commentaires au tribunal du comté.

— Il s'agit donc d'autre chose, maître ? Une affaire peut-être plus, comment dire… *contrariante* ?

Sally savait qu'il était capable de comprendre à demi-mot.

— Quelles sont vos relations avec Boston ? lui demanda-t-elle.

— J'ai quelques amis sur place.

— Quel genre d'amis ?

Avant de répondre, il se mit à rire.

— J'ai des amis des deux côtés de la ligne, maître. Quelques types pas très clairs toujours en quête d'un coup facile, et quelques-uns parmi ceux qui essaient de les arrêter.

Murphy avait été pendant vingt ans inspecteur à la brigade criminelle de l'Etat, avant de prendre une retraite anticipée et d'ouvrir sa propre agence. La rumeur prétendait que son indemnité de licenciement faisait partie d'un accord. Il se serait engagé à ne rien dire sur les activités d'une brigade des stups de Worcester à laquelle il s'était intéressé durant une enquête sur des meurtres liés à la drogue. C'était un terrain glissant, Sally le savait, au moins par ouï-dire. Murphy avait quitté le service avec les honneurs, alors qu'il aurait dû être lui-même inculpé... ou se retrouver, à l'issue d'une nuit difficile, face au semi-automatique d'un des membres des Latin Kings.

— Pouvez-vous faire quelques recherches pour moi, à Boston ?

— Je suis pas mal occupé, sur plusieurs affaires. Quel genre de recherches ?

Sally inspira à fond.

— Une affaire personnelle. Qui implique un membre de ma famille.

— Eh bien, maître, fit-il après une légère hésitation, ça explique pourquoi vous faites appel à un vieux de la vieille comme moi, plutôt qu'à un de ces jeunes détectives superficiels, sortis du FBI ou de la police judiciaire. Que voulez-vous de moi, exactement ?

— Ma fille est en relations avec un jeune homme, à Boston...

— Et vous ne l'aimez pas beaucoup ?

— C'est une façon de parler. Il s'obstine à lui dire qu'il l'aime, et refuse de la laisser tranquille. Il a introduit des saloperies dans son ordinateur, ce qui lui a fait perdre son emploi. Il a bousillé son travail à l'université. Peut-être plus. Il est probable qu'il la suit. Et c'est sans doute lui qui nous a fait des emmerdes, à moi, à mon ex-mari, et à une de mes amies. Toujours grâce à l'informatique.

— Quel genre d'emmerdes ?

— Il s'est introduit dans mes comptes clients. Il a fabriqué des dénonciations anonymes. D'une manière générale, il a fait des tas de saletés.

Sally se dit qu'elle minimisait les dégâts qu'O'Connell avait sans doute provoqués.

— On dirait qu'il est doué, ce… comment vous l'appelez ? Ex-petit copain ?

— Oui, plus ou moins. Sauf qu'apparemment ils ne se sont vraiment vus qu'une fois.

— C'est pour ça qu'il a fait tout ce que vous me dites ? Pour un coup d'un soir ?

— On le dirait bien.

Murphy hésita, et l'assurance de Sally s'en trouva un peu ébranlée.

— OK. Compris. Quel que soit le bout par où on le prend, on dirait qu'il s'agit d'un sale type.

— Vous avez l'expérience de ce genre d'affaire ? Un obsédé…

De nouveau, Matthew Murphy ne répondit pas tout de suite. Son silence mettait Sally de plus en plus mal à l'aise.

— Ouais, en effet, maître, dit-il enfin, comme à regret. J'en ai croisé quelques-uns qui ressemblaient à votre gars. Quand j'étais à la criminelle.

En entendant ce mot, Sally sentit sa gorge se serrer.

La mère de Hope venait de rentrer, après avoir ramassé des feuilles mortes, quand son téléphone sonna. Comme d'habitude, elle décrocha avec une légère appréhension.

— Bonjour, ma chérie. C'est une surprise. Nous ne nous sommes pas parlé depuis des semaines.

— Bonjour, maman, fit Hope, d'un ton un peu

coupable. J'ai été très occupée par l'école et par mes joueuses, et je n'ai pas vu le temps passer. Comment vas-tu ?

— Très bien, répondit Catherine Frazier. On se prépare pour l'hiver. Tout le monde ici pense qu'il va être long.

Hope inspira à fond. Ses relations avec sa mère étaient au mieux difficiles. Sous des dehors polis, elles étaient tendues en permanence, comme un nœud retenant une voile gonflée par un vent dont les rafales redoublent de violence. Catherine Frazier était un pur produit du Vermont, une libérale presque excessive dans ses opinions politiques. Sauf une. La plus importante aux yeux de sa fille. Elle était un des piliers de l'église catholique de Putney, à deux pas d'une ville plus branchée, l'ex-communauté hippie (muesli et pain complet) de Brattleboro. Elle avait survécu à la mort prématurée de son mari, n'avait jamais envisagé de se remarier et appréciait sa vie solitaire à la lisière de la forêt. Elle nourrissait toujours des doutes considérables sur les relations que sa fille entretenait avec Sally. Elle les gardait pour elle, car elle vivait dans un Etat qui acceptait l'union laïque des couples de femmes. Mais elle priait avec ferveur chaque dimanche pour être capable de faire preuve d'une compréhension qui lui faisait cruellement défaut – ce qui avait durci ses rapports avec sa fille. Les années passées, il lui était arrivé de se racheter dans le confessionnal, mais elle s'était lassée de dire des « Je vous salue Marie » et des « Notre Père » qui ne l'aidaient que de plus en plus rarement à se sentir mieux.

Hope pensait que son incapacité à être *normale* et à lui donner des petits-enfants était à l'origine de cette tension, aussi forte quand elles se parlaient que quand elles ne se parlaient pas, car elles n'abordaient jamais le seul véritable sujet qui en aurait valu la peine.

— J'ai un service à te demander.

— Tout ce que tu voudras, ma chérie.

Hope savait que c'était un mensonge. Il y avait des tas de choses qu'elle aurait pu demander à sa mère et que celle-ci ne lui aurait pas accordées.

— Il s'agit d'Ashley. Il faudrait qu'elle s'éloigne de Boston pendant quelque temps.

— Mon Dieu, que se passe-t-il ? Elle n'est pas malade, au moins ? Elle a eu un accident ?

— Non, pas exactement, mais…

— Elle a besoin d'argent ? J'en ai un peu, tu sais, et je serais ravie de l'aider.

— Non, maman. Laisse-moi t'expliquer…

— Et ses études ?

— On peut les mettre de côté momentanément.

— Tout cela est très déroutant, ma chérie. Quel est le problème ?

Hope inspira à fond et lâcha enfin :

— Un homme.

Quand Scott essaya de toucher Ashley sur son portable, ce soir-là, il obtint le message CE NUMÉRO N'EST PLUS EN SERVICE, ce qui le mit dans un état proche de la panique. Il composa le numéro de son fixe. Ashley décrocha. Il s'efforça de chasser la peur de sa voix.

— Salut, Ash, dit-il vivement, comment va ?

Ashley n'était pas sûre de savoir ce qu'elle devait répondre. Elle ne pouvait se débarrasser du sentiment qu'on l'épiait, qu'on la suivait, que quelqu'un écoutait tout ce qu'elle disait. Elle hésitait avant de quitter son appartement, elle était prudente quand elle marchait dans la rue, se méfiait de chaque ombre, de chaque renfoncement, de chaque impasse. Les bruits de la ville, pourtant si familiers, forçaient ses tympans comme autant de sifflets suraigus, d'une intensité presque douloureuse.

Elle décida de mentir un peu. Elle ne voulait pas que son père s'inquiète.

— Je vais bien. Les choses sont juste un peu… bordéliques.

— Tu as des nouvelles d'O'Connell ?

Elle fut prise de court.

— Ecoute, papa, je dois prendre des dispositions…

— Oui, dit-il, beaucoup trop vite. Oui. Absolument.

— J'ai résilié l'abonnement de mon portable.

Cela expliquait le message qu'il avait entendu.

— Oui, et annule aussi cette ligne-ci. En fait, je crois que tu vas devoir faire beaucoup plus que ce que nous pensions…

— Il va falloir que je déménage, continua-t-elle sombrement, comme si elle n'avait pas entendu ce qu'il venait de dire. J'aime cet endroit, mais…

— Je crois, insista Scott, que tu vas devoir faire beaucoup plus que simplement déménager. Il y a d'autres dispositions…

— Que dis-tu ? lâcha Ashley.

Scott prit sa voix la plus rationnelle, la plus neutre et la plus académique, comme s'il discutait des défauts du texte d'un étudiant en licence :

— J'ai fait quelques recherches. Je ne voudrais pas tirer de conclusions trop hâtives, mais je crois qu'il existe de fortes chances pour qu'O'Connell devienne… eh bien, qu'il devienne encore plus agressif.

— *Agressif.* C'est un euphémisme. Tu crois qu'il pourrait me faire du mal ?

— Des femmes, dans des circonstances similaires, ont subi des violences. Je dis simplement que nous devrions prendre certaines précautions.

Un nouveau silence, puis :

— Que proposes-tu ?

— Je pense que tu dois disparaître. Quitter Boston pour un endroit sûr, te cacher pendant un certain temps, et reprendre une vie normale quand O'Connell aura disparu.

— Comment peux-tu être si sûr qu'il disparaîtra ? Il se contentera peut-être d'attendre.

— Nous avons des ressources, Ashley. Si tu dois quitter Boston pour de bon, partir à Los Angeles, Chicago ou Miami, qu'il en soit ainsi. Tu es jeune. Tu as tout le temps devant toi pour aller où tu veux. Je pense que nous devons simplement prendre quelques mesures radicales pour l'empêcher de te retrouver.

Ashley sentit la colère l'envahir.

— Il n'a pas le droit, commença-t-elle, d'une voix plus forte. Pourquoi moi ? Qu'est-ce que j'ai fait de mal ? Pourquoi essaie-t-il de bousiller ma vie ?

Avant de répondre, Scott laissa sa fille se défouler. C'était une habitude qui datait de l'enfance d'Ashley. Il avait compris très tôt que s'il la laissait tempêter, extérioriser sa colère, elle finirait par se calmer et par écouter, sinon la voix de la raison, du moins quelque chose qui s'en rapprochait. Un truc de père. Le moment vint pour lui de reprendre la parole :

— Tu as raison, il n'a pas le droit. Il en a simplement la possibilité. Alors essayons de jouer quelques coups qu'il n'aura pas anticipés. Le premier consiste à t'éloigner de lui.

Il sentit de nouveau qu'Ashley, au bout du fil, était en train de mesurer la situation. Il se doutait que l'essentiel de ce qu'il proposait lui avait déjà traversé l'esprit. Elle semblait pourtant découragée. Elle devait avoir les larmes aux yeux. Rien de tout cela n'était juste. Quand elle lui répondit enfin, ce fut d'une voix résignée :

— Très bien, papa. Ashley va donc disparaître.

— Ainsi, ils ont engagé un détective privé ?

— Oui. Un homme très compétent et parfaitement entraîné.

— C'est logique. C'est le genre d'arrangement raisonnable que pourrait prendre n'importe quel couple cultivé et financièrement à l'aise. Comme s'ils appelaient un expert. Je devrais aller lui parler. Il doit avoir rédigé un rapport pour Sally. Tous les détectives privés finissent par le faire. J'ai juste besoin de ce rapport…

— Oui, dit-elle, vous avez raison. Il y avait un rapport. Un rapport initial. J'ai la copie qui a été envoyée à Sally.

— Et alors ?

— Pourquoi n'essayez-vous pas de parler d'abord à Matthew Murphy ? Après quoi je vous le donnerai, si vous pensez que vous en avez toujours besoin.

— Vous pourriez me faire gagner un peu de temps…

— Peut-être, répliqua-t-elle. Mais je ne suis pas sûre que ma tâche, dans cette affaire, soit de vous faire gagner du temps et de l'énergie. Par ailleurs, je pense qu'une visite au détective privé sera… comment dirais-je ? très utile pour votre éducation.

Elle eut un sourire sans humour. J'avais l'impression qu'elle me taquinait. Je haussai les épaules et me levai pour partir. En voyant mon air découragé, elle soupira.

— Parfois, il s'agit simplement d'impressions, dit-elle brusquement. Vous apprenez quelque chose, vous entendez, vous voyez quelque chose, et ça laisse une empreinte dans votre imagination. C'est ce qui arrive à Scott, finalement, à Sally, Hope et Ashley aussi. Une série d'événements, d'instants, pris tous ensemble, s'accumulent pour former une vision générale de ce que pourrait être leur avenir… Allez voir le détective privé, fit-elle d'un ton vif. Cela vous aidera à comprendre beaucoup de choses. Et si vous pensez que c'est toujours nécessaire, je vous donnerai son rapport.

22

Une disparition

Voyou. Ce fut le premier mot qui vint à l'esprit de Matthew Murphy.

Il avait sous les yeux un dossier de police au nom de Michael O'Connell, décrivant une existence de gagne-petit marquée surtout par des conflits insignifiants avec la loi. Fraude à la carte bancaire (sans doute à l'aide de cartes volées). Un vol de voiture, à peine sorti de l'adolescence. Une agression (il apparut qu'il s'agissait d'une bagarre dans un bar, dont O'Connell était apparemment sorti vainqueur). Aucun des délits mineurs dont on l'avait accusé ne lui avait valu autre chose qu'une peine de mise à l'épreuve, mais il avait passé cinq mois dans une prison du comté pour n'avoir pas été capable de payer une modeste caution. Il avait fallu tout ce temps à l'avocat commis d'office pour faire requalifier à la baisse l'accusation d'agression en simple voie de fait. Amende, peine purgée, six mois sur parole pour cette affaire, lut Murphy. Il se promit d'appeler le contrôleur judiciaire, tout en doutant qu'il lui soit très utile. Ces contrôleurs sont enclins à consacrer la plus grande partie de leur temps à des criminels d'envergure, et, d'après ce qu'il voyait, Michael O'Connell n'appartenait pas à cette catégorie – aux yeux de la loi en tout cas.

Bien sûr, se disait-il, il y avait une autre manière d'interpréter les informations qu'il avait accumulées. O'Connell aurait pu faire n'importe quoi. Il n'avait pas été pris, tout simplement.

Murphy secoua la tête. Pas exactement un maître du crime.

Il baissa les yeux sur la liasse de documents posée sur ses genoux. Cinq mois dans une cellule du comté. Pas assez long, pour un petit voyou comme O'Connell, pour être plus qu'incommodé. Juste le temps, pour qui est capable d'ouvrir les yeux et les oreilles sans s'attirer le ressentiment des durs à cuire, de s'initier à quelques talents utiles auprès de certains détenus plus aguerris. Le crime, se disait Murphy, est semblable à n'importe quelle activité : il demande qu'on fasse des études.

Il y avait des photos d'identité judiciaire d'O'Connell, en noir et blanc, de face et de profil. C'est là que tu as commencé ? se demanda Murphy.

Il en doutait. Ces cinq mois n'étaient qu'un petit supplément à ses études. Il devinait qu'O'Connell avait déjà beaucoup appris.

L'inspecteur de la police de l'Etat qui lui avait fourni les extraits de casier judiciaire n'avait pas eu accès aux dossiers du tribunal pour enfants, classés confidentiels. Cela rendait Murphy circonspect. Impossible de savoir ce qu'il y aurait trouvé. En relisant les documents dont il disposait, il vit qu'on y parlait très peu d'usage de la violence. Cela le rassura. Ce n'est qu'un sale type, se dit-il. Pas un sale type armé d'un 9 mm.

Les documents de la police donnaient quelques éléments biographiques. O'Connell était né dans un camp de mobile homes, sur la côte du New Hampshire. Sans doute pas de véritable enfance. Pas de maison en bardeaux avec une tarte aux pommes qui cuit au four et des gosses qui jouent au touch football dans la cour. Son enfance, il l'avait sans doute passée à éviter les beignes.

Résultats plutôt bons au collège. Quand il y était. Il y avait deux, trois trous dans la chronologie (séjours en maison de redressement ?). Décroche son diplôme de fin d'études. Je parie que tu as donné du fil à retordre à tes conseillers pédagogiques. Assez intelligent pour entrer à l'université publique locale. Laisse tomber. Revient. Repart. Dossier transféré à l'université du Massachusetts-Boston. À l'aise avec les outils. Un mécano habile. A usé des mêmes aptitudes, visiblement, pour apprendre l'informatique.

Au final, il y avait des tas de choses à approfondir, si c'était ce que Sally Freeman-Richards désirait. Murphy savait plus ou moins ce qu'il allait trouver. Père violent. Mère alcoolique. Ou bien père absent et mère séductrice. Divorce, boulots d'ouvrier, emplois de domestique ou travail au foyer, et la violence des samedis soir noyés dans la bière.

En cet après-midi ensoleillé et prometteur, Matthew Murphy était garé devant l'appartement d'O'Connell. Des fragments de ciel clair glissaient entre les immeubles délabrés, et depuis le coin où il se trouvait il apercevait au loin le panneau Citgo qui dominait Fenway Park. Il jeta un coup d'œil de part et d'autre du pâté de maisons et haussa les épaules.

C'était une rue semblable à de nombreuses rues de Boston. Pleine de jeunes gens allant dans un sens et de vieux dans l'autre sens, en quête de mieux. Pour quelques-uns, comme O'Connell, c'était une étape vers le pire.

Il n'avait eu aucun mal à obtenir qu'un de ses amis à la police de l'Etat fasse des recherches sur O'Connell et lui fournisse le dossier qui était posé sur ses genoux, plus quelques informations sur sa biographie et ses adresses connues. Maintenant, il lui fallait simplement une bonne photo de son suspect. Un appareil numérique doté d'un téléobjectif était posé sur le siège à côté de lui. L'outil de travail de base du détective privé.

Murphy avait cinquante-cinq ans : l'âge qui précède le début de l'angoisse induite par la vieillesse en approche. Il était divorcé, n'avait pas d'enfants, et ce qu'il regrettait le plus était la période de sa jeunesse où, en uniforme empesé, il sillonnait le Massachusetts Pike au volant d'une voiture de patrouille et pouvait assurer deux services de suite en carburant au café et à l'adrénaline. Il regrettait aussi la brigade criminelle, mais il était assez sage pour comprendre qu'avec les ennemis qu'il s'était faits, continuer jusqu'à un âge avancé aurait pu devenir un problème.

Il sourit intérieurement. Toute sa vie, il avait eu le chic pour se sortir des sales draps où il s'était fourré, avec toujours un temps d'avance sur le coup de massue qui allait lui tomber dessus. Un an après son entrée dans la police de l'Etat, il avait totalement bousillé sa voiture de patrouille dans une chasse à l'homme effrénée. Il s'en était sorti avec des égratignures, tandis que les gars du Samu essayaient en vain de ramener à la vie les gosses de riches qu'il poursuivait, ivres, dans la BMW de leur père. Une autre nuit, lors d'une fusillade avec un dealer camé jusqu'aux yeux, le gars avait déchargé son 9 mm dans sa direction, sans autre résultat que d'esquinter le mur derrière lui. La seule balle que Murphy avait tirée s'était logée droit dans le torse du type. Il s'était sorti de tant de situations à hauts risques qu'il avait du mal à se les rappeler toutes – comme ce face-à-face avec un tueur récidiviste qui tenait un couteau de boucher d'une main et sa fillette de neuf ans de l'autre, le corps de son ex-femme à ses pieds et celui de sa belle-mère un peu plus loin, en train de se vider de son sang. L'arrestation lui avait valu les éloges de ses supérieurs. Des éloges, et des menaces de l'assassin, qui avait juré de lui régler son compte dès qu'il serait libre – ce qui n'arriverait sans doute jamais. Matthew Murphy considérait que le nombre de menaces qu'il avait reçues était la mesure la plus précise de sa réussite. Il y en avait trop pour qu'il puisse les compter.

Il baissa les yeux sur les documents.

Michael O'Connell ne représentait guère plus qu'une sorte de nuisance.

Il parcourut de nouveau les documents, en quête d'un indice suggérant qu'O'Connell ne se laisserait pas intimider. Il n'en trouva pas. Tel était le scénario qu'il proposerait à Sally Freeman-Richards. Il rendrait lui-même visite à O'Connell au milieu de la nuit, avec le soutien de deux ou trois de ses copains de la police de l'Etat hors de leurs heures de service. Une visite officieuse, mais lourde de toute la menace qu'ils pourraient y mettre, et qui était considérable. Le secouer un peu, tout en lui présentant une ordonnance restrictive signée par un juge. Lui laisser croire qu'il risquait tellement d'ennuis en continuant à harceler la fille de Sally que le mieux était de lâcher l'affaire dans la seconde. Et s'assurer qu'O'Connell aurait bien compris que les ennuis en question seraient plutôt de son ressort à lui, Murphy.

Il sourit. Ça devrait faire l'affaire, se dit-il.

Il avait vu quelques harceleurs assez dingues, à son époque. Du genre à ne pas se laisser décourager par les menaces, par la loi, ni même par les armes brandies devant eux – le genre pitbull, capables de traverser un incendie pour rejoindre la personne qui les obsédait. Mais O'Connell semblait n'être qu'un criminel sans envergure, et Murphy avait derrière lui des années d'expérience avec des types de cette trempe.

En revanche, ce qu'il ne saisissait absolument pas, à la lecture du dossier, c'était la raison pour laquelle une petite frappe de ce genre croyait pouvoir emmerder des gens comme Sally Freeman-Richards et sa fille. Il secoua la tête. Il avait résolu maintes affaires criminelles où un petit ami ou un mari abandonné avait déversé son ressentiment sur une pauvre femme qui essayait simplement de recouvrer sa liberté. Murphy avait une sympathie naturelle pour quiconque tente de se dépêtrer de relations où il est victime de mauvais traitements. Ce qu'il ne comprenait pas, c'était d'où venait cette passion. Dans les affaires qu'il avait résolues tout au long des années, il lui avait semblé que l'amour était probablement la raison la plus stupide pour gâcher la liberté de quelqu'un d'autre, son avenir, voire, dans certains cas, sa vie.

Murphy regarda la porte de l'immeuble.

— Allez, mon garçon, dit-il à haute voix. Viens, que je te voie… J'ai pas que ça à faire.

Comme en réponse, il aperçut un mouvement dans le vestibule de l'immeuble d'O'Connell. Il tendit le cou et reconnut immédiatement sa proie, d'après les photos prises trois ans plus tôt par l'identité judiciaire.

Il saisit son appareil et fit le point sur le visage d'O'Connell. A sa grande surprise, celui-ci s'attarda un instant, en se tournant presque droit vers lui. Il prit en rafale une demi-douzaine de clichés.

— Je te tiens, fit-il à voix haute pour lui-même, en souriant. Je n'ai pas eu de mal à t'attraper.

Murphy ignorait que la réciproque aussi était vraie.

Scott avait réussi à joindre la personne avec qui il voulait s'entretenir : l'entraîneur de l'équipe de football était dans son bureau, en train de concocter des stratégies avec son coordinateur de la défense. Scott l'avait rencontré plusieurs fois en dehors du travail, et s'était toujours efforcé d'assister aux matches.

— Coach Warner ? Scott Freeman à l'appareil…

— Scott ! Content de vous entendre. Mais je suis assez occupé pour le moment…

— Un plan de défense incroyablement sophistiqué, destiné à brouiller les esprits de l'adversaire et à le maintenir paralysé dans un nœud d'incompétence et d'inefficacité ?

L'entraîneur se mit à rire.

— Oui. Absolument. Nous n'accepterons rien de moins qu'un effondrement émotionnel absolu de l'ennemi. Mais vous n'appelez sûrement pas pour cela ?

— J'ai besoin d'un petit service. Un peu de muscle.

— Nous en disposons en abondance. Mais nous avons aussi les cours et l'entraînement. Les garçons sont très occupés.

— Même dimanche ? Il me faudrait deux ou trois gars. Pour faire un peu de manutention. Je paierai bien et en liquide.

— Dimanche ? Ça devrait aller. De quoi s'agit-il ?

— Je dois aider ma fille à déménager de son appartement à Boston et déposer ses affaires dans un garde-meubles. C'est urgent.

— Dieu merci, c'est le genre de boulot qui n'exige aucun effort intellectuel et que nous, les foot-balleurs, sommes capables de mener à bien, fit l'entraîneur en riant. D'accord. Je demanderai quelques volontaires après l'entraînement, ce soir, et je vous les enverrai demain.

Les trois jeunes gens qui se présentèrent au bureau de Scott le lendemain matin étaient des armoires à glace, impatients de se faire un petit extra. Il leur expliqua rapidement en quoi consistait le boulot : dimanche matin, prendre possession d'une camion-nette de location, aller à Boston, entasser le contenu de l'appartement dans des caisses en carton et emporter l'ensemble dans un garde-meubles qu'il avait déjà réservé, à l'extérieur de la ville.

— Il faut que ça soit fait immédiatement. Sans retard.

— Pourquoi cette hâte ? demanda l'un des garçons.

Scott avait prévu cette question. Il avait

longuement réfléchi à ce que les trois jeunes gens devaient savoir. Certainement pas la vérité.

— Ma fille est étudiante en troisième cycle à Boston. Il y a quelque temps, elle a fait une demande pour une bourse d'étude à l'étranger. Elle n'y croyait pas trop, mais la réponse est arrivée l'autre jour. Il y a des délais à respecter. Résultat, elle va étudier l'art de la Renaissance à Florence pendant six ou neuf mois. Elle doit prendre l'avion dans quelques jours. Et je ne veux pas payer son loyer plus longtemps que nécessaire. Je vais perdre le dépôt de garantie, de toute façon. Enfin… conclut-il avec un soupir théâtral, si vous aimez ces peintures de saints martyrs et de prophètes décapités, je crois que c'est là-bas qu'il faut aller. Mais je ne crois pas que les mots « travail » ou « carrière » occupent beaucoup de place dans la manière dont ma fille, pour le moment, envisage l'existence.

Cela fit rire les jeunes gens, qui pouvaient se reconnaître dans ce genre de propos. Ils réglèrent les derniers détails et Scott leur donna rendez-vous pour le dimanche matin.

Si quelqu'un les interroge, se dit-il en regardant la porte se fermer derrière eux, ils répondront : Partie. A quitté le pays. L'histoire tenait debout. Florence. Ils s'en souviendront.

C'était une hypothèse, mais elle était crédible : quelqu'un pourrait bien, s'il repérait les trois déménageurs, s'intéresser de près à l'histoire que Scott avait si soigneusement imaginée.

Ashley se sentait un peu ridicule.
Elle avait fourré des vêtements pour une semaine

dans un sac de voyage noir, et autant dans une petite valise à roulettes. La veille, un coursier de Federal Express lui avait apporté un paquet de la part de son père. Il contenait deux guides de voyage sur les villes d'Italie, un dictionnaire anglais-italien et trois gros livres sur l'art de la Renaissance (elle possédait déjà deux d'entre eux). Il y avait aussi un manuel publié par l'université de Scott, intitulé *Guide de l'étudiant américain à l'étranger*.

Il avait écrit une brève lettre, en se servant de son ordinateur pour forger le logo tape-à-l'œil d'un institut des Arts de la Renaissance imaginaire qui souhaitait la bienvenue à Ashley, comme nouveau membre de leur programme d'études, et lui donnait le nom de la personne avec qui elle devait prendre contact en arrivant à Rome. Le contact existait vraiment. Il s'agissait d'un professeur de l'université de Bologne dont Scott avait fait la connaissance lors d'un colloque d'histoire – et dont il savait qu'il avait pris une année sabbatique et était parti enseigner en Afrique. Il se disait que Michael O'Connell serait incapable de le localiser. Et même s'il y parvenait, le mélange de fiction et de personnes réelles serait pour le moins déroutant. Scott trouvait cela très astucieux.

Ashley laisserait traîner la lettre derrière elle, comme si elle l'avait oubliée.

Elle avait des instructions très détaillées sur ce qu'elle devrait faire – un peu exagérées, selon elle. Mais elle avait promis de les suivre scrupuleusement. Rien de ce que son père lui demandait n'était vraiment inutile. Tout était absolument logique, car pour obtenir ce qu'il désirait il fallait organiser une mise en scène.

Un des guides de voyage devait être placé dans une

des poches extérieures de son sac, le titre en évidence : si quelqu'un épiait Ashley, il ne pourrait pas ne pas le voir. Les autres livres resteraient dans l'appartement, comme s'ils devaient être rangés dans les cartons, mais Scott avait insisté pour qu'Ashley les dispose bien en vue sur son bureau et sa table de nuit.

Son dernier coup de fil, avant d'appeler la compagnie du téléphone pour résilier son abonnement, serait pour une compagnie de taxis.

Quand le taxi arriverait, elle devait fermer l'appartement et poser la clé sur le linteau au-dessus de la porte d'entrée, où les footballeurs-déménageurs la trouveraient facilement.

Ashley contempla cet endroit qu'elle avait fini par considérer comme son foyer. Les posters aux murs, les plantes vertes, le rideau de douche orange miteux avaient été à elle ; c'étaient même les premières choses qu'elle ait jamais possédées, et elle fut surprise de l'émotion ressentie à la vue de ces objets si simples. Elle se disait parfois qu'elle n'était pas sûre de savoir qui elle était ni ce qu'elle allait devenir, mais cet appartement avait été une première étape vers la réponse à ces questions.

— Espèce de salaud ! dit-elle à voix haute.

Elle n'avait même pas besoin de former mentalement son nom.

Elle regarda la note manuscrite de son père. Très bien, se dit-elle. Autant jouer le jeu.

Elle se dirigea vers le téléphone et appela un taxi. Puis elle alla l'attendre dans le hall de l'immeuble. Sur les conseils de son père, elle portait des lunettes noires et un bonnet de laine. Elle avait relevé le col de sa veste. « Il faut que tu aies l'air de quelqu'un qui s'enfuit, écrivait-il, et qui ne veut pas qu'on le reconnaisse. » Elle ne savait pas trop si elle jouait un rôle, comme au théâtre, et si c'était bien raisonnable.

Quand le taxi s'arrêta devant l'immeuble, elle sortit en hâte et posa la clé à l'endroit que son père lui avait indiqué. Tête baissée, sans regarder d'un côté ni de l'autre, elle fonça aussi vite et aussi furtivement que possible – dans l'hypothèse où Michael O'Connell l'épiait depuis un endroit quelconque. C'était le début de l'après-midi, l'éclat éblouissant du soleil semblait déchiqueter l'air froid et jetait des ombres bizarres dans les allées.

— Aéroport Logan, dit-elle au chauffeur. Départs internationaux.

Puis elle baissa la tête, se mit en boule sur son siège, comme si elle se cachait.

A l'aéroport, elle donna au chauffeur un pourboire modeste et s'arrangea pour lui glisser :

— En Italie. Je vais à Florence. Etudes à l'étranger.

Elle n'était pas sûre qu'il ait bien compris ce qu'elle disait.

Elle emporta ses bagages jusqu'aux départs, au rythme des rugissements incessants des avions qui décollaient au-dessus des eaux du port. L'excitation régnait dans les files des passagers à l'enregistrement. L'espace était rempli du bourdonnement des conversations dans toutes sortes de langues. Après un rapide regard vers les portes d'accès aux avions, elle pivota brusquement et partit vers la droite, où se trouvait une rangée d'ascenseurs. Elle se mêla à un groupe qui débarquait d'un vol Aer Lingus venant de Shannon – des rouquins à la peau pâle, qui parlaient très vite avec un accent prononcé, vêtus de chandails irlandais rayés vert et blanc, en route vers une grande réunion de famille à South Boston.

Ashley trouva une petite place au fond de l'ascenseur. Très vite, elle ouvrit son sac de voyage. Elle y fourra son bonnet de laine, sa veste polaire et ses lunettes noires, en sortit une casquette de base-ball bordeaux aux couleurs du Boston College et un pardessus de cuir marron. Elle se changea rapidement, heureuse de constater que les autres passagers de l'ascenseur, même s'ils avaient remarqué ce qu'elle faisait, semblaient n'y prêter aucune attention.

Elle sortit au troisième niveau, dans l'allée menant au parking central. Elle traversa le grand espace gris et sombre qui puait l'essence, au rythme des crissements des pneus sur les rampes circulaires, en direction des terminaux réservés aux vols nationaux. Elle suivit les panneaux indiquant la navette qui menait à la station de métro.

Il n'y avait qu'une demi-douzaine de personnes dans son compartiment, et Michael O'Connell ne se trouvait pas parmi elles. Aucune chance d'avoir été suivie, se dit-elle. Plus maintenant.

Elle commença à ressentir une certaine excitation et un sentiment grisant de liberté. Son pouls s'accéléra. Elle souriait, sans doute pour la première fois depuis plusieurs jours.

Elle était décidée à suivre jusqu'au bout les instructions de son père.

Elles sont peut-être dingues, se dit-elle, mais jusqu'ici ça a marché.

Elle descendit du métro à Congress Street et, toujours traînant ses deux bagages, elle marcha jusqu'au musée de l'Enfant, à courte distance de là.

A l'entrée, elle déposa ses bagages à la consigne et acheta un billet. Puis elle entra dans le dédale du musée, errant de la salle du Lego aux expositions scientifiques, noyée en permanence dans les cris et les gloussements des enfants en mouvement, des professeurs et des parents. Au milieu de ce tumulte et de cette excitation, elle comprit très vite la logique du plan paternel. En dépit des nombreux recoins, cages d'escalier et plans inclinés, Michael O'Connell n'aurait jamais pu passer inaperçu. Il y détonnerait immédiatement, tandis qu'Ashley ressemblait à n'importe quelle institutrice de maternelle ou aide familiale en train de chercher son chemin, épuisée, dans la foule du musée.

Elle regarda sa montre, toujours suivant le planning paternel. A quatre heures précises, elle récupéra ses bagages, sortit et embarqua directement dans un des taxis stationnés devant le musée. Cette fois, elle inspecta soigneusement la rue, en quête du moindre signe de la présence d'O'Connell. Le musée se trouvait dans l'ancien quartier des entrepôts, sur une avenue ouverte des deux côtés. Elle reconnut le génie qui avait présidé au choix de l'endroit : il n'y avait nulle part où se cacher, ni allées, ni arbres, ni lieux sombres.

En souriant, Ashley demanda au chauffeur de la conduire à la gare des autocars Peter Pan. L'homme grommela, car le trajet était très court, mais elle s'en fichait. Pour la première fois depuis des jours, elle n'avait pas l'impression d'être épiée. Elle se surprit même à fredonner tandis que le taxi se faufilait dans les rues du centre de Boston.

Elle acheta un billet pour Montréal, dans le car qui partait moins de dix minutes plus tard. Il s'arrêtait à

Brattleboro, dans le Vermont, avant de passer au Canada. Elle descendrait tout simplement avant la destination pour laquelle elle avait payé. Elle était impatiente de voir Catherine.

Quand elle monta dans le car, une odeur infecte de gaz d'échappement et de graisse lui envahit les narines. Il faisait déjà sombre, et les néons jouaient sur la carrosserie étincelante du véhicule. Elle trouva une place au fond, près d'une fenêtre. Pendant un moment, elle regarda la nuit qui tombait, un peu étonnée de se sentir presque libre – alors qu'elle aurait dû être inquiète, perturbée. Quand le conducteur claqua la portière et fit grincer ses vitesses pour quitter l'aire d'embarquement en marche arrière, elle ferma les yeux, écoutant le grondement du moteur.

Le car prit de la vitesse dans les rues du centre, se dirigea vers l'autoroute et laissa enfin la ville derrière lui. Bien que la soirée fût loin d'être avancée, Ashley sombra dans un profond sommeil sans rêves.

Le soleil était implacable. C'était une de ces journées où, dans la vallée, l'air stagnant semblait piégé entre les collines, gonflé par la chaleur. Je me garai à quelques rues du bureau de Matthew Murphy. Un voile d'air chaud ondulant, impitoyable, flottait au-dessus du trottoir.

Dans nombre de vieilles villes de la Nouvelle-Angleterre, il est facile de voir où se dépensent les dollars de la reconstruction, et où les hommes politiques locaux cessent d'espérer recueillir des votes. En l'espace d'un ou deux pâtés de maisons, les entreprises luxueuses laissent la place à un paysage pauvre, négligé. Ce n'est pas exactement de la décomposition (comme une dent qui pourrit de l'intérieur), plutôt une sorte d'abandon.

Le bloc où se trouvait son bureau était peut-être un peu plus délabré que d'autres. Collé dans la vitrine d'un bar sombre et profond, au coin de la rue, un panneau écrit à la main annonçait *TOPLESS JOUR ET NUIT*, sous le néon rouge vif de la Budweiser. En face, il y avait une petite *bodega* aux allées encombrées d'amoncellements de chips, de fruits, de bouteilles de boisson maltée Tecate et de boîtes de conserve, devant laquelle flottait un drapeau hondurien. Les autres immeubles étaient de cette brique rouge que l'on voit dans presque toutes les villes. Une voiture de police me dépassa.

Je trouvai l'entrée de l'immeuble de Murphy au milieu du pâté de maisons. L'endroit n'avait rien de remarquable. Il n'y avait qu'un ascenseur, à côté d'un panneau avec la liste de quatre firmes réparties sur deux niveaux.

Le bureau de Murphy était situé en face d'un service social. Une plaque de bois noir bon marché portait son nom et, en dessous, la raison sociale en lettres dorées : *ENQUÊTES CONFIDENTIELLES EN TOUS GENRES*.

Je poussai la porte. Elle était verrouillée. Je réessayai plusieurs fois, puis me décidai à frapper bruyamment.

Il n'y eut pas de réponse.

Je frappai encore et jurai à voix basse.

Je reculai et secouai la tête, en me disant que j'avais perdu une journée à faire la route jusqu'à ce bureau, lorsque la porte du service social s'ouvrit. Une femme d'âge mûr en émergea, qui portait un paquet de dossiers. Elle soupira en me voyant, et m'informa rapidement :

— Il n'y a plus personne.

— Ils sont partis ?

— Si on veut. C'était dans les journaux.

Je dus avoir l'air surpris. Elle fronça les sourcils.

— Vous êtes en affaires avec Murphy ?

— J'aimerais lui poser quelques questions…

— Eh bien, dit-elle sèchement, je peux vous donner sa nouvelle adresse. C'est à six rues d'ici.

— Parfait. Ça s'appelle comment ?

Elle haussa les épaules.

— River View. Le cimetière.

23

Colère

Il s'ordonna de rester calme.

Pour Michael O'Connell, c'était difficile. Il était plus à l'aise, en général, à la limite de la rage, quand la colère influençait son jugement et le menait irrésistiblement vers des lieux où il se trouvait bien. Une insulte. Une obscénité. Une rixe. C'étaient des moments qu'il appréciait presque autant que ceux où il faisait des plans. Peu de choses étaient plus jouissives que d'imaginer ce que les gens allaient faire, puis de les épier en train de les faire, exactement comme il l'avait prévu.

Il avait vu Ashley s'enfuir furtivement de son immeuble, pris note de la compagnie et enregistré le numéro du taxi. Il n'était pas surpris de découvrir qu'elle s'en allait. Il s'était dit que l'idée de fuite venait naturellement à des gens comme Ashley et les siens. Il les considérait comme des lâches.

Il appela le standard de la compagnie, donna le numéro du véhicule et déclara qu'il avait trouvé des lunettes de vue dans leur étui, qu'une jeune fille avait apparemment laissées tomber sur le trottoir en montant dans le taxi. Est-ce qu'il existait un moyen lui permettant de les lui restituer ?

Le standardiste hésita brièvement, tout en parcourant son registre d'appels radio.

— Ah, je crois pas, mon pote.

— Pourquoi ? demanda O'Connell.

— C'était une course pour le terminal des départs internationaux, à Logan. Vous pouvez aussi bien les jeter. Ou les déposer dans une de ces boîtes « Des lunettes pour les pauvres », qu'on trouve un peu partout.

— Eh bien, si elle est partie en vacances, elle ne profitera pas des paysages ! fit O'Connell sur le ton de la plaisanterie.

— Tant pis pour elle.

Ce qui est un euphémisme, se dit Michael O'Connell en bouillant intérieurement.

Pour l'heure, posté à un demi-pâté de maisons de chez Ashley, il épiait les trois jeunes gens qui sortaient des cartons de son immeuble. Leur camionnette de location était garée en double file, et ils semblaient pressés de faire leur boulot et de s'en aller. Une fois encore, O'Connell s'ordonna de rester calme. Il haussa les épaules pour libérer son cou de la tension, il serra et desserra les poings cinq ou six fois pour se relaxer. Puis il s'approcha d'un pas nonchalant de l'endroit où s'activaient les trois jeunes gens.

Quand il arriva devant le perron de l'immeuble, il vit que l'un d'eux portait deux caisses de livres surmontées d'une lampe en équilibre précaire. Il était un peu déstabilisé par le poids de l'ensemble.

— Salut ! Vous arrivez ou vous partez ?

— On déménage, répondit le garçon.

— Laisse-moi prendre ça, dit O'Connell, en attrapant la lampe avant qu'elle ne tombe sur le trottoir.

Une décharge le traversa quand sa main se referma sur le pied métallique, comme si le simple fait de toucher des objets appartenant à Ashley lui faisait le même effet que s'il caressait sa peau. Ses doigts frôlèrent la lampe, et il revit mentalement son emplacement dans l'appartement : sur la table de nuit. Il imagina la lumière dessinant un arc sur le corps d'Ashley, illuminant ses courbes et ses formes. Sa respiration s'accéléra, et la tête lui tournait presque quand il tendit la lampe au jeune déménageur.

— Merci, fit ce dernier, qui la casa sans précaution dans la camionnette. Il ne nous reste plus que le foutu bureau, le lit et un ou deux tapis…

O'Connell sentit sa gorge se serrer. Il fit un geste vers un couvre-lit rose. Il se rappela cette nuit-là, quand il l'avait repoussé d'un coup de pied avant de se pencher au-dessus d'Ashley.

— Ce n'est pas à vous ?

— Nan, fit l'étudiant en étirant ses muscles. Nous vidons les affaires de la fille d'un prof. On est même très bien payés pour ça.

— Pas mal, dit lentement O'Connell, comme s'il mordait dans chaque mot, s'efforçant de faire disparaître de sa voix tout ce qui n'était pas de la simple curiosité. Ce doit être la fille du deuxième. J'habite un peu plus bas.

Il montra vaguement un des immeubles voisins.

— Elle est plutôt mignonne. Elle quitte la ville ?

— D'après son père, elle part à Florence, en Italie. Elle a décroché une bourse.

— Pas mal. Ça m'a l'air d'un bon plan.

— Sans blague ?

— Allez, bonne chance avec tout ça.

O'Connell fit un signe de la main et poursuivit son chemin. Il traversa la rue et s'adossa à un arbre.

Il inspira rapidement, laissant un courant glacé monter en lui. Il regarda les meubles d'Ashley disparaître à l'arrière de la camionnette, se demandant si ce qu'il voyait arrivait vraiment. Comme s'il se trouvait devant un écran de cinéma, où tout semble réel mais ne l'est pas. Un chauffeur de taxi, une course pour l'aéroport international. Trois étudiants qui emportent des cartons et des meubles par un calme dimanche matin. Un détective privé domicilié à Springfield qui le prend en photo depuis une voiture garée devant chez lui. Michael O'Connell savait que ça signifiait quelque chose, mais sans savoir encore précisément quoi. Il était pourtant sûr d'une chose. Si les parents d'Ashley s'imaginaient qu'il suffisait de lui acheter un ticket d'avion pour l'éloigner de lui, ils se trompaient du tout au tout. Le seul résultat, c'était que les choses devenaient plus intéressantes. Il la retrouverait, même s'il devait prendre l'avion pour l'Italie.

— Personne n'a le droit de me voler, murmura-t-il. Personne ne me prendra ce qui m'appartient.

Catherine Frazier serra sa veste polaire et regarda la buée qui s'échappait de ses lèvres. Il faisait un froid sec qui annonçait les nuits à venir. Le Vermont est comme ça, se dit-elle, il vous prévient toujours de ce qui vous attend, à condition d'être assez observateur pour le remarquer. La fraîcheur du ciel nocturne sur les lèvres, l'engourdissement qui vous prend les joues, le crépitement des branches au-dessus de la tête, la fine couche de glace sur les flaques d'eau le matin. Il y avait de la tempête dans l'air. Elle se rappela qu'elle devait vérifier son stock de bois fendu, derrière la maison. Elle aurait aimé pouvoir déchiffrer les gens avec la même précision que le temps.

Le car de Boston était un peu en retard. Au lieu d'attendre à l'intérieur du restaurant-bowling où il s'arrêtait avant de poursuivre sa route vers Burlington et Montréal, elle était sortie. Les lumières trop fortes la rendaient nerveuse. Elle était plus à l'aise dans l'ombre et le brouillard.

Elle se réjouissait de voir Ashley, même si, comme d'habitude, elle se demandait avec un peu d'angoisse comment elle la présenterait aux gens, pendant son séjour. Ashley n'était pas sa petite-fille, pas davantage sa nièce. Elle ne lui était pas liée par adoption, mais c'était ce qui était le plus proche de la réalité. En règle générale, les habitants du Vermont ne s'occupaient que rarement des affaires d'autrui, grâce à ce caractère propre aux gens du Nord qui veut que moins on en dit, mieux ça vaut. Mais Catherine savait que les dames de la paroisse, les vendeurs au comptoir du magasin général, le Ace Hardware, et en d'autres endroits où elle était bien connue, se posaient des questions. Comme beaucoup d'habitants de la Nouvelle-Angleterre, ils avaient des radars suffisamment précis pour détecter le moindre agissement un peu louche. Et le fait d'accueillir chez elle l'enfant de la compagne de sa propre fille alors même qu'elle condamnait leurs relations (en silence, mais très clairement) méritait assurément ce qualificatif.

Catherine rejeta la tête en arrière et balaya du regard la voûte céleste. Elle se demanda si l'on pouvait nourrir autant de sentiments contradictoires qu'il y avait d'étoiles dans les cieux.

Ashley était encore une enfant quand elle était entrée dans la vie de Catherine. Celle-ci se rappelait leur première rencontre, et se surprit à sourire dans le noir en y repensant.

J'avais beaucoup trop de vêtements. Malgré la chaleur, je portais une jupe de laine et un pull. Quelle idiote, je devais donner l'impression d'avoir cent ans.

Quand on lui avait présenté la petite Ashley, âgée de onze ans, Catherine l'avait accueillie avec une certaine raideur, presque de la condescendance, bêtement formelle. Elle lui avait tendu la main. Mais la fillette l'avait immédiatement désarmée. A certains égards, la trêve qu'elle avait instaurée avec sa propre fille et la politesse dont elle faisait preuve, apparemment, avec sa *partenaire* (Catherine détestait ce mot, qui transformait leurs relations en une sorte d'affaire commerciale) découlaient de son affection pour Ashley. Elle avait assisté à de bruyantes fêtes d'anniversaire, à des matches de football sous la pluie, elle était allée voir Ashley dans le rôle de Juliette avec la troupe du collège (elle avait détesté le moment où le personnage meurt). Elle s'était assise sur le lit d'Ashley, le soir où la jeune fille, âgée de quinze ans, avait été prise de sanglots après avoir rompu avec son premier petit copain. Elle avait conduit très vite, plus vite que d'habitude, pour arriver chez Hope et Sally à temps pour faire les photos d'Ashley en tenue de bal de fin d'études. Elle avait veillé Ashley, victime d'une épidémie de grippe, tandis que Sally devait se concentrer au tribunal sur une affaire importante, dormant par terre à côté d'elle, écoutant sa respiration toute la nuit. Elle avait accueilli Ashley le jour où elle avait débarqué avec son matériel de camping et deux amies étudiantes, en route pour les Green Mountains, et l'avait invitée à dîner deux ou trois fois, à Boston, ce qui avait donné lieu à des soirées très agréables. Sans parler de ce jour merveilleux, dans les gradins à Fenway, la fois où elle avait trouvé un prétexte pour aller en ville et avait appelé Ashley, mine de rien, parfaitement consciente que la véritable raison de son voyage était son envie de la voir.

En attendant le car, elle jouait du pied avec le gravier du parking. Elle se dit que le sort ne lui avait pas donné les petits-enfants qu'elle désirait tant, mais lui avait donné Ashley. Elle était persuadée qu'à l'instant où elle l'avait vue, lorsque la petite lui avait dit, en lui jetant un regard interrogateur : « Tu veux voir ma chambre ? Nous pourrions lire un livre toutes les deux ? », elle avait accédé à un royaume totalement nouveau où Ashley serait à l'abri de toutes les déceptions et difficultés que Catherine et Hope avaient connues.

— Bon Dieu, fit-elle à voix haute. Est-ce qu'un car peut être à ce point en retard ?

Au même instant, elle entendit le grondement d'un gros moteur diesel qui ralentissait pour tourner, et le faisceau des phares découpa les ténèbres du parking. Elle se dirigea à grands pas vers le car, agitant déjà les bras en signe de bienvenue.

La secrétaire de Sally l'appela par l'interphone :

— Un certain M. Murphy au téléphone. Il dit qu'il a des informations pour vous.

— Passez-le-moi, dit Sally. Salut, monsieur Murphy. Vous avez quelque chose pour moi ?

— En fait, fit-il d'un ton las et cynique, pas autant que je pourrais, ou que j'aurai, en supposant que vous ayez envie que je continue. Mais je me disais que, pour un rapport, le plus tôt serait le mieux, étant donné, le… ah, la nature personnelle de cette requête précise.

— Ce serait une bonne chose, en effet.

— Vous voulez les conclusions ? Ou d'abord les détails ?

— Dites-moi simplement ce que vous savez.

— Eh bien, je pense qu'il n'y a pas beaucoup de raisons de s'inquiéter. Oh, il y a quand même de quoi s'inquiéter, ne me faites pas dire ce que je n'ai pas dit. Mais disons-le ainsi : j'ai vu pire.

Sally était soulagée.

— Parfait. Et si vous me mettiez au courant ?

— Il a un dossier. Pas très épais, et pas le genre de dossier avec des tas de drapeaux rouges, si vous voyez ce que je veux dire. Mais assez pour se poser des questions.

— Des violences ?

— Un peu. Pas des masses. Des bagarres, ce genre de choses. Pas d'armes, si j'en crois les accusations posées contre lui. C'est bon, ça. Mais ça peut aussi vouloir dire qu'il ne s'est pas fait prendre, bien sûr… Ecoutez, ce O'Connell a l'air d'un sale type. Mais j'ai l'impression que c'est un poids léger. Vous savez, j'ai vu ce genre-là un million de fois. Si vous exercez une pression raisonnable, ils s'écroulent comme des châteaux de cartes. Si vous avanciez un peu de fric, on pourrait lui rendre une petite visite, deux ou trois de mes copains et moi. Lui faire ressentir la peur de Dieu. Lui faire comprendre qu'il joue au con avec les gens qu'il ne faut pas. Qu'il vaudrait mieux, pour sa santé, qu'il se décide à voir la vie autrement.

— Vous parlez de le menacer ?

— Non, madame. Et je ne préconiserais certainement aucune violence d'aucune sorte.

Murphy se tut, pour laisser les mots faire leur chemin, et que Sally comprenne qu'il suggérait exactement le contraire.

— Parce que ce serait un crime, reprit-il. Et je sais qu'en tant que membre du barreau, maître, vous ne m'engageriez pas pour faire du mal à quelqu'un. Non, madame. Je comprends cela. Ce que je dis, c'est qu'on peut le… ah, on peut l'*intimider*. C'est cela. L'intimider. Dans le respect absolu de la loi. Au sens où vous et moi comprenons la loi. Mais il faut que quelque chose le fasse réfléchir, une fois pour toutes, à ce qu'il est en train de faire.

— De fait, c'est une mesure que nous devrions peut-être envisager…

— J'en serais ravi. Ça ne vous coûterait pas trop cher. Pour moi, le tarif quotidien habituel et le déplacement. Et un petit quelque chose pour mes, disons, mes camarades.

— Je… je ne suis pas sûre d'être très à l'aise à l'idée d'impliquer quelqu'un d'autre, répondit Sally avec une légère hésitation. Même des amis dont, eh bien, dont vous me garantiriez la *discrétion* en ce genre d'affaires. Surtout un membre de la police de l'Etat qui pourrait être contraint, par la suite, de témoigner au tribunal… J'essaie simplement de prévoir ce qui pourrait se passer. Faire des hypothèses, tenir compte des possibilités futures… Je dois couvrir mes arrières, si j'ose dire.

Murphy se disait que les avocats étaient incapables

de voir la différence entre la réalité telle qu'elle est dans la rue et ce que décrivent des gens beaucoup trop raisonnables dans la quiétude d'une salle d'audience. Presque à chaque fois, on perdait de vue certaines différences. Des différences foutrement importantes. Il soupira légèrement, mais fit en sorte que le bruit soit couvert par sa voix.

— Vous avez mille fois raison, maître. Je crois que je pourrais gérer tout seul cette partie du… ah, de l'arrangement, sans l'aide de personne, sans impliquer le moindre représentant de l'ordre. Si c'est ce que vous désirez.

— Ce serait plus sage.

— Dans ce cas, je peux foncer ?

— Et si vous définissiez un plan d'attaque, monsieur Murphy ? Nous pourrions partir de là.

— Je garde le contact.

Le téléphone devint silencieux. Sally se renversa dans son siège, à la fois inquiète et rassurée – ce qui, réalisa-t-elle, était totalement contradictoire.

C'était un cimetière urbain typique, situé dans un coin abandonné à l'écart de la petite ville et entouré d'une barrière en fer forgé noir. Je passai en revue les rangées de tombes grises. Plus on approchait du sommet, plus elles étaient imposantes. Les simples dalles de granit laissaient la place à des formes plus élaborées. Les épitaphes gravées dans la pierre étaient elles aussi de plus en plus recherchées. Des formules à rallonge *A NOTRE ÉPOUSE ET MÈRE ADORÉE* et autres *A NOTRE PÈRE DÉVOUÉ*. D'après ce que je savais de Matthew Murphy, je me dis qu'il ne devait pas être inhumé sous des statues de chérubins à trompette.

Je me mis à longer systématiquement les allées. Ma chemise me collait à la peau, un filet de sueur me coulait sur le front. J'allais renoncer, lorsque je découvris une tombe simple et modeste portant le nom *MATTHEW THOMAS MURPHY* au-dessus de deux dates. Rien d'autre.

Je notai les dates et m'attardai un instant devant la tombe.

— Qu'est-ce qui s'est passé ? demandai-je à haute voix.

Pas de réponse. Pas même un brin de vent, pas la plus infime vision spectrale.

Très mécontent, je me dis que quelqu'un devait pouvoir répondre à cette question.

A deux ou trois rues du cimetière, je trouvai un téléphone public dans une station-service. Je glissai quelques pièces dans le combiné et composai son numéro.

Elle décrocha. Je ne pris pas la peine de m'identifier.

— Vous m'avez menti, fis-je d'un ton irrité.

Elle ne répondit pas tout de suite. Je l'entendis inspirer. Puis :

— Comment ça ? *Mentir* est un bien grand mot, non ?

— Vous m'avez dit d'aller voir Murphy. Je ne l'ai pas trouvé dans un bureau, mais dans une tombe. Il bouffe les pissenlits par la racine. Pour moi, ça ressemble à un mensonge. Qu'est-ce que c'est que cette histoire ?

Elle hésita de nouveau, pesant soigneusement ses mots :

— Qu'avez-vous vraiment *vu* ?

— Une tombe. Une dalle minable.

— Alors vous n'avez pas vu ce qu'il fallait.

— Bordel, mais qu'est-ce qu'il y avait d'autre à voir ?

Sa voix se fit froide, distante. Presque glacée.

— Cherchez mieux. Cherchez beaucoup mieux que ça. Est-ce que je vous aurais envoyé là-bas sans raison ? Vous voyez une plaque de granit, un nom et des dates. Moi, je vois une *histoire*.

Elle raccrocha.

24

Intimidation

Il décida que consacrer un jour de plus à Michael O'Connell serait suffisant.

Matthew Murphy travaillait sur d'autres affaires, beaucoup plus importantes, qui exigeaient toute son attention. Photographier des flagrants délits d'adultère. Passer au crible des dossiers de fraude fiscale. Prendre des gens en filature, en affronter d'autres, les interroger. Il savait que Sally Freeman-Richards n'était pas parmi les avocats les plus nantis de la région. Elle ne roulait pas en BMW ni en coupé Mercedes, et il savait qu'au moment de lui envoyer sa modeste facture il lui ferait un prix d'ami. Peut-être que la possibilité qui lui était offerte de jouer un peu au bras de fer avec le minable valait bien une remise de dix pour cent. Il n'avait plus si souvent l'occasion de forcer la main à des types, désormais, et cela lui rappelait des souvenirs agréables. Rien de tel que de jouer les durs à cuire, pour activer la pompe cardiaque et faire monter l'adrénaline.

Il se gara dans un parking couvert, à deux rues de chez O'Connell. Il monta plusieurs niveaux, jusqu'à ce qu'il soit sûr d'être seul. Il s'arrêta, ouvrit le coffre de sa voiture. Il y gardait plusieurs armes sous clé, chacune dissimulée dans un sac de voyage usagé. Le long sac rouge contenait un fusil automatique Colt AR-15 à chargeur banane de vingt-deux coups. C'était, à ses yeux, l'arme qui pouvait le sortir des pires ennuis, parce qu'elle était capable de faire sauter la caboche de n'importe quelle source de problème. Dans un sac jaune, plus petit, il gardait un automatique 380 dans son étui. Dans un troisième, noir, il y avait un revolver 357 dont le barillet de six pouces était chargé de balles recouvertes de Téflon qu'on appelait « tueuses de flics », parce qu'elles étaient capables de traverser les gilets pare-balles que portaient la plupart des hommes des forces de police.

Pour sa mission du jour, il se dit que le 380 ferait l'affaire. Il suffirait de faire comprendre à O'Connell qu'il l'avait sur lui – il suffirait de laisser sa veste déboutonnée. Matthew Murphy connaissait les méthodes d'intimidation.

Il mit son holster, enfila une paire de gants de cuir noir très fin et, d'un geste bien rodé, s'exerça à sortir le revolver de son étui, le plus vite possible, deux ou trois fois. Quand il eut constaté avec satisfaction que ses vieux talents étaient intacts, il se mit en route. Une brise légère faisait tournoyer quelques débris autour de ses pieds. Il restait juste assez de lumière du jour pour lui permettre de trouver un coin sombre devant l'immeuble d'O'Connell. Il se collait contre un mur de brique, lorsque les premiers réverbères s'allumèrent. Il espérait ne pas devoir attendre trop longtemps. Mais il était patient, expert dans l'art de l'attente.

Scott sentit monter en lui un sentiment d'orgueil et de satisfaction.

Il avait reçu sur son répondeur un message d'Ashley indiquant qu'elle avait suivi ses instructions à la lettre et avait rejoint Catherine dans le Vermont. Scott était enchanté de la manière dont les choses se passaient jusqu'ici.

Les footballeurs étaient revenus après avoir déchargé les affaires d'Ashley dans un garde-meubles, à Medford. Scott s'était assuré, comme il s'y attendait, qu'un type répondant à la description d'O'Connell leur avait posé des questions avant de leur raconter une histoire manifestement fausse et de disparaître au bout de la rue. Il allait remuer du vent, se dit Scott. S'accrocher à un fantôme. Les réponses qu'on lui avait données ne le mèneraient nulle part.

— Tu ne l'as pas vue venir, celle-là, hein, fils de pute ? fit-il à voix haute.

Il était chez lui, dans son petit salon. Il se mit à danser un pas de gigue sur le vieux tapis d'Orient. Au bout d'un instant, il prit la télécommande de sa chaîne hi-fi et la manipula jusqu'à ce que « Purple Haze » de Jimi Hendrix commence à faire vibrer les enceintes.

Quand Ashley était petite, il lui avait appris cette vieille expression de ses vingt ans, synonyme de danser : « secouer le tapis ». Plus tard, elle venait souvent l'interrompre dans son travail pour lui demander : « On secoue le tapis ? » Alors ils mettaient ses vieux disques des années soixante, et il lui montrait le frug, le swim et même le freddy – à ses yeux d'adulte, la série de mouvements la plus débile jamais imaginée dans toute l'histoire de l'humanité. Ashley l'imitait en gloussant, jusqu'à ce qu'elle s'écroule par terre avec un fou rire enfantin. Elle se mouvait avec une grâce stupéfiante. Elle dansait sans la moindre maladresse ni le moindre faux pas. Aux yeux de Scott, c'était toujours un véritable ballet. Il savait qu'il était gâteux – comme les pères le sont souvent avec leurs filles –, mais en appliquant à ses propres sentiments la méthode d'analyse critique dont il se servait à l'université, il avait renforcé son idée que rien n'était plus beau que sa fille à lui.

Scott expira. Il ne voyait pas comment Michael O'Connell pourrait deviner qu'elle était dans le Vermont. Il suffisait de laisser passer un peu de temps, de prévoir pour Ashley un nouveau programme d'études dans une autre ville, et elle reprendrait plus ou moins là où elle s'était arrêtée. Un revers sans importance, se dit-il, un retard de six mois qui aura permis d'éviter des ennuis plus graves.

Scott leva la tête et regarda le salon autour de lui.

Il se sentit seul, tout à coup. Il aurait aimé que quelqu'un lui tienne compagnie et partage son allégresse. Aucune de ses amies du moment (celles qu'il invitait de temps en temps à dîner et à passer la nuit avec lui) ne faisait l'affaire. Ses seuls véritables amis, à l'université, étaient surtout des professionnels, et il savait qu'aucun d'eux ne comprendrait. Pas un seul instant.

Il fronça les sourcils. La seule personne avec laquelle il avait partagé quelque chose, c'était Sally. Et il n'allait certainement pas l'appeler. Pas maintenant.

Il fut traversé d'une vague de ressentiment.

Elle l'avait quitté pour s'installer avec Hope. Cela avait été brutal. Soudain. Des bagages entassés dans l'entrée, et lui qui cherchait les mots qu'il fallait dire, tout en comprenant qu'ils n'existaient pas. Il savait qu'elle était malheureuse. Il savait qu'elle était insatisfaite et envahie par le doute. Mais il avait cru que c'était lié à son travail, à ce moment où l'idée qu'on se fait de la vieillesse devient effrayante, ou encore à l'ennui que lui inspirait le monde suffisant, intellectuel et libéral dans lequel ils évoluaient tous les deux. Autant d'hypothèses que son imagination pouvait prendre en charge, qu'il pouvait discuter, mesurer, comprendre. Ce qu'il ne comprenait pas, c'était que tout ce qu'ils avaient connu pouvait devenir tout à coup un mensonge.

Pendant un moment, il essaya d'imaginer Sally au lit avec Hope. Que peut-elle lui donner que je ne lui ai pas donné ? se demanda-t-il. Puis, très vite, il réalisa combien il était dangereux de se poser cette question. Il n'avait pas envie d'en connaître la réponse.

Il secoua la tête. Leur mariage était un mensonge, se dit-il. Les « Veux-tu m'épouser ? », « Je t'aime » et autres « Nous passerons notre vie ensemble » n'étaient que des mensonges. La seule chose authentique qui en était sortie, c'était Ashley, et encore… Il n'en était même pas sûr. Quand nous l'avons conçue, est-ce qu'elle m'aimait ? Pendant sa grossesse, est-ce qu'elle m'aimait ? Quand Ashley est venue au monde, Sally savait-elle que tout cela était un mensonge ? Est-ce que c'est arrivé d'un seul coup ? Ou le savait-elle depuis le début, et se mentait-elle à elle-même ?

Il baissa la tête un instant, laissa défiler les images. Ashley jouant sur la plage. Ashley à la crèche. Ashley lui faisant pour la fête des Pères une carte avec des fleurs collées. Il l'avait toujours, elle était accrochée au mur de son bureau. Sally savait-elle, dans tous ces moments-là ? A Noël, aux anniversaires ? Aux fêtes organisées pour Halloween, à la chasse aux œufs de Pâques ? Il l'ignorait. Il savait en revanche que la détente, entre eux, après le divorce, était aussi un mensonge. Mais il le fallait, pour protéger Ashley. Ils avaient pensé que c'était elle qui était fragile, qui avait quelque chose à perdre. A un moment ou à un autre, durant ces jours, ces mois, ces années passés ensemble, Scott et Sally avaient déjà perdu tout ce qu'ils avaient à perdre.

Elle est en sécurité maintenant, se répéta-t-il.

Scott s'approcha d'un petit placard, d'où il sortit une bouteille de scotch. Il s'en servit un verre et but une gorgée. Il sentit le liquide ambré, amer, couler dans sa gorge. Il leva son verre et porta un toast ironique et solitaire :

— A nous. A nous tous. Quel que soit le sens de ces foutus mots !

Michael O'Connell pensait également à l'amour. Il était dans un bar. Il avait versé un scotch dans une chope de bière – rien de tel qu'un « chaudronnier » pour s'engourdir les sens. Il se sentait bouillir intérieurement, et aucun alcool, il le savait, ne réussirait à calmer la tension qui montait en lui. Peu importait la quantité qu'il boirait, il était condamné à une insupportable sobriété.

Il fixa la chope posée devant lui, ferma les yeux, laissa la rage se répandre en lui, rebondir sur les parois de son cœur et de son cerveau. Il n'aimait pas être court-circuité, par des manœuvres, des complots, ou quoi que ce soit. Punir les gens qui lui avaient fait cela était pour le moment sa priorité absolue. Il était furieux contre lui-même, pour avoir cru que les modestes ennuis qu'il leur avait faits avec Internet suffiraient. La famille d'Ashley avait besoin de quelques leçons bien plus sévères. Ils l'avaient grugé de quelque chose qui lui appartenait.

Plus il enrageait en pensant à l'humiliation et à l'insulte qu'on lui avait infligées, plus il pensait à Ashley. Il imaginait ses cheveux retombant sur ses épaules en longues mèches blond-roux, parfaits, doux. Il était capable de tracer mentalement le moindre détail de son visage, de l'ombrer comme le ferait un peintre, de lire sur ses lèvres le sourire qu'elle lui adressait, l'invitation dans son regard. En pensée, son regard coula le long du corps d'Ashley, mesurant ses courbes, la sensualité de ses seins, le galbe subtil de ses hanches. Il imaginait ses jambes tendues près de lui, et quand il leva les yeux dans la lumière faible du bar, il sentit qu'il était excité. Il changea de position sur son tabouret, en se disant qu'Ashley était parfaite – sauf qu'elle ne l'était pas, car c'était elle qui était à l'origine de la gifle qu'on venait de lui infliger. Un coup porté au cœur. L'alcool émoussant ses sensations, il vit alors quelle devait être sa réponse. Ni caresse, ni interrogatoire aimable, se dit-il, froidement. Fais-lui mal, comme elle t'a fait mal. C'était la seule manière de lui faire comprendre une fois pour toutes à quel point il l'aimait.

Il s'agita de nouveau sur son siège. Cette fois, il bandait vraiment.

Il avait lu dans un roman que les guerriers de certaines tribus africaines étaient gonflés par le désir dans les instants précédant la bataille. Le bouclier dans une main, la lance mortelle dans l'autre, une

érection entre les jambes, c'est ainsi qu'ils char-
geaient l'ennemi.

Il aimait cette pensée.

Sans essayer le moins du monde de camoufler le
gonflement qui déformait son pantalon, Michael
O'Connell repoussa son verre et se leva. Il espéra un
instant que quelqu'un le regarderait fixement, ou lui
ferait une remarque. En cet instant précis, il désirait,
par-dessus tout, une bagarre.

Mais personne ne se manifesta. Un peu déçu, il
traversa le bar et sortit dans la rue. La nuit était
tombée, l'air frais lui caressa le visage. C'était insuffisant pour tempérer son imagination. Il s'imaginait,
penché au-dessus d'Ashley, il se jetait sur elle, la
pénétrait, se servait du moindre centimètre carré, du
moindre creux, du moindre espace de son corps pour
son propre plaisir. Il l'entendait qui réagissait, mais il
voyait peu de différences entre les gémissements, les
cris de désir et les sanglots de douleur. L'amour et la
douleur. Une caresse et un coup. C'était exactement
la même chose.

En dépit du froid, il ouvrit sa veste, déboutonna sa
chemise, laissa l'air froid glisser sur sa peau. Il
marchait, la tête rejetée en arrière, inspirant à pleins
poumons. Le froid ne fit rien pour calmer son désir.
L'amour est une maladie, se dit-il. Ashley était un
virus incontrôlable qui lui fouettait les sangs. Il
comprit alors qu'elle ne le laisserait jamais en paix.
Jusqu'à la fin de ses jours, il n'aurait pas une seconde
de répit. Il poursuivit sa marche, en se disant que la
seule façon de contrôler son amour pour Ashley,
c'était de contrôler Ashley. Rien n'avait jamais été
aussi clair dans son esprit.

Michael O'Connell tourna le coin de la rue menant

à son immeuble, l'esprit bouillonnant d'images de luxure et de sang qui se mêlaient dans un grand et dangereux amalgame. Son attention s'était relâchée. Quelqu'un, à côté de lui, parla à voix basse :

— Viens, O'Connell. Allons bavarder un peu, tous les deux.

Une poigne de fer le saisit par le haut du bras.

Matthew Murphy n'avait eu aucun mal à repérer O'Connell lorsqu'il était passé sous la lueur d'un réverbère. Il lui avait suffi de se glisser hors de sa cachette et de surgir derrière lui. Murphy était entraîné à ces techniques, et son instinct, renforcé par vingt-cinq ans d'expérience dans la police, lui soufflait qu'O'Connell était novice en matière criminelle.

— Qui êtes-vous, bordel ? bafouilla O'Connell.

— Je suis le putain de pire cauchemar que tu aies jamais eu, connard. Maintenant, ouvre cette porte, et on va monter chez toi, calmement, pour que je t'explique comment va le monde et comment il fonctionne… de manière civilisée, sans être obligé de te dérouiller, ou pire encore. Tu ne veux pas que ce soit pire, hein, O'Connell ? Comment ils t'appellent, tes copains ? O'C ? Ou tout simplement Mike ? Hein, comment ?

O'Connell fit mine de se retourner, ce qui eut pour effet d'accroître la pression sur son bras. Il s'immobilisa. Sans lui laisser le temps de répondre, Murphy poursuivit :

— Peut-être que Michael O'Connell n'a pas de copains. Pas de copains, pas de petit nom. Alors tu vois, Mickey Boy, je vais arranger ça. Parce que, crois-moi, tu as envie que je sois ton copain. Tu n'as jamais eu d'envie plus pressante, en ce bas monde. En cet instant, Mickey Boy, c'est ton besoin numéro un, en haut de la liste, la priorité absolue : faire en sorte que je reste ton copain. Tu piges ?

O'Connell grogna, tout en essayant de se tourner suffisamment pour le regarder, mais l'ancien policier se maintenait derrière lui, murmurant à son oreille, sans relâcher un instant la pression sur son bras et dans le creux des reins pour le pousser en avant.

— On entre. On monte l'escalier. On va chez toi, Mickey Boy. Comme ça, on pourra bavarder. En tête à tête.

A demi poussé, à demi forcé, O'Connell se laissa guider dans l'entrée de l'immeuble par Murphy, qui ne relâcha à aucun moment sa pression, même lorsqu'il réalisa qu'il y avait des chats partout, sur le carrelage et jusque dans l'escalier, qui s'égaillaient sur leur passage.

Quand ils furent devant la porte d'O'Connell, Murphy accentua encore la pression sur le muscle de son bras. Il sentit qu'O'Connell réagissait à la douleur.

— Voilà une chose dont tu dois te souvenir si tu veux qu'on soit copains, Mickey Boy. Tu ne veux pas me foutre en rogne. Tu ne veux surtout pas que je perde mon calme. Ça me pousserait peut-être à faire des choses que tu regretterais plus tard, s'il te reste un « plus tard » pour le regretter, ce dont je ne suis vraiment pas sûr. Compris ? Maintenant, ouvre ta porte. Lentement.

Pendant qu'O'Connell sortait la clé de sa poche et l'introduisait dans la serrure, Murphy vit l'un des chats de la vieille voisine faire le gros dos et souffler dans leur direction.

— Pas très populaire auprès de la population locale, hein, Mickey Boy ? fit Murphy en lui tordant le bras. Tu as quelque chose contre les chats ? Ou ils ont quelque chose contre toi ?

— On ne s'entend pas très bien, grogna O'Connell.

— Ça ne m'étonne pas.

Murphy lui donna un coup brutal qui le projeta dans l'appartement. O'Connell trébucha sur le tapis râpé, s'étala sur le sol et heurta brutalement le mur. Il se tortilla pour essayer de voir vraiment Murphy, pour la première fois.

Mais le détective se retrouva au-dessus de lui avec une vitesse surprenante pour un type de son âge. Il surplombait O'Connell comme une gargouille le mur d'une église médiévale, un sourire moqueur aux lèvres, le regard exprimant une violente colère. Non sans mal, O'Connell se redressa et essaya de s'asseoir. Il leva les yeux, fixa l'ancien inspecteur.

— Pas très content, hein, Mickey Boy ? Pas l'habitude d'être bousculé, hein ?

O'Connell ne répondit pas. Il continuait à mesurer la situation, et il en savait assez pour rester silencieux.

Murphy choisit cet instant pour écarter lentement son veston, révélant le 380 dans son étui.

— Je suis venu avec un ami, Mickey Boy. Comme tu peux voir.

Le jeune homme grogna de nouveau, regardant tour à tour l'arme et le détective.

Murphy glissa rapidement la main sous sa veste et en sortit l'automatique. Au départ, il n'avait pas eu l'intention de le faire, mais quelque chose dans le regard effronté d'O'Connell lui disait qu'il devait accélérer le mouvement. D'un geste rapide, il l'arma et mit le pouce sur le cran de sûreté. Lentement, il baissa le revolver vers O'Connell, jusqu'à ce que le canon touche le front du jeune homme, juste entre les deux yeux.

— Allez vous faire foutre, dit O'Connell.

Murphy lui frappa le nez avec le canon du revolver. Assez fort pour faire mal, mais pas assez pour briser l'os.

— Mauvaise réponse.

De la main gauche, il saisit une joue d'O'Connell, la pinça entre ses doigts et serra très fort.

— Moi qui croyais que nous allions être copains…

O'Connell continuait à fixer l'ancien flic, qui le frappa à nouveau, lui projetant la tête contre le mur.

— Un peu de politesse, dit-il froidement. Un peu de savoir-vivre. Ça peut rendre les choses beaucoup plus faciles.

Il se pencha, saisit la veste d'O'Connell et le souleva, tout en maintenant fermement le revolver sur son front. Il le balança sur une chaise ; O'Connell fut projeté en arrière, la chaise bascula, et il dut se tortiller pour garder son équilibre.

— Je n'ai pas été méchant, jusqu'ici, Mickey Boy. Pas du tout. Nous commençons à peine à faire connaissance.

— Vous n'êtes pas flic, hein ?

— Tu connais les flics, Mickey Boy ? Il t'est arrivé plus d'une ou deux fois d'être assis en face de l'un d'eux, hein ?

O'Connell hocha la tête.

— Eh bien, tu as foutrement raison, à cent pour cent, fit Murphy en souriant.

Il s'était attendu à ce que l'autre lui pose cette question.

— Tu préférerais peut-être que je sois flic. Je veux dire, tu pourrais prier je ne sais quel Dieu dont tu penses qu'il t'écoute, et lui dire : « Seigneur, faites que ce soit un flic », parce que les flics, ils ont des règles, Mickey Boy. Des règles et des règlements. Eh bien, c'est raté. Moi, je suis une vraie source de problèmes. De gros problèmes. Je suis détective privé.

O'Connell ricana. Murphy le gifla violemment. Le claquement de sa paume sur la joue d'O'Connell résonna dans le petit appartement.

— Je ne devrais pas avoir besoin de t'expliquer tout ça, Mickey Boy, fit Murphy en souriant. Pas à quelqu'un comme toi, qui croit qu'il connaît la musique. Mais, juste pour le plaisir de cette petite conversation, laisse-moi t'expliquer deux ou trois choses. Primo, j'ai été flic. Plus de vingt foutues années, avec des types beaucoup plus méchants que toi. La plupart de ces durs à cuire croupissent en taule et maudissent mon nom. Ou bien ils sont vraiment morts, et ils ne pensent pas trop à moi parce qu'ils ont sans doute d'autres problèmes beaucoup plus importants dans l'au-delà. Secundo, je suis officiellement agréé par l'Etat du Massachusetts et le gouvernement fédéral des Etats-Unis, et pleinement autorisé à porter cette arme. Maintenant, tu sais ce que ces deux petites choses signifient ?

O'Connell ne répondit pas. Murphy le gifla de nouveau.

— Merde !

Le mot avait jailli des lèvres d'O'Connell.

— Quand je te pose une question, Mickey Boy, je te prie de répondre, fit Murphy en levant la main.

— Je ne sais pas. Qu'est-ce qu'elles signifient ?

Murphy lui fit un grand sourire.

— Ce que ça veut dire, c'est que j'ai des amis, de vrais amis, rien à voir avec notre petite amitié pour rire de ce soir, Mickey Boy, de vrais amis qui me doivent toutes sortes de vraies faveurs, des gens dont j'ai eu l'occasion de sauver les fesses dans diverses circonstances, durant toutes ces années, des gens qui ont foutrement envie de faire quelque chose pour moi, et qui croiraient tout ce que je leur dirais sur notre réunion, là, ce soir, si c'était nécessaire. Quoi qu'il arrive, ils n'ont strictement rien à foutre d'un petit con dans ton genre. Et si je leur dis que tu t'es jeté sur moi avec un couteau ou n'importe quelle arme que je glisserais dans ta main de macchabée, si je leur dis que j'ai eu un sacré coup de pot mais que j'ai dû faire sauter ta sale petite tête, eh bien ils me croiront. En fait, Mickey Boy, ils me féliciteront pour avoir fait un peu de ménage dans ce bas monde, avant que tu aies eu le temps de faire de vraies emmerdes à quelqu'un. Ils classeront ça dans la rubrique « maintenance préventive ». Voilà la situation où tu te trouves pour le moment, Mickey Boy. Autrement dit, je peux faire exactement ce que je veux, putain, et toi tu n'y peux rien. C'est clair ?

O'Connell hésita. Voyant que Murphy allait le gifler de nouveau, il acquiesça.

— Bien. La compréhension, comme on dit, c'est le début de l'intelligence.

O'Connell avait un léger goût de sang sur les lèvres.

— Laisse-moi te répéter ça, pour que tout soit

parfaitement clair. Je suis libre de faire tout ce qui me semblera juste, y compris expédier ta triste petite gueule de raie au royaume des cieux, ou plus probablement en enfer. Pigé, Mickey Boy ?

— J'ai compris.

Murphy contourna la chaise. Il s'arrangeait pour que le canon de l'automatique soit toujours en contact avec la peau d'O'Connell. Il lui donnait de temps en temps sur le crâne un coup qui faisait mal, ou l'enfonçait dans la partie molle située entre le cou et les épaules.

— Tu vis dans un endroit vraiment minable, Mickey Boy. Plutôt délabré. Et sale.

Murphy jeta un regard circulaire sur la pièce. Il vit l'ordinateur portable sur la table. Il se promit d'emporter quelques CD-rom avec des copies de fichiers.

Jusque-là, les choses se passaient plus ou moins comme il s'y attendait. O'Connell se comportait comme prévu. Murphy pouvait sentir l'angoisse du jeune homme. Il savait que le frottement insistant de l'arme sur son crâne entretenait le doute et l'inquiétude. Murphy savait que dans toute confrontation il y a toujours un moment où l'interrogateur, s'il est doué, prend le pouvoir sur l'interrogé, le contrôle, le guide vers la soumission. Nous sommes sur la bonne voie, se dit-il. Nous faisons d'indéniables progrès.

— Ce n'est pas une vie, hein, Mickey Boy ? Je ne vois pas beaucoup d'avenir, ici.

— Ça me convient.

— Ouais. Mais qu'est-ce qui te fait croire une seconde qu'Ashley Freeman aurait envie de partager ça avec toi ?

O'Connell garda le silence. De sa main libre, Murphy le frappa violemment sur l'arrière du crâne.

— Réponds à ma question, petit con.

— Je l'aime. Elle m'aime.

— Je ne crois pas, espèce de minable, raclure des bas-fonds, fit Murphy en le frappant de nouveau.

Un mince filet de sang coulait de l'oreille d'O'Connell.

— Cette fille est un crack, Mickey Boy. Contrairement à toi, elle a du potentiel. Ses parents sont des gens bien, elle est instruite et dispose de toutes sortes de possibilités. Toi, tu viens du caniveau.

Murphy ponctua ces derniers mots d'un nouveau coup.

— Et tu finiras dans la merde. Ou en prison. Tu crois que tu parviendras à rester dehors ?

— Je suis clean. Je n'ai jamais violé la loi.

Les coups répétés faisaient de l'effet. La voix d'O'Connell tremblait légèrement.

Murphy lui saisit le menton et le tordit violemment, pour faire mal. Il vit les larmes monter aux yeux du jeune homme.

— Hé, Mickey, tu ne crois pas que tu devrais me demander un peu plus poliment de te laisser tranquille ?

— S'il vous plaît, laissez-moi tranquille, fit lentement O'Connell, d'un ton docile.

— Eh bien, j'aimerais beaucoup, tu sais. Vraiment, ça me plairait. Alors, Mickey Boy, si l'on examine objectivement la situation, tu ne penses pas que ce serait une bonne chose, une excellente chose pour toi, d'être sûr que tu n'entendras plus parler de moi ? Que cette petite réunion, aussi amicale soit-elle, est la dernière occasion, vraiment, que nous avons, toi et moi, de nous rencontrer ? D'accord ?

— D'accord.

O'Connell ne savait pas trop à quelle question il devait répondre. Mais il était sûr qu'il ne voulait plus recevoir de coups. Il se disait que l'homme qui lui faisait face ne le tuerait pas. Mais il n'en était pas totalement sûr.

— J'ai besoin d'être convaincu, tu comprends, hein ?

— Oui.

Murphy sourit. Puis il lui tapota le crâne.

— Pour être sûrs de bien nous comprendre... Ce que nous faisons maintenant, c'est négocier notre propre ordonnance restrictive privée, spéciale, rien qu'à nous... Comme si nous étions allés au tribunal. Sauf que nous, notre ordonnance, elle est définitive, pigé ? Je sais que tu sais ce que ça veut dire. Rester à l'écart. Aucun contact. Notre ordonnance, Mickey Boy, elle est spéciale, juste entre toi et moi. Et puisque ce n'est pas un foutu chiffon de papier signé par un vieux schnoque de juge – auquel tu ne prêterais pas la moindre attention –, la nôtre offre une vraie garantie...

Murphy ponctua ce dernier mot d'un coup de poing au visage qui envoya O'Connell s'étaler sur le sol. Murphy se retrouva au-dessus de lui, l'automatique braqué sur sa tête, avant que le jeune homme ait eu le temps de reprendre ses esprits.

— Je devrais peut-être arrêter de tourner autour du pot, et mettre fin à cette histoire sur-le-champ...

Il leva la main gauche, comme pour se protéger d'une projection de cervelle et de sang.

— Donne-moi une raison. D'une manière ou

d'une autre, Mickey Boy. Aide-moi à prendre ma décision.

O'Connell se contorsionna pour échapper au canon du revolver, mais l'ancien flic pesait de tout son poids pour le maintenir collé au sol.

— S'il vous plaît, supplia-t-il. S'il vous plaît. Je resterai loin d'elle, je le jure. Je lui ficherai la paix.

— Bon début, connard. Continue.

— Je n'aurai plus de contact d'aucune sorte avec elle. Elle est sortie de ma vie. Je resterai loin d'elle. Que voulez-vous que je vous dise de plus ?

O'Connell sanglotait presque. Chaque phrase semblait plus lamentable que la précédente.

— Laisse-moi réfléchir, Mickey Boy…

Murphy baissa la main qu'il tenait en écran devant lui et écarta son arme du visage d'O'Connell.

— Ne bouge pas. Je vais jeter un coup d'œil.

Il s'approcha de la table bon marché où était posé l'ordinateur. Quelques CD-rom réenregistrables sans étiquette y étaient éparpillés. Murphy s'en empara et les glissa dans la poche de son veston. Puis il retourna vers le jeune homme, qui était toujours allongé par terre.

— C'est là-dedans que tu gardes ton dossier sur Ashley ? C'est avec ça que tu emmerdes des gens qui valent cent fois mieux que toi ?

O'Connell se contenta d'acquiescer. Murphy eut un sourire.

— Jusqu'à maintenant ! fit-il brusquement.

Il fracassa le clavier avec la crosse de son revolver.

— Oups, dit-il en regardant le plastique brisé.

Il donna encore quelques coups rapides, fracassant l'écran puis la souris. L'appareil était hors d'usage.

O'Connell regardait sans rien dire. Murphy toucha l'ordinateur cassé du canon de son arme.

— Je crois que nous avons presque fini, Mickey Boy.

Il traversa de nouveau la pièce et se dressa au-dessus d'O'Connell.

— Je veux que tu te rappelles une chose, dit-il très vite.

— Quoi ?

O'Connell avaient les yeux larmoyants, comme Murphy s'y attendait.

— Je pourrai toujours te retrouver. Je te rattraperai toujours, quel que soit le sale petit trou à rat où tu aurais l'idée de ramper.

Le jeune homme se contenta de hocher la tête.

Murphy le regarda attentivement, les yeux plissés, cherchant sur son visage le moindre signe de défi, le moindre signe révélant autre chose que de la soumission. Quand il eut acquis la certitude qu'il n'y avait rien d'autre, il sourit.

— Bien. Tu as beaucoup appris, ce soir, Mickey Boy. Une vraie leçon. Et ça n'a pas été trop dur, hein ? J'ai rudement apprécié notre petite réunion. C'était presque marrant, tu ne trouves pas ? Non, sans doute pas. Ah, une dernière chose…

Il se pencha brusquement, s'agenouilla, colla de nouveau O'Connell au sol. Dans le même mouvement, il lui introduisit brutalement le canon de l'automatique dans la bouche, sentit qu'il heurtait les dents. Il vit la terreur dans les yeux du jeune homme. Exactement ce qu'il voulait.

— Pan ! fit-il calmement.

Il sortit lentement le canon de la bouche

d'O'Connell, lui sourit, puis tourna les talons et s'en alla.

L'air froid de la nuit frappa Matthew Murphy au visage. Il avait envie d'éclater de rire. Il replaça le 380 dans son étui, ajusta son manteau pour avoir l'air présentable et s'engagea dans la rue. Il marchait vite mais sans hâte particulière, jouissant de l'obscurité, de la ville et d'un sentiment de plénitude. Il calculait le temps qu'il lui faudrait pour rentrer à Springfield, et se demandait s'il y serait à temps pour un dîner tardif.

Au bout de quelques pas, il se mit à fredonner. Il ne s'était pas trompé. Le plaisir de s'occuper d'un voyou comme O'Connell valait largement la remise de dix pour cent qu'il consentirait à Sally Freeman-Richards. Ça n'a pas été si difficile, hein ? se dit-il.

Il était ravi de constater qu'aucun de ses anciens talents n'avait disparu, et il se sentit franchement plus jeune. Première chose à faire le lendemain matin, il rédigerait un bref rapport – en omettant les moments où l'automatique avait joué un rôle un peu trop visible – qu'il enverrait à Sally, accompagné de sa facture et de ses conclusions : il lui dirait qu'elle n'avait plus à s'inquiéter de Michael O'Connell. Murphy s'enorgueillissait de savoir exactement comment la peur agissait sur l'esprit des plus faibles.

O'Connell avait l'oreille qui bourdonnait, et la joue lui piquait. Il se dit qu'il avait une ou plusieurs dents déchaussées, car il avait le goût du sang dans la bouche. Il se sentit un peu raide en se relevant mais il alla droit à la fenêtre, assez vite pour apercevoir l'ancien flic tourner le coin de la rue.

Michael O'Connell se passa la main sur le visage.

Finalement, ce n'était pas si dur ! se dit-il. Il comprenait que la meilleure chose à faire pour qu'un policier vous croie, c'est toujours d'accepter les coups. C'est parfois douloureux, parfois humiliant, surtout quand il s'agit d'un vieux qu'il aurait pu maîtriser facilement – sauf que ce type tenait un revolver, et pas lui. Avec un sourire, il se passa la langue sur les lèvres et sentit le goût du sel. Il avait beaucoup appris, ce soir-là, comme avait dit Matthew Murphy. Ce qu'il avait appris, surtout, c'était qu'Ashley ne se trouvait pas à l'étranger grâce à une bourse d'études. Si elle était en Italie, à des milliers de kilomètres de là, pourquoi ses parents auraient-ils envoyé un ancien flic, une grande gueule, pour essayer de l'intimider ? Cela n'avait aucun sens, sauf si elle était à proximité. Beaucoup plus proche qu'il ne l'avait cru. A sa portée ? Oui, à coup sûr. O'Connell inspira profondément par le nez. Il ne savait pas où elle se trouvait, mais il le découvrirait bien assez tôt. Car le temps n'avait pas d'importance, pour lui. Seule Ashley avait de l'importance.

L'immeuble du *News-Republican* se trouvait sur un emplacement à l'écart du centre, proche de la gare, et offrait une vue déprimante sur l'autoroute, des parkings et des terrains vagues pleins d'ordures. C'était un de ces endroits qui ne sont pas définitive-ment saccagés. Il semblait simplement ignoré de tous. Beaucoup de grillages, des débris tournoyants, emportés par des rafales de vent capricieuses, des tunnels d'autoroute décorés de graffitis. Le siège du journal était un édifice rectangulaire de quatre étages, un simple parallélépipède de briques et de parpaings. Il avait plus l'air d'un arsenal, voire d'une forteresse, que d'un journal. A l'intérieur, une petite salle avec des ordinateurs, qu'on appelait bizarrement la morgue, jadis.

Après qu'une aimable jeune femme m'eut montré comment accéder aux fichiers, il ne me fallut pas longtemps pour trouver le dossier du dernier jour de Matthew Murphy. Ou serait-il plus juste de dire « les derniers instants ».

A la une, un titre annonçait : *UN ANCIEN POLICIER DE L'ÉTAT RETROUVÉ MORT*. Il y avait deux surtitres : « *Un cadavre découvert dans une allée* » et « *D'après la police, ce meurtre évoque une exécution* ».

Je remplis plusieurs pages de mon carnet avec des détails mentionnés dans l'avalanche des articles du même jour et dans plusieurs papiers complémentaires parus les jours suivants. Il y avait apparemment un nombre infini de suspects possibles. Durant ses années de service dans la police, Murphy avait été impliqué dans de nombreuses affaires controversées, et après son départ en retraite, alors qu'il était détective privé, il avait continué à se faire des ennemis avec une effrayante régularité. Pour moi, il ne faisait aucun doute que les inspecteurs de la criminelle de Springfield avaient accordé une priorité absolue à cette affaire, tout comme l'équipe de la police de l'Etat, qui avait certainement pris le relais. Le procureur local avait dû être soumis à une pression importante, les meurtres de flics étant le genre d'affaires qui décident d'une carrière. Tout le monde, dans les forces de l'ordre, veut en être. Tuer l'un d'entre d'eux, c'est les attaquer tous.

Mais ce qui aurait dû arriver n'était pas arrivé. Les articles commencèrent à se répéter. Pas d'arrestation. Pas d'inculpation devant un grand jury. Pas de procès aux assises.

Une histoire dont la conclusion dramatique disparaissait dans le néant.

Je m'écartai de l'ordinateur, les yeux fixés sur la mention « Pas d'autres entrées trouvées », qui clignotait en réponse à ma dernière question.

Je me dis que ce n'était pas juste. Quelqu'un avait brutalement assassiné Murphy. Et cela devait avoir un rapport avec Ashley.

Il me restait à trouver de quelle manière.

25

Sécurité

La secrétaire frappa à la porte ouverte du bureau de Sally. Elle avait à la main un pli de courrier express.

— On vient d'apporter ceci pour vous. Je ne sais pas d'où ça vient. Vous voulez que je m'en occupe ?

— Non. Donnez. Je sais ce que c'est.

Sally remercia son assistante, prit l'enveloppe et referma la porte. Elle sourit. Murphy était une homme très prudent. Il devait disposer d'un certain nombre de boîtes postales, pour les courriers plus ou moins sensibles. Dans sa profession, les en-têtes trop visibles et les adresses d'expéditeur étaient souvent inopportuns.

Il l'avait appelée quelques jours auparavant, dans la soirée. Il était sur la route, de retour de Boston.

— Je crois que votre problème aura bientôt disparu, madame Freeman-Richards.

Elle était chez elle, assise en face de Hope. Elles lisaient, toutes les deux. Hope était plongée dans *Un conte de deux villes*, de Dickens, et Sally parcourait les suppléments de l'édition dominicale du *New York Times*.

— Excellente nouvelle, monsieur Murphy, je suis ravie de l'apprendre. Comment avez-vous obtenu ce résultat ?

Elle n'avait aucun mal à s'exprimer avec le ton habituel, si raisonnable, des avocats.

— Je ne sais pas à quel point vous voulez que je sois *précis*. Disons que notre… ami commun… (là, il se permit un petit rire) et moi-même, nous avons eu une conversation. Une bonne conversation. Une longue discussion sur les avantages et inconvénients de son… disons de son *attitude*. Et après que cette conversation a été menée à son terme prévisible, M. O'Connell a été informé de l'ampleur que prendrait le problème s'il s'obstinait à harceler Ashley. Illuminé par la raison, il a affirmé sans la moindre équivoque qu'il disparaissait une fois pour toutes de la vie d'Ashley.

— Vous l'avez cru ?

— J'avais toutes les raisons de le croire, madame Freeman-Richards. Sa sincérité était évidente.

Sally était restée silencieuse, essayant de déchiffrer les propos de Murphy.

— Personne n'a été blessé ?

— Pas de manière permanente. M. O'Connell a peut-être le cœur brisé, mais j'en doute. Il était sincèrement convaincu de l'imprudence dont il ferait preuve s'il continuait à se comporter comme il le faisait. Il a pris conscience de certaines réalités, après que je les lui eus expliquées. Energiquement. Je ne crois pas que vous ayez vraiment envie d'entendre plus de détails, madame Freeman-Richards. Cela vous mettrait mal à l'aise.

Sally trouvait qu'il mettait dans ses propos une délicatesse inattendue, comme si elle était incapable d'entendre certaines choses. Une sensibilité presque victorienne, comme si elle avait pu se pâmer en l'écoutant.

— Non, je n'y tiens pas, en effet.

— C'est ce qu'il me semblait. Je vous enverrai un rapport d'intervention demain ou après-demain. Et si vous avez le moindre soupçon, si vous voyez quelque chose de louche, appelez-moi de jour comme de nuit et je prendrai les dispositions nécessaires. Il existe toujours une faible possibilité que M. O'Connell change de nouveau son fusil d'épaule. Mais je doute que cela arrive. Je crois que c'est un être faible, madame Freeman-Richards. Un petit homme, et je ne parle pas de sa taille. Je pense que vous n'en entendrez plus parler, maintenant. Plus du tout. En tout cas, si vous avez encore besoin d'un enquêteur à l'avenir, j'espère que vous penserez à moi.

Sally était un peu surprise par la description que Murphy lui faisait d'O'Connell. Elle ne collait pas vraiment avec ses propres conclusions. Mais cela la rassurait, et elle repoussa toute pensée parasite.

— Bien sûr, monsieur Murphy. Il me semble que vous vous êtes chargé de cette affaire exactement comme je le souhaitais. Je ne puis vous dire combien j'en suis heureuse.

— Tout le plaisir était pour moi, madame.

Elle raccrocha, puis se tourna vers Hope.

— Eh bien, voilà qui est fait.

— De quoi parles-tu ?

— J'ai demandé à un détective privé de ma connaissance de donner une petite leçon au sale type. Comme on pouvait s'y attendre, dès qu'il s'est trouvé en face de quelqu'un de nettement plus fort, plus dur et plus expérimenté que lui, il s'est replié comme un hérisson. Les types dans son genre sont des lâches, dès le départ. Il suffit de leur faire comprendre qu'on refuse de se laisser marcher sur les pieds et ils s'enfuient, la queue entre les jambes.

— Tu crois ? répondit Hope. Je ne sais pas. J'ai l'impression que le sale type est un peu plus déterminé que cela. Et un peu plus malin que tu ne sembles le penser. Regarde le foutoir dans lequel il nous a plongés, tous, avec une simple connexion Internet…

— Ecoute, Hope, nous avons essayé de négocier loyalement avec lui. Nous lui avons laissé une chance de s'en sortir, non ? Nous lui avons même donné une coquette somme d'argent. Comment aurions-nous pu être plus justes ? Comment aurions-nous pu être plus directs ?

— Je ne sais pas…

— Nous avons été absolument francs, non ?

— Je suppose.

— Et il n'en a pas profité, n'est-ce pas ? C'est lui qui n'a pas voulu nous faciliter les choses ! Alors il a reçu une petite leçon. Il fallait qu'il comprenne que nous pouvions être durs, nous aussi. Maintenant, c'est terminé.

Hope s'abstint de secouer franchement la tête. Mais elle avait des doutes. Sally le vit dans son regard, ouvrit la bouche pour dire quelque chose, puis elle changea d'avis et toutes deux s'enfermèrent dans le silence.

— Eh bien, c'est réglé, dit-elle au bout d'un moment, d'un ton légèrement péremptoire, irritée par la tiédeur de Hope.

Sally prit l'enveloppe de Murphy et s'assit derrière son bureau en repensant à sa conversation avec Hope. Une pensée curieuse lui avait traversé l'esprit : le contraire aurait dû arriver. C'était Hope, plus jeune et souvent plus impétueuse, et non pas elle, qui aurait dû être satisfaite.

Elle ouvrit l'enveloppe et en laissa tomber le contenu sur le bureau.

Il y avait une lettre, une liasse de documents agrafés, quelques photos et plusieurs CD-rom.

Les photos étaient des clichés de Michael O'Connell, pris devant chez lui. La liasse contenait son modeste dossier de police et les infos que Murphy avait déterrées sur son travail et sa scolarité, ainsi que d'autres données sur sa famille, y compris les noms et l'adresse de ses parents. Une note disait que sa mère était morte. Un Post-it était collé sur les CD-rom : *Ces disques sont protégés. Un spécialiste pourrait probablement les ouvrir sans problème. Ils contiennent sans doute des infos sur votre fille. Des photos, peut-être. Je les ai pris chez OC, mais il est probable qu'il en a des copies cachées quelque part. J'ignorais si vous aviez envie de consentir des frais supplémentaires pour les faire examiner par un professionnel. L'ordinateur qu'il utilisait a été accidentellement détruit pendant notre petite séance. Les informations qui se trouvaient sur le disque dur sont donc probablement effacées.*

Dans sa lettre d'accompagnement, Murphy retraçait brièvement la rencontre avec O'Connell devant chez lui, mais ne donnait aucun détail de leur « conversation ». Suivait la facture de ses services, à laquelle il avait appliqué une remise.

Sally libella immédiatement un chèque qu'elle

glissa dans une enveloppe ordinaire, avec un mot disant simplement : *Merci pour votre aide. S'il s'avère nécessaire de poursuivre le travail, je vous appellerai.*

Elle fourra tout le matériel, y compris les CD-rom, dans une grande enveloppe brune sur laquelle elle écrivit en capitales *LE SALE TYPE D'ASHLEY*. Puis elle se dirigea vers son grand classeur et glissa l'enveloppe au fond du tiroir du bas. Elle se dit qu'elle y resterait sans doute, et fort heureusement, pendant des années.

La lumière de la fin de l'après-midi avait une clarté particulière, au bord des Green Mountains, dans les semaines qui précèdent l'hiver, comme si les choses devenaient plus aiguës, plus nettes, avant que le jour ne laisse la place à la nuit. Catherine se tenait devant la fenêtre donnant à l'ouest, au-dessus de l'évier de sa cuisine. Elle avait les yeux fixés sur Ashley. Celle-ci était à l'arrière de la maison, emmitouflée dans une polaire jaune vif, assise au bout d'un patio dallé. Au-delà, un champ herbeux s'étendait jusqu'à l'orée du bois. La veille, elles étaient allées à Brattleboro. Elles avaient acheté des feuilles de papier à dessin, un chevalet, des pinceaux et des couleurs pour l'aquarelle. Ashley s'était mise à peindre. Elle essayait de capturer sur sa toile les derniers rayons du jour qui glissaient de l'autre côté de la crête des collines et s'attardaient dans les branches des pins. Catherine tenta de déchiffrer le langage corporel d'Ashley. Il semblait exprimer à la fois la frustration et l'excitation. La jeune fille était détendue, jouissant du moment présent, le pinceau à la main, les couleurs se déployant devant elle.

Après l'arrivée d'Ashley par le car, elles avaient passé la plus grande partie de la soirée à boire du thé en parlant de ce qui s'était passé. Catherine l'avait écoutée avec un mélange de stupéfaction et d'un malaise croissant.

Elle regarda par la fenêtre. Elle vit Ashley tracer une longue échappée de ciel bleu pâle sur la feuille de papier posée devant elle.

— Ce n'est pas bien, dit-elle à voix haute.

Elle avait peur qu'Ashley ne soit – comment dire ? – *infectée* par Michael O'Connell. C'était comme si, à ce moment précis, elle avait craint qu'Ashley ne se retourne contre tous les hommes, à cause des agissements d'un seul.

Elle s'agrippa au bord de l'évier pour garder son équilibre. Elle n'était pas tout à fait capable de formuler ses pensées les plus sombres. Elle se refusait à formuler cette phrase simple : « Je ne veux pas qu'Ashley devienne comme Hope. » Et quand cette angoisse pénétrait son cœur, elle s'en voulait, car elle aimait sa fille. Hope était intelligente. Hope était belle. Hope était élégante. Hope inspirait son entourage. Hope aidait les enfants avec qui elle travaillait, et ceux qu'elle entraînait, à exprimer le meilleur d'eux-mêmes. Hope était tout ce qu'une mère peut raisonnablement souhaiter pour sa fille. Sauf une chose, et c'était précisément la montagne que Catherine semblait incapable de gravir. Et tandis qu'elle était là, observant, par la fenêtre... qui ? Sa nièce ? Sa petite-fille adoptive ?... elle était piégée entre deux peurs. Le problème, même si Catherine l'ignorait encore, c'était que ces peurs n'étaient pas celles qu'elle aurait dû ressentir.

— Comment Murphy est-il mort ? demandai-je.

— Comment ? Vous pouvez sûrement le trouver, le comment, répondit-elle. Balle. Couteau. Le colonel Moutarde, dans la bibliothèque, avec le chandelier. C'est important.

— Non. D'accord…

— C'est le pourquoi qui nous inquiète. Dites-moi, poursuivit-elle d'un ton brusque, est-ce qu'on a arrêté quelqu'un pour le meurtre de Murphy ?

— Non. Pas que je sache.

— Eh bien, il me semble que dans votre quête de réponses vous ne cherchez pas aux bons endroits. Personne n'a été arrêté. Ça vous révèle quelque chose, non ? Vous aimeriez que je vous dise – moi, ou un inspecteur, ou un procureur, quelque part : « Eh bien, voilà, Murphy a été tué par… mais nous n'avons pas assez de preuves pour procéder à une arrestation. » Parce que ce serait propre, net et sans bavures…

Elle hésita. Puis :

— Mais je n'ai jamais dit que c'était une histoire simple, n'est-ce pas ?

Vrai.

— Croyez-vous pouvoir penser de façon aussi créative que Scott, Sally, Hope et Ashley ? continua-t-elle.

— Oui, répondis-je, beaucoup trop vite.

— Bien. (Elle lâcha le mot dans un souffle.) Plus facile à dire qu'à faire, pourtant.

Je ne réagis pas. J'attendais la suite.

— Mais, dites-moi, vous me répondriez la même chose, concernant Michael O'Connell ?

26

La première intrusion

Debout au milieu du pont Longfellow, il voyait l'amont du fleuve Charles, vers Cambridge. L'air était vif, au petit matin, mais les équipages se dirigeaient vers le centre du fleuve. Les avirons frôlaient à l'unisson le flot d'un noir d'encre en produisant de petits remous à la surface du fleuve. L'eau reflétait la lumière rasante du soleil levant. Il entendait les rameurs grogner à contretemps, au rythme défini par les ordres du barreur. Il aimait surtout la manière dont l'homme le plus petit imposait le rythme, dont le plus léger rassemblait sous son commandement tous ces hommes plus forts que lui. Le plus petit était le plus important. Lui seul voyait où ils allaient, c'était lui qui contrôlait le cap. O'Connell aimait l'idée que lui-même était à la fois assez fort pour tirer sur un aviron et assez intelligent pour tenir la barre.

Michael O'Connell allait souvent sur le passage pour piétons, sur le pont, quand il avait besoin de se concentrer sur un problème difficile. Sur la chaussée, la circulation était animée, dangereuse. Les piétons, sur le trottoir, marchaient vite, au rythme des gens qui se rendent au bureau. Au-dessous de lui, l'eau coulait vers l'aval et, dans le lointain, des rames de métro chargées de banlieusards émergeaient des lignes souterraines. O'Connell avait l'impression d'être le seul à être immobile. Mille choses habituelles au matin de la cité auraient pu le distraire. Mais là où il était, il pouvait se concentrer pleinement sur les dilemmes qui se posaient à lui.

J'en ai deux, se disait-il.

Ashley.

Et l'ex-flic, Murphy.

Visiblement, le chemin menant à Ashley passait par Scott ou par Sally. Ça ne présentait pas de difficulté. L'obstacle était l'ex-flic, et là, c'était un problème beaucoup plus grave. Il se passa la langue sur les lèvres. Il avait toujours le goût du sang dans la bouche, et sentait le renflement des tissus là où il avait reçu les coups. Mais la rougeur et les traces de coups s'effaçaient beaucoup plus vite que leur souvenir. Dès qu'il referait surface dans le voisinage des parents, ils lanceraient le flic privé à ses trousses. Et il ignorait à quel point il pouvait être dangereux. Un peu moins que ses menaces, se dit O'Connell. Il se rappela une évidence. Dans ses relations avec Ashley et ses parents, il devait être celui qui exerçait le pouvoir. Si la violence devait éclater, il devait la contrôler. La présence de Murphy modifiait cet équilibre, et ça ne lui plaisait pas.

Il agrippa des deux mains le parapet de béton ornementé, pour garder son équilibre. La colère agissait comme une drogue. Elle arrivait par vagues, transformant tout ce qui se trouvait sous ses yeux en un kaléidoscope d'émotions. Pendant un instant, il fixa le fleuve sombre qui coulait sous ses pieds. Il doutait que ses eaux glacées soient capables de le rafraîchir. Il expira lentement, dans un effort pour contrôler sa rage. La colère était son amie, mais il ne pouvait pas la laisser aller contre lui. Concentre-toi, se dit-il.

La priorité était de mettre Murphy hors circuit.

Ça ne devrait pas être difficile. Un peu risqué, mais pas impossible. Pas aussi facile que ce qu'il avait fait à Scott, Sally et Hope avec quelques commandes informatiques, pour qu'ils comprennent à qui ils avaient affaire. Mais ça n'excédait sûrement pas ses capacités.

Michael O'Connell laissa son regard errer sur le fleuve. Un des équipages faisait une pause. Poussée par la vitesse acquise, l'embarcation coupait le flot, chaque rameur légèrement penché sur son aviron, tirant le plat derrière lui. Il aimait la façon dont le bateau avançait toujours, mû par l'effort continu, propulsé par rien d'autre que la mémoire musculaire. C'était comme un rasoir tranchant la surface du fleuve. O'Connell se dit qu'il était exactement pareil.

Il passa la plus grande partie de la journée et le début de la soirée à surveiller l'immeuble où se trouvait le bureau de Murphy. Michael O'Connell était aux anges. C'était un immeuble défraîchi, un peu miteux, dénué des systèmes de sécurité modernes qui lui auraient terriblement compliqué la tâche. Il sourit intérieurement. Ç'aurait très bien pu être sa règle numéro un : sers-toi toujours de leurs faiblesses, et fais en sorte qu'elles soient tes points forts.

Il avait exercé sa surveillance depuis trois endroits différents. Sa voiture, garée au milieu du pâté d'immeubles ; une épicerie espagnole, juste au coin ;

puis une salle de lecture de l'Eglise de la Science chrétienne, presque en face de l'immeuble.

Il faillit paniquer, en sortant de la salle de lecture, lorsqu'il vit brusquement Murphy jaillir de l'immeuble.

En bon petit flic, celui-ci tourna immédiatement la tête à droite et à gauche, regarda des deux côtés de la rue et devant lui. O'Connell sentit la peur le traverser en un éclair, devant la certitude glacée qu'il allait le reconnaître.

Il sentit aussi que s'il tournait les talons, s'il s'engouffrait dans un immeuble, ou s'immobilisait et essayait de se planquer, Murphy le repérerait sur-le-champ.

Alors il prit sur lui et continua négligemment son chemin vers l'épicerie, sans faire le moindre mouvement pour se cacher. Se contentant de lever un peu les épaules et de tourner légèrement la tête pour que son profil ne soit pas trop visible. Il ne regarda pas une seule fois derrière lui, mais ajusta le col de sa veste pour dissimuler son visage jusqu'à ce qu'il atteigne la porte de la *bodega*. Dès qu'il fut à l'intérieur, il se jeta de côté et regarda par la vitrine ce que Murphy allait faire.

O'Connell se mit à rire doucement. Le flic poursuivait tranquillement sa route. Comme s'il n'avait pas le moindre souci. O'Connell vit Murphy, négligent, atteindre le coin du pâté de maisons et tourner pour entrer dans un parking. Ou peut-être, se dit-il, marche-t-il avec l'arrogance de celui qui pense qu'il est intouchable.

Reconnaître les gens, se dit-il, c'est une affaire de contexte. Quand on *s'attend* à voir quelqu'un, on le voit. Sinon, on ne le voit pas. Il ou elle devient invisible.

Murphy ne pouvait imaginer qu'O'Connell aurait trouvé si facilement l'endroit où il travaillait. Il n'aurait jamais imaginé qu'O'Connell avait dans sa poche son adresse privée et son numéro de téléphone. Il n'aurait jamais imaginé que ce O'Connell, après avoir reçu une raclée, l'aurait suivi à l'ouest de l'Etat. Tout cela le dépasse, se disait O'Connell. C'est pourquoi il ne m'a pas vu, alors que je me trouvais à moins de vingt mètres de lui.

Il croit en avoir fini avec moi.

O'Connell regagna sa voiture et se mit en planque, prenant le temps de noter l'heure à laquelle les autres employés de bureau sortaient de l'immeuble, leur journée finie. Il repéra une femme qui était probablement la secrétaire de Murphy. Il la vit partir en direction du parking, comme le détective un peu plus tôt. Pas gentil, se dit O'Connell, de laisser cette pauvre salariée fermer les bureaux pour la nuit. Surtout quelqu'un qui n'est pas vraiment formé à l'art de sécuriser une porte. Au bout d'un moment, il démarra et déboîta avec précaution, synchronisant son départ avec celui de la femme.

Quarante-huit heures plus tard, Michael O'Connell sentit qu'il avait rassemblé assez d'informations pour passer à l'étape suivante. L'étape qui, il le savait, le rapprocherait du moment où il serait libre de poursuivre Ashley de ses assiduités.

Il savait à quelle heure chacun des bureaux de l'immeuble de Murphy fermait pour la nuit. Il savait que la dernière personne à quitter les lieux, chaque soir, était le directeur du bureau d'aide sociale qui se trouvait en face du bureau de Murphy. Il fermait la porte d'entrée avec une simple clé. L'avocat qui occupait le rez-de-chaussée n'avait qu'une assistante juridique. O'Connell soupçonnait cet avocat de tromper sa femme, car il s'en allait bras dessus bras dessous avec son assistante, avec cette ardeur caractéristique des couples illicites. O'Connell aimait à penser qu'ils faisaient l'amour par terre, se tortillant sur un tapis crasseux et usé. Il tuait le temps en fantasmant sur les endroits où cela se passait, leurs positions et jusqu'à la passion qu'ils y mettaient.

Il savait peu de choses de la secrétaire de Murphy. Elle avait un peu plus de soixante ans et elle était veuve. Elle vivait seule – une vie terne pour un être terne – en compagnie de deux chiens, des carlins dont O'Connell connaissait le nom : Mister Big et Beauty. Elle en était folle.

O'Connell l'avait suivie dans une supérette Stop & Shop. Il n'avait eu aucun mal à engager la conversation devant le rayon des aliments pour chiens.

« Excusez-moi, madame, je me demandais si vous pourriez m'aider… Ma copine a adopté un petit chien, et j'aurais bien voulu lui apporter une bonne boîte, quelque chose de bon, mais il y a tellement de choix… Vous vous y connaissez, en chiens ? »

En la regardant s'éloigner, quelques minutes plus tard, il s'était dit qu'elle devait penser : Quel jeune homme sympathique, et si poli !

Michael O'Connell s'était garé à deux rues de l'immeuble, du côté opposé au parking qu'utilisaient les employés. Il était cinq heures moins le quart, et tout ce dont il avait besoin se trouvait dans le vieux sac de voyage qu'il avait planqué dans le coffre. Il inspira et expira rapidement pour se calmer, un peu comme un nageur qui se prépare à monter sur le plot de départ.

Un moment délicat, se dit-il. Après, tout sera facile.

O'Connell descendit de voiture, vérifia qu'il y avait le plus d'argent possible dans le parcmètre, puis se dirigea à grands pas vers sa cible.

Au bout du pâté de maisons, il s'arrêta. Il attendit que les premières vagues de nuit commencent à l'envelopper. Début novembre, la nuit tombe brusquement, en Nouvelle-Angleterre. On a l'impression de passer en quelques minutes du grand jour à minuit. Une heure instable. Le moment de la journée où il se sentait le plus à l'aise.

Il lui suffisait de s'introduire dans l'immeuble sans être vu, en particulier de Murphy et de sa secrétaire. Il inspira à fond une dernière fois, installa résolument Ashley dans son esprit, se rappela une fois de plus qu'elle serait beaucoup plus proche de lui quand la nuit serait finie et s'engagea rapidement dans la rue. Une lumière s'alluma derrière lui. Il se disait qu'il était invisible. Personne ne savait qu'il était là, personne ne s'attendait à ce qu'il soit là, personne n'imaginait qu'il pouvait être là.

Quand il parvint à la porte d'entrée, O'Connell vit que le petit hall était désert. En une seconde, il se retrouva à l'intérieur.

Il entendit un chuintement : l'ascenseur descendait. Il traversa immédiatement le hall, gagna l'escalier de secours et referma la porte derrière lui à l'instant où l'ascenseur arrivait. Il s'aplatit contre le mur, essayant d'imaginer les gens qui se trouvaient de l'autre côté de la paroi d'acier. Il se dit qu'il aurait pu entendre leurs voix. La sueur lui coulait sous les bras, tandis qu'il imaginait le ton reconnaissable de Murphy, puis la voix de sa secrétaire.

Il faut aller nourrir ces clébards, se dit-il. C'est l'heure de rentrer.

Il entendit la porte de l'immeuble qui se fermait.

O'Connell regarda sa montre.

— Allons, murmura-t-il. C'est à vous, monsieur le directeur du bureau d'aide sociale…

Collé contre le mur, il attendit. L'escalier n'était pas une très bonne cachette. Mais il savait que ce soir-là, cela servirait son objectif. Encore un signe, se disait-il, qu'il était destiné à être uni à Ashley. C'était comme si elle l'aidait à la retrouver. Nous sommes destinés à être ensemble. Il respira plus lentement, ferma les yeux, s'abandonna à son obsession, l'esprit vide, habité seulement par les images d'Ashley.

Michael O'Connell était déjà entré par effraction dans un grand nombre de magasins déserts, une maison de temps en temps, pas mal d'usines et autres lieux de travail. Assis là, à attendre, sur les marches froides, il avait confiance en sa compétence. Il n'avait même pas pris la peine de préparer une histoire abracadabrante pour le cas où quelqu'un aurait découvert sa présence. Il savait qu'il était en sécurité. O'Connell savait que l'amour le protégeait.

Il était presque sept heures lorsqu'il entendit les derniers grincements de l'ascenseur. Il s'immobilisa, la tête penchée vers le bruit. Soudain, l'univers tout entier fut plongé dans les ténèbres. Le directeur avait actionné l'interrupteur général placé près de l'ascenseur. O'Connell entendit la porte d'entrée s'ouvrir et se refermer, puis le déclic quand l'homme tourna la clé dans la serrure. Il regarda sa montre, dont le cadran était juste assez lumineux pour lui permettre de surveiller l'heure.

Il attendit encore un quart d'heure, avant de pousser la porte de l'escalier et de regagner le hall d'entrée. Il était presque surpris de la facilité avec laquelle il parvenait à ses fins.

Il regarda prudemment par la porte vitrée, d'un côté et de l'autre de la rue déserte. Puis il tourna le verrou et sortit.

Très vite, il parcourut les deux pâtés de maisons qui le séparaient de sa voiture. Il ouvrit le coffre et en sortit le sac de voyage.

Il ne lui fallut que quelques minutes pour revenir à l'immeuble de bureaux.

Il sortit du sac plusieurs paires de gants chirurgicaux. Il les enfila rapidement, l'un par-dessus l'autre, pour qu'ils forment une épaisseur protectrice. Il sortit un vaporisateur de désinfectant à base d'ammoniaque, dont il arrosa généreusement le bouton de porte qu'il avait touché. Cela fait, il reverrouilla la porte. Puis il vaporisa la poignée de la porte de l'escalier de secours et tous les endroits où il avait pu poser les mains. Ensuite, il monta l'escalier jusqu'au premier étage, tout en sortant du sac une petite lampe torche. Il en avait recouvert le verre avec un morceau d'adhésif rouge, diminuant le faisceau de moitié, de sorte qu'il était impossible de le repérer de l'extérieur. Il prenait son temps, passant le hall d'entrée au peigne fin, à la recherche d'une alarme. Il n'en trouva pas. O'Connell secoua la tête. Il aurait cru que Murphy choisirait un endroit un peu plus sûr. Mais les caméras à infrarouge et les systèmes de surveillance vidéo coûtent cher. L'immeuble offrait sans doute les loyers les moins élevés de la ville, et c'était son atout majeur.

O'Connell sourit.

En outre, qu'y avait-il à voler ?

Pas d'argent liquide. Pas de bijoux. Pas d'œuvres d'art. Pas d'appareils électroniques portatifs.

N'importe quel monte-en-l'air aurait pu trouver ailleurs un butin beaucoup plus accessible et plus intéressant. Bon Dieu, même dans la *bodega* au coin de la rue, il devait y avoir plus de mille dollars dans une boîte en fer-blanc et, sur l'étagère placée sous la caisse, un calibre 12, qui auraient fait des cibles bien plus tentantes.

Mais faire le casse d'une épicerie de quartier à la manière des junkies, ce n'était pas ce qu'il avait en tête. O'Connell regarda autour de lui. Qu'y avait-il dans cet immeuble qui avait de la valeur ?

Il sourit de nouveau. *Des informations.*

Il prit le temps nécessaire pour forcer la serrure du bureau de Murphy. Il y pénétra enfin et chercha d'éventuels systèmes de sécurité secondaires, détecteur de mouvement ou caméra cachée. Quand la porte s'ouvrit, il enfila un fin passe-montagne. Seuls ses yeux étaient visibles. Il serra les dents, s'attendant presque à entendre une alarme.

Mais il constata que seul le silence l'accueillait ; il eut du mal à contenir sa satisfaction.

Se déplaçant avec précaution dans le bureau, il examina les lieux. Il faillit se mettre à rire.

Une salle d'attente minable, avec un bureau pour la secrétaire, un canapé et un fauteuil tout avachis. Puis une petite pièce, où Murphy faisait ses affaires, protégée par une porte nettement plus épaisse et un peu plus qu'un verrou standard.

O'Connell hésita, tendit la main vers la poignée de la porte, s'immobilisa. Ce vieux salaud a sans doute installé là-dedans le système de sécurité qu'il croit nécessaire à sa protection, se dit-il.

Il se tourna vers le bureau de la secrétaire. Elle disposait d'un ordinateur personnel.

O'Connell s'assit sur son siège et alluma l'appareil. L'écran de bienvenue s'alluma, puis apparut une formule d'accès exigeant l'introduction d'un mot de passe.

Inspirant à fond, il composa les noms des deux chiens de la secrétaire. Il essaya quelques combinaisons des deux noms, sans succès. Il envisagea encore plusieurs possibilités, puis tapa *carlins* en souriant.

L'appareil ronronna, cliqueta, et O'Connell vit apparaître ce qu'il identifia comme la liste des affaires en cours de Murphy. Il fit glisser le curseur jusqu'à ce qu'il trouve « Ashley Freeman ». Il lutta contre le désir de l'ouvrir sur-le-champ. Se retenir ne pouvait qu'accroître son plaisir. Il passa en revue les autres dossiers présents dans l'ordinateur de la secrétaire, s'attardant sur les photos provocantes jointes à certaines affaires. Il commença, très soigneusement, à tout copier sur les CD-rom neufs qu'il avait achetés. Il se doutait qu'il n'avait pas accès à tout ce que l'ancien flic avait en mémoire dans son propre ordinateur. Murphy était sans doute assez malin pour dissimuler certains documents et s'en réserver l'accès. Mais, pour ce qu'il comptait en faire, O'Connell en savait plus qu'assez.

Il lui fallut plusieurs heures pour en finir. Il était un peu ankylosé. Il s'écarta du bureau de la secrétaire et s'étira. Puis il se laissa tomber sur le sol, fit rapidement une douzaine de pompes et sentit ses muscles se relâcher. Il se dirigea vers la porte donnant sur le bureau de Murphy. Il sortit un petit pied-de-biche de son sac. Il fit quelques tentatives maladroites, égratignant la surface du panneau, creusant dans le bois, avant d'abandonner. Il retourna au bureau de la secrétaire, força les tiroirs dont il jeta le contenu sur le sol – feuilles volantes, cartouches d'encre pour imprimante, crayons. Il trouva une photo encadrée des deux carlins qu'il jeta par terre en en fracassant le verre. Quand il eut l'impression que le désordre était suffisant, il sortit de la pièce en laissant la porte entrouverte et des éclats de bois partout.

Il passa ensuite au bureau d'aide sociale, où il entra par effraction en usant de la même technique brutale et peu discrète. A l'intérieur, il saccagea rapidement les tiroirs et les classeurs, éparpillant en quelques minutes le maximum de débris.

Il descendit au rez-de-chaussée par l'escalier de secours et fit de même dans le bureau de l'avocat. Il jetait les classeurs après les avoir ouverts, projetait les documents sur le sol. Il força le bureau de l'avocat, trouva quelques centaines de dollars en liquide qu'il fourra dans son sac de voyage. Il s'apprêtait à sortir, lorsqu'il décida de jeter un coup d'œil aux tiroirs du bureau de l'assistante juridique.

Il ne faut pas qu'elle se sente rejetée en découvrant qu'on a épargné son espace de travail, se dit-il en riant.

Il s'immobilisa en voyant ce qui se trouvait au fond du dernier tiroir.

— Eh bien dites donc, murmura-t-il, qu'est-ce qu'une bonne fille comme vous peut bien faire avec ça ?

Un pistolet semi-automatique de calibre 25. Petit, facile à cacher, c'était une arme très appréciée des tueurs à gages et des assassins, parce qu'il était peu bruyant, et qu'il était aisé d'y adapter un silencieux de fabrication artisanale. Si on le chargeait de balles à tête explosive, il était plus qu'approprié pour certaines tâches auxquelles son concepteur n'avait probablement pas pensé. Une arme de dame, sauf quand il se trouvait entre les mains d'un spécialiste.

— Toi, je t'embarque, siffla-t-il. Vous avez un permis pour ça ? Vous l'avez enregistré auprès de la police de Springfield ? Je suis sûr que non, chérie. Un beau flingue de truand, illégal. Exact ?

Michael O'Connell glissa le pistolet dans son sac. Une soirée extrêmement profitable, se dit-il, en regardant la pagaille qu'il laissait derrière lui.

Le lendemain matin, le directeur du bureau d'aide sociale appellerait la police. Ils recevraient la visite d'un inspecteur qui prendrait leurs déclarations. Il leur demanderait de faire la liste de ce qu'on leur avait volé et d'en déterminer la valeur. Et en déduirait qu'un junkie aux abois avait forcé la porte de l'immeuble en quête d'un coup facile et que, frustré par la modicité de son butin, il avait balancé tout ce qui lui tombait sous la main. On passerait la journée à nettoyer les dégâts, on ferait venir des menuisiers pour réparer les portes abîmées, puis un serrurier pour changer les verrous. Ce serait une vraie galère pour tout le monde, y compris pour l'avocat et sa maîtresse, qui ne déclarerait sûrement pas la perte d'une arme illégale.

Tout le monde sauf Matthew Murphy, qui en conclurait que son bureau avait été protégé par ses serrures supplémentaires et sa porte épaisse. Il s'en féliciterait, déciderait qu'on ne lui avait rien volé et ne prendrait même pas la peine d'appeler sa compagnie d'assurances.

Il lui suffirait d'offrir à sa secrétaire un nouveau cadre pour la photo de ses chiens.

Un cadre bon marché, se dit O'Connell, en s'enfonçant dans la nuit.

Le chef des inspecteurs du bureau du procureur du comté de Hampden était un homme mince de quarante ans, avec des lunettes à monture d'écaille et des cheveux blond-roux clairsemés qu'il portait étonnamment longs. Il posa aussitôt ses pieds sur son bureau et se balança en arrière sur son fauteuil de cuir rouge, en m'observant attentivement. Il avait un style déconcertant, que je trouvai à la fois amical et tendu.

— Ainsi, c'est la mort de M. Murphy et notre incapacité à aboutir à une conclusion positive qui vous amène ici ?

— Oui, répondis-je. Je suppose qu'un certain nombre de services se sont penchés sur l'affaire, mais, s'il y avait eu un véritable suspect, c'est vous qui auriez mené l'enquête à son terme.

— Exact. Nous n'avons prononcé aucune inculpation.

— Mais vous aviez un suspect ?

— *Des suspects*, fit-il en secouant la tête. Et tout le problème est là.

— Comment cela ?

— Trop d'ennemis. Trop de gens à qui sa mort

était utile, mais aussi un nombre élevé de types qui auraient applaudi à s'en faire péter un tendon. Murphy a été tué, son corps jeté au fond d'une allée comme un sac d'ordures, et pas mal de gens ont dû porter un toast pour fêter ça.

— Mais vous avez quand même réussi à réduire le champ de l'enquête ?

— Oui. Dans une certaine mesure. On ne peut pas dire que les gens que nous tenions pour suspects étaient du genre à aider spontanément la police. Nous espérons toujours que quelqu'un, quelque part, peut-être dans une prison ou dans un bar, laissera échapper une information, et que nous pourrons nous concentrer sur une ou deux personnes. Mais tant que ça n'arrivera pas, le dossier du meurtre de l'ex-inspecteur Murphy restera ouvert.

— Vous devez tout de même avoir quelques pistes…

Le chef des inspecteurs soupira, ôta ses pieds du bureau et pivota.

— Vous connaissiez M. Murphy ?

— Non.

— Ce n'était pas un homme particulièrement sympathique, dit-il en secouant la tête. C'était le genre de type qui marchait parfois sur la corde raide. Légalement parlant, je veux dire. On ne saura pas de quel côté penche ce meurtre tant qu'on en saura pas plus sur la manière dont c'est arrivé. En plus de ce que le cadavre nous a appris, bien sûr. C'est-à-dire pas grand-chose, malheureusement.

— Mais il vous a appris quelque chose ?

— Le meurtre avait toutes les caractéristiques d'un travail de professionnel.

Le chef des inspecteurs se leva, passa derrière moi et m'enfonça l'index dans la nuque.

— Pan. Pan. Deux balles dans la tête. Un calibre 25, sans doute équipé d'un silencieux. Les deux projectiles étaient des balles à tête molle, très déformées quand on les a retirées, ce qui rendait le boulot impossible. Le corps a été traîné dans une allée, poussé derrière des poubelles, et personne ne l'a vu avant le passage des éboueurs le lendemain matin. Celui qui a tué Murphy en savait assez pour le prendre par surprise. Il n'a rien laissé qui soit utile au légiste. Pas même une douille éjectée sur place, ce qui renforce l'idée que ce type était entraîné pour tuer, et qu'il a pris le temps de récupérer ses douilles avant de disparaître. Il a beaucoup plu la nuit du meurtre, ce qui a encore compromis l'examen de la scène du crime. Pas de témoins. Pas d'indices immédiats. Une affaire très difficile depuis le début, sans personne pour nous aider à regarder dans la bonne direction.

Il refit le tour et s'assit cette fois sur un coin de son bureau. Il me regarda, avec un sourire légèrement carnassier.

— C'était quoi, ce meurtre ? Une vengeance ? Un règlement de comptes qui renverrait à un passé lointain ? C'était peut-être un simple vol. Son portefeuille a été vidé. Mais on n'a pas pris ses cartes de crédit. Curieux, n'est-ce pas ?

Il marqua un temps d'arrêt.

— Et vous ? D'où vous vient cet intérêt pour l'affaire ?

— Murphy était indirectement en rapport avec une histoire qui m'intéresse, fis-je en pesant soigneusement mes mots.

— Un enquêteur a interrogé ses clients. Quelqu'un a jeté un coup d'œil sur ses affaires en cours. Toutes les affaires sur lesquelles il a travaillé. Laquelle vous intéresse ?

— Ashley Freeman, répondis-je prudemment.

Le chef des inspecteurs secoua la tête.

— Très intéressant. Je n'aurais jamais pensé qu'il y ait beaucoup à en dire. Un de ses boulots les plus simples. Cela l'avait occupé deux ou trois jours, tout au plus. Et l'affaire avait été résolue, je crois, un peu avant le meurtre. Non, Murphy a été tué par quelqu'un qui était lié à un réseau de trafiquants de drogue qu'il a contribué à démanteler quand il était flic, ou sur l'ordre d'un type appartenant au crime organisé, quelqu'un dont il s'est occupé dans son cabinet privé. Ou par un officier de police impliqué dans une affaire quelconque. Ceux-là sont les meilleurs suspects.

Je hochai la tête.

— Vous savez ce qui m'intrigue le plus, dans cette affaire ? reprit-il.

— Non ?

— Quand nous avons commencé à soulever le couvercle, à regarder derrière les rideaux, nous avons eu l'impression que tous les gens à qui nous parlions nous attendaient.

— Vous attendaient ? En quoi est-ce étonnant ?

Le chef des inspecteurs sourit de nouveau.

— Murphy faisait en sorte que les choses restent confidentielles. Au fond, c'était dans la nature de son travail. Il gardait tout sous le manteau. C'était un homme secret. Il ne partageait pas grand-chose. Ne laissait personne fourrer son nez dans ses affaires. La seule personne qui avait une vague idée de ce qu'il faisait, au jour le jour, c'était sa secrétaire. Elle faisait la dactylo, les factures, le classement.

— Elle n'a pas été capable de vous aider ?

— Elle était paumée. Totalement paumée. Mais là n'était pas le problème.

Il fit une pause, en me regardant attentivement.

— Comment se fait-il que tous ces gens *savaient* qu'il s'intéressait à eux ? Bon, il est clair que certains types sur lesquels il enquêtait avaient dû apprendre un jour ou l'autre qu'il fouinait dans leur vie. Mais ça ne devait en représenter qu'une toute petite partie. Or ce n'était pas du tout le cas. Je répète : *ils savaient*. Tout le monde savait. Quand on frappait à leur porte, ils attendaient, avec des alibis et des explications en béton. Ce n'est pas normal. Absolument pas normal. C'est là que réside le principal problème, à mon sens. Comment est-ce possible ?

Je me levai.

— Vous vouliez une vraie énigme, monsieur l'Ecrivain ? fit le chef des inspecteurs en me serrant la main avant de retourner de l'autre côté de son bureau. Eh bien, répondez à cette question pour moi.

Je ne réagis pas. Mais je connaissais la réponse.

27

La deuxième intrusion

Hope détestait le silence.

Elle arpentait le campus, assistait aux ultimes séances d'entraînement de la saison en se préparant à l'hiver, angoissée. Elle était constamment à cran, incapable d'avoir la moindre prise sur ses sentiments. Elle se surprenait à longer à grands pas les allées du campus comme si elle était pressée – même quand ce n'était pas le cas. Sa gorge se serrait tout à coup, elle avait les lèvres sèches, la langue gonflée, et elle aurait pu engloutir des litres d'eau. Au beau milieu d'une conversation, elle réalisait qu'elle n'avait pas entendu l'essentiel de ce qui s'était dit. Elle était distraite par la peur, et tandis que les jours passaient, l'un après l'autre, dans un silence inoffensif, elle se disait que le pire était en train de se dérouler quelque part.

Elle n'imaginait pas une seule seconde que Michael O'Connell était sorti de leurs vies.

Scott, pour ce qu'elle en savait, s'était jeté à nouveau à corps perdu dans son travail d'enseignant. Sally était retournée à ses règlements de divorce et ses mises sous séquestre, avec la satisfaction d'avoir maîtrisé la situation et pris les mesures nécessaires pour y mettre fin. Et toutes deux avaient retrouvé cette sorte de coexistence pacifique qui définissait leurs relations. Entre elles, l'affection la plus élémentaire avait disparu. Il n'y avait plus jamais une caresse, un compliment, un rire, et sûrement pas le moindre contact invitant au sexe. Comme si elles étaient des religieuses vivant sous le même toit, partageant le même lit, mais mariées à un idéal qui les dépassait. Hope se demandait si les derniers mois que Sally avait passés avec Scott avaient ressemblé à cela. Si elle avait sauvé les apparences, en dormant avec lui, feignant la passion, préparant les repas, faisant le ménage, entretenant les conversations, tout en s'échappant à des heures impossibles pour rejoindre Hope et lui dire que c'était avec elle que son cœur était vraiment ?

Au loin, Hope entendait les voix s'élever sur les terrains de jeu. C'était le temps des play-offs. Encore un match. Deux si elles arrivaient en demi-finale. Et un troisième pour le titre. Elle avait du mal à se concentrer sur les défis que cela représentait. Au lieu de quoi elle était captive d'une toile d'araignée de sentiments contradictoires à propos d'Ashley, de Michael O'Connell, de sa mère, et surtout de Sally, tous se fondant dans un mélange impossible.

Tout en allant et venant, elle repensait à sa rencontre avec Sally. L'amour devrait toujours être aussi simple, se dit-elle. On se rencontre à l'inauguration d'une galerie d'art. On bavarde. On échange des plaisanteries, on entend l'autre rire. On boit un verre. Puis il y a un dîner. Puis un nouveau rendez-vous, cette fois au milieu de la journée. Et enfin un frôlement, un murmure, un regard, et c'était arrivé, exactement comme Hope savait, depuis le premier instant, que cela arriverait.

L'amour, se dit-elle. Le mot que Michael O'Connell employait ad nauseam, et que Hope en revanche n'avait pas prononcé depuis des semaines. Des mois, peut-être. C'est Ashley qui le lui avait dit : « Il dit qu'il m'aime. » Hope savait que rien de ce qu'il avait fait n'avait le moindre rapport avec l'amour.

Elle rentra la tête dans les épaules.

Il est parti, se dit-elle.

Sally dit qu'il est parti.

Scott dit qu'il est parti.

Ashley pense qu'il est parti.

Mais elle, elle n'en croyait rien.

Même si elle ne voyait pas le moindre indice suggérant son retour.

Hope entendit des éclats de voix et vit les filles de son équipe qui agitaient les mains et bavardaient, groupées au milieu du terrain. Elle tendit la main vers le sifflet qui lui pendait au cou, au bout d'une lanière, puis décida de les laisser se détendre encore quelques minutes. La jeunesse s'envole si vite qu'il faut jouir de chaque instant. Sauf que Hope savait que lorsqu'on est jeune on est incapable de comprendre cela.

Elle donna son coup de sifflet et décida d'appeler sa mère et Ashley, juste pour s'assurer que tout allait bien.

Les yeux fixés sur le grand titre du journal du soir, Sally sentit que le sang désertait son visage. Elle dévora les articles jusqu'au dernier mot. Puis elle les relut, gravant les détails dans sa mémoire. *UN ANCIEN POLICIER ASSASSINÉ. SON CORPS A ÉTÉ RETROUVÉ DANS UNE RUELLE.* Quand elle reposa le journal, elle vit qu'elle avait les mains toutes noires. Elle les contempla avec surprise, avant de comprendre qu'elles étaient si moites que l'encre avait déteint sur ses doigts.

LE MEURTRE ÉVOQUE UNE EXÉCUTION. Les mots semblaient la poursuivre, exigeaient son attention : *LA POLICE CHERCHE DES LIENS AVEC LE CRIME ORGANISÉ.*

Sa première réaction avait été : cela n'a rien à voir avec Ashley.

Elle eut un brusque mouvement de recul, comme si quelqu'un lui avait porté un coup violent à l'estomac. Cela avait tout à voir avec Ashley.

Il fallait en savoir plus. Grâce à son travail, elle connaissait des tas de gens au bureau du procureur. L'un d'eux pourrait certainement lui donner des détails. Des infos de l'intérieur, qui lui diraient ce qu'elle devait savoir. Elle tendit la main vers son Rolodex et attrapa le téléphone, puis interrompit son geste.

Qu'est-ce que tu fais ?

Elle inspira à fond. N'autorise personne à venir fouiller dans ta vie privée. N'importe quel assistant du procureur lié de près ou de loin au meurtre de Murphy te poserait beaucoup plus de questions qu'il n'apporterait de réponses. En donnant ce coup de fil, elle s'impliquerait, avec tous ses problèmes, dans une toile d'araignée dont elle n'était pas sûre de pouvoir s'extirper.

Sally toussa. Elle avait envoyé Murphy *traiter* avec Michael O'Connell. Il lui avait fait son rapport, l'informant de son succès. Le problème était résolu. Tout le monde était sain et sauf. Ashley pouvait continuer à vivre sa vie. Un peu plus tard, Murphy mourait. Elle ne voyait pas le rapport. Comme si un mathématicien célèbre, genre Einstein, écrivait $2 + 2 = 5$ sur le tableau et que personne n'osait lui demander de corriger.

Elle saisit le journal et relut pour la troisième fois chaque mot de l'article.

Rien ne suggérait que Michael O'Connell eût le moindre rapport avec ce crime.

On avait affaire à des professionnels. Il était évident que les coupables étaient des malfrats dont Murphy avait un jour croisé la route. Elle se répéta que le meurtre dépassait de très loin les capacités d'un mécanicien féru d'informatique, étudiant occasionnel et petit délinquant comme Michael O'Connell. Vraiment, cela n'avait rien à voir avec eux, pas le moins du monde. Elle commettrait une erreur si elle s'avisait de croire le contraire.

Elle se renversa dans son fauteuil, le souffle court.

Non. Nous sommes tous sains et saufs. C'est une coïncidence.

Sa mort n'avait rien à voir avec leur situation. Après tout, elle avait choisi Murphy en premier lieu parce qu'il était capable de contourner les subtilités de la loi. Et il était indiscutable qu'il avait fait bien pire, dans d'autres affaires, qu'il s'était fait des ennemis partout où il allait. L'un d'eux avait fini par le rattraper. Il ne pouvait en être autrement.

Elle vida lentement l'air de ses poumons. En fait, le véritable problème, c'était que les menaces – quelles qu'elles soient – que Murphy avait formulées devant O'Connell pour l'obliger à se tenir tranquille n'avaient plus aucune valeur. C'était ça, le plus grand danger qu'ils allaient devoir affronter. En admettant que Michael O'Connell était au courant, pour le meurtre de Murphy, et qu'il comprendrait ce que cela impliquait pour lui.

Cela fait beaucoup d'hypothèses, se dit-elle. Elle décrocha tout de même son téléphone.

Elle détestait faire ça. Elle détestait ça parce que c'était avouer qu'elle n'était pas à la hauteur, qu'elle avait échoué à gérer correctement sa part du travail. Mais elle savait qu'elle devait appeler son ex-mari.

Sally composa le numéro de Scott. Elle se rendit compte qu'elle était de nouveau en sueur.

— Tu as vu le journal ? demanda-t-elle abruptement.

Quand il reconnut la voix de Sally, la première réaction de Scott fut de lui montrer son irritation :

— Le *New York Times* ? répliqua-t-il vivement, en sachant parfaitement que ce n'était pas le journal dont elle parlait.

C'était le genre de réponse détournée qui donnait envie à Sally de l'étrangler.

— Non. Le journal local.

— Non. Pourquoi ?

— A cause de l'article en une. Plusieurs articles, en fait. Sur le meurtre d'un ancien inspecteur de police, à Springfield.

— Ah oui. C'est dramatique, évidemment. Et alors ?

— Il s'agit du détective privé que j'ai envoyé chez Michael O'Connell, pendant que tu t'occupais d'éloigner Ashley de Boston. Il a fait son numéro quelques jours après que tu as organisé la disparition d'Ashley.

— Son numéro…

— Je n'ai pas voulu poser trop de questions. Et il ne m'a rien dit spontanément. Pour des raisons évidentes.

Scott hésita :

— Oui… Et qu'est-ce que tout cela a à voir avec Ashley, et avec nous ?

— Sans doute rien, répondit très vite Sally. Ce n'est probablement qu'une coïncidence. Une série d'événements malheureux, sans aucun lien les uns avec les autres. Le détective m'a fait un rapport. Il avait rencontré O'Connell, et il m'a affirmé que nous n'aurions plus de problèmes. Là-dessus, il se fait tuer. Cela m'a un peu déconcertée. Mais je me suis dit que tu devais au moins en être informé. Finalement, cela change peut-être la situation.

— Est-ce que tu suggères, dit Scott en articulant, comme s'il s'adressait à ses élèves, que nous pourrions avoir un problème ? Bon Dieu, je croyais que nous avions réglé cette histoire ! Je croyais que nous avions éloigné ce fils de pute une fois pour toutes…

— Si nous avons un problème ? J'en doute. Je voulais simplement t'informer d'un détail qui pourrait avoir de l'importance.

— Ecoute, Ashley est toujours là-haut, dans le Vermont, en sécurité, à l'abri avec la mère de Hope. Il me semble que la prochaine étape, pour elle et pour nous, c'est qu'elle s'inscrive dans un nouveau programme d'études, à New York, ou à l'autre bout du pays, à San Francisco. Je sais qu'elle aime beaucoup Boston, mais nous étions tous d'accord sur le fait que la bonne idée, c'est de redémarrer à zéro.

Alors elle passe un moment dans le Vermont, le temps de voir les feuilles changer de couleur et se couvrir de neige, et elle reprendra au semestre de printemps. Point final. Nous devrions suivre ce scénario, au lieu de nous prendre la tête devant le moindre détail…

Sally serra les dents. Elle détestait les sermons.

— Chimère, dit-elle.

— Je te demande pardon ?

— Un monstre de la mythologie, une bête aux proportions terrifiantes qui n'existait pas vraiment.

— Oui. Et alors ?

— C'est une façon de voir les choses. Une façon académique, ajouta-t-elle pour énerver Scott, tout en sachant parfaitement que ce n'était pas le moment.

— Si tu le dis… En tout cas, il faut aller de l'avant. Si Ashley veut se réinscrire quelque part en troisième cycle, même si elle doit démarrer à temps partiel, nous devons récupérer son dossier universitaire. Il vaut mieux que l'un de nous s'en charge, plutôt qu'elle. Il est plus prudent de nous le faire envoyer chez l'un de nous, plutôt que dans le Vermont.

— Je m'en occupe. Je me servirai de l'adresse du cabinet.

Sally raccrocha, aussi irritée qu'avant, et se rappela qu'elle connaissait son ex-mari à la perfection. Il n'avait pas changé, durant toutes ces années, depuis qu'elle avait fait sa connaissance. Rien de ce qui était arrivé depuis ne l'avait changé. Il était toujours aussi prévisible.

Elle regarda au-dehors, et vit que l'obscurité avait triomphé des dernières lueurs du jour. Les ombres elles-mêmes étaient devenues totalement noires.

Michael O'Connell regardait ces mêmes ombres s'allonger depuis son poste d'observation, sous un grand chêne, à un demi-pâté de maisons de chez Sally et Hope. Il était fortement excité, comme si son corps sentait combien il était proche d'Ashley. Des deux côtés du pâté de maisons, il voyait les lumières s'allumer les unes après les autres. A intervalles rapprochés, une voiture tournait pour remonter la rue, et le faisceau de ses phares balayait les pelouses. O'Connell devinait l'activité qui régnait dans les cuisines, à l'heure où les gens préparent le dîner, et la lueur plus douce, métallique, des téléviseurs allumés.

Je dispose de peu de temps, se dit-il. Il savait qu'il ne lui en fallait pas plus.

Sally et Hope vivaient dans une rue sinueuse, plus ancienne. Un mélange architectural bizarre dominait, dans lequel de faux ranchs de construction récente voisinaient avec des manoirs victoriens datant du début du vingtième siècle. C'était un quartier curieux, très coté à cause de ses rues bordées d'arbres et de son aspect sérieux, bourgeois. La plupart des habitants étaient des médecins, des avocats et des professeurs. Des pelouses et des haies, des petits jardins, des fêtes pour Halloween. Pas le genre de quartier dans lequel les habitants investissent massivement dans les dispositifs de sécurité et de protection dernier cri.

O'Connell se dirigea rapidement vers le haut de la rue. Il savait que Sally restait en général assez tard au bureau, et que Hope continuait l'entraînement jusqu'à ce qu'il fasse trop sombre pour voir le ballon. Cela lui laissait juste le temps qu'il fallait.

Il longea le pâté de maisons, d'un tronc d'arbre à

l'autre, et se glissa sans hésiter dans la pénombre proche de leur maison. Une vieille clôture en bois, derrière une allée, donnait sur la cour arrière. Il s'immobilisa quand les lumières de la cuisine s'allumèrent chez le voisin, et il s'aplatit contre le mur extérieur.

La maison se dressait sur une petite éminence, de sorte que les pièces principales se trouvaient au-dessus de sa tête. Mais comme nombre de vieilles maisons, elle avait un grand sous-sol, fermé par une vieille porte de bois mal entretenue et pourrissante, qu'on utilisait très rarement – si on l'utilisait. Il lui fallut moins de dix secondes pour la forcer et pénétrer dans la maison.

Il laissa la porte légèrement entrouverte derrière lui et sortit de sa poche la lampe torche dont le rayon était occulté par de l'adhésif rouge. Il retint son souffle, réalisant qu'à quelques mètres à peine de l'espace froid et moisi où il se tenait se trouvaient des informations qui lui permettraient de retrouver Ashley. Une enveloppe portant une adresse d'expéditeur. Une facture de téléphone. Un relevé de carte de crédit. Un Post-it avec son nom, collé sur la porte du frigo. Il se passa la langue sur les lèvres, excité. Entrer par effraction dans le bureau de Murphy avait été un jeu d'enfant. Ce n'était qu'une pièce parmi d'autres du puzzle pour accéder aux allées et venues d'Ashley. Il estimait avoir procédé avec soin, de manière professionnelle.

Cette effraction était différente. Ici, l'amour était à l'œuvre.

Il s'arrêta un instant pour inspirer l'air épais de la cave. Si seulement elle pouvait voir ce que j'ai dû faire pour la retrouver, se dit-il, pour que nous nous retrouvions, elle comprendrait pourquoi nous sommes faits l'un pour l'autre. Un jour, fantasmait-il, il serait en mesure de lui dire qu'il s'était fait tabasser, qu'il avait violé des lois, risqué sa sécurité et sa liberté, et qu'il l'avait fait uniquement pour elle.

Et si elle ne m'aime toujours pas, se dit-il, c'est qu'elle ne mérite pas d'aimer qui que ce soit.

Un mouvement convulsif, un spasme musculaire, parcourut son corps et il dut lutter pour en garder le contrôle. Il sentit que sa respiration devenait superficielle, qu'elle venait par vagues. L'espace d'une seconde, il s'imposa de retrouver son calme. Il visualisa Sally. Hope. Scott. Il fut presque totalement submergé par la colère. Il n'était plus capable de séparer les sentiments emmêlés de l'amour et de la haine. Quand il parvint à se calmer un peu, il traversa la cave avec précaution, en direction d'un escalier branlant qui le mènerait aux pièces d'habitation. Il ne savait pas précisément ce qu'il cherchait, mais il savait que, quoi que ce fût, ça se trouvait tout près, à sa portée.

Il poussa la porte en haut de l'escalier, comprit qu'il se trouvait dans un cellier, à côté de la cuisine. Il fallait qu'il éteigne sa torche au plus vite – même avec son filtre rouge, la lueur risquait beaucoup plus d'attirer l'attention d'un voisin curieux que le plafonnier. Il repéra sur le mur une série d'interrupteurs. Il actionna le premier et la lumière se fit dans la cuisine. Avec un sourire, Michael O'Connell éteignit sa torche.

Reste à l'écart des fenêtres, se dit-il, et commence à chercher. C'est ici. Quelque part. Ce que tu dois savoir. Je le sens. J'arrive, Ashley.

Il avança encore d'un pas, lorsqu'un grognement

sourd, agressif, se fit entendre dans le couloir obscur, juste à côté.

Je suppose que comme la plupart des gens l'idée que je me fais de la peur est définie par Hollywood, qui nous impose un régime permanent à base d'extra-terrestres, de fantômes, de vampires, de monstres et de tueurs en série. Ou par ces moments électriques, imprévisibles, de la vie où, par exemple, une voiture grille un feu rouge devant vous et vous oblige, pris de panique, à enfoncer la pédale du frein. Mais la véritable peur, débilitante, vient de l'incertitude. Elle ronge vos défenses, ne faiblit jamais, n'est jamais loin du cœur.

Assis devant la jeune femme, je voyais chacune des rides que la peur avait creusées dans son visage, prématurément vieilli, chacun des tics sur ses mains qu'elle frottait nerveusement et au coin de ses paupières qui sautaient de manière incontrôlable, les tremblements dans sa voix, plus claire que les mots qu'elle murmurait.

— Je n'aurais pas dû accepter de vous parler.

Parfois, il s'agit moins de la peur de mourir que de la peur de continuer à vivre. Elle serra des deux mains sa tasse de thé brûlant, la leva lentement à ses lèvres.

Il faisait une chaleur torride, dehors, et tout le monde, dans le petit café, buvait des boissons glacées. Mais elle semblait n'en être pas consciente.

— Je vous remercie de l'avoir fait quand même, répondis-je. Je ne vous ferai pas perdre beaucoup de temps. Je cherche simplement à confirmer quelque chose...

— Je dois y aller. Je ne peux pas rester. On ne doit

pas me voir en train de vous parler. Mes enfants sont chez ma sœur, et je ne peux pas les laisser trop longtemps. Nous déménageons. La semaine prochaine, nous partons à…

Elle s'interrompit, secoua la tête.

— Non, je ne vous dirai pas où nous allons. Vous comprenez, bien sûr ?

Elle se pencha légèrement. Je vis la longue cicatrice blanche, à la limite du cuir chevelu.

— Bien sûr. Ecoutez, je serai bref. Votre mari était capitaine dans la police. Et vous avez engagé Matthew Murphy pendant votre procédure de divorce, c'est cela ?

— Oui. Mon ex-mari dissimulait une partie de son salaire et nous battait, nos trois enfants et moi. Je voulais que Murphy découvre où il cachait l'argent. Mon avocat m'avait dit qu'il était compétent pour ce genre de choses.

— Votre ex a été soupçonné, pour le meurtre de Murphy, c'est exact ?

— Oui. Les inspecteurs de la police de l'Etat l'ont interrogé à plusieurs reprises. Ils sont venus me voir, moi aussi.

Elle secoua la tête, puis ajouta :

— Je lui ai servi d'alibi.

— Comment cela ?

— La nuit où Murphy a été tué, mon ex-mari s'est pointé chez moi, très tôt. Il avait bu. Il était morose, suicidaire. Il insistait pour entrer, pour voir les enfants. Je n'ai pas pu m'en débarrasser.

— Vous n'aviez pas d'ordonnance restrictive ?

— Si. Il n'avait pas le droit de m'approcher. Pas à moins de cent mètres, en toutes circonstances. C'est ce que disait l'ordonnance du juge. Pour ce qu'elle m'a été utile… Il mesure un mètre quatre-vingt-treize et pèse cent dix kilos, et il connaît tous les flics de la vallée. Ils sont tous copains. Qu'est-ce que j'étais censée faire ? Lui taper dessus ? Demander de l'aide ? Il a fait ce qu'il avait envie de faire.

— Je suis navré. Vous parliez d'alibi…

— Il s'est mis à boire. Puis il a commencé à me battre. Ça a duré des heures. Jusqu'à ce qu'il s'écroule, ivre mort. Quand il s'est réveillé, le lendemain matin, il s'est excusé. M'a promis que ça ne se reproduirait plus. Et il a tenu parole… pendant une semaine.

— Vous avez raconté tout cela à la police de l'Etat ?

— Je ne voulais pas. J'aurais voulu avoir le courage de leur dire : « Sûr, c'est lui qui a fait le coup. Il me l'a dit. » J'aurais peut-être été débarrassée de lui une fois pour toutes. Mais je n'ai pas pu.

J'hésitai.

— Ce qui m'intéresse…

— Je sais ce qui vous intéresse.

Elle leva la main et se toucha le front. Elle fit courir son doigt sur le léger gonflement de la cicatrice.

— Quand il m'a tabassée, sa chevalière du collège de Fitchburg State – c'est là qu'on s'est connus – m'a amochée. Cela me fait un souvenir de lui. Vous voulez savoir comment il était au courant, pour Murphy. C'est ça ?

J'acquiesçai.

— Il me l'a jeté au visage, pendant qu'il me rouait de coups. Il hurlait : « Tu croyais que je ne découvrirais pas que tu avais engagé ce foutu privé ? »

Elle avait les larmes aux yeux, maintenant.

— Il avait reçu une lettre anonyme. Une de ces

grandes enveloppes brunes. Elle contenait des copies de tout ce que Murphy avait découvert sur lui. Les informations confidentielles qui étaient destinées à mon avocat et à moi, et à personne d'autre. Postée quelque part à Worcester. Je ne connais personne là-bas. Alors, qui a bien pu l'envoyer à mon ex ? Ça m'a coûté deux dents, qu'il m'a cassées à coups de poing. Ça aurait pu coûter la vie à Murphy, si j'avais eu assez de chance pour que mon mari, furieux, le poursuive avec un revolver au lieu que ce soit quelqu'un d'autre. Peut-être que ça lui a coûté la vie, à Murphy. Peut-être que quelqu'un d'autre a reçu la même enveloppe. Je ne sais pas. J'aurais voulu que ce soit mon ex qui le fasse. Tout aurait été tellement plus simple.

Elle écarta sa chaise de la table.

— Je dois m'en aller.

Elle jeta autour d'elle un regard nerveux, puis tourna les talons, la tête basse, les épaules en avant. Elle sortit du café et disparut dans le centre commercial, s'écartant devant les passants, comme si la peur elle-même planait dans un nuage noir, juste derrière son oreille, lui murmurant des menaces.

Je la regardai s'en aller, me demandant si je venais d'avoir un aperçu de ce qu'aurait pu être l'avenir d'Ashley.

28

En quatrième vitesse

Hope se trouvait à mi-chemin de la porte d'entrée, sur la petite allée au sol de brique qui y menait, quand les phares de la voiture de Sally balayèrent la pelouse. Elle s'arrêta et attendit, incertaine quant à la conduite à tenir. Jadis, elle serait allée à la rencontre de Sally pour la serrer dans ses bras, comme tous les soirs. Maintenant, elle ne savait même pas si elle devait l'attendre pour qu'elles entrent ensemble. En remuant nerveusement les pieds, elle contempla le quartier plongé dans l'obscurité. Elle avait l'impression que Sally et elle avaient pris l'habitude de rentrer à la maison de plus en plus tard, pour que le silence qui les accompagnerait toute la soirée leur semble moins long.

— Salut, dit-elle en entendant la portière de la voiture de Sally.

— Salut, répondit celle-ci d'une voix épuisée.

— Une journée difficile ?

Sally traversait lentement la pelouse, dans sa direction.

— Oui, fit-elle, laconique. Je te raconterai ça à l'intérieur.

Hope acquiesça et monta les marches de la porte d'entrée. Elle introduisit sa clé dans la serrure, ouvrit la porte en grand. Il faisait sombre à l'intérieur de la maison. Hope s'immobilisa à l'entrée du vestibule. Elle sut immédiatement que quelque chose de terrible était arrivé. Elle inspira brusquement.

— Sans-Nom !

Le plafonnier s'alluma. Sally vint à côté d'elle.

— Sans-Nom ! cria de nouveau Hope.

Puis :

— Oh, mon Dieu…

Elle laissa tomber son sac à dos et avança. La peur devançait toutes les autres émotions, provoquant des sensations contradictoires : une explosion de glace, un éclair de chaleur, un flot d'humidité.

— Sans-Nom ! s'écria-t-elle encore une fois.

Elle entendit la panique dans sa propre voix. Derrière elle, Sally allumait les lampes, illuminant le salon, l'entrée, le salon télévision du bas. Et, enfin, la cuisine.

Le chien était couché par terre, immobile.

Hope gémit – un cri venu du plus profond d'elle-même, d'un endroit dont elle ignorait l'existence – et se jeta sur le corps de Sans-Nom. Elle plongea les mains dans sa fourrure, dans l'espoir de sentir de la chaleur, puis appuya son oreille sur le torse du chien, en quête de battements de cœur. Sally se tenait derrière elle, figée, dans l'encadrement de la porte.

— Est-ce qu'il…

Hope, aveuglée par les larmes, glissa les deux mains sous le corps du chien, le souleva doucement.

Elle se tourna vers Sally et, sans un mot, les deux femmes se précipitèrent dans la nuit.

Sur la voie express menant vers le sud, vers la clinique vétérinaire de Springfield, Sally conduisit plus vite que jamais. Alors qu'elle zigzaguait entre les voitures, le compteur proche des cent soixante kilomètres à l'heure, elle entendit Hope :

— C'est bon, Sally. Tu peux ralentir.

Hope aurait pu ajouter quelque chose. Sally comprit qu'elle s'était penchée sur la truffe du chien, ce qui expliquait qu'elle parlait d'une voix étouffée. Il ne leur fallut que quelques minutes pour parcourir les derniers kilomètres. En longeant les rues maussades, Sally était incapable de prononcer un mot. Mais chacun des sanglots déchirants de Hope, à l'arrière, était comme un coup de couteau dans sa chair.

Quand elle vit l'enseigne rouge et blanc, ENTRÉE DES URGENCES, elle freina en catastrophe devant la porte. Le bruit des pneus attira l'attention de l'infirmier de garde à l'accueil, derrière les portes de verre coulissantes. Avant que Hope, son chien dans les bras, ait eu le temps de parcourir quelques mètres, il s'était précipité pour l'aider à installer sur un brancard le corps flasque de l'animal.

Sally la rejoignit à l'intérieur après avoir garé la voiture. Hope était prostrée dans la salle d'attente, la tête dans les mains. Elle leva à peine les yeux quand Sally s'approcha d'elle.

— Hope, c'est…

— Il est mort, dit Hope. Je le sais. Je n'entendais plus son cœur. Pas de pouls. Je ne sentais pas sa respiration. Il était vieux, mais… Il était inutile de venir ici en catastrophe. C'est comme ça, tu sais… On vieillit, et ça arrive.

Sally s'assit et leva les yeux vers la pendule. Elle se dit qu'elles n'auraient pas à attendre longtemps avant que le vétérinaire de garde vienne annoncer à Hope ce qu'elle savait déjà.

A sa grande surprise, cinq minutes s'écoulèrent, puis dix. Vingt minutes plus tard, elles attendaient toujours. Au bout d'une demi-heure, un jeune homme de haute taille, vêtu d'une veste blanche de laboratoire sur sa blouse vert pâle de médecin, fit son apparition.

— Mademoiselle Frazier ? fit-il en regardant Hope, d'une voix calme que Sally reconnut d'expérience comme porteuse de mauvaises nouvelles.

— Oui, répondit Hope d'une voix tremblante.

— Je suis navré, dit lentement le vétérinaire. Nous avons essayé de le ranimer, mais il était déjà mort quand vous êtes arrivées.

— Je sais, dit Hope. Mais il fallait que j'essaie…

— Vous ne pouviez rien faire de plus. Et nous avons fait notre possible.

— Oui. Je sais. Merci.

Elle avait l'impression que chaque mot remontait d'une région glacée située au plus profond d'elle-même.

— Ce chien n'était pas très jeune, reprit le vétérinaire.

— Il avait quinze ans.

Le vétérinaire acquiesça. Il hésita un instant, avant de demander :

— Comment était-il quand vous l'avez trouvé, ce soir ?

— Quand nous sommes entrées à la maison, il était dans la cuisine. Sur le sol.

Le vétérinaire inspira à fond.

— Avez-vous envie de lui dire un dernier adieu ? J'aimerais aussi vous montrer quelque chose.

— Oui, fit Hope, essayant sans succès de retenir ses larmes. Je veux bien. J'aimerais le voir une dernière fois.

Elle suivit le vétérinaire au-delà d'une double porte battante. Sally les suivait, à quelques pas.

La salle d'examen baignait dans une vive lumière blanche tombant du plafond. Elle était semblable à toutes les salles d'urgence, avec des respirateurs au mur, des appareils mesurant la pression artérielle, des placards pleins d'ustensiles. Sans-Nom était étalé au milieu d'une table métallique étincelante qui reflétait crûment la lumière, son poil clair tout emmêlé. Hope lui caressa le flanc. Le chien avait les yeux fermés. Elle lui trouva l'air paisible, comme s'il était simplement endormi.

Le vétérinaire garda le silence pendant quelques instants, laissant Hope passer les mains dans la fourrure de son chien.

— Avez-vous vu quelque chose d'anormal, ce soir, quand vous êtes rentrées chez vous ? fit-il enfin, prudemment.

Hope se tourna vers lui.

— Pardon ? D'anormal ?

— Que voulez-vous dire ? demanda Sally.

— Est-ce qu'il y avait… des signes d'effraction ?

Hope avait l'air égarée.

— Je ne suis pas sûre de comprendre…

Le vétérinaire s'approcha d'elle.

— Pardonnez-moi si c'est dur à entendre, mais

quand nous avons examiné votre chien, nous avons découvert plusieurs choses bizarres…

— De quoi parlez-vous ? demanda Hope.

Le vétérinaire se pencha sur le chien et écarta les poils sur sa gorge.

— Vous voyez ces stries rouges ? Des contusions. Typiquement le genre de marques que nous trouvons quand il y a étranglement. Et ici, regardez…

Il releva doucement les babines de Sans-Nom, pour montrer les dents du chien.

— Ce sont des petits morceaux de chair. Il y a du sang aussi. Nous avons trouvé également, sur ses pattes, du sang et des fragments de tissu. Près des griffes.

Hope regardait le vétérinaire, comme si elle était incapable de comprendre où il voulait en venir.

— Quand vous rentrerez chez vous, examinez vos portes et fenêtres, voyez s'il y a des traces d'effraction…

Le vétérinaire regarda Sally, puis Hope.

— Il est évident qu'il a voulu vous protéger, malgré son âge, poursuivit-il. Nous ne pouvons en être certains – pas sans autopsie, bien sûr –, mais il semble bien que Sans-Nom est mort en combattant.

— Qui a assassiné Murphy ? demandai-je. Vous croyez que c'est Michael O'Connell qui lui a tiré dessus ?

Elle me jeta un regard curieux, comme si ma question était déplacée. Nous étions chez elle. Tandis qu'elle hésitait, mon regard balaya la pièce. Je réalisai soudain qu'il n'y avait aucune photo.

Elle sourit.

— Je crois que vous devriez plutôt vous demander ceci : O'Connell avait-il *besoin* de tuer Murphy ? Il en a sans doute eu *envie*. Il avait une arme. Il en a eu l'opportunité. Mais n'avait-il pas suffisamment préparé le terrain, en faisant parvenir ces informations confidentielles à tous ces gens, pour obtenir le résultat qu'il souhaitait ? N'était-il pas fondé à croire, raisonnablement, que quelqu'un, dans ce groupe de personnes, aurait une réaction violente ? N'était-ce pas d'ailleurs dans le *style* d'O'Connell, d'agir de manière oblique ? De créer des événements, des situations ? De manipuler son environnement ? Il lui fallait mettre Murphy hors circuit. Murphy venait d'un monde que Michael O'Connell connaissait intimement. Il était parfaitement conscient de la menace qu'il représentait. Murphy n'était pas différent d'O'Connell, en ce qu'il comptait sur la violence, comme c'était prévisible, pour obtenir des résultats. Il *devait* mettre Murphy hors circuit. Et c'est bien ce qui s'est passé, non ?

Elle me regarda et poursuivit en baissant la voix, presque jusqu'au murmure :

— Que faisons-nous ? Comment agissons-nous ? Il n'est pas difficile de savoir ce qu'il faut faire quand l'ennemi pointe son arme sur nous. Mais ne sommes-nous pas notre pire ennemi, souvent, quand nous refusons de croire ce que nos yeux nous montrent ? Quand la tempête se prépare, est-ce qu'on n'est pas enclin à croire qu'elle n'éclatera pas ? Que la crue ne détruira pas le barrage ? N'est-ce pas pour ça qu'elle finit par nous emporter ?

Elle inspira, regarda de nouveau par la fenêtre.

— Et quand elle nous a emportés, est-ce que nous nous noyons ?

29

Un fusil sur les genoux

Salut, Michael. Tu me manques. Je t'aime. Viens me sauver.

Il entendait la voix d'Ashley s'adressant à lui, presque aussi nettement que si elle était assise à côté de lui, sur le siège passager de la voiture. Il se repassa mentalement ses mots, à l'infini, leur donnant des inflexions différentes, tour à tour suppliantes et désespérées, sexy et engageantes. Des mots qui étaient autant de caresses.

O'Connell considérait qu'il était en mission. Tel un soldat sur un terrain miné, ou un sauveteur dans des eaux déchaînées, il roulait vers le nord, franchissait la limite du Vermont, attiré inexorablement vers Ashley.

Dans l'obscurité, il caressa légèrement les plaies qu'il avait sur le dos de la main et à l'avant-bras. Avec une compresse trouvée dans la trousse de secours bon marché qu'il gardait dans sa boîte à gants, il était parvenu à stopper l'hémorragie de la morsure à la cuisse. Une sacrée chance que le chien ne lui ait pas attrapé le tendon d'Achille pour en faire

411

de la charpie. Son jean était déchiré et probablement taché de sang séché. Il faudrait qu'il en trouve un autre au matin. Mais, tout bien considéré, il avait eu le dessus.

O'Connell alluma le plafonnier.

Il regarda sa carte et essaya de calculer de tête. Il savait qu'il était à moins d'une heure et demie d'Ashley. Une estimation qui autorisait même un ou deux détours inutiles sur les routes de campagne menant à la maison de Catherine Frazier.

Il sourit en entendant de nouveau la voix d'Ashley. *Salut, Michael. Tu me manques. Je t'aime. Viens me sauver.* Il la connaissait mieux qu'elle ne se connaissait elle-même.

Il ouvrit légèrement une vitre et fit entrer un peu d'air glacé, pour tenter de se calmer. O'Connell se disait qu'il y avait deux Ashley. La première était l'Ashley qui avait essayé de se débarrasser de lui, qui lui avait semblé tellement en colère, si apeurée, si insaisissable. Celle qui appartenait à Scott et Sally, et à ce monstre, Hope. En pensant à eux, il grimaça. Il y avait quelque chose de vraiment malsain, de pervers dans leurs relations, et il savait qu'Ashley ne s'en porterait que mieux dès qu'il serait venu à son secours.

La véritable Ashley, c'était celle qui s'était trouvée à table avec lui, buvant et riant à ses plaisanteries, fascinante alors qu'elle se préparait doucement à l'abandon. La véritable Ashley avait communiqué avec lui, physiquement et sur le plan de l'émotion, beaucoup plus intensément, d'une certaine façon, qu'il ne l'aurait cru possible. La véritable Ashley l'avait invité dans sa vie, même si ce n'était que très brièvement, et son devoir était de retrouver cet être-là.

Il la délivrerait.

O'Connell savait que l'Ashley que ses parents et sa belle-mère lesbienne croyaient connaître était une Ashley fantôme. Ashley l'étudiante, Ashley l'artiste, Ashley le pilier de musée, était une fiction, créée par une bande de non-êtres, de mauviettes libérales, de petits-bourgeois qui ne désiraient qu'une chose : qu'elle soit comme eux, qu'elle grandisse et qu'elle mène la même existence stupide et sans intérêt qu'eux-mêmes. La véritable Ashley attendait qu'il surgisse tel un chevalier de conte de fées et qu'il lui montre qu'il existait une vie différente. C'était l'Ashley qui mourait d'envie de connaître l'aventure, de mener une existence sur le fil du rasoir. S'il était Clyde, elle était sa Bonnie. Une Ashley qui vivrait à ses côtés, hors des règles de la vie. Qu'elle rechigne, effrayée devant la liberté qu'il représentait, c'était prévisible. La fièvre qu'il lui apportait devait être effrayante.

Il fallait lui montrer, voilà tout.

Michael O'Connell sourit de nouveau intérieurement. Il était confiant. Ce ne serait peut-être pas facile. Ce serait probablement délicat. Mais elle finirait par comprendre.

Emporté par une excitation accrue, O'Connell remit les gaz. Il sentit que la voiture faisait un bond en avant. Quelques secondes plus tard, il était sur la file de gauche et accélérait à fond. Il savait que personne ne pourrait l'arrêter. Pas cette nuit-là.

Ce n'est pas loin, se dit-il. Ce n'est pas loin du tout.

Hope laissa la nuit l'envelopper, dissimulant son chagrin dans la pénombre. Elle avait laissé Sally conduire sur le chemin du retour. Le silence de Hope semblait pâle, spectral, comme si elle n'était plus que son propre fantôme.

Sally avait eu le bon sens de se concentrer sur la conduite et de laisser Hope seule avec ses pensées. Elle se sentait un peu coupable de se sentir moins mal qu'elle n'aurait dû. Mais ses pensées allaient toutes vers elle, et aussi horrible qu'ait été la mort de Sans-Nom, la manière dont il était mort et ce que cela signifiait étaient beaucoup plus importants. Elle sentait un besoin irrépressible d'agir, de reconstituer le puzzle des événements de la soirée.

Avec un crissement de pneus, la voiture s'arrêta dans leur allée.

— Je suis vraiment navrée, Hope. Je sais qu'il comptait beaucoup pour toi.

Hope eut l'impression que c'étaient les premiers mots gentils que son amie lui adressait depuis des mois. Elle inspira profondément, descendit de voiture sans un mot et traversa la pelouse. Les feuilles mortes craquaient sous ses pieds. Elle s'arrêta devant la porte d'entrée, l'examina brièvement, puis se tourna vers Sally.

— Pas par ici, dit-elle avec un soupir. A moins qu'il ne soit capable, qui qu'il soit, de forcer une serrure, ce qui après tout est probable. Mais quelqu'un aurait pu le voir, un voisin, un livreur, n'importe qui…

Sally l'avait rejointe.

— Par-derrière. Par la cave. Peut-être une des fenêtres latérales.

Hope hocha la tête.

— Je vais inspecter l'arrière. Toi, vérifie les fenêtres, surtout près de la bibliothèque.

Il ne lui fallut pas longtemps pour découvrir le montant de porte déchiqueté. Elle resta là un instant sans bouger, fixant les éclats de bois jonchant le sol de ciment de la cave.

— Ici, Sally, en bas !

Il y avait une seule ampoule nue, dont la lumière dessinait des formes bizarres dans les coins moisis de la cave de la vieille demeure. Hope se rappelait qu'Ashley avait peur, quand elle était petite, de descendre toute seule faire sa lessive, comme si les recoins et les toiles d'araignée abritaient des trolls ou des fantômes. Sans-Nom, dans ces cas-là, était son complice de prédilection. Même à l'adolescence, alors qu'elle savait qu'elle était trop grande pour croire de telles bêtises, elle rassemblait les jeans moulants et les sous-vêtements minuscules dont elle voulait cacher l'existence à sa mère, puis elle prenait un biscuit pour chiens et tenait la porte de la cave ouverte devant Sans-Nom. Le chien dévalait les marches avec enthousiasme, dans un tintamarre suffisant pour faire fuir tous les démons qui auraient pu s'y trouver. Il l'attendait en bas, assis, la queue dessinant sur le sol des demi-lunes exubérantes.

Hope se retourna en entendant Sally descendre les marches.

— Il est entré par ici.

Sally contempla les éclats arrachés. Elle acquiesça, puis s'écarta pour laisser Hope passer devant elle.

— Il est monté par l'escalier. Il devait avoir une de ces torches miniatures… Puis dans la cuisine.

— C'est là que Sans-Nom a dû l'entendre, dit Sally. Ou le sentir.

Hope reprit son souffle.

— Sans-Nom avait l'habitude de nous attendre dans l'entrée. En entendant du bruit derrière lui, il a compris que ce n'était ni toi ni moi, ni Ashley, qui rentrions.

Hope parcourut la cuisine des yeux.

— C'est ici qu'il s'est battu, dit-elle doucement. Pour la dernière fois, ajouta-t-elle in petto. Elle imaginait le vieux chien, son poil gris hérissé sur la nuque, les babines retroussées sur ses dents usées. Son foyer, sa famille. Personne ne passait, même s'il avait la vue faible et l'ouïe réduite à quasiment rien. Pas sans payer le prix, Hope le savait. Elle toussota pour repousser ses larmes et se laissa tomber sur le sol, afin d'inspecter soigneusement les lieux.

— Regarde, fit-elle au bout de quelques secondes. Ici.

Sally baissa les yeux vers le sol.

— Qu'est-ce que c'est ?

— Du sang. Ce doit être du sang. Et pas celui de Sans-Nom.

— Je crois que tu as raison, dit Sally, qui ajouta à mi-voix : Bon chien…

— Mais ce type, quel qu'il soit… que cherchait-il ?

Ce fut au tour de Sally d'inspirer à fond.

— C'était lui, dit-elle d'un ton calme.

— Lui ? Tu veux dire…

— Le salopard. O'Connell.

— Mais je croyais… Tu disais qu'on n'en entendrait plus parler ! Le flic privé t'a dit…

— Le flic privé, Murphy, a été tué. Assassiné. Hier.

Hope écarquilla les yeux.

— J'allais t'en parler quand nous sommes entrées dans la maison.

Sally n'avait pas besoin d'en dire plus.

— Assassiné ? Comment ? Où ?

— Dans la rue, à Springfield. Un travail de professionnel, d'après les journaux.

— Bon Dieu, qu'est-ce que ça veut dire, « un travail de professionnel » ? fit Hope d'une voix aiguë.

— Ça veut dire que quelqu'un s'est approché de lui par-derrière et lui a tiré deux balles de petit calibre dans la nuque.

Sally parlait d'une voix froide, s'efforçant de dissimuler sa peur sous les détails.

— Tu crois que c'est lui ? Mais pourquoi ?

— Je ne sais pas. Je ne suis pas sûre. Je ne peux pas dire... Des tas de gens haïssaient Murphy. N'importe lequel d'entre eux...

— Personne d'autre ne nous intéresse. Je veux dire, est-ce que tu crois...

Hope regarda les taches de sang sur le sol.

— Bon, à Springfield, ça pouvait être n'importe qui. Mais tu crois que cette effraction...

— Qui d'autre ?

— Ce pourrait être un cambrioleur. Ce sont des choses qui arrivent, dans le quartier.

— C'est plutôt rare, en fait. Et quand une effraction est déclarée, il s'agit en général de gamins. Ça, ça n'y ressemble pas. Tu peux voir si on a volé quelque chose ?

— Comme ça, on dirait que non.

— Alors, qui d'autre… ?

— Si c'est O'Connell, ça veut dire…

— Qu'il est de nouveau aux trousses d'Ashley. C'est clair.

— Mais pourquoi ici ? dit enfin Hope.

Sally haussa les épaules.

— Il cherchait des informations.

— Je croyais que Scott avait mis au point toute une histoire et que le sale type avait marché ? L'Italie. Les études et l'art de la Renaissance. Qu'elle était partie, loin d'ici et pour longtemps…

Sally secoua la tête.

— Nous ne savons pas, dit-elle d'un ton froid. Nous n'avons aucune idée de ce que sait O'Connell, de ce qu'il pense, ni de ce qu'il a appris. Ni de ce qu'il a fait. Nous savons que quelqu'un a tué Murphy, et que quelqu'un a tué Sans-Nom. Est-ce la même personne ? Nous sommes dans le noir total.

Elle soupira, puis serra les poings en signe de frustration.

— Nous n'avons aucune certitude…

Hope, les yeux au sol, crut voir une ou deux autres petites taches de sang près de la porte donnant sur le reste de la maison.

— On devrait jeter un coup d'œil. Peut-être qu'on pourra suivre sa trace…

Sally s'appuya un instant contre le mur, les yeux fermés. Elle expira longuement, lentement.

— Je sais au moins qu'il n'y a rien ici qui puisse lui indiquer où est Ashley. J'y ai fait très attention. Et si Sans-Nom l'a attaqué, poursuivit-elle en ouvrant les yeux, c'était sans doute plus que suffisant pour faire déguerpir ce fils de pute de la maison.

Hope hocha la tête. Elle n'en était pas si sûre.

— Jetons un coup d'œil.

Elles trouvèrent une autre goutte de sang dans le couloir menant à la pièce qui abritait leur petite bibliothèque et le salon télévision.

Hope balaya les lieux du regard, en quête d'un indice révélant qu'O'Connell était passé par là. Quand elle vit le téléphone, elle eut un hoquet.

— Regarde, Sally, dit-elle doucement.

Plusieurs petites taches de sang cramoisies étaient visibles sur l'appareil.

— Ce n'est que le téléph… commença Sally.

Le voyant rouge du répondeur clignotait. Elle enfonça la touche d'écoute. La voix enjouée d'Ashley envahit la pièce :

« Salut, maman, salut, Hope. Vous me manquez. Mais le séjour avec Catherine est merveilleux. Nous sortons dîner, maintenant. Je me demandais si je pouvais faire un saut chez vous dans les prochains jours. Catherine me prêtera sa voiture, ça me permettrait de prendre quelques vêtements chauds. C'est magnifique, le Vermont, dans la journée, mais la nuit il fait frisquet, et puis j'aurais besoin d'une parka et peut-être d'une paire de bottes. Bon, c'était une idée comme ça… On se reparle très vite. Baisers. »

— Oh mon Dieu, fit Sally. Oh non.

— Il sait, dit Hope. Il sait. C'est certain.

Sally eut un mouvement de recul et pivota, le visage accablé, le cœur bloqué par la peur.

— Ce n'est pas tout, dit doucement Hope.

Sally suivit son regard vers une des bibliothèques. La deuxième étagère était occupée par les photos de famille. Hope et Sally, Sans-Nom, tous les trois avec Ashley. Il y avait aussi un portrait élégant de cette dernière, de profil, pris alors qu'elle était en randonnée dans les Green Mountains, juste au coucher du soleil. La plus réussie de toutes. C'était une de leurs préférées, parce qu'elle restituait ce moment magique entre l'enfance et l'âge adulte, le moment où les appareils dentaires et les genoux cagneux laissent la place à la grâce et la beauté.

La photo occupait normalement le centre de l'étagère. Elle n'était plus là.

Sally souffla. Elle décrocha le téléphone et composa le numéro de Catherine. Impuissante, elle l'écouta sonner interminablement, sans que personne décroche.

Scott avait choisi ce soir-là pour se rendre à une université proche. Il avait assisté à une conférence d'un spécialiste des droits civiques venu de Harvard, organisée dans le cadre d'un colloque. Le thème était l'histoire et l'évolution des droits civiques au regard de la loi. La conférence avait été très animée. Scott était gonflé à bloc, et quand il s'arrêta sur le chemin du retour pour acheter du *lo-mein* au poulet et du bœuf aux mange-tout chez un traiteur chinois, il se réjouissait à l'idée de finir la soirée seul, avec les devoirs de ses étudiants.

Il se promit d'appeler Ashley dans la soirée – juste pour vérifier, savoir comment elle allait, lui demander si elle avait besoin d'un peu d'argent. Il était un peu mal à l'aise à l'idée que Catherine paie l'addition pour son séjour. Il devrait trouver un arrangement financier équitable, d'autant qu'il ne savait vraiment pas combien de temps Ashley allait rester là-bas. Plus très longtemps, certainement. Tout de même, elle était sans doute un fardeau. Il ignorait si

Catherine était riche. Ils ne s'étaient croisés qu'une ou deux fois, lors de rencontres merveilleusement brèves et exagérément polies. Il savait qu'elle aimait beaucoup Ashley, ce qui la plaçait d'office sur le bon plateau de la balance.

Quand il entra chez lui, le *lo-mein* avait commencé à goutter à travers le sac en papier. Le téléphone sonnait. Scott posa son dîner sur le comptoir de cuisine et décrocha.

— Allô, ouais ? fit-il d'un ton brusque.

— Scott, c'est Sally. Il est venu ici. Il a tué Sans-Nom. Il sait où est Ashley, et elles ne répondent pas au téléphone…

Elle hurlait presque. Les mots se précipitaient vers Scott.

— Calme-toi, Sally. Une chose à la fois.

Il s'entendait parler. Calme. Raisonnable.

Mais à l'intérieur il pouvait sentir chacun de ses organes, son cœur, ses poumons, sa tête, tout s'était mis à tourner, de plus en plus vite, comme s'il tombait soudain au milieu d'un ciel maussade, battu par les vents.

Ashley et Catherine marchaient sans hâte dans Brattleboro, en direction de leur voiture. Un gobelet de café à la main, elles longèrent un alignement d'ateliers d'artisans, de quincailleries, de magasins de matériel pour activités de plein air et de librairies. L'endroit rappelait à Ashley la ville universitaire où elle avait grandi. Un univers défini par les saisons et leur rythme simple. Difficile d'être mal à l'aise ou de se sentir menacé dans une ville qui se met en quatre pour se rendre pareillement accueillante.

Un trajet de vingt minutes en voiture séparait la ville du coin de campagne où se nichait la maison de Catherine, au milieu des champs et des collines, loin de tout voisin. Catherine laissa le volant à Ashley, sous prétexte que sa vision nocturne n'était plus ce qu'elle avait été. Ashley comprit qu'elle voulait simplement déguster en paix son café *latte*. Elle était heureuse de voir la vieille dame dans cette disposition d'esprit. Il y avait chez Catherine quelque chose d'indomptable. Elle n'acceptait pas que les misères et les douleurs de la vieillesse posent des limites à ses activités, aussi longtemps qu'elle pourrait leur résister.

Sur le chemin du retour, Catherine lui montra la route.

— Evite de percuter un daim. Mauvais pour le daim. Mauvais pour la voiture. Mauvais pour tout le monde.

Ashley ralentit consciencieusement et jeta un coup d'œil dans le rétroviseur. Des phares se rapprochaient d'elles à toute vitesse.

— En voilà un qui a l'air pressé…

Elle enfonça légèrement la pédale du frein, pour être sûre que le conducteur avait bien vu ses feux.

— Bon Dieu ! s'exclama-t-elle.

L'autre voiture les avait rattrapées dans un hurlement de moteur. Elle était remontée jusqu'à quelques centimètres de leur pare-chocs en faisant crisser ses pneus, et elle leur collait au train.

— Qu'est-ce qu'il fout ? s'écria Ashley. Hé, recule !

— Reste calme, lui dit froidement Catherine.

Mais elle enfonçait ses ongles dans son siège.

— Arrêtez ça ! hurla Ashley.

Le conducteur qui la suivait avait allumé ses pleins phares, illuminant l'intérieur de leur voiture.

— Bon Dieu, mais qu'est-ce qu'il fait ? répéta Ashley.

Elle ne voyait pas le chauffeur, pas plus qu'elle n'aurait pu identifier le modèle de la voiture. Elle s'accrocha à son volant, alors qu'ils fonçaient sur la route de campagne désolée.

— Laisse-le passer, dit Catherine, d'un ton qu'elle voulait dépourvu d'inquiétude.

Elle pivota sur son siège, pour essayer de voir par la lunette arrière, mais elle était aveuglée par les pleins phares et ses mouvements étaient limités par la ceinture de sécurité.

— Dès que tu trouveras un endroit qui te le permet, range-toi sur le côté. Un peu plus loin, la route s'élargit.

Elle s'efforçait de rester calme, et en même temps son cerveau travaillait à toute vitesse. Catherine connaissait bien les routes de la région. Elle essayait d'anticiper, d'imaginer de quel espace elles disposeraient.

Ashley essaya d'accélérer, juste pour prendre un peu de distance, mais la route était étroite et sinueuse. La voiture qui la suivait accéléra à son tour, pour conserver la même allure qu'elle. Elle commença à ralentir.

— Bon Dieu, mais qu'est-ce qu'il veut ? s'écria-t-elle à nouveau.

— Ne t'arrête pas, dit Catherine. Quoi qu'il arrive, ne t'arrête pas. Ce fils de pute !

— Et s'il nous percute ? demanda Ashley, en prenant sur soi pour ne pas hurler.

— Ralentis juste assez pour qu'il nous dépasse.

S'il nous heurte, cramponne-toi. La route bifurque à droite, à un kilomètre et demi d'ici, nous pourrons tourner et revenir vers la ville. Ça nous emmènera vers la caserne des pompiers, peut-être même jusqu'aux flics.

Ashley acquiesça d'un grognement.

Catherine omit de préciser que Brattleboro disposait d'un service de police, d'une ambulance et de sapeurs-pompiers vingt-quatre heures sur vingt-quatre, mais à partir de dix heures du soir, si l'on voulait la police de l'Etat ou des volontaires, on devait les appeler par radio.

— Là, à droite ! cria-t-elle.

Elle savait qu'il y avait un petit embranchement, à quatre cents mètres de là, où les cars scolaires avaient tout juste la place de faire demi-tour.

— Là-bas !

Ashley acquiesça et enfonça une fois de plus l'accélérateur. La voiture qui les suivait fit un bond en même temps qu'elle, lui collant au train tandis qu'Ashley se déportait sur une petite étendue de terre au bord de la route. Elle essaya de virer le plus brusquement possible, pour que l'autre voiture soit obligée de la dépasser.

Sauf qu'elle n'en fit rien.

Les deux femmes entendirent le grincement du coup de frein, suivi du hurlement des pneus sur la nationale.

— Accroche-toi ! cria Ashley.

Elles se cabrèrent avant l'impact, et Ashley écrasa la pédale du frein. Instantanément, la voiture disparut dans un nuage de terre et de poussière. Elles entendirent le gravier tinter sous le véhicule avant d'être projeté vers les arbres les plus proches.

Catherine mit une main devant elle pour protéger son visage, et Ashley se jeta en arrière au moment où la voiture dérapait sur la terre meuble. Elle braqua à fond, comme son père le lui avait appris, reprenant le contrôle de la voiture juste avant qu'elle ne heurte le talus. L'arrière dérapa pendant un instant, mais Ashley en garda le contrôle, luttant avec le volant. Elle leva les yeux, s'attendant à voir passer leur suiveur dans un rugissement de moteur. Rien.

La voiture frémit et s'immobilisa enfin. Ashley pivota, attendant l'éblouissement des phares et la collision.

Catherine s'était cogné la tête contre la vitre. Elle grogna.

— Accroche-toi ! fit-elle, dans l'attente d'un nouveau choc.

Mais il n'y eut rien d'autre que le silence.

Scott écoutait les sonneries se succéder dans le vide. Il savait que personne ne décrocherait.

Il avait commencé par se dire qu'il ne fallait pas attacher trop d'importance au fait que Catherine et Ashley ne répondaient pas. Sans doute étaient-elles allées dîner à l'extérieur, comme elles l'avaient prévu, et elles n'étaient pas encore rentrées. Ashley était un vrai oiseau de nuit, et il était probable qu'elle avait entraîné Catherine à une séance tardive de cinéma, ou boire un verre dans un bar. Il existait des dizaines de raisons pour qu'elles ne soient pas chez Catherine. Pas de panique, se dit-il. Céder à l'hystérie ne serait profitable à personne. Cela ne ferait qu'irriter Ashley, quand ils parviendraient à la toucher. Et Catherine, qui n'était pas le genre de femme à apprécier qu'on mette sa compétence en doute.

Il inspira à fond et rappela son ex-femme.

— Sally ? Elles ne répondent pas.

— Je sais, je n'arrête pas d'essayer de les joindre, moi aussi. Je crois qu'elle est en danger, Scott. Je le pense vraiment.

Sally était hantée par une équation perverse : un chien mort plus un détective mort, le tout divisé par une porte forcée, multiplié par une photo disparue, égale…

— Raconte-moi tout dans le détail, fit Scott, toujours aussi pointilleux.

— Plus tard, chaque seconde perdue pourrait se révéler… commença Sally, les dents serrées.

Elle ne finit pas sa phrase. Ils restèrent un instant silencieux tous les deux. Un gouffre les séparait.

— Je veux parler à Hope, fit brusquement Scott.

Cela prit Sally par surprise.

— Elle est là, à côté de moi, mais…

— Passe-la-moi.

Il y eut une brève manipulation, sur la ligne, et Hope fut au bout du fil :

— Scott ?

— Je n'ai pas eu la communication. Même pas le répondeur.

— Elle n'en a pas. Elle préfère que les gens rappellent.

— Tu crois aussi que…

— Oui.

— Nous devrions appeler la police ? demanda Scott.

— Je vais le faire, dit Hope après un silence. Je connais presque tous les flics, là-bas. Merde, plusieurs d'entre eux étaient dans ma classe, au collège. Je peux demander à l'un d'eux de prendre sa voiture et d'aller jeter un coup d'œil.

— Tu peux faire ça sans trop les alerter ?

— Oui. Je leur dirai simplement que je ne parviens pas à joindre ma vieille maman. Ils la connaissent tous, ça ne devrait pas poser de problème.

— OK. Fais-le. Et dis à Sally que je prends la route pour aller là-bas. Si vous parlez à Catherine, dites-lui que je serai chez elle dans le courant de la nuit. Mais j'ai besoin d'indications, pour l'itinéraire.

Tout en expliquant le chemin à Scott, Hope vit que Sally avait pâli. Ses mains tremblaient. Elle ne l'avait jamais vue aussi terrifiée. Cela la perturbait presque autant que cette nuit informe qui menaçait de les engloutir.

Catherine fut la première à parler :

— Ça va, Ashley ?

Ashley acquiesça. Elle avait les lèvres sèches, la gorge presque bloquée, elle doutait de sa voix. Elle sentit que son cœur reprenait peu à peu un rythme normal.

— Ça va. Et toi ?

— Je me suis cogné le crâne. C'est tout.

— Tu veux que nous allions à l'hôpital ?

— Non. Moi, ça va. Mais j'ai l'impression d'avoir renversé sur moi mon café à six dollars.

Catherine dégrafa sa ceinture de sécurité et ouvrit la portière.

— J'ai besoin d'un peu d'air frais, dit-elle vivement.

Ashley coupa le moteur. Elle sortit à son tour dans la nuit.

— Qu'est-ce qui s'est passé ? Je veux dire, qu'est-ce que ça signifie, tout ça ?

Catherine fixait la route derrière elles. Elle se retourna, et scruta la direction qu'elles devaient prendre.

— Tu as vu ce salaud nous dépasser ?

— Non.

— Eh bien, moi non plus, je n'ai pas vu ce qui lui est arrivé. Je me demande où il est passé. J'espère qu'il a fait un tonneau dans les arbres, ou qu'il est tombé d'une falaise !

Ashley secoua la tête.

— J'ai essayé de ne pas perdre le contrôle…

— Tu as fait un boulot génial, dit Catherine, d'un ton assez ferme pour la rassurer. Un vrai pilote de stock-car. Ces types n'ont rien à t'envier, Ashley, si tu me permets de dire une évidence. Une situation très risquée, et tu t'en es sortie comme un chef. Nous sommes saines et sauves, et ma belle voiture presque neuve n'a pas une égratignure !

Ashley sourit, en dépit de l'angoisse qui la taraudait toujours.

— Mon père m'emmenait à Lime Rock, dans le Connecticut, et nous faisions des tours de piste dans sa vieille Porsche. Il m'a beaucoup appris.

— Eh bien, ce n'est pas exactement l'excursion classique pour un père et sa fille, mais ça s'est révélé utile.

Ashley inspira à fond.

— Catherine, est-ce que ce genre de mésaventure t'est déjà arrivé ?

La vieille dame était toujours sur le bord de la route, fouillant l'obscurité du regard.

— Non. Oh, lorsqu'on se balade tranquillement sur ces routes étroites et tortueuses, il arrive qu'un collégien s'énerve et te double comme un fou, sans visibilité. Mais ce type, là, il semblait avoir autre chose en tête...

Elles remontèrent en voiture et bouclèrent leurs ceintures. Ashley hésita. Elle parvint à former quelques mots :

— Je me demandais... tu sais, le sale type qui me harcelait...

Catherine se renversa dans son siège.

— Tu penses que le jeune homme qui t'a contrainte à t'éloigner de Boston...

— Je ne sais pas.

Catherine grogna.

— Ashley, ma chérie, il ne sait pas que tu es ici, et il ne sait pas où j'habite. En outre, c'est un endroit rudement difficile à trouver, au milieu de nulle part. Il me semble que si tu passes ta vie à regarder par-dessus ton épaule et à attribuer à ce sale type, O'Connell ou je ne sais qui, tous les petits problèmes qui sortent un peu de l'ordinaire, eh bien, tu n'auras plus beaucoup de vie.

Ashley hocha la tête. Elle avait envie d'être convaincue, mais il lui faudrait d'autres arguments pour y parvenir.

— En tout cas, ce jeune homme prétend qu'il t'aime, Ashley, ma chérie. *L'amour*. Je ne vois pas bien ce que cette tentative de nous jeter dans le fossé aurait à voir avec l'amour...

Elles parcoururent la dernière partie du trajet dans un silence relatif. Une longue allée de gravier et de terre menait à la maison de Catherine. C'était un ancien corps de ferme, qui datait du début du dix-neuvième siècle. Catherine disait souvent qu'elle avait modernisé la plomberie et la cuisine, mais pas les fantômes. Ashley regarda les bardeaux blancs, regrettant qu'elles n'aient pas pensé à laisser des lampes allumées à l'intérieur.

Mais Catherine avait l'habitude d'être accueillie par l'obscurité. Elle descendit de voiture sans hésiter.

— Ce n'est pas vrai ! s'exclama-t-elle. Le téléphone sonne !

Après un grognement sonore, elle ajouta :

— Ce n'est pas une heure pour téléphoner, pourtant !

Ignorant l'obscurité, confiante dans sa parfaite connaissance des trous et bosses de l'allée, elle distança Ashley qui trébuchait derrière elle. Catherine ne fermait jamais à clé. Elle se rua à l'intérieur, allumant les lampes à mesure de sa progression vers le vieux téléphone à cadran circulaire installé dans le salon.

— Oui ? Qui est à l'appareil ?

— Maman ?

— Hope ! C'est gentil. Mais il est tard…

— Maman, tu vas bien ?

— Oui, oui, pourquoi ?

— Ashley est avec toi ? Elle va bien ?

— Bien sûr, ma chérie. Elle est ici, à côté de moi. Qu'est-ce qui se passe ?

— *Il sait !* Il est peut-être déjà en route…

Catherine inspira vivement, mais garda son sang-froid.

— Doucement, ma chérie. Raconte-moi ça dans l'ordre.

En prononçant ces mots, elle se tourna vers Ashley. Celle-ci était à la porte du salon, comme tétanisée. Hope commença ses explications, mais Catherine entendait à peine. Pour la première fois, elle voyait une terreur abjecte dans les yeux d'Ashley.

Scott conduisait pied au plancher.

La petite voiture bondissait avec enthousiasme, bien au-dessus des cent soixante kilomètres à l'heure. Il entendait le moteur rugir dans son dos, tandis que la nuit défilait autour de lui, un brouillard d'ombres, de pins majestueux et de montagnes noires et lointaines. Le trajet de chez lui à la maison de Catherine prenait normalement près de deux heures, mais il comptait le parcourir en moins d'une heure. Il ne savait pas s'il irait assez vite. Il n'était pas sûr de savoir ce qui se passait. Il n'était pas sûr de savoir ce que voulait O'Connell. Et il ne savait pas ce que la nuit lui réservait. Il savait simplement qu'un danger étrange, informe, se dressait juste devant lui, et il était déterminé à se jeter devant pour protéger sa fille.

Tout en conduisant, les mains crispées sur le volant, il était submergé par des images du passé. Il se laissait envahir par des souvenirs associés à l'éducation de sa fille. Il était parcouru de frissons glacés, paralysants, et il ne pouvait se débarrasser de l'idée qu'il devait rouler encore plus vite, que quoi qu'il fasse il arriverait quelques secondes trop tard.

Il finit par ne plus penser qu'à cela : la nécessité d'aller plus vite – plus vite qu'il n'était jamais allé.

Catherine raccrocha le téléphone et se tourna vers Ashley. Elle lui parla d'une voix douce, ferme et extraordinairement calme. Elle choisissait ses mots avec soin. Se concentrer ainsi l'aidait à lutter contre la panique qui menaçait de s'emparer d'elle. Elle inspira lentement, se rappela que sa génération avait livré des batailles autrement plus importantes que celle que leur imposait cet O'Connell. C'est pourquoi elle dit ce qu'elle avait à dire avec une détermination rooseveltienne :

— Ashley, ma chérie. Il apparaît que ce jeune homme, qui semble s'être maladivement entiché de toi, a appris que tu n'es pas en Europe mais ici, en villégiature chez moi.

Ashley hocha la tête, incapable de réagir.

— Je crois que le plus raisonnable serait que tu montes dans ta chambre et que tu fermes la porte à clé. Garde le téléphone à portée de la main. Hope m'a informée que ton père est en route pour nous rejoindre et qu'elle a l'intention de prévenir la police locale.

Ashley fit un pas vers l'escalier, puis s'arrêta.

— Que vas-tu faire, Catherine ? Il vaut peut-être mieux que nous reprenions la voiture et que nous partions d'ici immédiatement.

Catherine sourit.

— Eh bien, je doute qu'il soit très logique de donner à ce type une autre occasion de nous poursuivre sur la route. J'imagine qu'il a déjà essayé une fois, ce soir. Non. Ici, je suis chez moi. Et c'est chez toi, aussi bien. Si ce type a l'intention de te faire du mal, je pense qu'il vaut mieux que nous réglions cela ici ; au moins le territoire nous est familier.

— Alors je ne te laisse pas seule, dit Ashley dans

un accès de confiance en soi un peu forcée. Nous attendrons ensemble, ici, toutes les deux.

Catherine secoua la tête.

— C'est très gentil de ta part, ma chérie. Mais je crois que je serais beaucoup plus tranquille si je savais que tu te trouves derrière une porte fermée à clé, à l'étage, hors d'atteinte. En tout cas, les autorités seront ici sous peu, alors soyons prudentes et raisonnables. Et « raisonnable », en cet instant précis, signifie : je t'en prie, fais ce que je demande.

Ashley allait protester, mas Catherine agita la main.

— Ashley, permets-moi de défendre mon foyer comme je l'entends.

Le langage énergique de Catherine eut un effet immédiat. Ashley acquiesça enfin.

— Très bien. Je serai en haut. Mais si j'entends quelque chose qui ne me plaît pas, je descends à la vitesse de l'éclair.

Elle-même ne savait pas ce qu'elle entendait exactement par « quelque chose qui ne me plaît pas ».

Catherine la regarda monter quatre à quatre la volée de marches de l'escalier central. Elle hésita, jusqu'à ce qu'elle entende le bruit caractéristique d'une clé qu'on tourne dans une serrure. Alors elle se dirigea vers un petit placard de bois encastré dans le mur, à côté de la grande cheminée à feu ouvert. Le fusil de son regretté mari était là, dans son vieil étui de cuir, caché derrière le bois pour le feu. Elle ne l'avait pas sorti depuis des années, ne s'était pas préoccupée de le nettoyer pendant tout ce temps et n'aurait pas juré que la demi-douzaine de cartouches qui dormaient au fond de l'étui pouvaient encore servir. Catherine se dit qu'il y avait une chance sur deux pour que cette antiquité lui explose entre les mains si elle s'avisait de presser la détente. Mais c'était une arme imposante, intimidante, avec un trou béant au bout du canon, et elle espérait que cela suffirait.

Elle prit le fusil et se cala dans un fauteuil près de la cheminée. Elle introduisit six cartouches dans le magasin, arma le fusil et s'installa en position d'attente, l'arme sur les genoux. Elle était graisseuse, et Catherine se frotta les doigts sur son pantalon, le couvrant de traînées noires. Elle ne connaissait pas grand-chose aux armes à feu, mais elle en savait assez pour penser à débloquer le cran de sûreté.

Catherine se reposait, la main sur la crosse, quand elle entendit des bruits légers révélant un mouvement, juste devant les fenêtres, près de la porte d'entrée.

Elle regardait toujours au-dehors, et je devinai qu'elle ruminait ses pensées. Elle se tourna brusquement vers moi.

— Est-ce qu'il vous est arrivé de vous dire que vous pourriez tuer quelqu'un ?

Voyant que j'hésitais, elle secoua la tête.

— Laissez tomber. Une meilleure question consiste peut-être à vous demander comment nous romançons la mort violente.

— Je ne vous suis pas, dis-je lentement.

— Pensez à toutes les façons que nous avons de nous exprimer par la violence. A la télévision, au cinéma. Les jeux vidéo pour les gosses. Pensez à toutes ces études qui montrent qu'un enfant assiste, en moyenne, avant d'atteindre l'âge adulte, à je ne sais combien de milliers de morts. La vérité, c'est qu'en dépit de ce conditionnement, le jour où nous sommes confrontés à cette sorte de rage qui peut être fatale, nous savons rarement comment réagir.

Sans répondre, je la regardai traverser la pièce et prendre un siège.

— Nous nous plaisons à imaginer que nous saurons quoi faire dans les situations les plus difficiles, dit-elle d'un ton froid. En réalité, ce n'est pas vrai. Nous commettons des fautes. Nous sommes victimes de nos erreurs de jugement. Nous sommes paralysés par nos défauts. Nous sommes incapables de faire ce dont nous nous croyons capables. Et ce que nous devrions faire est au-delà de nos capacités.

— Ashley ?

Elle secoua la tête.

— Vous ne croyez pas que la peur nous mutile ?

30

Une conversation à propos de l'amour

Catherine inspira à fond et épaula son fusil, tout en suivant la progression du bruit à l'extérieur. Elle compta mentalement les pas. De la fenêtre au coin de la maison, puis des pots de fleurs soigneusement alignés à la porte d'entrée. Il va d'abord essayer la porte, se dit-elle. Bien qu'elle eût l'impression d'avoir la langue gonflée, elle lança, d'une voix rude :

— Entrez, monsieur O'Connell !

Il y eut un bref silence, pendant lequel Catherine se concentra sur sa respiration, laborieuse, presque étouffée par le martèlement de son cœur. Elle garda le fusil à l'épaule, s'efforça de retrouver son calme, tout en mettant la porte donnant sur le couloir en joue. Elle n'avait jamais, de sa vie, tiré sur quoi que ce soit. En fait, elle n'avait jamais tiré avec une arme à feu, même pour s'entraîner. Elle était fille de médecin. Le père de Hope avait grandi dans une ferme, et avait servi dans les Marines pendant la guerre de Corée. Une fois de plus, elle regretta qu'il ne soit pas à ses côtés. Quelques secondes plus tard, elle entendit la porte d'entrée s'ouvrir, des pas résonner dans le couloir.

— Par ici, monsieur O'Connell, fit-elle d'une voix rauque.

Sans hésitation, O'Connell passa le coin du couloir et apparut dans l'encadrement de la porte. Immédiatement, Catherine braqua le fusil sur sa poitrine.

— Haut les mains !

Elle ne voyait absolument pas ce qu'elle aurait pu dire d'autre.

— Ne bougez plus ! Restez où vous êtes.

Michael O'Connell ne s'immobilisa pas tout à fait, et il ne leva pas les mains.

A la place, il fit un pas vers elle, montra le fusil.

— Vous avez l'intention de me tirer dessus ?

— Si c'est nécessaire, oui.

— Bien, fit-il lentement, en la regardant attentivement avant de balayer la pièce du regard, comme s'il voulait enregistrer chaque forme, chaque couleur, chaque recoin.

— Et pourquoi feriez-vous cela ?

Il en parlait comme si c'était une bonne blague.

— Vous n'avez sans doute pas envie que je réponde à cela, répliqua-t-elle d'un ton hautain.

O'Connell secoua la tête. Comme quelqu'un qui comprend, mais qui n'est pas d'accord.

— Non, dit-il lentement, en s'approchant insensiblement. C'est exactement ce que je dois savoir, vous ne croyez pas ?

Il sourit.

— Allez-vous me tirer dessus si je dis quelque chose qui vous déplaît ? Si je vais quelque part ? Si je m'approche de vous ? Ou si je recule ? Qu'est-ce qui vous *décidera* à presser la détente ?

— Vous voulez une réponse ? Vous pouvez en avoir une très vite. Sans doute à vos dépens.

O'Connell fit un nouveau pas en avant.

— Vous êtes allé assez loin. Et je veux que vous leviez les mains.

Catherine parlait d'un ton calme, en espérant avoir l'air assez résolue. Mais elle sentait que sa voix était faible, fragile. Et peut-être, pour la première fois, réellement vieille.

O'Connell semblait mesurer la distance qui les séparait.

— Catherine, c'est cela ? Catherine Frazier. Vous êtes la mère de Hope, n'est-ce pas ?

Elle acquiesça.

— Puis-je vous appeler Catherine ? Ou préférez-vous quelque chose de plus formel ? Madame Frazier ? Je m'en voudrais d'être impoli.

— Vous pouvez m'appeler comme vous voulez, car vous n'allez pas rester longtemps ici.

— Eh bien, Catherine...

— Non, j'ai changé d'avis. Pour vous, ce sera « madame Frazier ».

Il hocha la tête, de nouveau comme s'il s'agissait d'une plaisanterie.

— Eh bien, madame Frazier, je n'ai pas l'intention de m'attarder. Je voudrais simplement parler à Ashley.

— Elle n'est pas ici.

Il secoua la tête en souriant.

— Je suis certain, madame Frazier, que vous avez été élevée dans une famille correcte et que vous avez appris à vos propres enfants que le mensonge est un vilain défaut, surtout lorsqu'on ment à la face des gens. Mentir ainsi à la face des gens, ça peut les mettre en colère. Et quand on est en colère, on peut faire des choses horribles, non ?

Catherine continuait à braquer le fusil sur lui. La gorge serrée, elle tentait de contrôler sa respiration.

— Etes-vous susceptible de faire des *choses horribles*, monsieur O'Connell ? Dans ce cas, je ferais peut-être mieux de vous tuer sans attendre et de conclure la soirée sur une note amère. Amère pour vous, en tout cas.

Catherine était incapable de savoir si elle bluffait. Elle se concentrait de toutes ses forces sur l'homme qui se trouvait devant elle, et elle ne pouvait pas voir au-delà de l'espace qui les séparait. Elle sentait la sueur couler sous ses bras, et se demandait pourquoi O'Connell n'était pas plus nerveux. Comme s'il se fichait de la menace du fusil. Elle avait le sentiment, déstabilisant, qu'il jouissait de la situation.

— De quoi je suis capable, de quoi vous êtes capable... Voilà de vraies questions, n'est-ce pas, madame Frazier ?

Catherine inspira à fond et plissa les yeux, comme si elle ajustait sa cible. O'Connell se déplaçait dans la pièce. Sans montrer la moindre inquiétude, il continuait à se familiariser avec les lieux.

— Des questions fascinantes, monsieur O'Connell. Maintenant, le moment est venu de vous en aller. Tant que vous le pouvez encore. De vous en aller pour ne jamais revenir. Et surtout de laisser Ashley tranquille.

O'Connell eut un sourire, mais Catherine vit que ses yeux continuaient à parcourir la pièce. Elle vit aussi que le sourire cachait quelque chose de beaucoup plus noir, de beaucoup plus violent que tout ce qu'elle avait pu imaginer.

Quand il répondit enfin, ce fut d'une voix basse :

— Elle est proche, n'est-ce pas ? Je le sais. Elle est très proche.

Catherine ne répondit pas.

— Je crois qu'il y a une chose que vous ne comprenez pas, madame Frazier.

— Quoi donc ?

— J'aime Ashley. Elle et moi sommes faits pour être ensemble.

— Vous vous méprenez, monsieur O'Connell.

— Nous formons un couple. Un ensemble. Un ensemble assorti, madame Frazier.

— Je ne le crois pas, monsieur O'Connell.

— Je ferai tout ce qu'il faut, madame Frazier.

— Je vous crois sur parole. D'autres pourraient dire la même chose.

Dans ces circonstances, c'était la phrase la plus courageuse qu'elle avait pu trouver.

Il la regarda sans rien dire. Elle pensa qu'il devait être fort. Musclé, athlétique. Et rapide. Il devait être aussi rapide que Hope, et sans doute beaucoup plus fort. S'il décidait de se ruer vers elle, il n'y aurait pas grand-chose pour le ralentir. Elle était assise, vulnérable. Seul son vieux fusil l'empêchait de faire ce qu'il voulait faire. Elle se sentit soudain désespérément vieille, il lui sembla que sa vue baissait, que son ouïe avait diminué, que ses réflexes s'étaient émoussés. Et qu'il avait quasiment toutes les cartes en main. Elle n'avait aucun moyen de savoir s'il portait une arme, cachée sous sa veste, dans sa poche. Un pistolet ? Un couteau ? Elle avait du mal à respirer.

— Je crois que vous ne me comprenez pas, madame Frazier. J'aimerai toujours Ashley. Et l'idée que vous, ou ses parents, ou n'importe qui pourraient m'empêcher d'être avec elle est franchement risible.

— Pas cette nuit, en tout cas. Pas chez moi. Cette nuit, vous allez faire demi-tour et vous en aller. Ou bien vous n'aurez plus de tête quand on viendra vous chercher, grâce au fusil que voici.

Il hésita, le sourire toujours aux lèvres.

— Un vieux fusil, juste bon pour tirer les oiseaux. Des cartouches de petit calibre, qui font à peine plus de mal qu'une carabine à air comprimé…

— Ça vous dirait d'essayer ?

— Non, dit-il lentement. Je ne crois pas.

Elle se tut. O'Connell semblait réfléchir.

— Dites-moi, madame Frazier, tant que nous avons cette conversation amicale… Qu'est-ce qui vous fait croire que je ne conviens pas à Ashley ? Je ne suis pas assez beau ? Pas assez intelligent ? Pas assez bon ? Pourquoi n'aurais-je pas le droit de l'aimer ? Que savez-vous de moi ? Qui serait capable de mieux l'aimer que moi, selon vous ? N'est-il pas possible que je représente ce qui lui est arrivé de mieux ?

— J'en doute fort, monsieur O'Connell.

— Vous ne croyez pas au coup de foudre, madame Frazier ? Pourquoi une sorte d'amour serait acceptable, et pas une autre ?

Cela frappa une corde sensible chez Catherine, mais elle ne desserra pas les lèvres. Après un instant de silence, O'Connell se tendit.

— Ashley ! cria-t-il. Ashley ! Je sais que tu m'entends ! Je t'aime ! Je t'aimerai toujours ! Je serai toujours là pour toi !

Ses cris résonnèrent dans la maison.

Il se tourna vers Catherine.

— Vous avez appelé la police, madame Frazier ?

Elle ne répondit pas.

— Oui, je crois que vous l'avez appelée, dit-il tranquillement. Mais quelle loi ai-je violée, ici, cette nuit ? Je vais vous le dire : aucune.

Il montra le fusil.

— Ce qui n'est pas tout à fait vrai pour vous.

Elle serra la crosse du fusil et appuya le doigt sur la détente. N'hésite pas, se dit-elle. Ne panique pas. Comme si l'univers familier de son foyer, de son salon, au milieu de ses photos, de ses souvenirs, lui était soudain devenu étranger. Elle avait envie de dire quelque chose qui lui rappelât le monde normal. *Tire-lui dessus !* Une voix se mit à crier, au plus profond d'elle-même. *Tire avant qu'il ne nous tue tous !*

Durant cet instant d'hésitation, elle entendit O'Connell murmurer :

— Pas facile de tuer quelqu'un, hein ? Dire : « Si tu avances d'un pas, je te tue », c'est une chose. Passer à l'acte, c'en est une autre. Vous devriez y réfléchir. Bonne nuit, madame Frazier. Nous nous reverrons. Je reviendrai.

Tire ! Tire ! Tue-le maintenant ! Alors qu'elle tentait de comprendre ce que lui disait la voix dans son crâne, O'Connell fit demi-tour et disparut de sa vue à une vitesse surprenante. Elle eut un hoquet. Il avait été là, devant elle, et l'instant d'après il avait disparu. Elle entendit ses pas s'éloigner sur le parquet du couloir, puis le bruit sourd de la porte d'entrée qui s'ouvrait et se refermait.

Catherine expira lentement et se laissa retomber sur son siège. Les doigts qui tenaient le fusil étaient comme gelés, elle dut faire un effort pour les en décoller. Elle le posa sur ses genoux. Elle était épuisée, tout à coup, plus lasse qu'elle ne l'avait été depuis des années. Ses mains tremblaient, elle avait les yeux pleins de larmes et du mal à respirer. Un moment similaire lui revint en mémoire. C'était dans une chambre d'hôpital, des années auparavant ; la main de son mari avait glissé entre les siennes, et il était parti, comme ça. Le même sentiment d'impuissance l'avait envahie alors.

Elle voulait appeler Ashley, mais elle ne pouvait pas. Elle voulait se lever pour fermer à clé la porte d'entrée, mais elle était paralysée.

Nous n'avons aucune chance.

Catherine resta sur sa chaise pendant plusieurs minutes. Combien de temps exactement, elle n'aurait su le dire. Elle ne réagit, reprenant un peu le contrôle d'elle-même, que lorsque les reflets, bleus et rouges, des gyrophares d'une voiture de police, sans prévenir, envahirent la pièce.

Les pensées se télescopaient dans sa tête, comme autant de décharges électriques.

Ashley était restée blottie derrière la porte verrouillée de la chambre. Elle savait que Catherine et O'Connell parlaient, mais elle ne comprenait pas ce qu'ils se disaient, à l'exception des mots que Michael O'Connell lui avait criés, et qui l'avaient terrifiée. Quand elle avait entendu claquer la porte d'entrée, elle était restée figée par terre, derrière le lit, un oreiller serré contre la poitrine, la tête enfouie dans le haut de l'oreiller, comme si elle s'efforçait de ne rien entendre, de ne rien voir, de ne pas respirer. La taie était trempée, là où elle l'avait mordue de toutes ses forces pour ne pas hurler. Elle sentait les larmes couler sur ses joues. Elle était terrifiée. Et terrifiée d'être terrifiée. Même si Catherine avait insisté, elle avait honte de l'avoir laissée affronter seule Michael O'Connell. Elle avait dépassé de très loin le stade « Pourquoi tu ne me fiches pas la paix ? » et avait conscience d'être à la dérive sur une mer beaucoup plus étendue qu'elle ne l'avait imaginé.

— Ashley !

La voix de Catherine était capable de traverser les murs et de forcer ses peurs.

— Oui… répondit-elle, la gorge serrée.

— La police est là. Tu peux descendre.

Elle sortit de la chambre et s'avança en haut des marches. En bas, elle vit Catherine, dans le couloir, face à un policier de la ville, une homme d'une quarantaine d'années qui portait un chapeau. Il avait un bloc-notes à la main, et il hochait la tête.

— Je comprends, madame Frazier.

Il parlait lentement, d'un ton un peu borné. Ashley vit que Catherine était contrariée.

— Mais je ne peux pas lancer un avis de recherche pour un type que vous avez invité à entrer chez vous, pour le simple motif qu'il fait preuve d'un amour obsessionnel pour Mlle Freeman… Bonsoir, mademoiselle Freeman. Si vous voulez bien descendre…

Ashley descendit l'escalier.

— Dites-moi, cet homme vous a-t-il frappée, ou menacée ?

Catherine grogna.

— Tout ce qu'il dit est menaçant, sergent Connors. Pas dans les mots qu'il prononce, mais dans la façon de les dire.

Le policier jeta un coup d'œil en direction d'Ashley.

— Vous étiez à l'étage, mademoiselle ? Alors vous n'avez rien vu ?

Ashley fit non de la tête.

— Par conséquent, mis à part sa présence, il ne vous a rien fait, n'est-ce pas, mademoiselle ?

— Non, répondit Ashley.

Le mot semblait incarner leur impuissance.

Le policier secoua la tête, ferma son carnet et se tourna de nouveau vers Catherine.

— Vous auriez dû nous dire qu'il vous avait frappée, madame Frazier. Un contact physique. Cela nous aurait donné quelque chose pour avancer. Vous auriez pu dire qu'il avait brandi une arme. Ou même qu'il était entré par effraction. Mais nous ne pouvons pas arrêter quelqu'un parce qu'il vous a dit qu'il est amoureux de Mlle Freeman…

Souriant, le policier tenta une plaisanterie :

— Je parie que des tas de garçons tombent amoureux de Mlle Freeman, non ?

Catherine tapa du pied.

— C'est insensé. Vous dites que vous ne pouvez rien faire ?

— Sauf si nous étions sûrs qu'un crime a été commis.

— Et le harcèlement ? C'est un crime, non ?

— Oui. Mais il ne s'est rien passé de tel cette nuit, n'est-ce pas ? Si vous pouviez prouver qu'il a eu un comportement incorrect, Mlle Freeman ici présente pourrait demander à un juge de lui délivrer une ordonnance restrictive. Ce qui signifie que si ce type s'approchait d'elle à moins de cent mètres de distance, nous pourrions l'arrêter. Cela nous donnerait des munitions, pour ainsi dire. Sans cela…

Il regarda Ashley.

— Vous n'avez pas obtenu d'ordonnance, à Boston, là où vous vivez ?

Elle secoua la tête.

— Vous devriez y penser. Bien entendu…

— Bien entendu ? demanda Catherine.

— Eh bien, je ne veux pas faire de spéculations…

— Quoi ?

— Vous devez être prudentes. Il ne faudrait pas provoquer des actes vraiment répréhensibles. Une ordonnance restrictive peut faire plus de mal que de bien. Adressez-vous à un professionnel, mademoiselle Freeman, il vous…

— C'est ce que nous faisons en ce moment ! le coupa Catherine. Après tout, sergent, n'est-ce pas votre travail ?

— Je voulais dire quelqu'un qui a l'habitude de ce genre de problèmes domestiques.

Catherine secoua la tête, mais elle eut le bon sens de ne pas en rajouter. Insulter la police locale ne leur apporterait rien de bon.

— S'il revient, madame Frazier, appelez le poste, et j'enverrai quelqu'un. De jour comme de nuit. Nous ne pouvons pas faire moins. S'il sait qu'un flic rôde dans le coin, il se tiendra peut-être à carreau. Je ne peux rien vous promettre de plus.

Le policier fit mine de ranger crayon et bloc-notes dans la poche de sa chemise, tourna les talons et se dirigea vers la porte. Il s'arrêta et regarda Ashley, visiblement un peu gêné.

— Nous avons les mains liées, dit-il. Je ferai un

rapport sur cet appel, pour le cas où vous demanderiez une ordonnance à un juge.

— Eh bien voilà qui est réconfortant, dit Catherine, furieuse. Vraiment rassurant ! Tout ce qu'il nous reste à faire, apparemment, c'est d'attendre que la maison soit en cendres pour appeler les pompiers…

— J'aimerais vous être plus utile. C'est vrai, madame Frazier, car je comprends combien ce genre de chose est difficile à vivre. Mais comme je vous le disais, appelez-nous s'il se montre à nouveau. Nous serons ici en moins de deux.

Soudain, le policier leva la tête et tendit l'oreille.

— Bon Dieu, voilà quelqu'un qui roule vraiment très vite !

Catherine et Ashley se penchèrent. Elles entendirent le bruit lointain d'un moteur lancé à vive allure. Ashley le reconnut, bien sûr. Le bruit se rapprocha, de plus en plus fort, et tout le monde vit le faisceau des phares découper les rangées d'arbres.

— C'est mon père, dit Ashley.

Elle se dit qu'elle aurait dû être soulagée de voir Scott, et se sentir en sécurité, parce qu'il saurait quoi faire. Mais elle ne savait plus ce qu'elle ressentait.

— Je me suis spécialisée dans l'étude de la peur, dit-elle. Réactions physiologiques. Tensions psychologiques. Problèmes comportementaux. J'ai lu des traités de psychiatrie et d'autres de sciences sociales. J'ai lu des livres sur la manière dont les gens réagissent à toutes sortes de situations difficiles. J'ai pris des notes, assisté à des conférences, tout ce que j'ai pu, simplement pour essayer de mieux comprendre.

Elle se tourna et se remit à contempler, par la fenêtre, la banlieue rassurante qui s'étendait devant elle.

— Ça ne ressemble pas vraiment à un dispensaire, ici, dis-je. Tout est plutôt calme et sécurisant…

Elle secoua la tête.

— Pure illusion. La peur prend simplement des formes différentes, selon les endroits. Tout repose sur ce qu'on s'attend à voir arriver dans les secondes qui suivent, par opposition à ce qui arrive vraiment.

— Michael O'Connell ?

Un sourire narquois plissa son visage.

— Vous ne vous êtes jamais demandé comment certains êtres savent, de manière innée, comment imposer la terreur ? Le tueur à gages. Le psychopathe sexuel. Le fanatique religieux. Cela leur vient naturellement. O'Connell appartenait à cette catégorie. Comme s'ils n'étaient pas attachés à la vie de la même façon que vous et moi, ou Ashley et sa famille. Les liens et les contraintes émotionnelles normales qui sont notre lot à tous n'existaient pas chez O'Connell. Ils étaient remplacés par quelque chose de vraiment troublant.

— C'est-à-dire ?

— Il aimait ce qu'il était.

31

La fuite devant l'invisible

Catherine était dehors. Elle contemplait la voûte étoilée au-dessus de la maison. Il faisait assez froid pour que son souffle produise de la vapeur. Mais elle était surtout frigorifiée par les événements qui venaient de se dérouler. Son foyer était le seul endroit où elle s'attendait à être à l'abri, sur une terre qu'elle occupait, pour le meilleur et pour le pire, depuis tant d'années, où chaque arbre, chaque buisson, chaque souffle de vent faisant claquer l'avant-toit réveillait en elle un souvenir. Tout cela était censé représenter la solidité de la vie. Mais cette nuit-là, la sécurité de son foyer s'était volatilisée à l'instant où elle avait entendu ces mots : « Je reviendrai. »

Elle se tourna vers la porte d'entrée. Il lui sembla qu'il faisait trop froid pour rester dehors, à essayer de décider ce qu'il fallait faire. Cela la surprenait un peu. Il lui arrivait souvent de rester ainsi à l'extérieur, sous le ciel du Vermont, en n'importe quelle saison, pour réfléchir à toutes sortes de problèmes. Cette nuit-là, le ciel noir ne lui offrait aucun éclaircissement. Rien d'autre qu'un frisson qui descendit rapidement le long de son dos. Elle avait eu une pensée terrible : Michael O'Connell ne sentait pas le froid. Son obsession lui fournissait la chaleur dont il avait besoin.

Catherine jeta un coup d'œil vers la rangée d'arbres, à la limite de sa propriété, au-delà d'un terrain plat contigu à la maison. En guise de cadeau, pour le onzième anniversaire de Hope, son mari avait emprunté un tracteur et aplani cette parcelle, sur laquelle il avait planté un beau gazon et installé des poteaux de but. Contempler ce stade en miniature lui rappelait d'ordinaire des moments heureux et la réconfortait. Cette nuit, son regard se portait au-delà du cadre blanc délavé des buts. Elle imaginait qu'O'Connell était juste là, hors de son champ de vision, et qu'il les épiait.

Catherine serra les dents et entra dans la maison, non sans avoir fait un geste obscène en direction de la rangée d'arbres plongée dans le noir. Au cas où, se dit-elle. Il était nettement plus de minuit, il fallait préparer les bagages. Son sac était prêt mais Ashley, toujours sous le choc, n'avait pas fini.

Assis dans la cuisine, Scott buvait du café noir. Le vieux fusil était posé sur la table, devant lui. Il passait le doigt le long du canon et se disait que personne ne se porterait plus mal si Catherine avait pressé la détente. Ils auraient sans doute passé le reste de la nuit à discuter avec la police locale et le légiste. Ils auraient engagé un avocat, mais Catherine n'aurait probablement même pas été arrêtée. Si elle avait descendu ce salaud d'O'Connell au moment où il avait franchi la porte de chez elle, Scott aurait aidé à tout arranger. Au bout de quelques jours, la vie aurait retrouvé son cours normal.

Catherine entra dans la cuisine.

— Je crois que je vais me joindre à vous, dit-elle en se versant une tasse de café.

— La nuit va être longue, répondit Scott.

— Elle l'est déjà.

— Ashley est bientôt prête ?

— Elle sera prête dans une minute, dit Catherine. Elle rassemble quelques affaires.

— Elle est encore assez secouée.

Catherine acquiesça.

— On ne peut pas lui en vouloir. Moi aussi, je suis encore un peu secouée.

— Vous le cachez mieux qu'elle.

— J'ai plus d'expérience.

— J'aurais préféré… commença-t-il.

Catherine eut un sourire narquois.

— Je sais ce que vous auriez préféré.

— J'aurais préféré que vous l'expédiiez en enfer.

— Moi aussi, fit-elle en hochant la tête. Avec le recul.

Ni l'un ni l'autre ne dit ce qu'ils pensaient tous les deux. Ils n'auraient sans doute plus jamais l'occasion de tenir O'Connell au bout d'un fusil. Dès que cette pensée se forma dans son esprit, Scott s'efforça de la repousser. Toute la partie cultivée et rationnelle de son être se rebellait : la violence n'est jamais la bonne solution. Puis la réponse vint, doucereuse : et pourquoi pas ?

Ashley entra, flottant dans l'embrasure de la porte.

— Voilà, je suis prête, dit-elle.

Elle regarda son père et Catherine.

— Vous êtes sûrs que partir est la chose à faire ?

— Nous sommes un peu trop isolés, ici, ma chérie, répondit prudemment Catherine. Et il semble très difficile de prévoir quels seront les prochains mouvements de M. O'Connell.

— C'est injuste, dit Ashley. Injuste pour moi, injuste pour toi, injuste pour tout le monde.

— Ce qui est juste ou injuste, dit Scott, n'est pas le problème.

— La priorité, c'est d'être sain et sauf, ajouta Catherine, toujours d'une voix douce. Alors péchons plutôt par excès de prudence.

Ashley serra les poings, repoussant ses larmes.

— Allons-y, dit Scott. Ashley, dis-toi que ta mère ne sera vraiment rassurée que lorsque tu seras à la maison. Et Hope aussi. Quant à Catherine, elle ne tient sûrement pas à rester toute seule ici, à affronter ce fils de pute, surtout depuis qu'il a découvert que nous t'avons déménagée.

— La prochaine fois, dit Catherine avec raideur, je ne perdrai pas mon temps à lui faire la conversation.

Elle montra le fusil, ce qui amena un sourire aux lèvres de Scott et d'Ashley.

— Catherine, lui dit cette dernière en s'essuyant les yeux, tu ferais une formidable tueuse professionnelle.

— Merci, ma chérie. Je le prends pour un compliment.

Scott se leva.

— Tout le monde a compris comment nous allons procéder ?

Elles acquiescèrent toutes les deux.

— Ça semble bien compliqué, dit Catherine.

— Il vaut mieux cela que de le regretter plus tard. Il vaut mieux partir du principe qu'il surveille la maison, vous ne croyez pas ? Et qu'il pourrait essayer de nous suivre. Nous ne savons pas ce qu'il pourrait entreprendre. Il a déjà essayé de vous faire sortir de la route, cette nuit.

— A condition que ce soit lui, dit Ashley. Nous n'avons pas pu voir à quoi ressemblait le chauffeur. Pas plus que sa voiture. Cela n'aurait aucun sens. Pourquoi essaierait-il de nous tuer et l'instant d'après, dans ce couloir, hurlerait-il qu'il m'aime ?

Scott secoua la tête. Non, en effet, cela n'avait aucun sens.

— En tout cas, s'il surveille les lieux, nous allons lui donner matière à réflexion.

Il disposa les bagages devant la porte d'entrée, pendant que Cathcrine éteignait les lampes dans la maison. Laissant les deux femmes dans le vestibule, il sortit dans la nuit. Il scruta les ténèbres. Il se revit brièvement au Vietnam, à l'âge d'Ashley, fouillant la jungle dans ses jumelles, la batterie de mortiers derrière lui momentanément silencieusc, l'odeur humidc dcs sacs de sable tout contre sa poitrine, se demandant si quelqu'un l'observait depuis l'épais enchevêtrement de lianes et de sous-bois.

Scott se glissa derrière le volant de la Porsche, démarra et recula pour se garer juste à côté du petit 4 × 4 de Catherine. Il déverrouilla son coffre et laissa tourner le moteur. Puis il monta dans le véhicule de Catherine et mit le contact. Il coucha le siège côté passager et fit de même dans sa voiture.

Puis il regagna la maison, prit les bagages et ressortit dans la nuit. Il mit le sac de Catherine dans sa voiture, celui d'Ashley dans la voiture de Cathe-rine, ferma les coffres mais laissa les quatre portières ouvertes.

Il retourna rapidement à la porte de la maison.

— Prêtes ?

Les deux femmes acquiescèrent.

— Alors allons-y. Vite. Maintenant.

Tous trois se précipitèrent, formant un groupe compact et indistinct. Ashley grimpa sur le siège passager de la Porsche, Catherine prit le volant de sa propre voiture. Ashley s'allongea immédiatement, invisible de l'extérieur. Elle avait dissimulé ses cheveux sous un bonnet bleu marine.

Scott fit le tour des deux voitures, ferma les portières et se mit au volant de la sienne. Pouces levés, il donna le signal du départ à Catherine, qui démarra en trombe en faisant jaillir le gravier sous ses roues. Scott la suivit de près. Maintenant, on fonce, se dit-il. Catherine avait déjà écrasé l'accélérateur, et les deux voitures prirent rapidement la direction de la nationale.

Scott surveillait la route derrière lui, guettant l'apparition de phares. Mais les virages lui compliquaient la tâche. C'est la pleine lune, se dit-il. Si je devais suivre quelqu'un, je n'allumerais pas mes phares.

A côté de lui, Ashley était toujours recroquevillée. Il accéléra pour ne pas se laisser distancer par Catherine.

Elle se dirigeait vers un endroit qu'elle connaissait, juste avant l'entrée de l'autoroute. Il y avait là une banque avec un guichet extérieur, et un petit parking à l'arrière. Lorsqu'elle y arriva, elle attendit le dernier instant pour allumer son clignotant et tourna brusquement le volant. Elle entendit ses pneus crisser brièvement quand elle passa comme une flèche entre les guichets qui se faisaient face et se dirigea vers l'arrière, non éclairé, de la banque. Elle entendait le moteur de la Porsche rugir juste derrière elle. Elle s'arrêta net et reprit son souffle.

Scott se gara à côté d'elle, puis bondit de sa voiture et courut vers le coin du bâtiment.

Une auto passa sur la route principale, puis une autre. Il n'en reconnut pas les occupants.

Scott attendit qu'une autre voiture apparaisse, ce qui n'arriva que près d'une minute plus tard. Il retourna auprès des deux femmes qui l'attendaient.

— Parfait, dit-il, c'est le moment de virer de bord. Apparemment, il n'est pas en vue.

Sans un mot, Ashley descendit de la Porsche et se dissimula sur le siège passager du 4 × 4, non sans s'être emmitouflée dans une vieille couverture écossaise. Catherine lui fit un signe de tête, embraya et s'engagea sur la bretelle d'accès à l'autoroute, en direction du sud.

Scott démarra lui aussi, mais au lieu de prendre la bretelle vers le sud (leur véritable destination) il s'arrêta sur le bas-côté. Il attendit que les feux arrière du petit 4 × 4 disparaissent au loin. Il avait l'intention d'examiner toutes les voitures qui prendraient au sud, comme Catherine, mais aucune n'apparut. Aussi loin qu'il pouvait voir, il n'y avait personne. Il se détendit un peu et compta jusqu'à trente. Puis il écrasa l'accélérateur de la Porsche et, dans un hurlement de pneus, il projeta l'avant du bolide vers la bretelle nord. Quand il arriva au pied de la bretelle, il roulait déjà à plus de cent quarante kilomètres à l'heure. Un semi-remorque, sur la file de droite, l'empêchait de passer. Au lieu de freiner, il mit les gaz et doubla le camion à droite, sur la bande d'arrêt d'urgence. Le klaxon pneumatique du poids lourd hurla dans la nuit, derrière lui, et le routier lui fit des appels de phares furieux. Scott n'en tint pas compte. Il se concentrait sur l'emplacement « demi-tour interdit » qui approchait, sur sa gauche. Il espéra seulement qu'aucun flic ne l'y attendait. Quand le panneau *INTERDIT SAUF SERVICE* apparut dans le faisceau de ses phares, il freina à mort. Simultanément, il éteignit ses lumières.

La Porsche heurta le terre-plein et s'abaissa quand il fit demi-tour pour se retrouver face au sud. Un rapide coup d'œil indiqua à Scott que la route était déserte. Accélérant de nouveau, il lança la Porsche sur l'autoroute et ralluma ses phares. Il vit les yeux d'un daim étinceler, rouges, sur le terre-plein central.

Il respira à fond. Essaie de suivre le mouvement, se dit-il.

Scott calcula qu'il lui faudrait moins de dix minutes pour rattraper Catherine et Ashley, tout en vérifiant les voitures qu'il doublerait avant de revenir dans leur sillage.

Puis il les escorterait jusqu'à la maison. Il fit la moue, lèvres serrées.

Il me reste quelques cordes à mon arc, se dit-il. Il sentit le grondement du moteur lancé à toute vitesse. Pour la première fois depuis la veille au soir, il eut le sentiment de contrôler la situation.

Mais il était assez intelligent pour savoir que cette impression n'allait sans doute pas durer.

Le besoin de dormir après une telle tension les empêcha de se retrouver avant la fin de la journée. Ashley en particulier avait fondu en sanglots en apprenant la mort de Sans-Nom. Elle avait pleuré amèrement, au fond de son lit, avant de sombrer enfin dans un sommeil profond mais agité, et avait fait des rêves souillés par de sombres images de mort. A plusieurs reprises, elle se mit à crier, et Sally ou Hope durent venir à la porte de sa chambre pour voir ce qui se passait, comme lorsqu'elle était encore une petite fille.

Scott était retourné à l'université. Il avait récupéré une heure et demie de sommeil dans le fauteuil de son bureau. A son réveil, il avait eu le sentiment que la journée était gâchée. Il se lava dans les toilettes et prit quelques instants pour s'examiner dans la glace. L'histoire, se dit-il, est l'étude des hommes et des femmes qui vivent des événements extraordinaires. C'est, à l'infini, l'analyse du courage de l'un, de la lâcheté de l'autre, de la prescience d'un troisième et de l'incompétence d'un quatrième. Il s'agit d'émotion et de psychologie au milieu de l'action. Il ressentait une sorte de malaise glacé, se demandant s'il n'avait pas passé toute sa vie adulte à étudier ce que faisaient les autres, sans apprendre comment faire quelque chose lui-même.

Michael O'Connell, pensait-il, ne représentait qu'un simple moment de son histoire. Et la manière dont Scott lui-même se comporterait durant les prochains jours le définirait à jamais.

Sally luttait contre la colère.

Elle avait l'impression que toutes leurs tentatives avaient échoué. Ils avaient essayé d'être raisonnables et polis. Ils avaient essayé d'être énergiques. Ils avaient essayé le pot-de-vin. Ils avaient essayé l'intimidation. Ils avaient essayé la tromperie. Ils avaient essayé la fuite. L'un après l'autre, leurs plans avaient échoué. Leur existence avait été perturbée et jetée dans l'incertitude, leurs carrières menacées, leur intimité violée, leur vie personnelle bouleversée et embarquée littéralement dans un empire inconnu.

Un monde de terreur, se disait-elle. Voilà ce qui les attendait.

Elle était seule dans son salon. Elle se rendit compte qu'elle grimaçait, secouait la tête, agitait les mains, pointait du doigt d'un air furieux, gesticulait, fronçait les sourcils comme au milieu d'une conversation houleuse… Mais il n'y avait personne d'autre dans la pièce, pour entendre les mots qui se formaient dans sa tête. Ashley dormait à l'étage. Sally avait l'intention de la réveiller sous peu. Hope et Catherine étaient sorties pour marcher et acheter des plats préparés pour le dîner. Elles discutaient probablement de ce qui leur tombait dessus. Sally était restée à la maison, de garde.

Elle sentait que son cœur battait de plus en plus vite. Ils se trouvaient à un carrefour, mais elle ignorait encore quels chemins s'ouvraient devant eux.

Elle pencha la tête en arrière et ferma les yeux.

J'ai tout gâché, se dit-elle. J'ai tout fichu en l'air.

Avec un soupir, elle se dirigea vers le bureau où elle rangeait ses recueils de coupures de presse, ses vieilles photos, souvenirs trop importants pour qu'on les jette mais pas assez pour qu'on les encadre. Elle ouvrit un grand tiroir et fouilla dans les paquets de photos jusqu'à ce qu'elle ait trouvé celle qu'elle cherchait. Un portrait de ses parents. Ils étaient morts tous les deux beaucoup trop tôt, l'un dans un accident de voiture, l'autre d'un infarctus. Sally ne savait trop pourquoi, mais elle était incapable de résister au désir de voir leurs yeux, de les regarder, comme pour se rassurer. Ils l'avaient laissée seule. Elle s'était jetée sur Scott – malgré ses doutes concernant ce qu'elle était, et ce qu'elle deviendrait – parce qu'elle s'était dit qu'il serait *loyal*. C'était sans doute le même sentiment qui l'avait poussée à s'inscrire en fac de droit, résolue à n'être plus jamais la victime des événements. Elle secoua la tête, se disant que c'était complètement idiot. Tout le monde peut être persécuté. N'importe quand.

Perdue dans ces pensées rances, elle entendit Ashley remuer à l'étage.

Elle inspira à fond. Il y a au moins une vérité, se dit-elle. Une mère fera tout ce qui est en son pouvoir pour protéger son enfant.

— Ashley ? C'est toi ? Tu es levée ?

Il y eut un silence, puis la réponse vint, précédée d'un gémissement prolongé :

— Ouais… Salut, maman. Je me brosse les dents et je descends.

Sally allait répondre lorsque le téléphone sonna. Le bruit de la sonnerie lui glaça le sang.

Elle regarda l'écran, où s'étaient inscrits les mots *numéro privé*. Elle tendit la main, se mordit la lèvre et décrocha.

— Oui, qui est à l'appareil ? fit-elle en faisant appel à toute sa froideur professionnelle.

Personne ne répondit.

— Qui est là ? demanda-t-elle vivement.

La ligne restait silencieuse. Elle n'entendait même pas le bruit d'une respiration.

— Nom de Dieu, fichez-nous la paix ! murmura-t-elle.

Ses mots déchirèrent le silence comme des griffes. Elle raccrocha brutalement.

— Maman ? Qui était-ce ? lui demanda Ashley du haut des marches.

Sally décela un léger tremblement dans la voix de sa fille.

— Personne, répondit-elle. Un démarcheur à distance qui voulait me fourguer un abonnement à des magazines…

A l'instant où elle prononçait ces mots, elle se demanda pourquoi elle ne disait pas la vérité.

— Tu descends ?

— J'arrive.

Sally l'entendit fermer la porte de la chambre. Elle décrocha de nouveau et composa le numéro de rappel. Quelques instants plus tard, une voix enregistrée se fit entendre : « Le 413 555 09 87 correspond à une cabine publique à Greenfield, Massachusetts. »

Il n'est pas loin, se dit-elle. A moins d'une heure de route.

Quand Michael O'Connell raccrocha, dans la cabine publique, son premier réflexe l'inclina à foncer vers le sud – où il savait qu'Ashley l'attendait – pour exploiter son avantage. Chaque mot de Sally montrait combien elle était faible. Il se renversa en arrière, ferma les yeux, pensa à Ashley. Il sentit que son sang circulait plus vite, comme si ses vaisseaux sanguins étaient chargés d'électricité. Il inspira lentement, par souffles courts, comme un nageur qui s'hyperventile avant de plonger. Puis il comprit que la première chose à laquelle *ils* s'attendaient, c'était qu'il suive Ashley jusque chez elle.

Ils vont s'y préparer, se dit-il. Ils vont concocter je ne sais quel plan pour m'empêcher de m'approcher d'elle. Imaginer des défenses, construire des murs. Ils ne peuvent pas me battre.

C'était le fait le plus simple, le plus évident, le plus indiscutable.

Il reprit son souffle. Ils vont penser que j'arrive.

Dans ce cas, pourquoi se presser ?

Laissons-les s'inquiéter. Laissons-les perdre le sommeil. Laissons-les sursauter au moindre bruit nocturne.

Et quand leurs défenses seraient affaiblies par l'épuisement, la tension et le doute, il arriverait. Au moment où ils s'y attendraient le moins.

O'Connell frappa du pied sur le trottoir, comme un danseur qui trouve son rythme.

Je suis là, à côté d'eux, même quand je n'y suis pas, se dit-il.

Michael O'Connell décida que désormais il n'était pas pressé. Son amour pour Ashley pouvait aussi être extrêmement patient.

Cette fois, elle me demanda de la retrouver à minuit devant les urgences d'un hôpital de Springfield. Quand je lui demandai « Pourquoi à minuit ? », elle m'apprit qu'elle avait un emploi bénévole à l'hôpital, deux nuits par semaine, et qu'elle prenait généralement sa pause à cette heure-là.

— Quel genre d'emploi bénévole ?

— Assistance sociale. Femmes battues. Enfants maltraités. Personnes âgées négligées. Ils finissent tous par venir à l'hôpital, et quelqu'un doit se charger de les guider dans la bonne direction pour que l'Etat leur vienne en aide.

Elle parlait d'une voix froide, patiente, en dépit des images qu'elle évoquait.

— Mon travail consiste à trouver la paperasserie qui convient pour les dents cassées, les yeux au beurre noir, les coups de rasoir et les côtes fracturées.

Elle m'attendait en fumant une cigarette dont elle tirait de longues bouffées, jusqu'au filtre. Je traversai le parking obscur pour la rejoindre.

— Je ne savais pas que vous fumiez…

— Je ne fume pas, me répondit-elle en tirant une bouffée. Sauf ici. Deux nuits par semaine. Une cigarette à la pause de minuit. C'est tout. Quand je rentre chez moi, je jette le reste du paquet. J'achète un paquet chaque semaine.

Le visage en partie caché dans l'ombre, elle souriait.

— Fumer est un péché véniel, comparé à ce que je vois ici. Un enfant dont le beau-père drogué à mort a brisé méthodiquement tous les doigts. Une femme enceinte de huit mois, battue avec un cintre en métal. Ce genre de choses. Rien que de la routine. Très ordinaire. Très cruel. Juste les horreurs qui se font passer pour la vie. Remarquable, n'est-ce pas, la cruauté dont l'homme peut faire preuve à l'égard de ses semblables ?

— Oui.

— Que vouliez-vous savoir d'autre ? demanda-t-elle.

— Scott, Sally et Hope n'allaient pas se lancer à l'aveuglette, n'est-ce pas ?

Elle secoua la tête. Le miaulement d'une sirène suraiguë déchira la nuit. Des sons bien différents peuvent annoncer une urgence.

32

Le premier et unique plan

Quand ils se réunirent enfin, dans la soirée, il régnait un sentiment d'impuissance. Ashley, en particulier, semblait paralysée par les événements. Recroquevillée dans une couverture, au fond d'un fauteuil, les pieds repliés sous elle, elle serrait un vieil ours en peluche dont Sans-Nom avait partiellement arraché une oreille.

Elle regarda autour d'elle. Elle se rendit compte qu'elle était à l'origine de la pagaille dans laquelle ils se trouvaient, sans savoir ce qu'elle avait fait pour en arriver là. Oubliée depuis longtemps, la soirée de solitude un peu alcoolisée, à l'issue de laquelle elle s'était retrouvée au lit avec Michael O'Connell. Encore plus lointaine, la conversation au cours de laquelle elle avait accepté de sortir avec lui, croyant qu'il était différent des étudiants qu'elle avait connus (en quoi elle avait – malheureusement – eu raison).

Maintenant, elle se trouvait simplement naïve et stupide. Et elle n'avait absolument aucune idée de ce qu'elle allait faire. Elle regarda longuement Catherine, Hope, ses parents, l'un après l'autre, et comprit qu'elle les avait mis en danger, tous les quatre. A des degrés divers, certes, mais il n'en restait pas moins qu'ils étaient menacés. Elle avait envie de s'excuser. C'est donc par là qu'elle commença :

— Tout est ma faute.

— Non, ce n'est pas vrai, répondit Sally. Et tu n'as pas besoin de te punir, ça ne fera du bien à aucun de nous.

— Si je n'avais pas…

— Tu as commis une erreur, intervint Scott. Nous en avons déjà parlé, et nous devrions laisser cela derrière nous, maintenant. Nous nous sommes tous efforcés de corriger cette erreur, croyant que nous avions affaire à quelqu'un de raisonnable. Alors tu t'es peut-être trompée une fois, Ashley, mais O'Connell est parvenu à nous embarquer là-dedans assez vite, et nous sommes tous coupables d'avoir sous-estimé ce gars. Il serait vraiment stupide de commencer à échanger des récriminations et des reproches. Ta mère a raison. La seule question qui se pose maintenant, c'est : que faisons-nous ?

— Je pense que ce n'est pas exactement cela, Scott, dit lentement Hope.

Il se tourna vers elle.

— Comment ça ?

— La question, c'est : jusqu'où voulons-nous aller ?

Sa question ramena le silence dans la pièce. Hope poursuivit, d'une voix égale, mais avec autorité :

— Nous n'avons qu'une idée très vague de ce que Michael O'Connell veut faire. Nous ne manquons pas d'indices. Nous savons qu'il est capable de tout et de n'importe quoi. Mais quelles sont ses limites ? Est-ce qu'il en a, d'ailleurs ? Où place-t-il la ligne jaune ? Je crois qu'il serait imprudent de croire qu'il s'impose la moindre contrainte.

— Je crois que j'aurais mieux fait de… commença Catherine. Bon, Scott sait très bien ce que j'aurais dû faire, conclut-elle avec sa vivacité coutumière.

— Je suppose que le moment est venu de faire appel aux autorités, dit Sally.

— C'est ce que m'ont dit les policiers, devant chez moi, après ma rencontre avec M. O'Connell, dit froidement Catherine.

— Tu n'as pas l'air de trop aimer cette idée, remarqua Hope.

— Non, fit Catherine, qui ajouta entre ses lèvres : Est-ce que les soi-disant autorités sont jamais venues en aide à qui que ce soit dans une pareille situation ?

Scott se tourna vers Sally.

— C'est toi l'avocate, ici. Je suis sûr que tu as déjà eu affaire à ce genre de problèmes. Qu'est-ce que ça implique ? Qu'est-ce que nous pouvons espérer ?

Sally prit le temps de réfléchir aux détails.

— Ashley pourrait aller voir un juge. Je suppose que je pourrais me charger de l'affaire, mais il est toujours préférable d'engager un avocat qui ne soit pas de la famille. Il faudrait qu'elle témoigne qu'elle a été harcelée, et qu'elle a eu très peur pour sa sécurité. On pourrait lui demander de prouver l'aspect répétitif de l'attitude d'O'Connell, mais la plupart des juges sont plutôt compréhensifs. On serait enclin à accepter son témoignage sans exiger des tonnes de témoignages extérieurs. Le juge pourrait émettre une ordonnance restrictive qui permettrait de faire arrêter O'Connell s'il s'approchait d'Ashley à moins d'une distance fixée d'avance. Généralement entre trente et cent mètres. Le juge lui interdirait aussi probablement d'essayer de communiquer avec elle, par téléphone ou par mail. Ce genre d'ordonnance est généralement assez précis et devrait l'éloigner pour de bon d'Ashley. A une condition – et pas des moindres…

— Laquelle ? demanda Ashley.

— Qu'il s'y soumette.

— Et dans le cas contraire ?

— C'est là qu'on peut faire intervenir la police. Techniquement, elle peut l'interpeller et le maintenir en détention pour violation de l'ordonnance. Ce qui le tiendrait à l'écart pendant quelque temps. Le verdict peut aller jusqu'à six mois fermes. Mais ça suppose que le juge lui donne le maximum. Dans les faits, il y a plus de concessions mutuelles. Les juges rechignent à mettre des gens en prison pour ce qu'ils considèrent le plus souvent comme une dispute de couple.

Sally inspira à fond.

— Ça, c'est la manière dont les choses sont censées se passer. Concrètement, ce n'est jamais tout à fait aussi net.

Elle les regarda, l'un après l'autre.

— Admettons qu'Ashley porte plainte et témoigne. Quelles preuves avons-nous ? Nous ne savons pas si c'est lui qui lui a fait perdre son boulot. Nous ne savons pas si c'est lui qui nous a créé tous ces problèmes. Nous ne savons pas si c'est lui qui s'est introduit ici. Nous ne pouvons pas prouver qu'il a tué Murphy, même s'il a pu le faire.

Sally reprit son souffle. Les autres étaient absolument silencieux.

— J'y ai beaucoup réfléchi, dit-elle, et ce n'est pas

une décision facile, croyez-moi. Je parie que Michael O'Connell a une certaine expérience des ordonnances restrictives et qu'il a compris comment ça marche. En d'autres termes, je pense qu'il sait ce qu'il peut et ne peut pas faire pour s'en tirer. Mais pour obtenir quelque chose de plus sérieux que cette simple ordonnance, pour faire réellement accuser O'Connell d'actes criminels, Ashley devrait prouver qu'il est à l'origine de tout ce qui nous est arrivé. Au tribunal, en particulier lors des contre-interrogatoires, il faudrait qu'elle soit convaincante. Par ailleurs, cela risquerait de la mettre indirectement à la merci d'O'Connell. Accuser quelqu'un d'un crime – y compris le harcèlement – crée avec lui une sorte d'intimité. On risque de se retrouver intimement lié à cette personne, même si une ordonnance la maintient à distance. Ashley devrait lui faire face au procès – ce qui, à mon avis, ne ferait qu'alimenter l'obsession d'O'Connell. Il pourrait même aimer cela. Une chose est certaine : Ashley et O'Connell seraient liés à jamais. Cela impliquerait aussi qu'Ashley devrait se méfier en permanence, à moins qu'elle ne décide de s'enfuir. Qu'elle s'en aille, ailleurs. Qu'elle devienne quelqu'un d'autre. Et même, ce n'est pas sûr. S'il décidait de consacrer sa vie à la retrouver…

Sally était lancée, maintenant ; elle parlait de plus en plus vite :

— Mais avoir peur et prouver au tribunal que cette peur a un véritable fondement sont deux choses différentes. Et il faut tenir compte d'une conséquence secondaire…

— Laquelle ? demanda Scott.

— Que fera-t-il si Ashley obtient son ordonnance ? Jusqu'à quel point sera-t-il en colère ?

Choqué ? Que fera-t-il alors ? Peut-être décidera-t-il de la punir. Ou de nous punir, nous. Peut-être décidera-t-il qu'il est temps de prendre des mesures radicales. « Si je ne peux pas t'avoir, personne ne t'aura. » Qu'est-ce que ça veut dire, d'après vous ?

Ils restèrent silencieux. Ashley intervint :

— Je sais ce que ça veut dire.

Personne n'osa lui demander ce qu'ils avaient tous compris. Ashley le leur dit tout de même, d'une voix tremblante :

— Ça veut dire qu'il me tuera.

Scott la coupa sur-le-champ :

— Non, non et non, Ashley, tu ne dois pas dire ça ! s'exclama-t-il. Nous n'en savons rien. Absolument pas !

Il se tut subitement, conscient que son intervention était ridicule.

Pendant un instant, Scott sentit que la tête lui tournait. Il avait l'impression que toute cette dinguerie – le fait que cet homme puisse tuer Ashley – devenait logique, et que tout ce qui aurait dû être logique était sens dessus dessous. Un froid terrible le pénétra. Il se leva de sa chaise.

— S'il s'approche encore…

Cette menace semblait aussi vaine que le reste.

— Quoi ? lâcha brusquement Ashley. Que feras-tu ? Tu lui lanceras des livres d'histoire à la figure ? Tu le tueras à coups de sermons ?

— Non, je…

— Quoi ? Que feras-tu ? Et *comment* feras-tu ? Est-ce que tu vas veiller sur moi vingt-quatre heures sur vingt-quatre, sept jours sur sept ?

Sally intervint :

— Ne te mets pas colère, Ashley, dit-elle calmement.

— Et pourquoi pas ? hurla Ashley. Pourquoi ne puis-je me mettre en colère ? En quoi ce salaud a-t-il le droit de bousiller mon existence ?

Bien entendu, la réponse était évidente pour tout le monde.

— Que dois-je faire ? continua Ashley d'une voix pleine de larmes. Je crois que je devrais partir. Recommencer à zéro. M'en aller loin d'ici. Me cacher pendant des années, jusqu'à ce qu'il se passe quelque chose qui me permette de revenir… Comme si on jouait à une grande partie de cache-cache, hein ? Ashley se cache, Michael O'Connell la cherche. Comment saurai-je que je suis en sécurité ?

— Je suppose que nous ne souhaitons rien d'autre, dit Sally, toujours très prudemment. A moins que…

— A moins que quoi ? demanda Scott.

— Nous pouvons essayer de concocter un autre plan…

— Que veux-tu dire ? demanda vivement Scott.

— Ce que je dis, c'est que nous avons deux options. La première est d'opérer à l'intérieur du système. Ce peut être insuffisant, mais c'est une possibilité. Cela a marché dans certains cas. Mais pas toujours. La loi peut protéger une personne, et provoquer la mort d'une autre. La loi ne garantit rien du tout.

Scott se pencha en avant.

— Et l'autre option ?

Sally était presque choquée par ce qu'elle-même allait dire.

— L'autre option, ce serait de régler ce problème hors des limites de la loi.

— Qu'est-ce que ça impliquerait ? demanda Scott.

— Tu es sûr d'avoir envie de connaître la réponse à cette question ? demanda Sally d'un ton froid.

Ces mots plongèrent la pièce dans le silence.

Scott fixa Sally pendant ce qui lui sembla une éternité. Il ne l'avait jamais entendue s'exprimer de façon si glaciale.

— Pourquoi ne pas inviter ce salaud à dîner, lâcha soudain Catherine, et lui tirer dessus au moment où il franchit la porte d'entrée ? Bang ! Le couloir est dégueulasse ? Je suis volontaire pour me charger du nettoyage. Point final.

Le silence retomba sur le salon. Chacun d'eux était plus ou moins fasciné par cette idée. Ce fut Sally qui vit tout de suite où était le problème. Elle retrouva son ton le plus pragmatique d'avocate :

— Cela résoudrait peut-être un problème – Michael O'Connell –, mais un milliard d'autres surgiraient à sa place.

Scott hocha la tête.

— Je crois que je vois ce que tu veux dire. Mais vas-y, continue.

Sally parvint à sourire à son ex-mari et à Catherine.

— Primo, ce que tu proposes – l'inviter à venir ici pour le tuer –, ça s'appelle un meurtre avec préméditation. Même s'il le mérite amplement. Dans cet Etat, c'est un crime qui est puni de vingt-cinq ans à perpétuité, sans conditionnelle. Et le simple fait d'en avoir discuté fait de nous tous des conspirateurs, ce qui veut dire que nous irions tous en prison, y compris Ashley. Je suppose qu'on pourrait essayer d'obtenir

472

l'acquittement – le terme légal est « invalidation par le jury », lorsque ce dernier décide que l'accusé avait de bonnes raisons de commettre les actes qu'on lui reproche –, mais cela n'arrive que très rarement. On ne peut pas compter là-dessus…

— Il y aurait bien d'autres problèmes, intervint Scott. Comment être sûrs que nous n'allons pas foutre notre vie en l'air ? Nos carrières, tout ce que nous sommes, tout cela serait anéanti. Nous deviendrions de la chair à canon pour les chaînes spécialisées et les tabloïds. Le moindre fragment de notre vie serait exposé aux regards du public. Et même si nous le faisions, même si nous parvenions à maintenir Ashley à l'écart des faits, elle devrait nous rendre visite en prison jusqu'à la fin de ses jours, en refusant des interviews à *Hard Copy*, ou en regardant sur Lifetime le « Film de la semaine » qu'on aurait tiré de sa vie…

Hope, qui était restée silencieuse, intervint à son tour :

— De la manière dont tu en parles, cela voudrait dire qu'O'Connell a gagné. Il serait peut-être mort, mais la vie d'Ashley – et la nôtre, à tous – serait fichue. Et ce qu'il disait – « Si je ne peux pas l'avoir… » – serait avéré, de manière perverse. Ashley serait marquée à vie.

Catherine grogna, comme pour exprimer son désaccord. Elle déclara, d'un ton vif :

— Il doit bien exister une manière de faire disparaître O'Connell de la vie d'Ashley avant qu'il n'arrive quelque chose de pire.

Scott avait le cerveau en ébullition. Les mots *faire disparaître O'Connell* firent venir des idées en cascade.

— Je crois que j'ai une idée… dit-il lentement.

Tout le monde le regarda. Il se leva et se mit à arpenter la pièce.

— Pour commencer, dit-il prudemment, je crois que nous devrions jouer à son propre jeu.

— Que veux-tu dire ? demanda Sally.

— Ce que je veux dire, c'est que nous devrions apprendre à traquer le traqueur. Trouvons tout, je dis bien « tout », ce que nous pourrons sur ce fils de pute.

— Pourquoi ? demanda Hope.

— Parce qu'il a sûrement un point faible. Et c'est ce à quoi il s'attendra le moins.

Catherine hocha énergiquement la tête. Il y avait sans doute en chacun d'eux une propension à la méchanceté. Le seul problème était de mettre le doigt dessus et de s'en servir.

— Parfait, répondit Sally, je crois que nous pouvons y arriver. Mais à quelle fin ?

Scott, choisissant toujours ses mots avec soin :

— Nous ne pouvons pas le tuer nous-mêmes, mais nous devons le *faire disparaître*. Qui peut faire ça pour nous ? Et le faire de manière que nous soyons sûrs – surtout Ashley – de nous en tirer sans le moindre bobo. Même pas une égratignure, en fait, si nous nous y prenons bien.

— Je ne vois pas où tu veux en venir, fit Sally, porte-parole de tous les autres.

— C'est toi qui l'as dit tout à l'heure, Sally. Qui a les moyens de *faire disparaître* quelqu'un de la société pour cinq, dix ou vingt ans, voire à perpète ?

— L'Etat du Massachusetts.

Scott acquiesça.

— Le problème est donc de trouver comment faire en sorte que l'Etat fasse disparaître Michael

O'Connell. Ils le feront avec joie et enthousiasme, n'est-ce pas ? Tout ce qu'il nous reste à faire, c'est de leur fournir un seul petit élément…

— C'est-à-dire ? demanda Ashley.

— Le bon crime.

— Ne voyez-vous pas combien le plan de Scott est génial ? demanda-t-elle.

— Ce n'est pas le mot qui me vient à l'esprit. Plutôt *stupide*, et *hasardeux*.

— D'accord, fit-elle après une pause. C'est assez juste, à première vue. Mais voici ce qui est unique dans le raisonnement de Scott : il va complètement à l'encontre de sa nature. Combien de professeurs d'histoire titulaires dans une petite université prestigieuse et libérale se transforment en criminels ?

Je ne répondis pas.

— Et une conseillère d'orientation et coach sportif dans une école primaire ? Une avocate de petite ville ? Et Ashley, l'étudiante en art ? Qu'est-ce qui serait plus étranger à ce groupe de nantis que de décider de commettre un crime ? Et de faire des choix pouvant déboucher sur la violence ?

— Mais je ne…

— Qui est le mieux placé pour contourner la loi ? Ils savaient mieux que personne ce qu'ils faisaient, grâce à Sally et à sa connaissance du système judiciaire. Du fait de sa formation militaire, Scott était quant à lui bien mieux équipé pour devenir un criminel qu'il ne l'aurait jamais imaginé. Il était discipliné. Est-ce que leur plus gros problème ne résidait pas dans les interdictions morales à l'égard du crime, inséparables de leur statut social ?

475

— Je pensais qu'ils feraient appel à la police…

— Quelles garanties avaient-ils que le système leur viendrait en aide ? Combien de fois avez-vous lu des articles de presse sur une tragédie nourrie par un amour obsessionnel ? Combien de fois avez-vous entendu parler de ces policiers qui se plaignent d'avoir « les mains liées » ?

— Oui, mais…

— Vous n'avez sûrement pas envie qu'on grave les mots « Si seulement… », en guise d'épitaphe, sur votre tombe ?

— Oui, bien sûr, mais…

— Leur situation était loin d'être originale. Les vedettes de cinéma connaissent le harcèlement. Les secrétaires dans les bureaux surpeuplés. Les femmes au foyer dans les camps de mobile homes. Les célébrités de la télévision. L'obsession peut toucher toutes sortes de milieux économiques et sociaux. Mais leur réaction était vraiment unique. Et dans quel but ? Protéger Ashley. Pouvaient-ils avoir une motivation plus pure ? Mettez-vous à leur place, juste un instant. Que feriez-vous ?

La question la plus simple. Celle à laquelle il est le plus difficile de répondre.

Elle inspira à fond.

— En réalité, le seul vrai problème se résumait à ceci : était-ce réalisable ?

33

Des décisions difficiles

Scott, électrisé, jaillit de son siège. Il regarda les quatre femmes rassemblées autour de lui, imaginant fiévreusement toutes sortes de plans, alimentés par la rage qu'il nourrissait à l'égard de Michael O'Connell. Sally s'agita, et il vit l'avocate commencer à ronger tout ce qu'il disait, déchiquetant ses paroles, décortiquant ses idées. Elle va voir les dangers dans ma proposition, se dit-il. Il se demanda si elle comprendrait que ces dangers étaient bien moindres que la menace à laquelle Ashley faisait face.

Soudain, à sa grande surprise, Sally hocha la tête.

— Tout ce qu'il faudra, dit-elle froidement. Nous devons être prêts à faire ce qu'il faudra.

Elle se tourna vers Catherine et Hope.

— Je pense que vous êtes sur le point de franchir une ligne jaune. Vous avez peut-être envie de réfléchir encore, de vous demander si vous voulez être dans le coup. Ashley, après tout, est notre fille, à Scott et à moi, et nous en sommes responsables. Hope, il faut admettre que tu as été une seconde mère pour elle, peut-être même plus que ça. Et elle n'a pas eu d'autres vrais grands-parents que toi, Catherine… mais vous n'êtes pas vraiment sa famille, et…

Hope lui jeta un regard noir.

— Ça suffit, Sally.

Le silence envahit la pièce. Hope se leva pour venir aux côtés de Scott. Elle se concentra.

— Tu le sais, je me suis trouvée engagée dans la vie d'Ashley, pour le meilleur et pour le pire, depuis le jour où nous nous sommes rencontrées. Et même si ces derniers temps n'ont pas été très exaltants, même si notre avenir est douteux, cela ne diminue en rien mes sentiments à son égard. Alors laisse-moi décider toute seule. C'est moi qui décide de ce que j'ai envie de faire et de ce que je n'ai pas envie de faire.

— Pareil pour moi, ajouta Catherine d'une voix calme.

Sally chancela sur son siège. J'ai tout gâché, se dit-elle. Bon Dieu, mais qu'est-ce qui ne va pas chez moi ?

— Tu ne comprends donc rien à l'amour ? demanda Hope.

La question flotta dans le salon. Le silence les enveloppa l'un après l'autre. Puis Hope se tourna vers Scott.

— OK, Scott. Peut-être pourrais-tu nous dire exactement ce que tu as en tête, maintenant.

Scott s'avança.

— Sally a raison. Nous allons franchir un point de non-retour. A partir de maintenant, les choses vont devenir encore plus dangereuses.

Il réalisait soudain les risques qu'ils allaient prendre, et il hésitait.

— Parler de commettre des illégalités, c'est une chose. Prendre réellement le risque, c'en est une autre. Ma chérie, fit-il en se tournant vers Ashley, c'est le moment de te lever et de quitter la pièce. J'aimerais que tu montes au premier, et que tu y restes jusqu'à ce que ta mère ou moi nous t'appelions.

— Mais pourquoi ?

Ashley, hors d'elle, criait presque.

— Ça me concerne, non ? C'est mon problème. Et maintenant que vous croyez que vous allez faire quelque chose… quelque chose qui me concerne intimement, je suis censée sortir de la pièce ? Oublie ça, papa, vous ne m'exclurez pas. C'est de ma vie qu'on parle ici !

Le silence se prolongea, jusqu'à ce que Sally prenne le relais :

— Si, ma chérie, il faut que tu sortes. Ecoute, Ashley. Nous devons pouvoir nous dire que tu es à l'écart, légalement, de ce que nous ferons. Tu ne dois pas participer au projet. Tu auras sans doute quelque chose à *faire*. Je ne sais pas. Mais certainement pas participer à une conspiration criminelle. Tu dois être protégée. A la fois d'O'Connell et des autorités, si notre plan venait à nous éclater à la figure.

Sally parlait de sa voix sèche et efficace d'avocate :

— Alors ne pose pas de foutues questions. Fais ce que ton père t'a demandé. Monte dans ta chambre. Arme-toi de patience. Puis fais ce qu'on te demandera, sans poser de questions et…

— Tu me traites comme une enfant ! explosa Ashley.

— Exactement, dit Sally d'un ton calme.

— Il est hors de question que…

— Il faudra bien, pourtant. Parce que c'est comme ça et pas autrement que nous allons procéder.

— Tu ne peux pas me faire ça !

— Qu'est-ce que nous faisons ? insista Sally. Tu ne sais pas ce que nous allons faire. Veux-tu dire que nous n'avons pas le droit d'agir comme nous l'entendons pour le bien de notre propre fille ? Tu crois que nous ne devrions pas prendre les mesures nécessaires pour t'aider ?

— Ce que je dis, c'est qu'il s'agit de ma vie !

— Oui, acquiesça Sally. Tu l'as dit. Nous l'avons entendu. Et c'est précisément pour cela que ton père t'a demandé de quitter cette pièce.

Ashley jeta un regard noir à ses parents. Elle avait les larmes aux yeux. Elle se sentait totalement, désespérément impuissante. Elle allait réitérer son refus, lorsque Hope intervint :

— Maman, j'aimerais que tu montes avec Ashley.

— Quoi ? Ne sois pas idiote. Je ne suis pas une enfant à qui on donne des ordres…

— Je ne te donne pas d'ordres.

Hope marqua un temps d'arrêt.

— Eh bien si, en fait, reprit-elle. Et je te dis exactement ce que Scott et Sally viennent de dire à Ashley. Nous te donnerons quelque chose à faire. J'en suis sûre. Il me sera difficile d'agir si je passe mon temps à m'inquiéter à ton sujet. C'est aussi simple que cela.

— C'est très gentil à toi de t'inquiéter, ma chérie, mais je suis beaucoup trop vieille, et beaucoup trop habituée à faire les choses à ma façon, pour accepter que ma fille unique se prenne pour mon ange gardien.

Je suis parfaitement capable de décider pour moi-même.

— C'est précisément ce qui m'inquiète.

Hope regarda sa mère d'un air farouche.

— Pourquoi ne vois-tu pas que si je m'inquiète à ton sujet – exactement comme Sally et Scott s'inquiètent pour Ashley –, c'est parce que nous serons gênés par ce que nous ferons peut-être ? Est-ce que tu es trop égocentrique pour m'empêcher de choisir mon propre chemin ?

La question étouffa dans l'œuf la réponse de Catherine. Elle se dit que pendant toutes ses années, avec sa fille, elle se l'était posée à maintes reprises. Avec un grognement, Catherine se laissa retomber sur son siège, furieuse de ce que sa fille suggérait, furieuse aussi d'y voir une certaine logique. Elle fulmina pendant un moment, puis se leva.

— Je crois que tu te trompes. A mon sujet. Et toi, ajouta-t-elle en se tournant vers Sally, tu te trompes peut-être à propos d'Ashley.

Elle secoua la tête.

— Nous sommes parfaitement capables, l'une et l'autre, de prendre des risques. Des risques élevés, je dirais même. Mais ça ne fait que commencer, et si tu as besoin que je sorte, juste en ce moment, eh bien je vais le faire.

Elle se tourna vers Ashley.

— Cela changera peut-être. Je l'espère. Mais pour le moment, d'accord. Viens, ma chérie, nous allons monter à l'étage, en espérant qu'ils comprendront quelle idiotie ils commettent en nous excluant.

Elle empoigna Ashley, la souleva pratiquement de son siège.

— Je n'apprécie pas, dit Ashley. Pas du tout. Je crois que ce n'est absolument pas juste. Ni correct.

Catherine et elle montèrent l'escalier d'un pas lourd. Les trois autres les suivirent des yeux en silence.

— Merci, Hope, dit Sally. Tu as fort bien joué.

— Il ne s'agit pas d'une partie d'échecs, répondit Hope.

— Mais si, fit Scott. En tout cas, ce le sera bientôt.

Cela avait pris un peu de temps, mais ils étaient capables de résoudre le problème du partage des tâches, pour commencer.

Grâce aux éléments trouvés dans le rapport de Murphy, Scott allait pouvoir fouiller dans le passé de Michael O'Connell. Aller voir l'endroit où il habitait, enquêter là où il avait grandi, découvrir tout ce qui était possible sur sa famille, ses emplois successifs, son éducation. Il lui revenait de mesurer à qui ils avaient vraiment affaire.

Sally passerait le week-end à examiner la situation juridique. Ils ne savaient pas encore quel crime ils allaient mettre sur le dos de Michael O'Connell, mais il était clair que ce devait être un crime de sang. Ils évitaient de prononcer le mot « meurtre », mais il était tapi sous chacun de leurs propos. Créer un crime de toutes pièces exige une certaine préparation. Ce serait le boulot de Sally. Elle devait déterminer non seulement ce que devait être le meilleur crime – c'est-à-dire celui qui avait le plus de chances de faire disparaître O'Connell de leurs vies le plus longtemps possible –, mais aussi quel crime serait le plus facile à prouver, pour le bureau du procureur. Celui qui aboutirait le plus rapidement et le plus efficacement à l'arrestation d'O'Connell. Celui qui avait le moins de chances d'aboutir à un non-lieu ou à un arrangement avec l'accusation. Il devrait être assez grave pour que le verdict ne soit pas négociable, par exemple en témoignant contre d'autres personnes plus coupables. Il devait donc absolument être le seul accusé. Et Sally devrait aussi mettre en évidence les éléments dont l'Etat aurait besoin pour amener l'affaire devant un tribunal, au-delà du doute raisonnable.

Hope, dont ils pensaient qu'elle était la seule qu'O'Connell ne risquait pas de reconnaître, était chargée de le retrouver et de le suivre. Elle devait en apprendre le plus possible sur ses activités quotidiennes.

Ils espéraient que leurs missions respectives leur permettraient d'obtenir les réponses à leurs questions.

Il n'était pas facile de décider qui courait le plus grand danger. Sans doute Hope, se disait Sally, car elle serait physiquement proche d'O'Connell. Mais elle savait aussi qu'à l'instant où elle-même ouvrirait un livre de droit elle serait coupable d'un crime. Et Scott, devait-elle reconnaître, était soumis à la plus grande incertitude, parce que personne ne savait ce qu'il découvrirait quand il prononcerait le nom de Michael O'Connell dans le quartier où celui-ci avait grandi.

Il fut décidé que Catherine et Ashley resteraient à la maison. Catherine, qui regrettait de plus en plus de n'avoir pas tiré sur O'Connell quand elle en avait eu l'occasion, était chargée de concevoir un système de protection, pour le cas où le salopard se présenterait de nouveau à leur porte.

C'était là, d'ailleurs, la principale angoisse de Sally : qu'O'Connell vienne avant qu'ils aient le temps d'agir.

Elle me fixa pendant quelques instants, comme si elle s'attendait à ce que je dise quelque chose. Mais je gardai le silence.

— Vous avez déjà réfléchi à l'idée du crime parfait ? J'ai passé pas mal de temps, récemment, à me poser certaines questions. Qu'est-ce qui est bien, qu'est-ce qui est mal ? Qu'est-ce qui est juste, qu'est-ce qui est injuste ? Je suis arrivée à la conclusion que le crime parfait, le véritable crime parfait, ce n'est pas seulement celui qu'on peut commettre impunément – ce qui est la condition minimale absolue. C'est aussi un crime qui entraîne un bouleversement psychologique majeur. Une expérience qui change votre existence du tout au tout.

— Voler un Rembrandt au Louvre entre dans cette catégorie ?

— Non. Cela permet seulement de s'enrichir. Et ça ne fait pas de vous autre chose qu'un voleur de tableaux. A peine mieux que le voyou qui dévalise une épicerie en agitant un revolver. Je crois que le crime parfait – voire le crime *idéal* –, c'est quelque chose qui existe au plan moral. Il corrige une erreur. Il rétablit la justice, il ne la défie pas.

Je me renversai en arrière sur mon siège. J'avais des dizaines de questions à lui poser, mais il me parut plus intelligent de la laisser parler.

— Et il y a autre chose, ajouta-t-elle froidement.

— Quoi ?
— Le crime parfait restaure l'innocence.
— Ashley, c'est ça ?
— Bien sûr, fit-elle en souriant.

34

La femme qui aimait les chats

La demi-finale se termina aux tirs au but.

Le sport impose souvent des fins cruelles, se disait Hope, mais celle-ci figure certainement parmi les plus dures.

Son équipe avait été dominée, clairement, mais les joueuses avaient trouvé un surcroît de volonté qui leur avait permis de tenir le choc. De toute évidence, elles étaient épuisées. La fatigue se lisait dans les regards. Elles étaient toutes crottées, mélange de terre et de transpiration, et plusieurs avaient les genoux en sang. La gardienne de but allait et venait nerveusement, à l'écart des autres. Hope envisagea d'aller lui parler, mais elle comprit que c'était un de ces moments où la joueuse devait être seule, que si elle ne l'avait pas préparée comme il fallait durant les multiples séances d'entraînement elle ne pourrait rien ajouter, en cet instant-là, qui compenserait son handicap.

La chance avait choisi son camp. La cinquième tireuse de Hope, le capitaine de l'équipe, maintes fois sélectionnée régionale, une fille qui n'avait pas raté un penalty en quatre saisons, toucha la barre transversale. Ce bruit diabolique de la balle frappant le métal marqua la fin de la saison. Tout simplement. Aussi brusquement qu'un infarctus. Les filles de l'équipe adverse se mirent à hurler leur joie à l'unisson et se précipitèrent pour embrasser leur gardienne, qui n'avait pas touché la balle une seule fois durant les tirs au but. Hope vit sa joueuse se laisser tomber à genoux sur le terrain boueux, se prendre la tête entre les mains et éclater en sanglots. Les autres filles étaient tout aussi accablées. Hope sentait ses nerfs tendus au maximum, mais elle parvint à leur crier :

— Ne laissez pas votre coéquipière toute seule, là-bas ! On gagne en équipe, on perd en équipe !

Les filles partirent en courant pour entourer leur capitaine (Hope se demanda où elles allaient chercher cette énergie). Dans un moment comme celui-là, elle était fière d'elles. La victoire met en évidence le bonheur en chacun de nous, se dit-elle. La défaite révèle le caractère. Hope regarda l'équipe, groupée au milieu du terrain. Elle se souvint qu'elle avait un autre combat à mener, dans les jours à venir. Elle frissonna. Elle avait froid. Plus rien ne la séparait de l'hiver. Cette partie était finie. Le moment était venu d'en jouer une autre.

Elle ne pouvait pas le savoir, mais elle gara sa voiture à l'endroit précis où Matthew Murphy avait garé la sienne pour surveiller l'immeuble de Michael O'Connell. Elle se renversa sur son siège, enfonça son passe-montagne en laine. Puis elle chaussa une paire de lunettes toute neuve aux verres transparents. Elle n'en portait pas d'habitude, mais elle s'était dit qu'un déguisement s'imposait. Hope n'était pas certaine que Michael O'Connell l'ait déjà vue, mais c'était quand même très probable. Elle se disait qu'il les avait tous surveillés comme elle était en train de le faire maintenant. Elle portait un jean et un vieux caban bleu marine pour se protéger du froid en cette fin d'après-midi. Elle avait une quinzaine d'années de plus que la plupart des étudiants qu'on voyait dans le quartier, mais elle savait qu'elle avait l'air assez jeune pour passer pour l'un d'entre eux. Elle avait choisi ses vêtements avec la même nervosité qu'une fille qui se prépare pour son premier rendez-vous, avec le désir irrépressible d'être assez remarquable pour ne pas se faire remarquer. Elle voulait simplement se fondre dans les rues de Boston, comme un caméléon qui adopte la couleur et les nuances de son environnement pour se rendre invisible.

Elle pensait que si elle restait trop longtemps dans la voiture il finirait par la repérer.

Pars du principe qu'il sait tout, se dit-elle. Pars du principe qu'il sait à quoi tu ressembles, qu'il connaît par cœur le moindre détail de ta petite voiture, y compris le numéro d'immatriculation.

Hope resta figée sur son siège, jusqu'au moment où elle se dit qu'elle était si visible que porter des fausses lunettes n'y changerait rien. Elle regarda le rapport de Murphy, contempla longuement la photo d'O'Connell qui y était jointe, se demandant si elle serait capable de le reconnaître. Comme elle ne voyait pas ce qu'elle aurait pu faire d'autre, elle descendit de voiture.

Elle jeta un coup d'œil vers l'immeuble d'O'Connell, en espérant qu'il ferait bientôt assez sombre pour qu'elle le voie allumer la lumière dans son appartement. Puis elle réalisa qu'en l'observant de la sorte elle avait plus de chances d'être repérée par O'Connell que l'inverse. Elle fit demi-tour et se dirigea à grands pas vers le coin le plus proche, imaginant des yeux fixés sur son dos. Passé le coin, elle s'arrêta. A quoi lui servait-il de rester en planque devant chez lui si son premier geste était de s'éloigner à toute vitesse ?

Elle inspira à fond. Elle se sentait totalement incompétente.

Tu es vraiment nulle, se dit-elle. Retournes-y, trouve un endroit discret dans une allée ou derrière un arbre et attends qu'il se montre. Tu dois être aussi patiente que lui.

Secouant la tête, elle fit demi-tour et repassa le coin de la rue, les yeux scrutant le pâté de maisons en quête d'une cachette. C'est alors qu'elle vit O'Connell sortir de son immeuble. La tête rejetée en arrière, un sourire aux lèvres, il avait l'air si désinvolte et mauvais que cela la mit hors d'elle. Elle était furieuse. Il lui semblait qu'il se moquait d'elle – mais rien n'indiquait, bien entendu, qu'il était conscient de sa présence. Elle se glissa de côté en essayant de se blottir contre un mur et en espérant éviter de croiser son regard, mais sans le quitter des yeux. Au même moment, elle vit une petite vieille toute ratatinée qui approchait à pas lents, sur le même trottoir que Michael O'Connell. Dès qu'il la repéra, il grimaça. Son air fit peur à Hope. Comme s'il s'était métamorphosé en une fraction de seconde, passant de l'insouciance à une violente colère.

La vieille femme était l'incarnation du mot « inoffensif ». Elle se déplaçait douloureusement. Petite, trapue, elle portait un manteau informe de laine noire qui avait sans doute vingt ans, et un bonnet de laine multicolore. Elle tenait des deux mains de lourds sacs d'épicerie pleins d'emplettes. Hope vit ses yeux briller quand elle repéra Michael O'Connell, et elle dévia légèrement de son chemin pour lui barrer la route.

Hope se cramponnait à un arbre, de l'autre côté de la rue étroite, en face de l'endroit où O'Connell et la vieille femme se faisaient face.

La femme s'efforça de lever la main sans lâcher ses courses, et agita un doigt dans sa direction.

— Je vous connais ! s'exclama-t-elle. Je sais ce que vous faites !

— Vous savez que dalle sur moi, répondit O'Connell d'une voix aiguë.

— Je sais que vous faites quelque chose à mes chats. Que vous les volez. Ou pire encore ! Vous êtes méchant, mauvais, et je devrais vous dénoncer à la police !

— Je n'ai rien fait à vos foutus chats. Ils ont peut-être trouvé une autre vieille folle pour les nourrir. Peut-être qu'ils n'aiment pas les plats que vous leur laissez. Ou peut-être qu'ils ont trouvé ailleurs une meilleure vie, espèce de vieille peau. Maintenant foutez-moi la paix, et priez pour que je n'alerte pas les services d'hygiène, parce qu'ils embarqueront tous ces sales chats galeux et les tueront !

— Vous êtes un homme cruel et sans cœur, fit la vieille femme avec raideur.

— Poussez-vous et allez vous faire foutre ! fit O'Connell, qui passa devant elle et poursuivit son chemin d'un pas tranquille.

— Je sais ce que vous faites ! répéta-t-elle en hurlant dans sa direction.

O'Connell se retourna et la regarda fixement.

— Ah ouais ? fit-il d'un ton glacé. Eh bien, je ne sais pas ce que vous croyez que je fais, mais vous aurez de la chance si je ne finis pas par vous faire la même chose.

Hope vit la vieille femme reculer avec un hoquet, comme si elle avait reçu un coup. O'Connell sourit, visiblement satisfait de sa réponse. Puis il tourna les talons et s'en alla rapidement. Hope ignorait où il allait, mais elle savait qu'elle devait le suivre. Elle regarda la vieille femme, figée sur le trottoir, et elle eut une idée. Dès que Michael O'Connell eut passé le coin de la rue, elle se précipita vers elle.

Tout en jetant des coups d'œil derrière elle pour s'assurer que Michael O'Connell ne revenait pas sur ses pas, Hope fit signe à la vieille dame.

— Excusez-moi, madame, dit-elle aussi doucement que possible, en faisant des gestes pour attirer son attention. Excusez-moi…

La femme se tourna vers elle, l'air méfiante.

— Oui ? fit-elle avec circonspection.

— Pardonnez-moi, fit Hope très vite. Je me trouvais de l'autre côté de la rue, et je n'ai pu m'empêcher de vous entendre vous disputer avec ce jeune homme.

La femme continuait à la regarder. Hope franchit la distance qui les séparait.

— Il avait l'air très grossier, et bien peu respectueux.

La vieille femme haussa les épaules. Elle se demandait où Hope voulait en venir. Celle-ci inspira à fond et se lança dans le mensonge qu'elle venait tout juste d'inventer :

— Mon chat a disparu depuis plusieurs jours.

C'est un calicot adorable, avec les deux pattes antérieures toutes blanches. Chaussettes, il s'appelle. Il est perdu, et je ne sais vraiment pas quoi faire. Ça me rend folle. J'habite un peu plus bas, à deux rues d'ici.

Hope fit un geste vague qui aurait pu indiquer la totalité du grand Boston.

— Peut-être l'auriez-vous aperçu ?

En réalité, Hope n'aimait pas les chats. Ils la faisaient éternuer et elle détestait la façon dont ils la regardaient.

— Il est tellement mignon... Je l'ai depuis des années, et il n'a pas l'habitude de disparaître si longtemps...

Elle mentait avec beaucoup d'aisance, ce qui ne manqua pas de la surprendre.

— Je ne sais pas, répondit lentement la vieille dame. Il y a bien deux ou trois calicots parmi les chats que j'ai recueillis, mais pas de nouveaux, je crois... Mais peut-être que...

Ses yeux se détachèrent de Hope et se tournèrent dans la direction où Michael O'Connell avait disparu. Elle souffla, presque comme un de ses pensionnaires.

— Je ne suis même pas sûre que *lui*, il ait fait quelque chose de mal.

Hope prit un air accablé.

— Il n'aime pas les chats ? Quel genre de type...

Elle n'eut pas besoin de finir sa phrase. La vieille femme recula d'un pas et la toisa avec attention.

— Mais peut-être voulez-vous entrer, le temps de prendre le thé et de faire la connaissance de mes petits ?

Hope acquiesça et se baissa pour lui prendre ses sacs.

C'est parti, se dit-elle. Je pénètre sur le territoire du dragon.

Scott contempla en soupirant le bâtiment du collège tout en longueur, murs de parpaings et briques décolorées. Il se dit que l'architecte qui avait dessiné cela devait construire également des prisons. Une rangée d'autocars scolaires jaunes attendait devant l'immeuble, moteurs en marche. Ils produisaient une odeur de diesel nettement corrosive. Un drapeau américain effiloché était enroulé autour de son mât, emmêlé avec celui du New Hampshire. Tous les deux claquaient par à-coups sous un vent violent. Il y avait sur le côté un haut grillage rouillé. En façade, un auvent affichait deux messages : ALLEZ LES WARRIORS ! et TESTS SAT/ACT : INSCRIPTION OUVERTES. Personne ne semblait avoir remarqué la faute d'orthographe.

Scott avait lui aussi une copie du rapport de Matthew Murphy, qu'il avait fourrée dans la poche de son manteau. Il contenait très peu d'éléments sur le passé de Michael O'Connell, et Scott était résolu à mettre un peu de chair sur ces quelques mots. L'ancien collège d'O'Connell n'était pas le pire endroit pour commencer, même si leurs informations dataient de dix ans.

Scott avait passé une matinée déprimante à inspecter la région où Michael O'Connell avait grandi. Le littoral du New Hampshire était une région de paradoxes. La présence de l'océan lui conférait une beauté extraordinaire, mais les industries qui collaient comme des sangsues aux estuaires des différents cours d'eau étaient froides et sans âme : ce n'était que cheminées et gares de triage, entrepôts et fonderies tournant en continu. On avait un peu l'impression de contempler une strip-teaseuse beaucoup trop vieille, en matinée, sur la scène d'un club miteux.

La plus grande partie de la région natale d'O'Connell était dédiée à la construction navale. Des grues monumentales capables de déplacer des tonnes d'acier se détachaient sur le ciel gris. C'était le genre d'endroit, brûlant l'été, glacé l'hiver, où l'on travaille toute la journée avec un casque, une combinaison et des brodequins robustes et cabossés. Les ouvriers des chantiers navals étaient eux aussi robustes et solides, aussi simples que le matériel lourd dont ils se servaient. L'endroit privilégiait la dureté sur toute autre chose.

Scott se sentait parfaitement déplacé. En regardant depuis sa voiture des nuées d'élèves jaillir du bâtiment défraîchi de l'école, il avait l'impression de débarquer dans un autre pays. Il vivait dans un monde où son travail consistait à pousser les étudiants vers les signes extérieurs de succès que l'Amérique s'obstine à vanter : grosses voitures, gros comptes en banque, grosses maisons. Les adolescents qu'il voyait monter dans les cars avaient des rêves plus modestes. Ils finiraient sûrement par pointer à l'usine, à coups d'horaires interminables.

Si j'avais été élevé ici, se dit-il, je ferais tout pour en sortir.

Quand les autocars s'ébranlèrent, il descendit de voiture et se dirigea d'un pas vif vers l'entrée principale. Un vigile posté près de la porte lui montra où se trouvait le bureau d'accueil. Plusieurs secrétaires siégeaient derrière un comptoir. Derrière elles, il apercevait le principal qui chapitrait d'un ton monocorde une élève aux mèches de cheveux violettes, veste de cuir noir et piercings à l'oreille et au sourcil.

— Je peux vous aider ? lui demanda une jeune femme.

— J'espère, répondit Scott. Je m'appelle Johnson. Je travaille pour Raytheon. Comme vous le savez, nous sommes sur la région de Boston. Nous envisageons d'engager un jeune homme. D'après son CV, il a reçu son diplôme dans votre établissement, il y a dix ans. Nous avons des contrats industriels avec l'Etat, voyez-vous, et nous devons faire certaines vérifications.

— Son nom ? fit la secrétaire en se tournant vers son ordinateur.

— Michael O'Connell.

Elle frappa quelques touches.

— Diplômé, en 1995.

— Avez-vous autre chose qui puisse nous être utile ?

— Je ne peux pas vous communiquer ses notes ou ses dossiers sans une autorisation écrite.

— Oui, bien sûr, dit Scott. Merci, en tout cas.

Il hésita, tandis qu'elle lui tournait le dos pour classer des documents sur son écran. Il croisa le regard d'une femme plus âgée qui était sortie du bureau du directeur adjoint au moment où il prononçait le nom d'O'Connell. Elle semblait hésiter. Elle haussa légèrement les épaules et s'approcha de lui.

— Je le connaissais, dit-elle. Vous allez lui donner du travail ?

— Programmation informatique. Classement de données. Ce genre de choses. Rien de très important, mais certaines informations sont liées à nos contrats avec le Pentagone. Nous devons procéder à des vérifications de routine sur le passé des candidats.

Elle secoua la tête, l'air surprise.

— Je suis heureuse d'apprendre qu'il a mis de l'ordre dans sa vie. Raytheon. C'est une grosse boîte.

— Sa vie, jadis… elle était si désordonnée que cela ?

— On pourrait le dire ainsi, fit la femme en souriant.

— Vous savez, tout le monde a eu des problèmes au collège. Nous essayons de voir au-delà des histoires classiques d'adolescents. Mais nous devons être à l'affût de tout ce qui pourrait être un peu plus sérieux.

La femme hocha de nouveau la tête. Elle semblait hésiter.

— Alors, O'Connell ?

— Je n'ai pas très envie d'en parler. Surtout s'il a tourné la page. Je ne voudrais pas compromettre ses chances.

— Cela nous aiderait beaucoup, vraiment.

La femme hésitait encore. Puis elle se décida :

— Quand il était ici, il créait des problèmes.

— Comment cela ?

— Intelligent. Plus intelligent que la plupart. Beaucoup plus intelligent. Mais perturbé. J'ai toujours pensé qu'il ressemblait à ces gosses, à Colombine… Sauf que c'était bien avant Colombine, bien sûr. Vous savez, un gamin tranquille, mais qui a toujours l'air de mijoter quelque chose. Ce qui me troublait chez lui, c'est que s'il s'était mis en tête que vous étiez un obstacle, que vous étiez sur son chemin, ou s'il voulait quelque chose, alors il allait se concentrer là-dessus, et sur rien d'autre. Si un cours l'intéressait, il obtenait les meilleures notes. S'il n'aimait pas un professeur, eh bien, des choses bizarres pouvaient arriver. Des choses pas belles du tout. La voiture du prof était vandalisée. Ou ses dossiers étaient abîmés. Ou un faux rapport de police circulait, l'accusant de je ne sais quel comportement illégal. Il avait toujours l'air d'être dans le coup, d'une manière ou d'une autre. Mais jamais assez pour qu'on puisse prouver quoi que ce soit. Quand il a quitté cette école, j'étais ravie. Vraiment.

Scott hocha la tête.

— Pourquoi… commença-t-il.

Elle l'interrompit :

— Si vous veniez de la famille où il a été élevé, quelque chose clocherait chez vous, aussi.

— Où…

— Je ne devrais pas.

Elle écrivit une adresse sur un morceau de papier.

— J'ignore si elle est encore valable. Sans doute pas.

— Comment pouvez-vous vous rappeler tout ça ? fit Scott en prenant le papier. Plus de dix ans ont passé…

Elle eut un sourire.

— J'ai attendu tout ce temps que quelqu'un vienne poser des questions sur Michael O'Connell. Je ne me doutais pas que ce serait pour lui donner du travail. J'ai toujours cru que ce serait la police.

— Vous semblez bien sûre de vous.

— Il a été mon élève. En anglais, en terminale. Et il a laissé une impression très forte. Après toutes ces années, il y en a une dizaine que je n'oublierai jamais. La moitié pour de bonnes raisons, les autres pour de mauvaises. Est-ce qu'il y a des jeunes femmes, dans le bureau où il doit travailler ?

— Oui. Pourquoi ?

— Il donnait l'impression de mettre les filles mal à l'aise. Pourtant, elles le trouvaient attirant. Je n'ai jamais pu comprendre ça. Comment peut-on être séduit par quelqu'un dont on sait qu'il va vous attirer des ennuis ?

— Je l'ignore. Je pourrais peut-être parler à certaines d'entre elles ?

— Bien sûr. Mais qui sait ce qu'elles sont devenues, après tout ce temps ? En tout cas, je doute que vous trouviez beaucoup de gens qui aient envie de parler de Michael. Il n'est pas passé inaperçu.

— Et sa famille ?

— Ça, c'est l'adresse de chez lui. Je vous l'ai dit, je ne sais pas si son père vit encore là. Mais vous pouvez vérifier.

— Sa mère ?

— Oh, elle est hors circuit depuis longtemps. Je n'ai jamais su toute l'histoire, mais…

— Mais quoi ?

La femme se raidit.

— Je crois savoir qu'elle est morte quand il était petit. Dix ans ? Treize ans, peut-être ? Mais je ne peux pas vous en dire plus. J'ai déjà trop parlé. Vous n'avez pas besoin de connaître mon nom, n'est-ce pas ?

Scott secoua la tête. Il avait appris ce qu'il avait besoin de savoir.

— De l'Earl Grey, cela vous convient, ma chère ? Avec un peu de lait ?

— Ce sera parfait, répondit Hope. Merci beaucoup, madame Abramowicz.

— Appelez-moi Hilda, je vous en prie.

— Eh bien, merci beaucoup, Hilda. C'est très gentil.

— Je suis à vous dans une seconde, reprit la vieille femme.

Hope entendit la bouilloire qui commençait à siffler. Elle laissa son regard errer dans l'appartement, afin d'enregistrer le maximum de choses. Un crucifix était accroché au mur, à côté d'une représentation de la Cène vivement colorée. L'un et l'autre étaient entourés de photos passées, en noir et blanc, d'hommes en col dur et de femmes en robe de dentelle. Des paysages aussi, verts et sombres, des rues pavées, une église aux flèches dressées vers le ciel. Hope fit le total : des parents, morts depuis longtemps, dans un pays d'Europe de l'Est où Mme Abramowicz n'était pas allée depuis des décennies. Un peu comme si elle tapissait de fantômes les murs de son appartement. Hope continua à explorer la vie de la vieille femme. La peinture qui s'écaillait près de l'appui de fenêtre. Une rangée de fioles et de flacons pleins de médicaments. Des piles de journaux et de magazines, et un téléviseur qui devait avoir au moins quinze ans, près d'un fauteuil rouge rembourré. Tout cela exprimait un sentiment de vide.

Il n'y avait qu'une seule chambre à coucher. Hope vit près du fauteuil un panier avec des aiguilles à tricoter. L'appartement sentait la vieillesse et les chats. Il y en avait au moins huit, sur le divan, sur l'appui de fenêtre et près du radiateur. Plusieurs vinrent se frotter à Hope. Elle se dit qu'il devait y en avoir au moins le double dans la chambre.

Elle inspira à fond, se demandant comment les gens pouvaient finir ainsi, dans une telle solitude.

Mme Abramowicz revint avec deux tasses de thé fumant. Elle sourit en regardant ses chats, qui se frottèrent contre ses chevilles et lui emboîtèrent le pas.

— Ce n'est pas encore l'heure du dîner, mes petits. Dans une minute. Laissez maman bavarder un peu, d'abord.

Elle se tourna vers Hope.

— Vous ne voyez pas votre Chaussettes dans ma petite ménagerie, n'est-ce pas ?

— Non, répondit Hope d'une voix triste. Et je ne l'ai pas vu non plus dans le couloir.

— J'essaie d'empêcher mes chéris d'y aller. Ce n'est pas toujours facile, car ils aiment bien aller et venir, comme tous les chats, vous le savez bien, ma chère. Parce que je crois que *lui*, il leur fait des choses vraiment très vilaines.

— Qu'est-ce qui vous fait penser...

— Il ne s'en rend pas compte, mais je connais chacun d'entre eux. Et tous les deux ou trois jours, il y en a un qui disparaît. J'ai envie d'appeler la police, mais il a raison : ils me prendraient sans doute le reste de mes petits amis, et je ne le supporterais pas. C'est un sale type, et j'aimerais qu'il s'en aille. Je ne pourrai jamais...

Mme Abramowicz s'interrompit. Hope se pencha vers elle. La vieille femme soupira et regarda son appartement.

— J'ai bien peur, ma chère, si votre Chaussettes nous a rendu visite, que ce sale type ne l'ait pris. Ne lui ait fait du mal. Je ne sais pas.

— Il a l'air horrible, fit Hope en hochant la tête.

— Oui, en effet. Il me fait peur. En général, je ne

501

lui parle pas, sauf quand nous nous disputons, comme tout à l'heure. Je crois qu'il fait peur à d'autres personnes dans l'immeuble, mais elles ne disent rien, elles non plus. Que pouvons-nous faire ? Il paie son loyer à l'heure, il ne fait pas de bruit, ne fait pas la fête. Le reste, les propriétaires s'en fichent.

Hope but une gorgée du thé sucré.

— J'aimerais en être certaine. Pour Chaussettes, je veux dire.

Mme Abramowicz se cala sur son siège.

— Il y a un moyen, dit-elle lentement. Vous pourriez en avoir le cœur net. Et ça me donnerait peut-être quelques réponses… Je suis vieille, et je ne suis plus très forte. Et j'ai peur. Mais je n'ai pas d'autre endroit où aller. Mais vous, ma chère, vous avez l'air beaucoup forte que moi. Plus forte, même, que je l'étais… quand j'avais votre âge. Et je parierais que vous n'avez pas peur de grand-chose.

— Non.

La vieille femme sourit de nouveau, presque en minaudant.

— Quand mon mari était encore de ce monde, notre appartement était plus grand. En fait, il incluait l'espace que M. O'Connell occupe maintenant. Nous avions deux chambres à coucher et un salon, un bureau et une salle à manger pour les grandes occasions ; nous occupions tout ce côté de l'immeuble. Quand mon Alfred est mort, avec notre grand appartement, ils en ont fait trois. Mais ceux qui ont fait les travaux étaient des paresseux…

— Des paresseux ?

Mme Abramowicz but une gorgée de thé. Hope vit ses yeux étinceler d'une colère inattendue.

— Oui. Des paresseux. Vous ne trouvez pas que

c'est de la paresse, de ne pas prendre la peine de changer les serrures des portes des nouveaux appartements ? Les appartements qui, jadis, constituaient le mien ?

Hope acquiesça. Une décharge électrique lui traversa le corps.

— J'ai tellement envie de savoir ce qu'il a fait à mes chats, dit lentement Mme Abramowicz.

Elle plissa les yeux, sa voix se fit plus grave, et Hope réalisa que cette femme avait quelque chose de redoutable.

— Et j'imagine que vous aimeriez savoir à quoi vous en tenir, pour Chaussettes. Il n'y a qu'une façon d'être sûr. C'est de regarder à l'intérieur.

Elle se pencha vers Hope et approcha son visage à vingt centimètres du sien.

— Il ne le sait pas, murmura-t-elle, mais j'ai une clé de sa porte d'entrée.

— Alors, dit-elle, une ombre passant sur son visage, voyez-vous ce qui était en jeu, maintenant ?

Tous les reporters savent qu'il doit exister une sorte de séduction entre l'écrivain et son sujet. Ou peut-être sait-on instinctivement comment flatter une source pour en obtenir l'histoire la plus délicate. Je savais qu'elle me manipulait, depuis le début.

Elle se tut un instant, puis :

— N'entendez-vous pas parfois certains de vos amis, des gens d'âge mûr comme vous, exprimer leur désir de changer ? D'être autre chose que ce qu'ils sont ? Ils ont envie qu'il arrive quelque chose qui mette leur vie sens dessus dessous, pour ne plus avoir à affronter la routine mortellement ennuyeuse de l'existence…

— Si, assez souvent, répondis-je.

— La plupart des gens mentent lorsqu'ils disent qu'ils ont envie de changer, car le changement est beaucoup trop terrifiant. Ce qu'ils veulent, en vérité, c'est retrouver leur jeunesse. Quand on est jeune, chaque choix est une aventure. Ce n'est qu'après la quarantaine que nous commençons à anticiper nos décisions. Nous sommes sur un chemin, et il faut avancer, non ? Et tout devient problématique. Nous ne gagnons pas à la loterie. Au lieu de quoi le patron nous convoque pour nous dire qu'on va être licencié. Le mari ou la femme dont on partage la vie depuis vingt ans nous annonce : « J'ai rencontré quelqu'un, je m'en vais. » Le médecin nous regarde, après avoir lu le résultat des examens : « Ces chiffres ne sont pas bons. Je vais demander une série d'examens complémentaires. »

— Scott et Sally…

— Pour eux, Michael O'Connell avait créé ce moment. Pouvaient-ils protéger Ashley ?

Elle posa soudain une main sur ses lèvres, et j'entendis un soupir s'échapper de sa gorge. Il lui fallut un instant pour reprendre contenance.

— Même si aucun d'entre eux ne l'avait formulé clairement, pas encore, ils savaient tous, au plus profond d'eux-mêmes, que ce qu'ils espéraient acheter leur coûterait très cher.

35

Une chaussure dépareillée

Hope, mal à l'aise, se tenait devant la porte de l'appartement de Michael O'Connell, la clé à la main. Derrière elle, Mme Abramowicz était tapie dans l'encadrement de sa propre porte, entourée de ses chats. D'un geste impatient, elle encouragea Hope à y aller.

— Je fais le guet, chuchota-t-elle. Tout ira bien. Mais dépêchez-vous !

Hope inspira à fond et introduisit la clé dans la serrure. Elle n'était pas sûre de savoir ce qu'elle faisait, ni ce qu'elle cherchait, pas plus qu'elle ne savait ce qu'elle espérait trouver. Mais elle avait la clé dans la main. Quand elle la tourna dans la serrure, presque sans bruit, elle imagina O'Connell faisant demi-tour, passant le coin de la rue et pénétrant dans l'immeuble au moment où la nuit tombait. Elle crut sentir son souffle sur sa nuque, entendre sa voix sifflante. Elle serra les dents et se promit qu'elle se battrait avec énergie, si elle devait en arriver là.

— Vite, ma chère, disait Mme Abramowicz,

continuant à la presser. Trouvez ce qu'il fait à mes chats.

Hope poussa la porte et entra dans l'appartement.

Elle ne savait pas si elle devait fermer la porte derrière elle ou la laisser entrouverte, de sorte que… que quoi ? se demanda-t-elle. S'il revient, je suis coincée ici. Pas de porte de derrière. Pas de sortie incendie. Aucun moyen de s'enfuir.

Elle inspira et ferma la porte presque complètement. Du moins pourrait-elle entendre l'avertissement de Mme Abramowicz, si la vieille femme était capable d'en émettre un.

Hope passa le salon en revue. Il était miteux, négligé. Visiblement, O'Connell ne se souciait pas de son cadre de vie. Pas de posters sur les murs, pas de plantes vertes sur l'appui de la fenêtre, pas de tapis multicolore par terre. Pas de téléviseur ni de chaîne stéréo. Rien que quelques livres d'informatique défraîchis, entassés dans un coin. L'appartement était décrépit et austère. Une cellule monacale. Hope était mal à l'aise à l'idée que toute la passion, dans la vie de Michael O'Connell, appartenait au domaine de l'imaginaire. Son esprit vivait dans un monde différent de celui qu'arpentait son corps.

A cet instant précis, une idée lui vint et elle commença à avancer dans l'appartement.

Il faut tout graver dans ta mémoire, se dit-elle. Tu dois te souvenir de tout.

Elle trouva un morceau de papier dans la poche de sa veste. Sur un petit bureau, elle aperçut un stylo. Elle dessina immédiatement un plan approximatif de l'endroit, puis revint vers le bureau.

En l'occurrence, une planche de bois ordinaire posée sur deux meubles de classement métalliques noirs. Une simple chaise en bois se trouvait devant un ordinateur portable. Le décor était simple et nu. Hope imaginait sans mal Michael O'Connell assis en face de l'écran, le visage baigné par la lueur de l'écran, concentré sur les images qui s'affichaient devant lui. L'ordinateur avait l'air neuf. Il était ouvert, branché. Allumé.

Hope tendit l'oreille vers les bruits éventuels venant du couloir et s'assit devant l'ordinateur. Elle nota sur son morceau de papier la marque et le modèle de l'appareil. Puis elle fixa l'écran noir. Avec la prudence d'un ouvrier qui tend la main vers un câble dénudé, elle toucha le centre de la souris. L'appareil ronronna, puis s'éclaira enfin quand l'économiseur d'écran apparut.

Hope sentit ses lèvres se dessécher, sa gorge se serrer.

Le fond d'écran était une photo d'Ashley. Légère-ment floue. Visiblement, elle avait été prise à la hâte, à plusieurs mètres de distance. Ashley avait l'air de se retourner brusquement, comme si elle était surprise par un bruit derrière elle. La peur lui défor-mait les traits.

Hope contempla la photo. Elle avait de plus en plus de mal à respirer. La photo qu'O'Connell avait choisie comme fond d'écran exprimait des tas de choses, mais aucune de bonne. O'Connell adorait visiblement cet instant où Ashley avait été prise à l'improviste et semblait terrorisée.

L'amour, se dit-elle. La pire sorte d'amour.

Elle se mordit la lèvre, amena le curseur sur *Mes Documents*, et cliqua dessus. Il y avait quatre dossiers. *Ashley amour. Ashley haine. Ashley famille. Ashley avenir.*

Elle cliqua sur le premier. Un encadré apparut : *Introduisez mot de passe*. Elle amena le curseur sur *Ashley haine*.

L'appareil clignota de nouveau : *Introduisez mot de passe*.

Hope secoua la tête. Elle se dit qu'elle aurait pu trouver le mot de passe si elle prenait le temps d'y réfléchir, mais elle s'inquiétait déjà des minutes passées dans l'appartement. Sa respiration était saccadée. Elle ferma les dossiers de l'ordinateur, qui retrouva son état initial. Elle ouvrit les tiroirs. A l'exception de quelques crayons et de papier pour l'imprimante, ils étaient vides.

Quand elle se redressa, la tête lui tournait un peu.

Dépêche-toi, se dit-elle. Tu forces ta chance.

Elle regarda autour d'elle. Décida de jeter un coup d'œil dans la chambre.

La pièce sentait la sueur et la négligence. Hope se dirigea à grands pas vers un buffet délabré dont elle fouilla les tiroirs aussi vite que possible. Un matelas ordinaire était posé sur le sommier, les draps et la couverture étaient rejetés en désordre. Elle s'agenouilla et regarda sous le lit. Rien. Elle se tourna vers le petit placard. Quelques vestes et chemises y étaient pendues. Un blazer noir. Deux cravates. Une chemise à boutons et un pantalon gris. Rien de remarquable. Elle allait faire demi-tour lorsqu'elle aperçut, tout au fond du placard, un vieux brodequin de chantier. Une chaussette de sport grise, raidie par de la terre séchée, était fourrée dedans. La chaussure était en partie dissimulée sous un tas de vêtements d'entraînement tachés de sueur.

Une seule chaussure, cela n'avait aucun sens.

Elle chercha la deuxième, mais elle n'était pas là.

Cela la tracassait. Elle s'immobilisa, les yeux fixés sur la chaussure, comme si elle pouvait parler. Puis elle tendit le bras dans le fond du placard, écarta les vêtements avec précaution et souleva la chaussure. Elle était lourde. Il y avait quelque chose dedans. Tel un chirurgien qui découpe un morceau de peau, Hope souleva la chaussette et regarda à l'intérieur.

Elle gémit.

Au fond de la chaussure, il y avait un revolver.

Elle tendit la main pour le prendre. Non, n'y touche pas, se dit-elle.

Elle ne savait pas pourquoi.

Une partie d'elle-même avait envie de s'en emparer, de le voler, juste pour le prendre à Michael O'Connell. Etait-ce l'arme dont il comptait se servir pour tuer Ashley ?

Hope se sentait piégée, comme si quelqu'un lui maintenait la tête sous l'eau. Elle savait que si elle prenait le revolver, O'Connell saurait que l'un d'eux s'était introduit chez lui. Et il réagirait. Ce pourrait être violent. Peut-être avait-il une autre arme planquée quelque part. Peut-être, peut-être pas. Les questions et les doutes s'affrontaient dans son esprit. Elle aurait voulu être capable de rendre le revolver inoffensif, par exemple en ôtant le chien. Elle avait lu quelque chose là-dessus dans un roman policier, mais elle n'avait aucune idée de la manière de procéder. Et il était inutile de l'emporter. Il saurait que quelqu'un était venu, et il s'en procurerait un autre, tout simplement.

Elle contempla le revolver. La marque et le calibre, 25, étaient inscrits sur le canon.

Elle était presque paralysée par la laideur de l'arme.

Sans être vraiment sûre de faire ce qu'il fallait, elle replaça soigneusement la chaussure au fond du placard et disposa les vêtements pour que tout soit dans l'état où elle l'avait trouvé.

Elle avait envie de fuir. Depuis combien de temps était-elle dans l'appartement ? Cinq minutes ? Vingt minutes ? Elle crut entendre des bruits de pas, des voix… écouta. Rien.

Va-t'en, maintenant ! se dit-elle. Tu joues avec le feu.

Elle passa devant la salle de bains, qu'elle ne prit pas la peine d'inspecter, puis devant la petite cuisine. Elle s'arrêta.

Les chats, se dit-elle. Mme Abramowicz voudra savoir ce que j'ai trouvé.

Elle passa en revue la pièce minuscule. Pas de table. Un réfrigérateur, un petit réchaud à quatre feux, deux ou trois étagères couvertes de soupes en boîte et de ragoûts en conserve. Pas d'aliments pour chats, pas de boîtes de poison pour rongeurs, qu'on aurait pu mélanger en un plat mortel.

Hope ouvrit la porte du réfrigérateur. O'Connell n'y conservait que des garnitures pour les sandwiches et quelques bières. Elle s'apprêta à le refermer, s'arrêta net, ouvrit le compartiment du congélateur. Elle s'attendait à y trouver quelques pizzas surgelées.

Elle ressentit un choc violent, eut du mal à retenir un hurlement.

Des cadavres de chats gelés la contemplaient. L'un d'eux montrait les dents, comme une gargouille, en une terrifiante grimace de glace et de mort.

Prise de panique, Hope recula, la main à la bouche. Le cœur battant à tout rompre, nauséeuse, prise de vertige, elle avait l'impression que sa température avait fait un bond. Elle avait envie de hurler, mais elle avait la gorge si serrée qu'aucun son ne passait. Toutes les fibres de son être lui criaient de courir, de fuir, de s'en aller sans se retourner. Elle s'ordonna de rester calme, tendit la main pour fermer le freezer, vit qu'elle tremblait.

Un sifflement lui parvint soudain, de l'entrée de l'appartement :

— Dépêchez-vous, ma chère ! Quelqu'un a appelé l'ascenseur !

Hope se tourna, courut vers la porte.

— Vite ! chuchota Mme Abramowicz. Quelqu'un vient !

Quand Hope jaillit dans le couloir, la vieille dame était toujours postée à l'entrée de son appartement. Entendant l'ascenseur monter, elle referma la porte d'O'Connell. Elle tâtonna avec la clé, faillit la laisser tomber.

Mme Abramowicz, prête à se réfugier chez elle, eut un mouvement de recul. A ses pieds, les chats couraient en tous sens, comme s'ils sentaient la peur et la panique dans sa voix :

— Vite, vite, nous devons nous cacher !

Hope vit que la vieille femme avait presque disparu dans son appartement. Elle était invisible, maintenant, et avait presque totalement refermé sa porte. Dès qu'elle sentit que le verrou était en place, Hope recula et se tourna vers l'ascenseur. Elle vit la lumière de la cabine quand celle-ci atteignit l'étage.

Elle se figea, incapable de bouger.

L'ascenseur sembla marquer une pause, puis il poursuivit son chemin sans s'arrêter, vers les étages supérieurs. L'adrénaline faisait bourdonner les oreilles de Hope, tous les bruits semblaient lointains, comme des échos au-dessus d'un immense canyon.

Elle s'examina, passa en revue son cœur, ses poumons, son cerveau, chercha ce qui fonctionnait encore, et ce qui avait été bloqué par la peur.

Derrière elle, Mme Abramowicz ouvrit légèrement sa porte et passa la tête dans le couloir.

— Fausse alerte, ma chère. Vous avez trouvé ce qui est arrivé à mes chats ?

Hope inspira profondément, essayant de ralentir ses battements de cœur. Dès qu'elle retrouva l'usage de la parole, elle répondit d'un ton froid :

— Non, mentit-elle. Pas la moindre trace, nulle part.

Elle vit la déception s'afficher dans les yeux de la vieille femme.

— Je crois que je vais vous laisser, maintenant, fit-elle avec raideur.

Hope eut le bon sens de glisser la clé de l'appartement de Michael O'Connell dans la poche de sa veste. Puis elle tourna les talons et s'engouffra dans l'escalier de secours. Elle savait qu'elle n'aurait pas la patience d'attendre l'ascenseur.

Elle descendit l'escalier en trébuchant, aussi vite qu'elle pouvait, l'estomac noué. Elle courait presque, la tête rentrée dans les épaules, poussée par un besoin désespéré de fuir. Levant les yeux, elle vit soudain une forme, à la porte d'entrée, qui se dessinait à contre-jour. Presque tétanisée par la peur, elle constata qu'il s'agissait de deux locataires qui rentraient chez eux. L'un d'eux grogna vaguement « Salut ! » en la croisant. Elle sortit dans la nuit froide, soulagée de se retrouver dans l'obscurité. Elle sauta presque les dernières marches menant au trottoir. Sans un regard derrière elle, elle traversa la rue en direction de sa voiture, tâtonna avec ses clés et se jeta derrière son volant. Une voix intérieure répétait avec insistance : Va-t'en ! Fous le camp, tout de suite ! Elle s'apprêtait à démarrer quand elle se figea, une fois de plus.

Michael O'Connell arrivait de son pas nonchalant, sur le trottoir d'en face.

Elle le suivit des yeux, le vit s'arrêter devant chez lui, chercher ses clés dans sa poche, monter les marches et disparaître dans l'immeuble sans même avoir regardé dans sa direction. Elle attendit. Quelques instants plus tard, elle vit la lumière s'allumer dans son appartement.

Hope craignait qu'il ne découvre qu'elle était allée chez lui. Elle craignait d'avoir dérangé quelque chose, d'avoir laissé un objet ailleurs qu'à sa place. Elle démarra. Sans regarder derrière elle, elle tourna au premier coin pour emprunter une rue plus importante, continua sur plusieurs blocs, jusqu'à ce qu'elle trouve une autre place disponible sur le côté. Elle se gara.

Combien ? se demanda-t-elle. Trois minutes ? Quatre ? Cinq ?

Combien de temps s'était écoulé entre son entrée par effraction et le retour d'O'Connell ?

Son estomac se contracta, et elle céda enfin à la nausée provoquée par la peur. Hope ouvrit sa portière. Tranquillement, à l'insu de tous, elle s'abandonna. Elle vomit dans le caniveau le thé Earl Grey de Mme Abramowicz.

Le lendemain matin, Scott démarra tôt. Il se leva avant l'aube, dans sa chambre de motel bon marché. Il trouva un emplacement, dans le demi-jour maussade et gris de novembre, en face de la maison où Michael O'Connell avait passé son enfance.

Il verrouilla sa voiture et resta là en planque, sentant les premiers soupçons de l'hiver se glisser dans l'habitacle. C'était une rue triste à mourir, à peine mieux qu'un camp de mobile homes. Toutes les maisons étaient de plain-pied, et toutes avaient besoin de réparations. Les peintures s'écaillaient à partir des avant-toits, les gouttières se détachaient des toits, des jouets brisés, des carcasses de voitures et des scooters des neiges démembrés jonchaient la plupart des cours. Le vent faisait claquer les portes grillagées. De nombreuses fenêtres étaient occultées par des feuilles de plastique rigides. On eût dit que l'endroit avait été abandonné longtemps auparavant. Un endroit où les rêves étaient peuplés de packs de bière, de billets de loterie et de motos, de tatouages et de cuites du samedi soir. Les adolescents s'inquiétaient sans doute à part égale de grossesse et de hockey. Les vieux étaient plus probablement taraudés par la question de savoir si leur maigre pension leur permettrait de se passer des bons d'alimentation. Au total, un des endroits les moins accueillants que Scott ait vus de sa vie.

Comme dans l'école, l'après-midi précédent, il savait qu'il n'était absolument pas à sa place.

Il regarda le raz de marée matinal des enfants s'entasser dans les cars scolaires, les hommes et les femmes partir au travail, munis de leurs boîtes-déjeuner. Quand le flot se tarit, il descendit de voiture. Il avait dans la poche un rouleau de billets de vingt dollars. Il se dit qu'il en dépenserait sans doute une partie dans la matinée.

Il tourna le dos au foyer d'O'Connell et se dirigea vers la maison la plus proche, juste en face.

Il cogna violemment à la porte, ignorant les aboiements rauques et frénétiques qu'il obtint en retour. Au bout de quelques secondes, une femme fit taire son chien avec des cris furieux, et la porte s'ouvrit.

— Oui ?

Elle était proche de la quarantaine, la cigarette au bec, vêtue d'une veste rose au logo d'une chaîne de supérettes. Elle s'efforçait de tenir une tasse de café, tout en agrippant de l'autre main le collier du chien.

Désolée, il est plutôt gentil, normalement, mais il a une trouille bleue des gens, et il leur saute dessus. Mon mari me répète tout le temps que je devrais le dresser un peu mieux, mais…

Elle haussa les épaules.

— Pas de problème, dit Scott à travers la porte grillagée.

— Je peux vous aider ?

— Je travaille pour le service de liberté conditionnelle du Massachusetts, mentit Scott. Nous sommes en train de procéder à un contrôle préliminaire au sujet d'un primo-délinquant. Un dénommé Michael O'Connell. Il a habité en face de chez vous. Vous le connaissiez ?

La femme acquiesça.

— Un peu. Je ne l'ai pas vu depuis des années. Qu'est-ce qu'il a fait ?

— Il s'agit d'une accusation de vol.

— Il a piqué quelque chose, hein ?

Entre autres, se dit Scott.

— Ça en a l'air.

La femme grogna.

— Et ce crétin s'est fait cravater, hein ? J'aurais pensé qu'il était un peu plus malin que ça.

— Oh, un type malin, c'est ça ?

— Il *jouait* au malin. Pas sûr que ce soit la même chose.

Scott eut un sourire.

— En tout cas, dit-il lentement, ce qui nous intéresse aujourd'hui, c'est son passé. Je dois interroger son père, mais vous savez, parfois, les voisins…

Il n'eut pas besoin de finir sa phrase. La femme hocha la tête avec énergie.

— Je ne le connais pas trop. Nous ne sommes ici que depuis quelques années. Mais le vieux… oh, lui, il est là depuis la préhistoire. Et il n'est pas très populaire dans le quartier.

— Pourquoi donc ?

— Il est en invalidité. Travaillait à Portsmouth, un des chantiers navals. Il a eu un accident, je ne sais pas quoi. Il a dit qu'il avait mal au dos. Il reçoit tous les mois un chèque de la compagnie, de l'Etat, et des services fédéraux aussi. Mais pour un type qui souffre, il a l'air d'être pas mal actif. Travaille au noir comme couvreur, ce qui est un boulot plutôt bizarre pour un mec qui se prétend estropié… Mon mari affirme qu'il touche des dessous de table. J'ai toujours pensé que quelqu'un des impôts viendrait fouiner dans le coin un jour, et poser des questions.

— Ça n'explique pas pourquoi les gens…

— Ce n'est qu'un connard de poivrot. Et quand il est saoul, il devient violent. Il fait du boucan. Vous l'entendez hurler toutes sortes d'insanités au milieu de la nuit, sauf que, le plus bizarre, il n'y a personne avec lui, sur qui il pourrait hurler. Parfois il sort dans la rue et tire avec la vieille pétoire qu'il planque dans ce bordel qu'il appelle sa maison. Il y a des gosses dans le coin, mais il s'en fout. Il a tiré sur un chien du quartier, une fois. Pas le mien, heureusement. Enfin bref, il a tiré sans aucune raison, sinon qu'il pouvait le faire. C'est simplement un sale type, à tous points de vue.

— Et le fils ?

— Je vous ai dit, je le connais à peine. Mais vous connaissez l'expression, la pomme ne tombe jamais très loin du foutu pommier. Ça en a pas l'air, en tout cas.

— La mère ?

— Elle est morte. Je l'ai pas connue. Un accident. Enfin, c'est ce qu'on dit. Certains pensent qu'elle s'est suicidée. D'autres disent que c'est le vieux qui l'a butée. La police s'est rudement intéressée à l'affaire. Elle avait des soupçons. Puis ça s'est tassé. Il y a peut-être quelque chose dans les journaux de l'époque, je ne sais pas. Je n'étais pas encore ici quand c'est arrivé.

Le chien se remit à aboyer. Scott recula.

— Merci beaucoup, dit-il. Oh, encore une chose... Merci de garder tout ça pour vous. Si les gens se mettent à parler, ça risque de compromettre les questions que nous pourrions poser.

— Ah, oui, bien sûr.

La femme repoussa le chien du pied et tira sur sa cigarette.

— Dites donc, vous autres, dans le Massachusetts, vous pourriez pas mettre le vieux en prison avec son fils ? Sûr que le quartier serait plus calme, après.

Scott passa le reste de la matinée à quadriller les rues avoisinantes, en se faisant passer successivement pour un enquêteur de ceci, un inspecteur de cela. On ne lui demanda qu'une seule fois de prouver son identité, et il parvint à mettre fin rapidement à la conversation. Il n'apprit pas grand-chose. Les O'Connell avaient racketté la plupart des habitants du quartier, et leurs façons d'être limitaient les contacts avec leurs voisins. Leur impopularité fut utile à Scott pour au moins une raison : tout le monde était disposé à lui parler. Mais ce qu'ils lui disaient ne faisait que confirmer ce qu'il avait déjà entendu, ou supposait.

Rien n'indiquait que le vieux O'Connell était sorti de chez lui, mais Scott se dit qu'il aurait pu s'éclipser pendant qu'il s'entretenait avec l'un ou l'autre voisin. Un petit pick-up Dodge noir garé devant n'avait pas bougé de la journée. Scott pensait que c'était le véhicule d'O'Connell père.

Il savait qu'il allait devoir frapper à cette porte, mais il ne savait pas encore exactement pour qui il se ferait passer. Il décida de faire encore une dernière tentative, à la bibliothèque locale, pour essayer d'en savoir plus sur les circonstances de la mort de la mère d'O'Connell.

La bibliothèque municipale, qui tranchait avec les immeubles défraîchis des rues transversales, était un bâtiment d'un étage, de verre et de brique, contigu à un ensemble neuf où se trouvaient la police et les bureaux de la mairie.

Scott s'approcha de la réception. Une femme toute menue, qui devait avoir cinq ou six ans de plus qu'Ashley, était en train de glisser des cartes de la bibliothèque sous les couvertures des livres.

— Puis-je vous aider ?

— Oui. Conservez-vous en archive les annuaires des établissements scolaires ? Et pourriez-vous m'indiquer où se trouvent les journaux locaux sur microfilm ?

— Bien sûr. La salle des microfilms est là-bas.

Elle lui indiqua une pièce latérale.

— Les collections sont clairement identifiées. Vous voulez que je vous explique comment fonctionne la machine ?

Scott secoua la tête.

— Je crois que je me débrouillerai. Et les annuaires ?

— Dans la section Références. Quelle année cherchez-vous ?

— 1995. Collège Lincoln.

Surprise, la jeune femme fit une légère grimace, puis elle sourit.

— J'y étais, à l'époque. Je pourrais peut-être vous aider ?

— Avez-vous connu un jeune homme nommé Michael O'Connell ?

Elle se figea. Tout d'abord, elle ne répondit pas. Scott vit sur son visage que des mauvais souvenirs défilaient dans son esprit.

— Qu'est-ce qu'il a fait ? murmura-t-elle.

Sally était plongée dans un assortiment de textes juridiques et d'articles de revues de droit. Elle cherchait quelque chose, sans savoir précisément quoi. Plus elle lisait, plus elle réfléchissait, plus elle analysait, et plus elle se sentait mal. C'est une chose, se disait-elle avec amertume, d'être du côté théorique du crime, où les actes sont analysés dans le monde abstrait du tribunal, à renfort d'arguments et de preuves, de perquisitions et de saisies, d'aveux et de médecine légale – que le système prenait en charge. Le système de la justice criminelle était conçu pour nettoyer l'humanité par la mise en scène. Il neutralisait la réalité du crime, en faisait une pièce de théâtre. Un processus qui lui était familier, avec lequel elle était à l'aise. Mais ce qu'elle était en train de faire était un pas dans une tout autre direction.

Imaginer un crime.

Trouver le moyen de faire porter le chapeau à Michael O'Connell.

L'envoyer en prison. Reprendre le contrôle de leur vie. Ça semblait très simple. L'enthousiasme de Scott avait été contagieux, jusqu'au moment où elle s'était assise pour essayer de faire le tour des différentes possibilités.

Elle n'avait rien trouvé jusqu'ici de plus grave que la fraude et l'extorsion.

Ce serait risqué, mais ils pourraient reprendre tous les actes commis jusqu'alors par O'Connell et leur donner une nouvelle forme, de façon qu'ils aient l'air de constituer une tentative pour les faire chanter, elle et Scott, et leur extorquer de l'argent. Elle pourrait sans doute faire en sorte que tout ce qu'O'Connell avait fait (surtout le harcèlement aux dépens d'Ashley) apparaisse aux yeux d'un procureur comme partie d'un complot agressif. La seule chose qu'ils devraient fabriquer, c'était une menace quelconque, qu'il comptait mettre à exécution s'ils ne lui donnaient pas une certaine somme d'argent. Scott pourrait déclarer sous serment que lorsqu'il avait donné les cinq mille dollars à O'Connell, à Boston, celui-ci en avait exigé plus, et qu'il avait accru sa pression quand ils s'étaient montrés réticents. Ils pouvaient même justifier leur refus d'appeler la police, à ce moment-là, par leur crainte de ce qu'O'Connell pourrait leur faire.

Le problème – plus précisément, se disait piteusement Sally, le premier de ce qui promettait d'être une longue série de problèmes –, c'était ce que Scott lui avait dit après avoir donné les cinq mille dollars. Il pensait qu'O'Connell portait un micro, et que toute leur conversation avait été enregistrée.

Si c'était le cas, on les accuserait de faux témoignage. O'Connell s'en sortirait, eux-mêmes devraient répondre de certaines accusations, et sa pratique d'avocate serait menacée (ainsi d'ailleurs que l'emploi de Scott). Ils seraient revenus à la case départ, ils auraient des ennuis, et il n'y aurait plus d'obstacle entre O'Connell et Ashley.

Et même s'ils réussissaient, il n'y avait aucune certitude qu'O'Connell écope d'une peine autre que mincure. Deux ans ? Combien de temps fallait-il qu'il reste derrière les barreaux pour qu'Ashley ait le temps de se réinventer et de se libérer de son obsession ? Trois ans ? Cinq ans ? Dix ans ? Serait-elle jamais certaine à cent pour cent qu'il n'allait pas venir frapper à sa porte ?

Sally se renversa sur son siège.

Tue-le, se dit-elle.

Elle haleta violemment. Elle avait du mal à croire ce que lui suggérait sa voix intérieure.

En quoi ta vie est-elle si importante, qui l'empêche d'être sacrifiée ?

Elle n'aimait pas vraiment son travail. Elle doutait plus que jamais de ses relations avec Hope. Il y avait des semaines, des mois, qu'elles ne lui avaient pas procuré de véritable joie. Et sa vie ? Elle eut envie de rire, n'y parvint pas. Elle était avocate dans un trou perdu, elle vieillissait, elle regardait chaque matin les rides de l'angoisse creuser leur sillon dans son visage. Elle se disait que la seule trace qu'elle laisserait dans ce monde, c'était Ashley. Sa fille avait beau être le fruit d'un amour fondé sur le mensonge, elle était indéniablement la meilleure chose que Sally et Scott avaient eue durant la brève période qu'ils avaient passée ensemble.

Son avenir mérite qu'on meure pour lui. Pas le tien.

De nouveau, Sally fut choquée par ce que son imagination lui proposait. C'était de la folie. Mais une folie qui avait sa logique.

Tue-le, se répéta-t-elle.

Puis une autre idée lui vint, encore plus bizarre. Fais en sorte qu'il te tue.

Et qu'il paie pour ça.

Elle se pencha en arrière, contempla les livres et les revues qui l'entouraient.

Quelqu'un devait mourir. Tout à coup, elle en fut intimement persuadée.

J'avais des cauchemars, pour la première fois depuis que je m'étais lancé dans cette histoire.

Ils étaient arrivés sans prévenir. Je me retournais dans mon sommeil, trempé de sueur. Je m'éveillais au milieu de la nuit, titubais jusqu'à la salle de bains pour y boire un peu d'eau, et me regardais dans la glace…

Je sortis de la chambre, longeai à pas de loup le

couloir moquetté et jetai un coup d'œil dans la chambre des enfants pour m'assurer que leur sommeil était moins troublé que le mien. Quand je retournai me coucher, ma femme murmura : « Ça va ? », mais elle replongea dans les limbes avant que j'aie eu le temps de répondre. Je posai la tête sur l'oreiller et contemplai les profondeurs infinies de l'obscurité.

Le lendemain, je l'appelai au téléphone.

— Je dois parler à certains des protagonistes de ce drame, dis-je d'un ton rude. Il y a beaucoup trop longtemps que je recule ce moment.

— Oui. Je m'attendais à ce que vous finissiez par me le demander. Je me demande simplement qui pourrait avoir envie de vous parler…

— Ils veulent qu'on raconte leur histoire, mais ils ne veulent pas me parler ? ! fis-je, incrédule.

Dans sa réponse, je sentis un trouble, un peu distant. Certains développements de l'histoire devenaient plus critiques. J'approchais du but.

— J'ai peur, dit-elle.

— Peur de quoi ?

— Il y a tant de choses en équilibre. Une vie contrebalance une mort. Le risque de réussir contrebalance le désespoir. Il y a tellement en jeu.

— Je peux les retrouver, dis-je brusquement. Je n'ai pas à jouer au chat et à la souris avec vous. Je pourrais dénicher les listes d'enseignants d'université, sonder les bases de données des barreaux, chercher sur les sites d'étudiants, les sites de lesbiennes, les forums consacrés aux psychopathes… Je ne sais pas. Quelqu'un, quelque part, aura les informations qui me permettront de retrouver les noms des gens et des lieux et la vérité de ce que vous m'avez raconté.

— Vous croyez que je ne vous ai pas dit la vérité ?

— Non. Je dis simplement que j'en sais assez pour être capable de continuer tout seul.

— Vous pourriez le faire, en effet. Mais je pourrais décider de ne plus répondre à vos appels. Et vous ne sauriez peut-être jamais ce qui s'est vraiment passé. Peut-être connaîtriez-vous certains faits, peut-être seriez-vous capable de rassembler des détails, et vous auriez la chair de l'histoire. Mais pas la colonne vertébrale. Vous n'auriez jamais les organes, ce qui se trouve sous la surface, et qui vous donnerait le « pourquoi ». Vous voulez prendre le risque ?

— Non. En fait, non.

— Je m'en doutais.

— Je jouerai selon vos règles. Mais plus très longtemps. Je commence à fatiguer.

— Oui. Je l'entends dans votre voix.

Ça ne l'empêcha pas de raccrocher.

36

Les pions sur l'échiquier

Ashley était toujours en colère. Elle pleurnichait d'être exclue de ce qui menaçait d'être la décision la plus importante de sa vie. Catherine était un peu moins perturbée par la mise à l'écart que lui imposaient Hope, Scott et Sally. Elle passa une heure au téléphone, composant des numéros, parlant à voix basse. Puis elle appela Ashley.

— Nous avons quelque chose à faire, toi et moi.

Ashley se tenait dans la cuisine, une tasse de café à la main, les yeux fixés sur le coin de la pièce où se trouvait encore la gamelle vide de Sans-Nom. Personne n'avait eu le cœur de l'enlever. Elle se sentait nouée, comme un matelot ligoté au mât, alors que se déroulaient autour d'elle des choses auxquelles elle était intimement liée mais qu'elle n'avait pas le droit de voir.

— Quoi ?

— Tu sais, dit doucement Catherine, je n'aime pas beaucoup rester au-dehors et regarder ce qui se passe à l'intérieur.

— Moi non plus.

— Je pense que nous devrions prendre quelques dispositions. Des dispositions que personne dans cette famille, je crois, n'a jamais envisagées.

Catherine agita ses clés de voiture.

— Allons-y, dit-elle d'un ton vif.

— Où cela ?

— Nous allons rencontrer un homme, répondit Catherine d'un ton jovial. Un personnage très louche, j'en ai peur.

Ashley devait avoir l'air surpris, car la vieille dame eut un sourire.

— Exactement ce qu'il nous faut. Quelqu'un d'odieux.

Elle se dirigea vers sa voiture, Ashley sur ses talons.

— Nous ne parlerons pas de ce voyage à tes parents, ni à Hope, dit-elle en démarrant.

Elle accéléra, jetant des coups d'œil répétés dans le rétroviseur pour s'assurer que personne ne les suivait. Ashley restait silencieuse.

— Nous devons demander de l'aide à quelqu'un qui appartient à un autre monde. Quelqu'un dont les valeurs sont différentes des nôtres... Heureusement, fit-elle avec un soupir, je connais des gens, pas très loin de chez moi, qui eux-mêmes connaissaient quelqu'un qui remplit ces conditions.

Ashley avait envie de lui poser des questions, mais elle se retint. Elle se doutait qu'elle saurait bien assez tôt ce qu'elle voulait savoir. Elle haussa les sourcils quand Catherine quitta les rues secondaires, prit une grande avenue et tourna sur la bretelle de l'autoroute, dans la direction d'où elles étaient venues si précipitamment quelques jours plus tôt.

— Où allons-nous ?

— Un endroit discret à trois quarts d'heure d'ici, au nord, dit Catherine toujours joviale. A deux cents mètres de la ligne qui sépare le Massachusetts du grand Etat du Vermont.

— Qu'allons-nous trouver, là-bas ?

Catherine eut un sourire.

— Un homme, je te l'ai dit. Le genre d'homme que ni toi ni moi n'avons jamais rencontré auparavant, j'en suis sûre.

Son sourire s'évanouit et elle ajouta, d'une voix un peu plus amère :

— Et peut-être une certaine sécurité.

Elle ne donna pas d'autres explications, et Ashley ne lui en demanda pas. Mais la jeune fille doutait qu'il fût facile de trouver la *sécurité*, même en passant la frontière du Vermont.

Scott sortit en hâte de la bibliothèque municipale.

Il venait d'entendre une histoire troublante. Une histoire telle qu'on en raconte dans les petites villes d'Amérique, mélangeant rumeurs, insinuations, jalousies et exagérations avec une part égale de vérité, quelques faits avérés et pas mal d'hypothèses. Les histoires comme celles-là sont faites de matière radioactive. Cela ne se voit pas à l'œil nu, mais elles possèdent un pouvoir infectieux indéniable.

« Ce que vous devez savoir, lui avait dit la bibliothécaire, c'est à quel point la mort de la mère de Michael O'Connell a été une histoire compliquée. »

Scott se dit que le mot était un peu faible.

Certaines relations sont fragiles d'emblée et ne devraient jamais se développer, mais pour certaines raisons, curieuses et néfastes, elles prennent racine et créent un ballet mortel. Telle était la vie familiale que Michael O'Connell avait connue dès la naissance. Un père plus souvent violent que sobre, dont la fureur permanente était le seul ciment capable de maintenir la cohésion de sa famille. Et une mère qui avait été major de sa classe, au collège, avant de jeter son dévolu sur l'homme qui l'avait séduite pendant sa première année d'université. Une belle gueule à la Elvis, des cheveux noirs, un corps musclé, un bon boulot au chantier naval, une voiture rapide et un rire facile avaient dissimulé ses traits les plus durs.

Les visites de la police chez les O'Connell avaient été un grand classique du samedi soir. Un bras cassé, des dents déchaussées, des bleus, des assistantes sociales, des allers et retours aux urgences, tout cela avait été le pain quasi quotidien de la mère. Le père eut droit en échange à un nez cassé qui, mal soigné, déforma définitivement son beau visage, et il dut assez souvent en rabattre devant sa femme qui agitait un couteau de cuisine dans sa direction. C'était un motif bien trop familier de grossièreté, de violence et d'indulgence qui aurait pu se prolonger indéfiniment si deux événements n'étaient survenus : le père fit une chute, la mère tomba malade.

O'Connell père était tombé de son poste de travail, de dix mètres de haut, et avait heurté dans sa chute une poutre d'acier. Il aurait pu se tuer. Il s'en tira avec deux vertèbres cassées, six mois d'hôpital, une addiction aux calmants et une pension d'invalidité dont il dépensait la plus grande partie en tournées générales à l'association locale des anciens combattants ; dans le même temps, il devint la proie d'un couple de magouilleurs avides. Entre-temps, la mère d'O'Connell avait développé un cancer de l'utérus.

La chirurgie et sa propre dépendance aux calmants avaient plongé son existence dans l'incertitude.

La nuit où sa mère mourut, O'Connell avait treize ans et un jour.

Scott était troublé, il ne voyait pas très bien où le menait ce que lui avait appris la bibliothécaire. Il y avait donc ajouté une recherche rapide dans les archives du journal local. Le père et la mère d'O'Connell buvaient et se battaient. Selon plusieurs voisins, cela durait depuis des années, mais il n'y avait là rien d'exceptionnel, et la violence n'atteignait pas un niveau suffisant pour appeler la police. Ce jour-là, en début de soirée, juste après le coucher du soleil, on avait entendu un vacarme soudain, puis deux coups de feu.

Ces détonations étaient l'élément le plus douteux de l'histoire. Certains voisins se rappelaient clairement qu'un laps de temps important – trente secondes, voire une minute ou une minute et demie – avait séparé les coups de feu.

C'est le père d'O'Connell lui-même qui appela la police.

A son arrivée, celle-ci trouva le cadavre de la mère allongé sur le sol, une balle tirée à bout portant dans la poitrine, une deuxième balle dans le plafond, son fils préadolescent blotti dans un coin, et le père, le visage couvert de marques de griffes rouges, un 38 à canon court à la main. O'Connell père leur fit le récit suivant : ils avaient bu et ils se disputaient, comme d'habitude, mais cette fois sa femme avait sorti le revolver qu'il gardait sous clé dans un tiroir de son bureau. Il ignorait comment elle s'était débrouillée pour trouver la clé. Elle menaça de le tuer. Elle affirmait qu'il l'avait frappée une fois de trop, qu'il devait se préparer à mourir. Mais il avait foncé sur elle à travers la cuisine comme un taureau enragé, hurlant et la défiant de tirer. Il lui avait saisi la main. Ils s'étaient battus. La première balle s'était logée dans le plafond. Elle avait reçu la seconde dans la poitrine.

Une bagarre. Trop d'alcool. Un accident.

C'était la version du père, telle que la bibliothécaire la raconta à Scott en secouant la tête.

Les policiers, bien entendu, avaient cherché à savoir si ce n'était pas le père qui avait brandi son arme, et la mère qui avait dû lutter pour défendre sa vie. Après avoir examiné les photos de la scène du crime, plusieurs inspecteurs estimèrent qu'il était tout aussi probable qu'elle avait empoigné le canon du revolver dans un ultime effort pour l'empêcher de la tuer. Le coup tiré au plafond était peut-être postérieur : il venait à point, en effet, pour renforcer la version paternelle des faits.

Dans une situation aussi confuse – deux scénarios également probables s'opposaient, l'autodéfense et le crime éthylique crapuleux –, le fils était le seul à pouvoir leur dire ce qui s'était passé.

Il pouvait soutenir une version, envoyer son père en prison et se retrouver dans un foyer d'accueil. Ou défendre l'autre, et la vie – la seule qu'il connaissait – continuerait plus ou moins comme avant, sans la mère.

Scott se dit que c'était peut-être l'unique fois où il avait ressenti la moindre sympathie à l'égard d'O'Connell. Une sympathie rétroactive, les faits remontant à près de quinze ans.

Un instant, il se demanda ce qu'il aurait fait. Puis il comprit qu'un choix aussi horrible n'en était pas un.

Le diable qu'on connaît vaut mieux que celui qu'on ne connaît pas.

Alors le petit O'Connell avait soutenu la version de son père.

Est-ce qu'il voyait dans ses cauchemars sa mère se faire tuer ? se demanda Scott. Est-ce qu'il voyait son père lutter pour sa vie ? Est-ce que les regards méfiants de son père, chaque matin, au réveil, avaient gravé en lui quelque terrible mensonge ?

Scott traversa la ville et se gara devant la maison d'O'Connell. Tout est là, se dit-il. Tous les ingrédients nécessaires pour devenir un assassin.

Il ne connaissait pas grand-chose à la psychologie – même si, en tant qu'historien, il savait que des événements vécus comme importants peuvent être à l'origine de certains troubles. Il savait en tout cas que n'importe quel analyste freudien verrait à quel point le passé d'O'Connell rendait son avenir dangereux. Scott sentit que sa respiration s'accélérait tout à coup. Il comprit que la seule chose qui comptait vraiment dans la vie d'O'Connell, c'était Ashley.

Est-ce qu'il la tuerait aussi facilement que son père avait tué sa mère ?

Scott leva la tête. Une fois de plus, il se concentra sur la maison où O'Connell avait grandi. Ce faisant, il ne vit pas la silhouette sortir de l'ombre d'un arbre, à deux pas lui. Un poing frappa brusquement la vitre de la voiture. Il se retourna, surpris, et son cœur rata un battement.

— Descends !

C'était un ordre qui ne souffrait aucune discussion.

Déconcerté, Scott vit le visage d'un homme aux cheveux noirs et au nez tordu presque collé à la vitre. L'homme tenait un manche de hache.

— Descends ! répéta-t-il.

Scott, paniqué, pensa d'abord démarrer et mettre les gaz. Il n'en fit rien, car l'homme ramenait son manche de hache en arrière, comme au base-ball le batteur qui regarde le lanceur adverse s'agiter devant lui. Il inspira à fond, détacha lentement sa ceinture, ouvrit sa portière.

L'homme le regardait méchamment, sans cesser de brandir son manche de hache d'un air menaçant.

— C'est toi qui poses toutes ces questions ? Qui tu es, bordel ? Et si tu m'expliquais pourquoi ma foutue vie t'intéresse tant, avant que je te fasse sauter la tête ?

Sally se tourna vers son ordinateur et réalisa que ce qu'elle s'apprêtait à faire était potentiellement compromettant. Elle sortit un vieux bloc-notes jaune d'un tiroir de son bureau. Créer un dossier informatique avec les détails d'un crime non encore advenu aurait été une erreur. Elle se rappela qu'elle devait penser à rebours, plus ou moins comme le ferait un enquêteur. Un morceau de papier, on peut le détruire. Comme lorsqu'on marche sur une plage. Au-dessus de la ligne de marée haute, des traces de pas peuvent demeurer à jamais. Au-dessous, elles ne tardent pas à être effacées par la vague inlassable.

Sally se mordit la lèvre et s'empara d'un crayon. En haut de la page, elle écrivit : *Mobile*.

Puis une autre colonne : *Moyens*.

Et, nécessairement, la troisième : *Opportunité*.

Elle contempla ces trois mots.

La sainte trinité du travail de la police. Remplissez les blancs, et neuf fois sur dix vous savez qui il faut arrêter et inculper. Presque aussi souvent, vous savez qui sera condamné par un tribunal. Le travail de l'avocat de la défense est très simple : attaquer et démonter un de ces trois éléments. Comme s'il s'agissait d'un trépied. Si l'on coupe un des pieds, l'ensemble s'écroule. Elle était en train de préparer l'exécution d'un crime, en essayant d'anticiper la manière dont se déroulerait l'enquête sur ce crime encore indéterminé. Mentalement, elle continuait d'employer des euphémismes. « Crime », « incident », « événement ». Le mot « meurtre » lui répugnait.

Sur la feuille de papier, elle ajouta une quatrième colonne : *Médecine légale*.

Elle se dit qu'elle pouvait travailler là-dessus. Elle commença à établir la liste des diverses erreurs qui pourraient les faire prendre. ADN : éviter de laisser des cheveux, des poils, du sang. Balistique : s'ils avaient besoin d'une arme à feu, ils devaient en trouver une qui ne mènerait pas jusqu'à eux. Ou bien il faudrait faire en sorte qu'on ne la retrouve jamais – ce qui semblait difficile, sauf si on la jetait dans l'océan. D'autres problèmes pouvaient se présenter. Les fibres détachées des vêtements, les empreintes digitales, les traces de pas dans un sol meuble, les marques de pneus. Les témoins qui pouvaient voir quelqu'un aller ou venir. Les caméras de surveillance. Et Sally ne pouvait même pas affirmer que Scott, Ashley, Hope ou Catherine, assis sur une chaise en bois sous une lumière violente, en face de deux inspecteurs jouant leur partition du gentil et de la brute, seraient capables de se taire. Ils seraient peut-être tentés de raconter une histoire quelconque ou, pire, de mentir – les flics éventent toujours les mensonges –, et tout serait par terre.

Ce qu'ils avaient à faire, ils devaient le faire de manière absolument anonyme. Personne, même l'enquêteur le plus obstiné, ne devait jamais pouvoir remonter jusqu'à Ashley.

Plus Sally y réfléchissait, puis cela lui semblait difficile. Et plus la tâche se révélait impossible, plus elle désespérait. Elle sentait les choses s'effilocher autour d'elle. Non seulement son travail – qu'elle négligeait –, mais ses relations et, finalement, sa vie tout entière.

Sally secoua la tête. Elle regarda la feuille de papier posée devant elle. Elle se retrouva brusquement projetée à l'époque où elle préparait ses examens en faculté de droit. C'était un peu la même chose. La seule différence étant que, cette fois, l'échec ne se traduirait pas seulement en mauvaises notes. Il ruinerait leur avenir.

Elle écrivit : *Acheter gants chirurgicaux.* Quoi qu'ils décident de faire, cela diminuerait le risque de laisser des traces d'ADN et des empreintes digitales.

Elle ajouta : *Acheter vêtements Armée du Salut. Ne pas oublier chaussures.*

Sally hocha la tête.

Tu peux le faire, se dit-elle. Quel que soit le plan.

L'homme « odieux » que Catherine et Ashley devaient rencontrer se tenait devant la portière de son 4×4 Chevrolet tout cabossé. Il fumait une cigarette en grattant du pied le gravier du parking comme un cheval impatient. Catherine repéra immédiatement sa veste de chasse rouge et noir et les autocollants de la NRA à l'arrière du véhicule. Petit, le front dégarni, torse de lutteur. Le genre « bière et alcool », se dit Catherine. Il avait travaillé dans une filature ou une usine, avant de découvrir qu'il existait des moyens bien plus lucratifs de gagner sa vie. Elle se gara en face de lui.

— Reste ici, dit-elle à Ashley. Garde la tête baissée. Si j'ai besoin de toi, je te ferai signe.

Ashley ne savait trop que faire. Elle acquiesça, pivota pour ne pas quitter Catherine des yeux. Cette dernière descendit de voiture.

— Monsieur Johnson, je suppose ?
— Exact. Vous devez être madame Frazier ?
— En effet.
— D'habitude, je ne sors pas. Je préfère faire mes affaires dans le cadre des foires autorisées.

Catherine hocha la tête. Elle en doutait, mais cela faisait partie de la comédie qu'ils se jouaient mutuellement.

— Merci de me consacrer du temps. Je ne vous aurais pas appelé si la situation n'était pas si pressante.

— Usage personnel ? Protection personnelle ?
— Oui. Absolument.

Je suis collectionneur, voyez-vous, pas trafiquant. D'habitude, je ne vends et je n'achète que dans les foires aux armes agréées. Sinon, je devrais avoir un permis fédéral, vous comprenez ?

Elle acquiesça. Elle savait que l'homme parlait une sorte de langage codé, pour contourner la loi.

— Encore une fois, je vous en suis reconnaissante.

— Vous voyez, un marchand d'armes agréé doit remplir toutes sortes de papiers fédéraux. Et il y a un

535

délai légal de trois jours. Mais un collectionneur peut faire du troc sans être soumis à ces contraintes. Bien sûr, je dois vous poser la question : avez-vous l'intention de vous servir de cette arme pour commettre des actes illégaux ?

— Bien sûr que non. J'en ai besoin pour me protéger. De nos jours, on n'est jamais trop prudent. Alors, qu'avez-vous pour moi ?

Le marchand d'armes ouvrit le coffre de sa voiture. Il y avait là une valise métallique dotée d'une serrure à combinaison. Il l'ouvrit promptement. Un assortiment d'armes de poing était disposé sur un fond de mousse de polystyrène noire. Catherine les contempla, sans y comprendre grand-chose.

— Je ne suis pas une spécialiste des armes...

M. Johnson hocha la tête.

— Le 45 et le 9 mm sont beaucoup trop gros. Ce sont ces deux-là que vous devriez regarder. Le 25 automatique et le revolver 32. Le 32 à canon court... c'est sans doute ça que vous cherchez. Il est plus... disons, d'une taille plus féminine. Six balles dans le chargeur. Suffit de viser et de tirer. Très fiable, petit, léger, n'importe qui peut s'en servir. Tient dans un sac à main. Une arme très populaire chez les femmes. Seul inconvénient, c'est qu'il n'est pas très puissant, vous voyez ? Revolver plus gros, charge plus grosse. Ce qui ne veut pas dire qu'un coup de 32 ne peut pas tuer quelqu'un. Il en est capable. Vous voyez ce que je veux dire ?

— Bien sûr. Je crois que je vais prendre le 32.

— Excellent choix, fit M. Johnson avec un sourire. Maintenant, je suis obligé de vous demander si vous avez l'intention de sortir cette arme de l'Etat.

— Bien sûr que non, mentit Catherine.

— Ou de la céder à une autre personne.

Catherine n'eut même pas un regard pour Ashley qui l'attendait dans la voiture.

— Absolument pas.

— Et vous n'avez pas l'intention de l'utiliser pour commettre des actes délictueux ?

— De nouveau, la réponse est non.

Il hocha la tête.

— Bien sûr.

Il regarda Catherine, puis la voiture de cette dernière.

— J'ai déjà les informations pour vous contacter. Et j'ai les numéros de série. Si quelqu'un, comme par exemple un agent du Bureau des armes à feu, venait à me poser des questions, vous savez que je serais obligé de lui donner des réponses. Il ne me serait pas agréable de les leur communiquer, mais je le ferais. Dans le cas contraire, c'est moi qui risquerais d'aller en taule. Vous comprenez ce que je dis ? Si vous voulez assassiner votre mari, c'est votre problème. Je dis simplement que...

Catherine leva la main.

— Mon mari est mort depuis des années. Soyez tranquille, monsieur Johnson, je vous en prie. Il s'agit simplement de la protection d'une vieille dame qui vit seule à la campagne.

Il eut un sourire.

— Quatre cents dollars. En liquide. Et je vous donne une boîte de balles gratuitement. Trouvez un bon endroit pour vous entraîner. Ça peut faire toute la différence.

Il prit le revolver, le rangea dans un étui de cuir bas de gamme.

— L'étui aussi est gratuit, dit-il, en donnant l'arme à Catherine qui lui tendit l'argent.

— Une chose, encore, dont il faudra vous souvenir. Quand vous déciderez d'appuyer sur la détente, dit-il lentement, en levant les mains devant lui dans la position du tireur, veillez bien à le tenir des deux mains pour raffermir votre position, vous assurer une assiette confortable, inspirez à fond… Et une dernière chose…

— Oui ?

— Videz votre chargeur. Tirez les six coups. Si vous décidez de tirer sur quelque chose, ou quelqu'un, madame Frazier, vous n'avez aucune raison de faire les choses à moitié. Il n'y a qu'à Hollywood que le héros peut faire sauter une arme des mains du méchant, ou le blesser à l'épaule. Pas dans la vie réelle. Vous avez pris votre décision, alors visez pour tuer au milieu de la poitrine et veillez à ne pas laisser de questions derrière vous. Vous voulez tirer sur quelque chose ? Mettez la dose. Tuez-le.

Catherine acquiesça.

— Je m'en souviendrai.

L'assistante du doyen du département d'histoire de l'art m'avait prévenu : elle ne disposait que de quelques instants. C'était son horaire normal de présence, et le groupe habituel d'étudiants convoqués pour s'expliquer sur des retards, absences ou autres problèmes attendait devant la porte de son bureau. Elle sourit en pensant à l'éventail d'explications, de réclamations, de requêtes et de doléances qui l'attendait ce jour-là.

— Eh bien, dit-elle en se renversant en arrière

dans son fauteuil, que me vaut l'honneur de la visite d'un véritable adulte, aujourd'hui ?

Je lui expliquai ce qui m'intéressait, dans des termes vagues, mais suffisants pour la convaincre de me parler.

— Ashley ? Oui. Je m'en souviens. C'était il y a quelques années, non ? Une affaire curieuse…

— Comment cela ?

— Des notes excellentes, un vrai tempérament artistique, une grande capacité de travail… Elle avait un emploi à temps partiel intéressant au musée… et puis tout s'est effondré autour d'elle, de manière très spectaculaire. J'ai toujours soupçonné je ne sais quelle histoire avec un garçon. C'est souvent le cas lorsque des jeunes filles prometteuses connaissent ce genre de revers. La plupart du temps, le problème se résout avec quelques kilos de mouchoirs en papier et quelques tasses de thé brûlant. Dans le cas d'Ashley, toutes sortes de bruits ont couru dans le département, des rumeurs, surtout, sur la manière dont elle avait perdu son emploi, et sur sa probité dans son travail à la faculté. Mais je ne suis pas très à l'aise, à vous parler ainsi de tout cela sans son autorisation. Ecrite. Vous ne vous êtes pas muni d'un tel document, par hasard ?

— Non.

L'assistante du doyen haussa les épaules, avec un petit sourire en coin.

— Je ne peux donc pas vous dire grand-chose.

— Bien sûr.

Je m'apprêtai à me lever.

— Merci quand même de m'avoir consacré un peu de votre temps.

— Mais peut-être pouvez-vous me dire ce qui lui

est arrivé ? Elle a totalement disparu, du jour au lendemain.

J'hésitai, pas très sûr de pouvoir répondre à sa question. En me voyant hésiter, elle prit un air inquiet.

— Il lui est arrivé quelque chose ? demanda-t-elle, renonçant soudain à sa jovialité. J'en serais vraiment navrée.

— Oui, je suppose qu'on pourrait le dire ainsi. Il lui est arrivé quelque chose.

37

Une conversation instructive

Scott descendit lentement de voiture, les yeux fixés sur celui qu'il savait être le père d'O'Connell. L'homme brandissait toujours son manche de hache. Scott recula, hors de portée de l'arme, et inspira à fond en se demandant pourquoi il se sentait si calme.

— Je ne suis pas sûr que vous devriez me menacer avec cet objet, monsieur O'Connell.

O'Connell père sursauta.

— Vous allez et venez dans le quartier, et vous interrogez les gens sur moi ! Alors je poserai ça quand vous m'aurez dit qui vous êtes !

Scott le fixa, les yeux plissés, silencieux, impassible.

— J'attends une réponse, reprit l'homme.

— Je sais. Je me demandais seulement quelle sorte de réponse je devais vous donner.

Cela troubla le père d'O'Connell, qui recula d'un pas, revint en avant, son manche de hache levé, et répéta sa question :

— Qui êtes-vous ?

Scott continuait à le fixer. Il le toisait, comme s'il

n'avait aucune raison de craindre le manche de hache pointé sur son crâne. L'homme semblait à la fois mou et costaud – estomac de buveur de bière dépassant au-dessus de son jean taché, bras musclés couverts d'un assortiment de tatouages entrelacés. A part son jean et ses brodequins, il ne portait qu'un tee-shirt noir avec le logo Harley-Davidson, et il semblait insensible à l'air glacé de novembre. Ses cheveux noirs grisonnants étaient coupés très court. Le mot *Lucy* tatoué de façon ostentatoire sur son avant-bras était sans doute – avec son fils et sa maison – tout ce qui lui restait de son mariage. Scott se dit qu'il avait probablement bu, mais il ne parlait pas d'une voix pâteuse, et il ne titubait pas. Peut-être avait-il bu juste assez pour lever ses inhibitions et obscurcir sa pensée – ce qui, espérait Scott, pouvait être une bonne chose. Il croisa lentement les bras et secoua la tête en regardant O'Connell.

— Je pourrais vous créer plus d'ennuis que vous n'en avez jamais eu. Des ennuis de la pire espèce, monsieur O'Connell. Le genre d'ennuis qui fait mal, très mal. D'un autre côté, je pourrais vous rendre un grand service. Vous fournir l'occasion de gagner de l'argent. Que choisissez-vous ?

Le manche de hache s'abaissa à demi.

— Continuez.

Scott secoua la tête. Il improvisait au fur et à mesure.

— Je ne négocie pas dans la rue, monsieur O'Connell. Et l'homme que je représente ne tient sûrement pas à ce que je répande ainsi ses affaires sur la place publique, au vu et au su de tous.

— Bordel, mais de quoi vous parlez ?

— Allons chez vous, où nous pourrons avoir une

petite conversation privée. Sans quoi je remonte dans ma voiture et vous ne me reverrez plus. Mais vous pourriez recevoir la visite de quelqu'un d'autre. Et je vous assure que ce quelqu'un – ils pourraient d'ailleurs être deux ou trois, monsieur O'Connell – sera loin d'être aussi raisonnable que moi. Leur méthode pour négocier est plutôt différente de la mienne…

Scott se disait qu'O'Connell avait sans doute passé la plus grande partie de sa vie à proférer des menaces et à en recevoir, et que c'était le genre de langage qu'il devait comprendre.

— C'est quoi, votre nom, déjà ? demanda O'Connell.

— Je ne vous l'ai pas dit. Et on va continuer comme ça.

O'Connell hésita, le manche de hache s'abaissant encore d'un cran.

— C'est à quel sujet ? demanda-t-il.

Cette fois, sa voix montrait une certaine curiosité.

— Une dette. Mais c'est tout ce que je peux vous dire pour le moment. Ça pourrait être intéressant pour vous. Gagner de l'argent. Ou pas. A vous de voir.

— Pourquoi vous me payeriez quelque chose ?

— Parce qu'il est toujours plus facile de payer quelqu'un que… d'en venir à l'autre solution.

Scott laissa O'Connell père méditer sur ce que pouvait être *l'autre solution*.

De nouveau, l'homme marqua un temps d'arrêt, puis il laissa retomber le manche de hache sur sa cuisse.

— Très bien. Je ne marche pas dans vos conneries. Mais vous pouvez entrer. Vous allez me dire de quoi il s'agit. Racontez-moi ça, je ferai le tri.

Sur ces mots, il fit un geste vers sa maison, de l'autre côté de la rue. Il se servit du manche de hache pour lui montrer le chemin.

Il y a un endroit dans les bois, au-delà de la route de terre parallèle à la rivière Westfield, plus bas que la Chesterfield Gorge, où les deux rives du torrent sont protégées par des parois de roche grise de vingt mètres de haut, formées par un séisme aux temps préhistoriques. Le lieu avait la faveur des chasseurs pendant l'hiver, et des pêcheurs à la belle saison. Au plus chaud de l'été, Ashley et ses amies y venaient discrètement pour se baigner nues dans les eaux fraîches du cours d'eau.

— Tu dois te servir de tes deux mains, dit Catherine d'un ton sévère. Tiens fermement ton arme de la main droite, et, avec la gauche, serre les deux à la fois, vise et appuie sur la détente…

Ashley écarta légèrement les pieds, mit sa main gauche en coupe sur la droite, tendit ses muscles. Elle sentait la détente sous son index.

— J'y suis, dit-elle calmement.

Elle pressa la détente, le revolver bondit dans sa main. La détonation retentit dans la forêt. Un morceau d'écorce se détacha du chêne qu'elle avait visé.

— Waouh ! Ça secoue l'avant-bras !

— Je crois que tu dois tirer cinq ou six fois, ma chérie, tant que tu tiens le revolver d'une main ferme, afin de grouper tes coups. Tu peux faire ça ?

— J'ai l'impression qu'il va sauter. S'en aller. Comme s'il était vivant.

— On pourrait dire qu'il a sa propre personnalité.

Ashley acquiesça.

— Une personnalité pas très aimable, en plus, ajouta Catherine.

— J'essaie encore une fois…

Elle se remit en position de tir, resserrant cette fois la main gauche pour affermir son équilibre.

— C'est parti…

Elle tira les cinq coups restants. Trois balles touchèrent le tronc, séparées de moins d'un mètre. Les deux autres dévièrent dans la forêt. Elle les entendit disparaître dans le néant, brisant des branches basses, traversant des feuilles encore accrochées à leurs arbres. Les détonations se répercutèrent alentour et leur emplirent les oreilles. Elle relâcha sa respiration, expira longuement.

— Ne ferme pas les yeux, dit Catherine.

— Je vais faire un autre essai…

Ashley ouvrit le barillet avec un claquement et laissa tomber les douilles vides sur le sol couvert d'aiguilles de pin. Lentement, elle sortit six autres balles de la boîte et chargea le revolver.

— Je me servirai de ce truc une seule fois.

— Oui. Sans doute. Et seulement si tu y es obligée.

— Exact.

Ashley se tourna et visa de nouveau le tronc de l'arbre.

— Seulement si j'y suis obligée.

— Si tu n'as pas le choix.

— Si je n'ai pas le choix.

Elles avaient toutes deux beaucoup à dire là-dessus, mais elles n'avaient pas vraiment envie d'en parler à voix haute, pas même dans la solitude et le silence de la forêt.

Scott avançait lentement sur l'allée de gravier et de terre, longue d'une trentaine de mètres, qui reliait la rue tranquille à la maison d'O'Connell. C'était un petit bâtiment de plain-pied aux châssis blancs. Une antenne de télévision tordue pendouillait sur le toit comme un oiseau aux ailes brisées, à côté d'une parabole grise neuve. Une Toyota rouge défraîchie encombrait la cour. Il lui manquait une portière et un essieu était posé sur un parpaing. La carrosserie était couverte de grandes taches de rouille brune. Un pick-up noir plus récent était garé devant une porte latérale, en partie protégé par un toit plat constitué d'une simple plaque de plastique ondulé. Un garage ouvert abritait un chasse-neige rouge cabossé et un scooter des neiges qui avait perdu sa chenille. En passant devant le pick-up, Scott vit une échelle en aluminium, un ensemble d'outils en bois et du matériel de couvreur, posés en vrac sur le plateau. O'Connell lui désigna la porte latérale. Scott repéra l'entrée principale, en façade. Il se dit qu'on ne devait pas l'utiliser souvent.

Il y a sans doute une sortie derrière, se dit-il. Il faudra que je vérifie.

— Par ici, fit le père d'O'Connell d'un ton bourru. Ne faites pas attention au bordel. Je n'attendais pas de visites.

Scott franchit une porte grillagée en aluminium, puis une porte en bois massif, et entra dans une petite cuisine. Le mot « bordel » était plutôt bien choisi. Des boîtes de pizza. Des emballages de plats à réchauffer au micro-ondes. Trois caisses de bière Coors Light. Sur la table, une bouteille de Johnnie Walker Black Label, pour accompagner un assortiment de canettes vides.

— Allons au salon. On pourra s'asseoir, monsieur… OK, monsieur Je-ne-sais-pas-qui. Je dois vous appeler comment ?

— Smith, j'aime bien. Et si vous avez du mal à vous en souvenir, Jones fera aussi bien l'affaire.

— OK, monsieur Smith, ou monsieur Jones, fit O'Connell avec un ricanement. Puisque je vous ai invité à entrer, veuillez vous asseoir pour que je puisse vous avoir à l'œil. Et vous vous expliquerez, vite fait bien fait, pour m'éviter de penser que la meilleure façon de m'occuper de vous est de laisser parler mon copain le manche de hache. Et venez-en vite à la partie « Comment se faire du fric ». Une bière ?

Scott entra dans un petit salon. Il y avait un canapé usé, un siège inclinable à côté d'une grande glacière rouge et blanc faisant office de table, devant un énorme téléviseur. Des journaux et des revues porno jonchaient le sol, ainsi que des piles de publicités pour des chaînes de supérettes et des catalogues de matériel pour chasseurs. Une tête de daim empaillée était suspendue à un mur, ses yeux de verre les fixant d'un regard absent. Un tee-shirt pendait à un des bois.

Scott essaya d'imaginer la maison à l'époque où O'Connell était enfant. Il entrevit la possibilité d'y mener une vie normale. Faire disparaître les débris de la cour. Débarrasser l'intérieur du désordre qui y régnait, réparer le canapé. Remplacer les chaises. Accrocher quelques posters aux murs et rafraîchir le tout avec un bon coup de peinture. Le résultat serait presque acceptable. Les détritus qui s'entassaient un peu partout lui en apprenaient plus sur le père que sur le fils. O'Connell père avait sans doute remplacé son épouse disparue et son fils absent par ce foutoir généralisé.

Scott prit une chaise qui craqua, menaçant de céder sous son poids, et se tourna vers O'Connell.

— J'ai posé des questions dans le quartier parce que votre fils a quelque chose qui appartient à la personne que je représente. Mon client veut le récupérer.

— Vous êtes avocat ?

Scott haussa les épaules.

O'Connell se laissa glisser dans le fauteuil. Il posa le manche de hache sur ses genoux.

— Qui peut bien être votre patron ?

Scott secoua la tête.

— Les noms, ici, n'ont aucune importance.

— Eh bien d'accord, monsieur Smith. Alors dites-moi comment il gagne sa vie.

Scott sourit.

— Mon client gagne beaucoup d'argent.

— Légalement ou illégalement ?

— Je ne crois pas que vous devriez poser cette question, monsieur O'Connell. Si j'y répondais, en tout cas, je serais sans doute obligé de mentir.

Scott écoutait les mots qui coulaient de ses lèvres, presque choqué par la facilité avec laquelle il inventait un personnage, une situation, par l'aisance avec laquelle il embobinait le vieux O'Connell. La cupidité est une drogue puissante, se dit-il.

O'Connell sourit à son tour.

— Ainsi vous voulez entrer en contact avec mon dégénéré de fils, hein ? Vous ne l'avez pas trouvé en ville ?

— Non. Il semble avoir disparu.

— Et vous venez fouiner ici.

— Ce n'est qu'une possibilité parmi d'autres.

— Mon garçon n'aime pas cet endroit, il…

Scott le coupa d'un geste de la main.

— Laissons tomber ce que nous savons déjà, dit-il sèchement. Pouvez-vous nous aider à retrouver votre fils ?

— Combien ?

— Jusqu'à quel point pouvez-vous nous aider ?

— Pas sûr. On ne se parle pas beaucoup.

— Quand l'avez-vous vu pour la dernière fois ?

— Plusieurs années. On ne s'entend pas très bien.

— Pendant les fêtes ?

O'Connell secoua la tête.

— Je vous ai dit qu'on ne s'entendait pas très bien. Qu'est-ce qu'il a piqué ?

Monsieur O'Connell, je vous répète que ce genre d'information ne ferait que rendre votre position, comment dirais-je ? précaire. Vous savez ce que ça veut dire ?

— Je ne suis pas ignare. Précaire jusqu'à quel point, monsieur Jones ?

— Il est inutile de spéculer.

— Dites-moi dans quel merdier il se trouve, merde ! Le genre d'ennuis qui vous vaut une raclée ? Ou le genre d'ennuis qui vous vaut une balle dans la tête ?

Scott inspira. Il se demandait jusqu'où il pouvait aller tout en restant crédible.

— Disons simplement qu'il peut réparer les dégâts qu'il a causés. Mais ça exige une certaine coopération. C'est une question délicate, monsieur O'Connell. Et un retard supplémentaire pourrait entraîner d'autres problèmes…

— Quoi, de la drogue ? Il a volé de la drogue à quelqu'un ? De l'argent ?

Scott sourit.

— Monsieur O'Connell, disons-le ainsi : si votre fils essaie de vous joindre, et que vous nous en informez, il y aura une récompense à la clé.

— Combien ?

— Vous l'avez déjà demandé, il me semble.

Scott se leva et balaya la pièce du regard. Il vit un couloir qui menait aux chambres du fond. Il était assez étroit et ne laissait pas beaucoup de place pour manœuvrer.

— Disons que ça constituerait un cadeau de Noël appréciable.

— Et si je retrouve le fiston, comment je vous contacte ? Vous avez un numéro de téléphone ?

Scott répondit de sa voix la plus hautaine :

— Monsieur O'Connell, je déteste les téléphones. Ils laissent des traces. On peut toujours remonter la piste. Vous savez envoyer des mails ? fit-il en montrant l'ordinateur.

— Bien sûr, fit très vite O'Connell, d'une voix sifflante. Vous connaissez quelqu'un qui ne sait pas faire ça ? Mais vous devez me promettre une chose, monsieur Foutu Jones, ou Smith. Que mon gosse ne se fera pas tuer à cause de cette histoire.

— D'accord, mentit Scott sans la moindre difficulté. Voilà une promesse facile à faire. Quand vous avez des nouvelles de votre fils, vous envoyez un mail à cette adresse…

Il s'approcha de la table, mit la main sur un rappel de facture de téléphone et un bout de crayon. Il inventa une adresse électronique et l'inscrivit sur le papier, qu'il tendit à O'Connell.

— Ne la perdez pas. Et le numéro de téléphone où je peux vous joindre ?

Le père griffonna son numéro, tout en contemplant l'adresse.

— Parfait. Autre chose ?

— Nous ne nous reverrons pas, répondit Scott en souriant. Si quelqu'un vous interroge, sans doute aurez-vous le bon sens de répondre que cette réunion n'a jamais eu lieu. Et si ce quelqu'un était votre fils, eh bien, cette recommandation compte double. Nous nous comprenons ?

Le père d'O'Connell regarda de nouveau l'adresse. Il sourit, puis haussa les épaules.

— Pour moi, ça va.

— Bien. Ne vous dérangez pas. Je trouverai le chemin.

Tandis qu'il se dirigeait lentement vers la sortie, Scott sentit que son cœur s'emballait. Il savait qu'il y avait, quelque part derrière lui, non seulement le manche de hache, mais une arme à feu, dont les voisins lui avaient parlé – probablement un fusil de gros calibre, dont témoignait, au mur, le daim aux yeux de verre. Il était persuadé que le père d'O'Connell n'aurait pas l'idée de noter son numéro de plaque, mais il était probable qu'il reconnaîtrait la vieille Porsche s'il la revoyait. Scott s'obligea à enregistrer mentalement le moindre détail de son trajet vers la sortie. Il devrait peut-être revenir dans cette maison, et il ne voulait pas se cogner dans les meubles. Il prit note mentalement des verrous peu solides, sortit enfin.

La cupidité était une belle saloperie, et un homme capable de vendre son propre fils devait pouvoir faire preuve d'une cruauté que Scott avait du mal à imaginer. Il fut pris d'une vague de nausée. Mais il eut le bon sens de tourner la tête vers l'arrière de la maison, découvrant la porte supplémentaire dont il avait deviné la présence. Puis il tourna et descendit l'allée en toute hâte. Il vit des nuages gris filer au-dessus de l'horizon.

Michael O'Connell se disait qu'il avait été beaucoup trop silencieux et beaucoup trop absent, ces derniers jours.

La meilleure manière de faire comprendre à Ashley que personne – sauf lui – n'était vraiment capable de la protéger consistait à souligner la vulnérabilité de tous les autres. La seule chose qui l'empêchait, elle, de reconnaître pleinement l'intensité de son amour et le besoin irrésistible qu'il avait de la savoir à ses côtés était le cocon que ses parents avaient construit autour d'elle. Et quand il pensait à Catherine, un goût de bile lui venait dans la bouche. Elle était vieille, elle était fragile, elle était seule là-bas, et il avait eu l'occasion de la faire disparaître du tableau – mais il avait échoué, alors même qu'elle s'était trouvée à sa portée. Il décida de ne pas commettre une seconde fois la même erreur.

Il était assis devant son ordinateur, jouant négligemment avec son curseur, inconscient du calme qui régnait autour de lui. L'appareil était neuf. Après que Matthew Murphy eut détruit l'ancien, il était sorti presque immédiatement pour en acheter un nouveau. Au bout d'un moment, il se tourna, éteignit l'appareil en quelques clics rapides.

Il avait une envie folle d'accomplir un acte imprévisible – de faire quelque chose qui attirerait l'attention d'Ashley, quelque chose qu'elle ne pourrait ignorer et qui lui ferait comprendre qu'il était inutile de continuer à le fuir.

Il se leva et s'étira, levant les bras au-dessus de sa tête, le dos cambré, imitant inconsciemment les chats du couloir. Michael O'Connell sentit la confiance en soi se répandre dans ses veines. Le moment était venu de rendre à nouveau visite à Ashley, au moins pour leur rappeler à tous qu'il était toujours là et qu'il attendait. Il prit son manteau et ses clés de voiture. La famille d'Ashley ignorait à quel point les lignes parallèles de l'amour et de la mort sont proches l'une de l'autre. Il sourit, se disant qu'ils ne comprenaient pas que dans tout cela c'était *lui*, le romantique. Mais l'amour ne s'exprime pas toujours avec des roses, des diamants ou des cartes de vœux douceâtres de chez Hallmark. Le moment était venu de leur faire savoir que son ardeur n'avait pas faibli. Son esprit bouillonnait d'idées.

Quand Scott rentra chez lui, le téléphone sonnait.

— Scott ?

C'était Sally.

— Oui.

— Tu as l'air essoufflé...

— J'étais dehors quand j'ai entendu le téléphone. J'ai dû courir. Tout va bien ?

— Oui. Plus ou moins.

— Comment ça ?

— Oh, rien d'évident. Ashley et Catherine ont passé la journée à l'extérieur, et elles ne veulent pas me dire ce qu'elles ont fait. J'étais à mon bureau, j'essayais de trouver comment sortir de ce merdier, avec des résultats mitigés. Et Hope a à peine desserré les lèvres depuis son retour de Boston, sauf pour me dire que nous devons tous nous revoir au plus vite. Tu peux venir maintenant ?

— Elle t'a dit pourquoi ?

— Je viens de te dire que non. Tu m'écoutes ? Mais c'est en rapport avec ce qu'elle a trouvé à Boston quand elle surveillait O'Connell. Elle semble bouleversée. Je ne l'ai jamais vue si maussade. Elle est assise dans l'autre pièce, le regard perdu dans le vague, et tout ce qu'elle dit, c'est que nous devons nous réunir pour parler, sur-le-champ.

Scott hésita. Il se demandait ce qui pouvait perturber Hope à ce point. Ce n'était pas du tout son style. Il s'efforça de ne pas réagir au ton presque hystérique de la voix de Sally. Elle était aussi tendue que la corde d'un arc. Cela lui rappelait les derniers mois qu'ils avaient passés ensemble, avant qu'il ne connaisse sa liaison avec Hope – mais il savait déjà au fond de lui, de manière intuitive, que rien n'allait plus entre eux. Il hocha la tête et répondit :

— Très bien. J'ai d'ailleurs découvert moi-même pas mal de choses sur O'Connell. Rien de bon, et…

Il s'interrompit. Une vague idée commençait à prendre forme dans son esprit.

— Je ne sais pas trop comment nous pourrons nous en servir, mais… Bon, j'arrive. Comment va Ashley ?

— Elle est renfermée. Presque distante. Je pense qu'un psy dirait qu'elle couve une dépression de première. Avoir ce type dans sa vie, c'est un peu comme si elle avait je ne sais quelle maladie grave. Comme le cancer.

— Tu ne devrais pas dire ça, répliqua Scott.

— Je ne peux pas être réaliste ? Je devrais être optimiste, c'est ça ?

Scott ne dit rien. Sally pouvait être dure, et elle pouvait être directe à un point exaspérant. Maintenant, vu la situation dans laquelle se trouvait leur fille, ça lui faisait peur. Il ne savait vraiment pas lequel des deux, de lui-même (« Nous pouvons nous en sortir ») ou de Sally (« Nous sommes dans de sales draps, et ça va de mal en pis »), avait raison. Il avait envie de hurler.

Il serra les dents.

— Je t'ai dit que j'arrivais, répondit-il. Dis à Ashley…

Il s'interrompit de nouveau. Il sentait que Sally respirait avec difficulté.

— Lui dire quoi ? Que tout va s'arranger ? fit-elle d'un ton amer. Scott… ajouta-t-elle après une brève hésitation, essaie de nous apporter de quoi définir la prochaine étape… Et une pizza.

— Ils sont encore indécis.

— Je comprends, répondis-je, même si ce n'était pas tout à fait vrai. Il faut pourtant que je parle au moins à l'un d'eux. Sans quoi, l'histoire ne sera pas complète.

— En fait, dit-elle lentement en pesant soigneusement ses mots, l'un d'eux a envie, vraiment, de dire ce qu'ils savent. Mais je ne suis pas sûre que vous soyez tout à fait prêt pour cette conversation.

— Cela n'a aucun sens. L'un d'eux veut parler, mais quoi ? Les autres l'en empêchent et ils pensent ainsi se protéger ? Ou bien est-ce vous qui protégez tout le monde ?

— Ils ne sont pas sûrs que vous compreniez tout à fait leur position.

— Ne soyez pas bête. J'ai parlé à toutes sortes de gens, j'ai fait le tour. Ils étaient dans l'embarras. Je le sais. Quoi qu'ils aient fait pour en sortir, cela semblerait justifié à...

— Vraiment ? Vous croyez cela ? La fin justifie les moyens ?

— Est-ce que j'ai dit cela ?

— Oui.

— Ce que je voulais dire, c'est que...

Elle m'interrompit d'un geste. Elle avait les yeux fixés de l'autre côté de la cour, au-delà des arbres de la rue. Elle eut un profond soupir.

— Ils se trouvaient à un tournant. Ils devaient faire un choix. Comme tant de choix que doivent faire les gens – les gens ordinaires –, celui-là allait avoir des conséquences personnelles très importantes. C'est ce que vous devez comprendre.

— Mais quel choix avaient-ils ?

— Bonne question, fit-elle avec un petit rire égaré. A vous de trouver la réponse.

38

Une réflexion sur le mal

Taraudé par le doute, Scott remonta l'allée menant chez son ex-femme. Arrivé à la porte, il leva le bras pour sonner, hésita. Il se retourna pour scruter l'obscurité qui avait envahi la rue. Il s'était considérablement rapproché de Michael O'Connell, mais il savait que ce dernier se cachait toujours. Il se demanda si leur cible l'étudiait aussi soigneusement. Il ne savait pas s'il était possible de progresser, de prendre l'avantage. Il en doutait. Pour ce qu'il en savait, à cet instant précis, O'Connell pouvait être là, à quelques mètres de lui, dissimulé par la nuit, en train de le surveiller. Scott fut traversé par un accès de rage. Il avait envie de hurler. Il se dit que, peut-être, tout ce qu'il avait découvert durant son enquête, tout ce qu'il avait cru imprévisible, était en fait totalement attendu, prévisible, anticipable. Il ne pouvait se débarrasser de l'idée qu'O'Connell – même si c'était impossible – savait tout ce que lui, Scott, avait fait.

Il émit un gémissement bref. Il sentait la sueur couler sous ses aisselles. Il s'éloigna soudain de la porte, furieux, prêt à affronter l'homme qui l'épiait peut-être. Puis il s'immobilisa.

Derrière lui, la porte s'ouvrait. Sally.

Elle suivit la direction de son regard, fixa un moment les ténèbres. Elle comprit tout de suite ce qu'il cherchait.

— Tu crois qu'il est là, quelque part ? fit-elle d'une voix neutre, dure.

— Oui. Non.

— C'est l'un ou l'autre…

— Ou bien il est là, je ne sais où, dans le noir, et il observe tous nos mouvements. Ou bien il n'est pas là. Mais nous ne pouvons pas le savoir, et nous sommes baisés, quoi qu'il en soit.

Sally tendit le bras et lui mit la main sur l'épaule. Un petit geste de tendresse surprenant, qui lui fit une sensation étrange. Il y avait des années qu'elle n'avait pas touché physiquement cet homme dont elle avait jadis partagé le lit.

— Entre, lui dit-elle. Nous sommes baisés aussi à l'intérieur, mais au moins il y fait chaud.

Hope buvait une bière. Elle posait la bouteille fraîche sur son front, comme si la fièvre la brûlait. On dépêcha Ashley et Catherine à la cuisine pour qu'elles préparent un semblant de repas – du moins, c'était le prétexte avancé par Sally, aussi transparent fût-il, pour les éloigner de la pièce où ils allaient organiser la suite des événements. Scott était tendu, comme si le sentiment qu'il avait eu devant la porte, en scrutant l'obscurité, perdurait. Sally, quant à elle, se voulait organisée. Elle se tourna vers Scott, désigna Hope.

— Elle a à peine ouvert la bouche depuis son retour. Mais je crois qu'elle a découvert quelque chose.

Avant que Scott réponde, Hope posa brutalement sa bière sur la table.

— Je crois que c'est pire que nous ne l'imaginions, lâcha-t-elle.

— Pire ? Bon Dieu, mais comment les choses pourraient-elles aller plus mal ? demanda Sally.

L'image du masque grimaçant d'un chat congelé traversa l'esprit de Hope.

— Ce type est malade. C'est un tordu. Il prend plaisir à torturer et à tuer des animaux.

— Comment le sais-tu ?

— Je l'ai vu.

— Bon Dieu ! s'exclama Scott.

— Un sadique ? demanda Sally.

— En partie, peut-être. Ça y ressemble bien. Mais ce n'est qu'un aspect de sa personnalité. Il y a autre chose.

Hope parlait d'une voix tendue, dure comme le granit.

— Il a un revolver.

— Tu l'as vu, aussi ? demanda Scott.

Oui. Je suis entrée chez lui en son absence.

— Comment as-tu fait ça ?

— Quelle importance ? Je suis entrée. J'ai sympathisé avec une voisine. Elle avait la clé. Et ce que j'ai vu à l'intérieur m'a fait comprendre que les choses ne peuvent qu'empirer. Ça ne va pas s'arranger. C'est vraiment un sale type. Jusqu'à quel point ? Je l'ignore. Assez mauvais pour tuer Ashley ? Je n'ai rien vu qui suggère le contraire. Dans son ordinateur, il y a des tas de fichiers protégés sur elle. Un dossier

Ashley amour, un autre baptisé *Ashley haine*. Ce qui nous dit sans doute tout ce que nous avons besoin de savoir. Il y a pire. Il a aussi des choses sur nous. Je ne sais pas ce qu'il y a là-dedans. Mais cette obsession ne suffit pas pour décrire le type qui nous fait face. Il est malade. Il est déterminé. Il est obsédé. Qu'est-ce que cela signifie ? Dites-le-moi. Est-ce que nous pouvons y échapper ?

— Qu'est-ce que tu veux dire, Hope ? demanda Sally.

— Je dis que rien de ce que j'ai vu n'annonce d'autre issue qu'une tragédie.

Hope avait du mal à se débarrasser des images de l'appartement d'O'Connell. Des chats congelés, un revolver dans une chaussure, des murs nus, austères, un lieu crasseux et négligé dédié à un seul objectif : Ashley. Elle s'enfonça dans son fauteuil, en se disant qu'il était difficile d'exprimer une idée aussi simple que celle-là : O'Connell n'avait rien d'autre dans sa vie que cette traque.

Sally se tourna vers Scott.

— Et toi, ton voyage ? Tu as appris quelque chose ?

— Oui, beaucoup de choses. Mais rien qui démente ce que Hope vient de nous raconter. J'ai vu l'endroit où il a grandi. Et j'ai parlé à son père. Difficile de dégoter un salopard plus méchant, plus laid et dépravé que ce type.

Ils ruminèrent ces propos. Il y avait beaucoup à dire, mais ils savaient tous les trois que ce n'était rien qu'ils ne sachent déjà.

Ce fut Sally qui brisa le silence :

— Ce type est un assassin ? demanda-t-elle brusquement. Nous en sommes sûrs ?

— Qu'est-ce qu'un assassin ? fit Scott. Comment savoir ? Comment être sûr ? Tout ce que j'ai appris m'incline à te répondre par l'affirmative. Mais tant qu'il n'a pas commis un crime manifeste…

— Il a peut-être tué Murphy.

— Il a peut-être tué Jimmy Hoffa et Kennedy, pour ce que nous en savons, rétorqua Scott d'un ton féroce. Nous devons nous concentrer sur ce que nous savons, ce dont nous sommes certains.

— Oui, eh bien nous n'avons pas des masses de certitudes, dit Sally. C'est même ce qui nous manque le plus. Nous ne savons rien, sauf qu'il est mauvais. Qu'il est là, quelque part, en liberté. Et qu'il pourrait, ou pas, faire du mal à Ashley. Il pourrait, ou pas, la harceler éternellement. Il pourrait, ou pas, faire absolument n'importe quoi.

Ils s'enfoncèrent de nouveau dans le silence. Hope se disait qu'ils étaient piégés dans un dédale infini : quel que soit le chemin qu'ils emprunteraient, il n'y aurait pas d'issue.

Et puis l'on entendit Sally murmurer :

— Quelqu'un doit mourir.

Le mot les tétanisa.

Scott fut le premier à répondre, d'une voix râpeuse, comme s'il avait mal à la gorge :

— Le plan consistait à trouver un crime et à en faire porter le chapeau à O'Connell. Tu étais censée concentrer tes recherches là-dessus…

— La seule manière de le faire avec un minimum de garantie – bon Dieu, je déteste ce mot ! – est d'imaginer un scénario complexe et nous n'avons sûrement pas le temps pour ça, ou bien de demander à Ashley de mentir. Nous pourrions la battre, par exemple, et elle accuserait O'Connell. Il s'agirait de coups et blessures, qui pourraient lui valoir de passer un certain temps à l'ombre. Bien sûr, l'un de nous devrait lui infliger les ecchymoses, les dents déchaussées et les côtes fracturées sans lesquelles il n'y a pas d'agression sérieuse. Que pensez-vous de ce scénario ? Et si ça devait éclater au grand jour quand un inspecteur commencera à poser des questions…

— Très bien, mais quel…

— Nous avons toujours la possibilité de repli habituelle : nous adresser aux autorités et demander une ordonnance restrictive. Est-ce que quelqu'un ici pense un instant que ce bout de papier protégera Ashley ?

— Non.

— D'après ce que nous savons d'O'Connell, est-ce que nous pouvons penser qu'il commettra l'erreur de violer l'ordonnance sans faire de mal à Ashley, ce qui lui vaudrait d'être poursuivi ? En n'oubliant pas que la procédure pourrait être très longue, et que pendant ce temps il serait libre de…

— Non, certainement pas, murmura Scott.

Sally le regarda.

— L'homme que tu as rencontré… le père…

— Un salopard. Le mal incarné.

Sally hocha la tête.

— Et ses rapports avec son fils ?

— Il le hait. Et son fils le lui rend bien. Ils ne se sont pas vus depuis des années.

— Tu connais l'origine de cette haine ?

— Il était violent avec la mère d'O'Connell, et avec O'Connell lui-même. C'était le genre de type qui buvait et qui, quand il était saoul, donnait volontiers du poing. Tout le monde le déteste, dans le quartier. Et sans doute ne valait-il rien avec un gosse, surtout un gosse comme O'Connell.

Sally inspira profondément. Elle s'efforça de donner à ses paroles l'apparence de la raison, tout en sachant qu'elles avaient l'air assez dingues :

— Est-ce que tu dirais, commença-t-elle prudemment, que cet homme est à certains égards responsable, au plan psychologique, bien sûr, de ce qu'est devenu Michael O'Connell ?

— Bien entendu, acquiesça Scott. Pas besoin d'être expert en psychologie pour savoir ça.

— La violence nourrit la violence, dit Sally.

— Oui.

— Si Ashley, aujourd'hui, est victime de menaces, c'est parce que cet homme a créé chez son fils, il y a des années, un besoin maladif, obsessionnel et probablement meurtrier d'être aimé, de posséder quelqu'un, je ne sais pas, de détruire ou d'être détruit, quel que soit le mot qu'on emploie pour ça.

— C'est bien mon impression.

La voix de Scott enfla :

— Il y a autre chose. La mère – qui n'était pas un bouquet de roses, elle non plus – est morte dans des circonstances assez louches. Il est possible que son mari l'ait tuée. Il n'a pas été pris, voilà tout.

— Ainsi, non seulement ce type a peut-être créé un assassin, mais il en est peut-être un lui-même ? fit Sally.

— Oui. Je suppose qu'on peut le dire comme ça.

— Revenons en arrière une seconde, poursuivit Sally, en cherchant ses mots avec la force du désespoir. Dirais-tu que, quel que soit le danger que Michael O'Connell fait courir à notre Ashley, c'est son père qui a gravé cela dans sa personnalité ?

— Oui.

— Dans ce cas, fit-elle vivement, c'est très simple.

— Qu'est-ce qui est simple ? demanda Hope.

Sally parvint à sourire, bien qu'il n'y eût absolument rien de drôle dans ses propos.

— Au lieu de tuer nous-mêmes Michael O'Connell, nous tuons le père. Et nous trouvons un moyen de faire accuser le fils du meurtre.

Le silence envahit la pièce, une fois de plus.

— C'est logique, dit Sally, très vite. Le fils hait son père. Le père hait son fils. S'ils sont réunis, il n'est pas impensable que ça finisse par la mort de l'un d'eux, hein ?

Scott hocha pensivement la tête.

— Est-ce qu'ils ne sont pas tous deux responsables, clairement, des menaces perpétrées contre Ashley ? insista Sally.

Cette fois, elle se tourna vers Hope, qui acquiesça à son tour.

— D'accord. La question est, maintenant : est-ce que nous pouvons devenir des assassins ? demanda Sally. Est-ce que nous pourrions tuer quelqu'un – même avec les meilleures intentions –, nous réveiller le lendemain et poursuivre notre existence normalement, comme si de rien n'était ?

Hope jeta un coup d'œil vers Scott. Il n'a pas de réponse toute faite à cela, se dit-elle.

— Un meurtre change tout, inévitablement, reprit Sally en détachant chaque mot. Mais l'objectif, ici, c'est qu'Ashley retrouve la vie qui était la sienne avant l'apparition de Michael O'Connell. Nous pouvons sans doute y arriver. A condition qu'elle reste étrangère à presque tout le processus. Ce qui est un aspect assez difficile à gérer. Mais nous trois, nous sommes les conspirateurs. Cela nous changera, non ? J'en suis intimement persuadée. Car en ce moment même, avec cette conversation, nous franchissons une étape. Jusqu'à maintenant, nous étions les bons, les héros, nous tentions de protéger notre fille du mal. En franchissant cette étape, nous devenons tout à coup les méchants. Quoi que Michael O'Connell *puisse* avoir fait, quoi que Michael O'Connell *puisse* avoir l'intention de faire, nous nous plaçons quelque part au-dessus de lui. Il a été poussé par des forces psychologiques identifiables. Le mal qu'il y a en lui découle de son éducation, de son passé, peu importe. Il n'est probablement pas responsable du sale type qu'il est devenu. Il est le produit inconscient de la privation et du chagrin. Quoi qu'il nous ait fait, et quoi qu'il puisse faire à Ashley, ça repose au moins sur un fondement moral, ou émotionnel. C'est peut-être très mal, mais il y a une explication. Nous, en revanche, eh bien, nous allons être insensibles, égoïstes, et nous n'aurons aucune excuse. Sauf une, peut-être…

Hope et Scott avaient écouté le discours de Sally avec beaucoup d'attention. Elle s'était agitée sur sa chaise, comme si chaque mot était une torture. Enfin, elle se tut.

— C'est-à-dire ? demanda Hope, prudemment.

— Ashley sera en sécurité.

Le silence, de nouveau.

— Tout ça suppose un détail essentiel, reprit enfin Sally, dans un murmure.

— Quel détail ? demanda Scott.

— Que nous pouvons nous en tirer.

La nuit était tombée. Nous étions assis sur deux chaises Adirondack en bois, dans son patio au sol de pierre. Des sièges inconfortables pour des pensées qui ne l'étaient pas moins. J'avais des tonnes de questions, insistant plus que jamais pour avoir accès aux protagonistes de cette histoire, ou au moins à l'un d'eux, qui pourrait me parler du moment où ils avaient cessé d'être des victimes pour devenir des conspirateurs. Mais, de manière exaspérante, elle ne voulait pas qu'on la presse. Elle tourna son regard vers les ténèbres humides de l'été.

— Incroyable, hein, ce que peut faire quelqu'un qui est poussé à la dernière extrémité ?

— Quand on est le dos au mur… répondis-je prudemment.

Elle fit entendre un rire sans gaieté.

— C'est exactement ça ! Ils *croyaient* avoir le dos contre ce fameux mur. Mais comment en être certain ?

— Leur peur était légitime. Les menaces d'O'Connell étaient claires. Ils ne savaient pas jusqu'où il pouvait aller. Il leur fallait prendre une décision.

Elle sourit de nouveau.

— A vous entendre, c'est si facile et si convaincant. Et si l'on prenait le problème dans l'autre sens ?

— Comment ça ?

— Imaginez qu'on l'aborde selon le point de vue de la loi. Vous avez un jeune homme amoureux, qui poursuit la fille de ses rêves. Ça arrive tout le temps. Vous et moi, nous savons que sa quête est réellement obsessionnelle. Mais que peut prouver un inspecteur de police ? Vous ne croyez pas que Michael O'Connell avait effacé les traces de ses intrusions informatiques dans leurs vies, de sorte qu'on ne pourrait pas remonter jusqu'à lui ? Et comment ont-ils réagi ? Ils ont essayé de l'acheter. Ils l'ont menacé. Ils ont envoyé quelqu'un le passer à tabac. Si vous étiez policier, et si vous découvriez cette situation, qui seriez-vous enclin à poursuivre ? A mon avis : Scott, Sally, et même Hope. Ils ont déjà menti. Ils ont montré leur fourberie. Ashley elle-même a contourné la loi en se procurant un revolver. Et maintenant ils sont en train de conspirer en vue de commettre un meurtre ! Le meurtre d'un innocent. Bon, peut-être pas totalement innocent, au plan psychologique ou moral, mais tout de même… Et ils ont l'intention de *s'en tirer* ! Comment peuvent-ils prétendre être, moralement, au-dessus de la mêlée ?

Je ne répondis pas.

Mon cerveau bouillonnait : comment ont-ils fait ?

— Vous vous souvenez qui leur a dit que parler et agir sont deux choses différentes ? Qui leur a montré combien il est difficile de presser la détente d'un fusil ?

— Oui, fis-je en souriant. O'Connell.

Elle eut un rire amer.

— Exact. C'est ce qu'il a dit à la plus dure d'entre eux, celle qui avait le moins à perdre en lui déchargeant son fusil dans la poitrine, dont la vie était presque finie et qui ne risquait pas grand-chose à lui tirer dessus. A ce moment critique, elle a échoué, n'est-ce pas ?

Elle s'interrompit un instant, les yeux fixés sur l'obscurité.

— Mais quelqu'un allait devoir faire preuve de courage.

39

La naissance d'un crime imparfait

Sally parla la première :

— Il faut définir les responsabilités. Il faut élaborer notre plan. Et il faudra s'y tenir. Religieusement.

Elle était surprise d'entendre ces mots sortir de sa bouche. Ils étaient si durs, si calculateurs, qu'elle avait l'impression qu'ils émanaient d'une femme inconnue. Elle se dit que, tous les trois, ils faisaient partie des gens les moins destinés à devenir des tueurs. Elle avait des doutes énormes sur leur capacité réelle à mener à bien un plan comme celui qu'elle avait proposé.

— Je n'y connais rien, fit Hope. Je n'ai même jamais eu de PV pour excès de vitesse. Je crois n'avoir jamais lu de polars ou de thrillers, sauf à la fac, où j'ai lu *Crime et Châtiment* pour un cours, et *De sang-froid* pour un autre.

Scott se mit à rire, un peu mal à l'aise.

— Génial. Dans le premier, le remords rend l'assassin presque fou, et il finit par confesser son crime. Dans l'autre, les méchants se font prendre parce que ce sont des bons à rien, et ils finissent sur l'échafaud. Nous ne devrions peut-être pas prendre ces livres comme modèles…

Apparemment, ce n'était pas aussi drôle qu'il l'avait pensé : il n'eut pas même un sourire en réponse.

Sally agita la main.

— Laisse tomber, dit-elle d'un ton hautain. Nous ne sommes pas des assassins. Nous ne pourrions même pas nous imaginer comme tels.

— En d'autres termes, on attend qu'il se passe quelque chose, et on espère que ce ne sera pas un désastre ?

— Non. Oui. Je ne sais pas.

Sally manquait d'assurance, tout à coup, à la fois à cause de ce qu'elle disait et de ce qu'elle ressentait.

— Nous ne faisons peut-être pas assez confiance à la loi. Est-ce que nous ne devrions pas essayer l'ordonnance restrictive ? Cela donne parfois de bons résultats…

— Je ne vois pas en quoi ce serait une solution, dit Scott. Ça ne résout rien. Cela nous laisserait tous – surtout Ashley – en proie à une angoisse permanente. Comment pourrait-on vivre de la sorte ? Et même si cela obligeait O'Connell à rester à l'écart, chaque jour qui passerait, chaque jour où l'on aurait l'impression qu'il est sorti de notre vie, toute cette garantie ne servirait qu'à nous enfermer dans une incertitude de plus en plus étouffante. Ça ne résoudrait rien ! Ça ne ferait que créer l'illusion de la sécurité. Et même si cette sécurité était réelle, comment pourrions-nous le savoir ? Pour de bon ?

Sally soupira.

— Tu es très fort pour argumenter sur des choses

indiscutables, Scott. Dis-moi, est-ce que tu pourrais presser la détente pour tuer quelqu'un ?

— Oui, lâcha-t-il.

— Réponse facile… et trop rapide. C'est la passion qui parle, pas la réflexion. Et toi, Hope ? Est-ce que tu pourrais tuer quelqu'un, un étranger, pour protéger Ashley ? Est-ce que tu ne te dirais pas tout à coup, au moment crucial : Mais qu'est-ce que je fais ? Ce n'est même pas ma fille !

— Non. Bien sûr que non, répondit Hope.

— Réponse terriblement rapide, une fois encore.

Scott sentit la frustration s'emparer de lui.

— Et toi, l'avocate du diable ? Tu le ferais ?

Sally fronça les sourcils.

— Oui. Non. Je ne sais pas.

Scott se renversa en arrière sur son siège.

— Je vais te poser une question. Quand Ashley était petite, et qu'elle était malade, est-ce que tu t'es jamais dit : Mon Dieu, je préférerais que ce soit moi. Faites que je sois malade. Faites qu'elle guérisse…

Sally acquiesça.

— N'importe quelle mère a ressenti cela.

— Tu donnerais ta vie pour ton enfant ?

Émue, Sally sentit sa gorge se serrer. Elle hocha la tête, essayant de reprendre le contrôle d'elle-même.

— J'en suis capable, dit-elle lentement. Je peux planifier un crime. J'en sais assez pour ça. Ça marchera peut-être. Peut-être pas. Même si nous allons tous en prison, nous aurons au moins essayé de la défendre. Et ce n'est pas rien.

— Oui, mais ce n'est pas assez.

Scott était un peu surpris de s'entendre parler si durement.

— Vas-y. Dis-nous à quoi tu penses.

Sally s'agitait.

— D'après ce que nous savons, quelle est la plus grande faiblesse d'O'Connell ?

— Cela doit avoir un rapport avec son père, dit Scott.

— Leurs mauvais rapports. Une haine si forte que je crois O'Connell incapable de la contrôler.

Scott et Hope ne disaient rien.

— C'est là qu'il est vulnérable. Il faut l'utiliser contre lui. Exactement comme lorsqu'il a trouvé des choses sur lesquelles nous étions vulnérables. Est-ce qu'il ne nous a pas appris une partie de ce que nous devons savoir ? Il a trouvé nos points faibles, et il les a exploités. Il a fait de même avec Ashley. Il renverse tout ce qu'il trouve, afin de contrôler la situation. Pourquoi sommes-nous ici tous les trois ? Parce que nous pensons qu'il va lui faire du mal. Peut-être même la tuer, si sa frustration devient ingérable. Alors revenons un peu en arrière et réfléchissons. Il me semble que nous devons lui rendre la pareille. Nous devons faire des dégâts, sans laisser de traces.

Scott et Hope étaient toujours silencieux, mais tout ce que Sally disait leur semblait logique. Tous deux regardaient cette femme qu'ils avaient aimée – ou aimaient toujours –, et ils avaient du mal à la reconnaître.

— Nous devons mettre le père et le fils en présence. C'est essentiel. Ils doivent se faire face. Avec un peu de chance, ils se battront. Il faudra qu'un enquêteur, plus tard, puisse le prouver. Qu'ils se sont trouvés face à face et qu'ils se sont battus. Nous devons trouver le moyen d'intervenir dans cette rage mutuelle. Secrètement. En ne laissant absolument aucune trace derrière nous, en faisant en sorte que personne ne nous voie, sauf l'homme que nous tuerons.

Sally regardait de l'autre côté de la pièce, mais elle levait les yeux au plafond ; elle ne voyait plus Hope ni Scott. Elle s'était mise à parler d'un ton pensif, presque inquisiteur.

— Comme vous voyez, ce sera logique. Ils se haïssent, se méfient l'un de l'autre. Il y a entre eux une longue tradition de violence. Une vieille histoire. Quoi de plus logique que le fils tuant le père dans un accès de rage ?

— C'est vrai, dit Scott. Un sentiment de justice digne de la tragédie grecque. Mais ils ne se sont pas parlé depuis des années. Comment allons-nous…

Sally leva la main.

— S'il pensait qu'Ashley est là-bas, dans la maison du vieux…

— Tu veux dire qu'on utiliserait Ashley comme appât ? ! s'exclama Scott. Pas question !

— Est-ce que nous disposons d'un autre appât ? demanda froidement Sally.

— Je pensais que nous étions d'accord sur le fait que Ashley resterait à l'extérieur de tout cela… dit Hope.

Sally haussa les épaules.

— Ashley peut parfaitement donner un coup de fil sans savoir pourquoi elle le fait. Nous pourrions même lui donner un texte écrit.

Hope se pencha en avant.

— En supposant… simple hypothèse… que nous parvenions à les réunir tous les deux dans la même pièce. Et puis nous débarquons… Comment allons-nous le tuer ?

Surprise, elle aussi, de s'entendre prononcer de tels mots.

Sally réfléchissait tout haut :

— Nous ne sommes pas assez forts…

Soudain, elle se figea.

— Tu disais que Michael O'Connell avait une arme ?

— Oui. Elle est cachée dans son appartement.

Sally hocha la tête.

— Nous devons nous en servir. Pas seulement un revolver du même modèle. Celui-là. Le sien. Celui qui porte ses empreintes digitales et, peut-être, des traces de son ADN.

— Comment pouvons-nous l'avoir ? demanda Scott.

Hope mit la main à la poche de son jean. Elle en sortit la clé de l'appartement d'O'Connell. Scott et Sally la contemplèrent, stupéfaits. Ni l'un ni l'autre n'eut besoin de dire un mot. Ils pensaient la même chose : C'est possible.

Sally resta seule, pendant que les autres s'attaquaient au dîner que Catherine et Ashley leur avaient préparé. Elle se dit qu'elle aurait dû se sentir minable. Ce n'était pas le cas. Elle était regonflée, excitée, de façon presque jubilatoire, à l'idée du meurtre.

En pensant à l'ironie de la situation, elle avait envie d'éclater de rire.

Nous allons faire quelque chose qui changera notre vie à jamais, pour éviter d'être obligés de changer notre vie.

Elle entendit la voix de Hope, dans la cuisine. Sally se dit que le seul chemin pour retrouver ces moments où elles s'aimaient encore passait par Michael O'Connell et son père. La mort peut-elle créer la vie ? se demanda-t-elle. Oui, sans doute. Soldats, pompiers, secouristes, policiers… tous savent qu'ils peuvent faire face à ce choix, un jour. Consentir à se sacrifier pour que quelqu'un d'autre survive. Ce qu'ils s'apprêtaient à faire était-il vraiment différent ?

Elle prit un bloc-notes et un stylo à bille.

Commença à jeter des idées sur le papier.

Elle dressa une liste des articles dont ils auraient besoin, et de certains détails qui composeraient un dessin irréfutable pour les policiers qui ne manqueraient pas d'entrer en scène. Tout en écrivant, elle réalisa que le geste de presser la détente était moins capital en soi que la manière dont il serait perçu après coup. Elle se pencha sur sa feuille de papier, comme une étudiante anxieuse qui pendant un examen se rappelle soudain les réponses, et elle se mit à échafauder le crime à rebours.

Inventer un meurtre, se dit-elle.

Elle leva une main devant son visage. Nous sommes en train de devenir tout ce que nous avons toujours détesté. Elle serra lentement le poing. Mais elle ne le sentait pas. Elle avait l'impression d'être en train de contracter les doigts sur le cou d'O'Connell, d'empêcher l'air de passer dans sa trachée. Elle imaginait qu'elle était capable de l'étrangler brusquement, à l'improviste, et de le renvoyer au néant.

Il était tard. J'hésitai dans l'entrée.

Vous entendez quelque chose. Quelqu'un vous raconte une histoire. Des mots prononcés à voix basse, presque en chuchotant. Et l'on dirait tout à coup qu'il y a beaucoup plus de questions qu'il n'y aura jamais de réponses. Elle devait l'avoir senti, car elle me dit :

— Vous commencez à comprendre, maintenant, pourquoi ils répugnent à vous parler ?

— Oui. Bien sûr. Ils veulent éviter les poursuites. Il n'y a pas de prescription pour un meurtre.

Elle grogna.

— C'est évident. C'était évident depuis le début. Essayez de voir au-delà de cet aspect très concret de la situation.

— Très bien. Parce qu'ils sont effrayés par les… trahisons qu'implique cette histoire.

Elle inspira profondément, comme si elle craignait quelque chose.

— Et quelles étaient, dites-moi, ces trahisons, comme vous dites si élégamment ?

Je réfléchis un instant.

— Sally avait été élevée dans le respect de la loi, et elle aurait dû respecter un peu plus son pouvoir.

— Oui, oui, fit-elle en hochant la tête. Un officier de justice. Elle ne voyait que les points faibles de la loi, pas ses forces. Continuez.

— Scott, eh bien… un professeur d'histoire. Plus encore que les autres, peut-être, il aurait dû avoir un jugement plus sûr des risques induits par une intervention unilatérale. C'est lui qui était censé posséder la conscience de la justice sociale.

— Un homme qui méprise la violence et s'y adonne tout à coup ?

— Oui. Même quand il s'est engagé à l'armée, durant sa jeunesse, c'était moins de la naïveté patriotique, disons, qu'un geste politique ou un acte dicté par sa conscience. Cela lui a permis d'avoir les mains sinon vraiment propres, en tout cas pas vraiment sales. Et Hope…

— Quoi, Hope ? demanda-t-elle brusquement.

— Il semble qu'elle ait été la moins encline à se retrouver, comment dire, baignée dans le crime. Après tout, elle était moins étroitement liée à Ashley…

— Vraiment ? N'avait-elle pas risqué beaucoup plus que les autres ? Une femme qui en aimait une autre, avec tous les handicaps sociaux que cela entraîne, qui a pris tous les risques au nom de l'amour, qui a renoncé à son désir d'avoir sa propre famille, de présenter un visage *normal* au monde, et a donc adopté Ashley comme sa propre fille… Et que voyait-elle, quand elle regardait Ashley ? Voyait-elle une partie d'elle-même ? Voyait-elle la vie qu'elle aurait pu choisir de mener ? Est-ce qu'elle l'enviait, est-ce qu'elle l'aimait ? Est-ce qu'elle ressentait ce lien intérieur si fort, mais si différent de ce qu'on attend d'habitude d'une mère ou d'un père ? Et en tant qu'athlète, est-ce qu'elle n'attachait pas davantage de prix à une approche plus directe ?

Cette brusque salve de questions m'enveloppa aussi sûrement que l'obscurité.

— Oui, répondis-je. Je vois bien tout cela.

— Toute l'existence de Hope consistait à prendre des risques et à suivre son instinct. C'est ce qui la rendait si magnifique.

— Je n'y avais pas pensé de cette manière…

— Ne croyez-vous pas que Hope était, à certains égards, la clé de toute l'affaire ?

Je secouai la tête, très légèrement.

— Oui… et non.

— Comment cela ? demanda-t-elle.

— La clé, c'était Ashley.

40

Une course dans le noir

Allongée sur le dos, Ashley poussait avec ses pieds contre le bois du lit. Elle sentit les muscles de ses jambes se tendre, jusqu'à ce qu'ils se mettent à trembler sous l'effort. C'était un exercice qu'elle faisait quand elle était petite, quand son corps semblait s'éloigner de lui-même, qu'elle souffrait de « douleurs de la croissance » et avait l'impression que ses os ne disposaient plus, sous sa peau, de la place suffisante. Le sport, les courses forcées sous la surveillance de Hope l'avaient aidée, mais il lui arrivait souvent, la nuit, de s'agiter, de se retourner dans son lit, en attendant que son corps grandisse comme il devait le faire.

Il était tôt, et la maison résonnait encore des bruits irréguliers du sommeil. Dans la chambre voisine, Catherine ronflait bruyamment. Il n'y avait aucun mouvement du côté de Sally et de Hope, qu'Ashley avait entendues parler tard dans la nuit. Leur conversation était inaudible, mais elle se doutait qu'il était question d'elle. Il y avait longtemps qu'elle n'avait pas discerné les bruits étouffés, cachés, de leur tendresse, et cela ne manquait pas de la troubler. Elle désirait vraiment que sa mère reste avec Hope, mais Sally était devenue si distante, avec les années, qu'Ashley n'était pas du tout sûre que c'était ce qui se passerait. Elle se disait parfois qu'elle serait incapable de supporter le déchirement d'un autre divorce, même amiable. Elle savait d'expérience que les « divorces à l'amiable » ne soulagent pas du tout les souffrances intérieures.

Pendant quelques instants, Ashley tendit l'oreille. Elle avait les larmes aux yeux. Sans-Nom avait toujours dormi au bout du couloir, sur une litière en loques, devant la grande chambre à coucher, pour être le plus près possible de Hope. Mais il lui arrivait souvent, quand Ashley était petite, de sentir (avec cette intuition magique qu'ont les chiens) que quelque chose la perturbait. Il venait alors sans qu'elle l'appelle, poussait la porte de sa chambre avec son museau et s'installait sur le tapis au pied du bureau. Il la fixait jusqu'à ce qu'elle se décide à lui dire ce qui la travaillait. Et elle avait l'impression, en rassurant le chien, de se rassurer elle-même.

Ashley se mordit très fort la lèvre.

Je le tuerai moi-même, juste pour ce qu'il a fait à Sans-Nom.

Elle lança ses jambes hors du lit et se leva. Pendant un instant, elle laissa son regard glisser lentement sur les objets familiers de son enfance. Sur un mur, autour d'une affiche encadrée, elle avait disposé des dizaines de ses dessins. Il y avait des instantanés de ses amis, d'elle-même déguisée pour Halloween, ou sur le terrain de foot, ou bien prête pour le bal du collège. Un grand drapeau multicolore avec, en son milieu, le mot *PAIX*, au-dessus d'une colombe blanche brodée. Une bouteille de champagne vide, dans laquelle se trouvaient deux fleurs en papier, lui rappelait la nuit de sa première année d'université où elle avait perdu sa virginité. Un secret qu'elle avait partagé avec Hope, mais pas avec son père et sa mère. Elle vida lentement ses poumons, se disant que tous les objets qu'elle avait sous les yeux étaient des signes de celle qu'elle avait été. Mais elle devait faire un effort pour imaginer ce qu'elle allait devenir. Elle se dirigea vers le sac accroché à la poignée de son placard, en sortit le revolver.

Ashley le soupesa, pivota et se mit en position de tir, visant d'abord le lit. Lentement, en fermant un œil, elle tourna sur elle-même, visa la fenêtre.

Tire les six balles, se rappela-t-elle. Vise la poitrine. Ne te crispe pas sur la détente. Maintiens l'arme pour qu'elle soit le plus stable possible.

Elle avait un peu peur d'avoir l'air ridicule.

Il ne va pas rester là sans bouger, se dit-elle. Il se précipitera peut-être sur moi, pour réduire la distance le séparant de la mort. Elle reprit sa position, les pieds écartés, se baissa de quelques centimètres. Elle fit appel à sa mémoire. Quelle taille faisait O'Connell ? Jusqu'à quel point était-il fort ? Est-ce qu'il pouvait se déplacer vite ? Est-ce qu'il l'implorerait pour qu'elle lui laisse la vie sauve ? Promettrait-il de la laisser tranquille ?

Tire dans son foutu cœur, se dit-elle. A condition qu'il en ait un.

— Bang ! murmura-t-elle. Bang ! Bang ! Bang ! Bang ! Bang !

Elle abaissa le revolver sur sa hanche.

— Tu es mort, et je suis vivante. Et ma vie va pouvoir reprendre son cours, dit-elle doucement pour être sûre que les autres, même avec un sommeil troublé, ne l'entendraient pas. Même si ça a l'air horrible, ce sera toujours mieux que ça.

Toujours tenant le revolver, elle s'approcha de la fenêtre. Dissimulée derrière les rideaux, elle regarda de part et d'autre dans la rue. C'était un peu après l'aube ; une lumière faible dessinait lentement les formes des deux côtés des pâtés de maisons. Ashley se dit qu'il devait faire froid. Il y aurait du givre sur les pelouses. Trop froid pour qu'O'Connell ait passé la nuit dehors, à la surveiller.

Hochant la tête, elle remit le revolver dans son sac à bandoulière. Puis elle enfila rapidement un collant, un pull à col roulé noir et un sweat-shirt à capuche qu'elle avait sortis d'un tiroir, prit ses chaussures de jogging. Elle se dit qu'elle aurait peu de vrais moments à elle dans les jours à venir et qu'elle devait profiter de celui-ci. Elle sortit de la chambre sur la pointe des pieds, avec le vague regret de ne pas emporter le revolver. Mais si elle l'avait sur elle, elle ne pourrait pas courir. Trop lourd. Trop dingue.

L'air était teinté par le froid qui venait du Canada par le Vermont. Elle ferma doucement la porte d'entrée, enfonça son bonnet de laine sur ses oreilles, puis se mit à courir vers le haut de la rue, pour s'éloigner de la maison avant que quiconque l'empêche de faire ce qu'elle avait l'intention de faire. Quels que soient les risques, ils ne tardèrent pas à s'envoler de ses pensées, tandis qu'elle forçait le rythme pour distancer le froid et obliger son sang à lui réchauffer les mains.

Ashley courait de toutes ses forces, au rythme de ses pensées. Le martèlement de ses pieds transforma sa colère en une sorte de poésie de la course. Elle en avait tellement assez d'être étouffée et de recevoir des ordres, d'être limitée par sa famille et par ses peurs, qu'elle s'efforçait de se convaincre qu'elle voulait prendre des risques. Elle emprunta un itinéraire erratique, en zigzags.

Ce dont elle avait envie, c'était de pouvoir agir imprudemment.

Deux kilomètres en firent bientôt trois, puis quatre, et la spontanéité du matin fondit dans la vitesse qui, espérait-elle, la protégeait. Le vent n'était plus froid et brûlant sur ses lèvres, il ne pénétrait plus ses poumons, et elle sentait la sueur couler dans son cou. Quand elle fit demi-tour pour repartir vers la maison, elle ressentait un peu la fatigue, mais pas assez pour ralentir. A un moment, elle perçut un mouvement sur le côté. Elle fut presque paralysée par le sentiment qu'elle n'était plus seule. Elle secoua la tête, poursuivit sa course.

A huit rues de chez elle, une voiture la frôla, passant dangereusement près d'elle. Ashley sursauta, eut envie de crier une obscénité, continua à courir.

A six rues de chez elle, une voix forte cria un nom à son passage. Elle n'était pas sûre que c'était le sien, et elle ne se retourna pas pour le savoir, mais elle accéléra sa course.

A quatre rues de chez elle, quelqu'un klaxonna. Le bruit la fit presque sortir d'elle-même. Elle accéléra.

A deux rues de chez elle, elle entendit soudain des pneus crisser derrière elle. Une fois de plus, elle ne se retourna pas pour voir ce qui se passait, mais elle quitta la chaussée et bondit sur le trottoir de ciment irrégulier, brisé par les racines des arbres qui en soulevaient la surface dans une série d'ondulations, fissures et ridules, comme la surface instable de l'océan avant une tempête. Le trottoir semblait cogner ses chevilles, ses pieds lui faisaient mal. Elle courait de plus en plus vite. Elle avait envie de fermer les yeux, voulut s'abstraire de tous les bruits. C'était impossible. Alors elle se mit à fredonner. Elle gardait obstinément les yeux fixés devant elle, refusant de les tourner d'un côté ou de l'autre, comme un cheval de course à qui on a mis des œillères, courant aussi vite qu'elle pouvait pour rentrer chez elle. Elle bondit au-dessus d'un parterre, traversa la pelouse en un éclair et faillit heurter la porte. Alors seulement, elle s'immobilisa et se retourna lentement.

Haletante, elle examina la rue en enfilade, d'un côté puis de l'autre. Elle vit un homme dans une voiture sortir de son allée en marche arrière. Des enfants chargés comme des mulets, avec leurs sacs à dos gonflés, se dirigeaient en riant vers l'arrêt du car scolaire. Une femme était sortie pour ramasser le journal du matin, un long manteau vert clair passé sur sa chemise de nuit.

Pas d'O'Connell. Nulle part où portait son regard, en tout cas.

Elle renversa la tête en arrière, inspirant par saccades des vagues d'air froid. Ses yeux s'égarèrent sur la normalité du matin, et elle refoula un sanglot. Elle comprit qu'il n'avait pas besoin d'être là pour être présent.

Depuis l'endroit où il se trouvait, un peu plus bas dans la rue, Michael O'Connell se régalait de la vue d'Ashley qui hésitait devant la porte de la maison de sa mère. Il buvait du café dans un grand gobelet, recroquevillé derrière son volant. Il se dit que si elle savait comment regarder elle pourrait le voir, car il faisait peu d'effort pour se dissimuler. Il se contentait d'attendre.

Il avait eu envie de l'arrêter tandis qu'elle courait, mais il avait repoussé cette idée. La surprise aurait pu la faire paniquer, et elle n'aurait eu aucun mal à s'enfuir. Elle connaissait bien mieux que lui les ruelles et les arrière-cours du quartier, et aussi rapide fût-il, il n'était pas sûr de la rattraper. Plus important, elle aurait pu se mettre à hurler, attirer l'attention des voisins, et quelqu'un aurait appelé la police. Si elle avait provoqué un esclandre, il aurait été obligé de battre en retraite sans avoir pu lui parler. Et plus que tout, il ne voulait pas devoir expliquer ce qu'il faisait à un flic soupçonneux.

Il devait attendre le bon moment. Pas maintenant, pas dans la rue, dans le quartier où elle avait grandi. Il résonnait encore des échos de son passé. Lui, il était son avenir.

Il était beaucoup plus facile, se disait-il, de se rassasier de la vision d'Ashley. Il aimait regarder le mouvement de ses jambes. Elles étaient longues et souples, et il regrettait de n'y avoir pas plus prêté attention, durant la seule nuit qu'ils avaient passée ensemble. Il les revoyait, nues et luisantes, et il s'agita sur son siège en sentant qu'il commençait à s'exciter. Il avait envie qu'Ashley ôte son bonnet de laine, pour voir ses cheveux. Quand il leva les yeux et découvrit qu'elle était justement en train de le faire, il eut un sourire et se demanda s'il pouvait lui envoyer toutes sortes de messages subliminaux, par télépathie. Cela renforçait encore dans son esprit le lien qui les unissait.

Michael O'Connell rit, très fort.

Il lui suffisait de regarder Ashley de loin pour sentir sa chaleur se répandre dans son corps. Comme si elle lui rechargeait ses batteries. Mû par sa passion, incapable de rester en place, il ouvrit sa portière.

Au même instant, non loin de là, Ashley se détourna. Sans voir le mouvement, désespérée, elle entra dans la maison.

Michael O'Connell se dressa, à moitié dans la voiture, une jambe sur le sol derrière la portière, et contempla l'endroit où Ashley venait de disparaître. Mentalement, il la voyait encore.

Vole-la, se dit-il.

Cela lui semblait tellement simple.

Il sourit. Il suffisait qu'il la voie seule.

Pas uniquement seule, se dit-il. Seule dans son monde à lui. Pas dans le sien.

Je suis invisible.

Il se glissa dans sa voiture et démarra.

Sur ce dernier point, il se trompait. Derrière la fenêtre de sa chambre, à l'étage, Sally l'observait. Elle agrippait le montant de la fenêtre, si fort que ses articulations étaient blanches. Elle aurait presque pu briser le bois, ses ongles griffaient la peinture. C'était la première fois qu'elle voyait Michael O'Connell en chair et en os. Quand elle avait repéré la silhouette au volant de la voiture, elle avait essayé de se convaincre que ce n'était pas lui, qu'elle se racontait des histoires. Mais c'était lui. Ça ne pouvait être personne d'autre. Il était aussi près d'eux qu'il l'avait toujours été, juste au-delà de leur portée, suivant à la trace le moindre pas d'Ashley. Même quand elle ne le voyait pas, il était là. Sally sentit que la tête lui tournait. Elle était folle de rage, et rongée par

l'inquiétude. L'amour, c'est la haine, se dit-elle.
L'amour, c'est le mal. L'amour est mauvais.

Elle regarda la voiture disparaître au bout de la rue.

L'amour, c'est la mort.

Elle s'écarta de la fenêtre. Elle décida de ne pas
leur dire immédiatement qu'elle avait vu O'Connell
dans leur rue, à quelques mètres de leur porte, en train
d'espionner Ashley. Ils seraient furieux, se dit-elle, et
les gens en colère se conduisent imprudemment.
Nous devons rester calmes. Intelligents. Organisés. Il
faut travailler. Travailler. Travailler.

Elle alla chercher le bloc dans lequel elle prenait
ses notes. Notes pour un meurtre. En soulevant son
crayon, elle constata que sa main tremblait
légèrement.

En fin d'après-midi, Sally alla acheter quelques
articles qu'elle pensait nécessaires à leur mission.
Elle ne rentra qu'en début de soirée. Elle monta voir
Ashley, qui avait l'air de s'ennuyer ferme, en train de
lire roulée en boule sur son lit. Elle se demanda où
était Hope, écouta Catherine vaquer dans la cuisine,
puis téléphona à Scott.

— Oui ?

— Scott ? C'est Sally.

— Tout va bien ?

— Oui. Nous avons passé la journée plus ou
moins sans incident, dit-elle sans préciser qu'elle
avait aperçu O'Connell dans la matinée. Je ne sais
pas combien de temps ça va durer.

— Je comprends ça.

— Bon. J'espère. Je crois que tu devrais venir ici
maintenant.

— D'accord… fit-il d'une voix hésitante.

— Il est temps d'agir.

Sally rit d'un rire sans joie, presque cynique.

— Il me semble que nous sommes plus souvent d'accord, depuis quelques semaines, que nous ne l'avons jamais été quand nous étions mariés.

— C'est une façon bizarre de voir les choses. Peut-être. Mais quand nous étions ensemble… Il y a eu des moments où ce n'était pas si mal.

— Tu ne vivais pas dans le mensonge, comme moi.

— *Mensonge* est un mot un peu fort…

— Bon, Scott, je ne t'appelle pas pour qu'on parle du passé…

Après quelques instants de silence, elle ajouta :

— Nous nous éloignons du sujet. Maintenant, il s'agit de savoir où nous allons, jusqu'où nous pouvons aller. Et surtout, il s'agit d'Ashley.

— D'accord, dit Scott, avec le sentiment qu'il y avait entre eux un immense marais émotionnel dont ils n'avaient jamais parlé et dont ils ne parleraient jamais.

— J'ai un plan, lâcha Sally.

— Très bien, dit-il.

— Je ne sais pas s'il est bon. Je ne sais pas s'il tiendra la route. Je ne sais même pas si nous pouvons le mener à bien.

— Je t'écoute.

— Nous ne pouvons pas en parler au téléphone. Pas sur cette ligne, en tout cas.

— Exact. Bien sûr que non. C'est logique.

Il ne voyait pas pourquoi c'était logique, mais il le dit tout de même.

— J'arrive, conclut-il.

Il raccrocha, en se disant qu'il y avait quelque chose de terrible dans la routine de la vie. Tant qu'il enseignait, qu'il vivait seul avec les fantômes des hommes d'Etat, des soldats et des hommes politiques qui constituaient la matière de ses cours, son existence était totalement prévisible. Et tout cela était en train de changer.

Hope rentra à la maison avant l'arrivée de Scott. Elle était allée marcher, essayant sans beaucoup de succès de mettre de l'ordre dans sa compréhension des événements. Elle trouva Sally au salon, plongée dans un paquet de feuilles, le crayon aux lèvres. Sally leva les yeux en l'entendant entrer.

— J'ai un plan. Je ne suis pas sûre que ça va marcher. Scott arrive, nous allons le passer au crible ensemble.

— Où sont ma mère et Ashley ?

— Au premier. Pas du tout contentes d'être exclues de la conversation.

— Ma mère n'aime pas être exclue de quoi que ce soit, ce qui est très curieux pour quelqu'un qui a passé la plus grande partie de sa vie adulte au fond des bois, dans le Vermont. Bon, c'est comme ça.

Hope hésita. Sally décela une fêlure dans sa voix, leva la tête vers elle.

— Qu'y a-t-il ?

Hope secoua la tête.

— Je ne sais pas exactement. Mais voici ce que je me suis dit. Elle fait tout ce qu'on lui demande, d'accord ? Eh bien, ce n'est pas du tout son style. Pas du tout. Elle a toujours été du genre loup solitaire, tu sais, le genre « je me fous totalement de ce que vous pensez ». Alors cette soumission apparente… eh bien, je ne suis pas sûre que nous devrions nous attendre à ce qu'elle fasse ce que nous lui demandons. C'est un vrai franc-tireur. C'est ce que mon père aimait chez elle. Moi aussi, sauf qu'à l'occasion, quand j'étais jeune, ça rendait les choses… difficiles, si tu vois ce que je dire.

— Est-ce que tu es vraiment différente ? fit Sally en souriant.

Hope haussa les épaules et se mit à rire.

— Sans doute pas !

— Et tu ne crois pas que j'aie pu être attirée par ces qualités, moi aussi ?

— Je n'ai jamais cru que *têtue* et *imprévisible* étaient mes qualités les plus remarquables.

— Là, tu m'étonnes !

Avec un petit sourire, Sally baissa les yeux vers les documents étalés sur ses genoux.

Les deux femmes restèrent silencieuses. Bizarrement, se dit Hope, c'était la première remarque affectueuse que Sally lui avait faite depuis des semaines.

On frappa à la porte.

— C'est sans doute Scott, dit Sally.

Elle rassembla ses papiers pendant que Hope allait ouvrir. Durant les quelques instants où elle resta seule, elle rejeta la tête en arrière et inspira à fond. Quand on lance une telle opération, on ne peut plus revenir en arrière.

Catherine enrageait. Elle observait Ashley en silence, jusqu'au moment où la jeune fille jeta son livre par terre après avoir relu trois fois la même page.

— Je ne sais pas si je vais continuer à supporter cela, fit Ashley. On me traite comme une gosse de six ans. On m'envoie dans ma chambre. On m'ordonne de m'occuper pendant que mes parents décident de mon avenir. Merde, Catherine, je ne suis plus un bébé ! Je peux me défendre toute seule.

— Je suis d'accord avec toi, ma chérie, dit Catherine.

— Je devrais prendre ce foutu revolver et régler le problème une fois pour toutes !

— Je crois que c'est plus ou moins ce que tes parents essaient d'éviter, Ashley. Je ne t'ai pas procuré cette arme pour que tu t'en serves n'importe comment, simplement parce que tu es de mauvaise humeur. Je l'ai achetée pour que tu puisses te protéger si O'Connell était de nouveau à tes trousses.

— C'est le cas, tu sais.

— Quoi, ma chérie ?

— Il est à mes trousses. Il est sans doute là, dehors, juste maintenant. Il attend.

— Il attend ?

— Au moment où je te parle. Il est dingue. Dingue amoureux. Dingue obsédé. Dingue tout court. Mais il est là. Il n'a qu'une chose importante dans sa vie, et c'est moi.

Catherine acquiesça. Elle se pencha soudain vers Ashley.

— Tu peux le faire ?

Ashley ouvrit les yeux et regarda autour d'elle. Catherine, d'abord, puis le sac qui contenait le revolver.

— Tu peux le faire ? répéta Catherine.

— Oui, répondit sèchement Ashley. Je peux. Je peux. Je le sais.

— Moi, je n'ai pas pu. J'aurais dû. Avec le fusil, quand il se tenait devant moi. J'aurais dû. Mais je ne l'ai pas fait. Peux-tu être plus forte que moi, ma chérie ? Plus décidée ? Est-ce que tu es plus courageuse ?

— Je ne sais pas. Oui. Oui, je crois.

— Je dois le savoir.

— Comment peut-on le savoir avant de le faire pour de bon ? Je suis suffisamment en colère. Peut-être suis-je assez effrayée. Est-ce que je peux presser la détente ? Oui, je crois.

— J'imagine que tu pourrais, dit Catherine. Oui. Peut-être. C'est probable. Il fait sombre. Tu es sûre qu'il est là, dehors ?

— Oui.

— Tu pourrais mettre fin à tout cela. Il suffit de glisser le revolver dans la poche de ta veste. Nous allons faire un tour toutes les deux, vers minuit. Et quand il essaiera de nous arrêter, tu agis. Il dira peut-être qu'il veut simplement te parler, mais c'est toujours ce qu'ils disent. Au lieu de lui parler, tu lui tires dessus. Juste là, à ce moment-là. La police viendra et t'arrêtera sans doute. Ta mère engagera le meilleur avocat. Tu courras le risque d'un procès. Je n'ai pas l'impression que cette communauté, où vivent ta mère et Hope, soit particulièrement encline à laisser beaucoup de marge aux hommes – surtout à ceux qui harcèlent une jeune fille. Ou, en l'occurrence, à leur accorder le bénéfice du doute.

— Tu crois que…

— Je crois que tu peux le faire si tu es prête à payer le prix.

— La prison ?

— Peut-être. Et la célébrité. Etre un modèle pour

les autres, ce qui arrivera sûrement, exactement comme tes parents l'ont prédit. Mais ça pourrait en valoir la peine.

Ashley pencha la tête en arrière.

— Je ne supporte plus cette situation. D'abord, je suis terrifiée. L'instant suivant, je suis furieuse. Ou bien je me sens en sécurité, et une seconde plus tard je me sens menacée.

— Pourquoi ne pourrait-on être violent avant qu'on ne soit violent à notre égard ? dit Catherine d'un ton féroce. Bon Dieu, pourquoi est-ce aussi injuste ? Pourquoi faut-il attendre d'être victime des événements pour tenter de se défendre ?

— Moi, ça ne m'arrivera pas.

— Bien. C'est bien ce que je pensais. Alors réfléchissons à ce que nous, nous pouvons faire.

Ashley hocha la tête en signe d'accord.

Scott regarda les objets empilés dans le salon.

— Tu as fait des courses.

— En effet, dit Sally.

— Tu veux bien nous expliquer ?

Il prit une boîte de lingettes ammoniaquées.

— Ceci, par exemple ?

Sally répondit, d'un ton calme et posé :

— Si quelqu'un pense qu'il a laissé des traces de son ADN quelque part, il pourra les effacer avec ça, et faire disparaître toutes les preuves.

Scott gonfla les joues. La tête lui tournait presque. Des lingettes ammoniaquées, se dit-il. Comme accessoire d'un crime.

— D'après ce que j'ai compris, nous devons mettre O'Connell et son père en contact, poursuivait

Sally d'un ton ferme. Nous pouvons faire ça. Scott, tu nous en as offert la possibilité, plus ou moins sans le vouloir. On peut sans doute s'attendre à ce qu'ils se disputent. Nous en avons déjà parlé. Ensuite, nous devons trouver le moyen de voler l'arme d'O'Connell, nous en servir, comme il aurait pu le faire lui-même aux dépens de son père, et la remettre dans la planque d'O'Connell avant qu'il se rende compte qu'elle n'y est plus.

— Pourquoi ne pas la laisser sur… sur le lieu du crime ? demanda Scott.

— J'y ai pensé, répondit Sally. Mais il s'agira de la preuve déterminante. La police et le bureau du procureur seront ravis de mettre la main sur l'arme du crime. C'est là-dessus qu'ils bâtiront toute leur théorie. Devant un tribunal, ce sera la pièce à conviction irréfutable. Pour qu'il n'y ait pas le moindre doute, il faut absolument qu'on la trouve en sa possession.

— Et ces autres objets ? demanda Hope.

Sally passa en revue les articles qu'elle avait rassemblés. Il y avait là plusieurs téléphones cellulaires, un tube de Super Glu, un ordinateur portable, une salopette pour homme (petite taille), deux boîtes de gants chirurgicaux, plusieurs paires de chaussons médicaux (du modèle qu'on enfile par-dessus ses chaussures), deux passe-montagnes noirs collants et un couteau suisse.

— Ce sont des choses dont nous aurons besoin, d'après moi. D'autres encore pourraient nous être utiles, comme des cheveux pris sur un peigne dans l'appartement d'O'Connell. Je suis en train de rassembler les éléments…

— A quoi sert l'ordinateur ? demanda Scott.

Sally soupira. Elle se tourna vers Hope.

— C'est bien le même modèle que celui que tu as vu chez O'Connell ?

— Oui, fit Hope après l'avoir examiné. Sauf erreur de ma part. C'est ce dont je me souviens, en tout cas.

— Tu nous as dit que son ordinateur contenait des fichiers cryptés sur Ashley et nous. Pas celui-ci.

— Je crois que je comprends... fit Hope en hochant la tête.

— La police saisira son ordinateur. J'aimerais autant qu'elle saisisse celui que nous aurons préparé pour la circonstance.

— On fera l'échange ?

— Exact. Nous effacerons ainsi un lien entre lui et nous. Il a probablement des backups quelque part, de tout ce qui concerne Ashley et nous, mais ça ne fait rien... le timing sera essentiel.

Elle tendit à chacun une feuille de papier jaune de son bloc-notes, sur laquelle elle avait dressé un tableau chronologique.

Hope regarda sa feuille. Sally avait défini des tâches, des événements, des actions, attribuées à A, B ou C. Elle vit que Sally l'observait.

— Tu n'as pas assigné les rôles, lui dit-elle. On voit bien que trois personnes feront toutes ces choses, étroitement liées. Mais tu n'as pas indiqué qui fait quoi.

Sally se renversa sur son siège, s'efforçant de rester posée.

— J'ai essayé de penser à tout ça du point de vue d'un inspecteur de police moderne. Il faut imaginer ce qu'ils trouveront, et comment ils l'interpréteront. Les crimes répondent toujours à une certaine logique.

Un indice doit les conduire au suivant. Ils disposent de moyens modernes, comme l'analyse d'ADN, les études balistiques par la médecine légale, et toutes sortes de possibilités que nous ne connaissons que de loin. J'ai essayé de penser à un maximum de choses et de me rappeler ce qui peut contrarier une enquête. Un incendie, par exemple, abîme beaucoup de choses – mais il ne détruit pas nécessairement les traces d'armes à feu. L'eau compromet l'observation des blessures, la recherche d'ADN, et efface les empreintes digitales. Le problème, ici, c'est que nous voulons commettre un crime – un crime violent –, mais que nous voulons laisser une piste. Pas une piste parfaite, mais suffisante pour qu'elle conduise les enquêteurs dans la direction que nous avons choisie. La police fera le reste, si nous sommes prudents, même sans les aveux d'O'Connell.

— Et si ce salopard lance la police sur nous ?

— Nous devons nous y préparer. Nous pouvons, dans une certaine mesure, nous fournir mutuellement des alibis. Mais nous devons surtout donner l'impression que c'est une hypothèse stupide. Tout est là. Il vaut mieux que la police refuse simplement de croire ce qu'il leur dira – ce qu'elle aura tendance à faire – et tourne le dos à ce qui pourrait l'entraîner dans notre direction. Ne sous-estimons pas le fait que ce que nous nous apprêtons à faire est proprement inimaginable. Et la police… elle aime par-dessus tout les réponses simples à des questions simples…

Sally se tut, regarda Scott, puis Hope.

— Mais je ne crois pas qu'il fera ça, dit-elle.

— Qu'il fera quoi ?

— Qu'il dirigera la police sur nous. Si nous nous y prenons correctement, il n'y pensera même pas.

Scott hocha la tête.

— Mais je suis allé là-bas, j'ai posé des questions… Il est probable que quelqu'un se souviendra de moi.

— C'est pourquoi, au moment clé, tu devras être à des kilomètres de là, en train de faire quelque chose devant témoin. Utiliser une carte de crédit, par exemple, déposer une réclamation là où il y a une caméra vidéo. D'un autre côté, il est sans doute important que tu ne sois pas très loin.

Scott s'enfonça dans son siège.

— Je vois, mais…

— Même chose pour Ashley et Catherine. Elles auront pourtant un rôle à jouer.

Les deux autres gardèrent le silence.

— Ce qui nous amène à la question centrale, reprit Sally. Le crime en soi. J'y ai beaucoup réfléchi. Je crois que c'est moi qui dois m'en charger.

Elle attendit une réponse, qui ne vint pas.

— C'est moi qui devrais aller chercher l'arme, dit enfin Hope. Je suis la seule à savoir où elle se trouve. J'ai la clé.

— Oui. Mais tu es déjà allée là-bas. Tu as donc le même problème que Scott. Non, quelqu'un d'autre doit aller chercher le revolver. Tu peux m'indiquer où il est exactement…

Hope acquiesça. Scott secoua la tête.

— Cela suppose qu'il se trouve toujours au même endroit. Ce qui est une hypothèse de taille.

Sally toussota.

— Oui, mais si nous ne retrouvons pas le revolver, nous ne sommes que partiellement compromis. Nous pouvons reculer, puis revenir un autre jour avec un plan B.

Scott secouait toujours la tête.

— OK, supposons que nous volons le revolver. Et qu'on te le fait parvenir... qu'est-ce qui te fait croire que tu pourras te servir d'une arme ? Surtout dans ces circonstances ?

— Il le faudra bien. C'est mon boulot, je crois.

Hope secoua la tête à son tour.

— Je ne sais pas. Il me semble qu'il y a un certain risque... j'essaie d'être comme toi, Sally, de penser comme un policier... La probabilité, même infime, que la mère d'Ashley ait pu commettre le crime existe. Ça pourrait donner à penser à un flic, tu sais. Protéger son enfant. Par contre je doute qu'un flic puisse imaginer que la *partenaire* de la mère puisse être la coupable. En d'autres termes, tu ne crois pas que la distance qui me sépare d'Ashley, le fait qu'elle ne soit pas mon enfant, ni même de mon sang, me protège ? Et dans le cas où il serait nécessaire de courir pour de bon, je suis plus jeune, plus rapide, et plus forte.

Scott et Sally la regardèrent. Ils savaient tous deux ce qu'elle allait dire, mais ni l'un ni l'autre ne parvint à trouver les mots pour l'empêcher de le dire.

Malgré ses doutes, Hope essaya de sourire.

— Tu vois, dit-elle lentement. C'est moi qui dois aller là-bas, et tenir le revolver.

Elle parlait d'une voix un peu saccadée, me sembla-t-il.

— Est-ce que vous vous êtes jamais demandé à quel point une vie peut basculer en une seconde ? Ces choses qui semblent petites, et qui deviennent énormes, tout à coup...

Il était près de minuit. Son appel m'avait surpris.

— Est-ce que vous pensez, poursuivit-elle, que nous faisons de meilleurs choix seuls dans le noir, la nuit, quand nous sommes au lit et que nous essayons de mettre de l'ordre dans un océan de problèmes ? Ou est-il plus raisonnable d'attendre le matin, la lumière et la clarté du jour ? Je me demande quel genre de décisions ils prenaient, dit-elle lentement. Des décisions nocturnes ? Des décisions diurnes ? Qu'en pensez-vous ?

Je ne répondis pas. Je pensais qu'elle n'attendait pas vraiment de réponse, mais elle insista :

— Je veux dire, comment présenteriez-vous cela ? C'est vous, l'écrivain. Est-ce que c'était raisonnable ? Prenaient-ils des mesures difficiles mais nécessaires ? Ou agissaient-ils comme des idiots ? Quelles étaient leurs chances de réussite ? Des gens si *raisonnables*, s'apprêtant à s'embarquer dans une opération qui ne l'était pas du tout...

Je ne disais rien. Elle étouffa un sanglot.

— J'ai un nom pour vous, dit-elle très vite, me prenant par surprise. Je crois qu'il vous permettra d'avancer un peu.

J'attendis, le stylo levé. Je ne disais rien, j'imaginais tout.

— La fin, dit-elle. Vous la voyez ? Laissez-moi vous le dire ainsi : croyez-vous qu'ils étaient préparés pour l'imprévu ?

— Non. Qui est vraiment préparé pour cela ?

Elle rit. Mais j'eus l'impression que son rire se transformait en sanglot. Difficile de l'affirmer, au téléphone.

41

La mise en place

Sally regarda Hope. Elles se trouvaient dans leur chambre. Une unique lampe de chevet jetait dans la pièce une lumière jaune pâle.

— Je ne te laisserai pas faire ça.

— Je ne suis pas sûre que tu aies le choix, fit Hope en haussant légèrement les épaules. Il me semble que la décision est prise. De toute façon, c'est sans doute la partie la moins dangereuse de toute l'affaire.

— « L'affaire » ?

— Faute de trouver un autre mot…

Sally secoua la tête.

— Une bombe explose sur un marché, et nous appelons ça « dommage collatéral ». Une opération chirurgicale tourne mal, il s'agit de « complication ». Un soldat se fait tuer, il fait partie des « pertes ». Il me semble que nous vivons sous le signe de l'euphémisme.

— Et nous ? demanda Hope. Quel mot emploierais-tu pour nous désigner, nous deux ?

Sally fronça les sourcils. Elle s'approcha d'un miroir. Jadis, elle avait été très belle. Elle avait été pleine de vitalité. Elle avait du mal à reconnaître la femme qui la regardait.

— Je crois que ni l'une ni l'autre nous ne savons ce que demain nous réserve. *Incertitude*. Voilà le mot que j'emploierais.

Hope sentit l'émotion l'envahir.

— Tu pourrais dire que tu m'aimes.

— C'est le cas. C'est moi-même que je n'aime plus.

Elles se turent un instant. Sally avait les yeux baissés sur ses papiers.

— Si nous faisons cela, tu sais, tout sera différent.

— Je croyais qu'il s'agissait de tout restaurer comme c'était avant.

— Les deux, dit Sally avec raideur. Je crois que ce sera les deux.

Elle prit parmi les papiers une feuille couverte d'instructions manuscrites.

— Ça, c'est pour Ashley et Catherine. Tu veux être avec moi quand je leur parlerai ? En fait, non, il ne vaut mieux pas. Si tu n'es pas là, elles ne risqueront pas de te poser des questions.

— D'accord. Je t'attends ici.

Hope retourna s'allonger sur le lit. Un frisson lui parcourut la colonne vertébrale. Elle se glissa sous la couette.

Sally rejoignit Catherine et Ashley dans la chambre de celle-ci.

— Les filles, j'ai quelques instructions pour vous. Pouvez-vous faire ce qui se trouve sur cette liste – ce n'est pas grand-chose – sans poser de questions ? Je dois le savoir.

Catherine lui prit la liste des mains, la parcourut rapidement et la tendit à Ashley.

— Je crois que nous pouvons faire ça.

— J'ai rédigé un script, et je vous donne un téléphone portable jetable ; j'aimerais que vous le perdiez après l'avoir utilisé. Vous pouvez improviser, bien sûr, mais il ne faut pas oublier le dernier point... Tu le vois ?

Ashley lut ce qui était écrit sur la feuille et hocha la tête.

— Tu crois que...

— On dirait le début d'une question, fit Sally avec un sourire en coin. L'essentiel, c'est que tu dois, je répète, tu dois convaincre O'Connell de faire ce voyage. Il faut qu'il le fasse. Et il nous semble à tous que la colère et la jalousie, plus peut-être une légère hésitation, constitueront le mélange qui l'encouragera. Si tu peux trouver des mots plus efficaces, n'hésite pas. Mais le résultat final doit être celui-là, c'est impératif. Pigé ? Hope, ton père et moi-même comptons là-dessus. Tu peux jouer ce rôle, Ashley, ma chérie ? Beaucoup de choses reposeront sur ton pouvoir de persuasion...

— Quelles choses ?

Ah, encore une question ! Mais tu n'auras pas de réponse. Regarde en bas de la page. La liste de numéros de téléphone. Je ne m'attends pas à ce que tu sois capable de les apprendre tous par cœur, mais il est crucial que cette feuille de papier et le reste soient détruits à la fin de la journée. C'est tout pour l'instant.

— C'est tout ? !

— On te demande de jouer un rôle. Exactement comme tu le souhaitais. Mais nous ne te dirons pas ce qui se passera au dernier acte. Pas avant que tout soit fini. Et ce qu'on te demande limite, dirons-nous, ton *exposition*. Catherine, je compte sur vous pour faire tout cela. Et pour réaliser les autres éléments de cette liste.

— Je ne suis pas sûre d'aimer ça, répondit Catherine. Je ne suis pas sûre d'aimer jouer dans le noir.

— Vous savez, nous sommes tous sur un territoire non balisé. Mais il faut que je sois sûre à cent pour cent que chacun de nous jouera son rôle.

— Nous ferons ce que tu nous demandes. Bien que je ne voie pas…

— C'est le but. Vous ne voyez pas.

Sally s'arrêta devant la porte. Elle regarda Catherine, puis sa fille.

— Je me demande si tu comprends à quel point beaucoup de gens t'aiment, dit-elle. Et ce que ces gens sont capables de faire pour toi.

Ashley ne répondit pas. Elle se contenta de hocher la tête.

— On pourrait en dire autant de Michael O'Connell, intervint Catherine. C'est pourquoi nous sommes tous là.

Assis dans sa Porsche, Scott composa le numéro d'O'Connell père sur le mobile que Sally lui avait donné. L'homme décrocha après trois sonneries.

— Monsieur O'Connell ? fit Scott d'un ton d'homme d'affaires.

— Qui c'est ? répondit une voix légèrement pâteuse.

Deux bières, peut-être trois. Ou soixante.

— Disons que c'est M. Smith, monsieur O'Connell.

— Qui ? !

Un bref instant de confusion.

— Bon. M. Jones, si vous préférez.

Le père d'O'Connell se mit à rire.

— Ah ouais, bien sûr. Hé, le mail que vous m'avez donné, il était pas bon. J'ai essayé, et mon message est revenu.

— Un léger changement dans nos procédures, imposé par les circonstances. Je vous présente mes excuses.

Scott présumait que la seule raison, pour O'Connell, de posséder un ordinateur, c'était l'accès facile à toutes sortes de sites pornographiques.

— Je vais vous donner un numéro de téléphone portable…

Il lut le numéro d'une traite.

— OK, je l'ai. Mais je n'ai pas de foutues nouvelles de mon gars, et je n'en attends pas.

— Monsieur O'Connell, j'ai de sérieuses raisons de penser que les choses pourraient changer. Je crois que vous pourriez avoir de ses nouvelles. Si c'est le cas, je vous prie d'appeler immédiatement ce numéro, comme nous en avons déjà discuté. Le désir de mon client de parler à votre fils s'est, comment dire, considérablement accru ces derniers temps. Le besoin se fait, je dirais, plus urgent. Par conséquent, comme vous vous en rendrez facilement compte, son sentiment de gratitude à votre égard – dans le cas où vous donneriez ce coup de fil – serait nettement supérieur à ce que nous envisagions à l'origine. Est-ce que vous comprenez ce que je vous dis ?

— Ouais, fit O'Connell après une brève hésitation. Si j'ai de la chance, le môme se pointe et ça me rapporte encore plus que prévu. Mais comme je disais, je n'ai pas de ses nouvelles, et il n'y a pas de raisons que ça arrive.

— On peut toujours espérer. Pour le bien de tous, conclut Scott en raccrochant.

Il renversa la tête en arrière et enfonça le bouton électrique commandant l'ouverture de la vitre. Il avait l'impression d'étouffer.

Il inspira rapidement et regarda la feuille de papier jaune que Sally lui avait donnée, avec sa liste de tâches à accomplir. Il y avait quelque chose de terrifiant dans le talent de son ex-femme pour organiser, pour réfléchir avec une précision mathématique à quelque chose d'aussi difficile que ce qu'ils allaient faire. L'espace d'un instant, il sentit que sa fièvre grimpait de nouveau, et le goût infect de la bile lui monta dans la bouche.

Toute sa vie, se dit-il, il s'était trouvé à la périphérie de ce qui était important. Il avait fait la guerre parce qu'il savait que c'était un moment crucial pour sa génération, mais il s'était tenu en retrait et avait sauvé sa peau. Son éducation et son enseignement lui servaient à aider ses étudiants, jamais lui-même. Son mariage avait été un désastre humiliant, à un détail près : Ashley. Il était maintenant un homme d'âge mûr qui avançait tant bien que mal dans l'existence, et, à cause de cette nouvelle menace, on lui demandait pour la première fois de faire quelque chose d'unique, quelque chose sortant des limites de la prudence qu'il avait toujours imposée à son existence. Agir comme un père tapageur et déclarer « Je tuerai ce type » quand il y a peu de chances que cela arrive, c'est une chose. Maintenant que leur plan pour tuer vraiment quelqu'un était au point, prêt à démarrer inexorablement, il hésitait. Il se demandait s'il pourrait faire plus que simplement mentir.

Mentir. Je suis très bon pour cela. J'ai beaucoup d'expérience en la matière.

Il regarda de nouveau la liste. Il savait que les mots ne suffiraient pas.

Une autre vague de nausée menaça son estomac, mais il la repoussa, démarra et prit la direction de la quincaillerie. Il savait qu'il allait devoir se rendre à l'aéroport – plus tard, peut-être à minuit. Il s'attendait à ne pas dormir beaucoup dans les heures qui suivraient.

C'était le milieu de la matinée. Catherine et Ashley étaient seules dans la maison. Sally était partie, habillée comme pour aller au bureau, non sans avoir casé d'autres vêtements dans sa serviette. Hope avait elle aussi quitté la maison comme à l'ordinaire, le sac à dos jeté sur l'épaule avec désinvolture. Les deux femmes n'avaient rien dit à Ashley et Catherine de leur programme de la journée.

Catherine et Ashley leur avaient trouvé un regard pas très franc.

Catherine entra dans la chambre, essoufflée.

— Il est évident que quelque chose se prépare, ma chérie.

Elle avait à la main la feuille de papier jaune avec ses instructions.

— C'est le moins qu'on puisse dire, répondit Ashley. Bon Dieu ! Je ne supporte pas d'être hors du coup !

— Il faut que nous suivions le plan. Quel qu'il soit.

607

— Est-ce qu'un plan mis au point par mes parents a jamais marché ? demanda Ashley, qui réalisa qu'elle parlait comme une adolescente capricieuse.

— Je n'en sais rien. Mais Hope a l'habitude de faire exactement ce qu'elle dit. Elle est solide comme un roc.

Ashley acquiesça.

— Oui, « Thick as a Brick ». Epaisse comme une brique. Après le divorce, papa passait souvent ce morceau de Jethro Tull sur son lecteur de cassettes, et on dansait dans le salon. Il n'était pas facile de trouver un terrain d'entente, alors il commençait par faire hurler tout son rock'n'roll des années soixante. Les Stones. Le Grateful Dead. Les Who. Hendrix. Joplin. Il m'a aussi appris le frug, le watusi, le freddy...

Ashley regarda par la fenêtre, ignorant que le même souvenir s'était imposé à la mémoire de son père quelques jours plus tôt.

— Je me demande s'il nous arrivera encore de danser tous les deux. J'ai toujours pensé que ça arriverait au moins encore une fois, le jour de mon mariage, et que tout le monde nous regarderait. Il se pencherait vers moi, nous ferions un tour ou deux et tout le monde applaudirait. Je porterais une longue robe blanche. Et lui un smoking. Quand j'étais petite, la seule chose dont j'avais envie, c'était de tomber amoureuse. Pas un gâchis, plein de tristesse et de colère, comme mon père et ma mère. Quelque chose qui ressemblerait plus à Hope et ma mère, sauf que ça impliquait un garçon très beau et très intelligent. Et tu sais, quand j'en parlais à Hope, elle était toujours la première à me dire combien ce serait génial. Nous

nous mettions à rire et à imaginer des robes de mariée, les fleurs et tous ces trucs de petite fille…

Ashley fit un pas en arrière.

— Et voilà que maintenant, le premier homme qui me dit qu'il m'aime, et qui est sincère… c'est un vrai cauchemar.

— La vie est bizarre, dit Catherine. Nous devons leur faire confiance et croire qu'ils savent ce qu'ils font.

— Tu crois que c'est le cas ?

Sans attendre la réponse, Ashley poursuivit, montrant la liste :

— Très bien. Acte un. Scène une. Ashley et Catherine entrent en scène, côté cour. Quelle est notre première tirade ?

Catherine regarda sa liste.

— La première est la plus délicate. Nous devons nous assurer qu'O'Connell n'est pas ici. J'imagine que nous allons faire cette promenade à l'extérieur…

— Et puis ? demanda Ashley.

— Et puis ce sera ton grand moment, fit Catherine, les yeux fixés sur le papier. Le passage que ta mère a souligné trois fois. Tu es prête ?

Ashley ne répondit pas. Elle en était tout sauf sûre.

Elles prirent leurs manteaux et sortirent de la maison. Elles s'immobilisèrent sur le seuil, regardèrent des deux côtés de la rue. Il régnait le calme d'un quartier résidentiel.

Ashley serrait la crosse du revolver dans la poche de sa parka, l'index caressant nerveusement le pontet. Elle était frappée par la manière dont sa peur de Michael O'Connell lui faisait voir le monde comme une menace généralisée. La rue où elle avait joué durant presque toute son enfance, faisant la navette entre les maisons respectives de ses parents, aurait dû lui être aussi familière que sa propre chambre à l'étage. Mais ce n'était pas le cas. O'Connell en avait fait un endroit totalement différent. Il lui avait volé tout ce qui lui appartenait : son école, son appartement à Boston, son emploi, et maintenant le lieu de son enfance.

Elle toucha le canon du revolver. Tue-le, se dit-elle. Car il est en train de te tuer.

Sans cesser de surveiller les alentours, Catherine et Ashley remontèrent lentement la rue. Ashley eut envie de lui crier de se montrer, s'il était là. A mi-chemin de la rue suivante, malgré la pluie, elle ôta son bonnet de laine. Elle secoua la tête pour faire retomber ses cheveux sur ses épaules, remit le bonnet en arrière sur son crâne. Pour la première fois depuis des mois, elle avait envie d'être irrésistible.

— Continuons à marcher, dit Catherine. S'il est là, il se montrera.

Elles avançaient sur le trottoir. Elles entendirent derrière elles un bruit de moteur. Ashley agrippa son arme, sentit son rythme cardiaque accélérer. En écoutant le bruit approcher, elle avait du mal à respirer.

Quand la voiture les dépassa, elle pivota brusquement sur elle-même, pointa le revolver et écarta les pieds, dans la position de tir à laquelle elle s'était entraînée avec tant de zèle dans sa chambre. Son pouce glissa sur le cran de sûreté, puis sur le chien.

La voiture passa devant elles. Le conducteur, un homme d'une cinquantaine d'années, ne tourna même pas la tête. Il semblait chercher un numéro, de l'autre côté de la rue.

Ashley gémit. Catherine avait gardé son sang-froid.

— Tu devrais ranger cette arme, dit-elle tranquillement. Avant qu'une gentille mère de famille ne la
voie.

— Mais où est-il, bon Dieu ?

Catherine ne répondit pas.

Les deux femmes reprirent leur route. Ashley se
sentait soudain calme, concentrée, prête à répondre
aux sollicitations d'O'Connell par une pluie de
balles.

Voilà donc ce qu'on ressent quand on est prêt à
tuer quelqu'un ?

Mais le vrai O'Connell – et non le O'Connell spectral qui était resté tapi derrière elle, à chacun de ses
pas, depuis si longtemps – n'était nulle part en vue.

Quand elles eurent fait le tour du pâté de maisons
et se retrouvèrent chez elles, Catherine murmura :

— Parfait. Nous savons au moins une chose. Il
n'est pas ici. Prête pour l'étape suivante ?

Ashley se dit qu'elle ne connaîtrait la réponse
qu'au pied du mur.

Michael O'Connell se trouvait derrière son bureau
de fortune dans une pièce sombre, qui baignait dans
la lueur de l'écran de son ordinateur. Il préparait une
petite surprise pour la famille d'Ashley. Il était en
sous-vêtements, les cheveux ramenés en arrière après
sa douche. Les haut-parleurs reliés à l'ordinateur
déversaient de la techno, et ses doigts couraient sur le
clavier au rythme des accords électrifiés. Les
morceaux qu'il écoutait étaient rapides, presque
impossibles à suivre.

O'Connell avait pris un plaisir inouï à se servir
d'une partie de l'argent que le père d'Ashley lui avait

donné, dans sa tentative pathétique de l'acheter, pour remplacer l'ordinateur que Matthew Murphy avait saccagé. Maintenant il travaillait dur sur une série de fantaisies électroniques qui allaient certainement perturber leurs petites vies.

La première était un tuyau anonyme destiné aux services de l'impôt sur le revenu, affirmant que Sally demandait à ses clients de régler ses honoraires pour moitié en argent liquide. Les fonctionnaires des impôts ne détestent rien tant que les gens qui essaient de dissimuler certains de leurs revenus. Les dénégations de Sally ne feraient que renforcer leur scepticisme, et ils se pencheraient impitoyablement sur sa comptabilité.

Cela le fit rire aux éclats.

La deuxième était un message tout aussi anonyme que le précédent, à l'intention du bureau de la Nouvelle-Angleterre du Service fédéral de lutte contre les stupéfiants, message selon lequel Catherine faisait pousser d'importantes quantités de marijuana dans une serre installée dans sa grange. Il espérait que le tuyau serait suffisant pour justifier une perquisition. Et même si les recherches se révélaient inutiles (le contraire le surprendrait), les lourdauds de la DEA allaient abîmer irrémédiablement ses précieux meubles anciens et ses souvenirs. Il imaginait déjà la maison de Catherine pleine d'objets jonchant le sol.

La troisième était une petite surprise à l'intention de Scott. En surfant sur Internet avec le mot de passe « Histprof », il avait découvert un site danois qui proposait des images violemment pornographiques, montrant surtout des enfants et des adolescents dans des poses provocantes. L'étape suivante consistait simplement à en faire expédier une sélection chez Scott, grâce à un faux numéro de carte de crédit. Il lui serait alors très facile de prévenir la police locale de l'arrivée du colis. D'ailleurs, il n'aurait peut-être pas besoin de le faire. La police serait sans doute prévenue par les douanes, qui surveillaient, comme O'Connell le savait, l'importation de tels produits aux Etats-Unis.

Il rit en pensant aux parents d'Ashley essayant de trouver des explications, empêtrés dans toutes sortes de tracasseries bureaucratiques, ou assis devant une table, dans une pièce violemment éclairée, sans fenêtre, face à un agent de la DEA, du fisc ou de la police ne professant que du mépris pour ces petits-bourgeois arrogants.

Ils pourraient essayer de lui faire porter le chapeau, mais il en doutait. Il n'en était pas vraiment sûr, ce qui le retenait encore. Il savait que ces trois envois laisseraient sûrement des traces électroniques qui permettraient de remonter à son ordinateur. Ce qu'il devait faire, c'était s'introduire chez Scott, un matin, pendant qu'il était en cours, et envoyer la commande au Danemark depuis l'ordinateur de ce dernier. Il était aussi important de créer un chemin électronique indétectable pour les deux autres dénonciations. Il soupira. Il allait devoir se déplacer au sud du Vermont et à l'ouest du Massachusetts. Créer des alias informatiques n'était pas difficile. Et il pouvait envoyer les dénonciations à partir de cybercafés ou de bibliothèques locales.

Il se renversa sur son siège et se mit à rire, une fois encore.

Pour la énième fois, Michael O'Connell se

demanda s'ils croyaient vraiment avoir la moindre chance de se mesurer à lui.

Toujours souriant, il était en train de peaufiner mentalement les surprises désagréables qu'il réservait à la famille d'Ashley, lorsque le téléphone portable posé sur le coin du bureau se mit à sonner.

Il fronça les sourcils. Il n'avait aucun ami susceptible de l'appeler. Il avait quitté son emploi de mécanicien et personne, à l'école où il suivait des cours de temps en temps, ne connaissait son numéro.

Pendant un instant, il fixa l'écran minuscule du téléphone, où s'affichait le nom de son correspondant. Un simple nom, qui lui donna un coup au cœur : *Ashley*.

Avant de me donner le nom de l'inspecteur, elle m'avait fait promettre de garder le secret.

— Vous ne devez rien dire. Vous ne devez rien lui dire qui risquerait de l'énerver. Vous devez me le promettre, sans quoi je ne vous donnerai pas son nom.

— Je serai prudent. C'est promis.

Plus tard, assis sur un siège usé dans la salle d'attente du commissariat, je commençais à douter de ma capacité à tenir ma part du marché. Une porte s'ouvrit sur ma droite et un homme fit son apparition. Il avait plus ou moins mon âge, une cravate d'un rose criard, un ventre proéminent et un sourire engageant, légèrement oblique. Il me tendit la main et nous nous présentâmes. Il m'invita à le suivre dans son bureau.

— Que puis-je faire pour vous ?

Je lui redonnai le nom que j'avais mentionné plus tôt au téléphone. Il hocha la tête.

— Nous n'avons pas beaucoup d'homicides par ici. Le cas échéant, il s'agit surtout de disputes entre amant et maîtresse, ou entre mari et femme. Celui-ci était différent. Mais je ne comprends pas pourquoi vous vous intéressez à cette affaire.

— Des gens de ma connaissance m'ont conseillé de me pencher dessus. Ils se disaient que ça pourrait faire une bonne histoire.

L'inspecteur haussa les épaules.

— Ça, je ne saurais le dire. Et je vous dirais plutôt ceci : la scène du crime était un vrai foutoir. Ce bordel, pour faire le tri ! Ici, ce n'est pas exactement la brigade criminelle de Hollywood…

Sa main balaya les lieux. Un endroit modeste, assurément, et tout ce qui s'y trouvait, y compris les hommes et les femmes qui travaillaient là, accusait la fatigue de l'âge.

— Mais même si les gens croient que nous sommes tous cons comme des balais, nous avons fini par comprendre ce qui s'était passé.

— Je ne pense pas, fis-je. Que vous soyez cons comme des balais, je veux dire.

— Eh bien, vous êtes l'exception qui confirme la règle. En général, les gens n'ont pas la moindre idée du truc avant de se retrouver ici, les menottes aux poings, en train de se demander combien d'années ils vont passer en cabane…

Il se tut et me considéra avec attention.

— Vous ne travaillez pas pour un de ces avocats de la défense, hein ? Un de ces types qui se précipitent sur une affaire et essaient de trouver un vice de forme qui leur permettrait d'aller se pavaner dans une cour d'appel ?

— Non. Je cherche simplement une histoire, comme je vous l'ai dit.

Il hocha la tête, mais je n'étais pas certain qu'il me croyait.

— Bon, dit-il lentement. Je ne sais vraiment pas. Ça pourrait faire un sujet. Et c'est une vieille histoire. D'accord. Allons-y.

Il tendit la main sous son bureau et remonta un gros classeur accordéon, qu'il ouvrit devant nous. Il y avait là un paquet de photos en couleur, glacées, en format 13 × 17, qu'il étala sur le reste des documents. Je me penchai en avant. Un champ de ruines. Et un cadavre.

— Un vrai bordel, répéta-t-il. Je vous l'avais dit.

42

Le revolver dans la chaussure

Au moment où Ashley et Catherine faisaient le tour du pâté de maisons en se demandant où pouvait bien être Michael O'Connell, Scott était garé tout au fond d'une aire de repos sur la Route 2. L'endroit présentait l'avantage d'être presque entièrement caché de la nationale par des arbres et des buissons. C'était une des raisons expliquant qu'ils avaient choisi la Route 2 pour se rendre à Boston. Le trajet était plus long que par l'autoroute à péage, mais il y avait moins de circulation, et moins de patrouilles de police. Il était seul dans sa vieille camionnette cabossée. Il avait laissé la Porsche dans l'allée devant chez lui.

Scott écoutait le rythme saccadé de sa respiration. Il se dit qu'il devenait dingue. Il était déjà soumis à une rude tension, mais il savait que ce serait bien pire d'ici la fin de la journée.

Quelques minutes plus tard, une Ford Taurus blanche d'un modèle récent entra sur l'aire de repos. Elle s'arrêta à moins de dix mètres de lui. Hope était au volant.

Il se baissa vers le sol, devant le siège du passager, et prit un petit sac de sport en toile rouge tout ce qu'il y avait d'ordinaire. Quand il le souleva, le sac fit entendre un bruit métallique. Il descendit de la camionnette et se dirigea vers la Taurus.

Hope baissa sa vitre.

— Ouvre l'œil, lui lança vivement Scott. Si tu vois quelqu'un arriver, préviens-moi tout de suite.

Elle acquiesça.

— Tu les as prises…

— Hier soir. Après minuit. Je suis allé au parking longue durée, à l'aéroport de Hartford.

— Bonne idée. Il n'y a pas de caméras de surveillance dans leurs parkings ?

— Je suis allé dans les parkings extérieurs. Pas de photos. Ça ne prendra qu'une seconde. C'est une location ?

— Oui, dit-elle. C'était le plus logique.

Scott ouvrit le sac de sport et se dirigea vers l'arrière de la voiture. Il ne lui fallut que quelques minutes pour remplacer les plaques du Massachusetts par celles de Rhode Island qu'il avait volées la nuit précédente sur une voiture. Il y avait aussi dans le sac une petite clé et une paire de pinces. Il glissa les plaques d'origine dans le sac qu'il tendit à Hope.

— N'oublie pas de les remettre en place avant de rendre la voiture, lui dit-il.

Hope acquiesça. Elle était pâle.

— Ecoute, appelle-moi si tu as le moindre problème. Je ne serai pas très loin, et…

— Tu crois que s'il y a un problème j'aurai le temps de téléphoner ?

— Non. Probablement que non. Très bien, je me…

Sa voix s'estompa. Trop de choses à dire. Pas de mots pour les dire. Scott recula.

— Sally devrait être en chemin, sur l'autoroute, maintenant.

— Alors je vais y aller, répondit Hope en posant le sac sur le siège à côté d'elle.

— Pas d'excès de vitesse. A tout à l'heure.

Il se dit qu'il aurait pu lui souhaiter bonne chance ou lui dire « Sois prudente », ou quelque chose de neutre et d'encourageant. Il n'en fit rien. Il la suivit des yeux tandis qu'elle sortait rapidement du parking. Puis il regarda sa montre en se demandant où était Sally. Elle avait pris une route parallèle, vers l'est. Changer les plaques minéralogiques pour une journée pouvait sembler un détail, mais il savait que Sally avait eu raison en affirmant qu'ils devaient prendre garde au détail le plus insignifiant. Il réalisait pour la première fois que rien de ce qu'il avait appris durant sa vie n'avait le moindre rapport avec ce qu'il allait faire.

Au bord de s'abandonner à un soudain accès de lâcheté, Scott remonta dans sa camionnette et partit en direction de l'est, vers l'incertitude.

Hope se dirigeait vers l'embranchement où l'autoroute Inter-Etats filait vers le nord-est. Elle suivait aussi scrupuleusement que possible les instructions de Sally. Elle roulait à la limite de la vitesse autorisée pour ne pas attirer l'attention, en direction du point que Sally lui avait désigné, où elles se retrouveraient plus tard dans la journée. Elle décida qu'il vaudrait mieux essayer de compartimenter. Elle repensa à tout ce qu'elle devait faire comme à autant de points sur une check-list, qu'elle se mit à passer en revue l'un après l'autre.

Elle essayait de penser froidement, rationnellement, aux dernières entrées de la liste.

Fais-le.

Fuis. Rejoins Sally.

Ne laisse aucune trace de ton passage.

Elle aurait voulu être mathématicienne, pour voir ce qu'elle faisait comme une simple série de chiffres formant des théories et des probabilités, et être capable d'imaginer les vies et les futurs avec aussi peu de passion que les statistiques d'un actuaire.

C'était impossible. Elle essaya de s'abandonner à une colère vertueuse, en se concentrant sur Michael O'Connell et sur le fait que le mode d'action qu'ils avaient adopté était le seul choix qu'il leur avait laissé, et le seul qu'il ne pouvait avoir prévu. Si elle entretenait suffisamment sa colère, peut-être la soutiendrait-elle assez pour l'aider à faire ce pour quoi elle s'était portée volontaire.

Quelqu'un doit mourir. Avant qu'il ne tue Ashley. Elle se répéta mentalement ces mots, comme un mantra pervers, le temps de plusieurs kilomètres d'autoroute.

Hope se rappelait des matches où tout restait en suspens jusqu'aux dernières secondes précédant le coup de sifflet de l'arbitre. Creuser profondément dans cette réserve mystérieuse où l'athlète conserve un peu de sa magie pourrait la libérer pour la demi-seconde qui déciderait du résultat. En tant que coach, elle avait toujours encouragé ses joueuses à visualiser cet instant où la victoire et la défaite sont en jeu, de sorte que lorsqu'il arriverait elles seraient psychologiquement préparées à faire ce qu'il faudrait faire, sans la moindre hésitation.

Elle pensait que cette expérience ressemblerait à cela.

C'est ainsi que, se mordant la lèvre, elle se mit à visualiser les événements tels que Sally les avait imaginés, grâce à la description des lieux fournie par Scott. Elle vit la maison délabrée, décrépie, la voiture mangée par la rouille dans la cour, le garage plein de pièces détachées et de débris. Elle devinait ce qui devait se trouver à l'intérieur : l'amoncellement de journaux, de bouteilles de bière et de vieux plats cuisinés, l'odeur de renfermé et de moisi. Et il serait là. Le père de celui qui les menaçait tous. Elle savait que lorsqu'elle se trouverait devant lui elle devrait penser à Michael O'Connell.

Elle se vit en train d'entrer.

Elle se vit, faisant face à l'homme qu'ils avaient condamné à mort.

Hope roulait vers l'est, l'esprit en bataille, souhaitant par-dessus tout être capable d'agir comme ils l'avaient prévu.

Au milieu de l'après midi, Sally était arrivée à Boston et s'était garée devant l'immeuble où habitait Michael O'Connell, en s'arrangeant pour en voir l'entrée. Elle serrait entre ses doigts la clé que Hope lui avait donnée.

Elle était en boule derrière son volant, s'efforçant d'être aussi invisible que possible, occupée à s'empêcher de se dire que tous les habitants du pâté de maisons l'avaient vue, qu'ils se souviendraient de son visage et qu'ils avaient noté son numéro d'immatriculation. Elle savait que ces craintes étaient sans fondement, mais elles étaient là, juste en bordure de son imagination, à l'endroit où la peur menace de l'emporter sur les émotions et les actes, et Sally ne pouvait rien faire de plus pour maîtriser la situation.

Elle aurait aimé être aussi à l'aise qu'O'Connell dans le noir. Cela lui aurait été bien utile – mais aussi à Scott et Hope – pour faire ce qu'ils essayaient de faire.

Une fois de plus, elle secoua la tête. Sa seule révolte, le seul pas qu'elle ait jamais fait hors des sentiers battus, avait été ses relations avec Hope. Elle avait envie de se moquer d'elle-même. Une femme d'âge mûr, une petite-bourgeoise, incertaine des relations qu'elle entretenait avec sa partenaire… Elle n'avait pas grand-chose d'un hors-la-loi.

Et certainement rien d'une tueuse.

Elle prit la feuille de papier avec ses notes, essaya de deviner où étaient les autres. Hope devait l'attendre. Scott devait être à son poste. Ashley devait être à la maison, avec Catherine. Et Michael O'Connell devait être chez lui – c'est ce qu'elle espérait.

Qu'est-ce qui t'a fait croire que tu pouvais planifier tout cela et aller jusqu'au bout ? se demanda-t-elle brusquement.

Sa gorge se serra. Appelle un chat un chat. Un meurtre. Prémédité. Un meurtre au premier degré. Le genre de chose qui, dans certains Etats, pourrait te valoir la chaise électrique ou la chambre à gaz. Même avec les circonstances atténuantes, ça te vaudrait de vingt-cinq ans à perpétuité.

Pour Ashley, se dit-elle. Ashley serait saine et sauve.

Et puis, tout aussi brusquement, elle comprit ce qu'elle était en train de se dire. Si ça ratait, la vie de chacun d'eux serait fichue. Sauf celle d'O'Connell. Il continuerait comme avant, et il n'y aurait plus d'obstacles entre lui et Ashley – ou, s'il en décidait ainsi, une autre Ashley.

Il ne resterait plus personne pour la défendre.

Il faut que ça marche.

Elle leva les yeux, vit que l'ombre commençait à recouvrir le toit de l'immeuble.

Maintenant, se dit-elle.

Il serra le téléphone portable entre ses doigts, sentit un frisson d'excitation le parcourir. Mais il s'efforça de garder son calme, jusqu'à ce qu'il entende la voix familière, au bout du fil :

— Michael ? C'est toi ?

Il inspira à fond.

— Salut, Ashley.

— Salut, Michael.

Ils gardèrent le silence. Ashley prit le temps de consulter les documents que sa mère lui avait donnés. Un script, dont les phrases clés étaient soulignées trois fois. Mais les pages étaient floues, illisibles.

Tandis qu'Ashley, hésitante, gardait le silence, Michael O'Connell se pencha en avant sur son siège. Cet appel était à la fois merveilleux et terrible. Il signifiait qu'il était en train de gagner. Il avait du mal à retenir un sourire. Sa jambe droite fut prise d'un mouvement convulsif, comme celle d'un batteur qui contrôle le tonnerre de la grosse caisse.

— C'est génial d'entendre ta voix, dit-il. Avec tous ces gens qui essaient de nous séparer. Tu sais que ça n'arrivera pas. Je ne les laisserai pas faire.

Il sourit, avant d'ajouter, dans un petit rire :

— Ça ne leur réussit pas d'essayer de te cacher… Tu as vu, hein ? Il n'y a pas un endroit où je ne puisse te retrouver.

Ashley ferma brièvement les yeux. Ses paroles lui entraient dans la chair comme des échardes.

— Michael, je t'ai demandé cent fois de me laisser tranquille. J'ai tout essayé pour te faire comprendre que nous ne serons jamais ensemble. Je ne veux pas de toi dans ma vie. Certainement pas.

Elle savait qu'elle lui avait déjà dit tout cela. En pure perte. Elle ne s'attendait pas à ce qu'il en soit autrement cette fois-ci. Le monde où elle vivait était devenu fou, et aucun argument, aucun raisonnement n'y changerait rien.

— Je sais que tu ne le penses pas vraiment, fit-il d'une voix tremblante. Je sais qu'on t'a obligée à me dire ça. Tous ces gens qui veulent que tu sois quelqu'un que tu n'es pas. Je sais que d'autres personnes veulent te dicter tes paroles. C'est pour ça que je n'y accorde aucune attention.

En entendant le mot « dicter », alors qu'elle avait les yeux baissés sur le script, Ashley faillit céder à la panique. Et s'il avait tout vu, on ne sait comment ? S'il avait appris ce qui se tramait ?

— Non, Michael. Non. Un million de fois non. Tu as tout faux. Tu as tout faux depuis le début. Nous ne serons jamais ensemble.

— C'est le destin, Ashley. C'était prévu ainsi.

— Non. Comment peux-tu croire ça ?

— Tu ne comprends pas l'amour. Le véritable

amour. L'amour total. L'amour n'a pas de fin, pour-suivit-il d'une voix froide, en laissant chaque mot résonner sur la ligne. L'amour ne s'interrompt jamais. L'amour n'abandonne jamais. Il est toujours là, à l'intérieur. Tu devrais le savoir. Tu te prends pour une artiste, mais tu es incapable de comprendre une chose aussi simple. Qu'est-ce qui ne va pas chez toi, Ashley ?

— Rien du tout ! fit-elle vivement.

— Oh si, il y a quelque chose qui ne va pas.

O'Connell se balança sur son siège.

— Je me dis parfois que tu es vraiment malade, Ashley. Malade. Il y a forcément quelque chose qui cloche chez quelqu'un qui refuse de comprendre la vérité. Qui refuse d'écouter son cœur. Mais tu n'as pas à t'inquiéter, Ashley, car je peux te soigner. Je serai là pour toi. Quoi qu'il arrive, quelles que soient les horreurs qui peuvent se passer, je veux que tu le saches, je serai toujours là pour toi.

Ashley sentit les larmes lui monter aux yeux. Elle était totalement désespérée.

— Je t'en prie, Michael...

— Tu ne dois pas avoir peur.

Sous chacun de ses mots couvait une sombre colère.

— Je te protégerai.

Tout ce qu'il dit est à l'inverse de ce qu'il pense, se dit-elle. « Protéger » signifie « Faire du mal ». « N'aie pas peur » signifie « Aie peur de tout ».

Elle faillit se laisser submerger par son sentiment d'impuissance. Elle fut prise de nausée, une vague de chaleur lui monta au front. Elle ferma les yeux, s'appuya au mur, comme si elle pouvait empêcher la pièce de tournoyer autour d'elle. Cela ne finirait jamais.

Ashley ouvrit les yeux et regarda Catherine d'un air égaré.

Celle-ci n'entendait que la moitié de la conversation, mais elle savait que ça ne se passait pas bien. Elle appuya son index sur le script, frappant les mots avec l'énergie du désespoir.

— Dis-le ! Dis-le, Ashley ! murmura-t-elle, frénétique.

Ashley leva la main et essuya ses larmes. Elle respira profondément.

— J'ai essayé, Michael, fit-elle lentement. J'ai vraiment essayé. J'ai essayé de te dire non de toutes les manières possibles. Je ne sais pas pourquoi tu refuses de comprendre. Vraiment, je ne sais pas. Il y a quelque chose en toi que je ne comprendrai jamais. Alors je vais m'adresser à la seule personne qui soit jamais parvenue, pour autant que je sache, à te faire entendre raison. Quelqu'un qui saura me dire comment je pourrai te faire comprendre. Quelqu'un qui saura comment je peux te sortir de ma vie. Quelqu'un qui m'aidera, j'en suis absolument certaine, à me débarrasser de toi. Quelqu'un à qui je pourrai faire confiance, et qui m'aidera.

Chaque mot, elle le savait, devait le faire enrager un peu plus.

O'Connell ne répondait pas. Ashley se dit que, pour la première fois peut-être, il l'écoutait.

— Je crois qu'il n'y a qu'un homme au monde dont tu aies vraiment peur. C'est lui que je vais aller voir, ce soir même.

— Qu'est-ce que tu dis ? fit brusquement O'Connell. De qui parles-tu ? Quelqu'un qui pourrait t'aider ? Personne ne peut t'aider, Ashley. Personne, sauf moi.

— Tu te trompes. Il y a quelqu'un d'autre.

— Qui ?

O'Connell criait, maintenant.

— Tu sais où je suis, Michael ?

— Non.

— Je ne suis pas très loin de chez toi, Michael. Je ne parle pas de l'appartement où tu vis, mais de chez toi, de la maison où tu as grandi. Je suis en route, je vais voir ton père.

Elle mentait, d'une voix aussi neutre que possible maintenant, en faisant une légère pause entre les mots.

— Lui, il pourra m'aider, ajouta-t-elle avant de raccrocher.

Quand le téléphone sonna, quelques secondes plus tard, elle ne répondit pas.

Sally leva les yeux au-dessus de son volant, sentit un courant électrique la parcourir. Michael O'Connell sortait de son immeuble en toute hâte, visiblement furieux. Tout en enfilant les manches de son pardessus, il franchit les marches d'un seul bond, puis se mit à descendre la rue presque en courant. Sally prit le chronomètre bon marché posé sur le siège passager. Elle le mit en marche quand O'Connell grimpa dans sa voiture et démarra, dans un crissement de pneus.

Elle enfonça la touche d'appel rapide de son portable.

Dès qu'elle entendit la voix de Scott à l'autre bout, elle lança :

— Il est en route.

Et raccrocha.

Scott lancerait son propre chronomètre.

Sally ne pouvait plus hésiter. Elle disposait de trop peu de temps. Elle prit le sac à dos contenant plusieurs objets indispensables, descendit de voiture et traversa la rue à grands pas, en direction de l'immeuble d'O'Connell. Elle marchait la tête baissée, son bonnet de laine enfoncé au maximum sur son front. Elle portait des vêtements de l'Armée du Salut : jean, baskets usées, caban d'homme. Elle avait enfilé des gants de cuir par-dessus une paire de gants chirurgicaux en caoutchouc.

Le revolver est forcément là, se dit-elle.

Dans le cas contraire, il n'y avait pas de plan de rechange. Ils avaient simplement décidé qu'ils annuleraient le plan dans son ensemble, regagneraient le Massachusetts occidental et essaieraient d'imaginer autre chose. Elle se dit qu'il était possible qu'O'Connell ait pris son arme pour rendre visite à son père. Sa rage soudaine était un paramètre qu'elle n'avait pu anticiper. En un sens, elle souhaitait qu'il ait pris son revolver. Peut-être, dans ce cas, s'en servirait-il comme ils l'espéraient. Peut-être commettrait-il l'erreur qui résoudrait tous leurs problèmes.

Ou bien il pouvait prendre le revolver et s'en servir contre eux.

Ou bien il pouvait prendre le revolver et s'en servir contre Ashley.

En cas d'échec de leur plan, ils n'en avaient pas d'autre, sinon s'abandonner à la panique et s'enfuir. Le plus loin possible.

Sally suivit le même chemin que Hope quelques jours plus tôt.

Il ne lui fallut que quelques secondes pour se retrouver devant la porte de l'appartement. Elle était seule, la clé à la main.

Pas de voisins. Les seuls yeux qui la surveillaient étaient ceux de l'armée de chats en train de miauler dans le couloir. Est-ce qu'il a tué l'un d'entre vous, aujourd'hui ? leur demanda-t-elle mentalement. Elle introduisit la clé dans la serrure et entra, aussi silencieusement que possible.

Sally décida de ne pas regarder autour d'elle. De ne pas examiner le monde où vivait Michael O'Connell, parce qu'elle savait que cela ne ferait qu'alimenter ses propres terreurs. Et la vitesse était un élément clé de tout ce qu'elle avait organisé.

Va chercher le revolver, se répéta-t-elle. Tout de suite.

Elle trouva le placard. L'ouvrit. Elle vit la chaussure et la chaussette sale qui y était enfoncée.

— Il faut qu'il soit là, murmura-t-elle.

Elle souleva la chaussette, non sans avoir mémorisé sa position. Puis elle se pencha en avant et mit la main dans la chaussure.

Quand ses doigts gantés touchèrent l'acier du canon, elle eut un hoquet.

Avec précaution, elle sortit le revolver.

L'espace d'une seconde, elle hésita. Le voilà, se dit-elle. Il faut avancer ou reculer. Elle ne voyait d'autre choix que la peur. Elle était terrifiée à l'idée de prendre le revolver. Elle était terrifiée à l'idée de le laisser.

Avec précaution, en ayant l'impression que quelqu'un guidait sa main, elle glissa l'arme dans un grand sac en plastique, à l'intérieur de son sac à dos. Elle laissa la chaussette à terre.

Une dernière chose… Elle passa très vite dans le petit salon, regarda le bureau abîmé où était posé le portable de Michael O'Connell, branché.

Il nous a créé beaucoup de problèmes, derrière ce bureau, se dit-elle.

Le moment était venu de lui rendre la pareille. Sally était toujours aussi terrifiée, mais ce qu'elle allait faire maintenant lui procurait une immense satisfaction.

Elle prit dans le sac à dos l'ordinateur, identique à celui d'O'Connell, qu'elle y avait placé, le substitua à l'original. Elle ignorait s'il verrait tout de suite la différence, mais il la verrait tôt ou tard. L'idée lui plaisait. Elle avait passé plusieurs heures, la veille, à charger une variété de documents pornographiques et de matériel emprunté à des sites d'extrême droite, à saturer la mémoire du disque dur de tout le heavy metal le plus enragé, le plus satanique qu'elle avait pu trouver. Quand elle avait eu la certitude que l'ordinateur contenait assez d'éléments compromettants, elle s'était servie du traitement de texte pour rédiger le début d'une lettre hargneuse (elle commençait par « Cher papa, espèce de salaud ») où O'Connell affirmait qu'il savait maintenant qu'il n'aurait jamais dû mentir pour protéger son père, des années plus tôt, et qu'il avait décidé de corriger ce qui avait été la plus grande erreur de sa vie. Il était le seul être au monde capable de rendre la justice et de lui faire payer le meurtre de sa mère. Les recherches de Scott sur l'histoire de la famille O'Connell avaient été extrêmement profitables.

Sally avait fait deux autres choses encore avec

l'ordinateur. Elle en avait dévissé le fond pour avoir accès à ses entrailles et avait soigneusement détaché le cordon d'alimentation, afin que l'appareil ne puisse plus s'allumer. Puis elle avait remis le panneau en place, sans oublier un détail de son cru : avec deux gouttes de Super Glu, elle avait fait en sorte qu'une des vis soit absolument inamovible. O'Connell savait peut-être comment réparer un ordinateur, mais il serait incapable d'ouvrir celui-ci. Les techniciens de la police scientifique s'en chargeraient.

Elle vérifia rapidement la position de l'appareil. Il avait l'air d'être exactement là où O'Connell l'avait laissé.

Sally envoya l'ordinateur d'O'Connell rejoindre le revolver dans le sac à dos. Elle consulta son chronomètre. Onze minutes.

Trop lent, trop lent, se dit-elle en jetant le sac à dos sur son épaule. Elle inspira à fond. Elle reviendrait, avant longtemps.

Le téléphone mobile, sur le siège de la voiture, fit entendre une sonnerie impatiente. Scott n'avait pas eu la certitude qu'il recevrait cet appel, mais il s'y attendait. Quand il reconnut la voix, au bout du fil, il était donc parfaitement préparé à y répondre.

— Salut, c'est M. Jones ?

Le père d'O'Connell semblait pressé, un peu hésitant, mais très excité.

— Smith, répliqua Scott.

— Ouais, c'est vrai. Monsieur Smith. D'accord. Salut, c'est…

— Je sais qui vous êtes, monsieur O'Connell.

— Eh bien, que je sois pendu si vous n'aviez pas raison ! Mon gamin vient de m'appeler, exactement comme vous aviez prévu. Il est en route, il vient ici.

— Maintenant ?

— Ouais. Boston est à une heure et demie de route, sauf qu'il va rouler vite, il lui faudra donc un peu moins de temps.

— Je vais prendre les dispositions nécessaires. Merci.

— Le gamin hurlait je ne sais quoi à propos d'une fille. Il avait l'air vraiment fâché. Quasiment fou. Il est question d'une fille, monsieur Jones ?

— Non. Il est question d'argent. Et d'une dette qu'il a contractée.

— Ouais, eh bien ce n'est pas ce qu'il croit.

— Ce qu'il croit n'a aucune importance pour notre affaire, monsieur O'Connell, hein ?

— Ouais. Je suppose. Alors que dois-je faire ?

Scott n'hésita pas. Il s'attendait à cette question.

— Attendez son arrivée. Ecoutez-le jusqu'au bout. Quoi qu'il dise.

— Qu'est-ce que vous allez faire ?

— Nous allons prendre quelques mesures, monsieur O'Connell. Et vous recevrez la récompense que vous méritez.

— Et qu'est-ce que je fais s'il décide de repartir ?

Scott avait la gorge sèche, subitement. Sa poitrine fut secouée par un spasme.

— Ecartez-vous de son chemin et laissez-le partir.

Hope buvait un café en attendant Sally. La première gorgée lui brûla la langue.

Elle était garée sur le parking d'un centre

commercial, à une centaine de mètres d'une grande épicerie. Il y avait beaucoup d'allées et venues, mais elle était assez éloignée de l'entrée. Elle s'était arrêtée à une vingtaine d'emplacements de la voiture la plus proche.

Quand elle vit la banale voiture de location de Sally longer lentement les allées du parking, elle se raidit. Elle posa sa tasse sur son support, baissa rapidement sa vitre et fit un petit signe de la main pour attirer son attention. Elle attendit que Sally se soit garée, deux allées plus loin, puis marcha dans sa direction. Elle vit que son amie, très pâle, jetait des regards nerveux autour d'elle.

— Je ne peux pas te laisser faire ça, fit Sally en secouant la tête. Ça devrait être mon boulot…

— Nous en avons déjà discuté, dit Hope. L'opération est lancée, maintenant. Le moindre changement risque de tout faire capoter.

— Je ne peux pas, c'est tout.

Hope inspira. Elle se dit que c'était sa dernière chance. Elle pouvait battre en retraite. Renoncer. Reculer, et lui dire : « Bon Dieu, mais qu'est-ce qu'on est en train de faire ? »

— Si, tu peux, répondit-elle. Et tu vas le faire. Pour Ashley. Tout dépend de nous. Et tout dépend du fait que chacun de nous fera ce qu'il a à faire. C'est aussi simple que ça.

— Tu as peur ?

— Non, mentit Hope.

— On devrait tout arrêter, sur-le-champ. Je crois que nous sommes devenus fous.

Ça, se dit Hope, c'est sûrement vrai.

— Si nous n'allons pas jusqu'au bout et si le pire arrive à Ashley, nous ne nous pardonnerons jamais d'avoir laissé faire. Pas une seule seconde, durant les années qui nous restent à vivre. Je crois que je pourrai me pardonner ce que je m'apprête à faire. Mais rester à l'écart et laisser des choses terribles arriver à Ashley ? Nous l'emporterions dans la tombe, à coup sûr.

Hope inspira à fond.

— Si nous n'agissons pas et que *lui*, il agit, nous ne connaîtrons jamais le repos.

— Je sais, dit Sally en secouant la tête.

— Le revolver est dans le sac à dos ?

— Oui.

— On n'a pas beaucoup de temps, hein ?

Sally regarda son chronomètre.

— Je crois qu'il a une quinzaine de minutes d'avance sur toi. Scott doit être en train de prendre position, lui aussi.

Hope hocha la tête en souriant.

— Tu sais, quand j'étais jeune, j'ai disputé beaucoup de matches où le résultat s'est décidé dans les ultimes secondes. Le temps est un élément crucial. Particulièrement les dernières minutes. Ici, c'est la même chose. Il faut y aller. Maintenant. Tu le sais. Si nous ne faisons pas ce qu'il faut maintenant, ce sera terrible. Va, Sally. Fais ce que tu es censée faire. Je ferai de même, et peut-être que ce soir tout sera fini.

Sally aurait pu lui répondre beaucoup de choses, mais elle n'en fit rien. Elle lui serra très fort la main en essayant de refouler ses larmes.

— Vas-y, lui dit Hope en souriant. Il ne reste plus de temps. C'est fini. Plus de paroles. Le moment est venu d'agir.

Sally acquiesça, laissa le sac à dos sur le sol de la voiture, s'éloigna de quelques pas tandis que Hope démarrait, et lui fit un signe de la main. L'entrée de l'autoroute se trouvait à moins de cinq cents mètres. Hope savait qu'elle devait faire vite pour rattraper Michael O'Connell. Elle mit un point d'honneur à ne pas regarder dans le rétroviseur, pour ne pas voir Sally, restée tristement en arrière.

Scott pénétra avec le pick-up cabossé sur le parking d'un grand collège municipal, à une douzaine de kilomètres de la maison où Michael O'Connell avait passé son enfance. Le pick-up se fondit instantanément dans la foule anonyme des véhicules garés là.

Après avoir soigneusement regardé autour de lui pour s'assurer que personne ne se trouvait à proximité, il ôta ses vêtements et enfila rapidement un vieux jean, un sweat-shirt, une parka bleue usée et des chaussures de jogging. Il enfonça son bonnet de laine bleu marine sur son crâne et ses oreilles, et bien que ce fût le crépuscule, il mit des lunettes de soleil. Il saisit un sac à dos, vérifia que son téléphone mobile se trouvait dans la poche de sa veste et descendit de la camionnette.

Son chronomètre l'informa que Michael O'Connell avait pris la route un peu moins de soixante-dix minutes plus tôt. Il devait rouler vite, se rappela Scott. Il ne s'arrêterait sous aucun prétexte – sauf si un policier l'interpellait, ce qui leur serait bien utile.

Scott rentra la tête dans les épaules et traversa le parking. Il savait qu'une ligne de cars passait près de l'entrée de l'école. Elle le mènerait à moins de deux kilomètres de la maison d'O'Connell. Il avait appris l'horaire par cœur. Il avait dans sa poche droite le montant exact pour payer l'aller, et de quoi payer le retour dans sa poche gauche.

Une demi-douzaine d'étudiants d'âges variés attendaient sous l'auvent de l'arrêt d'autocar. Il ne déparait pas. Dans un collège municipal, les étudiants peuvent avoir dix-neuf ou cinquante-neuf ans. Il fit en sorte de ne croiser le regard d'aucune des personnes qui attendaient. Il s'efforça de ne penser qu'à des choses sans importance, ce qui devait le rendre invisible.

Le car arriva. Il trouva une place isolée, à l'arrière. Alors que le car s'éloignait en grondant, il tourna la tête et regarda, par la fenêtre, la campagne brune et triste.

Personne ne descendit au même arrêt que lui.

Il attendit un instant, seul sur le bord de la route, que le car disparaisse dans l'ombre du soir. Puis il se mit en route d'un pas rapide. Il se demanda vers quoi, précisément, il se dépêchait ainsi, mais il savait que le facteur temps était crucial.

Les photos de scènes de crime donnent souvent une impression de profonde étrangeté. Un peu comme si on regardait un film image par image, au lieu de voir un mouvement continu. Des photos glacées, de format 13 × 17, en quadrichromie, comme les pièces d'un grand puzzle.

Je tentais de mémoriser chacun des clichés. Je les fixais comme j'aurais fixé les pages d'un livre. Assis devant moi, l'inspecteur observait mon visage.

— J'essaie de visualiser la scène, dis-je, afin de mieux comprendre ce qui s'est passé.

— Pensez aux photos comme à des lignes sur une carte. Toutes les scènes de crime finissent par signifier quelque chose. Mais je dois avouer que cette fois-là, ce n'était pas un pique-nique…

Il tendit la main et déplaça quelques photos.

— Regardez ça.

Il désigna les meubles en désordre, noircis, carbonisés.

— Parfois, c'est juste une question d'expérience. On apprend à regarder au-delà du désordre, et il vous parle.

Je fixai les photos, m'efforçant de voir avec ses yeux.

— Quoi, exactement ? demandai-je.

— Il y a eu une sacrée bagarre. Une sacrée foutue bagarre.

43

La porte ouverte

Scott avait inspecté le quartier, quelques jours plus tôt ; il savait donc où il devait se poster pour attendre.

Il savait qu'il devait passer inaperçu. Si quelqu'un le voyait et faisait le rapport entre la silhouette vêtue de sombre qui surveillait dans l'ombre la maison d'O'Connell et l'homme en costume-cravate qui avait posé des questions aux voisins, cela risquait d'entraîner un problème de taille. Mais il fallait qu'il voie l'avant de la maison, en particulier l'allée de terre. Sans attirer l'attention des voisins ou de leurs chiens. Il avait choisi un endroit un peu éloigné, mais qui répondait à toutes ces conditions. L'ancienne grange délabrée, dont la moitié du toit était défoncée, n'était plus qu'une ruine. Du coin où il était accroupi, Scott voyait l'entrée de la maison d'O'Connell. Il comptait sur le fait que Michael O'Connell roulerait vite, qu'on entendrait hurler ses pneus quand il franchirait le coin de la rue, qu'il soulèverait du gravier et de la terre en tournant devant cette maison qui avait été son foyer.

— Fais du bruit, murmura Scott, comme s'il

pouvait encourager l'imprudence d'O'Connell. Il faut que quelqu'un te voie arriver.

Dans les maisons voisines, des lumières étaient allumées. Scott inspira l'air froid. Il voyait de temps en temps une silhouette se profiler devant une fenêtre, dans la lueur omniprésente des téléviseurs.

Il leva la main devant ses yeux, pour voir s'il tremblait. Peut-être un peu, se dit-il. Mais pas assez pour que ça se remarque. Il y aura des tas de réponses, ce soir.

Toutes les questions qu'il se posait encore sur ce qu'il était, ou ce qu'était Sally, ou Hope, trouveraient leurs réponses.

Pendant un bref instant, il pensa à Hope. Il fut presque pris de panique.

Je ne la connais pas, se dit-il. Je n'ai pas la moindre idée de sa personnalité. Et ma vie repose sur son habileté.

Scott eut du mal à respirer. Il essaya de comprendre ce qui avait pu lui faire croire, ne serait-ce qu'une seconde, qu'ils pouvaient tous les trois mener à bien un projet si éloigné de ce qu'ils étaient.

Durant ce bref instant de doute, il entendit le bruit d'une voiture qui arrivait à toute vitesse.

Pendant ce temps, Sally était retournée à Boston. Elle se dirigea vers un petit centre commercial assez élégant de Brookline. Elle s'arrêta tout d'abord au distributeur de billets qui se trouvait devant les magasins, et se servit de sa carte de crédit pour sortir cent dollars. Elle n'oublia pas, dès que la machine eut craché les billets, de lever la tête pour que la caméra enregistre clairement son visage. Elle prit soin de glisser le reçu horodaté dans sa poche.

Puis elle entra dans la galerie et se dirigea vers une boutique de lingerie fine.

Elle hésita brièvement devant le rayon des sous-vêtements, jusqu'au moment où elle repéra une vendeuse. Celle-ci n'était guère plus âgée qu'Ashley. Sally s'approcha d'elle.

— Je me demande si vous pourriez me renseigner…

— Bien sûr, lui répondit la jeune femme. Que désirez-vous ?

— Je cherche quelque chose pour ma fille… Elle est un peu de la même taille que vous. Je voudrais quelque chose de spécial, car elle traverse depuis quelques semaines une période difficile. Elle a rompu avec son ami, vous savez ce que c'est… je voudrais lui offrir quelque chose qui la fasse se sentir belle et désirable, alors que ce crétin a tout fait pour qu'elle croie le contraire. Vous voyez ce que je veux dire ?

— Oui. Tout à fait, fit la jeune fille en hochant la tête. Vous êtes très attentionnée.

— Quoi de plus normal, pour une mère ? Ah, je voudrais aussi faire un beau cadeau à une amie très chère. Une amie avec qui je n'ai pas été… très chic, ces derniers temps. Peut-être un pyjama de soie…

— Je peux vous aider à trouver cela. Vous connaissez sa taille ?

— Oh oui. Nous sommes très proches. Nous avons beaucoup en commun, chez nous, là-bas, à l'ouest de l'Etat. Mais nous avons eu des hauts et des bas, récemment, et j'aimerais essayer de réparer cela. Les fleurs sont toujours agréables, mais quand vous avez des relations particulières, il vaut mieux parfois apporter quelque chose qui dure un peu plus longtemps, vous ne croyez pas ?

— Absolument, fit la vendeuse en souriant.

Sally se disait que l'allusion au Massachusetts occidental – tout le monde savait que les couples de femmes y étaient bien accueillis – soulignait ce qu'elle voulait que la jeune femme se rappelle. Elle la suivit vers les rayons des sous-vêtements de luxe. Elle en avait assez dit pour que la vendeuse se souvienne d'elle.

Sally n'oubliait pas qu'il lui faudrait payer avec sa carte de crédit, ce qui fournirait une preuve supplémentaire de sa présence ici. Elle se dit qu'elle pourrait aussi s'arranger pour parler à la gérante avant de partir, et la féliciter pour le choix de ses employées. C'était le genre de conversation qu'on se rappelle toujours ultérieurement, si nécessaire.

Sally avait l'impression d'être sur une scène, mêlant des répliques préparées et d'autres improvisées.

— Voici quelques-uns de nos plus beaux articles, fit la vendeuse.

Sally sourit le plus naturellement du monde.

— Oh oui, en effet.

Plus ou moins au même moment, Catherine et Ashley se trouvaient dans un supermarché Whole Foods, à moins de deux kilomètres de chez Hope et Sally. Elles avaient rempli un chariot de toutes sortes d'aliments biologiques très chers. Pendant qu'elles parcouraient les rayons, ni l'une ni l'autre n'avait prononcé un mot.

Au détour d'une allée, non loin de l'entrée du magasin, Ashley remarqua un grand étalage de potirons frais formant une sorte de tour décorée de poupées de maïs séchées. L'ensemble était placé sous le thème de Thanksgiving, avec une rangée de noix et de canneberges et une dinde en papier en son centre. Elle donna un coup de coude à Catherine et lui montra l'étalage.

Catherine hocha la tête.

Elles s'approchèrent, poussant leur chariot. Au moment où elles tournaient, tout près du bord de la table sur laquelle reposait l'ensemble, Catherine s'exclama :

— Oh, on a oublié la sauce aux haricots !

Au même instant, elles firent pivoter le chariot, de sorte que sa roue avant heurta le pied de la table. L'étalage oscilla. Avec un petit cri, Ashley se pencha en avant, comme si elle voulait l'empêcher de dégringoler – alors qu'en réalité elle agrippait un des plus gros potirons de la rangée inférieure.

L'ensemble s'effondra, dans un énorme raffut, les calebasses et le maïs s'éparpillant sur le sol, tandis que les potirons jaunes roulaient en tous sens.

Catherine eut un hoquet.

— Oh, mon Dieu !

En quelques secondes, plusieurs magasiniers et le gérant du magasin s'étaient précipités vers le lieu de la catastrophe. Les premiers se mirent aussitôt à reconstruire l'étalage, tandis que Catherine et Ashley se confondaient en excuses, insistant pour payer les dégâts. Le gérant refusa, mais Catherine lui tendit un billet de cinquante dollars.

— Il faudrait au moins récompenser ces aimables

jeunes gens, qui ont nettoyé le chambard qu'Ashley et moi avons provoqué…

— Non, non, vraiment, madame, ce n'est pas nécessaire, fit le gérant.

— J'insiste.

— Moi aussi, ajouta Ashley.

Secouant la tête, le gérant finit par prendre l'argent, au grand soulagement des magasiniers.

Ashley poussa leur chariot vers l'allée menant à la sortie, tandis que Catherine sortait une carte bancaire pour payer leurs achats. Elles n'oublièrent pas de se tourner vers les caméras de surveillance du magasin. Il n'y avait aucun doute qu'on se souviendrait de leur passage ce soir-là. Tel était le dernier message de Sally : « Soyez bien sûres de faire quelque chose en public qui prouvera votre présence là-bas. »

C'était fait. Elles ignoraient ce qui se passait au même moment, dans un autre endroit de la Nouvelle-Angleterre, mais elles se doutaient que c'était autrement périlleux.

Les phares de Michael O'Connell balayèrent la façade sombre de la maison de son enfance. Leur faisceau se refléta dans la carrosserie du pick-up paternel. Une portière claqua, et Scott le vit marcher à grands pas vers la porte de la cuisine. Son impatience semblait illuminer l'obscurité.

La fureur d'O'Connell est un élément crucial, se dit Scott. Les gens en colère ne remarquent pas les petits détails qui, plus tard, pouvaient se révéler importants.

Il suivit O'Connell des yeux, tandis qu'il ouvrait la porte latérale et disparaissait à l'intérieur de la maison. Il n'était pas resté plus de quelques secondes dans le champ de vision de Scott. Mais chacun de ses gestes indiquait que ce qu'Ashley lui avait dit l'avait incité à venir droit à cette maison.

Après avoir inspiré à fond, Scott rentra la tête dans les épaules et traversa la rue en courant, tout en essayant de rester dans l'ombre. Il courut le plus vite possible jusqu'à l'allée où O'Connell avait laissé sa voiture. Il se baissa et enfila les gants chirurgicaux qu'il avait pris dans son sac à dos. Puis il sortit un maillet en caoutchouc dur et une boîte de clous de couvreur galvanisés. Il jeta un coup d'œil vers l'arrière de la maison, inspira avec difficulté, puis enfonça un clou dans le flanc d'un pneu arrière de la voiture de Michael O'Connell. Il se pencha pour entendre le léger sifflement de l'air.

Il jeta ensuite quelques clous au hasard dans l'allée.

En se déplaçant aussi furtivement que possible, Scott passa à l'arrière de la camionnette d'O'Connell père. Il déposa la boîte de clous ouverte sur le plateau et le maillet à côté : ce ne serait qu'un outil de plus parmi tous ceux qui jonchaient l'arrière de la camionnette et le sol du garage.

Cette première tâche accomplie, Scott fit demi-tour et regagna sa planque d'un pas assuré. En traversant la rue, il entendit les premiers éclats de voix qui venaient de la maison. Il eut envie d'attendre, pour essayer d'entendre ce qui se disait, mais il savait que c'était impossible.

Dans la vieille grange, il enfonça la touche de numérotation rapide de son portable.

Hope décrocha après deux sonneries.

— Tu es loin d'ici ? demanda-t-il.

— Moins de dix minutes.

— Ça y est. Appelle-moi quand tu t'arrêteras.

Hope raccrocha sans un mot. Elle enfonça l'accélérateur. Ils comptaient sur un décalage de vingt minutes au moins entre l'arrivée de Michael O'Connell et la sienne. Ils étaient très proches du programme prévu. Ce n'était pas suffisant pour la rassurer.

A l'intérieur de la maison, dans le salon défraîchi, Michael O'Connell et son père se faisaient face, à moins de deux mètres l'un de l'autre.

— Où est-elle ? hurla le fils, les poings serrés. Où est-elle ?

— Qui ça ?

— Ashley, nom de Dieu ! Ashley !

Il jeta autour de lui un regard dément. Le père fit entendre un rire moqueur.

— Eh bien, pour une connerie… c'est une sacrée connerie !

Michael O'Connell se tourna vers le vieil homme.

— Elle se cache ? Où est-elle planquée ?

Le vieil O'Connell secoua la tête.

— Bon Dieu, je ne comprends vraiment pas de quoi tu parles. Qui est cette foutue Ashley ? Une fille que tu as connue au collège ?

— Tu sais parfaitement de qui je parle. Elle t'a appelé. Elle était censée être ici. Elle m'a dit qu'elle était en route. Arrête de te foutre de ma gueule, ou Dieu sait ce que je vais…

Michael O'Connell agitait le poing en direction de son père.

— Ou tu vas quoi ? demanda ce dernier d'un ton railleur.

Le vieux restait calme. Il prenait son temps pour siroter sa bière, ses yeux étrécis fixés sur son fils, à l'autre bout de la pièce. Puis il se dirigea d'un pas résolu vers son fauteuil, s'y laissa tomber et but longuement au goulot. Il haussa les épaules.

— Je ne sais pas du tout où tu veux en venir, fils. Je ne sais rien de cette Ashley. Tu m'appelles alors que t'as disparu depuis des années, tu gueules comme un voyou de collégien à propos de je ne sais quelle gonzesse, tu me poses toutes sortes de questions auxquelles je ne comprends foutre rien, et tout à coup tu débarques comme si t'avais le feu au cul, tu demandes ci et ça, et je n'ai toujours pas la moindre idée de ce qui se passe. Tu ferais mieux d'ouvrir une bière, de te calmer et d'arrêter de te conduire comme un gosse…

Tout en parlant, il fit un geste vers la cuisine et le réfrigérateur.

— Je ne veux pas de bière. Je ne veux rien de toi. Jamais. Tout ce que je veux, c'est savoir où est Ashley !

Le père haussa de nouveau les épaules et écarta les bras.

— Je n'ai aucune foutue idée de quoi et de qui tu parles. T'es vraiment pas clair.

Michael O'Connell, fulminant, pointa le doigt vers lui.

— Reste ici, le vieux. Tu restes assis, et tu ne bouges pas. Je vais jeter un coup d'œil.

— Je ne vais nulle part. Tu veux jeter un coup d'œil ? Eh bien, vas-y. Y a pas eu beaucoup de changement, depuis que t'es parti…

Le fils secoua la tête.

— Oh si ! fit-il d'un ton peu amène en traversant le petit salon, non sans écarter une pile de journaux d'un coup de pied. Tu es sacrément plus vieux, sans doute encore plus imbibé, et cette baraque est encore plus bordélique.

Le père le suivit des yeux quand il passa devant lui en trombe. Il ne bougea pas de son fauteuil, tandis que son fils partait vers les pièces du fond.

Michael O'Connell entra d'abord dans son ancienne chambre. Son vieux lit double était là, dans un coin de la pièce, et quelques-uns de ses posters d'AC/DC et de Slayer étaient toujours punaisés aux mêmes endroits. Deux ou trois trophées sportifs des plus ordinaires, un vieux maillot de football épinglé au mur, quelques livres de ses années de collège et une peinture représentant une Corvette Chevrolet rouge vif occupaient l'espace restant.

Il traversa la pièce et ouvrit brutalement la porte du placard : il s'attendait presque à trouver Ashley blottie dans le fond. Mais le placard était vide, à l'exception d'une ou deux vieilles vestes qui sentaient la poussière et le moisi et d'un carton rempli d'antiques jeux vidéo. Il donna un coup de pied dans la caisse, dont le contenu se répandit sur le sol.

Tout ce qui se trouvait dans cette pièce lui rappelait quelque chose qu'il détestait : ce qu'il était, d'où il venait. Il constata que son père s'était contenté d'entasser sur le lit les vieilles affaires de sa mère : robes, tailleurs, manteaux, chaussures, plusieurs boîtes peintes pleines de bijoux bon marché, et même un triptyque de photos d'eux trois, prises à l'occasion d'un de leurs rares séjours de vacances, dans un camping du Maine. Le tableau ne remuait rien d'autre en lui que d'horribles souvenirs : trop d'alcool, trop de disputes, et le retour silencieux à la maison. C'était comme si son père s'était débarrassé de tout ce qui lui rappelait sa femme disparue et le fils qui l'avait quitté en l'entassant dans la chambre, dans la poussière et les odeurs de la vieillesse.

— Ashley ! cria-t-il. Où es-tu, bon Dieu ?

Depuis son fauteuil dans le salon, son père se mit à hurler :

— Tu ne trouveras rien ni personne ! Mais continue à chercher, si tu te sens mieux après ça !

Il se mit à rire. Un rire faux, forcé, qui attisa la colère de son fils.

Les dents serrées, Michael O'Connell ouvrit à la volée la porte de la salle de bains. Il écarta le rideau de douche moisi. Un flacon posé sur le bord du lavabo dégringola par terre, des pilules roulèrent sur le carrelage. Il se pencha pour ramasser le récipient en plastique, vit qu'il s'agissait d'un traitement pour le cœur. Il se mit à rire.

— Eh, ton battant te donne du souci, hein ? s'exclama-t-il.

— Laisse mes affaires ! s'écria son père.

— Va te faire foutre, murmura Michael O'Connell. J'espère que ça te fera crever de douleur avant de te tuer pour de bon.

Il jeta le flacon sur le sol, l'écrasa avec le pied et fit de même avec les comprimés éparpillés par terre, puis quitta la salle de bains. Il passa dans l'autre chambre.

Le grand lit n'était pas fait, les draps étaient crasseux. La chambre puait le tabac, la bière et le linge sale. Dans un coin, un panier à linge en plastique débordait de pulls et de sous-vêtements. D'autres tubes de comprimés, des bouteilles d'alcool à moitié vides et un réveille-matin se trouvaient en désordre sur la table de nuit. Il fourra tous les médicaments dans sa poche et balança les tubes vides sur le lit.

Tu auras une sacrée surprise quand tu en auras besoin.

Michael O'Connell se dirigea vers le placard, dont il arracha quasiment la double porte. Une moitié du placard, celle qui, jadis, était réservée à sa mère, était vide. L'autre était pleine des vêtements du père – les pantalons, les chemises, les vestons et les cravates qu'il ne portait jamais.

Laissant le placard ouvert, il se dirigea vers la baie vitrée qui donnait sur la cour. Il poussa, mais elle était fermée à clé. Il pressa son visage contre la paroi de verre, scruta l'obscurité. Puis il débloqua la porte et sortit, ignorant son père qu'il entendait crier derrière lui :

— Mais qu'est-ce que tu fous, bordel ?

Michael O'Connell regarda à droite, puis à gauche. Aucune cachette possible.

Il fit demi-tour et rentra dans la maison.

— Je vais jeter un coup d'œil dans la cave ! cria-t-il. Et si tu me disais où elle est, pour me faire gagner du temps, le vieux ? Sinon, je serai peut-être obligé d'employer la manière forte…

— Vas-y. Va voir dans la cave. Tu sais quoi ? Tu ne me fais pas peur. Tu ne m'as jamais fait peur.

C'est ce qu'on verra, se dit Michael O'Connell.

Il alla à la porte qui, du couloir, menait vers la cave. L'endroit était sombre, renfermé, plein de poussière et de toiles d'araignée. Un jour, alors qu'il avait neuf ans, son père l'avait forcé à descendre et l'avait enfermé dans la cave. Sa mère était absente, et il avait dû faire quelque chose qui avait déplu au vieux. Après l'avoir frappé à la tempe, celui-ci avait jeté le garçon au bas de l'escalier et l'avait laissé dans le noir pendant une heure. Debout en haut des marches, Michael O'Connell se dit que ce qu'il avait le plus haï chez son père et sa mère, c'était que plus il les voyait s'engueuler et se taper dessus, plus il lui semblait que ça les rapprochait. Tout ce qui aurait dû les éloigner l'un de l'autre n'avait fait que cimenter leurs relations.

— Ashley ! cria-t-il. Tu es là ?

Au plafond, une ampoule orpheline jetait un peu de lumière vers les coins les plus éloignés. Il scruta chaque ombre en quête d'Ashley.

La cave était déserte.

Il sentait la colère monter dans sa poitrine, et la chaleur descendre le long de ses bras pour se concentrer dans ses poings serrés. Il revint dans le petit salon où son père l'attendait.

— Elle est venue, hein ? demanda-t-il. Tout à l'heure. Pour te parler. Je suis arrivé trop tard, alors elle t'a demandé de me mentir, c'est ça ?

Le vieil homme haussa les épaules.

— Je ne comprends pas ce que tu racontes.

— Dis-moi la vérité.

— Je te dis la vérité. Je comprends rien.

— Si tu ne me dis pas ce qui s'est passé, ce qu'elle t'a dit quand elle est venue, et où elle est allée, je vais te faire mal, le vieux. Je ne plaisante pas. Je peux le faire et je le ferai. Crois-moi, je suis capable de faire très mal, et je me fous totalement de toi, plus que jamais. Alors dis-moi : quand elle est venue te voir, qu'est-ce que tu lui as dit ?

— T'es encore plus dingue que dans mon souvenir. Ou plus con. Je ne sais pas lequel des deux.

Le vieux leva la bouteille à ses lèvres et pencha la tête en arrière.

Michael O'Connell s'avança. Il porta un coup violent qui faucha la bouteille des mains du vieux. Le coup la projeta contre le mur, où elle explosa. Le père réagit à peine, mais son regard s'attarda sur les débris. Il tourna la tête pour regarder son fils.

— Ça a toujours été le problème, hein ? Lequel de nous deux serait le plus méchant.

— Va te faire foutre, le vieux. Dis-moi ce que je veux savoir.

— Va me chercher une autre bière, pour commencer.

Michael O'Connell le saisit par sa chemise et le souleva à demi de son fauteuil. Simultanément, le père le prit à la gorge, sa main droite serrant le col de son pull au point de l'étrangler. Leurs visages se trouvaient à quelques centimètres l'un de l'autre, et ils se fixaient, haineux. O'Connell le repoussa enfin, et le vieux le lâcha.

Michael O'Connell se dirigea vers le téléviseur, qu'il contempla un instant.

— C'est à ça que tu passes tes soirées ? A te saouler en regardant la télé ?

Son père ne répondit pas.

— Trop de ce truc débile, c'est mauvais pour toi. Tu ne savais pas ça ?

Michael O'Connell attendit une seconde, pour que ses moqueries aient le temps d'atteindre le cerveau paternel. Puis il prit son élan et donna un coup de pied dans le téléviseur, à la manière des karatékas. Le poste tomba par terre, l'écran pulvérisé.

— Petit salaud ! Tu me paieras ça !

— Ah ouais ? Qu'est-ce que je dois casser avant que tu me dises ce qui s'est passé quand elle est venue te voir ? Combien de temps elle est restée ici ? Qu'est-ce qu'elle t'a promis ? Qu'est-ce que tu lui as dit que tu allais faire ?

Sans attendre la réponse, il se dirigea vers un rayonnage et fit tomber sur le sol une étagère couverte de babioles et de photos.

— Vas-y ! Ce ne sont que des vieux trucs qui appartenaient à ta mère. Aucune importance.

— Tu veux vraiment que je cherche jusqu'à ce que je trouve quelque chose qui a de l'importance ? Qu'est-ce qu'elle t'a dit ?

— Je ne sais pas ce que cette gonzesse représente pour toi, fils, fit le vieux entre ses dents. Et je ne sais pas dans quoi elle t'a embarqué. T'as des ennuis, ou quoi ? Des ennuis d'argent ?

Michael O'Connell regarda son père.

— Qu'est-ce que tu racontes ?

— Qui est-ce qui te cherche, fils ? Parce que je pense qu'ils vont te retrouver d'un moment à l'autre, et alors ils ne seront pas de bon poil. Mais peut-être que tu le sais déjà.

— Très bien, dit lentement Michael O'Connell. C'est ta dernière chance, avant que je commence à te rembourser pour toutes les fois où tu m'as cogné quand j'étais petit. Est-ce qu'une fille nommée Ashley t'a appelé aujourd'hui ? Est-ce qu'elle t'a dit qu'elle avait besoin de ton aide pour rompre avec moi ? Est-ce qu'elle a dit qu'elle était en route pour venir te parler ?

Le vieil homme fixait son fils de ses yeux étrécis,

pleins de rage. Malgré la fureur qui semblait prête à éclater, il parvint à articuler, les lèvres serrées :

— Non. Non, bordel de Dieu. Pas d'Ashley. Pas de fille. Rien de tout ce que tu me racontes. Et c'est le nom de Dieu de vérité, que tu le croies ou non.

— Tu mens. Tu mens, espèce de vieux salaud !

Le vieil homme secoua la tête en riant, ce qui eut pour effet de mettre son fils encore plus hors de lui. Michael O'Connell avait l'impression d'être sur une corniche et d'essayer de garder son équilibre. Il avait une envie folle de sentir ses poings s'écraser sur le visage du vieux. Mais il inspira à fond en se disant qu'il devait savoir ce qui s'était passé, parce qu'il n'était pas venu ici pour rien.

— Elle a dit…

— Je ne sais pas ce qu'elle a dit. Mais cette mademoiselle Je-ne-sais-qui n'a pas appelé ici, et elle ne s'est jamais pointée à ma porte !

Michael O'Connell recula d'un pas.

— Je ne…

Son esprit bouillonnait. Il se dit qu'Ashley ne lui aurait pas fait faire ce chemin si elle n'avait pas une idée derrière la tête. Mais que pouvait-elle y gagner ? Ça lui échappait totalement.

— Avec qui est-ce que t'as des ennuis ? demanda de nouveau le vieil homme.

— Personne. Qu'est-ce que tu veux dire ? cracha Michael, furieux qu'il ait interrompu sa réflexion.

— C'est quoi ? Une histoire de drogue ? T'as monté je ne sais quel casse minable avec des types et tu leur as piqué leur part ? Qu'est-ce que t'as fait pour que des mecs pleins aux as te courent après ? Qu'est-ce que tu leur as volé ?

— De quoi est-ce que tu parles, bordel ?

Il ne comprenait pas pourquoi son père affichait cet air suffisant. Il réalisa soudain que le vieux aurait dû être beaucoup plus furieux, pour le bris du téléviseur. Et s'il n'était pas furieux, c'était parce qu'il savait qu'il pouvait s'en acheter un autre.

— Avec qui t'as déconné, fils ? Il y a des gens qui t'en veulent à mort…

— Qui t'a dit ça ?

Le vieux haussa les épaules.

— Je peux pas le dire. Je le sais, c'est tout.

Michael O'Connell se raidit.

Tout ça n'a aucun sens, se dit-il. Ou peut-être que si, finalement…

— Je vais te faire mal, le vieux. Tu devrais comprendre ça. Tu es vieux et faible, et je vais *vraiment* te faire mal… Maintenant, dis-moi ce que c'est que cette histoire ! hurla-t-il.

Il fit deux grands pas et se retrouva, menaçant, au-dessus de son père. Celui-ci se carra dans son fauteuil, souriant. Il se demandait s'il était parvenu à garder son fils assez longtemps dans la maison, pour permettre au mystérieux M. Smith de prendre les arrangements nécessaires, quels qu'ils fussent.

A sept ou huit cents mètres de la maison des O'Connell, dans une rue adjacente, Hope remarqua plusieurs vieilles voitures et camionnettes cabossées. Elles arboraient des autocollants représentant des ailes de Harley-Davidson, et étaient garées en désordre sur le bord de la chaussée. Hope vit de la lumière dans une maison, une sorte de vieux ranch négligé et délabré, à l'écart de la route. On entendait des éclats de voix et des échos de hard rock. Elle comprit que quelqu'un organisait un raout. Bière et pizzas, et un peu de crack en guise de trou normand. Elle gara sa voiture de location tout près, en se disant qu'on la prendrait pour une de celles des invités.

Elle ne perdit pas de temps pour enfiler la salopette noire que Sally avait achetée. Elle fourra le passe-montagne bleu marine dans sa poche. Elle enfila une paire de gants chirurgicaux puis, par-dessus, des gants de cuir. Elle fixa à ses poignets et à ses chevilles plusieurs bandes de chatterton noir, de sorte que nulle surface de peau ne soit visible entre la salopette, les gants et les chaussures.

Elle jeta sur son épaule le sac à dos contenant le revolver et se mit à courir vers la maison d'O'Connell. Sa tenue l'aidait à se fondre dans la nuit. Elle avait son portable à la main. Elle composa le numéro de Scott.

— Bien. J'y suis. Quelques centaines de mètres. Qu'est-ce que je dois chercher ?

— Le fils conduit une Toyota rouge vieille de cinq ans, immatriculée dans le Massachusetts. Le père a un pick-up noir, qui se trouve à moitié sous un garage ouvert. La seule lumière extérieure se trouve près de l'entrée latérale. C'est ton point d'entrée.

— Est-ce qu'ils sont toujours…

— Oui. J'ai entendu qu'on cassait des choses à l'intérieur.

— Quelqu'un d'autre ?

— Pas que je sache.

— Où pourrai-je…

— Près du garage. A droite. L'abri est encombré de toutes sortes d'outils et de pièces détachées de voiture. Tu pourras les voir sans être vue.

— D'accord, dit Hope. Continue à surveiller. Je te rappelle après.

Scott raccrocha. Il s'appuya au pignon de la vieille grange et reprit sa surveillance.

Il y a très peu de lumière, se dit-il. Pas d'éclairage public dans cette partie reculée du monde. Tant que Hope reste dans le noir, tout ira bien pour elle.

Il s'interrompit, car l'idée que tout irait bien pour elle n'avait vraiment aucun sens. Cela n'irait bien pour aucun d'eux, se dit-il. Sauf peut-être pour Ashley. Elle était la seule raison de faire ce qu'ils étaient en train de faire.

Scott s'interrogeait. S'il était bloqué à ce point, terrifié par les événements de la nuit, comment Hope – qui était la seule vraie vedette de la pièce qu'ils avaient mise en scène tous les trois – parviendrait-elle à maîtriser ses doutes ?

Hope courait courbée en avant, plus comme un animal sauvage que comme l'athlète qu'elle avait été. Elle traversa la cour et se laissa glisser au fond du garage. Elle pivota sur elle-même, s'accroupit et s'accorda un moment pour prendre ses repères. Les maisons les plus proches se trouvaient de l'autre côté de la route, au moins à trente ou quarante mètres.

Elle appuya sa tête contre la paroi du garage, ferma les yeux.

Hope essaya d'analyser ses émotions, comme si elle pouvait trouver celle qui lui donnerait la force de survivre aux quelques minutes qui allaient suivre. Elle revit Sans-Nom, inerte, dans ses bras. Puis Ashley remplaça le chien dans son esprit.

Cela renforça sa détermination.

Elle trouva un peu plus de forces encore à la pensée qu'O'Connell pourrait s'en prendre aussi à Catherine. Elle savait que sa mère ne se laisserait pas faire, mais la vieille dame n'était pas de taille.

Elle ajouta les menaces dont leur vie avait fait l'objet, posa l'addition. Elle essaya de soustraire du total le doute et l'incertitude. Tout ce qui leur semblait si clair, si évident lorsqu'ils étaient assis tous les trois dans leur salon confortable, lui semblait pervers, faux et parfaitement irréalisable. Elle transpirait maintenant, ses mains tremblaient.

Qui suis-je ? se demanda-t-elle soudain.

Elle se rappela qu'un jour, un peu après la mort de son père, elle avait été vraiment terrifiée. Ce n'était pas tellement la peur d'être abandonnée. Plutôt la peur de ne pas être à la hauteur de ce qu'il aurait voulu qu'elle fût. Là, la tête appuyée contre cette paroi, enveloppée par l'obscurité, l'humidité du sol suintant à travers sa salopette, elle essaya d'imaginer ce que son père aurait voulu qu'elle soit. Il aurait compris qu'elle prenne des risques pour protéger quelqu'un. Il avait toujours souhaité qu'elle prenne les choses en main, pour le meilleur et pour le pire. Elle entendit sa voix, dans le noir : « C'est toi le capitaine. »

Fais le vide dans ton esprit, se dit-elle.

Elle tira le passe-montagne vers le bas, pour que son visage soit invisible.

Elle fouilla dans le sac à dos et sortit le revolver du plastique.

Son doigt s'enroula autour de la détente. C'était la première fois de sa vie qu'elle tenait vraiment une arme à feu. Elle aurait voulu avoir plus d'expérience des armes, mais elle eut la surprise de sentir un courant électrique passer de la crosse métallique dans sa main – comme si cela lui donnait un pouvoir inconnu, presque enivrant.

Hope avança jusqu'à l'extrémité du garage. Elle écouta les voix furieuses qui venaient de l'intérieur de la maison, et attendit le moment d'agir.

— Je veux savoir ce qui se passe ! hurla Michael O'Connell.

Chaque mot était chargé de la haine qu'il éprouvait depuis tant d'années pour cet homme qui se balançait dans son fauteuil avec un air suffisant. Il sentait son cœur battre de plus en plus vite. La rage lui faisait presque tourner la tête.

— Ce qui se passe ? Tu es là, en train de hurler à propos d'une fille, quand tu ferais mieux de t'inquiéter des gens dont tu t'es fait des ennemis ! lui répondit son père en agitant la main.

— Je ne sais même pas de quoi tu parles ! Je n'ai doublé personne…

Le vieux haussa les épaules de manière exaspérante. Michael O'Connell grimaça, les poings serrés. Son père se leva enfin du fauteuil en carrant les épaules.

— Tu crois que tu es assez fort pour t'attaquer à moi ?

— Je crois que tu ne devrais même pas te poser la question, le vieux. Tu as pris du bide, et tu n'as pas l'air très en forme. Cette soi-disant blessure au dos commence peut-être à agir vraiment. Tu étais surtout bon pour cogner les femmes et les enfants, si je me rappelle bien, et c'était il y a longtemps. Je ne suis plus un enfant. Tu devrais réfléchir à ça.

En l'entendant parler ainsi, d'un ton glacé, le vieux se figea. Il gonfla la poitrine et secoua la tête.

— Je n'ai jamais eu de problème pour te tenir tête, dans le temps. Tu as beau croire que tu as grandi, je suis capable de te faire plus d'emmerdements que tu ne pourrais en supporter. Je peux te broyer.

— Tu étais une merde, à l'époque. Et tu es toujours une merde. Maman avait l'habitude de te tenir tête. Quand elle n'était pas saoule, tu ne pouvais même pas lever la main sur elle. C'est bien ce qui s'est passé, hein ? La nuit où elle est morte ? Elle était trop saoule pour se défendre, tu as saisi ta chance, et c'est comme ça que tu l'as tuée…

Le vieil homme grogna.

— Je n'aurais jamais dû mentir pour toi, poursuivit Michael O'Connell d'une voix amère. J'aurais dû tout raconter aux flics, depuis le début.

— Tu vas trop loin, répliqua froidement le père. Ne t'aventure pas sur un terrain où tu n'as aucun droit d'aller !

La haine montait entre les deux hommes. Ils n'étaient plus qu'à un mètre l'un de l'autre, comme des chiens dont les grognements vont bientôt dégénérer et laisser la place au combat.

— Tu crois que tu pourrais me tuer et t'en sortir, comme avec elle ? Eh bien moi, je ne crois pas, le vieux.

Le père se jeta en avant et frappa violemment son fils au visage. Le coup résonna dans la petite pièce.

Michael O'Connell eut un sourire féroce. Il déplia brusquement son bras droit et saisit son père à la gorge. Le simple fait de serrer les doigts autour de la trachée-artère du vieil homme lui procura un plaisir immédiat. En sentant les muscles se contracter et les tendons craquer sous sa prise, il ressentit une jouissance presque irrésistible.

Pris de panique, le vieux saisit le poignet de son fils qu'il griffa en essayant de se libérer, tandis qu'il sentait qu'il étouffait. Quand le visage de son père devint cramoisi, Michael O'Connell le lâcha brutalement et le repoussa en arrière. Le vieux heurta une table basse, renversant tout ce qui se trouvait dessus. Il s'accrocha au bras du fauteuil qu'il entraîna dans sa chute et resta couché sur le dos, haletant, les yeux écarquillés, stupéfait. Son fils éclata de rire et lui cracha dessus.

— Reste là, le vieux. Reste là à tout jamais. Mais écoute bien ce que je te dis. Si tu reçois un coup de fil d'Ashley, ou de quelqu'un qui est lié à Ashley, et si tu leur promets de les aider, de quelque manière que ce soit, je reviendrai et je te tuerai. Mais avant, je te ferai souffrir, jusqu'à ce que tu me supplies d'arrêter. Puis je te tuerai. Tu comprends ça ? Je voudrais tuer tout ce qui me rappelle mon passé. Je me sentirais beaucoup mieux. Et c'est par toi que j'adorerais commencer.

Le père restait sur le sol, comme paralysé. Michael O'Connell vit la peur dans ses yeux et, pour la première fois depuis le début de la soirée, il se dit que son voyage dans le nord de l'Etat n'avait pas été inutile.

— Souhaite ne jamais me revoir, espèce de vieillard pitoyable. Parce que la prochaine fois, tu finiras dans une boîte, six pieds sous terre, là où tu devrais être. Où tu devrais être depuis des années.

Michael O'Connell tourna les talons et sortit par la petite porte latérale sans jeter un regard derrière lui.

L'air frais de la nuit le frappa comme un mauvais

souvenir, mais il ne pensait qu'à une chose. Il se demandait à quel jeu jouait Ashley, et pourquoi elle avait cru que son père pourrait l'aider. Quelqu'un avait menti.

Il se glissa derrière son volant, démarra et décida qu'il lui fallait trouver sur-le-champ les réponses à ces questions.

Hope avait écouté leur dispute, puis le fracas d'une brève bagarre. Elle serra l'automatique entre ses doigts et retint son souffle en voyant Michael O'Connell passer la porte en titubant et gagner sa voiture à grands pas, à quelques mètres à peine de l'endroit où elle se cachait. Elle attendit qu'il descende l'allée, puis qu'il disparaisse à toute vitesse dans la nuit.

Elle savait que les minutes qui suivraient seraient cruciales.

« N'attends pas, lui avait dit Sally. Pas une seconde. Dès qu'il est parti, tu entres. »

Elle se leva.

Hope entendait la voix de Sally résonner à son oreille :

« N'hésite pas. N'attends pas. Entre immédiatement. Tu ne dis pas un mot. Tu presses la détente, c'est tout. Ne regarde pas derrière toi. Va-t'en. »

Hope remplit ses poumons d'air et sortit de derrière le garage. Elle traversa rapidement le petit arc de lumière en direction de la porte. Elle baissa les yeux, vit sa main gauche sur la poignée de la porte, se précipita dans la maison.

Hope était dans la cuisine, mais elle voyait le salon dans le prolongement du couloir, exactement comme

Scott le lui avait dit. Presque figée sur place, elle regarda le père de Michael O'Connell, à terre, qui s'efforçait de se relever.

Il se tourna vers elle. Il n'eut pas l'air surpris.

— C'est M. Jones qui vous envoie ? fit-il en se redressant et en s'époussetant. Vous avez manqué le petit con de moins d'une minute. Sa voiture vient de s'arracher.

Hope leva son arme, se mit en position de tir. Le vieux O'Connell semblait ne pas comprendre.

— Hé ! s'exclama-t-il. C'est ce petit salaud que vous cherchez, pas moi !

Soudain, le monde entier perdit toute mesure. Les couleurs se firent plus vives, les sons plus forts, les odeurs plus acérées. Hope avait l'impression que sa respiration résonnait dans ses oreilles, en une cascade bouillonnante. Elle essaya de ne pas penser à ce qu'elle était en train de faire.

Elle pointa son arme droit sur la poitrine du vieil homme et pressa la détente. Rien ne se passa.

L'inspecteur apporta une grande boîte dont le sceau était brisé. Il la laissa tomber avec un bruit sourd au milieu de la table. Puis il se pencha en avant et me demanda, avec un petit sourire :

— Vous savez comment sont les enfants, le matin de Noël ? Quand ils contemplent les paquets sous l'arbre ?

— Bien sûr. Mais que…

— La recherche des preuves, c'est un peu la même chose. Les gosses croient toujours que le plus gros cadeau sera le plus beau, mais c'est souvent faux. C'est le paquet le moins important, le moins tape-à-l'œil, qui contient le cadeau le plus précieux. En un sens, c'est ce qui se passe pour nous. Au tribunal, une toute petite chose peut s'avérer décisive. C'est pourquoi, sur une scène de crime, quand on décide d'emporter tel ou tel objet, ou encore quand on effectue une perquisition, il ne faut négliger aucune pièce.

— Et dans cette affaire ?

L'inspecteur eut un sourire. Il sortit un revolver, dans un sac plastique fermé par le sceau rouge des pièces à conviction. Il me le tendit. Je l'examinai à travers son emballage transparent. Sur la crosse et le canon, je vis un reste de poudre pour empreintes digitales.

— Faites attention, me dit l'inspecteur. Je ne crois pas que ce petit salaud soit armé, mais le chargeur est dans la crosse, et je ne suis sûr de rien.

Il souriait.

— Vous seriez surpris si je vous disais le nombre d'accidents, souvent mortels, qui arrivent dans nos dépôts, à cause des gens qui gesticulent avec des flingues soi-disant déchargés…

Je tenais le revolver avec précaution.

— Il n'est pas très impressionnant.

Il acquiesça.

— Une vraie merde, fit-il en hochant légèrement la tête. Le revolver le moins cher disponible sur le marché ! Fabriqué par je ne sais quelle firme de l'Ohio, qui fabrique les pièces détachées, les assemble, les colle dans une boîte et les expédie à je ne sais quel grossiste louche. Aucun armurier digne de ce nom ne s'abaisserait à vendre une telle saloperie. Et jamais un professionnel ne s'en servirait.

— Mais il fonctionne…

— Si l'on veut. Automatique. Petit calibre. Très léger. Les tueurs professionnels – nous n'en avons pas des tonnes par ici, comme vous pouvez l'imaginer – aiment les calibres 22 et 25, parce qu'il est facile de leur coller un silencieux maison, et qu'avec une balle magnum ils font un boulot irréprochable. Ils ne se serviraient jamais d'une arme à jeter comme celle-ci. Impossible de s'y fier. Elle n'est pas facile à manipuler, la sécurité et le mécanisme interfèrent souvent, et à moins de tirer de vraiment très près, elle n'est pas précise. Et elle n'est pas non plus très puissante. Elle n'arrêterait pas un pitbull de taille moyenne ou un violeur, sauf si vous vous arrangiez pour les toucher dès le premier coup au palpitant ou dans un autre organe vital.

Il sourit de nouveau, tandis que je retournais l'arme entre mes mains.

— Ou bien vous tirez de près. Je veux dire de très, très près. Aussi près qu'on peut l'être sur l'oreiller.

Un autre sourire.

— Sauf qu'en général il n'est pas conseillé d'aller aussi près de la personne que vous avez l'intention de tuer.

J'acquiesçai. L'inspecteur retomba lourdement sur son siège.

— Vous voyez, on en apprend tous les jours.

Je levai de nouveau le revolver. Je le tins devant la lumière, comme s'il pouvait me dire quelque chose.

— Bien sûr, reprit l'inspecteur, maintenant que je vous ai dit à quel point cette arme est foutrement nulle… d'un autre côté, il semble qu'elle ait fait l'affaire. Plus ou moins.

44

L'heure des choix

Hope comprit immédiatement qu'elle avait commis une erreur.

Tandis que les hypothèses les plus folles lui traversaient l'esprit, elle abaissa le cran de sûreté avec le pouce et s'assura qu'il était en position de tir. De sa main gauche gantée, elle tripota le mécanisme pour introduire une balle dans la chambre – autant de gestes qu'elle aurait dû avoir le bon sens de faire avant d'entrer dans la maison. Le cran se remit en place avec un claquement sec. Le revolver était armé. Une idée terrifiante lui vint : ni elle ni Sally n'avaient pensé à vérifier si l'arme était chargée.

L'espace d'une seconde, elle se demanda si elle devait s'enfuir ou continuer ce qu'elle était venue faire.

Le père d'O'Connell, qui s'apprêtait à lever les mains en signe de reddition, émit un formidable rugissement et se jeta à travers la pièce, droit sur elle.

Alors qu'elle levait son arme une deuxième fois, il franchit la distance qui les séparait. Au moment où elle appuyait sur la détente, il s'écrasa contre elle.

Elle sentit le revolver tressauter dans sa main, entendit un claquement suivi d'un bruit sourd, puis elle partit en arrière en heurtant la table de cuisine. Celle-ci se renversa avec un craquement en projetant à travers la pièce des bouteilles d'alcool vides qui se fracassèrent contre les murs et les portes des placards. Hope se retrouva groggy sur le sol, le souffle coupé, le père d'O'Connell sur elle, qui émettait des grognements animaux, terrifiants. Il griffait le masque de Hope, essayait de l'attraper à la gorge, multipliait les coups furieux.

Elle ignorait si sa première balle l'avait atteint. Elle essayait désespérément de pointer son arme pour tirer à nouveau, mais O'Connell lui avait pris la main, qu'il serrait comme un étau, et il luttait pour relever le revolver vers le haut.

Hope rua, enfonçant un genou dans son entre-jambe, sentit que la douleur le faisait haleter, mais pas assez pour l'arrêter. Il était plus fort qu'elle, elle l'avait tout de suite compris, et il essayait maintenant de retourner l'arme contre elle, de diriger le canon contre sa poitrine. En même temps, il continuait à la cogner de sa main libre, la giflant à la volée. La plupart de ses coups manquaient leur cible, mais il la toucha à plusieurs reprises et le champ de vision de Hope commençait à virer au rouge.

Elle rua de nouveau et cette fois réussit à les projeter tous les deux en arrière, quelques débris supplémentaires volant à travers la pièce. Une poubelle dégringola, du vieux marc de café et des coquilles d'œuf se répandirent sur le sol. Hope entendit un bruit de verre brisé.

En habitué des rixes de bistrot, le père d'O'Connell savait que la plupart des bagarres se gagnent lors des premiers coups. Il sentait qu'il était blessé et la douleur se propageait dans son corps, mais il était capable d'en faire abstraction et de continuer à se battre de toutes ses forces. Beaucoup plus que Hope, il sentait au fond de lui que ce combat avec cet adversaire masqué et anonyme était le plus important de sa vie. S'il ne gagnait pas, il mourrait. Il parvint à repousser l'arme, essaya de la plaquer contre le corps de son agresseur. Il avait parfaitement conscience d'avoir fait exactement la même chose, de nombreuses années auparavant, lorsqu'il s'était battu avec sa femme ivre.

Hope avait dépassé le stade de la panique. C'était la première fois de sa vie qu'elle sentait une telle force musculaire s'exercer à son encontre. L'adrénaline bouillonnait dans ses oreilles, elle cherchait de l'air, essayait de trouver les forces nécessaires pour l'emporter. Elle produisit une poussée désespérée, frappa de biais le père d'O'Connell, et ils roulèrent tous deux contre le comptoir de cuisine. Assiettes et couverts tombèrent en cascade autour d'eux. Ce mouvement sembla provoquer quelque chose. Le père d'O'Connell fit entendre un beuglement de douleur, et Hope eut la vision d'une traînée de sang sur la peinture blanche du placard. Sa première balle l'avait touché à l'épaule, et il se battait toujours, malgré ses chairs déchirées et son os brisé.

Il saisit l'arme à deux mains et Hope en profita pour le frapper de sa main libre, lui cognant violemment le crâne contre le placard. Elle vit ses dents ouvertes sur un rictus, son visage transformé en un masque de fureur et de terreur. Elle leva de nouveau le genou, tentant de le repousser, le frappa à la mâchoire. Elle le sentit frémir sous le coup, mais elle était toujours clouée au sol, sous lui.

Elle frappa aveuglément de son bras gauche, agrippant farouchement le revolver de sa main droite, exigeant de chacun de ses muscles qu'il empêche O'Connell de le retourner contre elle.

A cette seconde précise, elle sentit que la pression sur le revolver se relâchait. La pensée lui vint qu'elle était peut-être en train de gagner la partie. C'est alors que son corps tout entier fut traversé d'une douleur insensée qui la fit hoqueter. Ses yeux se révulsèrent et elle fut à deux doigts de s'évanouir.

Le père d'O'Connell avait saisi un couteau de cuisine dans les débris qui avaient dégringolé autour d'eux. Tout en tenant écartée de lui la main de Hope qui tenait le revolver, il lui avait plongé la lame dans le flanc, le plus près possible du cœur. Il appuyait dessus de tout son poids.

Hope sentit la lame qui la charcutait. Elle n'eut qu'une pensée : C'est le moment. Tu vis ou tu meurs.

Elle tendit le bras gauche, saisit le revolver à deux mains et le pointa de toutes ses forces sur le visage du père d'O'Connell, déformé par la douleur et la rage. Elle le lui enfonça sous le menton, au moment même où la lame du couteau lui parut transpercer son âme, et appuya sur la détente.

Scott avait envie de regarder le cadran lumineux de sa montre, mais il n'osait pas quitter des yeux le garage et l'entrée latérale de la maison d'O'Connell. Il comptait à voix basse les secondes depuis qu'il avait vu la silhouette sombre de Hope disparaître à l'intérieur.

Cela durait beaucoup trop longtemps.

Il s'écarta d'un pas de sa cachette, puis se recroquevilla de nouveau, ne sachant que faire. Il sentait son cœur tambouriner. Une partie de lui-même lui hurlait que tout allait de travers, que tout était foutu, qu'il devait s'en aller immédiatement, sans attendre, avant d'être aspiré dans un nouveau tourbillon d'événements désastreux. La peur, telle une lame de fond, menaçait de l'engloutir.

Il avait la gorge sèche, les lèvres déshydratées. Il avait l'impression de suffoquer dans l'air de la nuit, et il tira sur le col de son pull.

Il s'intima l'ordre de partir tout de suite, de s'en aller. Quoi qu'il puisse se passer, il fallait qu'il s'enfuie.

Mais il ne partit pas. Il restait là, paralysé. Ses yeux scrutaient l'obscurité. Il tendait l'oreille, en quête du moindre bruit. Il regarda à droite, puis à gauche, ne vit personne.

Il y a des moments dans la vie où l'on sait qu'on doit faire quelque chose, mais où chaque option semble plus dangereuse que les autres, où chaque choix semble déboucher sur le malheur. Quel que fût le déroulement des événements, Scott savait qu'indirectement la vie d'Ashley dépendait de ce qu'il ferait dans les secondes qui allaient suivre.

Peut-être même leur vie à tous.

C'est ainsi que, malgré son envie folle de céder à la panique, Scott inspira à fond, vida son esprit de ses pensées, considérations, calculs et spéculations, et se mit à courir à toute allure vers la maison.

Hope avait envie de hurler. Terrifiée, elle ouvrit la bouche, sans résultat. Aucun cri de terreur n'en sortit. Rien que le son, faible, de son souffle rauque.

Sa seconde balle avait touché le père d'O'Connell juste sous le menton et était remontée par la bouche, fracassant les dents et déchiquetant la langue et les gencives sur son passage, avant d'aller se loger au fond de son cerveau. Il était mort instantanément. La force du choc l'avait rejeté en arrière, presque au point de libérer Hope de sa masse, mais il était retombé brutalement sur elle. Le cadavre la clouait au sol, et elle suffoquait sous le poids.

La main du père d'O'Connell serrait toujours le couteau, mais la force qui avait fouaillé les chairs de Hope s'était évanouie. Une soudaine vague de douleur faillit lui faire perdre connaissance. Des lames de feu lui déchiraient le flanc, les poumons et le cœur, des taches noires lui parcouraient le crâne. Elle était épuisée, tout à coup, et une partie d'elle la pressait de fermer les yeux, de dormir sans attendre. Pourtant, sa volonté prit le dessus, et elle rassembla ses forces pour repousser le cadavre de l'homme couché sur elle. Elle fit une première tentative, mais la force lui manquait. Elle poussa une seconde fois, et eut l'impression qu'il glissait de quelques centimètres. Elle poussa une troisième fois. Autant essayer de déplacer un rocher enfoncé dans le sol.

Elle entendit la porte s'ouvrir, mais ne put voir qui entrait.

De nouveau, elle lutta contre l'évanouissement, haleta en quête d'un peu d'air.

— Oh, merde !

Une voix familière. Elle gémit.

Brusquement, le poids qui la maintenait collée par

terre, comme si elle était plaquée par une lame de fond, disparut, et elle refit surface. La forme qui avait été le père d'O'Connell s'effondra à côté d'elle, sur le sol recouvert de linoléum.

— Hope ! Bon Dieu !

Quand elle entendit murmurer son nom, elle fit un dernier effort pour se tourner en direction de la voix.

— Salut, Scott ! fit-elle, en essayant de sourire malgré la douleur. J'ai un problème…

— Sans blague. Je vais te sortir de là.

Elle hocha la tête et s'efforça de s'asseoir. Le couteau dépassait de son flanc. Scott tendit la main pour le retirer, mais elle secoua la tête.

— N'y touche pas.

— D'accord.

Il l'aida à se lever à demi, et Hope fit un rétablissement pour se mettre sur pied. Le mouvement accrut la sensation de vertige, mais elle parvint à la vaincre. Serrant les dents, elle enjamba le corps du père d'O'Connell en s'appuyant sur Scott.

— Il faut que tu m'aides…

Elle passa un bras autour de l'épaule de Scott, qui entreprit de la conduire vers la porte.

— Le revolver, murmura-t-elle. Le revolver, nous ne pouvons pas le laisser ici.

Scott regarda autour de lui. Il vit l'arme par terre. Il la ramassa, ainsi que le sac à dos de Hope. Il remit le revolver dans le sac plastique, le ferma, puis jeta le sac à dos sur son épaule libre.

— Sortons d'ici, dit-il.

Ils franchirent la porte en trébuchant, et Scott la mena jusque dans le coin le plus sombre du garage. Il l'aida à s'appuyer contre le mur.

— Il faut que je réfléchisse…

Elle hocha la tête, tout en absorbant goulûment l'air frais. Cela l'aidait à garder la tête froide, et le simple fait de sortir de l'espace clos où elle avait donné la mort et failli la trouver en retour la requinquait. Elle se redressa légèrement.

— Je peux bouger.

Scott était partagé entre l'horreur, la panique et la détermination. Il savait qu'il devait réfléchir, clairement et efficacement. Quand il souleva le masque de Hope, il comprit pourquoi Sally était tombée amoureuse d'elle. Comme si la douleur de ce qu'elle avait fait s'était gravée sur son visage, en témoignage de son courage. Il réalisa tout à coup qu'elle avait fait tout cela autant pour lui que pour Sally et Ashley.

— J'ai sans doute laissé du sang, sur le sol. Si la police…

Scott acquiesça. Il se concentra. Tout de suite, il sut ce qu'il devait faire.

— Attends-moi ici. Tu vas y arriver ?

— Ça va, dit Hope en dépit de l'évidence. Je suis blessée. Pas estropiée, ajouta-t-elle.

C'était un vieux cliché en usage chez les sportifs. Quand on est simplement blessé, on peut continuer le match. Quand on est estropié, il n'y a plus qu'à tirer l'échelle.

— Je reviens.

Scott dépassa le coin du garage et s'accroupit. Tout en s'efforçant de rester hors de vue, il inspecta la pagaille de pièces de voiture, d'outils dépareillés, de pots de peinture vides et de bardeaux. Il savait que ce qu'il cherchait se trouvait là, dans un rayon d'un ou deux mètres, mais il n'était pas sûr de pouvoir le repérer dans la pénombre.

Il va te falloir de la chance, murmura-t-il.

Puis il vit ce qu'il lui fallait. Un bidon de plastique rouge. Je t'en supplie, se dit-il. Il ne faut pas que tu sois vide.

Il prit le bidon et le secoua. Il était plein au tiers d'un liquide qu'il entendait glouglouter. Il dévissa le bouchon, et l'odeur caractéristique de l'essence lui parvint aux narines.

Très vite, penché en avant, Scott se glissa hors du garage, franchit la zone éclairée et entra dans la maison.

Pendant un instant, il dut repousser son envie de vomir. Quand il était entré, un peu plus tôt, il s'était entièrement concentré sur Hope et sur la meilleure façon de l'extraire du lieu de la bagarre. Maintenant, il était seul avec le cadavre du père d'O'Connell. Pour la première fois, il baissa les yeux et vit le sang, le visage ravagé de l'homme, semblable à une gargouille. Il eut un haut-le-cœur et se répéta en pure perte qu'il devait garder son calme. Il sentait son cœur battre, et tout ce qui l'entourait avait l'air lumineux. Le désordre de la bagarre et le sang semblaient rayonner, comme si tout était peint de couleurs vives. Il se dit que la mort violente rendait toute chose plus lumineuse, pas plus sombre.

Scott avait de plus en plus de mal à respirer, et ses mouvements étaient tout sauf assurés.

Il examina l'endroit précis où il avait trouvé Hope coincée sous le corps du père d'O'Connell, là où il devait y avoir du sang. Il repéra aussitôt les taches rouges sur le sol. Il les aspergea d'essence. Puis il versa le reste sur la chemise et le pantalon de l'homme. Il chercha autour de lui, trouva un torchon, le plongea dans le mélange de sang et d'essence qui trempait le torse du mort. Enfin, il le fourra dans sa poche.

Une nouvelle vague de nausée le submergea, et il dut tendre le bras pour garder son équilibre. Puis il s'immobilisa. Chaque seconde supplémentaire sur le lieu du crime, il le savait, augmentait le risque de laisser des indices compromettants. Il se redressa, laissa tomber le bidon dans les flaques d'essence et se dirigea vers la gazinière. Il trouva des allumettes sur le plan de travail, près des brûleurs.

Il s'approcha de la porte et enflamma toute la boîte d'allumettes qu'il jeta sur la poitrine du père d'O'Connell.

L'essence explosa au contact de la flamme. Pendant une seconde, Scott resta figé sur place, à contempler le feu qui commençait à s'étendre. Puis il tourna les talons et replongea dans l'obscurité.

Il retrouva Hope appuyée contre la paroi du garage. Les doigts de sa main gantée serraient le manche du couteau planté dans son flanc.

— Il va falloir y aller, lui dit-il.

— Je peux marcher.

Elle parlait d'une voix grinçante.

Ils gagnèrent la rue, en essayant de rester dans la pénombre. Scott la maintenait par la hanche, pour qu'elle puisse s'appuyer sur lui, et ils avancèrent lentement dans le noir. Elle le guidait vers l'endroit où se trouvait sa voiture. Ni l'un ni l'autre ne jeta un regard en arrière, vers la maison d'O'Connell. Scott pria pour que l'incendie qu'il avait provoqué ne prenne pas tout de suite – il ne fallait pas que les voisins remarquent les flammes avant quelques minutes.

— Ça va ? murmura-t-il.

— J'y arriverai, répondit Hope, toujours appuyée contre lui.

L'air de la nuit l'aidait à avoir des pensées plus claires et elle contrôlait sa douleur, mais chaque pas lui envoyait une pointe électrifiée à travers le corps. Elle passait sans cesse de la confiance en soi au désespoir et à la faiblesse. Quel que soit le plan concocté par Sally pour la fin de la nuit, Hope savait que rien ne se passerait comme prévu. C'est ce que lui disaient les pulsations du sang dans sa blessure.

— Continue, la pressa Scott.

— Nous sommes juste un couple qui s'offre une petite balade nocturne… plaisanta-t-elle malgré la douleur. A gauche au coin, et la voiture sera juste devant nous, à mi-chemin de la rue suivante.

Chaque pas semblait plus lent que le précédent. Scott ignorait ce qu'il ferait si une voiture s'approchait d'eux, ou si quelqu'un sortait de chez lui et les remarquait. Il entendait des chiens aboyer au loin. Quand ils passèrent le coin en titubant, comme un couple normal à l'issue d'un dîner trop arrosé, il vit enfin la voiture de Hope. La fête qui battait son plein dans la maison voisine était sacrément bruyante.

Hope parvint à se tenir droite. Elle avait l'impression d'utiliser tous ses muscles, de faire appel à toute la force dont elle disposait.

— Aide-moi à m'asseoir au volant…

Elle essayait de s'exprimer avec une autorité ne tolérant aucune discussion.

— Tu ne peux pas conduire. Tu as besoin d'un médecin et d'un hôpital.

— Ouais. Mais pas ici. Le plus loin possible d'ici.

Hope réfléchissait. Elle essayait de garder la tête claire, mais la douleur lui compliquait la tâche.

— Ces saloperies de plaques… On a eu tellement de mal à en changer. Il faut que tu remettes les bonnes.

Scott ne savait que penser. Il ne voyait pas pourquoi les plaques constituaient une priorité. Il lui semblait beaucoup plus important de conduire Hope aux urgences.

— Ecoute…

— Fais ce que je te dis !

Il l'aida à s'installer derrière le volant, comme elle le lui avait demandé. Il prit le sac contenant les plaques. Fronçant les sourcils, avec un profond soupir, il jeta un coup d'œil à la maison en fête, et se mit à l'œuvre. Quand ce fut fini, il jeta les plaques dans le sac à dos où se trouvait déjà le revolver et fourra dans le sac plastique, avec l'arme, le torchon souillé d'essence et de sang.

Il repassa du côté conducteur. Hope avait mis le contact. Il voyait son visage déformé par la douleur tandis qu'elle arrachait le chatterton de ses poignets et ôtait ses deux paires de gants. Elle lui tendit le tout, avec le passe-montagne. Il resta là, impuissant, eut juste le temps de tourner la tête lorsqu'elle arracha le couteau de sa chair.

— Bon Dieu ! fit-elle avec un haut-le-cœur.

Sa tête bascula en arrière et elle faillit perdre connaissance. Mais une autre vague succéda aussitôt à la première. La douleur la maintenait en alerte. Elle inspira à fond.

— Je dois te conduire à l'hôpital ! cria Scott.

— J'irai moi-même. Tu as trop de choses à faire.

Elle lui montra le couteau.

— Je le garde.

Elle le laissa tomber sur le sol de la voiture et le poussa hors de sa vue.

— Je peux le faire disparaître, dit Scott.

Hope avait du mal à penser de manière cohérente, mais elle secoua la tête.

— Débarrasse-toi de tout ça, et des plaques, quelque part où il sera impossible de faire le lien avec cette voiture.

Elle faisait des efforts terribles pour penser à tout, pour rester organisée, mais la douleur l'empêchait de raisonner normalement. Elle aurait aimé que Sally soit là. Sally aurait vu tous les aspects du problème, tous les détails. Elle excellait dans cet exercice. Hope se tourna vers Scott, qu'elle essaya de voir comme une partie de Sally – ce qu'il avait été jadis, pensa-t-elle.

— Bien, dit-elle. Nous revenons au plan. Je peux conduire. Toi, tu fais ce que tu es censé faire.

Elle lui montra le sac à dos contenant le revolver.

— Je ne peux pas t'abandonner. Sally ne me le pardonnerait jamais.

— Si tu ne le fais pas, elle n'aura même pas l'occasion de te pardonner. Nous sommes très en retard sur le programme. Ce que tu dois faire maintenant est essentiel.

— Tu en es sûre ?

— Oui, répondit-elle en sachant que c'était un mensonge.

Elle n'était plus sûre de rien, en fait.

— Vas-y. Maintenant.

— Que vais-je dire à Sally ?

Hope réfléchit un instant. Une dizaine d'idées lui vinrent à l'esprit. Elle se contenta de répondre :

— Dis-lui simplement que je m'en sortirai. Je lui parlerai plus tard.

— Tu es vraiment sûre ?

Il baissa les yeux vers l'endroit où il avait vu le manche du couteau dépasser de la plaie. La salopette noire de mécano était tachée de sang.

— Ça va bien mieux que ça n'en a l'air, mentit encore Hope. Vas-y, avant qu'il ne soit trop tard.

Après tout ce qu'elle avait fait, elle était presque anéantie à l'idée qu'ils puissent échouer. Elle agita la main vers lui.

— Allez !

— OK.

Il se redressa, s'écarta.

— Oh, Scott...

— Oui ?

— Merci d'être venu à mon aide.

Il hocha la tête.

— C'est toi qui as fait le plus dur.

Il ferma la portière et la regarda démarrer, penchée sur le volant. Il s'écarta et elle s'éloigna sans hésiter. Il la suivit des yeux, debout, seul, dans le noir, jusqu'à ce que les feux arrière disparaissent dans la nuit d'encre. Puis il balança le sac à dos sur son épaule et se mit à courir vers l'arrêt des cars. Il savait qu'il était en retard, et cela pouvait être catastrophique, mais il devait jouer le rôle que Sally lui avait confié. Il ne savait pas vraiment ce que Hope allait faire d'ici la fin de la nuit, mais la réussite finale reposait en grande partie sur elle. Puis il réalisa que c'était sûrement faux. Cette nuit-là, il faudrait encore beaucoup de chance dans d'autres lieux.

Sally était garée à l'extrémité du parking d'un centre commercial. Elle attendait Scott. Elle regarda sa montre, vérifia le chronomètre, prit son téléphone portable. Elle hésita un moment avant d'appeler, puis décida de n'en rien faire. Elle se trouvait à trois quarts d'heure environ de Boston, près de l'autoroute Inter-Etats, à un endroit qu'elle avait choisi en fonction de son emplacement, qui permettrait à Scott d'accéder facilement à la route pour regagner le Massachusetts occidental.

Elle se renversa contre l'appui-tête et ferma les yeux. Elle ne laisserait pas la peur l'envahir, elle ne se laisserait pas aller à passer en revue les catastrophes qui avaient pu arriver durant la nuit. En matière de meurtre, ils étaient des amateurs. Ils avaient certes un certain nombre de compétences, qui leur permettaient de croire que la planification, l'organisation et la conceptualisation de la mort étaient autant de choses réalisables, mais, s'agissant d'exécuter concrètement leur plan, ils étaient de vrais novices. Quand elle avait conçu toute l'opération de la nuit en cours, elle s'était dit que d'une certaine façon leur inexpérience serait leur meilleure arme. Des professionnels n'auraient jamais fait ce qu'ils avaient fait. Le plan était trop erratique, trop aléatoire, et sa réussite dépendait de l'action de beaucoup trop de gens. Et cela aussi constituait la force du projet.

Des personnes cultivées ne pouvaient pas faire ce qu'ils étaient en train de faire. Des toxicomanes, des gens violents pouvaient pratiquer l'escalade jusqu'au meurtre. C'était logique.

Elle ferma les yeux, serra les paupières.

Peut-être que l'idée qu'ils étaient capables de commettre un meurtre était une illusion depuis le début. Elle imagina sans peine Scott et Hope encadrés par des policiers, menottes aux poings. Le père d'O'Connell témoignerait, et elle serait la suivante sur la liste, dès que Scott ou Hope passeraient en salle d'interrogatoire.

Et Ashley – même avec Catherine à ses côtés – resterait seule pour affronter son avenir avec Michael O'Connell.

Sally ouvrit les yeux et scruta le parking inondé d'une lumière verdâtre.

Aucun signe de Scott.

Hope devait être sur le chemin du retour.

Michael O'Connell devait se trouver sur le bord de la route, en train de changer son pneu crevé, ou d'attendre la dépanneuse. Il devait être furieux, jurer comme un charretier en se demandant ce qui se passait. La seule chose qu'il ne pourrait imaginer, c'était qu'il était embarqué dans une pièce dont il tenait un des rôles principaux. Sally sourit. Elle se dit que c'était sans doute le meilleur rôle qu'il avait jamais eu, et elle espéra qu'il y avait mis le meilleur de lui-même. Il avait la corde au cou et il ne le savait pas. Il ne savait pas qu'en cet instant même on l'écartait de la vie d'Ashley à jamais.

— Nous t'avons eu, espèce de salopard, dit-elle en serrant les poings.

Elle expira lentement.

Peut-être.

Scott allait arriver. D'une seconde à l'autre.

De frustration et de désespoir, elle cogna sur son volant.

— Mais où es-tu, bordel ? murmura-t-elle avec violence, en balayant une fois de plus le parking du regard. Allons, Scott ! Qu'est-ce que tu fous ?

Elle prit son téléphone portable, le reposa. Elle se rendait compte que l'attente était la deuxième chose la plus difficile. La première, c'était faire confiance à quelqu'un qu'elle avait cru aimer jadis, qu'elle avait abandonné, trompé, et dont elle avait finalement divorcé. En réalité, seule la présence d'Ashley maintenait un semblant de civilité entre elle et son ex-mari. Cela suffirait, se dit-elle, pour leur permettre d'aller au bout de la nuit.

Puis ses pensées se tournèrent vers Hope. Elle secoua la tête, sentit les larmes lui monter aux yeux. Elle savait qu'elle pouvait lui faire une confiance absolue, même si elle n'avait pas fait grand-chose, ces derniers mois, pour mériter cette confiance. Elle avait l'impression de flotter dans l'incertitude.

— Allons… murmura-t-elle de nouveau, comme si les mots suffisaient à faire que les choses arrivent.

Il y avait une grande benne à ordures verte dans un coin éloigné du parking où Scott avait laissé sa camionnette. A son grand soulagement, il constata qu'elle était presque pleine – non seulement de sacs plastique bourrés d'ordures, mais aussi de bouteilles, de canettes et de déchets non triés. Il souleva un sac qui n'avait pas l'air tout à fait plein, l'ouvrit et y glissa le plus profondément possible les plaques minéralogiques volées, ainsi que le chatterton et les gants. Il resserra soigneusement le cordon pour éviter que son contenu ne se renverse et reposa le sac au milieu de la pile d'ordures. Il se dit que le container ne tarderait pas à être vidé, sans doute dès le lendemain.

Il retourna rapidement à sa camionnette et attendit

d'être sûr qu'il n'y ait aucun autre véhicule avant de démarrer.

Après avoir posé le sac à dos sur le sol, Scott se changea et remit son costume et sa cravate. Il savait qu'il devait se dépêcher, et, plus important encore, qu'il ne devait pas attirer l'attention. Il aurait aimé aller beaucoup plus vite, mais il évita scrupuleusement de dépasser la vitesse autorisée. Même quand il se trouva sur l'autoroute, en chemin vers son rendez-vous avec Sally, il resta sur la file centrale.

Il ne savait pas ce qu'il lui dirait quand il la verrait.

Tout en essayant de trouver les mots qu'il emploierait, il lui semblait impossible de la mettre au courant de ce qui s'était passé durant la nuit. S'il ne lui disait rien, elle lui en voudrait à mort. S'il lui disait ce qui s'était passé, elle serait terrifiée et lui en voudrait à mort. Elle voudrait rejoindre Hope sur-le-champ, au mépris de leur plan. Et tout serait fichu.

Il roulait dans la nuit, et il savait qu'il allait mentir. Pas beaucoup, peut-être, mais assez tout de même. Cela le fâchait et l'attristait en même temps, et aussi ça lui donnait l'impression d'être nul et profondément malhonnête.

Dès qu'il quitta la bretelle et entra sur le parking, il repéra Sally. Il ne lui fallut pas longtemps pour la rejoindre. Il prit le sac à dos contenant le revolver et le torchon imprégné d'essence et de sang, descendit de voiture.

Sally resta derrière son volant, moteur allumé.

— Tu es en retard, dit-elle. Je ne sais pas s'il me reste assez de temps. Tout s'est passé comme prévu ?

— Pas exactement. Ça n'a pas été aussi simple que nous le pensions.

— Comment ça ? demanda Sally, du ton brusque de l'avocate.

— Il y a eu un peu de bagarre. Mais Hope a réussi. Elle a fait ce qu'elle devait faire…

Il hésita.

— Mais elle a peut-être été un peu blessée dans la bagarre. Elle est dans sa voiture, sur le chemin du retour. Je craignais qu'il ne reste quelque chose là-bas qui puisse indiquer sa présence. J'ai donc allumé un petit incendie…

— Bon Dieu ! s'écria Sally. Mais ce n'était pas dans le plan !

— Je m'inquiétais pour la scène de crime. Je me suis dit que c'était la meilleure manière de compliquer la tâche des flics. N'est-ce pas exactement le genre de choses dont tu nous parlais ?

Sally acquiesça.

— Si, si. Parfait. Je ne crois pas que ça pose un problème.

— Dans le sac à dos, avec le truc, il y a un torchon. En train d'imprégner d'essence le canon du revolver. Il faudra t'en débarrasser.

Sally hocha de nouveau la tête.

— C'est une bonne idée. Mais Hope… que disais-tu à propos de Hope ?

Scott se demandait si elle pouvait lire le mensonge sur son visage.

— Elle est dans les temps. Fais ce que tu as à faire, et tu lui parleras plus tard.

— Qu'est-ce qui est arrivé à Hope, exactement ? demanda sèchement Sally.

— Il faut que tu y ailles. Tu dois retourner à Boston. Le timing est essentiel. Nous n'avons aucun moyen de savoir ce que va faire O'Connell.

— Qu'est-ce qui est arrivé à Hope ? répéta Sally, d'un ton coléreux, amer.

— Je te l'ai dit, elle s'est battue. Elle a reçu un coup de couteau. Quand je l'ai quittée, elle m'a dit de te dire qu'elle allait bien. D'accord ? C'est exactement ce qu'elle m'a dit. « Dis à Sally que je vais bien. » Tu dois finir le boulot cette nuit. Comme nous tous. Hope a fait sa part. J'ai fait la mienne. A toi de faire la tienne. C'est la dernière chose, et…

Il n'acheva pas sa phrase.

Sally hésita.

— Reçu un coup de couteau ? Qu'est-ce que ça veut dire : *elle a reçu un coup de couteau* ? Dis-moi la vérité.

— Je te dis la vérité, répondit Scott avec raideur. Elle a été blessée. C'est tout. Vas-y, maintenant.

Sally imagina une centaine de réponses à lui faire sur-le-champ. Mais elle se tut. Elle était furieuse, mais elle savait qu'elle aussi lui avait menti, bien des années auparavant. En ce moment même, il était en train de lui mentir et elle ne pouvait absolument rien y faire. Incapable de se fier à sa propre voix, elle se contenta de hocher la tête, prit le sac à dos, démarra et s'enfonça dans la nuit. Une fois de plus, Scott resta seul, à contempler des feux arrière disparaître dans le noir.

— Ainsi, l'incendie a vraiment tout foutu en l'air, dit l'inspecteur en montrant les photos de la scène de crime. Plus encore que le feu, c'est cette sacrée flotte que les pompiers ont déversée sur absolument tout. Bien entendu, fit-il avec un rire en coin, on ne peut pas leur demander de faire autrement. On a déjà eu de la chance que toute la maison ne soit pas partie en fumée. L'incendie a été plus ou moins circonscrit dans la cuisine. Vous voyez le mur noir, ici, complètement brûlé par l'incendie ? Notre spécialiste des pyromanes nous a dit que le type qui avait provoqué cette saloperie ne savait pas s'y prendre, parce qu'au lieu de se répandre dans la pièce le feu est monté le long du mur et dans le plafond ; c'est pourquoi le voisin d'en face a tout de suite vu les flammes. Finalement, on a été vernis de pouvoir tout reconstituer.

— Vous aviez souvent travaillé sur des homicides ? demandai-je.

— Ici ? Nous ne sommes pas à Boston, ni à New York. Notre service est plutôt modeste. Mais le labo de médecine légale de l'Etat est excellent, et les légistes ne sont pas tous des empotés. Lorsqu'un meurtre est commis, nous n'avons pas beaucoup de mal, en général, à l'éclaircir. La plupart des homicides que nous voyons sont des scènes de ménage qui ont mal tourné, ou des deals de drogue qui virent à l'aigre. Le plus souvent, le coupable est sur place, ou du moins un copain à lui ; il y a donc quelqu'un pour nous dire qui nous cherchons.

— Ce n'était pas le cas dans cette affaire-ci, n'est-ce pas ?

— Nan. Au début, nous avions quelques raisons de nous gratter le crâne. Et des tas de gens n'avaient pas envie de verser la moindre larme quand O'Connell s'est fait planter. C'était un mari atroce, un père atroce, un voisin atroce, au total un vrai fils de pute. En tout cas, il restait juste assez de choses dans la maison et sur le lieu du crime pour nous permettre d'avancer.

Je hochai la tête.

— Mais qu'est-ce qui vous a entraîné dans la bonne direction ?

— Deux choses, en fait. Vous avez un incendie et un cadavre partiellement brûlé. Nous, pauvres cloches, on a cru tout d'abord que le vieux O'Connell s'était saoulé, qu'il avait trouvé le moyen de mettre le feu à la baraque et d'y rester. Du genre, il tombe dans les pommes avec une cigarette et une bouteille de scotch à la main. Bien sûr, cela aurait été plus logique dans un fauteuil du salon, ou sur son lit dans la chambre, pas par terre dans la cuisine. Mais quand le légiste couche le cadavre sur sa table, écarte les bouts de chairs carbonisées et qu'il découvre les blessures, une balle de calibre 25 dans le crâne et une autre à l'épaule, eh bien on se dit qu'il s'agit d'autre chose. On retourne dans cette gadoue en quête d'indices qui nous permettraient d'avancer, vous voyez. Mais le toubib trouve aussi des fragments de peau sous les ongles du vieux, ce qui nous fournit des échantillons d'ADN intéressants. Brusquement, le gâchis dans la maison fait penser à une bagarre qui aurait mal tourné pour le vieux salaud. Et quand nous quadrillons le quartier, un voisin se rappelle qu'il a vu une voiture immatriculée dans le Massachusetts partir dans un crissement de pneus un peu avant que la fumée n'apparaisse. Ça, plus les résultats de l'analyse ADN, ça nous a permis d'obtenir un mandat. Et qu'est-ce que nous avons trouvé au bout, d'après vous ?

Il sourit, puis il eut un petit rire. La satisfaction du flic qui constate une fois de plus que le monde tourne quand même de temps en temps dans le bon sens.

Je me disais qu'à sa place je ne serais pas forcément arrivé à la même conclusion.

45

Un soliloque au téléphone

Hope roulait vers le nord et passa le péage à la limite du Maine. Elle se dirigeait vers un endroit sur la côte, où elle était allée en vacances, de nombreuses années auparavant, peu après que Sally et elle furent tombées amoureuses l'une de l'autre. C'était leur premier voyage ensemble, et elles avaient emmené la petite Ashley. L'endroit était sauvage. Un parc recouvert d'arbres épais et de broussailles enchevêtrées descendait jusqu'au bord de l'eau ; le rivage rocheux accueillait les brisants qui déferlaient de l'Atlantique en projetant des gerbes d'eau salée. L'été, c'était magique, avec les phoques jouant sur les rochers, une dizaine d'espèces différentes d'oiseaux de mer gueulant contre les vents du large. Maintenant, se dit-elle, le lieu devait être isolé et désert. Elle ne voyait pas d'autre endroit assez tranquille pour qu'elle puisse s'y arrêter et réfléchir à ce qu'elle allait faire.

Elle appuya son coude vers le bas, pour maintenir la pression sur sa plaie. Cela l'aidait à bloquer la circulation sanguine. La blessure elle-même provoquait désormais un élancement très douloureux et permanent. A plusieurs reprises, elle crut qu'elle allait s'évanouir. Tandis que les kilomètres défilaient sous les roues de la voiture, elle avait cependant rassemblé quelques forces. Serrant les dents pour résister à la douleur, elle se disait qu'elle pourrait tenir bon jusqu'au bout du trajet.

Elle essaya d'imaginer ce qui s'était passé à l'intérieur de son corps. Elle visualisa différents organes – son estomac, sa rate, son foie, ses intestins – et, comme dans un jeu d'enfant, chercha à deviner lesquels avaient été percés, tranchés par la lame du couteau.

La campagne était encore plus sombre que la nuit elle-même. De grands bouquets de pins noirs, tels des témoins dressés sur le bord de la route, semblaient surveiller sa progression. Elle quitta l'autoroute à péage et dut tourner doucement le volant pour prendre la bretelle puis les petites routes sinueuses qui lui rappelaient la région de son enfance. Par instants, la douleur lui coupait le souffle. Elle tenta de contrôler sa respiration, s'efforçant d'inspirer lentement, avec précaution, l'air nocturne.

Elle se figura qu'elle était vraiment sur le chemin de la maison qui l'avait vue grandir. Elle revoyait sa mère, des années plus tôt, les cheveux relevés en chignon, dans le jardin, en train de se bagarrer avec ses fleurs. Son père était derrière, sur le terrain qu'il avait construit pour elle, et il essayait de jongler avec un ballon de football. Elle entendait sa voix ; il lui disait de mettre ses crampons et de venir jouer. Il parlait encore d'une voix forte. C'était bien avant qu'il ne parte à l'hôpital, brisé par la maladie.

J'arrive, répondit-elle mentalement.

A intervalles réguliers, de petits panneaux bruns lui indiquaient la direction du parc, et l'air commençait à sentir le sel. Elle se rappelait un parking discret, elle savait qu'il serait désert par cette froide nuit de novembre. Un simple sentier d'un mètre de large, au sol couvert d'un épais tapis d'aiguilles de pin, traversait les bouquets d'arbres et de broussailles, dépassait une aire de pique-nique, un kilomètre avant la mer. Levant les yeux au ciel, elle vit la pleine lune. Elle savait qu'elle pouvait avoir besoin de sa faible luminosité. La lune du chasseur, se dit-elle. Elle était cerclée de jaune, et Hope se dit que les premières neiges et le gel n'étaient pas loin. Elle doutait que quelqu'un vienne. Elle ne savait pas ce qu'elle dirait si c'était le cas. Elle n'avait plus l'énergie nécessaire pour mentir, même au policier ou garde forestier le moins curieux.

Hope vit un autre panneau : un grand *H* blanc sur fond bleu.

Il est injuste de me tenter ainsi, se dit-elle. Elle avait oublié que le parc se trouvait à quelques kilomètres d'un hôpital.

Elle envisagea un instant qu'elle tournait dans cette direction. Il y aurait un grand puits d'une lumière éclatante, et une enseigne au néon qui indiquerait *ENTRÉE DES URGENCES*. Sans doute une ou deux ambulances sur l'allée d'accès circulaire. Juste après l'entrée, il y aurait une infirmière, derrière un bureau, chargée de l'accueil et du tri des patients.

Hope l'imagina : une femme énergique d'une quarantaine d'années, que n'impressionnaient ni le sang ni le danger. Elle jetterait un coup d'œil à la blessure que Hope avait au côté, et la dernière chose que celle-ci se rappellerait serait les lampes fluorescentes de la salle d'examen, et les murmures qu'échangeraient un médecin et les infirmières penchées sur elle pour essayer de lui sauver la vie.

Qui vous a fait cela ? demanderait quelqu'un. Ils auraient un bloc-notes sous la main, pour inscrire ses réponses.

Je me le suis fait toute seule.

Non, vraiment, qui a fait cela ? La police arrive, elle voudra savoir. Dites-le-nous maintenant.

Je ne peux pas vous le dire.

Nous avons des questions. Nous voulons des réponses. Pourquoi êtes-vous ici ? Si loin de chez vous ? Qu'avez-vous fait cette nuit ?

Je ne vous le dirai pas.

Ce n'est pas la même chose que « Je ne peux pas le dire ». Nous avons des soupçons. Nous avons des doutes. Si vous êtes encore vivante demain matin, nous aurons encore plus de questions à vous poser.

Je ne vous répondrai pas davantage.

Bien sûr que si. Tôt ou tard, vous répondrez. Dites-moi, pourquoi avons-nous trouvé sur votre salopette le sang de quelqu'un d'autre ? Comment est-il arrivé là ?

Hope serra les dents et continua sa route.

Sally gara sa voiture presque au même endroit, devant l'appartement de Michael O'Connell, que plus tôt dans la soirée. La rue était déserte, à l'exception des voitures garées de part et d'autre. Une nuit urbaine, où l'obscurité s'emploie à se glisser jusque dans les renfoncements, à relier les ombres entre elles, à lutter contre la lumière ambiante qui se répand depuis les quartiers les plus animés de la ville.

Elle consulta d'abord sa montre, puis le chronomètre, qui avait tourné toute la journée. Elle inspira lentement.

Elle leva les yeux vers la façade de l'immeuble. Les fenêtres de l'appartement d'O'Connell étaient plongées dans l'obscurité.

Elle regarda des deux côtés de la rue. Elle sentait la chaleur monter en elle. A quelle distance se trouvait-il ? Deux minutes ? Vingt minutes ? Venait-il par ici, simplement ?

Elle secoua la tête. Un meilleur plan aurait voulu que quelqu'un soit chargé de le suivre depuis son départ de chez son père, afin que ses mouvements soient enregistrés. Elle se mordit la lèvre. Cependant, cette solution, en obligeant l'un d'eux à rester beaucoup plus près d'O'Connell qu'elle ne le souhaitait, les aurait tous exposés au danger. C'était la raison pour laquelle elle avait prévu un intervalle entre son départ et son retour. Mais Scott lui avait rapporté l'arme avec un retard considérable, et elle n'avait plus de repères pour connaître la position précise d'O'Connell. Est-ce que son pneu s'était dégonflé, comme Scott le lui avait assuré ? Est-ce que cela l'avait retardé assez longtemps ? Tous ces doutes lui hurlaient aux oreilles, comme une symphonie dissonante jouée par des instruments désaccordés.

Elle jeta un regard en coin au sac à dos qui contenait le revolver, repoussa le désir de le jeter simplement dans une benne à ordures derrière l'immeuble. Il était très probable que les flics finiraient tout de même par le trouver. Mais cela la priverait de la certitude dont elle avait besoin. La nuit avait été pleine de doutes, et cette partie-là devait être concluante.

Pendant quelques instants, elle serra le téléphone entre ses doigts. Son esprit se tourna désespérément vers Hope.

Où es-tu ? demanda-t-elle mentalement.

Tu vas bien ?

Ses mains tremblaient. Elle ne savait pas si c'était parce qu'elle avait peur qu'O'Connell ne la surprenne, réduisant leurs efforts à néant, ou parce qu'elle avait peur pour Hope. Elle imagina sa compagne, essaya de deviner ce qui lui était arrivé, de décrypter ce que Scott lui avait dit – mais toutes les réponses qui se présentaient à son imagination la terrifiaient encore plus.

O'Connell venait vers elle, il se rapprochait de minute en minute, elle le sentait. Elle savait qu'elle devait agir sans plus attendre. Elle hésitait pourtant, paralysée par le doute.

Hope était là-bas, quelque part, en proie à la douleur. Ça aussi, elle le sentait. Et elle n'y pouvait rien.

Elle émit un long gémissement.

Puis, rassemblant toute la force de sa volonté, Sally s'empara du sac à dos et sauta de la voiture. Elle pria pour que l'obscurité la dissimule tandis qu'elle traversait la rue à vive allure, penchée en avant. Elle savait que si quelqu'un la voyait et faisait le lien entre elle et son sac à dos, d'une part, et O'Connell et son appartement, d'autre part, tout s'écroulerait. Elle savait parfaitement qu'elle ne devait pas courir, mais marcher d'un pas régulier. Si quelqu'un la voyait, c'était fichu. Si quelqu'un lui parlait, c'était fichu. Tout ce qui permettrait à quiconque de se rappeler les prochaines minutes, de quelque manière ou sous quelque forme que ce soit, leur serait fatal. A tous.

Elle savait que c'était le moment où elle devait se montrer à la hauteur. C'était l'instant précis où tout ce qui s'était passé durant la nuit pouvait être remis en question. Une défaillance de sa part les condamnerait, et peut-être aussi Ashley. Elle avait l'arme du crime en sa possession. C'était l'instant où elle était d'une vulnérabilité absolue.

— Avance ! murmura-t-elle.

En traversant le hall de l'immeuble, elle entendit des voix dans l'ascenseur. Elle s'engouffra dans la cage d'escalier et monta quatre à quatre. Elle s'arrêta devant l'épaisse porte coupe-feu, tendit l'oreille pour entendre ce qui se passait de l'autre côté, réalisa que c'était impossible. Elle entra, emprunta le couloir qui menait chez O'Connell. Elle avait à la main la clé de Mme Abramowicz, comme un peu plus tôt. Pendant une seconde terrifiante, elle imagina qu'il était à l'intérieur, allongé sur son lit, dans le noir. Elle devait avoir un plan. Que ferait-elle s'il était là ? Et s'il arrivait avant qu'elle ait fini ce qu'elle avait à faire ? S'il la repérait dans le couloir ? S'il la voyait dans l'ascenseur ? Ou en train de sortir de l'immeuble ? Dans la rue ? Que dirait-elle ? Est-ce qu'elle se battrait contre lui ? Essaierait-elle de se cacher ? La reconnaîtrait-il, d'ailleurs ?

Elle ouvrit la porte. Sa main tremblait, à cause de toutes ces questions.

Elle entra en hâte, ferma la porte derrière elle. Elle tendit l'oreille en quête d'un bruit de respiration, de pas, d'une chasse d'eau, du cliquetis d'un clavier d'ordinateur… de tout ce qui aurait pu l'informer qu'elle n'était pas seule. Mais elle n'entendait rien d'autre que le son torturé de sa propre respiration, qui semblait à chaque seconde plus forte et plus rapide.

Vas-y maintenant ! Maintenant ! Tu n'as plus le temps !

Elle traversa le vestibule à toute vitesse, trop terrifiée pour allumer la moindre lampe, jurant contre elle-même en se cognant contre le mur. Un peu de la lumière de la rue se glissait par les fenêtres de la chambre, ce qui lui permettait tout juste de voir ce qu'elle faisait. Elle aperçut brièvement son reflet dans une glace. Elle faillit hurler.

Elle se précipita vers le placard, ouvrit frénétiquement la fermeture Eclair du sac à dos et en sortit le revolver. Elle sentit l'odeur âcre de l'essence, comme Scott l'en avait avertie. Elle glissa l'arme à sa place dans la chaussure, enfonça la chaussette pour dissimuler l'odeur et la laissa dépasser. Après avoir remis l'ensemble en place, en espérant que tout était exactement comme dans son souvenir, elle se redressa.

Sally tâchait de se mouvoir calmement, avec efficacité, de penser à chaque étape, mais elle en était incapable. Elle reprit le sac à dos, désormais vide, jeta un rapide regard autour d'elle et décida que tout avait le même aspect que lors de sa précédente visite. Elle se retourna pour s'en aller.

Paralysée par l'obscurité, une fois de plus, elle trébucha.

Elle s'efforça de maîtriser sa terreur, s'interdisant de courir. Elle ne voulait pas heurter quoi que ce soit, et surtout ne rien renverser. Il ne devait y avoir aucun indice suggérant que quelqu'un était venu deux fois, ce jour-là, dans l'appartement. Rien n'était plus important, se dit-elle en attendant que son cœur ralentisse un peu.

Il lui était presque douloureux de retarder son départ.

Quand elle atteignit enfin la porte, elle était presque en proie à la panique. *Il est là*, se dit-elle. Elle crut entendre une clé tourner dans la serrure, des voix, des bruits de pas.

Sally s'ordonna de ne pas tenir compte des tours que lui jouait sa peur. Elle sortit de l'appartement. Elle regarda le couloir, à droite, puis à gauche, constata qu'elle était seule. Sa main se contracta pourtant, et il lui sembla entendre le bruit de quelqu'un qui approchait, venant de toutes les directions à la fois. Elle s'arma de courage, s'intima l'ordre d'être à la hauteur.

Elle ferma à clé et longea le couloir. Une fois encore, elle préféra prendre l'escalier. Une fois encore, elle traversa le hall et sortit dans la nuit. Brusquement, elle fut balayée par l'exaltation de la réussite. Elle traversa la rue, jouissant de l'anonymat retrouvé.

Elle vit un égout pluvial, juste devant sa voiture. Elle fit tomber la clé de Mme Abramowicz entre deux barreaux, entendit le ploc dans l'eau boueuse qui stagnait au fond.

Après être montée dans sa voiture, elle ferma la portière et renversa la tête en arrière. Ce n'est qu'alors qu'elle sentit monter les larmes. L'espace d'une seconde, elle crut que tout allait marcher. *Elle est en sécurité*, se dit-elle. Nous l'avons fait, Ashley est en sécurité.

Puis elle pensa à Hope, et la panique la reprit. Une panique qui semblait monter depuis le trou noir qui s'était creusé en elle, inexorablement, menaçant de l'emporter dans une nouvelle crise de terreur ignoble. Sally étouffa un sanglot, retint son souffle. Elle prit son portable et composa le numéro de Hope.

Scott fut soulagé quand il s'arrêta dans son allée. Il gara la camionnette derrière la maison, à son emplacement habituel – où il était difficile de l'apercevoir de la rue ou depuis les maisons voisines. Il empoigna les vêtements qu'il avait portés cette nuit-là, monta dans la Porsche et démarra. Il fit gronder son moteur, s'assurant qu'il faisait assez de bruit pour que tous ceux qui veillaient encore, devant leur téléviseur ou devant un livre, sachent qu'il était là.

Il y avait dans le centre-ville une pizzeria fréquentée par les étudiants. A une heure aussi tardive (il était presque minuit), la présence d'un professeur ne passerait pas inaperçue, quoiqu'elle ne fût pas extraordinaire : on savait que les profs qui corrigeaient des copies mettaient à profit leur énergie nocturne. S'il voulait qu'on le voie, l'endroit en valait largement un autre.

Il se gara juste en face, et la Porsche attira l'attention de quelques jeunes gens assis au comptoir près de la vitrine. On la remarquait toujours.

Scott commanda une portion de pizza poulet grillé-ananas qu'il prit soin de payer avec sa carte de crédit.

Certes, il ne pourrait pas prouver sa présence en début de soirée. « J'étais chez moi, je corrigeais des copies, dirait-il. Non, je ne réponds pas au téléphone quand je relis les devoirs des étudiants. » Il pourrait ajouter : « Tuer quelqu'un, et aller manger une pizza ? C'est absurde, inspecteur. » Ce n'était pas le meilleur alibi, mais c'était quand même quelque chose. Il s'appuyait en grande partie sur Sally, qui ferait ce qu'elle avait promis de faire avec l'arme. Tout reposait sur le fait que le revolver serait découvert à sa place. Scott était si tendu qu'il faillit s'étrangler en y pensant.

Il trouva une place libre au comptoir, mangea lentement sa pizza. Il essayait de ne pas penser à la journée qui venait de s'écouler, de ne pas en rejouer mentalement les scènes une par une. Mais, tandis qu'il contemplait sa pizza, l'image de l'homme assassiné s'imprima devant ses yeux. Quand il crut sentir l'odeur caractéristique de l'essence et celle, tout aussi écœurante, de la chair brûlée, il faillit avoir un haut-le-cœur.

Tu étais de nouveau à la guerre, se dit-il.

Il inspira à fond, continua à manger sa pizza, se concentra sur les tâches qui lui restaient à accomplir. Il devait se débarrasser de tous les vêtements qu'il portait dans la maison du père d'O'Connell. Il les déposerait dans un container de l'Armée du Salut, où ils disparaîtraient dans le circuit de la charité. Il se rappela de ne pas oublier les chaussures. Peut-être y avait-il du sang sur les semelles. Du sang sur ses mains ?

Il regarda sa pizza. La main qui tenait la fourchette tremblait.

Qu'ai-je fait ?

Il refusa de répondre à cette question. Son esprit se tourna vers Hope. Plus il pensait à l'état dans lequel elle se trouvait, à sa blessure au côté, plus il se rendait compte que lui-même n'était pas près de respirer normalement.

Scott jeta un regard égaré autour de lui, dans le restaurant, examina les autres clients noctambules. Presque tous restaient dans leur coin ; les yeux sage-ment fixés devant eux, ils regardaient de l'autre côté de la vitrine ou contemplaient le mur. Pendant un instant, il se dit qu'ils étaient capables de voir la vérité en lui, ce soir-là, que d'une manière ou d'une autre la culpabilité était visible sur son visage comme une traînée de peinture rouge vif.

Il sentit que sa jambe était prise de spasmes nerveux.

Tout va s'effondrer, se dit-il. Nous allons aller en prison.

Sauf Ashley. Il essaya d'imprimer dans son esprit l'image de sa fille, comme moyen de repousser le désespoir qui menaçait de le balayer.

Il trouva à la pizza un goût de craie. Il avait la gorge sèche. Il avait désespérément envie d'être seul, le contraire aussi – les deux en même temps.

Il repoussa son assiette en carton.

Pour la première fois, Scott réalisa que tout ce qu'ils avaient fait, dans le but de restaurer une certaine stabilité dans la vie d'Ashley, les avait projetés dans le gouffre sans fond de l'incertitude.

Scott sortit lentement de la pizzeria, regagna sa voiture, se demandant s'il pourrait jamais dormir paisiblement. Il doutait que ce fût possible.

Hope était toujours dans sa voiture de location. Elle avait coupé le moteur et éteint les phares, et elle se reposait, la tête sur le volant. Elle s'était garée au fond du petit parking qui se trouvait à l'entrée du parc, côté mer, au plus loin de la grand-route, aussi invisible que possible.

Elle était prise de vertiges. Epuisée, elle se demandait si elle aurait la force de tenir jusqu'au matin. Elle avait le souffle saccadé et laborieux.

Sur le siège à côté d'elle, elle avait posé le couteau

qui avait fait tant de dégâts, un stylo à bille bon marché et une feuille de papier. Elle fouilla dans son esprit, essayant de savoir si autre chose risquait de la compromettre. Elle vit le téléphone portable et se dit qu'elle devait s'en débarrasser. Au moment où elle tendait la main vers l'appareil, il sonna.

Hope sut que c'était Sally.

Elle s'en saisit, l'approcha de son oreille et ferma les yeux.

— Hope ?

La voix de Sally, au bout du fil, tremblait sous l'effet de l'inquiétude.

— Hope ?

Elle ne répondit pas.

— Tu es là ?

Elle ne répondait toujours pas.

— Où es-tu ? Tu vas bien ?

Hope pensa à beaucoup de réponses possibles, mais aucune ne franchit ses lèvres. Elle avait le souffle lourd.

— Je t'en supplie, Hope, dis-moi où tu es.

Hope secoua la tête, toujours sans un mot.

— Tu es blessée ? C'est grave ?

Oui.

— Je t'en supplie, Hope, réponds-moi. Je veux que tu me dises que tu vas bien. Tu rentres à la maison ? Tu vas à l'hôpital ? Où es-tu ? Je viendrai. Je t'aiderai, dis-moi simplement ce que je dois faire.

Il n'y a rien que tu puisses faire. Non, continue simplement à parler. C'est formidable d'entendre ta voix. Tu te rappelles notre rencontre ? Nos doigts se sont touchés quand nous nous sommes serré la main, et j'ai pensé que nous allions nous enflammer, juste là, dans la galerie, devant tout le monde…

— Tu ne peux pas parler ? Il y a quelqu'un près de toi ?

Non. Je suis seule. En même temps, non, je ne suis pas seule. Tu es ici avec moi, maintenant. Ashley est avec moi. Catherine et mon père, aussi. J'entends Sans-Nom qui aboie parce qu'il veut aller sur le terrain de foot. Je suis encerclée par mes souvenirs…

Sally avait une envie folle de céder à la panique, à la peur qui soufflait autour d'elle avec la force d'un ouragan, mais elle parvint à s'accrocher solidement à quelque chose qu'elle avait en elle et à maîtriser la tempête.

— Hope, je sais que tu m'écoutes. Je le sais. Je vais parler. Si tu peux dire quelque chose, fais-le. Dis-moi simplement où aller, et j'y serai. S'il te plaît.

Je suis à un endroit dont tu te souviendras. Quand tu comprendras, ça te fera sourire et pleurer en même temps.

— Hope, c'est réglé. Nous avons fini. Nous l'avons fait. C'est derrière nous, maintenant. Elle va être en sécurité, je le sais. Tout redeviendra comme avant. Elle va retrouver sa vie, et toi et moi nous retrouverons notre vie ensemble. Scott aura ses cours, et tout sera comme quand nous étions heureux. Je me suis tellement trompée. Je sais que j'ai été odieuse, je sais que ça a été dur pour toi, mais je t'en prie, toutes les deux, nous allons repartir de zéro, toi et moi. Je t'en supplie, ne me laisse pas. Pas maintenant. Alors que nous avons une chance.

C'est notre seule chance.

— Je t'en supplie, Hope. S'il te plaît. Parle-moi.

Si je te parle, je ne pourrai pas faire ce que j'ai à faire. Tu m'en dissuaderas. Je te connais, Sally. Tu seras convaincante, séduisante et drôle, tout ça à la fois, comme toujours. C'est ce que j'ai aimé en toi, depuis le début. Et si j'accepte de te parler, je ne serai pas capable de contester les arguments que tu avanceras pour me dissuader.

Sally écoutait le silence, en se torturant pour trouver ce qu'elle pourrait dire. Elle était incapable de trouver les mots pour décrire la situation. C'était beaucoup trop sombre, trop cauchemardesque. La seule chose qu'elle savait, c'était qu'il devait exister une phrase, une formule qui pourrait empêcher ce qu'elle redoutait.

— Ecoute, Hope, mon amour, laisse-moi t'aider.

Tu m'aides déjà. Continue à parler. Cela me rend plus forte.

— Peu importe ce qui s'est passé, je peux nous sortir de là. Je sais que j'en suis capable. Fais-moi confiance. Je suis entraînée. C'est ma spécialité. Il n'y a pas de problème trop gros pour que nous ne puissions nous en sortir, si nous y travaillons ensemble. Est-ce que ce n'est pas ce que nous avons appris, cette nuit ?

Hope tendit le bras, approcha d'elle le stylo et le morceau de papier. Elle cala le téléphone entre son épaule et son oreille, pour pouvoir écouter.

— Hope, nous pouvons y arriver. Nous pouvons gagner. Je le sais. Dis-moi que tu le sais, toi aussi.

Pas cela. Trop de questions. Nous serons tous en danger. Il faut que je le fasse. C'est la seule chose à faire pour que je sois sûre que nous serons tous en sécurité.

Sally ne parlait plus. Hope écrivit :

Il y a trop de tristesse dans ma vie.

Elle secoua la tête. Le premier d'une longue série de mensonges, se dit-elle. Elle continua à écrire :

J'ai été injustement accusée dans mon école.

— Hope, s'il te plaît, murmura Sally. Je sais que tu es là. Dis-moi ce que je dois faire. Je t'en supplie.

Et la femme que j'aime ne m'aime plus.

En écrivant ces mots, Hope se mordit la lèvre. Il fallait qu'elle trouve un moyen d'indiquer que ce n'était qu'un mensonge, qu'elle trouve un moyen de le dire, de sorte que seule Sally sache la vérité, pas le garde forestier qui trouverait le message, ni l'inspecteur de police qui le lirait.

C'est pourquoi je suis venue à cet endroit que nous avons aimé jadis toutes les deux, pour me rappeler comment c'était, pour savoir comment serait l'avenir, si seulement j'étais plus forte.

Sally, en larmes, s'abandonna à quelque chose qui allait bien au-delà de la terreur. C'était un sentiment d'inéluctable. Elle avait compris.

Elle veut nous protéger.

— Hope, mon amour, je t'en supplie…

Elle expectorait les mots entre deux hoquets désespérés.

— Laisse-moi venir à tes côtés. Nous avons toujours compté l'une sur l'autre, depuis le début. Nous nous sommes rendues heureuses. Laisse-moi le faire encore une fois, je t'en supplie.

Mais tu es en train de le faire, Sally.

J'ai essayé de me poignarder, mais ça n'a servi qu'à mettre du sang partout, je suis navrée. J'ai voulu me donner un coup de couteau dans le cœur, mais j'ai raté. Alors j'ai choisi un autre chemin.

Nous y voilà, se dit Hope.

Le seul chemin qui s'ouvre devant moi. Je vous

aime, tous, et je suis sûre que c'est ainsi que vous vous souviendrez de moi.

Elle était épuisée.

La voix de Sally avait baissé, ce n'était plus qu'un murmure :

— Ecoute, Hope, je t'en supplie, quelle que soit la gravité de ta blessure, nous pouvons dire que c'est moi qui te l'ai faite. Scott m'a dit que tu as reçu un coup de couteau. Eh bien nous dirons aux flics que c'est moi qui te l'ai donné. Ils nous croiront, je le sais. Il ne faut pas que tu m'abandonnes. Si nous parlons, toutes les deux, nous nous en sortirons.

Hope sourit de nouveau. C'est une proposition des plus séduisantes, se dit-elle. Régler tous les problèmes par le mensonge. Peut-être que ça marcherait. Sans doute pas.

Je dois le faire. C'est la seule façon d'être sûr.

Elle avait envie de dire au revoir, de dire les choses que les amants et les amantes se murmurent dans le noir ; elle avait envie de dire quelque chose sur sa mère et sur Ashley et sur ce qui s'était passé cette nuit-là, mais elle n'en fit rien. A la place, elle enfonça simplement la touche FIN de son portable, pour couper la ligne.

Dans sa voiture, toujours garée devant l'immeuble de Michael O'Connell, Sally s'abandonna aux émotions multiples qui se déversaient en elle et se mit à sangloter de manière incontrôlable. Elle avait l'impression de se recroqueviller, d'être brusquement devenue plus petite, plus faible, de n'être plus que l'ombre de la femme qu'elle était vingt-quatre heures plus tôt. Quoi qu'ils aient fait, elle n'était pas sûre du tout que cela vaille le prix qu'ils avaient payé. Elle se pencha, donna des coups de pied dans tous les sens, cogna le volant, battit l'air avec les bras comme une folle. Elle s'arrêta soudain, gémissant comme si elle avait reçu un coup à l'estomac. Elle ferma les yeux et se balança d'avant en arrière, s'enfonça dans son siège, prise d'une angoisse totale.

Elle ne vit même pas Michael O'Connell – jurant à voix haute, furieux, brûlant de colère et d'amertume, aveugle au monde qui l'entourait – passer à quelques mètres d'elle et se diriger à pas lourds vers l'entrée de son immeuble.

ÉPILOGUE

« Alors, vous voulez entendre une histoire ? »

— Je vois, dit-elle d'un ton prudent, vous êtes parvenu à rencontrer l'inspecteur qui a enquêté sur l'affaire…

— Oui, répondis-je. Cela a été très instructif.

— Mais vous êtes revenu parce que vous aviez encore quelques questions, exact ?

— Oui. Je continue à penser qu'il y a encore des gens à qui je dois parler.

Elle acquiesça. Tout d'abord, elle ne dit mot. Je vis qu'elle réfléchissait, essayant de comparer certains détails à ses souvenirs.

— Ce serait la même demande, n'est-ce pas ? Parler à Sally ou à Scott ?

— Oui.

Elle secoua la tête.

— Je ne crois pas qu'ils vous parleront. En tout cas, qu'avez-vous envie d'entendre ?

— Je veux savoir comment les choses ont tourné.

Cette fois elle se mit à rire, mais d'un rire sans joie.

— Tourné ? Le mot me semble déplacé pour décrire ce qu'ils ont traversé, ce qu'ils ont fait, et

707

l'effet que cela a produit sur leur vie dans les jours qui ont suivi.

— Vous savez ce que je veux dire. Une évaluation.

— Et vous pensez qu'ils vous diraient la vérité ? Si vous veniez frapper à leur porte en leur disant : « Je dois vous poser quelques questions à propos de l'homme que vous avez tué », vous ne croyez pas qu'ils vous regarderaient comme s'ils avaient affaire à un dingue et qu'ils vous claqueraient la porte au nez ? Et même s'ils vous faisaient entrer, et que vous leur disiez : « Eh bien, comment va votre vie depuis que vous avez commis un meurtre en toute impunité ? », quel intérêt auraient-ils à se libérer en vous disant la vérité ? Vous ne voyez pas à quel point ce serait ridicule ?

— Mais vous, vous connaissez les réponses à ces questions ?

— Bien sûr, fit-elle prudemment.

C'était le début de soirée, un peu après la fin de l'été – ce moment incertain entre chien et loup, où le monde prend une teinte un peu passée. Elle avait ouvert les fenêtres, et nous entendions les bruits auxquels mes nombreuses visites m'avaient habitué : des voix d'enfants, une voiture de temps à autre. La fin d'une journée ordinaire en banlieue. Je m'approchai d'une fenêtre, inspirai l'air du dehors.

— Vous ne considérerez jamais cet endroit comme votre foyer, n'est-ce pas ?

— Non. Bien sûr que non. C'est mortel. Triste, trop… normal.

— Vous avez déménagé, hein ? Après les événements.

Elle hocha la tête.

— Vous êtes très perspicace.

— Pourquoi ?

— J'ai eu l'impression que je ne pouvais plus compter sans danger sur la solitude où je m'étais enfermée pendant tant d'années. Trop de fantômes. Trop de souvenirs. Je me suis dit que j'allais devenir folle.

Elle sourit de nouveau.

— Que vous a dit le policier ?

— Qu'il s'est passé exactement ce que Sally avait prévu. En fait, il ne l'a pas dit comme cela. C'est ce que j'en ai déduit. Quand les inspecteurs sont allés à l'appartement de Michael O'Connell, ils ont trouvé l'arme du crime cachée dans la chaussure. C'est son ADN qu'on a retrouvé sous les ongles de son père. Au début, il a admis qu'il était là et qu'il s'était battu avec le vieux, mais il a nié avoir commis le meurtre. Cependant, un type qui prend un plaisir sadique à écraser à coups de talon les médicaments pour le cœur que prend son père manque sérieusement de crédibilité. Alors ils ne l'ont pas cru. Pas un seul instant. Ils l'ont coincé, même sans aveux. Et quand ils ont récupéré son ordinateur dans la boutique où il l'avait déposé pour le faire réparer, et qu'ils ont trouvé la lettre furieuse à son vieux, eh bien… Mobile, moyens, opportunité. La sainte trinité du travail de la police. N'est-ce pas les mots qu'employait Sally, quand elle s'est mise à concocter son plan ?

— Si. Exactement. Je me doutais qu'ils vous diraient tout cela. Mais ils ont dû vous en dire davantage ?

— Il a essayé de faire porter le chapeau à Ashley, à Scott, à Sally et à Hope, mais…

— Une conspiration reposant sur une telle

quantité d'invraisemblances, hein ? Un, voler l'arme du crime, la donner à quelqu'un d'autre, la faire passer entre les mains de trois personnes avant de la replacer dans l'appartement d'O'Connell, un incendie… Vraiment, cela ne tenait pas debout.

— Exact. Ça ne tenait pas debout. Surtout au regard du suicide de Hope et de la note désespérée qu'elle avait laissée. L'inspecteur m'a expliqué que pour croire O'Connell il aurait fallu imaginer qu'une femme résolue à se tuer s'était arrêtée à mi-chemin pour assassiner un homme qu'elle n'avait jamais vu, dans une ville où elle n'avait pas mis les pieds, qu'elle était rentrée à Boston, qu'elle avait replacé l'arme dans l'appartement d'O'Connell et refait le trajet jusqu'au Maine où elle s'était jetée dans la mer – non sans avoir écrit une note où elle omettait de parler de tout cela. On pouvait aussi penser que Sally était l'assassin… sauf qu'au moment du crime elle achetait de la lingerie fantaisie à Boston. Quant à Scott… c'était peut-être lui, mais il n'aurait pas eu le temps de commettre le crime, de passer par Boston et de revenir dans le Massachusetts occidental pour y manger sa pizza nocturne. C'était hautement improbable, en tout cas.

Tandis que je lui parlais, je vis ses yeux se remplir de larmes. Elle semblait encore plus droite, plus raide que d'habitude dans son fauteuil, comme si chaque mot la rapprochait des détails d'on ne sait quel souvenir.

— Et alors ? demanda-t-elle, d'une voix étranglée.

— Et alors, il s'est passé finalement ce que Sally avait imaginé. Michael O'Connell a plaidé coupable d'homicide sans préméditation. Apparemment, il avait eu l'intention de se battre au tribunal, de clamer son innocence jusqu'au bout. Mais quand les flics lui ont dit que le calibre de l'arme qui avait servi au meurtre de son père était le même que celui qui avait tué le détective privé, Murphy, et qu'ils feraient tout pour lui mettre aussi ce crime sur le dos, il a choisi la solution la moins risquée. Les flics bluffaient, évidemment. Les balles qui avaient tué Murphy avaient laissé des fragments beaucoup trop déformés pour que la balistique en tire quelque chose. C'est ce que m'a dit la police. Mais la menace a porté ses fruits. De vingt ans à perpétuité. Pas de condition-nelle avant dix-huit ans.

— Oui, oui, dit-elle. Cela, nous le savons.

— Alors ils ont obtenu ce qu'ils voulaient.

— Vous croyez ?

— Ils s'en sont sortis.

— Vraiment ?

— Si j'en crois ce que vous m'avez raconté, oui.

Elle se leva, fit le tour de la pièce, s'approcha d'un buffet et se servit un petit verre.

— Il n'est pas trop tôt, je crois, dit-elle.

Des larmes se formaient au coin de ses yeux. Je l'observais, sans un mot.

— « Ils s'en sont sortis », avez-vous dit ? Croyez-vous vraiment que ce soit le cas ?

— Ils ne seront pas poursuivis en justice.

— Mais vous ne croyez pas qu'il existe d'autres tribunaux, en nous, où l'innocence et la culpabilité sont toujours en question ? Est-ce que quelqu'un – surtout des gens comme Scott et Sally – s'en sort jamais indemne ?

Je ne répondis pas. Elle avait sans doute raison.

— Vous ne pensez pas que Sally doit sangloter

pendant des heures, seule dans son lit, en sentant le froid là où Hope avait sa place ? Elle s'en est sortie, mais de quoi ? Et le fardeau que Scott porte désormais – vous ne vous demandez pas combien les événements de ces jours-là le torturent, à chaque seconde de sa vie ? Est-ce que la moindre rafale de vent ne lui apporte pas cette odeur de chair brûlée et de mort ? Est-ce qu'il peut affronter les regards de ses élèves, à l'école, en ayant conscience du mensonge qui est tapi en lui ?

Elle marqua un arrêt, puis :

— Vous voulez que je continue ?

Je secouai la tête.

— Pensez-y, ajouta-t-elle. Ils continueront à payer le prix pour ce qu'ils ont fait, jusqu'à la fin de leur vie.

— Je voudrais leur parler, répétai-je.

Elle eut un profond soupir.

— Vraiment, insistai-je. Je voudrais interroger Sally et Scott. Même s'ils ne veulent pas me parler. Je veux essayer.

— Vous ne croyez pas qu'on devrait les laisser tranquilles, les laisser à leurs cauchemars ?

— Ils devraient être libres de décider.

— Libres d'un côté… peut-être. Mais le sont-ils vraiment ?

Je ne sus que répondre.

Elle but une longue gorgée.

— Nous approchons de la fin, n'est-ce pas ? Je vous ai raconté une histoire. Que vous ai-je dit, en commençant ? Une histoire de meurtre ? L'histoire d'un assassinat ?

— Oui. C'est ce que vous avez dit.

Elle souriait, sous ses larmes.

— Je me trompais. Plus précisément, je ne vous disais pas la vérité. Non. Pas du tout. C'est une histoire d'amour.

Je montrai ma surprise, mais elle n'en tint pas compte. Elle se dirigea vers un meuble dont elle ouvrit un tiroir.

— Voilà ce que c'était. Une histoire d'amour. Ça a toujours été une histoire d'amour. Est-ce que tout cela serait arrivé si quelqu'un avait aimé Michael O'Connell quand il était petit – pour qu'il connaisse la différence entre l'amour véritable et l'obsession ? Est-ce que Sally et Scott n'aimaient pas leur fille au point de faire tout ce qui était possible pour la protéger, quel que fût le prix à payer ? Et Hope, n'aimait-elle pas Ashley, elle aussi, d'un amour plus fort que ce qu'on a jamais imaginé ? Et elle aimait Sally, aussi, d'un amour beaucoup plus intense que Sally le croyait. Le cadeau qu'elle leur a fait à tous, la liberté, c'était par amour, non ? Et si l'on regarde bien tous les actes, tous les événements, tout ce qui s'est produit durant ces jours et ces nuits où Michael O'Connell s'introduisait dans leur vie, ne s'agis-sait-il pas d'amour, vraiment ? Trop d'amour. Pas assez d'amour. Mais, une fois tous les comptes faits, de l'amour.

Je gardai le silence.

Je la vis sortir un bloc de papier d'un tiroir et écrire quelques lignes, tout en parlant :

— Vous avez encore deux ou trois choses à faire, maintenant, pour comprendre tout cela. Il me semble qu'il vous reste un entretien important à mener. Des informations importantes à collecter et, comment dire, *redistribuer*. Je compte sur vous.

— De quoi s'agit-il ? demandai-je quand elle me tendit le morceau de papier.

— Quand vous aurez fait le nécessaire, allez à cet endroit à l'heure indiquée, et vous comprendrez.

Je pris le papier, y jetai un coup d'œil et le fourrai dans ma poche.

— J'ai quelques photos, dit-elle. Je les laisse le plus souvent dans un tiroir. Quand je les sors, je ne peux m'empêcher de pleurer, sans pouvoir me contrôler, et ce n'est pas bon, n'est-ce pas ? Mais vous devriez sans doute en voir une ou deux…

Elle retourna au buffet, ouvrit un tiroir, manipula quelques clichés, finit par en choisir un. Elle le regarda en souriant, les yeux brillants.

— Voici, dit-elle d'une voix un peu tremblante. Elle est aussi bonne qu'une autre. On l'a prise après un match de championnat. C'était quelques semaines avant ses dix-huit ans.

Deux personnes posaient sur la photo. Une adolescente couverte de boue, hilare, brandissait un trophée doré au-dessus de sa tête. Un homme au crâne dégarni, massif – son père, de toute évidence –, la soulevait au-dessus du sol. Leurs visages brillaient de la joie incontestable de la victoire. Je contemplai la photo. Elle semblait vivante, au point que pendant une seconde j'entendis les acclamations, les voix excitées ; j'imaginai les larmes de bonheur qui avaient dû accompagner cet instant.

— C'est moi qui l'ai prise, dit-elle. Je regrette de ne pas être dessus, moi aussi.

De nouveau, elle inspira à fond.

— On n'a jamais retrouvé son corps, vous savez. Ce n'est que plusieurs jours plus tard que quelqu'un a remarqué sa voiture et trouvé le message qu'elle avait laissé sur le tableau de bord. Le lendemain, il y a eu une grosse tempête, un de ces grains de nord-est habituels à la fin de l'automne, et ils n'ont pas pu envoyer des plongeurs pour la chercher. La marée descendante était très forte tout au long de la côte, en ce mois de novembre, et elle a dû être entraînée à des kilomètres au large. Au début, je ne pouvais pas le supporter, mais, le temps passant, j'ai compris que c'était peut-être mieux ainsi. Cela m'a permis de me la rappeler telle qu'elle était en des temps meilleurs. Vous m'avez demandé pourquoi je vous ai raconté cette histoire ?

— Oui.

— Pour deux raisons. La première, c'est parce qu'elle était plus courageuse que quiconque avait le droit d'espérer, et il fallait que quelqu'un le sache.

Catherine sourit derrière ses larmes et montra la poche où j'avais glissé le morceau de papier.

— Et la deuxième raison ?

— Vous la découvrirez bientôt.

Nous gardâmes tous deux le silence. Elle sourit.

— Une histoire d'amour, répéta-t-elle. Une d'histoire d'amour à propos de la mort.

Le cadre est différent, car il est fonction de l'âge de la prison et de l'argent que l'État est prêt à investir dans les techniques pénales modernes. Mais si l'on oublie l'éclairage, les détecteurs de mouvement, les senseurs, les cellules électroniques et les moniteurs vidéo, une prison se résume toujours à une seule chose : des serrures.

On m'a fouillé dans un vestibule, d'abord avec une baguette électronique, puis selon la méthode traditionnelle. On m'a fait signer un document attestant que si j'étais pris en otage, pour une raison ou une autre, je ne devais pas attendre de l'Etat qu'il prenne des mesures extraordinaires pour me secourir. On inspecta ma serviette. Le moindre stylo fut dévissé et examiné. On secoua les feuilles de mon carnet de notes pour s'assurer que je n'essayais pas d'introduire quelque chose, dissimulé entre les pages. On me fit prendre un long couloir, et je franchis un sas électronique dont les barreaux se refermèrent derrière moi avec un claquement sec. Le garde qui m'accompagnait me fit entrer dans une petite pièce, juste à côté de la bibliothèque de la prison. Elle servait d'habitude aux réunions des détenus avec leurs avocats, mais un écrivain en quête d'une histoire présente les mêmes qualités.

Il y avait des lampes très puissantes au plafond, et une unique fenêtre donnait sur une clôture en fil de fer barbelé et un carré de ciel bleu sans nuages. Une table métallique solide et des chaises pliantes de mauvaise qualité constituaient le seul mobilier de la pièce. D'un geste, le garde m'invita à m'asseoir, puis me montra une porte latérale.

— Il sera là dans une minute. Je vous rappelle que vous pouvez lui donner un paquet de cigarettes, si vous en avez apporté, mais c'est tout. Rien d'autre. OK ? Vous pouvez vous serrer la main, mais c'est le seul contact physique autorisé. Les règles établies par la cour suprême de l'Etat nous interdisent d'écouter votre conversation. Mais la caméra, là-haut…

Il tendit le bras vers le coin le plus éloigné.

— Eh bien, elle enregistre toute la réunion. Y compris moi-même en train de vous donner ces informations. Pigé ?

— Sûr, répondis-je.

— Cela pourrait être pire. Nous sommes beaucoup plus cool que certains Etats. Je ne voudrais pas être en taule en Géorgie, au Texas, ou en Alabama.

J'acquiesçai.

— Vous savez, ajouta le gardien, le moniteur, c'est aussi pour votre protection. On a des types qui sont capables de vous trancher la gorge si vous dites un mot de travers. Alors nous avons l'œil sur ce genre de réunions.

— Je ne l'oublierai pas.

— Mais vous n'avez pas à vous en faire. O'Connell est ce qu'on pourrait appeler un gentleman, ici. Tout ce qui l'intéresse, c'est d'expliquer aux gens qu'il est innocent.

— C'est ce qu'il dit ?

Le gardien sourit. La porte latérale s'ouvrit, et on fit entrer Michael O'Connell, menotté, vêtu d'une chemise de travail en toile bleue et d'un jean sombre.

— Ils disent tous ça, répondit le garde avant de lui ôter ses menottes.

Nous nous serrâmes la main, et nous nous assîmes face à face, de part et d'autre de la table. Il avait une barbe broussailleuse et des cheveux en brosse. Il avait aussi des rides autour des yeux, qui n'étaient sans doute pas là quelques années plus tôt. Je posai mon bloc-notes devant moi et jouai avec mon crayon en le regardant allumer une cigarette.

— Une sale habitude, dit-il. C'est ici que je l'ai prise.

— Ça peut vous tuer.

Il haussa les épaules.

— C'est bien le cadet de mes soucis. Des tas de choses peuvent vous tuer, ici. Bon Dieu, certains types peuvent vous tuer si vous les regardez de travers. Dites-moi pourquoi vous êtes venu.

— J'enquête sur le crime qui vous a amené ici, dis-je prudemment.

Il haussa légèrement les sourcils.

— Ah bon ? Qui vous envoie ?

— Personne. Ça m'intéresse, c'est tout.

— Pourquoi vous y êtes-vous intéressé ?

J'hésitai. Je savais que cette question allait venir, mais je n'avais pas préparé de réponse. Je me penchai un peu en arrière.

— J'ai entendu quelque chose par hasard, dans une soirée, et ça a piqué ma curiosité. J'ai fouiné à droite, à gauche, et je me suis dit que je devrais venir vous parler.

— Ce n'est pas moi qui l'ai fait, vous savez. Je suis innocent.

Je hochai la tête, sans répondre, espérant qu'il continuerait. Guettant ma réaction, il tira une longue bouffée de sa cigarette, puis souffla un peu de fumée dans ma direction.

— C'est eux qui vous envoient ?

— Qui cela ?

— Scott. Sally. Ashley, surtout. Ils vous envoient ici, pour s'assurer que je suis toujours derrière les barreaux ?

— Non. Personne ne m'envoie. Je suis venu de moi-même. Je n'ai jamais parlé à ces gens.

— Ouais, sûr, fit-il avec un ricanement. Bien sûr. Ils vous paient combien ?

— Personne ne me paie.

— Bien. Vous le faites à l'œil. Les foutus salauds. On pourrait penser qu'ils me laisseraient expier, maintenant.

— Croyez ce que vous voulez.

Il réfléchit un instant, puis se pencha en avant.

— Dites-moi, fit-il lentement, quand vous les avez vus, qu'est-ce qu'Ashley a dit ?

— Je n'ai vu personne.

C'était faux, et je savais qu'il le savait.

— Décrivez-la-moi.

De nouveau, il était ramassé en avant, comme si la tension contenue dans ses questions le poussait vers le centre de la table – une ardeur soudaine, intense, présente dans chaque mot.

— Comment était-elle habillée ? Elle s'est coupé les cheveux ? Parlez-moi de ses mains. Elle a de longs doigts délicats, vous savez. Et ses jambes ? Toujours aussi longues, aussi sexy ? J'ai envie que vous me parliez de ses cheveux. Elle ne les a pas coupés, hein ? Elle ne les a pas teints ? J'espère bien que non.

Sa respiration s'était accélérée.

— Je ne peux pas répondre, dis-je. Je ne l'ai jamais vue. J'ignore de qui vous parlez.

Il expira, longuement, lentement.

— Pourquoi vous me faites perdre mon temps avec des mensonges ? Eh bien, ajouta-t-il en oubliant sa question, quand vous la verrez, vous saurez exactement de quoi je parle. Exactement.

— Je verrai quoi ?

— Pourquoi je ne l'oublierai jamais.

— Même ici ? Pendant des années ?

— Même ici, fit-il en souriant. Pendant des années. Je la vois encore, telle qu'elle était quand nous étions ensemble. Comme si elle était toujours avec moi. Je peux même la sentir, la toucher.

Je hochai la tête.

— Et les autres noms que vous avez mentionnés ?

Il eut un sourire, différent du précédent. Le rictus du prédateur.

— Je ne les oublierai pas non plus.

Un coin de sa lèvre se souleva, laissa échapper un demi-grognement.

— C'est eux qui ont fait le coup. Je ne sais pas vraiment comment ils ont fait, mais c'est eux. Ils m'ont mis ici. Vous pouvez en être sûr. Je pense à eux tous les jours. A chaque heure. A chaque minute. Je n'oublierai jamais ce qu'ils ont réussi à faire.

— Mais vous avez plaidé coupable. On vous a présenté devant un juge, vous avez prêté serment, et vous avez affirmé que vous aviez commis le crime.

— Je n'avais pas vraiment le choix. Si j'avais été condamné dans un procès, j'aurais ramassé une peine automatique, de vingt-cinq ans à perpète. En plaidant coupable, j'avais le droit à une audition devant la commission de liberté conditionnelle. Je peux purger mon temps. Après quoi je sortirai et je mettrai les choses en ordre.

Il sourit de nouveau.

— Ce n'est peut-être pas ce que vous espériez entendre…

— Je n'espérais rien de particulier.

— Nous sommes faits pour être ensemble. Ashley et moi. Rien n'a changé. Ce n'est pas parce que je dois passer quelques années ici que les choses sont différentes. Juste un peu de temps qui doit s'écouler avant que l'inévitable ne se réalise. Appelez ça le destin, ou le sort, peu importe, mais c'est comme ça. Je suis patient. Je la retrouverai.

Je hochai la tête. Je le croyais. Il se renversa en arrière sur son siège et regarda la caméra de surveillance, écrasa son mégot, sortit un paquet froissé de sa poche et alluma une autre cigarette.

— C'est une drogue, dit-il en laissant la fumée s'échapper lentement entre ses lèvres. Il est presque impossible d'y renoncer, à ce qu'on dit. Pire que l'héroïne, ou même le crack.

Il rit.

— Je crois que je suis une sorte de camé.

Il me fixait, de l'autre côté de la table.

— Vous n'avez jamais été accro à quelque chose ? Ou à quelqu'un ?

Je répondis par le silence.

— Vous voulez savoir si j'ai tué mon père ? Non. Ce n'est pas moi, dit-il sèchement, avec un sourire narquois. Ils ont arrêté un innocent.

Des informations que je devrais redistribuer.

C'était ce qu'elle m'avait dit, j'en étais sûr. Il ne me fallut pas longtemps pour comprendre ce qu'elle voulait dire.

Je me garai dans l'allée et descendis de voiture. La température avait monté. Je me dis que par cette chaleur, au milieu de l'après-midi, pousser sur les roues d'un fauteuil roulant devait être pénible.

Je frappai à la porte de la maison de Will Goodwin, puis reculai d'un pas et attendis. Sur le parterre que j'avais remarqué quelques semaines plus tôt, les fleurs s'étaient ouvertes. Elles formaient des rangées colorées bien nettes, comme des soldats à la parade. J'entendis le crissement du fauteuil sur le plancher, puis la porte s'ouvrit en grand.

— Monsieur Goodwin ? Peut-être vous souvenez-vous de moi ? Je suis venu il y a quelques semaines.

— Bien sûr, fit-il en souriant. L'écrivain. Je ne pensais pas vous revoir. Vous avez encore des questions à me poser ?

Goodwin souriait. Je remarquai plusieurs changements, depuis notre dernière rencontre. Il était un peu plus hirsute. Le trou que le coup de tuyau avait fait dans son front semblait un peu moins profond, et il était moins visible, sous les cheveux plus longs. Une barbe naissante encadrait son visage et sa mâchoire, lui donnant l'air déterminé.

— Comment allez-vous ?

D'un petit geste de la main, il me montra le fauteuil.

— En fait, monsieur l'écrivain, j'ai beaucoup progressé. Chaque jour, un peu de ma mémoire me revient. Aucun souvenir de l'agression, bien sûr. C'est perdu et je doute que ça revienne jamais. Mais l'école, mes études, les livres que j'ai lus, les cours que j'ai suivis, vous savez, tout cela revient petit à petit, jour après jour. Je suis donc optimiste, si c'est possible. Peut-être suis-je capable de me dire que j'aurai un avenir.

— C'est bien. C'est très bien.

Il sourit, se tourna un peu dans le fauteuil, en se balançant.

— Mais vous n'êtes pas venu pour ça, hein ?

— Non.

— Vous avez appris quelque chose ? Sur mon agression ?

Je hochai la tête. Sa jovialité, expressive, se

modifia immédiatement, et il se pencha vers moi, brusquement inquisiteur.

— Quoi ? Dites-moi ! Qu'avez-vous découvert ?

J'hésitai. Je savais ce que *je pourrais* être en train de faire. Je me demandai si c'était cela qui avait traversé l'esprit du juge quand il avait entendu le verdict tomber, dans le box des jurés. Coupable. C'est le moment de prononcer la sentence.

— Je sais qui vous a agressé.

Je scrutai son visage, dans l'attente d'une réaction. Elle ne fut pas longue à venir. Comme si une ombre était passée devant ses yeux, creusant l'espace qui nous séparait. L'obscurité, et la haine la plus dure. Sa main tremblait et je vis qu'il serrait les lèvres.

— Vous savez qui m'a fait cela ?

— Oui. Le problème, c'est que ce n'est pas une découverte que vous pourriez communiquer à un détective. Ce n'est pas non plus le genre d'information dont quelqu'un pourrait tirer un procès, et il est sûr que ce n'est pas cela qui vous permettrait d'aller au tribunal.

— Mais vous le savez ? Et vous êtes certain ?

Il parlait avec une telle intensité que sa voix montait dans les aigus.

— Oui. Je suis certain, absolument certain. Au-delà du doute raisonnable. Mais comprenez-moi, je vous le répète, ce n'est pas le genre d'information qu'un flic pourrait utiliser.

— Dites-moi.

Il murmurait maintenant, mais le besoin de savoir venait de très loin, atroce.

— Qui m'a fait cela ?

Je sortis de ma serviette une copie des photos de

Michael O'Connell prises par l'identité judiciaire, les lui tendis. « Deux raisons », m'avait dit Catherine. C'était la seconde.

— C'est lui ?

— Oui.

— Où est-il ?

Je lui tendis une autre feuille de papier.

— Il est en prison. Voici son adresse, son numéro d'écrou, quelques détails sur la peine qu'il est en train de purger, et la date prévue pour sa première audience de libération conditionnelle. C'est dans plusieurs années, mais il y a aussi un numéro de téléphone, que n'importe qui peut appeler pour obtenir des informations complémentaires, s'il en a envie.

— Et vous êtes certain ? répéta-t-il.

— Oui. A cent pour cent certain.

— Pourquoi êtes-vous venu me le dire ?

— Je me suis dit que vous aviez le droit de le savoir.

— Comment l'avez-vous appris ?

— Je vous en prie, ne me demandez pas ça.

Au bout d'un instant, il hocha la tête.

— OK. Sans doute, oui. Très bien.

Will Goodwin regarda la photo, puis la feuille de papier.

— Ce n'est pas un endroit marrant, cette prison, hein ?

— Non. Plutôt dur, même.

— Il peut arriver n'importe quoi, là-dedans.

— Exact. On peut se faire tuer pour un paquet de clopes. Il me l'a dit lui-même.

Il acquiesça.

— Oui. J'imagine que c'est vrai.

Il me contempla pendant une seconde, avant d'ajouter :

— Ça donne à réfléchir.

Je reculai d'un pas, prêt à m'en aller, puis j'hésitai. Pendant un instant, je fus pris de vertige, et la température monta d'un cran. Je me demandais ce que je venais de faire.

Je vis que Will Goodwin s'était raidi. Les muscles de ses bras étaient tendus.

— Merci, dit-il lentement, chaque mot portant le poids de la cruauté qu'on lui avait fait subir. Merci de vous être souvenu de moi. Merci de m'avoir donné ceci.

— Je vais m'en aller, maintenant.

Mais ce que je laissais derrière moi ne le quitterait jamais.

— Hé, encore une question, fit-il brusquement.

— Bien sûr. Que voulez-vous savoir ?

— Savez-vous pourquoi il m'a fait ça ?

J'inspirai à fond.

— Oui.

De nouveau, son visage se rembrunit, et sa lèvre inférieure se contracta.

— Pourquoi ?

Il était à peine capable de prononcer le mot.

— Parce que vous avez embrassé la fille qu'il ne fallait pas.

Il marqua un temps d'arrêt. Il haletait, comme si son souffle était arraché à ses poumons. Je le voyais absorber les mots que je venais de prononcer.

— Parce que j'ai embrassé…

— Oui. Juste une fois. Un seul baiser.

Il avait l'air d'hésiter, comme s'il voulait soudain me poser des dizaines de questions. Mais il ne dit rien. Il se contenta de secouer lentement la tête. Je vis sa main se crisper sur la roue du fauteuil, ses jointures blanchir, et la colère la plus froide et la plus intense que j'aie jamais vue prendre racine au plus profond de lui.

Le morceau de papier que Catherine m'avait donné portait l'adresse d'un grand musée, dans une ville qui n'est ni Boston ni New York. Il était un peu plus de cinq heures du soir, les rues étaient encombrées par la circulation et les trottoirs couverts de gens qui rentraient chez eux. Le soleil glissait à peine derrière les rangées d'immeubles de bureaux, et les premières mesures de la symphonie vespérale urbaine retentissaient.

J'entendais les klaxons, le grondement des moteurs de bus et le bourdonnement pressé des voix. Je me trouvais au pied d'un grand escalier, et le flot des passants s'ouvrait devant moi, comme si j'étais un rocher au milieu du courant. Je regardais vers le haut, fixant les marches, sans croire vraiment que je la reconnaîtrais. Mais quand je la vis, je n'eus aucun doute. Sans savoir pourquoi. Beaucoup d'autres jeunes filles sortaient du musée à la même heure, et elles avaient le même air décontracté de la fin de journée de travail, un sac à dos ou un cartable en bandoulière. Elles étaient toutes remarquables, fascinantes, magiques. Mais Ashley semblait avoir un peu plus que tout ça. Elle était entourée de plusieurs jeunes gens, tout le monde marchait vite, la tête penchée vers le voisin, parlant avec impatience, chacun au bord de quelque aventure qui n'avait sûrement pas plus d'un jour ou deux. Je la suivis des yeux, tandis qu'elle descendait l'escalier dans ma direction. J'eus l'impression que la lumière déclinante et la brise soulevaient ses cheveux et rendaient son rire encore plus léger. Quand elle me dépassa dans un flottement, j'eus envie de murmurer son nom et de lui demander si ce qu'elle voyait devant elle valait ce qui s'était passé, mais je réalisai que c'était la question la moins honnête du monde, car la réponse se trouvait quelque part dans le futur.

Je la regardai passer, sans un mot. Je ne crois pas qu'elle m'ait seulement remarqué.

J'essayai de déceler quelque chose dans sa voix, dans sa démarche, qui m'aurait indiqué ce que je voulais savoir. Je me dis que je l'avais vu, mais sans en être absolument certain. Tandis que je la suivais des yeux, Ashley fut avalée par la foule du soir et disparut dans sa propre vie.

Si c'était vraiment Ashley. Cela aurait pu être Megan, Sue, Katie, Molly ou Sarah. Pas sûr que cela aurait changé quelque chose.

Aux confins de la folie

(Pocket n° 13174)

Francis, vingt ans, schizophrène et sujet à des accès de violence, est interné dans un hôpital psychiatrique. Lorsqu'une jeune infirmière est violée et sauvagement assassinée, l'un des pensionnaires, réputé très violent, est inculpé. Mais les autres patients évoquent en murmurant la vision d'un « Ange » vêtu de blanc.

Vingt ans plus tard, le passé revient hanter Francis. Avec pour seuls outils un crayon et les murs de son logement, il tente de retracer l'histoire de cette époque cauchemardesque…

Il y a toujours un Pocket à découvrir

Un petit jeu
avec conséquences

(Pocket n° 12262)

« **H**eureux 53ᵉ anniversaire, docteur. Bienvenue au premier jour de votre mort. » Lorsque lui parvient cette mystérieuse lettre de menaces, l'existence jusque-là si prévisible du docteur Starks bascule dans le chaos. Psychanalyste de renom, il va se trouver entraîné malgré lui dans un jeu morbide, dont les règles sont édictées par un mauvais génie du nom de Rumpelstiltskin…

Il y a toujours un Pocket à découvrir

Composition et mise en pages : FACOMPO, Lisieux

Imprimé en Espagne par
Litografia rosés
à Gava
en février 2010

POCKET - 12, avenue d'Italie - 75627 Paris cedex 13

Dépôt légal : mars 2010